Spiele von Verderben und Verlangen

Riten der Besessenheit

Buch Zwei

Eva Chase

Spiele von Verderben und Verlangen

Riten der Besessenheit Buch 2

Erste Digitale Ausgabe, 2023

Copyright © 2024 Eva Chase

Übersetzung: Stephanie Kotz

Lektorat: Nadja Uebach

Umschlaggestaltung: Maria Spada

Ebook ISBN: 978-1-998582-05-1

Paperback ISBN: 978-1-998582-22-8

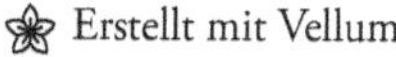 Erstellt mit Vellum

Eins

Ivy

Ein einst hochrangiger General hat sein Schwert auf mich gerichtet – und irgendwie fühlt sich das wie das geringste meiner Probleme an.

Stavros' Hand spannt sich so fest um den Schwertgriff an, dass sich seine Fingerknöchel im schummrigen Zwielicht weiß unter seiner hellbraunen Haut abzeichnen. Argwöhnisch erklimmt er eine Stufe der Turmwendeltreppe.

Er kommt auf mich und die ineinander verwebten Ranken zu, auf denen ich stehe. Sie füllen die Lücke, welche die Daimon hinterließen, indem sie mehrere der Steinstufen zerschlugen. Meine grässliche Magie hat diese Ranken herbeigerufen.

Diese Magie zuckt nun in meiner Brust und drängt mich um Erlaubnis, Stavros wegzustoßen und sein Schwert zu zerbrechen – mich zu verteidigen.

Ich zügele diesen Drang. Ich stecke nur in diesem Schlamassel, weil ich meiner Macht freien Lauf gelassen habe.

Es muss doch eine Möglichkeit geben, wie wir alle den Turm lebend verlassen können.

Meine Hand hebt sich zu dem zerfetzten Stoff an meiner Brust, wo das Mieder meines Kleides bei einem Sturz aufgerissen ist. Stavros' Kopf und Schwert zucken beide.

„Keine einzige Bewegung", blafft er in einer Stimme, die so tief und dunkel ist, dass sie mir einen Schauder über den Rücken jagt.

Ich schätze, es würde nichts bringen, die makellose Haut zu bedecken, die er bereits gesehen hat – die glatte Haut zwischen meinen Brüsten, wo beinahe jeder andere ein Mal der Gottlen hat. Die Abwesenheit eines Mals bedeutet, dass ich über keinerlei Magie verfügen sollte.

Das heißt abgesehen von der Art, wegen der ich hingerichtet werden kann.

Der gewaltige Mann vor mir hat schon immer eine beeindruckende Figur abgegeben, doch ich habe mich dem Tod noch nie so nah gefühlt, nicht einmal, als er mir ein Schwert an die Kehle gehalten hat. Trotz des Wummerns meines hektischen Pulses bemerke ich, dass das Schwert in seiner Hand nicht seine übliche Klinge ist, die noch immer in der Scheide an seiner Hüfte steckt.

Nein, es ist das Kurzschwert mit dem Königswappen auf dem Griff, das er mir erst vor wenigen Stunden gab, weil er mich beschützen wollte.

Obwohl ich bereits angespannt bin, zieht sich mein Magen noch fester zusammen.

Derartige Bemerkungen werde ich nie wieder von Stavros' Lippen hören.

Er macht noch einen Schritt und sein Blick gleitet ganz kurz an mir vorbei. Gerade so lange, dass sogar seine unstete Sicht den Körper bemerkt, der zusammengebrochen auf der Plattform über mir liegt.

Den Mann, den ich beinahe umgebracht habe.

Beinahe, nicht komplett. Ich verspüre einen Funken Stolz, dass ich an meiner Selbstbeherrschung festgehalten habe, auch wenn der ehemalige General die Situation nicht so sehen wird.

Die Worte purzeln aus mir heraus. „Ich habe Wendos nicht getötet. Ich habe nur … Er hat die Daimon gezwungen, die Stadt anzugreifen."

Ich spüre, dass eines dieser Geistwesen an mir vorbeisaust und meinen Rock zum Beben bringt, bevor es verschwindet. Die Daimon, die mich auf Wendos' Befehl hin an der Wand fixiert haben, sind anscheinend alle geflohen.

„Ich musste ihn aufhalten", fahre ich fort. „Die Kronenwache kann ihn allerdings noch immer befragen und herausfinden ... mit wem er zusammengearbeitet hat."

Mir versagt die Stimme, als sich Stavros' Miene verhärtet. Ich hätte nicht gedacht, dass seine atemberaubend kantigen Gesichtszüge noch wilder werden können, doch ich habe mich geirrt.

„Was genau hast du getan?", will er wissen.

Meine Hände ballen sich an meinen Seiten zu Fäusten. Ich kann es mir nicht verkneifen, an ihm vorbei zu den anderen zwei Männern zu schauen, die etwas weiter unten auf der Treppe stehen.

Alek hat es geschafft, sich ein wenig aufzurichten, lehnt mit seiner bronzefarbenen Hand jedoch noch immer an der Wand, als bräuchte er die Stütze. Es ist immer schwer, die Reaktionen des Gelehrten zu beurteilen, da seine polierte Ledermaske den Großteil seines Gesichts verdeckt. Seine vollen Lippen sind jedoch zu dem dünnsten Strich zusammengepresst, den ich jemals gesehen habe.

Er lässt seine Hand in einer zittrigen Geste der Götter über seinen Oberkörper zucken – drei Finger tippen auf seine Stirn für den Himmel, das Herz für das Meer und den Magen für die Erde, bevor er sie über seinem Brustbein zur Faust ballt. Ich bemühe mich, nicht zusammenzuzucken bei dem Gedanken daran, dass so möglicherweise noch mehr göttliche Aufmerksamkeit auf uns gelenkt wird.

Casimir – der Mann, der mich von Anfang an willkommen geheißen und wie eine Freundin, manchmal sogar wie eine Geliebte, behandelt hat – starrt mich bloß an. Aus seinem umwerfenden Gesicht ist jegliche Farbe gewichen, sodass seine normalerweise pfirsichfarbene Haut so bleich wie meine ist. An seiner starren Haltung ist nichts von seiner üblichen Eleganz zu erkennen.

Sie wissen es alle. Sie wissen, was sie sehen und diese Szene bedeutet.

Wenn ich es leugne, wirke ich nur noch schuldiger.

Ein Krächzen schleicht sich in meine Stimme. „Ich will nicht sein, was ich bin. Ich will diese Macht nicht. Ich *benutze* sie nicht … Ich habe sie bisher nicht benutzt … Ich habe alles versucht. Mir blieb keine andere Möglichkeit mehr und er wollte die Stadt zerstören. Ich habe es geschafft, nur ihn zu verletzen."

Was eine Premiere ist.

Die andere Teilnehmerin unserer Pattsituation, der Geist, der ein ungebetener Gast in meinem Kopf ist, meldet sich ein wenig zittrig zu Wort. *Ivy, du bist … du bist eine Zerrissene?*

Ich habe das Wort bisher nicht ausgesprochen. Ich sehe keinen Grund, Julita zu antworten. Selbst für eine unbedeutende Adlige, die kaum jemals ihre eigene Grafschaft und die königliche Akademie in der Hauptstadt verlassen hat, muss die Quelle meiner gottlosen Magie offensichtlich sein.

Stavros' Schwert hat sich keinen Millimeter bewegt. Er schnaubt. „Und du erwartest, dass wir dir glauben? Natürlich behauptest du das, nachdem wir dich erwischt haben."

Es ist ein Kampf, den ich bereits verloren habe. Die Zerrissenen werden auf dem ganzen Kontinent gefürchtet und Stavros hasst Magie wie meine mehr als jeder andere.

Dennoch kann ich mir einen Protest nicht verkneifen. „Abgesehen von gerade eben und gestern, als ich mich vor dem *Tod* rettete, habe ich meine Magie seit sieben elenden Jahren nicht rausgelassen. Ich würde die Macht sofort aufgeben, wenn ich wüsste wie."

Das Problem ist jedoch, dass ich bereits zerrissen bin. Die Risse in meiner Seele lassen die Magie fortwährend durch meinen Körper sickern. Und diese Magie würde ohne Ende nehmen und opfern, wenn ich ihr freie Hand ließe.

Alek spricht schließlich mit dünner Stimme. „Zerrissene Zauberer werden von ihrer Macht verrückt. Sie verzehrt sie. Immer."

Ich schlucke schwer. „Nun, anscheinend ist es möglich, das wenigstens eine Weile hinauszuzögern, wenn man stur genug ist. Warum denkt ihr, habe ich mich dagegen gewehrt? Die Magie hätte gerne, dass ich sie jeden verflixten Moment benutze. Ihr könnt euch sicher sein, dass sie nie aufhört, mir mitzuteilen, wie enttäuscht sie von mir ist."

Casimir erklimmt eine Stufe. Sein dunkelblauer Blick wirkt nachdenklich. „Liegt es an deiner Magie, dass Julita … Ist ihre Seele *so* in dir gelandet?"

Julitas Präsenz erschaudert in meinem Hinterkopf. *Bei den Göttern, vielleicht ist das der Grund.*

Ich antworte ihr und dem Kurtisan gleichzeitig. „Ich weiß es nicht. Ich habe keine Magie benutzt, als ich versuchte, sie zu retten. Wenn ich das getan hätte, wäre sie noch am Leben und wir wären jetzt nicht hier. Und irgendwie bezweifle ich, dass ihr in diesem Fall besonders sauer darüber wärt."

Stavros bleckt die Zähne und knurrt stumm. „Du benutzt die Macht, die als göttliche Strafe gedacht war, im prächtigsten Tempel Silanas – im verdammten Turm des Allesgebers. Versuch ja nicht, nach moralischer Überlegenheit zu greifen."

Mein Kiefer mahlt. „Hätten die Götter ein Problem damit, hätte mich bestimmt keiner von ihnen angestachelt."

„*Was?*", platzt es aus Alek heraus, bevor er die zerzausten schwarzen Wogen zurückstreicht, die ihm in die Augen gefallen sind.

„Nachdem ich erstochen wurde, sagte er, ich sollte meine Magie nutzen. Er befahl es mir quasi. Ich hätte mich andernfalls dem Tod ergeben … Ich habe nicht einmal richtig *zugestimmt* … und er hat erst vorhin mit mir gesprochen …"

Stavros unterbricht mich mit einem Lachen. „Du *bist* verrückt. Hätten die Götter dich hier bemerkt, hätten sie …"

Dann erstirbt auch seine Stimme, er reißt die Augen auf und sein Kopf zuckt erneut ganz leicht, als er seine Sicht neu fokussiert. Im selben Moment erstarren Alek und Casimir abermals.

Aleks Lippen teilen sich offenkundig schockiert. Casimirs Augenbrauen schnellen empor.

Eine kribbelnde Empfindung wie eine Woge Magie lenkt meinen Blick nach unten zu der Stelle auf meiner Brust, die sie anstarren. Mein Herz macht einen Satz.

Die Haut zwischen dem aufgerissenen Mieder war vor einem Augenblick noch makellos. Jetzt schimmert dort die Sigille eines Gottlen. Sie strahlt in der dichter werdenden Dunkelheit der Nacht ein unheimliches Leuchten aus.

Zwei Linien wölben sich von einem zentralen Scheitelpunkt ausgehend zur Seite, wobei zwei kleinere Striche wie kleine Hörner von diesem Punkt abstehen.

Kosmels Sigille.

Nun, ich vermutete bereits, dass er derjenige der neun geringeren Götter ist, der meine zerrissene Magie unterstützt. Der Gottlen des Glücks und der Rebellion ist bekannt für seine Vorliebe für Chaos.

Dennoch starre ich das leuchtende Mal genauso verblüfft an wie die Männer. Mein Mund steht offen. Es ist immerhin göttliche Magie, die auf meinem Körper schimmert.

Als wäre ich beansprucht worden, ohne ein Mitspracherecht zu haben.

Kosmel versucht vermutlich, mir zu helfen. Wenn er nicht wollte, dass ich an einer Messerwunde sterbe, will er wahrscheinlich auch nicht, dass ich mit einer Schlinge um den Hals ende. Er bestätigt meine Geschichte.

Ein Teil von mir schreckt trotzdem zurück. Ich habe nicht darum gebeten und sogar absichtlich auf meine Weihe verzichtet. Ich habe es auf jede mir mögliche Art gemieden, die Aufmerksamkeit unserer Gottheiten zu erregen.

Meine Seele wurde genug von göttlicher Vergeltung zerstört, ohne dass ein anderer seine göttliche Nase in meine Angelegenheiten steckt.

Zum ersten Mal zittert Stavros' Schwert. Nicht einmal er wird behaupten, ein zerrissener Zauberer könnte mit einem blasphemischen Betrug in dem prächtigsten Gebäude davonkommen, das von allen Göttern gesegnet wurde.

Er senkt die Klinge allerdings nicht.

„Du …", beginnt er, doch Casimirs Kopf ruckt mit wogenden, hellbraunen Haaren zur Seite.

„Es kommt jemand", sagt er rasch. „Vermutlich die Kronenwache. Stavros … wir können ihnen Ivy nicht übergeben. Nicht, wenn Kosmel selbst über sie wacht. Wir sollten ihr wenigstens die Chance geben, sich zu erklären. Sie hat keinem von uns wehgetan und die Götter wissen, sie hatte genügend Gelegenheiten dazu.“

Alek schürzt die Lippen. „Wir müssen verstehen, was genau hier los ist.“

Stavros verzieht das Gesicht, als wolle er protestieren, doch in dem Moment hallt das Geräusch hastiger Schritte von der Biegung der Treppe herauf.

Mein Herz setzt aus einem anderen Grund aus. „Diese Schlacht ist noch nicht vorbei. Es gibt andere Blutzauberer dort draußen. Wenn sie herausfinden, dass wir zusammenarbeiten …“

Mehr muss ich nicht sagen. Ich bezweifle, dass es dem ehemaligen General zu diesem Zeitpunkt noch wichtig ist, meine Identität zu schützen, aber er wirbelt herum, um die Treppe hinabzurennen und der heraufkommenden Brigade entgegenzugehen. Davor gibt er Alek und Casimir ein Zeichen, den Turm weiter zu erklimmen.

Die leuchtende Sigille ist verblasst. Ich packe gerade den zerrissenen Stoff meines Mieders, um mein fehlendes Mal zu verbergen, als ein vertrauter blonder Haarschopf hinter den Männern in Sicht kommt.

„Ich habe das ganze Geschwader königlicher Soldaten mitgebracht“, verkündet Benedikt. Der Bastard-Halbneffe des Königs klingt ein wenig atemlos, bringt jedoch einen fröhlichen Unterton zustande. „Da die Beben und das Krachen vor einigen Minuten aufgehört haben, vermute ich, dass wir nicht ganz so dringend gebraucht werden wie erwartet?“

Einige Männer in den leuchtend blauen Uniformen der Kronenwache erscheinen hinter ihm an der Spitze des Geschwaders. Ich ziehe mich an die Wand zurück, wo ich weniger auffällig bin. Mein Mund ist trocken geworden.

Ein Wort von Stavros könnte dafür sorgen, dass ich morgen mit dem Henker Bekanntschaft mache, sollte er seine Meinung ändern und sich entschließen, die Welt doch von jeglicher verbotenen Zauberei zu befreien.

Seine Stimme klingt angespannt. „Es scheint jetzt alles unter Kontrolle zu sein. Es gibt hier oben nur einen Schurken und er wurde gebändigt. Ihr könnt ihn gerne nach unten bringen und in Gewahrsam nehmen."

Benedikt schnaubt leise. „Wir werden also gar nicht gebraucht. Tja, ich habe den Angriff trotzdem mit Freuden angeführt."

Einer der Soldaten lässt ein Prusten verlauten, das er nicht einmal zu ersticken versucht. Benedikts Grinsen gefriert kurz.

Er dreht sich zu dem Geschwader um. „Die Bedrohung wurde bezwungen. Es war mir eine Ehre, Sie in die Schlacht zu führen, auch wenn sie sich nie ereignet hat."

Der andere Soldat, den ich sehen kann, würdigt Benedikt kaum eines Blickes, sondern konzentriert sich auf Stavros. „Sind Sie sicher, dass hier oben alles klar ist, General? Dieser Geck schien nicht viel zu wissen."

Der selbsternannte ‚Bastard eines Bastards' gluckst leise, als hielte er die Beleidigung für einen Witz. Stavros tätschelt Benedikts Arm in einer subtilen Geste der Solidarität mit seiner Handprothese.

„Keiner von uns war sich sicher, womit wir es zu tun haben würden", erklärt er. „Die akute Gefahr wurde jedoch gebannt. Ich muss mit dem König sprechen. Falls jemand von euch gehen und ihn informieren könnte, dass ich eine Privataudienz benötige …"

„Ich könnte …", will Benedikt sich freiwillig melden.

Doch der erste der Soldaten wendet sich bereits von ihm ab, um die Treppe hinabzugehen. Benedikt verstummt und zuckt verlegen mit den Achseln.

Stavros stapft die Treppe wieder hoch und über die verwobenen Ranken, vermutlich um Wendos' bewusstlosen Körper zu holen. Er bleibt jedoch gerade so lange neben mir stehen, dass er düster murmeln kann:

„Du wirst mit mir kommen und haargenau meine Befehle befolgen. Andernfalls wird Kosmel ebenfalls auf eine Hand verzichten müssen."

ZWEI

Stavros

Die Diebin läuft mit einer Demut durch den dunklen Palastkorridor, die sie in meiner Gegenwart noch nie zuvor an den Tag gelegt hat.

Auf unserem Weg durch den Turm hob sie den Umhang auf, den sie anscheinend abgelegt hatte, und wickelte ihn fest um ihr Kleid. Sie hat sich die Kapuze tief ins Gesicht gezogen und so auch ihre hellen rotblonden Haare verdeckt. Ihre Schultern sind gekrümmt, als würde sie sich in sich selbst zurückziehen.

Sie versucht, schwach auszusehen. Zerbrechlich.

Denn sie hat gerade bewiesen, dass sie das genaue Gegenteil ist, und das in einem Ausmaß, das mir im Traum nicht eingefallen wäre.

Sie ist nicht bloß eine Kleinkriminelle, die das Leben auf der Straße abgehärtet hat. Sie ist nicht einmal nur die wohltätige Rächerin, die die Außenbezirkler Hand Kosmels nennen.

Götter straft mich, ich hatte eine der Zerrissenen wochenlang vor meiner Nase und habe nie etwas vermutet.

Während ich einen Schritt hinter ihr laufe, wo ich sie im

Auge behalten kann, verkrampfen sich meine Finger um den Griff meines Schwerts. Ich kann es nicht ziehen, weil der verflixte königliche Bastard darauf bestanden hat, uns zu der Audienz mit König Konram zu begleiten, für den Fall, dass sein familiärer Einfluss bei seinem Halbonkel von Nutzen sein könnte. Er würde nicht verstehen, warum ich Ivy mit einer Klinge in Schach halte.

Ich weiß nicht, ob ich es ihm sagen soll. Ich weiß nicht, ob ich sie mit dem Schwert durchbohren und anschließend erklären soll, warum ich es getan habe.

Die Unsicherheit nagt an mir.

Ich habe angefangen, sie zu respektieren. Ihre Anwesenheit wertzuschätzen. Ihre bissigen Retourkutschen hören zu *wollen*, wenn ich sie ins Gebet nahm. Ich habe mich gefreut, dass sich ihr Gesicht zaghaft aufhellte, wenn ich eine freundlichere Bemerkung machte.

Großer Gott stehe mir bei, allein bei der Erinnerung an den Moment, als ich ihr mein altes Schwert mit dem königlichen Wappen übergab, erblüht eine unwillkommene Wärme in meiner Brust. Ich knirsche mit den Zähnen und ersticke die Empfindung.

Wie viel von ihrer Mischung aus Temperament und Verletzlichkeit war ein Schauspiel?

Wie dumm war ich bloß?

Meine hölzerne Prothese fühlt sich wie ein totes Gewicht an meinem Arm an. Ich hatte keine Zeit, sie gegen eine metallische einzutauschen, die für einen Kampf geformt ist. Das würde mir wenigstens noch einen Vorteil verschaffen.

Seltsamerweise wünsche ich mir, ich hätte Casimir und Aleksi nicht zur Akademie zurückgeschickt. Ich traf die Entscheidung im Bruchteil einer Sekunde aus dem Wunsch heraus, unsere Gruppe aus dem Licht der Öffentlichkeit raus und so geheim zu halten, wie es dieser spezielle Weg durch den Palast ist.

Es ist nicht so, als wären der Gelehrte oder der Kurtisan eine große Hilfe in einem Kampf gegen eine zerrissene Zauberin. Fuck, *ich* würde in diesem Kampf auch nicht viel nutzen.

Einen Zerrissenen kann man nur mit dem

Überraschungselement außer Gefecht setzen. In einem direkten Kampf verliert man immer.

Wenn sie hier wären, läge die Entscheidung wenigstens nicht allein bei mir, ob ich angreifen und ihren Kopf gegen die verputzte Wand neben uns donnern oder sie – eines der gefährlichsten Wesen dieser Welt – zu einem Gespräch mit dem König bringen soll.

Ich glaube, dass ihm aufgrund der Vorsichtsmaßnahmen, die er bei unbewachten Gesprächen trifft, nicht einmal zerrissene Magie etwas anhaben kann, doch wer weiß schon, wozu ein Monster in der Lage ist?

Ivy ist die Einzige, die weiß, was geschehen ist, als sie diesen Mistkerl Wendos konfrontierte. Was er über seine Blutzauberer-Kollegen und ihre Pläne gesagt hat.

Wenn ich diese zerrissene Frau töte, verlieren wir unsere beste Chance, eine ganze Gruppe noch bösartigerer Schurken aufzuhalten.

Am stärksten beschäftigt mich jedoch Kosmels Sigille, die auf ihrer Brust leuchtete. Der Ausdruck, der sich auf ihr Gesicht legte, als sie diese ebenfalls bemerkte. Sie wirkte erschrocken und dann beinahe entsetzt.

Sie hat nicht um den Segen des Gottlen gebeten. Er hat ihn ihr aus freien Stücken geschenkt.

Ich bin nicht so arrogant, einem göttlichen Wesen zu widersprechen.

Aleksi hat recht. Wir müssen herausfinden, was das alles bedeutet. Deshalb ist es notwendig, dass sie noch etwas länger am Leben bleibt.

Ihr Hinterkopf verschwimmt so wie alles, wenn ich meinen Blick länger als ein oder zwei Sekunden auf einer Stelle verweilen lasse. Es ist, als würde ich durch ein beschlagenes Fenster schauen.

Ich richte meinen Blick auf den Gang vor uns, bevor ich ihn in einem weiteren kurzen Moment der Klarheit wieder auf die unberechenbare Frau vor mir hefte.

Ist Julita noch in ihrem Kopf? Ich kann mir nicht vorstellen, wie unsere ehemalige Verbündete auf die Enthüllungen reagieren würde, die wir gerade gehört haben.

Was immer Julita während unserer Zusammenarbeit von mir hielt, ich glaube, sie würde es verstehen, wenn ich das bisschen Leben beenden müsste, an das sie sich durch ihre widerwillige Gastgeberin geklammert hat.

Trotz ihrer demütigen Haltung wirken die Bewegungen der Diebin nach wie vor selbstbewusst. Als würde sie immer wissen, wohin sie ihren Fuß setzen und sich bei einer unerwarteten Störung drehen muss.

Ich muss meine Aufmerksamkeit von ihr losreißen, bevor meine Bewunderung ihrer verhaltenen Selbstsicherheit meinen Blick dazu veranlasst, über ihren schlanken Körper zu schweifen. Er hat diesen Pfad öfter beschritten, als ich zugeben möchte, noch dazu mit einem Aufwallen von Begehren, das ich mir jetzt nicht erlauben kann.

Als wir die Tür zum privatesten Versammlungsraum des Königs erreichen, trete ich vor Ivy und Benedikt. Ich bin einer der wenigen, die wissen, wie man die Schnitzerei auf der hölzernen Oberfläche berühren muss, um das Schloss zu öffnen.

Mit einem Aufflackern magischer Wandleuchter betreten wir ein kleines, fensterloses Wohnzimmer, das so prunkvoll wie der restliche Palast ist. Kurz lasse ich meinen Blick durch den Raum schweifen und erfasse die Samtkissen auf den Stühlen und die goldene Kaminverkleidung.

Am wichtigsten ist der riesige, goldgerahmte Spiegel, der an der Wand neben dem Kamin steht und größer sowie breiter als ich ist. Ich bedeute Ivy und Benedikt, sich mit mir vor den Spiegel zu stellen.

Ich weiß nicht, mit welcher Gabe dieser Spiegel erschaffen wurde oder wie lange er sich schon im Besitz der Melchiorek-Familie befindet. Es ist ein fantastischer Trick, der es König Konram erlaubt, mit vertrauenswürdigen Beratern zu sprechen, ohne dass eine Wache zuhört, während er selbst in der Sicherheit seiner persönlichen Gemächer bleibt.

Es muss etwas im Raum sein, was ihn auf unser Eintreten hinweist. Innerhalb von Sekunden erbebt unser Spiegelbild, verschwindet und wird von der majestätischen Gestalt des Königs ersetzt.

Im ersten Augenblick, bevor sich meine Sicht trübt, erfasse ich die Strenge seiner tiefliegenden Augen und wie fest seine schmalen Lippen zusammengepresst sind. Es ist spät für offizielle Angelegenheiten, doch als König hat man nie Feierabend.

„Ster. Stavros und seine Begleiter", sagt Konram und nickt leicht. Anders als seine Soldaten macht er nie den Fehler, mich mit meinem verlorenen militärischen Dienstgrad anzusprechen. „Es war ein turbulenter Tag, doch ich vermute, wir sind Antworten näher als bei unserem letzten Gespräch?"

Ich drücke den Rücken noch stärker durch als zuvor. Dank monatelanger Übung blicke ich ihn ruhig an, als würde sich meine Sicht nicht trüben. Ich kann gut genug sehen, um die Umrisse seines Gesichts zu erkennen, wenn auch nicht die Details.

Ich diene ihm zwar nicht mehr als General – ich habe möglicherweise nicht nur meine Karriere, sondern so viele andere Dinge versaut, die wichtiger waren – aber er weiß meine Meinung noch immer zu schätzen. Ich muss ihm zeigen, dass ich seines großzügigen Vertrauens würdig bin.

„Anscheinend waren die Blutzauberer, von denen ich Ihnen erzählt habe, für einen Großteil der heutigen Zerstörung verantwortlich", berichte ich und gehe im Geist die Schäden durch. Ein Teil des Quadrings der Akademie, einige Läden ein paar Blöcke entfernt, das Haus eines Adligen an einer anderen Ecke.

Ich sammle mich, bevor ich zu dem Teil gelange, bei dem sich mir die Nackenhaare sträuben. „Ich habe erwähnt, dass meine Assistentin Ivy uns bei den Ermittlungen geholfen hat. Sie konfrontierte einen der Zauberer im Turm des Allesgebers im Tempel der Krone."

Konram dreht den Kopf, sodass er Ivy mustern kann. „Du hast die angebliche Blutzauberei mit eigenen Augen gesehen?"

Ivy hält den Umhang um sich herum geschlossen, reckt jedoch das Kinn mit dem Temperament, das ich von ihr gewohnt bin. „Ich habe genug gesehen, um zu wissen, dass sie nicht ‚angeblich' ist. Ich fand Wendos aus Nikodi in der Turmspitze, wo er ein Ritual durchführte. Er hatte drei

Komplizen bei sich. Leute, deren Magie er sich zu nutzen machte, um seine eigene zu stärken.“

Der König runzelt die Stirn. „Und damit willst du sagen …?“

Ivys Stimme spannt sich an. „Anscheinend versuchen diese Blutzauberer, der Vergeltung der Götter zu entgehen, indem sie eine andere Strategie verfolgen als die Blutzauberer vor all den Jahrhunderten. Sie opfern keine Menschen, sondern manipulieren ihre Komplizen, damit sie jeden Körperteil opfern, den sie erübrigen können, ohne zu sterben. Vermutlich damit sie eine größtmögliche Gabe erhalten, um den Verschwörern fortlaufend Magie zu spenden.“

Mein Magen rumort bei ihren Worten. Jedes Teil, das sie erübrigen können? Von dem Bild, das ihre Worte in meinem Verstand heraufbeschwören, wird mir schlecht.

Ich habe keine Komplizen bei Wendos im Turm gesehen, werde allerdings keine Fragen zu ihrer Geschichte stellen, solange das mein König übernimmt.

„Das verkompliziert die Angelegenheit“, meint Konram. „Weißt du, welchem Zweck das Ritual des heutigen Abends diente?“

Ivy neigt den Kopf. „Wendos sagte, er würde versuchen, seine Magie und die seiner Komplizen mit der von zwei anderen Zauberern zu kombinieren, die andernorts in der Stadt arbeiteten. Sie hatten bereits die Kontrolle über die Daimon. Ich bin mir sicher, sie ermutigten die Wesen auch neulich auf dem Ball dazu, alle anzugreifen. Dieses Mal wollten sie ein größeres Desaster verursachen und im gesamten Innenbezirk sowie möglicherweise auch dem Rest der Stadt verheerende Schäden anrichten.“

Konram summt leise. „Also haben wir es mit mindestens zwei weiteren Mitgliedern dieser Verschwörung zu tun.“

Ivy zögert und wagt schließlich, zu sagen: „Aufgrund seiner Aussagen glaube ich, dass es viel mehr sind. Leider erwähnte Wendos keine Namen … abgesehen von Ster. Torstem. Und ich glaube, eine der Opferkomplizinnen war ein Waisenkind, das Ster. Torstem auf die Rolle vorbereitet hat. Möglicherweise waren sie das alle.“

Sie hat die Bestätigung bezüglich Torstems Beteiligung erhalten. Eine eigenartig schlingernde Empfindung, teils freudig, teils mulmig, durchläuft mich.

Wir kommen der Wurzel der Verschwörung näher. Allerdings hatte ich nicht glauben wollen, dass einer meiner Kollegen aus der Akademie involviert war.

Mit einem leichten Zucken meiner Augen erkenne ich, wie sich die Stirn des Königs runzelt, bevor wieder alles verschwimmt. „Der Rechtsprofessor? Ich habe mir sein vergangenes Verhalten angesehen … es gab keinen einzigen Makel in seiner Akte.“

Benedikt tritt vor, verbeugt sich kurz und lächelt breit. „Wenn ich darf, Eure Hoheit, aufgrund meiner Beobachtungen von Ivy in den letzten Wochen denke ich, dass sie vermutlich schlauer als der Rest von uns zusammengenommen ist. Sie würde etwas Derartiges nicht sagen, wenn sie sich nicht sicher wäre.“

Konram hat kaum einen Blick für den royalen Bastard übrig. „Meine Gewissheit ist wichtiger.“

„Wendos ließ keinerlei Zweifel an Ster. Torstems Beteiligung, noch bevor er wusste, dass ich dort war und ihn hören konnte“, erklärt Ivy in mildem, jedoch bestimmtem Ton. „Er drohte einer der Opferkomplizinnen, dass Torstem sie dorthin zurückbringen würde, wo er sie versteckt hatte, sollte sie ihren Beitrag nicht leisten. Sie werden ihn das selbst fragen können, wenn er wieder zu sich kommt.“

Der Blick des Königs schwenkt wieder zu mir. „Dieser Kriminelle ist noch am Leben, Stavros? Wurde er noch nicht befragt?“

„Er ist aktuell bewusstlos“, antworte ich sofort. „Die Kronenwache hat ihn in Gewahrsam genommen und bewacht ihn, während sich die Mediziner um seine Genesung kümmern.“

Benedikt meldet sich erneut zu Wort, bevor jemand sprechen kann. „Wenn er aufwacht und dichtmacht, könnte ich schauen, was ich ihm entlocken kann. Ich könnte ihn auf meine eigene Art entwaffnen, so zu sagen.“

Indem ich meine Augen erneut verlagere, erkenne ich, wie

Konram kurz angewidert das Gesicht verzieht, ehe er erwidert: „Warst *du* dort, als die Konfrontation stattfand, Benedikt?"

Der royale Bastard zögert. „Nun, ich … der befehlshabende Offizier war gerade dabei, die Truppen zu versammeln, als wir gerufen wurden. Ich meldete mich freiwillig, die Soldaten zu führen, während Stavros und die anderen vorausgerannt sind. Es war ein Glück, dass wir nicht gebraucht wurden."

„Wenn du dort nichts gesehen hast, warum bist du dann *hier*?"

Ein Hauch von Verärgerung hat sich in den ruhigen Ton des Königs geschlichen. Benedikt lacht nervös, als hätte er sich nicht denken können, dass er quasi keinen Einfluss auf seinen Halbonkel hat, der seine Existenz bisher kaum zur Kenntnis genommen hat.

Bevor er sich eine passende Antwort einfallen lassen kann, konzentriert sich Konram auf Ivy. „Dann erzähle uns die ganze Geschichte. Alles angefangen damit, was dich dazu gebracht hat, im Turm des Allesgebers nachzuschauen, bis hin zur Unterbrechung von Wendos' Magie. So prägnant wie möglich."

Ivy verschränkt die Arme vor der Brust und umklammert ihren Umhang. „Ich werde mein Bestes geben."

Ich beobachte ihre verschwommene Gestalt mit einem gelegentlichen Zucken meines Kopfs, um einen deutlicheren Blick auf sie zu erhaschen. Mein Magen verknotet sich. Sie ist die Einzige, die ihm diesen Teil der Geschichte erzählen kann — und ich möchte sie ebenfalls hören, obwohl mich der Gedanke beunruhigt, was sie wohl auslässt.

Mit einem kurzen Blick zu mir, der womöglich entschuldigend gemeint ist, erklärt die Diebin, dass sie mein Quartier verließ, als sie sah, dass das Quadring zusammenzubrechen begann. Dass sie einen Professor sagen hörte, dass die Wohngruppen unverschlossen wären, und ihr bewusst wurde, dass sie sich in Wendos' Zimmer umsehen konnte. Dort fand sie Notizen, die sie zu dem Schluss kommen ließen, dass er den Turm für seinen Zauber nutzte.

Meine Muskeln verspannen sich noch mehr, als sie zu der Konfrontation selbst kommt. Wie wird sie *diese* Geschichte verdrehen, ohne ihre eigene bösartige Magie zu offenbaren?

„Als ich realisierte, was Wendos zu erreichen versuchte, tat ich alles in meiner Macht Stehende, um ihn aufzuhalten", erzählt sie. „Allerdings hatte er einige Daimon unter seiner Kontrolle, die ihn schützten. Sie hinderten mich daran, ihn anzugreifen, und ich hatte Pech mit dem einen Messer, das ich werfen konnte. Es traf ihn nur in der Schulter. Danach fixierten mich die Geistwesen."

Konram bedeutet ihr, weiterzusprechen. „Es klingt, als hättest du tapfer gekämpft."

Ivys kleines Lächeln erreicht ihre strahlend blauen Augen nicht. „Die Komplizen, deren Macht er stahl, waren mutiger. Letztendlich befreiten sie sich vom Einfluss der Blutzauberer und opferten sich, um ihn aufzuhalten. Sie sprangen vom Turm und starben, als sie auf dem Dach des niedrigeren Tempels aufschlugen. Die Macht ihres Opfers traf ihn hart. Dadurch wurde er ohnmächtig. Sie haben scheinbar auch versucht, den Turm zu reparieren, denn Ranken wuchsen über die Stufen, welche die Daimon zerstört hatten."

Ich starre sie kurz an, bevor ich meine Aufmerksamkeit wieder auf den König richte. Ihre Geschichte klingt beeindruckend glaubwürdig ... allerdings weiß ich, dass ein bedeutender Teil der Unwahrheit entspricht.

Was ist *wirklich* mit den verstümmelten Komplizen geschehen?

Konram nickt. „Ich habe vom Tempelpersonal Berichte über die Leichen und die Ranken erhalten. Wenn wir die Opfer identifiziert haben, werden wir ihnen ein ehrenhaftes Begräbnis geben."

„Wie sollen wir nun weitermachen?", kann ich mir nicht verkneifen, zu fragen. „Falls Sie vorhaben, Ster. Torstem zu verhaften, kann ich möglicherweise ..."

Der König unterbricht mich mit einem Kopfschütteln. „Ich denke nicht, dass wir bereits zu diesem Schritt übergehen können."

Ich zwinge mich, ruhig und gefasst zu sprechen. „Nein? Reichen Ivys Beobachtungen nicht?"

„Sie reichen mir. Ich werde diesen Mann nicht in meine unmittelbare Nähe oder die meiner Familie lassen. Sie hat jedoch ebenfalls gesagt, dass sie glaubt, er hätte viele andere Verbündete. Er ist der Einzige, den wir identifizieren können. Es gibt keine Garantie, dass er uns etwas verraten wird, wenn wir versuchen, ihn zum Reden zu zwingen." Konram seufzt. „Bei einem Gespräch mit meiner magischen Beraterin habe ich erfahren, dass es keine Methode gibt, mit der man nachträglich bestätigen kann, ob eine Person Blutzauberei ausgeübt hat. Ihn einzusperren, bringt uns wenig, wenn es mehrere andere gibt, die die Stadt weiterhin angreifen werden."

Ivy hat ihre Reaktion nicht so gut im Griff wie ich und ihre Stimme klingt angespannt vor Ungläubigkeit. „Dann *werden* sie die Stadt weiterhin angreifen … oder die Daimon dazu zwingen. Sie haben bereits versucht, Ihren jüngeren Sohn zu töten, und soweit wir wissen, waren sie für Prinz Dunstams Tod vor einigen Jahren verantwortlich."

Mein Blick huscht gerade rechtzeitig von ihr zu Konram, um zu bemerken, dass er kaum merklich die Schultern anspannt. Ich habe den Tod seines ältesten Sohns und ehemaligen Erbens noch nicht in Verbindung mit den Blutzauberern erwähnt. Wir haben keine Beweise gefunden, dass sie bei der Krankheit ihre Finger im Spiel hatten, die Dunstam wenige Tage vor seinem zwölften Geburtstag dahinraffte.

„Das war vor über sieben Jahren", entgegnet er knapp.

Ich mische mich ein, um seine Aufmerksamkeit wieder auf mich zu lenken. „Wir haben Ster. Torstems fragwürdige Aktivitäten viel weiter zurückverfolgt. Es macht den Anschein, als wäre die Verschwörung mehr als ein Jahrzehnt lang in den Schatten herangewachsen."

Konram reckt gebieterisch das Kinn. „Der Ernst der Lage ist eindeutig. Ich sage nicht, dass wir nichts tun werden. Sobald die Mediziner Wendos wiederbelebt haben, wird man ihn befragen und ihm jeden Grund geben, seine Verbündeten zu verraten. Außerdem werde ich der Kronenwache auftragen, den anderen Spuren auf den Grund zu gehen. Du hast gesagt, dass Ster. Torstem Waisen in die Verschwörung gezogen hat?"

„Ja. Wir haben ein Waisenhaus identifiziert, dem er Geld

gespendet und mit dessen Schutzbefohlenen er gesprochen hat, allerdings gibt es vielleicht noch andere."

Ivy räuspert sich. „Ich weiß, dass er mindestens einige der Opferkomplizen in einem Bordell unweit von dort versteckt hat. Das könnte eine seiner Taktiken sein. Jeder, der eines der Opfer sehen würde, wüsste sofort, dass es kein typisches Weihopfer war."

Der König verschränkt die Arme vor der Brust. „Dann werden wir Vorkehrungen treffen, um Razzien in Bordellen durchzuführen, und dieses Waisenhaus sowie andere in der Stadt überwachen lassen. In der Zwischenzeit habt ihr drei und eure Kameraden bewiesen, dass ihr geschickt darin seid, die Verschwörung Stück für Stück aufzudecken. Findet so viel wie möglich über ihre Absichten heraus. Ster. Torstem wird mehr preisgeben, wenn er nicht weiß, dass er unter Verdacht steht."

Unsere Ermittlungen werden einfacher sein, nun, da wir mit Sicherheit von Torstems Beteiligung und seinen Verbindungen zu Wendos wissen. Allerdings kann ich nicht anders, als selbst vorsichtig Protest zu erheben. „Die Daimon randalieren bereits. Die Studenten der Akademie haben womöglich Angst …"

„Wir können den Schaden schnell beheben. Ich lasse mehrere Priester kommen, die geschickt im Umgang mit aufgebrachten Geistwesen sind und den Auswirkungen auf die Daimon entgegenwirken werden. Sie sollten morgen ankommen. Ich werde mehrere Tage mit dem Großteil des Hofs auf eine geplante Reise gehen, habe jedoch vor, in engem Kontakt mit meinen Leuten hier zu stehen. Falls die Situation eskaliert, werde ich meine Strategie revidieren."

Ein wenig Erleichterung durchläuft mich, da ich nun weiß, dass die Königsfamilie einen größeren Abstand zu der Bedrohung haben wird, während wir uns mit dieser befassen.

Ich mag diese Situation anscheinend genauso wenig wie Ivy. Herumzuschleichen in der Hoffnung, weitere Informationen zu den Schurken auszugraben, während der frei herumläuft, von dessen Beteiligung wir wissen …

Zugleich kann ich die Weisheit von Konrams Herangehensweise nicht leugnen. Blutzauberer bauen ihre

Magie darauf, andere zu verstümmeln und zu töten. Opfer sind ihnen nicht fremd.

Falls wir Torstem verhaften, ist die Wahrscheinlichkeit viel zu groß, dass er um sich schlägt, um seinen Tod zu erzwingen, oder dass er sich selbst umbringt. Dann hätten wir überhaupt keine Spur mehr, der wir folgen können.

Natürlich werden die Verschwörer wissen, dass heute Abend *jemand* ihre Pläne vereitelt hat. Unter meiner Aufsicht wird niemand im Stich gelassen werden.

Konram lässt seinen Blick über uns schweifen, wobei er noch autoritärer wirkt. „Ihr habt eure Befehle. Ich vertraue darauf, dass ihr diese umsetzen könnt?"

Ich spreche, bevor er uns offiziell entlässt. „Unsere heimlichen Treffen und die Besprechung unserer Entdeckungen gestalten sich zunehmend schwieriger für uns, insbesondere da wir unsere Verbindung geheim halten wollen. Wenn Sie uns irgendeine Ressource anbieten können, die eine einfachere Kommunikation ermöglicht, wäre das eine gewaltige Hilfe."

Konram reibt sich über das Kinn. „Ich kann womöglich genau das Richtige in die Wege leiten. Ich werde das mit dir besprechen, sobald es fertig ist."

Ich neige den Kopf. „Danke, eure Hoheit. Wir werden unser Bestes geben."

„Wir werden alle Blutzauberer zu Fall bringen", verkündet Benedikt. Nach der vorherigen Ablehnung des Königs klingt sein Elan gezwungen.

Ivy schweigt, ich kann jedoch beinahe spüren, wie es in ihr brodelt. Sie ist allerdings klug genug, keine ihrer Bedenken vor dem Mann auszusprechen, der über uns alle herrscht.

Der König hält inne und sein Blick heftet sich auf mich. „Du wirkst grimmiger, als ich angesichts der Fortschritte, die wir gemacht haben, und des abgewandten Desasters erwartet hätte, Stavros. Gibt es noch ein Problem, von dem ich nichts weiß?"

Die Frau neben mir versteift sich ganz leicht.

Das ist meine Vorlage, der Zeitpunkt, ihm zu erzählen, was sie ist. Der Zeitpunkt, um sie zum Galgen zu schicken, wo alle Zerrissenen hingehören.

Bin ich meinem König nicht zumindest die Wahrheit schuldig?

In dem Augenblick, in dem ich mit meiner Unentschlossenheit ringe, blitzt die Erinnerung an Kosmels Sigille in meinen Gedanken auf, die auf Ivys Brust leuchtete. Mein vorheriger Entschluss verhärtet sich.

Ich kann meinem König und meinen Göttern in diesem Fall nicht gleichzeitig dienen und weiß, wer die höhere Autorität hat.

„Nein, eure Hoheit", erwidere ich. „Ich bin bloß frustriert, dass wir trotz der Verbrechen, die sie bereits begangen haben, nicht mehr Verschwörer verhaften konnten."

Konram gluckst leise. „Ich vertraue darauf, dass du das in Kürze ändern wirst."

Sein Bild verschwindet aus dem Spiegel. Ich sammle mich und bedeute den anderen, mir aus dem Raum zu folgen.

Wir eilen durch den geheimen Gang und verlassen den Palast durch den Ausgang, der von zwei Hecken verdeckt wird, die unseren Abgang vor ungewollten Blicken verbergen. Wir haben fast die Mauer erreicht, als ein vertrautes Kichern erklingt.

Meine Beine bleiben wie von selbst stehen. Mein Kopf dreht sich und mein Blick findet eine schmale Lücke zwischen den Büschen.

Ich habe nur kurz eine klare Sicht, bevor alles verschwimmt, doch das reicht. Es reicht, um Neelas Gesicht im Laternenschein der Kutsche zu erkennen, aus der sie gerade getreten ist.

Es reicht, um zu bemerken, dass ihre Hand um die des Höflings geschlossen ist, unter dessen Arm sie sich mit einem weiteren Kichern schiebt.

Ich reiße den Blick von ihnen los und mahle mit dem Kiefer. Meine Stimme klingt barscher als beabsichtigt. „Gehen wir. Hier gibt es nichts für uns."

Außerdem werde ich mir nicht erlauben, noch einen katastrophalen Fehler zu begehen.

DREI

Ivy

Als wir den äußeren Hof durch das Tor der Akademie betreten, hallt ein stetes Grollen über das Feld. Instinktiv zucke ich zusammen, bevor ich die Gestalten erkennen kann, die sich um die zerstörte Ecke des Quadrings versammelt haben.

Mehrere Arbeiter, deren Gaben vermutlich mit Bauarbeiten und Reparaturen zu tun haben, durchsuchen den Schutt. Im Schein ihrer Laternen kann ich Steinbrocken sehen, die sie gerade emporgehoben haben und nun wieder mit dem Gebäude verschmelzen. Im Inneren helfen bestimmt weitere Arbeiter und kümmern sich um die dortige Struktur.

Julita meldet sich zum ersten Mal seit einer Weile wieder zu Wort, wobei ihre Stimme noch immer kleinlauter klingt, als ich es gewohnt bin. *Sie haben schnell mit den Reparaturen begonnen.*

Benedikt gluckst fröhlich. „In ein paar Tagen wird es wieder so gut wie neu sein. Als wäre nichts geschehen."

Ein Schauder läuft mir über den Rücken. „Außer die Blutzauberer stacheln die Daimon erneut an."

„Konrams Priester sollten dabei behilflich sein", meint Stavros in dem schroffen Ton, der nun das Einzige ist, was ich von ihm bekomme.

Die Gärten und Gänge der Akademie sind abgesehen von den Arbeitern und einigen Wachsoldaten leer. Wie viele Studenten sind während des Chaos geflohen und wie viele wurden einfach in ihre Zimmer zurückgebracht, nachdem sich die Daimon beruhigt hatten?

Die Stille zerrt an meinen Nerven. Es fühlt sich zu sehr wie die Ruhe vor dem Sturm an.

Nachdem wir das Domi betreten haben, klopft Stavros Benedikt kurz auf die Schulter. „Du solltest auf dein Zimmer gehen und schlafen. In den kommenden Tagen werden wir alle einen wachen Verstand brauchen."

Benedikts Blick huscht zwischen uns hin und her. Er fragt sich vermutlich, warum wir nicht die gleiche Treppe erklimmen wie er. Die Personalquartiere befinden sich über den Stockwerken, in denen die Wohngruppen der Studenten sind.

Er stellt Stavros jedoch nicht infrage. Der Bastard eines Bastards scheint seit seiner Ankunft in der Turmspitze ein wenig in sich zusammengefallen zu sein.

Die Art und Weise, wie sein Halbonkel mit ihm sprach, hat mich um seinetwillen verärgert – allerdings wäre ich eine echte Idiotin, wenn ich den König gerügt hätte. Wäre ich so lebensmüde, das zu tun, gäbe es nach unserem Gespräch, ehrlich gesagt, ungefähr ein Dutzend anderer Dinge, wegen denen ich mit dem König schimpfen möchte.

Einige Locken meiner hellen Haare sind unter meiner Kapuze hervorgerutscht. Benedikt streckt die Hand aus, zupft neckend an einer und der Hauch seines üblichen Feixens kehrt zurück. „Dann bis morgen, Klingenkünstlerin. Versuche, dir keine weiteren Schwierigkeiten ohne mich einzubrocken."

Er betritt das Treppenhaus und Stavros schiebt mich unter bedrohlichem Schweigen weiter. Wir gehen am Speisesaal und den Eingangstüren der Bibliothek vorbei, durch den schummrigen Gang mit seinen alten Wandteppichen.

Als wir stehen bleiben und der ehemalige General den

Wandleuchter packt, um den magischen Geheimgang zu aktivieren, bleibt mein Blick auf dem Wandteppich von Signy hängen. Sie steht auf ihrem Hügel und ist von diesem heldenhaften goldenen Leuchten umgeben. Ihr Schwert ist erhoben und ihre Haltung strahlt die Entschlossenheit aus, die Soldaten am Fuß des Hügels zurückzudrängen.

Seit ich diese Mission angenommen habe, denke ich häufig über die veldunische Heldin nach, die ihr Land befreit hat. Darüber, dass sie sich einer ganzen kaiserlichen Armee gestellt hat, wohingegen ich Probleme habe, eine akademieweite Verschwörung aufzudecken.

Sie hatte wenigstens drei Männer an ihrer Seite, die alles in ihrer Macht Stehende taten, um sie zu unterstützen. Die nicht in Erwägung zogen, sie zu einem Henker zu schleifen, wenn sie auch nur falsch blinzelte.

Als sich der dichte Schatten, der eigentlich kein Schatten ist, vor uns über die Wand ergießt, sieht mich Stavros an und verzieht den Mund, als sei er sich nicht sicher, ob er mich vor sich haben will, wo er mich sehen kann, oder hinter sich, wo er seine Kameraden vor mir schützen kann. Mit einem rauen Laut bedeutet er mir, als Erste in den Gang zu gehen.

Als ich ihn betrete, verrät mir ein leises Zischen, dass er sein Schwert gezogen hat. Die Spitze streift die Narben auf meinem Rücken durch meinen Umhang hindurch.

Stavros macht sich bereit für den Fall, dass er mich erstechen muss.

Der Kloß, der in meiner Kehle aufsteigt, erstickt mich beinahe. Meine Magie steigt ebenfalls auf, zerrt an meinen Rippen und verlangt, dass ich ihr Stavros überlasse.

Guter Plan. Ich werde mich davor schützen, erstochen zu werden, indem ich ihm einen Grund liefere, mich zu erstechen.

Meine Magie mag mächtig sein, ist jedoch nicht besonders klug.

Zum Glück scheint mein Angriff auf Wendos den Großteil ihres Unmuts darüber besänftigt zu haben, dass ich sie ignoriere. Eine kribbelnde Empfindung kriecht bei meiner Weigerung durch mein Inneres, es ist jedoch kein Vergleich zu dem heftigen Brennen, das mich in der Vergangenheit in die Knie gezwungen hat.

Ich zwinge mich, mit ruhigen Schritten die versteckte Treppe hinabzusteigen. Der ehemalige General folgt mir dicht auf den Fersen.

Als wir den kleinen Archivraum betreten, in dem wir uns getroffen und unsere Ermittlungen besprochen haben, richten sich die zwei Männer auf, die dort zu beiden Seiten des Schreibtischs auf uns warten.

Casimirs Gesicht hellt sich vor Erleichterung auf – weil ich Stavros noch nicht mit meiner zerrissenen Magie getötet habe?

Alek bleibt angespannt und seine Hand ruht auf dem Gürtel, an dem sich die Scheide des königlichen Schwerts befindet, das nun auf dem Tisch liegt. Stavros hat ihm das Schwert und den Gürtel mitgegeben, als wir getrennter Wege gegangen sind, vermutlich damit er dem König nicht erklären muss, wie es in meinem Besitz gelandet ist.

Als ich die Scheide betrachte, hallt ein Echo des Solidaritätsgefühls durch mich, das ich heute Nachmittag in diesem Raum verspürt habe. Meine Finger kribbeln, als könnte ich sie ausstrecken und das Schwert wieder an mich reißen.

Jegliche Kameradschaft, die mich mit diesen Männern verband, war künstlich und basierte von Anfang an auf einer Lüge. Dennoch schmerzt mich ihr Verlust.

„Was hat der König gesagt?", will Casimir wissen.

Stavros verzieht das Gesicht. „Bis Wendos sprechen kann, möchte er, dass wir unsere Ermittlungen fortsetzen. Ster. Torstem scheint der Grundpfeiler zu sein. Wir müssen herausfinden, wen er noch in diesen Wahnsinn gezogen hat."

Alek sieht mich an, bevor er seinen Blick wieder auf Stavros richtet. „Wie habt ihr … alles erklärt?"

Es ist offensichtlich, welchen Teil von ‚allem' er meint.

Stavros' Miene verdüstert sich noch mehr. „Die Diebin hat eine Geschichte darüber gesponnen, dass Wendos' Komplizen sich gegen ihn gewandt haben." Er tippt meinen Arm mit der flachen Seite seines Schwerts an. „War irgendetwas davon wahr?"

Ich trete zur Seite und lehne mich an eines der Regale, in

denen sich haufenweise Bücher und lose Aufzeichnungen befinden, welche die Bibliothekare nicht wichtig genug finden, um sie in der Hauptsammlung aufzunehmen. Etwas Festes in meinem Rücken zu haben, hilft mir dabei, mich für die bevorstehende Befragung zu erden.

„Es waren wirklich drei Leute bei Wendos", erzähle ich. „Ihnen fehlten die Haare, die Augen, die Ohren, die Arme ... mindestens einer von ihnen fehlte ein Teil ihres Beins. Eine der Frauen kam aus dem Bordell ... Wendos drohte, er würde sie von Torstem dorthin zurückbringen lassen. Ihr Name war Fyrinth."

Das Zucken an Stavros' Kiefer verrät mir, dass er den Namen ebenfalls erkennt. Er ist so klug, dass er die Teile zusammensetzt, so wie ich es getan habe. „Torstem behielt die Kinder aus dem Waisenhaus, nachdem sie ihr Opfer erbracht hatten, und schickte andere an ihrer Stelle zum Tempel."

Ich nicke. „Ich glaube, es waren die Kinder von Prostituierten."

Ein Schauder durchläuft Aleks schlanke Gestalt. „Also lassen sie keine Gläubigen bei der Weihe *sterben* ... sie verlangen von ihnen bloß, dass sie alles aufgeben, was sie können, *ohne* zu sterben?"

„Diesen Anschein macht es jedenfalls." Bei der Erinnerung breitet sich ein saurer Geschmack in meinem Mund aus. „Allerdings sind sie gestorben. Nur nicht, um Wendos aufzuhalten. Nachdem ich mein Messer auf ihn geworfen hatte, konnte er sich wegen der Schmerzen nicht mehr so gut konzentrieren. Er wollte mehr Macht. Also befahl er ihnen, sie ihm zur Verfügung zu stellen, und sie stürzten sich alle in einem letzten Opfer vom Turm."

„Deswegen hast du auf deine Macht zugegriffen", sagt Casimir leise.

Ich wappne mich. „Ja. Die Magie, die er und die anderen Zauberer auf die Daimon ausübten, funktionierte. Ich konnte mich nicht mehr bewegen, weil mich die Daimon im Turm fixierten. Ich konnte hören, wie unten in der Stadt Gebäude einstürzten. Ich wusste nicht, wie weit ihr noch weg wart. Es war die einzige Chance, die ich noch hatte."

Stavros verändert seine Haltung und lässt das Schwert an seine Seite sinken, hält es jedoch nach wie vor fest. „Ich denke, du solltest besser von vorne anfangen. Woher du wirklich kommst. Was du zuvor mit deiner Magie getan hast. Alles. Keine Täuschung, keine Lügen. Falls du das überhaupt kannst."

Ich kann nicht anders, als ihn kurz finster anzustarren, bevor ich mein Temperament zügle.

Ich habe sie von Anfang an angelogen, wenn auch bloß durch das Weglassen von Informationen. Und irgendwie könnte die Wahrheit das Einzige sein, was sie daran hindert, mich nun zu ermorden.

Allerdings habe ich nicht nur sie belogen.

Julita regt sich in meinem Hinterkopf. *Das würde ich auch gerne hören.*

Ich hole tief Luft. „Ihr habt euch gefragt, wie ich aufgewachsen bin. Meine Eltern haben eine Druckerei. Es ist nichts Weltbewegendes – sie drucken hauptsächlich Poster und Broschüren – es würde mich allerdings nicht überraschen, wenn einige der neueren Bücher dort oben aus ihrem Laden wären." Ich deute zum Hauptraum der Bibliothek über uns.

Alek lehnt sich an die Tischkante. „Deswegen bist du so eine Leseratte."

Ich zucke mit den Achseln. „Es ist eine Familienberufung."

Stavros' Augen sind schmal geworden. „Und sie haben dich versteckt …"

Ich schüttle heftig den Kopf, um ihn zu unterbrechen. „Nicht wirklich. Nicht so. Ich …"

Die Worte bleiben mir im Hals stecken. Ich blicke auf meine Hände hinab, die ich vor mir verknotet habe.

Diese Geschichte habe ich bisher niemandem erzählt. Ich habe nie darüber gesprochen.

Als ich die Worte hervorwürge, durchbohrt mich der Schmerz der Erinnerung noch schärfer als üblich. „Unsere Familie bestand aus meinen Eltern, meiner kleinen Schwester Linzi und mir. Als ich sieben und Linzi fünf Jahre alt war, wurde unsere Mutter krank. Eines der zehrenden Fieber. Es setzte ihr zwei Wochen lang zu, bis sie sich kaum noch im Bett umdrehen konnte, weil sie so schwach war. Sie aß nicht, hustete jegliches Wasser aus, das sie zu trinken versuchte … Die Mediziner, die mein Vater holte, konnten nichts tun, da die Krankheit sich zu weit in ihrem Körper ausgebreitet hatte."

Casimirs Mund verzieht sich mitfühlend. „Sogar die Palastmediziner kommen gegen bestimmte Krankheiten nicht an."

„Ich weiß." Ich wappne mich und erzähle weiter. „Eines Nachmittags war mein Vater im Laden und kümmerte sich um eine Bestellung. Er ließ meine Mutter nur ungern in diesem Zustand allein, doch wir brauchten das Geld für die Mediziner. Linzi und ich waren bei ihr. Urplötzlich wurde ihr Atem so schwach und krächzend, als könnte sie kaum Luft holen, und ihr Körper erschlaffte … Ich wusste, dass sie in diesem Moment sterben würde. Und als mir das bewusst wurde, erkannte ich auch, dass ich sie retten konnte."

Ich halte inne und meine Lunge zieht sich zusammen, als die Bilder über mich schwappen. Stavros bedeutet mir mit dem Schwert, weiterzusprechen.

„Ich konnte es einfach spüren." Ich lege eine Hand auf mein Brustbein, wo die Magie jetzt schwach zischt. „Die Magie wallte in mir auf und ich konnte meine Mutter glücklich und gesund vor meinem inneren Auge sehen. Daher streckte ich meine Hand aus und ließ die Magie in sie fließen. Es funktionierte. Ihr Atem ging plötzlich gleichmäßiger … die Farbe kehrte in ihr Gesicht zurück. Doch …"

Meine Kehle schnürt sich vollkommen zu. Meine Hand hebt sich, um Linzis Band durch den Ärmel meines Kleides zu berühren.

„Aber was?", hakt Stavros nach.

Ich zwinge die Worte aus meiner Kehle. Sie kommen heiser heraus. „Die Energie, die ich in sie fließen ließ, musste von irgendwo herkommen. Meine Schwester … sie brach zusammen. Sie war nur drei Schritte entfernt von mir. Als ich sie erreichte, war sie jedoch schon tot."

Ich lasse den Kopf hängen. All der Kummer dieses Augenblicks vor dreizehn Jahren fegt erneut durch mich hindurch und brennt in meinen Augen.

Oh, Ivy, sagt Julita sanft.

Ich zwinge mich, weiterzusprechen. „Meine Eltern wussten nicht, was passiert war. Zumindest hatten sie keine Gewissheit. Meiner Mutter ging es so schlecht, dass sie nichts mitbekam, als ich meine Magie einsetzte, und mein Vater war nicht da … Ich hatte solche Angst und war so verwirrt, dass ich einfach schwieg. Man glaubte, dass Linzi die gleiche Krankheit wie meine Mutter gehabt hatte, sie jedoch plötzlich von ihr befallen wurde, weil sie so jung war. Ich weiß nicht, ob meine Eltern das tatsächlich glaubten. Sie wussten nicht mit Sicherheit, dass ich es war, meine Mutter hatte mich jedoch definitiv im Verdacht.“

Aleks Kiefer spannt sich an. „Du hast erzählt, dass sie dich geschlagen hat.“

„Sie schlug mich jedes Mal mit dem Gürtel, wenn sie frustriert war, was häufig vorkam. Außerdem war sie der Meinung, dass ich nicht viel Essen verdiente, und die meiste Zeit konnte sie es nicht einmal ertragen, mich anzuschauen.“ Ich lächle angespannt. „Sie sagte, ich hätte unsere Familie verflucht. Und ihre Einstellung färbte auf Da ab. Er liebte Linzi abgöttisch und es erschütterte ihn wahnsinnig, dass er sie so plötzlich verloren hatte.“

Ich verbrachte so viele Nächte in eine Ecke gekauert, wo ich versuchte, einzuschlafen, obwohl mein Magen vor Hunger zwickte und mein Rücken von den Schlägen mit Mas Gürtel pochte.

Allerdings tat nichts davon so stark weh wie der Verlust und die Schuldgefühle, die mich nie ganz verließen.

Stavros' Augen blitzen anklagend unter seinen dunkelroten Haaren. „*Du* wusstest, was du warst.“

„Ich bin dahintergekommen“, gebe ich zu. „Im Jahr zuvor hatten wir bei der Hinrichtung eines Zerrissenen zugeschaut, aber ich verstand es nicht richtig … Als das nächste Mal einer gefangen wurde, hörte ich einige der älteren Kinder im Viertel über die Art von Magie sprechen, die Zerrissene wirken, und stellte die Verbindung her. Ich wusste jedoch davor schon, dass meine Macht nichts Gutes war. Sie zerrte ständig an mir und flüsterte mir sämtliche Dinge ein, die ich tun könnte, doch ich wollte einfach nur, dass sie verschwand.“

Der ehemalige General schnaubt. „Mit sieben Jahren hattest

du die Selbstbeherrschung, einer Magie zu widerstehen, die dir alles gegeben hätte, was du dir wünschen konntest?"

Mein Rücken versteift sich. „Ich tötete meine kleine Schwester. Das hat mir diese verdammte Magie angetan. Sie kann mir Linzi nicht zurückgeben und es gibt nichts, was ich mir mehr gewünscht hätte. Nichts hat mir mehr *Angst* gemacht als die Frage, was ich noch verlieren könnte."

Stavros' Miene verhärtet sich, er braucht allerdings einige Sekunden, bevor er antwortet. „Und du willst uns sagen, dass du sie bis heute Abend nie wieder benutzt hast?"

„Nein", antworte ich und kann nicht verhindern, dass sich eine gewisse Schärfe in meine Stimme schleicht. „Du hast mich nicht ausreden lassen. Oder möchtest du die Geschichte für mich erzählen, da du anscheinend so gut weißt, wie sich alles abgespielt hat?"

Es ist womöglich nicht die klügste Idee, den Mann anzufahren, der mich am wahrscheinlichsten zum Galgen schicken wird, meine Nerven sind allerdings so angespannt, dass es mir mittlerweile egal ist.

Stavros hält meinen Blick mehrere hektische Herzschläge lang und sein Kopf zuckt, als er seine Sicht neu justiert. Anschließend wedelt er mit seiner Handprothese. „Sprich ruhig weiter."

Ich sammle mich. „Ich benutzte meine Magie nie wieder, wusste jedoch, dass ich mit ihr bereits entsetzliche Dinge vollbracht hatte. Daher wollte ich nicht, dass mich die Götter bemerkten. Also lief ich am Morgen meines zwölften Geburtstags weg. An diesem Tag hätten meine Eltern mich nämlich zu einem Tempel gebracht, da sie es für ihre Pflicht hielten, mich weihen zu lassen. Von da an lebte ich auf der Straße und schlug mich durch, indem ich stahl, bettelte und einen Unterschlupf suchte, wann immer ich konnte."

„Und ohne Magie."

Ich ignoriere Stavros' skeptischen Ton. „Ohne Magie. Bis ein Mann mich ein Jahr später in dem verlassenen Haus in die Ecke trieb, in dem ich mich verkrochen hatte. Er drückte mich zu Boden und ..."

Mein Mund presst sich zu einem dünnen Strich zusammen,

bevor ich fortfahren kann. „Ich bin mir sicher, ihr könnt euch vorstellen, was er tun wollte. Ich war zu klein und schwach, um ihn abzuwehren, weshalb ich in Panik geriet und ihn mit meiner Magie von mir stieß. Ich *versuchte* nicht, ihn zu töten. Ich wollte ihn nur aufhalten, konnte allerdings nicht klar denken …"

Bei dieser Erinnerung wird mir doppelt so schlecht. Die Abscheu über die Hände des Mannes, die mich durch meine zerrissenen Kleider hindurch begrapschten, vermischt sich mit dem Entsetzen über den Anblick seines leblosen Körpers und das Wissen, dass ich es wieder getan hatte.

Wenigstens hast du niemanden getötet, um ihn zu töten, sagt Julita in einem offenkundigen Versuch, optimistisch zu sein.

Ein ersticktes Lachen entfährt mir. „Das war nicht einmal alles. Das Beenden eines Lebens erschuf mehr Leben, um für ein Gleichgewicht zu sorgen, allerdings konnte ich das auch nicht kontrollieren. Plötzlich strömten all diese Käfer aus den Wänden des Hauses … sie schwärmten die ganze Straße, krochen in das Essen der Leute, in ihre Gärten … Leute, die ohnehin nicht genug zum Leben hatten …"

Ich schlinge die Arme um mich. „Ich wollte nie wieder das Gefühl haben, als müsste ich meine Magie benutzen. Von diesem Tag an tat ich alles in meiner Macht Stehende, um mich auf alles vorzubereiten, womit ich es bei meinem Leben auf der Straße zu tun bekommen würde."

„Du lerntest zu kämpfen", schlussfolgert Casimir.

„Ja. Ich fand einen Duellanten, der gewillt war, mich zu unterrichten, wenn ich ihm dafür ein paar Dinge stahl. Er trainierte mich einige Jahre lang gelegentlich. Außerdem hortete ich Informationen über alle möglichen Themen, indem ich Gespräche belauschte, jedes Buch las, das ich in die Finger bekam, lernte und beobachtete … Es funktionierte ziemlich gut. Seit diesem Tag, als ich dreizehn Jahre alt war, habe ich meiner Magie nie wieder nachgegeben bis gestern, als ich im Sterben lag. Und das nicht, weil sie mich nicht gepiesackt hat, das kann ich euch versichern."

Alek beugt sich auf seinem Platz am Schreibtisch vor. „Du hast mich nach Techniken zur Unterdrückung von Magie gefragt, es jedoch nie wieder angesprochen. Das war eigentlich für dich gedacht, nicht um die Blutzauberer aufzuhalten, oder?"

Ich sollte nicht überrascht sein, dass der Gelehrte die Informationen so schnell zusammengesetzt hat.

Ich begegne seinem durchdringenden Blick mit einem schiefen Lächeln. „Ich meine, ich hätte nichts dagegen gehabt, wenn es auch im Einsatz gegen die Blutzauberer nützlich gewesen wäre. Allerdings hatte ich einen Hintergedanken. Meine Macht wurde im Lauf des letzten Jahrs ... zunehmend beharrlicher. Ich wollte nicht, dass sie mich ablenkte. Doch ich habe Rohrwolle gefunden ... Sie hat mir allerdings nicht geholfen."

Julita summt vor sich hin. *Ah. Eine Menge Dinge ergeben jetzt mehr Sinn.*

Sie klingt nicht so, als wäre sie sauer auf mich. Andererseits war sie all diese Zeit in mir und ist sich all der Dinge bewusst, die ich tue. Sie weiß, dass ich nicht heimlich herumgeschlichen bin und hinter den Rücken der Männer bösartige Magie ausgeübt habe.

Da mein Geständnis vorbei ist, sacke ich gegen die Regale. „Also was jetzt? Das ist alles."

„Alles?" Stavros lacht schallend. „Abgesehen von der Tatsache, dass du hier mit einem Fingerschnipsen mehr zerstören kannst, als es die Blutzauberer in Monaten geschafft haben."

Ich schaue ihn böse an. „Wenn ich einem von euch schaden *wollte*, meinst du nicht, dass ich das bereits getan hätte? Wäre es nach mir gegangen, wäre ich erst gar nicht in dieser Situation gelandet. Doch das bin ich und ich möchte genauso wenig, dass die toxische Magie eines anderen diese Stadt zerstört, wie ich will, dass es meine eigene tut. Also bin ich hiergeblieben und tat, was ich konnte, um zu helfen. Obwohl das bedeutete, dass ich von den Leuten umgeben war, die mich hängen würden, sollte ich einen Fehler machen."

Stavros erwidert meinen Blick finster, aber es ist Casimir, der als Nächstes mit vorsichtiger, jedoch sanfter Stimme spricht. „Warum hast du zugestimmt, das Risiko einzugehen, Ivy? Du hättest gehen können, auch wenn Julitas Geist in dir ist."

Ich reibe mir über die Stirn und schäme mich plötzlich für die Antwort. „Ich wollte helfen. Ich wollte die Stadt beschützen. Allerdings hatte ich nicht nur selbstlose Gründe. Ich … ich hatte die dumme Idee, dass mir die Gottlen vielleicht verzeihen würden, was ich zuvor getan habe, wenn ich genug dabei helfe, die Blutzauberer aufzuhalten. Vielleicht könnten sie meine Seele heilen, damit ich keine Zerrissene mehr bin."

Nach meinem Geständnis kann ich mich nicht dazu überwinden, einen der Männer anzuschauen. Ihr Schweigen scheint zu bestätigen, wie idiotisch diese Idee war.

Zerrissenen Zauberern wird nicht verziehen. Der Grund unserer Existenz liegt einzig und allein darin, den Rest der Gemeinschaft an die vergangenen Missetaten der Menschheit zu erinnern.

Zu zeigen, dass endlose Macht mehr ein Fluch als ein Geschenk ist, und dass niemand danach streben sollte, so wie es die Blutzauberer zuvor getan hatten.

Julita meldet sich mit lebhaftem Ton zu Wort. *Sie* sollten *dich begnadigen. Das wäre nur fair nach allem, was du getan hast. Du hast mittlerweile bestimmt mehr Leben gerettet, als du verletzt hast!*

Da bin ich mir nicht so sicher.

Ich befeuchte meine Lippen. „Ich würde gerne weiterhin helfen. Ich weiß, dass ihr mich gemäß den Gesetzen den Behörden übergeben solltet, um mich hinrichten zu lassen … aber ich *habe* meine Magie kontrolliert. Ihr könnt sehen, dass ich nicht verrückt bin. Ich will nach wie vor dabei helfen, die Blutzauberer aufzuhalten. Was immer danach passiert … ich werde glücklicher sein, wenn ich weiß, dass ich eine wirklich gute Sache getan habe, ganz gleich, wie mein Leben endet."

„Ivy", krächzt Casimir, was mich dazu veranlasst, aufzuschauen. In seinen Augen schimmert das Mitgefühl, wegen dem ich mich in ihn verliebt habe, bevor er Stavros ansieht. „Ich denke, wir sollten ihr diese Chance geben. Sie hat während ihrer Zeit auf der Akademie nichts Falsches getan."

Stavros schaut uns beide böse an. „Soweit wir wissen."

Ich schnaube. „Wenn du *mir* noch immer nicht glaubst, kannst du Julita fragen. Sie war jeden Moment bei mir."

Stavros zieht die Augenbrauen hoch. „Und wie genau soll ich sie fragen, wenn sie nur durch dich spricht?"

Ich erinnere mich an das erste Mal, als ich ihnen von Julitas Geist erzählte. „Stell mir eine Frage, auf die nur sie die Antwort weiß. Zu einem Thema, von dem sie mir bestimmt nicht zufällig erzählt hat. Wenn sie denkt, dass ich euch belüge und nicht will, dass ihr mir vertraut, wird sie mir nicht sagen, was ich antworten soll. Das ist ziemlich einfach."

Ja, stimmt Julita zu. *Natürlich werde ich für dich eintreten.*

Der ehemalige General hält inne und seine Augen richten sich in die Ferne, während er über diesen Test nachdenkt. Dann deutet er auf mich. „Auf dem letzten Ball … der, bei dem sie noch lebte … was hat sie auf sich verschüttet?"

Julitas Präsenz bewegt sich ruhelos. *Verschüttet? Ich habe nichts auf mir versch… Oh.*

Ich wende den Blick ab, damit die Männer nicht denken, dass ich mit ihnen spreche. „Oh *was*?"

Sie klingt verlegen. *Ich habe nicht unbedingt etwas ,verschüttet'. Ich habe versucht, mich heimlich an Wendos anzuschleichen, um zu belauschen, was er zu seinen Begleitern sagte. Ich schlich gerade an dem Tisch mit den Erfrischungen vorbei, als jemand rückwärts gegen mich lief. Ich verlor das Gleichgewicht und tauchte meinen Ellenbogen in eine Schüssel mit Buckelbeerenpudding.* Sie hält inne. *Mir war nicht einmal bewusst, dass Stavros das beobachtet hatte.*

„Nun?", hakt Stavros nach.

Ich konzentriere mich wieder auf ihn. „Sie sagt, dass sie nichts verschüttet hat. Jemand ist gegen sie gestoßen und ihr Ellenbogen landete im Buckelbeerenpudding."

Sein Mund verzieht sich zu einem Strich, als sei er nicht glücklich darüber, dass ich richtig geantwortet habe. Hat er versucht, mich mit seiner Formulierung aufs Glatteis zu führen? Dachte er, ich würde versuchen, ihn mit einem anderen Ereignis abzuspeisen, bei dem sie etwas verschüttet und von dem sie mir möglicherweise schon erzählt hatte?

Soll er doch enttäuscht sein. Ich habe bewiesen, dass ich die Wahrheit sage.

„Kosmel hat ihr sein Vertrauen geschenkt", merkt Alek an.

Aus seiner flachen Stimme lässt sich nicht heraushören, was er davon hält. „Wir haben es alle gesehen. Und sie war eine große Hilfe. Es ist nicht so, dass sie momentan eine Gefahr für den Rest der Akademie darstellt."

Stavros schnaubt. „Die Zerrissenen sind *immer* gefährlich." Doch dann seufzt er und wippt mit resignierter Miene auf den Fußballen. „Wie willst du als Nächstes helfen?"

Gibt er mir ernsthaft eine Chance?

Ich hebe den Kopf und versuche, zuversichtlicher auszusehen, als ich mich fühle. „Wir wissen, dass Ster. Torstem eine große Rolle bei der Organisation der Verschwörung spielt. Er hat einen inneren Kreis, der die Blutzauberei mit ihm betreibt. Die einzige Gruppe auf dem Campus, die er anführt und in der Wendos involviert war, ist der Entomologieclub … Ich habe sogar gehört, wie Wendos Käfer-Vergleiche genutzt hat, um den Daimon-Angriff auf den Ball zu besprechen. Mindestens ein paar der Mitglieder müssen Teil der Verschwörung sein. Wir sollten uns auf sie konzentrieren."

„Sie werden nicht zugeben, dass sie mit verbotener Magie experimentieren, wenn du sie danach fragst."

Alek scheint munter zu werden. „Ich kann in den Archiven nachschauen und eine Liste aktueller Mitglieder erstellen, die Ivy ausspionieren kann. Irgendwann machen sie bestimmt einen Fehler."

Stavros sieht nicht überzeugt aus. „Sie haben es geschafft, ihre Aktivitäten so gut zu verbergen, dass wir all diese Zeit gebraucht haben, um Beweise dafür zu finden, dass *irgendjemand* involviert ist, obwohl Julita Wendos im Auge behalten hat."

Ich habe eine Idee, die mir den Schatten eines Lächelns auf die Lippen zaubert. „Vielleicht muss ich in diesem Fall mehr tun, um sie aus der Reserve zu locken. Ich bin neu auf der Akademie – niemand wird sich meiner Ziele und Überzeugungen sicher sein. Ich habe Wendos sprechen hören. Ich kann einige Kommentare, die seine Einstellung wiedergeben, in der Nähe der Käferclubmitglieder fallen lassen und schauen, wie sie reagieren. Wenn sie denken, dass eine ähnlich gesinnte Person in der Nähe ist, könnte das ihre Zungen lockern."

Alek hält inne. „Werden sie nicht misstrauisch sein? Wenn Wendos erkannt hat, dass Julita ihn im Verdacht hatte, und du den Leuten erzählt hast, dass du mit ihr befreundet warst ..."

Ich schüttle den Kopf. „Wendos hat damit geprahlt, dass er sich allein um Julita gekümmert hat, ohne dass die anderen Verschwörer davon erfahren mussten. Ich glaube, er wollte nicht offenbaren, dass der Rest von ihnen wegen seiner Kindheitsexperimente entlarvt werden könnte. Wenn er über sie Stillschweigen bewahrt hat, hat er ihnen auch nicht von mir erzählt. Und seine Komplizen, die mich im Turm gesehen haben, sind tot."

„Wir waren vorsichtig und haben darauf geachtet, unsere Ermittlungen geheim zu halten", meint Casimir. „Kaum einer der Soldaten des Königs hat Ivy heute Abend gesehen. Für mich klingt das nach einem vernünftigen Plan. Und Julita hat vermutlich Ideen, wie sich Ivy verhalten soll. Sie hat bestimmt eine Menge Blutzauberer-Gerede von ihrem Bruder aufgeschnappt. Falls sie gewillt ist, darauf zuzugreifen."

Ich werde unser Ziel nicht aufgeben, verkündet Julita scharf. *Du bist diejenige, die das echte Risiko eingeht.*

„Sie hat mir auf jede mögliche Art geholfen, seit ich hergekommen bin." Ich zögere und realisiere, dass ich ihr mehr schuldig bin. „Und ihr solltet wissen ... was ich hier gestern sagte, als ich aufgebracht war ... Es war keine Lüge, aber auch nicht die ganze Wahrheit. Ich glaube, sie hat absichtlich so gefühllos gesprochen in dem Versuch, sich von allem zu distanzieren, was sie verloren hat, und um sich damit abzufinden, dass sie ... alles verloren hat. Ich weiß, dass ihr nicht nur ein Mittel zum Zweck für sie wart. Sie macht sich Sorgen, wenn ihr in Gefahr seid. Sie weiß es zu schätzen, dass ihr sie unterstützt habt. Es tut mir leid, dass ich es so dargestellt habe, als hätte sie das nicht getan."

Ivy, murmelt Julita. *Du musstest nicht ... du hattest jedes Recht, zu sagen, was du gesagt hast. Meine Fehler sind meine.*

Casimir schenkt mir ein sanftes Lächeln. „Du *warst*

aufgebracht. Und du warst nicht die Einzige." Er wirft seinen Begleitern einen spitzen Blick zu.

Alek tritt von einem Fuß auf den anderen. „Danke. Es ist schön, das zu wissen."

Stavros macht nicht den Anschein, als würde ihn irgendetwas davon tangieren. Seine kantigen Gesichtszüge sind so hart wie eh und je. „Dann haben wir unsere Entscheidung getroffen und es gibt nichts mehr, was wir heute Abend tun können. Wir sollten uns ausruhen, bevor wir unsere Ermittlungen wieder aufnehmen. Doch zuerst ..." Er deutet mit dem Schwert auf mich. „Gib Casimir sein Medaillon zurück."

Stimmt ja. Sie wollen schließlich nicht, dass ich die Fähigkeit habe, den Rest von ihnen aus einer Laune heraus zu mir zu rufen.

Ich ziehe das Medaillon heraus, das ein magisches Signal an die der anderen drei Männer schicken kann, und gebe es so schnell wie möglich weiter. Ich will Casimirs Haut nicht berühren und meine Erinnerungen an die Intimität wecken, die wir geteilt haben.

Wie schlecht wird ihm bei der Erinnerung an das, was er mit einer Frau getan hat, die eigentlich ein Monster ist?

Die Finger des Kurtisans schließen sich um das Medaillon und er bedenkt Stavros mit einem entschlossenen Blick. „Wir sollten noch eines für Ivy machen lassen. Wenn sie mehr Zeit mit den Blutzauberern verbringen soll, braucht sie womöglich schnell Hilfe."

Stavros gibt ein Brummen von sich, das eher wie ein Knurren klingt. „Wir werden sehen."

Der Gedanke an unsere Gruppe wirft noch eine Frage auf. „Was werden wir Benedikt erzählen?"

Erneut senkt sich Stille über den Raum. Die Männer wechseln einen Blick.

Casimir atmet sanft aus. „Es gefällt mir nicht, Geheimnisse vor ihm zu haben, da wir die Regel haben, alles miteinander zu teilen, was wir entdecken. Allerdings war er nicht dabei ... er hat nichts davon gesehen ... Ich bin mir nicht sicher, ob er mit dem richtigen Verständnis an die Situation herangehen würde."

„Er könnte auf den Gedanken kommen, dass Ivy uns verhext hat, und sie beim König melden", gibt Alek zu bedenken und verzieht das Gesicht.

Nachdem ich gesehen habe, wie erpicht Benedikt auf die Anerkennung seines Halbonkels ist, windet sich dieselbe Sorge durch meinen Magen. „Das wird er möglicherweise tun."

Ich sage nicht, was ich von dieser Möglichkeit halte, allerdings sollte es nicht schwer, zu erraten sein. Ich mag Benedikt, zumindest das, was ich im Lauf der letzten Wochen von ihm kennengelernt habe, kann jedoch nicht behaupten, dass ich mein Leben auf sein Wohlwollen setzen würde.

Julita scheint unsere Befürchtungen zu teilen. *Benny kann ein wenig ... unberechenbar sein. Ich weiß nicht, wie er reagieren würde.*

Casimir wendet sich an Stavros. „Die Information hat eigentlich nichts mit der Ermittlung zu tun. Sie nicht zu haben, wird ihn nicht daran hindern, so viel beizutragen wie üblich. Es ist nicht so, als würde Ivy jemals in seiner Nähe sein, ohne dass auch mindestens einer von uns anwesend ist."

Ich kann nicht sagen, wie sehr das seine eigene Begründung ist und wie sehr es die Worte sind, auf die Stavros seiner Meinung nach am besten reagieren wird. Der ehemalige General akzeptiert die Argumente jedoch mit einer knappen Geste. „Na schön. Machen wir aus dem Ganzen keinen noch größeren Schlamassel, als es das bereits ist. Diese Entscheidung kann zu einem späteren Zeitpunkt revidiert werden."

Seine letzten Worte klingen endgültig. Er nimmt das königliche Schwert vom Schreibtisch und wirft sich den Gürtel mit der Scheide über die Schulter.

Bei dem Gedanken, dass er mich zurück zu seinem Quartier bringen und dabei auf dem gesamten Weg skeptische Feindseligkeit ausstrahlen wird, bekomme ich Gänsehaut. Ich komme nicht umhin, an die anderen unbekannten Blutzauberer zu denken, die heute Abend dort draußen in der Stadt waren – diejenigen, mit denen Wendos seine Magie zu verbinden versuchte.

Je eher ich beweise, wie engagiert ich mich dieser Mission widme, desto besser.

„Es gibt noch etwas, was wir heute Abend tun können", sage ich. „Jedenfalls etwas, was ich tun kann. Ster. Torstem und die anderen Verschwörer müssen sich neuformieren. Sie sind noch in der Stadt … Wenn sie das Scheitern ihrer Pläne und ihre nächsten Schritte besprechen wollen, möchten sie das bestimmt an einem vertrauten Ort tun."

Stavros runzelt die Stirn. „Und du denkst, du weißt, wo dieser Ort ist?"

Ich sehe die Männer nacheinander an. „Weiß jemand, in welchem Raum sich der Käferclub trifft?"

Vier

Ivy

Selbst nachdem Alek eine Schriftrolle mit einem Bauplan ausgerollt und auf den Raum des Entomologieclubs im dritten Stock des Quadrings gedeutet hat, macht Stavros noch ein finsteres Gesicht.

„Und wie willst du dort reinkommen?", fragt er mich in bissigem Ton. „Mit deiner Magie?"

Ich empöre mich, bevor ich meine Reaktion zügeln kann. „Nein. Ich bin eine Diebin, woran du mich so gern erinnerst. Es gibt eine Menge nicht magischer Methoden, um in einen Raum einzudringen. Wenn jemand dort ist, werde ich schauen, ob ich denjenigen belauschen kann. Falls niemand dort ist, werde ich nach Beweisen suchen. Es ist einen Versuch wert."

Es ist besser, als herumzusitzen und zu warten, ob er sich doch entscheidet, mich zum Henker zu schicken. Außerdem kann ich hoffen, dass er weniger mörderische Gedanken hegt, je öfter er sieht, dass ich auf das gleiche Ziel hinarbeite wie er.

Casimir meldet sich auf seine übliche sanfte Art zu Wort. „Wenn wir Ivy bei unseren Ermittlungen helfen lassen wollen, müssen wir ihr erlauben, *wirklich* zu helfen. Auf jede Weise, die ihr möglich ist.“

Alek rollt den Bauplan wieder auf und zögert kurz, bevor er sein verhaltenes Vertrauensbekenntnis hinzufügt. „Sie hat noch nie jemanden in der Akademie verletzt.“

Stavros betrachtet beide mit mahlendem Kiefer. Er weiß, dass ich einer Person hier geschadet habe – allerdings nur in Notwehr. Ihre restlichen Argumente lassen sich nicht wegreden.

„Na schön“, blafft er und fixiert mich mit seinem Blick. „Du schaust, was du im Hauptquartier des Käferclubs finden kannst. Dann kommst du geradewegs zu meinem Quartier. Wenn ich auch nur den leisesten Verdacht hege, dass du uns täuschst …“

Er muss diesen Satz nicht beenden.

Ich nicke zustimmend und er geht zu der Wand, die den Geheimgang beherbergt. Als Stavros in die Schatten tritt, schlüpft Alek durch die Tür, die zu den restlichen Archiven führt.

Casimir schenkt mir ein sanftes Lächeln. „Wir werden eine Lösung finden.“

Ich bin mir sicher, wir werden eine finden. Ich bin nur nicht überzeugt, dass die Lösung nicht aus einer Schlinge um meinen Hals bestehen wird.

Der Kurtisan verschwindet hinter Stavros und dann bin ich allein. Ich sollte den Männern ein paar Minuten geben, um die Gegend ringsum die Bibliothek zu verlassen, bevor ich ebenfalls hinausgehe.

Nun, ich bin allein abgesehen von meiner ungebetenen geisterhaften Freundin.

Danke, sagt Julita. *Für das, was du über mich gesagt hast … Das hättest du wirklich nicht tun müssen.*

Ich zucke mit den Achseln. „Ich hatte das Gefühl, dass ich es tun sollte. Es war die Wahrheit.“

Sie bestätigt oder leugnet dieses Argument nicht.

An ihrem Schweigen erkenne ich, dass es noch etwas gibt, was ich wahrscheinlich zu ihr sagen sollte. Ich lasse mich auf einen der Stühle in der Nähe des Schreibtischs plumpsen. „Bist du dir sicher, dass es für *dich* okay ist, mit mir zusammenzuarbeiten? Dich in nächster Nähe einer zerrissenen Seele aufzuhalten? Jetzt, da du es weißt."

Julita lacht schallend. *Ivy, ich* war *bei allem bei dir. Wenn es hier mehr Seelen wie deine gäbe, hätten wir ein viel kleineres Problem. Ich weiß nicht, was die Magie für deine Zukunft bedeutet, ob sie anfangen wird, dich zu kontrollieren, doch im Moment mache ich mir keine Sorgen.*

Eine unerwartet große Erleichterung breitet sich in mir aus. Ich mache Anstalten, aufzustehen, aber Julita spricht erneut.

Bist du dir sicher, dass du willst, dass ich *bleibe?*

Ich ziehe die Brauen zusammen. „Was meinst du?"

Du hast mich bereits länger am Hals, als einer von uns erwartet hat. Ich weiß, dass es nicht einfach sein kann, einen Eindringling im Kopf zu haben. Ich könnte versuchen, zu gehen, weiterzugehen, wie auch immer das funktioniert.

Ich habe nicht darum gebeten, dass sich die Seele einer anderen Frau häuslich in mir niederlässt. Ich habe mir unzählige Male gewünscht, mein Leben würde wieder ganz allein mir gehören.

Ihr Angebot sorgt jedoch dafür, dass mein Herz einen Satz macht.

Es wäre so, als würde ich von ihr verlangen, sich umzubringen. Niemand weiß genau, was passiert, wenn die Seele von der Ebene der Existenz in die Umarmung der Götter übergeht – woran man sich erinnert, was man noch wahrnimmt.

Der Gedanke, Julitas entschlossener Geist könnte verblassen, fühlt sich einfach … falsch an.

Ich spreche in einem trockenen Ton. „Du hast mich in diesen Schlamassel reingeritten. Du kannst mich jetzt nicht im Stich lassen. Und Alek hat recht … Dein Wissen, wie sich dein Bruder und Wendos unterhielten und handelten, sollte nützlich sein."

Julita klingt selbst ein wenig erleichtert. *Nun, wenn du es so darstellst … Ich würde das hier gerne bis zum Ende durchziehen, so gut ich das eben kann.*

„Dann ist das abgemacht."

Ich schäle mich aus dem Stuhl und berühre die Bücher im

richtigen Muster, um den Geheimgang wieder zu öffnen. In der Stille der Nacht tapse ich leise durch die dunklen Gänge.

Ich überquere rasch den Innenhof und schleiche in das Quadring, wobei ich das Licht der Laternen vor dem Domi und die Arbeiter an der entfernten Gebäudeecke meide.

Der quadratische Innenhof, der das Domi umgibt, fühlt sich noch verlassener an. Bis die Kurse am Morgen wieder beginnen, wird vermutlich niemand hierherkommen.

Kein anderer als ein paar missmutige Blutzauberer, zumindest hoffe ich das.

Mit dem Bild des Gebäudegrundrisses im Kopf husche ich die Treppe zum zweiten Stock hinauf und schleiche durch den Gang zu der richtigen Stelle. Schwaches Mondlicht fällt durch ein breites Fenster am anderen Ende des Gangs.

Ich bleibe neben der Tür stehen, von der ich mir sicher bin, dass sie die richtige ist. Daraufhin beuge ich meinen Kopf dicht zu der winzigen Lücke zwischen Tür und Rahmen und spitze die Ohren.

Kein Laut ist zu hören, allerdings bebt magische Energie durch meine Nerven.

Ich erschaudere und weiche zurück.

Was ist los?, erkundigt sich Julita.

Ich antworte flüsternd: „Die Tür ist mit einem Zauber belegt."

Hier in dem Lehrgebäude, in dem hunderte Studenten zu jeder Tageszeit in die unterschiedlichen Räume kommen und gehen, hat sich die Akademieverwaltung nicht die Mühe gemacht, die ausgefallenen magischen Schlösser anzubringen, welche die Wohnbereiche und Personalquartiere schützen. Diese Tür hat bloß ein gewöhnliches Schlüsselloch unter dem Knauf. Doch jemand hat einen zusätzlichen Schutz angebracht.

Julita summt unheilvoll. *Ster. Torstem wollte den Clubraum vermutlich besonders gut schützen.*

„Ich schätze, das ergibt Sinn." Niemand außer einem Zerrissenen würde die magische Vorsichtsmaßnahme bemerken, wenn er nicht speziell danach Ausschau hielte. Meine zerrissene Seele schwingt automatisch mit der übernatürlichen Energie mit.

Meine Macht zuckt in meiner Brust. Sie könnte diesen Zauber im Nu auflösen und die Tür butterweich öffnen.

Ich habe es geschafft, Wendos auszuschalten, ohne eine ungewollte Zerstörung zu verursachen …

Sowie mir der Gedanke durch den Kopf geht, würde ich mich am liebsten ohrfeigen. Um Himmels willen, erst vor wenigen Minuten habe ich den Männern erzählt, dass ich meine Magie unter Kontrolle habe.

Ich verdiene den Galgen, wenn ich dieses Versprechen zu einer Lüge mache, sobald ich es mit einem winzigen Problem zu tun bekomme.

Ich habe die Konfrontation im Turm nur überstanden, weil Kosmel meinen verzweifelten Ruf beantwortet hat. Mein aktuelles Problem kann wohl schlecht als verzweifelt eingestuft werden.

Sowie ich meiner Magie auch nur den kleinsten Spielraum lasse, wird sie mich reinlegen. Ich darf ihren drängenden Forderungen *nie* trauen.

Schuldgefühle sammeln sich in meinem Magen, als ich zurücktrete. Ich kann den Raum nicht betreten, indem ich das Schloss knacke, da das einen Alarm auslösen würde.

Die Tür wird allerdings nicht der einzige Weg in das Zimmer sein.

Ich tapse durch den Gang zum Nachbarraum, dessen Tür keine magische Energie verströmt.

Mit einem schwachen Lächeln hole ich mein letztes mir verbliebenes Messer aus seiner Scheide an meinem Schenkel.

Die Klinge ist so dünn, dass ich sie in die meisten Schlüssellöcher stecken kann, einschließlich diesem. Ich rüttle sie leicht hin und her, bis ich den richtigen Spannungspunkt spüre. Daraufhin drehe ich das Messer – und das Schloss öffnet sich klickend.

Ich weiß nicht, wozu das Zimmer auf der anderen Seite benutzt wird, doch was immer sein Nutzen ist, es werden eine Menge Kleider dafür benötigt. Ständer voller Kleider, Tuniken und Jacken säumen die Wände zwischen mehreren Ganzkörperspiegeln. Der Geruch eines süßlichen Parfüms hängt in der Luft.

Ich eile zum Fenster und öffne die untere aufklappbare Scheibe. Die kühle Nachtluft bringt eine willkommene Klarheit mit sich.

Das Fenster des Käferclubs wartet ein Stück entfernt an der Wand auf mich. Ein schmaler Sims, der ungefähr so breit wie mein Fuß ist, verläuft unterhalb des Fensterrahmens entlang der Steinmauer.

Mehr brauche ich nicht.

Julita lacht leise zustimmend, als sie meinen Plan durchschaut, spricht jedoch nicht. Vielleicht will sie mich bei diesem gefährlichen Manöver nicht ablenken.

Zum Glück erschüttern keine Beben den Campus wie heute Nachmittag. Die Daimon, die in der Akademie von den Blutzauberern angestachelt wurden, haben sich genauso beruhigt wie die im Turm des Tempels.

Ich spähe in den äußeren Hof hinab. Einige Gestalten bewegen sich in der Ferne auf der Akademiemauer, wo sie Wache halten. Laternen tauchen das Gras des Hofs in ein gedämpftes Licht. Es ist jedoch keine in der Nähe, die mich beleuchten könnte.

Ich ziehe meinen dunkelbraunen Umhang fester um mich und verknote die losen Zipfel vor meinen Knöcheln, damit er mein hellgrünes Kleid verdeckt. Wenn alles gut geht, werde ich mit den Schatten verschmelzen.

Nach einem letzten Blick über den Hof klettere ich aus dem Fenster. Die Spitze meines Stiefels schabt über den Sims, der diesem kaum Platz bietet.

Das ist in Ordnung. Ich habe zuvor schon schwierigere Kletterpartien hinter mich gebracht.

Ich will nicht länger als notwendig an der Mauer sichtbar sein. Daher lasse ich meine Hände über die groben Steinblöcke gleiten und folge ihnen mit den Füßen.

Ein seitlicher Schritt, zwei, drei. Ich presse mich so nah an das Gebäude, dass sich der raue Stein in meine Wange bohrt.

Ich erlaube mir nicht, darüber nachzudenken, was passieren würde, wenn ich mich nur ein winziges bisschen nach hinten neige und das Gleichgewicht verlieren würde.

Meine ausgestreckten Finger berühren den Fensterrahmen.

Dankbar taste ich das Glas ab, um die bewegliche Scheibe zu finden, und öffne sie.

Mit einem letzten verstohlenen Kraftakt schwinge ich mich über das Fensterbrett in den dunklen Raum.

Urplötzlich vermisse ich das süßliche Parfüm, das ich zurückgelassen habe. Das Hauptquartier des Entomologieclubs besitzt einen moosigen Geruch, der nicht unbedingt abstoßend ist, allerdings von einem beißenden Rauchgeruch und einem unangenehmen Duft durchzogen ist, den ich nicht einordnen kann.

Igitt, schimpft Julita, die eindeutig einer Meinung mit mir ist.

Als es rechts von mir raschelt, erstarre ich. Doch als sich meine Augen an die Lichtbedingungen im Raum gewöhnen, erkenne ich, dass ich von seinen aktuellen Bewohnern nichts zu befürchten habe.

Diese sind natürlich Insekten.

Der Entomologieclub kann sein Clubzimmer mit den Reihen aus Terrarien und Gläsern rechtfertigen, die jedes Möbelstück im Raum zu bedecken scheinen. Käfer krabbeln über Rindenstücke und Zweige, geflügelte Wesen flitzen an den Glaswänden entlang, lange Würmer schlängeln sich durch trübes Wasser.

„Igitt", ahme ich Julitas Reaktion nach.

Mir fallen nur wenige Orte ein, die im Dunkeln noch gruseliger wären. Zum Glück habe ich keinen Grund, an diesen Orten herumzulungern.

Hier habe ich allerdings etwas zu erledigen.

Da ich systematisch vorgehen möchte, entscheide ich mich für eine Richtung und beginne, den Raum sorgfältig in einem Kreis abzugehen. Während ich mich zwischen den Ständern und Regalen hindurchschlängle, suche ich auf jeder verfügbaren Oberfläche nach Hinweisen, die nichts mit Käfern zu tun haben.

Ich gehe in die Hocke, um unter den Behältern nachzuschauen, die ich hochheben kann, da ich auf diese Weise den uneindeutigen Beweis gefunden habe, den Wendos in seinem Zimmer hinterlassen hatte. Mit dem Finger gleite ich unter jedem Möbelstück entlang, das auf Füßen steht. Innerlich mache ich mich darauf gefasst, etwas Ekliges zu berühren.

Doch ich finde bloß Etikette mit den Namen von Insekten und Anleitungen, wie sie gefüttert werden müssen. Zudem liegen einige Blätter herum, die wie Seiten von Aufsätzen aussehen, die als ungeeignet verworfen wurden. Nichts deutet auf eine Verschwörung hin.

Auf der anderen Zimmerseite entdecke ich, dass nicht jede Oberfläche mit Insektengehegen bedeckt ist. Ein Kalender hängt an der Wand, bei dem ein paar Tage markiert sind, die ich mir einpräge.

Unter dem Kalender steht ein breiter Schreibtisch, auf dem sich Bücher, Schreibzubehör und einige lose Blätter stapeln, aber keine Insekten.

Die Schubladen des Schreibtischs enthalten viele weitere Papiere. Ich sinke in den Ledersessel an der Wand und gehe sie eines nach dem anderen durch.

Im Dunkeln kneife ich die Augen leicht zusammen, kann jedoch nicht jedes Wort erkennen. Die Worte, die ich ausmachen kann, scheinen mit Käfern zu tun zu haben: Zubehör, Lebensraum und Verhaltensstudien.

Falls die Aufzeichnungen eine versteckte Bedeutung haben, kann ich sie nicht entschlüsseln. Und ich will es nicht riskieren, diese Blätter mitzunehmen, wenn ich mir nicht sicher bin, ob sie bei unserer Ermittlung helfen werden.

Es würde nichts nützen, Torstem darauf aufmerksam zu machen, dass wir ihm und seinem Club auf der Spur sind.

Ich habe so viele Seiten gelesen, dass ich Kopfschmerzen bekomme, als etwas an die Tür klopft.

Mein Herz setzt aus. Ich schiebe die Schublade zu und tauche unter den Schreibtisch, gerade als sich das Schloss öffnet.

Von dort, wo ich in den dichtesten Schatten kauere, kann ich die hereinkommenden Leute nicht sehen. Doch die Schritte mehrerer Personen poltern über den Boden.

Die erste Stimme, die sogar in der Privatsphäre dieses Raums in gedämpftem Ton spricht, erkenne ich als die von Ster. Torstem. „Wir werden uns neuformieren. Wir sind ein Risiko eingegangen und es ist schiefgegangen. Es gibt genügend andere Preise, die wir ins Auge nehmen können.“

Es klingt definitiv nicht danach, als würde er nur über seltene Insektenspezies reden. Ich rutsche unter dem Tisch etwas näher zu ihnen, wobei mein Herz vor Furcht und Eifer wild pocht.

Eine Frau spricht als Nächstes. Leider kann ich sie nicht anhand ihrer Stimme identifizieren. „Weißt du, was genau schiefgegangen ist?“

„Wir haben einige der Käfer verloren und es waren nicht genug für unsere Zwecke übrig. Ich glaube, wir werden mit den anderen Gehegen weiterkommen. Es ist Zeit, sich auf präzisere Taktiken zu konzentrieren.“

Ich runzle die Stirn. Ich vermute, dass er mit ‚Käfer‘ die Daimon meint und in einem Code spricht, um auf Nummer sicher zu gehen. Doch von welchen Gehegen spricht er? Wofür würde dieses Wort bei ihren echten Plänen stehen?

Eine dritte Gestalt, ein jüngerer Mann, den ich auch nicht kenne, mischt sich mit einem kurzen Glucksen ein. „Das erscheint mir ebenfalls ein Risiko zu sein.“

Torstem gibt einen ablehnenden Laut von sich. „Sie erlauben eine einfachere Kontrolle. Wir haben bereits einen ziemlich großen Vorrat aufgebaut und ich habe schon jemanden ausgesandt, damit der Bau beschleunigt wird.“

Nun, das klingt definitiv nicht gut, bemerkt Julita und ich erhalte den Eindruck, dass sie das Gesicht verzieht.

Nein, das tut es nicht.

„Wir werden mehr Leute brauchen, um diese Kontrolle auszuüben, oder nicht?“, fährt der jüngere Mann fort. „Da Wendos …“

Torstem unterbricht ihn mit einem tadelnden Laut. Der Rechtsprofessor ist offensichtlich sogar hier schrecklich vorsichtig damit, was laut ausgesprochen wird.

„Unser Club kann immer weitere Mitglieder mit der richtigen Einstellung brauchen“, sagt er mit ruhiger Stimme. „Falls euch Kandidaten mit den passenden Interessen auffallen, gebt mir ihre Namen.“

Stoff raschelt, als er etwas holt. Er gibt es anscheinend der Frau, denn sie bedankt sich bei ihm. Dann verlassen sie das Zimmer wieder.

Als sich die Tür klickend schließt, sacke ich gegen die Unterseite des Schreibtischs. Meine Gedanken wirbeln wild durcheinander.

Die Blutzauberer haben einen neuen Plan – bei dem möglicherweise die Daimon involviert sind. Das lässt sich schwer sagen. Doch falls sie beteiligt werden sollen, dann mithilfe anderer Taktiken als zuvor.

Ich möchte nicht wissen, wie schrecklich ihre neuen Pläne sein werden.

Unsere Ermittlungen werden jedoch kein Ende nehmen, bis ich es herausfinde. Und Ster. Torstem möchte noch mehr Studenten in seine kranke Intrige ziehen …

Ich stutze und denke über diese Erkenntnis nach. Ein unbehagliches Flattern durchläuft meine Brust und verdichtet sich zu einem Ball der Entschlossenheit in meinem Magen.

Das könnte die Lösung sein.

· Als ich wieder durch das Nachbarfenster schlüpfe und mich auf den Weg zum Domi mache, gehe ich die Idee immer wieder in meinem Kopf durch. Mit jedem Gedanken wächst meine Gewissheit.

Ich öffne die Tür zu Stavros' Quartier und finde ihn an seinem Schreibtisch sitzend vor. Von dort beobachtet er mich mit einer Miene, als würde er in Erwägung ziehen, ein Schwert durch meine Mitte zu stoßen.

Als die Tür hinter mir zuschwingt, steht er auf. „Gut. Du hast dich ausnahmsweise einmal an dein Wort gehalten."

Ich schlucke den Schmerz, der in mir aufwallt bei der Erinnerung an unsere vergangenen Gespräche in diesem Raum, als er mich nicht nur für eine Kriminelle hielt. „Ich habe etwas herausgefunden, was wir nutzen können. Etwas, was uns alles liefern könnte, was wir brauchen, um sie zu Fall zu bringen."

Die Augenbrauen des ehemaligen Generals wölben sich trotz allem. „Und was ist das?"

Meine Lippen verziehen sich zu einem schiefen Lächeln.

„Ich werde mich nicht nur mit ein paar Studenten anfreunden. Ich muss Ster. Torstem überzeugen, mich für seine Verschwörung zu rekrutieren.“

„Ich werde mich nicht nur mit ein paar Studenten anfreunden. Ich muss Ster. Torstem überzeugen, mich für seine Verschwörung zu rekrutieren.“

FÜNF

Ivy

„**U**nd deswegen", verkündet Stavros von seinem Pult vor dem Kurs, „solltet ihr immer in eure Stiefel schauen, bevor ihr eure Füße hineinsteckt."

Er grinst seine Studenten schief an, als Gelächter durch die Klasse bebt. Ich lege die Schreibfedern, die ich gerade eingesammelt habe, in den Behälter und kämpfe gegen den Drang an, herumzuzappeln.

Ich beobachte, wie er mit seinen Studenten auf seine typisch selbstbewusste Art scherzt, und realiere einmal mehr, wie sehr sich sein Verhalten mir gegenüber verändert hat. In den letzten anderthalb Tagen habe ich von ihm nur Grunzen und knappe Bemerkungen erhalten – wenn er sich überhaupt die Mühe macht, meine Anwesenheit zur Kenntnis zu nehmen.

Da die Alternative darin bestünde, den Henker kennenzulernen, kann ich mich nicht beschweren.

Das Läuten der Palastglocke – der kleinere Ersatz, solange eine neue gebaut wird, welche die von den Daimon zerstörte ersetzen wird – markiert den Wechsel der Stunde und das Ende des Strategie-Vortrags. Als die Studenten aufstehen, fängt Stavros meinen Blick auf. Er verzieht kaum merklich das Gesicht, nickt mir jedoch kurz zu.

Heute Morgen hat er mich knapp und kalt über den Terminplan des Nachmittags in Kenntnis gesetzt. Er wird mit den Leuten des Königs deren Ermittlungsfortschritte besprechen und ich werde mit Alek reden, um vor unserem üblichen großen Treffen sämtliche Informationen über den Käferclub zu sammeln.

Nach meiner Rückkehr neulich abends haben wir eine halbe Stunde lang diskutiert, bis Stavros einräumte, dass mein Plan gut ist, die Verschwörung zu infiltrieren. Aus denselben Gründen, aus denen ich die Käferclubmitglieder auf den Gedanken hätte bringen können, ich sei eine Gleichgesinnte, bin ich die Einzige von uns, die an der Akademie unbekannt genug ist, um Ster. Torstem glauben zu machen, ich würde alles für die Blutzauberei geben.

Er hat seinen Anhängern aufgetragen, nach idealen Kandidaten Ausschau zu halten. Also muss ich herausfinden, wessen Aufmerksamkeit ich erregen soll.

Ich folge dem Strom der Studenten aus dem Raum. Ihr Geplauder ist gedämpfter als üblich und viele schauen nervös zur Seite, als ein Knarzen am Ende des Gangs erklingt. Es war jedoch bloß ein Professor, der die Position seines Schreibtischs verändert hat.

Die Daimon haben seit meiner Konfrontation mit Wendos keinen Ärger mehr gemacht. Als ich ins frühe Nachmittagslicht im Innenhof trete, sieht die Ecke des Quadrings verblüffend makellos aus, die erst vor zwei Tagen vor meinen Augen zusammengebrochen ist. Man könnte beinahe meinen, dass sie nie umgestürzt sei.

Doch wir wissen alle, dass es passiert ist. Und die meisten Studenten verstehen nicht einmal warum.

Ich nehme an, alle anderen lassen sich von der Anwesenheit der vielen Soldaten beruhigen, die nun den Campus patrouillieren, manchmal sogar mit einem Priester im Schlepptau. Beim Anblick der blauen Uniformen läuft es mir kalt über den Rücken.

Bisher ist niemand gekommen, um mich zu holen. Niemand hat erkannt, dass ich in Bezug auf die Ereignisse im Turm des Allesgebers gelogen habe.

Ich bin in Sicherheit, solange die drei Männer, die mein Geheimnis kennen, glauben, dass es besser für sie ist, wenn das zerrissene Monster am Leben bleibt.

Als ich das Domi betrete, streiche ich meinen Rock glatt. Es ist schwer, Freude darüber zu empfinden, wie angenehm sich die türkisfarbene Seide anfühlt, die ich mittlerweile als mein Lieblingskleid betrachte. Das Tragen des Kleides fühlt sich jetzt noch mehr wie eine Charade an als beim ersten Mal, als ich es zuschnürte.

Dank Casimirs Weitsicht ist es allerdings perfekt auf meine Bedürfnisse abgestimmt. Die Stoffschichten, die um meine Beine rascheln, überlappen einander und verbergen Schlitze an den Seiten meiner Schenkel, die mir einen schnellen Zugang zu den Messern bieten, die an dem darunter liegenden Unterrock befestigt sind.

Mein Lieblingsmesser habe ich im Turm verloren. Ich weiß nicht, wo es landete, nachdem Wendos es sich aus der Schulter gerissen hatte. Stavros gab mir keine Gelegenheit, am Tatort meines Verbrechens auf die Suche zu gehen.

Studenten verlassen und betreten die Bibliothek durch den Haupteingang, wobei sie von ein paar Soldaten beobachtet werden. Ich stolziere so hochmütig wie möglich an ihnen vorbei, als wären meine Nerven nicht vor Sorge zum Zerreißen gespannt.

Ein Paar eilt Arm in Arm aus dem Korridor mit den Wandteppichen. Ihre Gesichter sind auf eine Weise gerötet, die vermuten lässt, dass sie den ruhigen Gang für ein hastiges Stelldichein genutzt haben. Solange sie mir nicht im Weg sind, werde ich nicht urteilen.

Als ich mir sicher bin, dass niemand in Sicht ist, husche ich über die Geheimtreppe ins Archivzimmer.

Ich bin nicht überrascht, Alek dort am Schreibtisch vorzufinden, wo er mit einer Feder auf ein Blatt Papier kritzelt. Der Gelehrte widmet sich wie immer hingebungsvoll seiner

Arbeit – ob das nun seine Studien oder unsere gemeinsamen Ermittlungen sind.

Er schaut auf und spannt sich bei meiner Ankunft kurz an. Dann zwingt er sich zu einem kurzen Lächeln. „Ich habe viele Fortschritte hinsichtlich des Entomologieclubs gemacht. Wenn wir hier fertig sind, solltest du gut über Ster. Torstems Leute informiert sein."

„Perfekt." Ich gehe zu ihm und tue so, als hätte ich nicht bemerkt, wie unwohl er sich in meiner Gegenwart fühlt. Doch als ich die Rückenlehne eines Stuhls packe, um ihn neben Alek zu ziehen, versteift er sich erneut.

Meine Finger krümmen sich um das geschnitzte Holz und ein Gefühl des Verlusts packt meinen Magen. Vor wenigen Tagen grinste Alek noch wegen unserer gemeinsamen Pläne und hob mich in seine Arme, als er dachte, ich sei verwundet.

Ich schlucke schwer. „Wenn du dich dann besser fühlst, kann ich mich auf die andere Seite des Schreibtischs setzen und Abstand zu dir halten."

Julita schnaubt. *Wehe, er benimmt sich wie ein Arschloch. Stavros ist schon schlimm genug.*

Alek blinzelt mich an. Seine Maske verbirgt den Großteil seiner Reaktion, sein Mund verzieht sich jedoch, als wäre er bekümmert. „Ich ... nein, es ist okay. Wir können die Informationen einfacher zusammen durchgehen, wenn ich nicht ständig die Blätter umdrehen muss."

Ich bewege mich nicht. „Du musst nicht so tun, als wärst du mit ... mir einverstanden. Ich kann verstehen, wenn ich dir nicht ganz geheuer bin."

Es ist das erste Mal, dass wir allein miteinander sind, seit er erfahren hat, was ich bin. Alek hat sich für mich eingesetzt, weil er glaubt, dass zumindest einer der Gottlen hinter mir steht und ich bisher nützlich gewesen bin. Das bedeutet allerdings nicht, dass er begeistert von der Vorstellung ist, eine zerrissene Zauberin in seiner Nähe zu haben.

Ich bin noch am Leben, rufe ich mir in Erinnerung. Das habe ich noch. Allein das ist mehr, als ich zu hoffen wagen konnte.

Alek betrachtet die Papiere vor sich, bevor er mir wieder in die Augen blickt. „Du hast gesagt, dass du deine Magie seit Jahren nicht benutzt hast … nicht, bis Esmae dich angegriffen hat", sagt er plötzlich. „Bist du dir sicher, dass dir nie etwas entwischt ist, vielleicht ohne, dass du es wolltest?"

Macht er sich Sorgen, dass ich ihn irgendwie mit meiner zerrissenen Magie beeinflusst habe?

Ich lächle verlegen und sinke auf den Stuhl, obwohl er noch ein paar Schritte vom Tisch entfernt steht. „Ich hatte viel Übung darin, meine Magie zu beherrschen. Ich schwöre dir, dass ich sie unter Kontrolle hatte, ganz egal, wie weh es tat."

Ich bemerke, dass sich Aleks Augenbrauen über den Löchern in seiner Maske zusammengezogen haben. „Es tut weh, deine Magie nicht zu benutzen?"

Ein verwundertes Lachen entreißt sich meiner Kehle, bevor ich es aufhalten kann. *Diese* Teile hat er noch nicht zusammengesetzt.

„Ja, es tut weh", bestätige ich. „Vor ungefähr einem Jahr fing es an, sich so anzufühlen, als würde die Magie mich von innen heraus angreifen, wenn ich sie zurückhielt. Die Wirkung wurde immer stärker, je mehr ich ihr widerstand. Du hast mich gefunden, als ich in der Bibliothek zusammengebrochen bin … Du hast gesehen, wie es mir nach König Konrams Besuch auf der Akademie ging. Ich hätte mir diese Qualen nicht angetan, nur um meine Magie später doch entwischen zu lassen."

Oh. Ich habe mich immer gefragt … Julita erschaudert. *Bei den Göttern, Ivy, deine Magie ist wirklich ein Monster. Sie war sogar zu dir bösartig.*

Ich bemühe mich, nicht zusammenzuzucken bei dem Gedanken an all die Male, als ich sie bezüglich meiner Schmerzen angelogen habe.

Aleks Mund ist aufgeklappt, es dauert jedoch einen Augenblick, bis er sprechen kann. „Das … das war kein Angriff von Anya oder jemand anderem? Das war deine eigene Magie, die dir wehgetan hat?"

Ich schätze, ich habe diesen Aspekt bei meiner Erklärung nicht deutlich gemacht.

Ich ertappe mich dabei, wie ich den Blick von dem Schock in seinen hellbraunen Augen abwende. „Ja. Die Magie schlägt stärker um sich, wenn ich in Gefahr bin und trotzdem ihren Einsatz ablehne. Und ich hatte hier häufiger als in meinem alten Leben das Gefühl, ich sei in Gefahr. In der Bibliothek … Ich hatte Angst vor dem Wachmann und davor, dass er erkennen würde, was ich bin. Dann stand plötzlich der König direkt vor mir … Ich hatte ihn erst wenige Wochen zuvor darüber sprechen hören, wie wundervoll es sei, dass so viele Zerrissene hingerichtet worden waren.“

„Und deine Magie dachte, du solltest ihn angreifen, bevor er es tut?“

Ich zucke mit den Achseln. „Sie dachte, ich sollte *etwas* tun. Ihn von mir stoßen, flüchten, mich tarnen … irgendetwas, um die anderen daran zu hindern, mich zu sehen und zu verhaften.“

„Aber das hast du nicht getan. Also hat deine Magie …“ Aleks Stimme wird rau. „Ivy, du hast Blut gehustet. Sie hat dich buchstäblich zerrissen.“

Ich schenke ihm ein angespanntes Lächeln. „Ich weiß. Es war jedoch besser, als zuzulassen, dass sie jemand anderen verletzt.“

Einige Sekunden lang starrt er mich bloß an. Dann rutscht er auf seinem Stuhl nach vorne, damit er nach meiner Hand greifen kann, die zur Faust geballt auf meinem Knie liegt.

Aleks schlanke Finger legen sich um meine und drücken beruhigend zu. Die Zärtlichkeit der Geste raubt mir den Atem.

„Ich wusste immer, dass du stark bist“, sagt er leise. „Aber du bist so viel stärker, als ich mir jemals hätte vorstellen können. Es tut mir leid, dass ich dir dafür keine Anerkennung gezollt habe.“

Mein Inneres hat sich komplett verknotet. „Du wusstest es nicht. Es tut mir leid, dass ich dich diesbezüglich belogen habe. Allerdings kannst du dir wahrscheinlich vorstellen, warum ich es getan habe. Außerdem bin ich mir sicher, du hattest genügend eigene Sorgen, auf die du dich konzentrieren musstest.“

Alek schnaubt sarkastisch. „Ich dachte einmal, dass ich es schwer hatte, weil ich ein Gelehrter in einer Familie aus Waffenhändlern und Soldaten war. Mir sind all der Spott und die Enttäuschung zehnmal lieber als das, womit du es dein ganzes Leben lang zu tun hattest.“

Ich lege den Kopf auf die Seite. „Du hast gesagt, du wärst der Sohn eines Kaufmanns."

„Ein Kaufmann, dessen Spezialität alle Dinge sind, die mit der Kriegskunst zu tun haben. Das Gleiche gilt für seine zwei anderen Kinder. Die Vorstellung, dass jemand es vorzieht, seine Zeit mit Büchern anstelle von Schwertern zu verbringen, war für alle absolut aberwitzig."

Das nächste Lächeln fällt mir leichter. „Nun, ich bin froh, dass du deiner Leidenschaft trotzdem gefolgt bist ... dass du hier bist, um uns im Kampf gegen die Blutzauberer zu helfen. Und dass du mir alles erzählst, was ich wissen muss. Und ... danke, dass du mein Geheimnis bewahrst. Ich weiß, das ist viel verlangt."

Etwas verändert sich in Aleks stechendem Blick und ich weiß nicht, wie ich es deuten soll. „Das ist es nicht. Das sollte es nicht sein." Sein Griff um meine Hand spannt sich an. „Tut sie dir noch weh ... deine Magie?"

Ich denke an den Abend neulich, als Stavros sein Schwert auf mich richtete. „Nicht annähernd so schlimm wie zuvor. Ich glaube, dass ich sie im Turm rausgelassen habe, hat sie vorübergehend besänftigt."

„Falls es wieder ernst wird, musst du es uns sagen. *Bevor* du den Punkt erreichst, an dem du dich vor Qualen windest. In Ordnung?"

Ja, mischt sich Julita ein. *Hör auf Alek. Er weiß immer, wovon er spricht.*

Ich glaube nicht, dass es etwas gibt, was wir tun könnten, um das Problem zu beheben, doch wenn es jemand lösen kann, ist das vermutlich Alek. Es kostet mich nichts, zuzustimmen. „In Ordnung."

Er zögert, als wollte er noch etwas sagen. Dann schüttelt er sich leicht, dreht sich wieder zum Schreibtisch um und seine Hand entgleitet meiner, als er eine winkende Geste macht. „Komm her. Wir sollten dieses Material durchgehen, bevor die anderen auftauchen."

Als ich meinen Stuhl neben seinen ziehe, breitet Alek einen Stapel Blätter aus. „Ich habe alles ausgegraben, was ich über die Mitgliedschaften und Aktivitäten des Entomologieclubs finden konnte. Den aktuellen Aufzeichnungen zufolge hat er momentan sechzehn aktive Mitglieder. Für ihre Ausflüge teilen sie die Gruppe anscheinend. Angeblich, um die Tierwelt nicht zu stören. Die Hälfte der Mitglieder geht bei den einen Ausflügen mit, die andere Hälfte bei den anderen."

Julita summt. *Ich würde diejenigen im Auge behalten, mit denen Wendos Kontakt hatte.*

Ich habe mir gerade das Gleiche gedacht. Ich deute auf die Blätter. „Wissen wir, wer zu der Gruppe gehört, mit der Wendos normalerweise unterwegs war?"

Aleks Mund biegt sich zu einem Lächeln, das ein wenig verschlagen wirkt. „Ich konnte eine ziemlich umfassende Liste dieser Leute erstellen. Es gibt sieben Mitglieder, die immer auf die Ausflüge mitgegangen sind, an denen er teilgenommen hat. Es gibt noch ein paar andere, die zwischen den Gruppen hin und her gehüpft sind, weshalb ich vermute, dass sie nicht so stark involviert sind."

Ich rechne mit einer Namensliste und einigen Notizen zu jeder Person. Stattdessen befindet sich eine Skizze auf dem ersten Blatt, das er mir zeigt. Es ist eine schlichte Skizze, mit wenigen Einzelheiten, jedoch so akkurat gezeichnet, dass ich mir sicher bin, diesen Mann einige Male im Speisesaal gesehen zu haben.

Aleks Lächeln nimmt verlegene Züge an. „Ich dachte, es würde helfen, wenn du ein Bild hast, sodass du die Personen auf den ersten Blick erkennen kannst. So sehr das meine begrenzten Zeichenkünste zulassen."

Mein Blick zuckt wieder zu ihm. „Du hast das gezeichnet? Die Zeichnung ist sehr gut."

Er gluckst peinlich berührt. „Ich meine, niemand wird sie rahmen."

„Nein, aber sie erfüllt ihren Zweck. Du hast die Form seiner Gesichtszüge akkurat eingefangen." Ich riskiere es, ihn neckend mit dem Ellenbogen anzurempeln. „Du hast mir nicht erzählt, dass du ein Künstler bist."

Alek hält die Hände hoch. „Das bin ich wirklich nicht. Ich ... ich versuche nur, die Informationen so deutlich wie möglich zu notieren, die ich vermitteln will. Und manchmal schafft das eine schnelle Zeichnung besser als alle Worte dieser Welt. Ich zeichne größtenteils Diagramme und dergleichen."

Egal, wie viel Erfahrung er hat, er hat offensichtlich ein Auge für Linien und Schattierungen. Der Gelehrte steckt voller Überraschungen.

„Nun, die Zeichnung *ist* gut und ich weiß sie sehr zu schätzen", beharre ich.

Alek stellt mir jeden unserer Hauptverdächtigen vor – Name, Studienfach, Gottlen, dem er sich verpflichtet hat, seine Gabe, falls er eine finden konnte, Kurse, Clubs und bekannte Angewohnheiten. Mir sind nicht alle Gesichter bekannt, die er skizziert hat. Ich entdecke jedoch einen Kerl, der in einigen von Stavros' Kursen war, eine Frau, die ich auf der Jagd mit Studenten der Führungsfakultät bemerkt habe, und zwei andere, von denen ich glaube, dass ich sie schon einmal gesehen habe, die ich allerdings nicht zuordnen kann.

Ich präge mir die Bilder und Tatsachen so schnell wie möglich ein. Aleks sorgfältig erstellte Profile bei mir zu tragen, ist zu riskant.

Es ist erstaunlich, dass er all diese Informationen so schnell zusammentragen konnte.

Nachdem wir alle durchgegangen sind, reibe ich meine Hände aneinander. „In Ordnung. Ich bin bereit, so zu tun, als sei ich moralisch verwerflich. Das sollte nicht allzu schwer sein … Stavros dachte das von Anfang an von mir."

Alek hebt eine Hand an seinen Mund, um ein Schnauben zu unterdrücken. Als er die Blätter zurück in eine Leinenhülle schiebt, nimmt sein Gesicht ernstere Züge an. „Ich bin froh, dass ich etwas Nützliches beitragen konnte. Wir wissen, wie weit diese Rohlinge zu gehen bereit sind … Ich wünschte, du müsstest nicht das ganze Risiko auf dich nehmen, um ihre Aufmerksamkeit zu erregen. Wenn ich es erfolgreich tun könnte …"

Eine andere Art von Schmerz durchfährt meine Brust. Er meint wirklich ernst, was er sagt, obwohl er jetzt über mich Bescheid weiß.

Er kennt noch nicht einmal die Hälfte der Risiken, die ich auf mich zu nehmen gedenke.

Ich berühre seine Schulter, um ihn aufzuhalten, und gebe mein Bestes, das warme Kribbeln zu unterdrücken, das sich wegen unserer Nähe in mir ausbreitet. „Das würde nicht funktionieren. Es ergibt viel mehr Sinn, dass ich diese Herausforderung an eurer Stelle auf mich nehme … und das ist in Ordnung für mich."

Und du wirst dabei nicht allein sein, bemerkt Julita.

Ich betrachte erneut die Profile. „Was ist mit ehemaligen Käferclub-Mitgliedern, die ihren Abschluss gemacht haben? Wir wissen, dass Torstem schon seit einer Weile Waisen für diese Sache rekrutiert."

Aleks Blick richtet sich nachdenklich in die Ferne. „Ich habe die Aufzeichnungen älterer Mitgliedschaften überprüft. Das Problem ist, das sich nicht sagen lässt, welche Absolventen einfach nur Insekten-Enthusiasten waren. Ich folge einigen Spuren, um zu überprüfen, ob sie sich nach ihrem Abschluss verdächtig verhalten haben. Die Absolventen aus besonders berühmten Familien, die ich mir näher angeschaut habe, stehen alle noch im Schatten eines oder beider Elternteile. Daher sind sie bisher nicht in der Lage, neue Gesetze zu erlassen oder dergleichen."

Ich lache rau. „Das sind immerhin gute Nachrichten. Doch obwohl Ster. Torstem erst vor fünfzehn Jahren angefangen hat, das Waisenhaus finanziell zu unterstützen, wissen wir natürlich nicht, ob er damals bereits Verbündete hatte oder es der Anfang der Verschwörung war."

„Ich glaube, wir können vernünftigerweise hoffen, dass die Verschwörung nicht viel weiter zurückreicht. Sie hätten Opferkomplizen gebraucht, um irgendeine Form der Blutzauberei auszuüben." Der Gelehrte schnippt mit den Fingern. „Das erinnert mich an etwas! Ich dachte, ich sollte auch Torstems Gabe in Erfahrung bringen, damit du dich darauf vorbereiten kannst, sollte er versuchen, sie gegen dich einzusetzen."

Daran hätte ich selbst denken sollen. „Steht das in den Akten der Akademie?"

Alek grinst. „Nein, aber er hat an Gerichtsverhandlungen teilgenommen, bevor er Rechtsprofessor wurde. Das Gericht verlangt, dass alle Angestellten ihre Gaben offenlegen, und ich konnte mir Zugang zu diesen Akten verschaffen. Er hat sich Creaden verpflichtet, was nicht weiter überraschend ist, und laut seiner Akte besitzt er die Gabe, Wut zu unterdrücken. Vermutlich kann er das Gleiche bei anderen aufwühlenden Emotionen erreichen angesichts der Flexibilität der meisten Gaben."

Die Fähigkeit, aufwühlende Emotionen zu unterdrücken. Ich mahle mit dem Kiefer. „Wie überaus nützlich, wenn man Kinder dazu überreden möchte, klaglos zu akzeptieren, dass sie sich für seine Zwecke in Stücke schneiden lassen sollen."

Aleks Lächeln verblasst. „Ja, ich glaube, es ist sehr wahrscheinlich, dass er seine Gabe zu diesem Zweck eingesetzt hat."

„Noch ein Grund mehr, aus dem wir dieses Arschloch zu Fall bringen müssen, bevor er weitere Waisenkinder zu seinen Zwecken missbraucht."

„Ich werde weiterhin alle Informationen ausgraben, die ich finden kann. Und wie ich bereits sagte, falls es etwas gibt, wonach ich suchen soll, zögere nicht, mir das zu sagen."

Das Angebot wühlt die unangenehmen Fragen auf, die mir seit dem Abend im Turm durch den Kopf gehen.

Ich halte inne, bevor ich mich zum Sprechen zwinge. „Tatsächlich habe ich mich gefragt ... und wenn jemand über Informationen zu dieser Sache gestolpert ist, wärst das garantiert du ... Hast du schon einmal Berichte darüber gelesen, dass die Götter direkt mit Leuten gesprochen haben? Ich hätte nicht gedacht, dass es so etwas gibt."

Sogar in den Märchen, die ich gelesen habe, drückten die Gottlen ihre Wünsche mit leuchtenden Symbolen und bedeutungsvollen Träumen aus. Nicht in einem direkten Gespräch.

Falls Kosmel jemals wieder beschließt, mit mir zu plaudern, wäre es irgendwie nett, zu wissen, was das für mich bedeutet.

„Oh! Natürlich hast du Interesse an diesem Thema." Alek tippt sich an den Mund und sein Blick richtet sich nachdenklich in die Ferne. „Es ist jedenfalls nie mir oder einem anderen passiert, mit dem ich mich unterhalten habe. Allerdings ist Estera vermutlich nicht besonders scharf darauf, viele Worte mit jemandem zu wechseln, der ihr nicht einmal ein Opfer angeboten hat." Seine Hand hebt sich an seine Brust, wo sich das Gottlen-Mal unter seiner Tunika befindet.

Ich kann mir ein schallendes Lachen nicht verkneifen. „Ich habe mich nicht einmal einem Gottlen verpflichtet."

Alek schenkt mir ein schiefes Grinsen. „Nun, Kosmel ist bekannt dafür, komplizierte Fälle zu übernehmen. Ich bin definitiv auf geschriebene Berichte von Priestern gestoßen, in denen sie ihre verschiedenen ‚Interaktionen' mit den Göttern beschrieben haben ... Ich glaube, ich kann ein paar der alten Tagebücher besorgen, die dir einige Einblicke verschaffen könnten. Außerdem werde ich weitere Nachforschungen zu diesem Thema anstellen."

Er bedeutet mir, ihm in den größeren Archivraum nebenan zu folgen. Nach mehreren Minuten, in denen er die überladenen Regale abgelaufen ist, reicht er mir zwei kleine, ledergebundene Bücher, von denen eines mit Wachstropfen beschmutzt ist und das andere Flecken hat, die einen säuerlichen Geruch verströmen, der mich an Wein erinnert.

„Diese sollten einen guten Anfang darstellen", meint Alek.

Ich lache, als ich mir die Bücher unter den Arm klemme. „Du weißt wirklich, wie du alles über alles herausfinden kannst, hm? Wir haben Glück, dich auf unserer Seite zu haben."

Der Gelehrte zieht bei dem Lob verlegen den Kopf ein. „Ich weiß nicht, wie hilfreich sie sein werden. Beim Lesen von theologischen Berichten und Büchern habe ich vor allen Dingen gelernt, dass es viele widersprüchliche Theorien und Beobachtungen gibt ... Ich bin mir nicht sicher, ob Theologie etwas ist, was wir Sterblichen richtig begreifen können."

„Selbst wenn ich es nur teilweise begreifen könnte, wäre das eine Erleichterung. Danke schön."

Wir kehren in den kleineren Versammlungsraum zurück, wo wir Benedikt entdecken, der seine Füße auf die Schreibtischkante gelegt hat. Bei unserer Ankunft legt er fröhlich den Kopf schief. „Ihr zwei seid schon wieder hier unten am Arbeiten. Was heckt ihr nun aus?"

Ich weiß nicht, wie ich anfangen soll, ihm von meinem

neuen Interesse am Göttlichen zu erzählen, ohne mehr zu enthüllen, als mir lieb ist. „Alek hat mich bloß auf den neuesten Stand bezüglich der Schlüsselmitglieder des Käferclubs gebracht."

„Ah, wir beginnen, sie unter die Lupe zu nehmen wie die Insekten, die sie sind, hm?"

Benedikt gluckst über seinen eigenen Witz und mir kommt der Gedanke, dass niemand ihm von unseren ursprünglichen Plänen erzählt hat, die wir vor zwei Nächten ohne ihn geschmiedet haben.

„Ich, äh … Stavros und ich haben beschlossen, dass ich versuchen sollte, mich den Blutzauberern als verlockende neue Rekrutin zu präsentieren", erkläre ich. „Das ist einfacher, wenn ich weiß, wessen Aufmerksamkeit ich zu erregen versuche."

Aleks Kopf zuckt bei der Nachricht zu mir.

Eine von Benedikts Augenbrauen hebt sich. „Du und Stavros habt das beschlossen und Alek wusste bereits, dass er die Informationen zusammentragen soll?"

„Das wusste ich nicht", entgegnet Alek etwas angespannt, den Blick nach wie vor auf mich geheftet. „Jedenfalls wusste ich nichts von dem Rekrutierungsteil. Es war offenkundig, dass wir uns auf die Leute konzentrieren würden, die am engsten mit Ster. Torstem und Wendos zusammenarbeiten. Die Mediziner konnten Wendos noch immer nicht aus seinem Koma holen. Es erschien mir wichtig, sofort anzufangen."

„Ja. Wichtig." Benedikt dreht eine Feder zwischen seinen Fingern, die er aufgehoben hat. Merkt er, dass wir einen Teil der Geschichte auslassen? „Seine Komplizen haben ihm mit ihrem letzten Opfer wirklich schlimm geschadet."

Oder besser gesagt, ich habe das getan. Ich weiß nicht, was meine Magie Wendos angetan hat und die Mediziner nicht heilen können.

Bevor die Anspannung zu groß werden kann, erscheint Casimir durch den heraufbeschworenen Gang. Er verneigt grüßend den Kopf, wobei sein Blick mit einem sanften Lächeln auf mir liegen bleibt. „Schön, dich zu sehen. Bist du gut zurechtgekommen, Ivy?"

Seine Sorge löst ein Flattern der Wärme in mir aus, das zu

verspüren ich kein Recht habe. Ich zwinge mich, sein Lächeln zu erwidern. „Das tue ich immer."

Benedikt setzt sich aufrechter hin und sein Blick huscht zwischen uns hin und her. „Warum sollte Ivy nicht gut zurechtkommen? Hat ihr dieses Miststück Anya wieder das Leben schwergemacht?"

Mein Magen schlägt einen Purzelbaum. „Nein, nein, mir geht es prima."

Casimir ist besser darin als ich, die Situation zu retten. „Ich dachte nur, dass sie vielleicht ein wenig neben der Spur ist nach allem, was sie neulich durchgemacht hat."

Dann erzittert die Wand erneut und ich bin unerwartet erleichtert, Stavros' roten Schopf zu sehen, der aus dem Geheimgang kommt. Jetzt kann das Treffen ohne weitere Fragen beginnen, die ich lieber nicht beantworten möchte.

Der ehemalige General betrachtet uns und hält einen Lederbeutel hoch. „König Konram hat Wort gehalten. Ab heute haben wir einen neuen Treffpunkt und die Mittel, ihn von überall zu betreten, wo wir uns gerade befinden."

Ein viel verständlicheres Gefühl der Erleichterung erfüllt mich. „Das ist toll."

Stavros richtet einen finsteren Blick auf mich und spricht auf die sarkastische, gedehnte Art, die ich am wenigsten leiden kann. „Ich hätte sagen sollen, dass die meisten von uns die Mittel dazu haben werden. Deines werde ich verwahren, Diebin."

Benedikt wedelt mit der Hand, als wolle er Stavros zu dem Thema umlenken, das er für wichtiger hält. „Warum soll Ivy sich von den Blutzauberern rekrutieren lassen?"

Casimirs Augen weiten sich. „Was?"

Anscheinend hat der ehemalige General genauso wenig Geduld für dieses Thema wie für mich. Seine Stimme klingt angespannt, jedoch bestimmt. „Sie hält es für die beste Methode, direkt in die Bösartigkeit einzutauchen. Ihre Argumente klangen vernünftig. Wenn sie so erpicht darauf ist, Kopf und Kragen zu riskieren, sehe ich keinen Grund, sie daran zu hindern."

Er funkelt die anderen Männer an, als würde er sie

herausfordern, zu protestieren. Ich halte das Kinn hoch erhoben, um mein Engagement für den Plan zu zeigen, obwohl mir nicht gefällt, wie er seine Zustimmung formuliert hat.

Casimir fängt meinen Blick mit fragender Miene auf und ich schenke ihm ein Lächeln, von dem ich hoffe, dass es zuversichtlich wirkt.

Als niemand protestiert, klatscht Stavros in die Hände und das Geräusch von Haut, die auf Holz kracht, erklingt. „Jetzt sollten wir entscheiden, wie sie sich als eine der Bösen präsentieren kann.“

SECHS

Ivy

„Was für ein verfluchtes Buch liest du jetzt schon wieder?", will Stavros wissen, als er nach einem weiteren Treffen mit seinen Kontakten bei der Kronenwache in sein Quartier stapft.

Ich verkneife mir die bissige Bemerkung, er solle froh sein, dass ich lese und nicht mit meiner illegalen Magie um mich werfe. Irgendwie bezweifle ich, dass der Witz gut ankommen würde.

Ich stecke das Bändchen des Buchs zwischen die Seiten, um mir die Stelle zu merken. „Es ist ein Tagebuch, das von einer Priesterin geschrieben wurde, die einen von Prospiras Tempeln zur Zeit der darischen Herrschaft leitete. Sie behauptet, dass Prospira ab und zu mit ihr geplaudert hat. Ich versuche, einzuschätzen, wie wahr diese Behauptung ist und ob sie mir irgendeinen Hinweis darauf geben kann, was Kosmel von mir will."

Stavros hält an der Truhe am Fenster inne. Er holt seine bevorzugte Prothese – den breiten, metallischen Haken – für den Kampfkurs heraus, den er gleich geben wird, und schraubt sie in das Geschirr an seinem handlosen Unterarm. „Und ist es aufschlussreich? Ich kann sein Interesse an dir jedenfalls nicht nachvollziehen."

Mittlerweile bin ich seine ätzenden Bemerkungen gewohnt. Diese tut nicht einmal weh.

Nun, nur ein ganz kleines bisschen.

„Ich weiß es nicht", gebe ich zu. „Ihr Bezug zur Realität scheint ein wenig dürftig zu sein. Die Dinge, die Prospira ihr mitgeteilt hat, drehen sich bisher um Dinge wie beispielsweise, was die Tempelköche fürs Frühstück backen sollen. Es fällt mir schwer, zu glauben, dass sich eine Gottlen dafür interessiert."

Nach dem Lesen ihres Berichts wäre selbst ich fast davon überzeugt, ich hätte mir die Stimme eingebildet, die *ich* gehört habe ... Das würde allerdings auch bedeuten, dass der Mann, der mich nun böse anschaut, und zwei unserer Kollegen Kosmels Sigille halluziniert haben.

„Es ist besser, ein Frühstücksmenü vorzuschreiben, als eine der Zerrissenen anzustacheln", brummt Stavros leise.

Ich schaue ihn aus schmalen Augen an. Ich bin nicht so waghalsig, ihm meine unerwünschte Macht unter die Nase zu reiben, muss jedoch auch nicht schweigend dasitzen, während er mich fertigmacht.

Ich stehe auf. „Ich habe bemerkt, dass du einige Romane in deinem Schlafzimmer hast. Vielleicht schikanierst du mich nur wegen meines Lesematerials, weil du dieser Tage selbst kaum lesen kannst. Mein Angebot, dir dabei behilflich zu sein, steht noch, weißt du."

Ich sage das sanft, damit er mich nicht beschuldigen kann, ihn zu verspotten. Eine aufrichtige, großzügige Geste des Monsters unter seinem Dach wird ihn mehr ärgern, als wenn ich seine Beleidigungen erwidere.

Ivy, warnt Julita. *Du weißt, wie mürrisch er in Bezug auf sein Sehvermögen wird.*

Doch Stavros stößt bloß einen Laut aus, der teils Schnauben und teils Knurren ist. Er würdigt meine Bemerkung mit keiner Antwort.

Ich werde das als Sieg verbuchen.

Ich brauche alle Siege, die ich kriegen kann. Denn die Wahrheit ist, dass jeder Nerv in meinem Körper alarmiert vibriert, als der ehemalige General zu mir marschiert und sich vor mir aufbaut. Er überragt meine schlaksige Gestalt um einen Kopf und ist noch dazu viel breiter gebaut.

Außerdem könnte es sein, dass ich mich noch immer ein winziges bisschen zu ihm hingezogen fühle. Der Mann gibt eine beeindruckende Figur ab.

Allerdings tut er nicht nur so, als sei er einschüchternd. Die Anspannung, die sich in all seinen Muskeln abzeichnet, ist sehr real und auf die Bedrohung gerichtet, für die er mich hält.

Ist es nicht wundervoll, dass ich ihn für unseren aktuellen Plan auf dem Flur anbrüllen muss?

„Irgendwelche interessanten Neuigkeiten von der Kronenwache?", frage ich in der schwachen Hoffnung, dass sie alle wichtigen Verschwörer gefunden haben, ohne dass ich irgendetwas unternehmen musste.

Der Laut, mit dem Stavros dieses Mal antwortet, ist definitiv ein Knurren. „Nichts in dem Bordell, das sie letzte Nacht inspiziert haben. Und keine verdächtigen Aktivitäten beim Waisenhaus. Jetzt, da Wendos in Gewahrsam ist, sind die Blutzauberer bestimmt besonders vorsichtig. Falls sie noch andere Opferkomplizen in der Stadt bereithalten, haben sie diese vermutlich zu einem neuen Versteck gebracht."

Wundervoll. Dann hängen unsere Chancen, den Rest der Schurken ausfindig zu machen, ganz allein von meinem unausgegorenen Plan ab.

Ich reibe mir über die Arme, um die Gänsehaut zu vertreiben. „Dann sollten wir besser eine überzeugende Show abliefern. Bist du bereit?"

Stavros' finsterer Blick kehrt zurück. „Dein Auftritt ist der, der wirklich eine Rolle spielt, Diebin. Aber wir wissen bereits, wie gut du im Lügen bist."

Meine Finger krümmen sich zu meinen Handballen. Ich stelle mir vor, wie ich meine Faust in sein arrogantes Gesicht ramme, und erleide gleichzeitig eine kleine Panikattacke, als ich mir ausmale, welche Konsequenzen das nach sich ziehen würde.

Stattdessen lasse ich die Hände an meine Seiten fallen und deute mit dem Kopf zur Tür. „Gehen wir."

Stavros drängt sich ohne eine weitere Bemerkung an mir vorbei, sodass ich wie eine brave kleine Assistentin gehorsam hinter ihm hertrotten muss. Ich zwinge mich zu einem ruhigen Gesichtsausdruck, als wir das Domi verlassen.

Heute Morgen trage ich ein dünnes Oberteil und eine Hose, weil ich ihm angeblich bei seiner Kampfstunde helfen werde. Doch wegen der dicken Lederweste, die über dem Shirt befestigt ist, fühlt es sich nicht viel bequemer als meine Rüschenkleider an.

Mich packt die Sehnsucht nach meiner alten Tunika und Hose, nach meinem alten Leben ohne verurteilende Blicke und Spott. Ich war nie besonders *sicher*, wenn ich durch die Straßen wanderte, korrupte Händler bestahl und Münzen für die Bedürftigen hinterließ ... Das war allerdings definitiv simpler als meine aktuelle Situation.

Ich weiß nicht einmal, ob ich wieder die Hand Kosmels sein kann, sobald wir die Blutzauberer ausgeschaltet haben. Nun, da mein Geheimnis raus ist.

Ein Problem nach dem anderen.

Wir eilen ins Quadring und die Treppe hinauf zu den Büros der Professoren. Offiziell holen wir bloß einen Gegenstand aus Stavros' Büro, bevor sein Kurs beginnt.

In Wahrheit wissen wir, dass Ster. Torstem seine eigene Büroarbeit ungefähr zu dieser Zeit beendet.

Als wir die Treppe verlassen, senkt Stavros die Stimme, damit nur ich ihn hören kann. „Direkt vor uns. Dritte Tür rechts."

Ich nicke. „Verstanden. Fünf Schritte von der Tür entfernt?"

„Das klingt vernünftig. Dann solltest du besser schnell reden."

„Ich denke, das schaffe ich."

Unsere gedämpfte Unterhaltung klingt für Außenstehende bestimmt angespannt, auch wenn sie die Worte nicht verstehen können. Das ist perfekt, denn nachdem ich fünf Schritte an Torstems Tür vorbeigegangen bin, hebe ich meine Stimme, als würden wir bereits seit einer Weile einen Streit führen. „Du kannst doch nicht ernsthaft denken, dass sie dieses Problem richtig handhaben.“

Stavros wirbelt zu mir herum. Ich bleibe wie angewurzelt stehen und bei der Wildheit seiner Miene durchfährt mich sehr echtes Unbehagen. „Und du denkst, *du* weißt es besser als die Königsfamilie?“

Meine Magie regt sich wegen der Feindseligkeit, die in der Luft vibriert. Ich zügle sie und erinnere sie daran, dass wir nur so tun als ob.

Stavros und ich sprechen so laut, dass unsere Stimmen nun durch Torstems Tür hindurch zu hören sein sollten. Ich glaube, ich höre die Bodendielen auf der anderen Seite knarzen.

Nur für den Fall lege ich etwas mehr Hass in meine Worte. „Sie tut nur das ewig Gleiche. Es ist offensichtlich, dass die Götter nicht zufrieden mit ihr sind.“

„Also wäre es dir lieber, wenn die Königsfamilie die Stadt um uns herum zusammenbrechen lassen würde?“

Ich stemme die Hände in die Hüften und unterdrücke einen Schauder, als ich die Worte umformuliere, die Wendos im Turm gesagt hat. „Manchmal müssen Dinge zerschlagen werden, damit wir etwas Besseres aufbauen können. Sogar der Allesgeber hat das gedacht.“

Julita erschaudert in mir. *Und möge der Große Gott den ersten Kerl erschlagen, der das gesagt hat.*

Stavros tritt näher – für alle, die zufällig aus ihren Türen spähen. Allerdings vermute ich, dass er es auch genießt, über mir aufzuragen und mich seinen Frust über diese ganze Situation spüren zu lassen.

„Pass bloß auf, was du laut aussprichst“, mahnt er. „Pass auf, was du *denkst*.“

„Ich sage bloß die Wahrheit!“

Er schnaubt harsch. „Dann bist du eine größere Idiotin, als ich dachte. Geh mir aus den Augen, bis du eine Gelegenheit hattest, zu Vernunft zu kommen.“

Das ist mein Stichwort, zu gehen. Meinen rasenden Puls beruhigend, seufze ich verärgert und stürme durch den Gang davon.

Mein Herz hämmert nicht so laut, dass mir das Quietschen

der Türangel hinter mir entgeht. Oder Ster. Torstems tiefe und ruhige Stimme, die erklingt, kurz bevor ich um die Ecke biege. „Gibt es Spannungen zwischen dir und deiner neuen Assistentin?"

Ein kurzes Triumphgefühl durchschneidet meine aufgewühlten Gedanken. Er hat den Köder geschluckt.

Jetzt kann Stavros sich bei Torstem über meine lächerliche Einstellung beschweren – eine Einstellung, von der wir wissen, dass der Rechtsprofessor sie im Stillen gutheißen wird.

Das schien gut zu laufen, stellt Julita fest. Anhand ihres Tonfalls ist es schwer, zu sagen, ob sie darüber glücklich ist oder nicht.

Sie hat mehr Erfahrung mit Blutzauberei als irgendeiner von uns, da sie dieser ausgesetzt wurde, als ihr Bruder und Wendos sie als Kind für ihre Experimente benutzten. Sie hat zwar nicht offen gegen unseren Plan rebelliert, ich kann mir jedoch nicht vorstellen, dass ihr die Vorstellung gefällt, den Leuten näher zu kommen, die ihre eigene Macht mit dem Schmerz anderer stärken – oder zu hören, dass ich deren Philosophien von mir gebe.

Ich biege um die Ecke – und finde mich Romild gegenüber, der Studentin aus der Führungsfakultät, die auf Stavros' Assistenten-Stelle scharf war. Meine selbsternannte Rivalin verzieht spöttisch die Lippen.

Sie hat vermutlich den letzten Teil unseres Streits gehört und denkt bestimmt, dass Stavros es nun bereut, mir die Stelle gegeben zu haben. Zweifellos hofft sie, dass sie eine zweite Chance erhalten wird.

Ihr Urteil sollte mich nicht so sehr ärgern, wie es das tut. Stavros bereut es jedoch definitiv, mit mir gearbeitet zu haben, allerdings nicht aus den Gründen, an die sie denkt.

Ich schaue sie bloß finster an und marschiere zur Treppe.

Auf dem Weg nach draußen mache ich weiterhin ein verärgertes Gesicht. Beim Anblick einer blau uniformierten Gestalt, die am Seiteneingang des Domis erscheint, beschleunigt sich mein Herzschlag.

Ich würde am liebsten zu einer anderen Tür gehen, doch dieser Tage ist die Wahrscheinlichkeit genauso groß, zwei

Soldaten an einem anderen Ort zu finden als gar keinen. Daher stolziere ich weiter, als wäre mein Verstand mit einer viel zu wichtigen Angelegenheit beschäftigt, um den Mann zu bemerken, der Wache steht.

Er verlässt seinen Posten ein paar Schritte entfernt vom Eingang nicht. Doch als ich an ihm vorbeigehe, bebt ein schwaches Kribbeln einer flüchtigen Magie durch meine zerrissene Seele.

Mein Magen schlingert. Hat er gerade seine Gabe auf mich angewandt?

Was hat er dadurch über mich in Erfahrung gebracht?

Ich betrete das Gebäude, doch anstatt zu Stavros' Quartier hochzugehen, biege ich in einen Gang. Zu dieser Zeit am Morgen suchen noch immer vereinzelte Studenten den Speisesaal auf, deren Schultag später beginnt. Ich achte nicht auf sie.

Stattdessen schlüpfe ich durch den Haupteingang nach draußen an zwei anderen Soldaten vorbei, bei denen ich keinerlei Magie wahrnehme, und gehe um das Gebäude herum.

Nicht zum ersten Mal bin ich dankbar für die großen Statuen, welche die Akademieverwaltung auf dem Gelände errichten ließ. Ich kann mich prima hinter der ausladenden Robe einer hochaufragenden Marmorgestalt eines berühmten Priesters verstecken.

Ich lehne mich an den Fuß der Statue und spähe zu dem Wachmann, der seine Gabe eingesetzt hat.

Was ist los?, fragt Julita.

Ich senke meine Stimme. „Ich habe einen Hauch Magie wahrgenommen, als ich an diesem Soldaten vorbeigegangen bin. Als hätte er seine Gabe auf mich angewandt."

Es macht allerdings nicht den Anschein, als hätte es ihm einen Grund zur Sorge gegeben. Der Mann, der jung genug aussieht, um als einer der Studenten der Akademie durchzugehen, steht noch immer groß und steif an der gleichen Stelle neben der Tür.

Ich beobachte ihn einige Minuten lang. Mehrere Studenten und ein Professor schlendern durch die Tür und er zuckt nicht einmal mit der Wimper.

Falls er bei ihnen ebenfalls Magie anwendet, tut er das so subtil, dass ich es aus dieser Entfernung nicht wahrnehmen kann.

Es kann nicht so ungewöhnlich sein, dass Soldaten mindestens eine kleine Gabe besitzen, die sie mit ihrem Weihopfer beansprucht haben. Selbst unter den Armen der Außenbezirke kannte ich mindestens so viele Leute, die für ein wenig Macht ein Stück von sich aufgegeben hatten, wie Leute, die das nicht getan hatten.

Ich bemerke bei dem Mann keine offensichtlichen Anzeichen für ein Opfer. Keine fehlenden Finger oder Gesichtsmerkmale. Es gibt jedoch genügend Möglichkeiten, die ich nicht so leicht bemerken kann.

Casimir hat mehrere seiner Backenzähne aufgegeben und sie in typischer Kurtisanen-Manier mit Edelsteinen ersetzt. Julita hat mir erzählt, dass sie ihre zwei untersten Rippen geopfert hat.

Ich kann den Soldaten nicht ewig beobachten, ohne dass es jemand merkwürdig findet, der *mich* zufällig beobachtet. Daher präge ich mir alles ein, was ich von seinem Gesicht sehen kann, damit ich ihn erkenne, wenn wir uns wieder über den Weg laufen.

Kurze, schokoladenbraune Locken, die in der Morgensonne glänzen. Eine kräftige, jedoch elegante Nase. Cremefarbene, makellose Haut.

Bei den Göttern, sollte er jemals beschließen, dass das Soldatenleben nichts für ihn ist, würde die Gesellschaftsfakultät *ihn* bestimmt als Kurtisan aufnehmen. Er sieht jedenfalls nicht aus, als hätte er viele Kämpfe erlebt.

Was, wenn die Kronenwache ihn wegen seiner Magie anstatt seiner Kampfkünste rekrutiert hat?

Ich löse mich von der Statue und in meinem Magen formt sich ein Knoten, den ich nicht abschütteln kann.

Falls der König Gaben einsetzt, um Blutzauberer aufzuspüren ... Können sie auch die Magie wahrnehmen, die *ich* so angestrengt zu unterdrücken versuche?

SIEBEN

Casimir

Als sie sich auf dem Sessel zurücklehnt, atmet die Elox-Gläubige seufzend aus, die zur täglichen Massagestunde der Gesellschaftsfakultät gekommen ist.

Sogar Mediziner brauchen von Zeit zu Zeit jemanden, der sich um sie kümmert.

Ich bohre meine Daumen etwas tiefer in ihre Schultern und finde die verspannten Stellen. Es ist eine besondere Form der Freude, jemandem den Tag innerhalb von fünfzehn Minuten und mit dem Druck der eigenen Finger versüßen zu können.

Meine aktuelle Kundin gibt mir jedoch auch die Gelegenheit, einen größeren Zweck zu unterstützen.

Ich spreche mit lässiger Stimme. „Du bist schrecklich verspannt. Stressige Woche?"

In ihrem nächsten Atemzug weht eine sanfte Zustimmung mit. „Das könnte man sagen. Ich arbeite an einem Fall, wie ich ihn noch nie gesehen habe."

Sie ist einer der Mediziner, denen die Aufgabe übertragen wurde, Wendos von dem zu heilen, was Ivys chaotische Magie ihm angetan hat, um ihn auszuschalten. Ich höre keine Panik in ihrer Stimme, weshalb ich bezweifle, dass sie einen Verdacht hinsichtlich der wahren Ursache haben.

Ich lasse meine Daumen weiter an ihrem Rückgrat hinabwandern und massiere sie durch den dünnen Stoff ihrer Tunika hindurch. Kunden, die wegen einer Sesselmassage vorbeikommen, machen sich nicht die Mühe, sich zu entkleiden. „Ich kann erkennen, dass du deiner Arbeit hingebungsvoll nachgehst. Ich bin mir sicher, dass du schon Fortschritte gemacht hast."

„Es macht nicht den Anschein. Allerdings haben wir die Lage auch nicht *verschlimmert*, das ist immerhin etwas, schätze ich."

Sie ist pflichtbewusst und achtet darauf, keine Einzelheiten über die Umstände oder ihren Patienten zu verraten. Ich kann jedoch gut zwischen den Zeilen lesen.

Wendos ist noch nicht aus seinem Koma erwacht und die Mediziner wissen nicht, wie sie ihn heilen sollen oder was mit ihm nicht stimmt. Sein Zustand hat sich allerdings nicht verschlechtert.

Wir können noch immer hoffen, dass er sich erholen und seine Mitverschwörer verraten wird, können uns jedoch nicht darauf verlassen. Das bedeutet, dass sich Ivy für unbestimmte Zeit um die Gunst der Blutzauberer bemühen muss.

Ein Knoten formt sich in meinem Magen.

Ich achte darauf, dass mein Unbehagen meine Stimme nicht säuerlich oder meine Berührung hart macht, und wechsle das Thema. Ich frage die Medizinerin, ob sie den besonders leckeren Kuchen probiert hat, den die Köche der Akademie zum Mittagessen serviert haben. Ein Kurtisan sollte Fürsorge demonstrieren und keine neugierigen Fragen stellen.

Ein Kurtisan soll die Kunden von ihren Sorgen ablenken und diese nicht vergrößern.

Ich bin der Meinung, man kann mehr erfahren, wenn man sich an diese Grundsätze hält, als wenn man sie zu umgehen versucht. Ich höre bei meiner täglichen Arbeit schrecklich viel, ohne gezielt nachfragen zu müssen.

Doch ich hatte Glück, dass die Medizinerin zu diesem

Zeitpunkt gekommen ist. Sie ist meine letzte Kundin der einstündigen Schicht, die ich einmal pro Woche übernehme.

Am Ende der kurzen Einheit schicke ich sie mit einem entspannten Lächeln weg und stecke die Münzen, mit denen sie mich entlohnt hat, in den Beutel an meinem Gürtel. Als ich durch den Gang laufe, gleitet mein Blick zu den gewölbten Fenstern in diesem Stockwerk des Quadrings.

Der Spätnachmittag hat sich zum Abend verdunkelt, während ich gearbeitet habe. Die Schatten strecken sich lang über den Hof inmitten der Lichtstreifen, welche die flackernden Laternen verströmen.

Eine schlanke Gestalt bewegt sich durch diese Schatten auf dem Weg zum Stall.

Ein Umhang mit Kapuze verhüllt den Großteil des Frauenkörpers, doch ich erkenne den entschlossenen Gang. Außerdem ist es nicht unvorstellbar, dass die Frau, der er gehört, beschließt, sich in der Stille der Dämmerung in den Stall zu schleichen.

Es sieht nicht so aus, als wären viele andere Leute in der Nähe. Ich schlendere die Treppe hinab, als wäre mir einfach danach, einen Spaziergang zu machen und zu den Ställen zu gehen.

Lediglich ein schwacher Lichtschein dringt durch die Stallfenster in das Gebäude, wodurch das Innere ziemlich dunkel ist. Der Geruch von Heu, Leder und Pferd umspült mich und zaubert mir ein Lächeln auf die Lippen.

Ich sollte wirklich öfter hierherkommen, wenn auch nur um meine Lieblingstiere zu begrüßen. Es beruhigt meine Nerven, mich in ihrer Gegenwart aufzuhalten.

Als ich durch den Gang gehe, schnalze ich für einen Wallach mit der Zunge und streichle die Nüstern einer erwartungsvollen Stute. Ich finde Ivy genau dort, wo ich sie erwartet habe. Sie beugt sich über die Tür einer Box am Ende des nächsten Gangs.

„Oh, sei nicht so miesepetrig", sagt sie zu Krümel, dem furchterregenden Hengst, dessen Kinn sie gerade krault. Das sture Tier schnaubt und stampft mit dem Huf, zieht den Kopf allerdings nicht weg.

In dieser Frau hat er seine Meisterin gefunden – und es sieht so aus, als hätte sie ihn für sich gewonnen. Während ich die beiden beobachte, schwillt Zuneigung in meiner Brust an.

Kurz versuche ich, mir die Frau vorzustellen, deren Seele Ivy in sich trägt. Danach zu urteilen, dass Ivy sich neulich für Julita eingesetzt hat, sind die beiden ebenfalls zu einer ungewöhnlichen Einigung gelangt.

Trotz all ihres Charmes kam mir Julita immer ein wenig verloren … und vielleicht einsam vor. Sie hielt mich auf Distanz, selbst wenn sie mit mir flirtete. Ich habe nie mehr von ihr kennengelernt als die kokette, selbstbewusste Fassade, die sie stets getragen hat.

Ich wünschte, sie hätte die Gelegenheit gehabt, die Freundschaft zu finden, die sie nun scheinbar mit Ivy verbindet, als sie noch am Leben war. Wenigstens konnte sie diese Art der Verbindung formen, bevor sie vollkommen dahinschwindet.

Nach ein paar weiteren Schritten bemerkt Ivy mein Herannahen. Ihr Kopf fährt herum und die Kapuze rutscht von ihren hellen, bernsteinfarbenen Haaren.

Als sie mich ansieht, habe ich nur noch Augen für die Frau vor mir. Die Frau, die meine Aufmerksamkeit derart fesselt, dass sie mir nicht einmal mehr aus dem Kopf geht, wenn sie nicht in meiner Nähe ist.

Ivys Gesicht entspannt sich ein wenig, als sie sieht, dass ich es bin. Ihr Mund wirkt allerdings nach wie vor angespannt. Im Lauf der letzten Wochen habe *ich* größtenteils über die instinktive Vorsicht in ihren strahlend blauen Augen gesiegt, doch der Vorfall im Turm hat sie zurückgebracht.

Ich bleibe einige Boxen entfernt stehen und strecke die Hand aus, um meine Lieblingsstute Pepper zu streicheln und zu begrüßen. „Dieses Pferd zu zähmen, ist möglicherweise deine größte Leistung."

Ivy entspannt sich bei meinem neckenden Ton. Sie streichelt Krümel noch einmal unter seinem Kinn und tritt zurück. „Ich glaube, niemand hat ihm bisher eine richtige Chance gegeben."

Ich komme nicht umhin, zu denken, wie sehr diese Bemerkung auf ihre eigene Situation zutrifft.

Meinen Körper packt der Drang, zu ihr zu gehen, meine Arme um sie zu schlingen und ihr zu sagen, dass sie mich noch immer auf ihrer Seite hat. Dass sie sich, meiner Meinung nach, nie eine Chance verdienen musste.

Stattdessen bleibe ich, wo ich bin. Ich bin mir nicht sicher, ob sie die Umarmung willkommen heißen würde, geschweige denn ob sie mir glauben würde, und ich kann ihr das schlecht zum Vorwurf machen.

Es ist nicht so, als hätte ich keinerlei Zweifel gehegt, als wir die Spitze des Allesgeber-Turms erreichten und sahen, wie sie Ranken zu ihren Füßen heraufbeschwor. Es ist mein Job, das Beste in den Leuten zu sehen – mir ist bewusst, dass mein Urteilsvermögen nicht unfehlbar ist.

Doch mit jedem Wort, das sie seitdem gesprochen hat, jeder Emotion, die über ihr Gesicht gehuscht ist und ihre Stimme gefärbt hat, wurde deutlich, dass sie noch immer die Frau ist, zu der ich mich von Anfang an hingezogen fühlte. Sie ist immer noch so klug, dreist und gutherzig wie eh und je.

Natürlich will sie meine Zuneigung vielleicht nicht, ungeachtet dessen, ob sie daran glaubt. Ein Teil von mir dachte – ein Teil von mir *hoffte* – dass die tiefere Zuneigung, die in mir entbrannt ist, sich auch in ihr entzündet hat.

Ihre Reaktion nach unserem letzten intimen Moment deutet jedoch darauf hin, dass es für sie nicht mehr als unverbindliche Lust war. Was ohnehin das Einzige war, was ich angeboten hatte.

Das Einzige, was ich ihr hatte anbieten wollen.

Ich erlaube mir, einen einzigen Schritt näher zu treten, und beobachte das Wechselspiel der Reaktionen, die ich daraufhin erhalte. Eine leichte Röte färbt ihre Wangen und ihr Körper versteift sich leicht, als würde sie sich zur Flucht bereit machen.

Sie trägt einen inneren Konflikt aus und ich weiß nicht einmal, worum es geht. Löse ich Gefühle in ihr aus, die sie verlegen machen? Hat sie Angst, dass ich mehr verlangen werde, als sie tatsächlich will?

Noch ein Impuls erfasst mich – meine Gabe anzuwenden und herauszufinden, wie ich Ivy am glücklichsten machen könnte – doch ich unterdrücke ihn. Das fühlt sich jetzt wie eine zu große Verletzung ihrer Privatsphäre an.

Nur weil sie in diesem Moment etwas glücklich machen

würde, bedeutet das nicht, dass es etwas ist, was sie auf lange Sicht zu schätzen wüsste.

Also bleibe ich, wo ich bin, wühle jedoch in meiner Hosentasche. Ich kann ihr eine Sache geben, die sie vermutlich freuen wird.

Ich hole den Gegenstand hervor, den ich schon eine Weile mit mir herumtrage, da ich auf einen Moment wie diesen gewartet habe. Dann reiche ich ihr das Messer mit dem Griff voran, wobei meine Finger um das schmale Heft liegen. „Ich habe es geschafft, das hier im Turm aufzuheben, als wir gegangen sind. Es wurde gereinigt … Ich dachte, du möchtest es vielleicht zurückhaben."

Mein Herz setzt einen Schlag aus, als Ivys Augen aufleuchten. Sie tritt vor und pflückt mir das Messer aus der Hand, als hätte sie Angst, es könnte eine Falle sein.

Während sie es betrachtet, breitet sich ein Grinsen auf ihrem Gesicht aus. „Es ist mein Lieblingsmesser. Ich dachte, es wäre für immer verloren."

Sie hebt den Blick erneut zu meinem. Die Vorsicht ist noch darin zu sehen, jedoch schwächer. „Danke."

Ich erwidere ihr Grinsen. „Ich hätte es dir schon früher zurückgegeben, war mir allerdings nicht sicher, wie Stavros reagieren würde, wenn ich das vor ihm versuche."

Ivy lacht trocken. „Ja, er würde nicht wollen, dass ich noch gefährlicher werde."

Sie bückt sich, um das Messer in einen der Stiefel zu schieben, die sie trägt und die größtenteils von dem wogenden Rock ihres Kleides verborgen werden.

Als sie sich wieder aufrichtet, wird ihre Stimme zaghaft. „Darf ich dir eine merkwürdige Frage stellen? Es gibt hier nicht besonders viele Leute, die ich fragen *kann*."

Dass sie gewillt ist, sich überhaupt mit einer Bitte an mich zu wenden, sorgt dafür, dass sich Wärme in meiner Brust ausbreitet.

Ich spreize die Arme. „Nur zu. Gib deiner Neugier nach."

Ivy sieht sich im Stall um und vergewissert sich, dass wir allein sind. Es ist kein anderes Geräusch zu hören als die Pferde, die sich in ihren Boxen bewegen.

Dennoch senkt sie die Stimme und formuliert ihre Frage schwammig. „Du scheinst ... deiner Gottlen ziemlich nahezustehen. Nimmt Ardone jemals auf andere Arten Kontakt zu dir auf und teilt dir mit, was sie von deinem Handeln hält oder was sie sich von dir wünscht?"

Ich muss nicht fragen, warum Ivy neugierig ist. Sie sah verwirrt und ein wenig verängstigt aus, als sie davon erzählte, dass Kosmels göttliche Stimme zu ihr gesprochen hatte.

Meine Gedanken wenden sich wieder dem Vorfall im Turm zu, nachdem Ivy ihr Geständnis abgelegt hatte.

In jener Nacht kniete ich in meinem Zimmer vor meinem kleinen Schrein für Ardone und bat meine Gottlen, mir zu zeigen, ob mein Herz in die Irre geführt wurde. Ob ich vor der Frau auf der Hut sein muss, die unwissentlich einen so großen Teil davon beansprucht hat.

Ich antworte Ivy in dem gleichen gedämpften Ton. „Nicht so, wie du es erlebt hast. Doch ich habe Ardones Präsenz regelmäßig auf kleinere, subtilere Arten gespürt. Ab und zu habe ich einen Traum, bei dem ich weiß, dass sie ihn berührt hat. Meistens ist es jedoch so, dass ich einfach spüre, dass meine Aufmerksamkeit auf spezielle Objekte oder Bilder gelenkt wird, so etwas wie symbolische Botschaften."

Wie in jener Nacht, in der ich meine Bitte vorgetragen hatte. Mein Blick wanderte im flackernden Kerzenlicht nach oben und ich erkannte einen Schatten, der an die flatternden Flügel eines Schmetterlings erinnerte, der sorglos frei durch mein Zimmer flog.

Meine Gottlen hätte in diesem Moment genauso gut zu mir sprechen und sagen können: *Folge ungehindert dem Pfad zu deiner Freude.*

Ivys Stirn legt sich in Falten. „Ich habe keine kleineren Botschaften bemerkt. Es ist, als käme er aus dem Nichts, und dann verschwindet er wieder."

Ich neige den Kopf zur Seite. „Du warst nicht unbedingt offen für seine Anwesenheit oder die eines anderen Gottlen, oder? Die Verbindung zwischen den Sterblichen und Göttlichen hat sich für mich immer wie etwas angefühlt, bei dem man sich auf halbem Weg treffen muss und nicht wie etwas, was mir vom Willen eines anderen aufgezwungen wird. Sie führen, anstatt zu befehlen. Man kann niemanden führen, der einen ausschließt."

„Ich schätze, dieser Logik habe ich nichts entgegenzusetzen." Ivy schnaubt leise. „Ich weiß nicht, ob ich irgendeine Göttlichkeit reinlassen *möchte*."

„Diese Entscheidung liegt bei dir. Du könntest auch einfach überlegen, ob es für dich in Ordnung ist, die Tür nur ein kleines bisschen zu öffnen. Nichts hindert dich daran, sie wieder zuzuschlagen, wenn du mit dem Ergebnis unzufrieden bist."

Ivy schnaubt. „Angenommen ich bin in der Lage, überhaupt etwas zu tun, wenn er erst einmal mit mir fertig ist. Auf ihn zu hören, hat mir bereits mehr Ärger eingehandelt, als ich das allein jemals geschafft habe."

Ein Bild von Ivy, die schlaff von einem Seil baumelt, blitzt vor meinem inneren Auge auf und mein Magen schlingert. Meine Hand huscht instinktiv über meine Vorderseite – ich tippe mit den Fingern an meine Stirn, mein Herz und meinen Magen, ehe ich sie zur Faust balle und vor mein Brustbein über mein Gottlen-Mal halte – als könnte ich so diese schreckliche mögliche Zukunft abwehren.

Ivys Mund verzieht sich bei meiner Geste. Ich mache noch einen Schritt auf sie zu. „Kosmel hat dich vor Stavros beschützt – vor uns dreien – als er es tun musste. Ich bin mir sicher, er wird es wieder tun, sollte es nötig werden. Und … für den Fall, dass das nicht klar war … bei mir müsste er es *nicht* tun. Stavros hat möglicherweise Schwierigkeiten, sich mit deiner Magie abzufinden, aber ich weiß, dass du immer noch unsere Gütige bist."

Ein Ausdruck, der beinahe heimgesucht wirkt, legt sich auf Ivys Gesicht. Bevor ich in Panik geraten kann, dass ich sie irgendwie beunruhigt habe, lacht sie – wenn auch ein wenig steif. „Du warst immer gütiger zu *mir*, als ich es vermutlich verdiene. Danke für jetzt und zuvor. Ich sollte besser zum Domi zurückgehen, bevor der ehemalige General denkt, ich sei abtrünnig geworden."

Sie tätschelt Krümels Kopf und geht an mir vorbei, ohne meine Antwort abzuwarten.

Ich greife über die Boxentür und streichle Peppers Hals, während ich mit den verworrenen Emotionen in mir ringe.

Ich hatte die Möglichkeit, Ivy Trost und Freude zu spenden. Dafür sollte ich dankbar sein.

Nachdem ich Ivy die Distanz gegeben habe, die sie zu wollen schien, gehe ich selbst zum Domi zurück. Im zweiten Stock finde ich eine andere Frau vor meiner Wohngruppe vor.

Als ich mich nähere und ihre Figur betrachte, fällt mir ihr Name ein: Agata. Die zweite Tochter eines der Hofbarone, eine Studentin der Wissenschaftsfakultät. Vor ein paar Monaten engagierte sie mich für eine Nacht in der Stadt und ein anschließendes privates Intermezzo.

Zum damaligen Zeitpunkt vermutete ich, dass sie meine Dienste erneut in Anspruch nehmen würde. Das Wirrwarr in mir verknotet sich noch fester, weil ich weiß, dass ich recht hatte.

Ich bleibe ein paar Schritte entfernt von ihr stehen und lächle. „Hallo, Agata. Es ist schön, dich zu sehen. Wie geht es dir?"

Sie wickelt eine Strähne ihrer glatten, kastanienbraunen Haare um ihren Finger. „Ziemlich gut. Aber ich habe das Gefühl, dass mir etwas fehlt. Wann hast du wieder einen freien Abend? Wir könnten etwas Ähnliches wie letztes Mal machen."

Aufgrund der anzüglichen Note, die sich in ihre Stimme geschlichen hat, hege ich keinerlei Zweifel daran, dass sie es auch auf ein ähnliches Ende abgesehen hat.

Das ist die Arbeit, der ich nachgehe. Sex ist eine Feier der Gottlen, der ich mich verpflichtet habe, ein Akt der Verehrung und Freude.

Doch keine einzige Faser in mir verspürt Freude bei der Vorstellung, diese besonders intime Arbeit auszuüben.

Ich schaffe es, mein Lächeln aufrechtzuerhalten. Die Worte entfleuchen mir, bevor ich sie überdenken kann. „Das habe ich nicht. Einen freien Abend, meine ich. Es tut mir leid. Ich nehme mir eine kurze Auszeit."

Zumindest tue ich das seit diesem Moment.

„Oh!" Agata kichert. „Ich schätze, dich halten die

Schularbeiten wie den Rest von uns auf Trab. Gib mir Bescheid, wenn du wieder im Geschäft bist. Ich freue mich darauf."

Als sie wegschlendert, formt sich ein Kloß aus Schuldgefühlen in meinem Magen. Ich habe noch nie zuvor eine potenzielle Kundin abgewiesen.

Weshalb in allen Reichen bin ich hier, wenn nicht, um zu dienen? Um alles zurückzuzahlen, was gegeben wurde, damit ich hier sein kann?

Ich verdränge meine aufgewühlten Emotionen und drücke meinen Akademie-Armreif an die Tür, um das Schloss zu öffnen.

Ich diene Ivy. Ich diene der Königsfamilie.

Welch größeren Zweck könnte es geben, als gegen eine Gefahr vorzugehen, die den ganzen Kontinent bedroht? Unsere Mission verdient unseren gesamten Fokus.

Über die anderen Gründe, aus denen ich diese Entscheidung getroffen habe, werde ich nicht genauer nachdenken – oder darüber, was sie für *meine* Zukunft bedeuten.

ACHT

Ivy

Ich springe und weiche aus, wehre einen Schlag ab und entgehe knapp einem Knie in meinen Magen.

Meine Sparringpartnerin dreht sich und ich sehe eine kurze Öffnung, wo ich ihr einen Daumen ins Auge rammen könnte. Das würde ich tun, wenn das hier ein echter Kampf um Leben und Tod wäre, allerdings bezweifle ich, dass mein Arbeitgeber Straßentaktiken in seinem Kampfkurs gutheißen würde.

Außerdem verdient meine adlige Trainingspartnerin das nicht.

Ich zügle meine Abwehrinstinkte und lasse meine Faust locker vorschnellen, um ihr die Gelegenheit zu geben, mich abzublocken. Der Sinn dieser Übung besteht darin, den Studenten ein Gefühl dafür zu geben, wie es ist, in einem Nahkampf ständig in Bewegung zu bleiben. Ich soll meine Gegnerin nicht zerstören.

Ich bin dankbar, dass Stavros mir erlaubt, an der Stunde teilzunehmen. Es wäre schrecklich langweilig, am Seitenrand zu stehen, Wasser zu verteilen und kleine Kratzer zu verarzten.

Er beobachtet zweifellos jede meiner Bewegungen und hält nach einer Bestätigung Ausschau, dass ich wirklich eine unwiderrufliche Bedrohung darstelle. Womöglich hofft er sogar, dass ich ihm eine Ausrede liefere, mich auszuschalten.

Die Stimme des ehemaligen Generals schallt über das Feld. „In Ordnung, Leute! Wechselt wieder die Partner. Jeder Feind, dem ihr euch stellt, wird eine etwas andere Herangehensweise haben. Wenn ihr in einem Bodenkampf teilnehmt, müsst ihr bereit sein, euch augenblicklich anzupassen, andernfalls findet ihr euch auf dem Hintern anstatt auf den Füßen wieder."

Einige der Studenten glucksen bei seinem trockenen Ton. Ich wende mich von der Frau ab, mit der ich gekämpft habe, wische mir den Schweiß aus dem Nacken und halte nach dem Kerl Ausschau, mit dem ich unbedingt Zeit unter vier Augen verbringen wollte.

Mein Blick bleibt an dem Studenten hängen, nach dem ich gesucht habe und der mehrere Schritte entfernt steht. Als ich eine einladende Geste mache, schlendert er herbei, um gegenüber von mir Position zu beziehen.

Obwohl ich zu dieser Konfrontation eingeladen habe, stockt mein Herz kurz und abwehrende Magie flammt in mir auf. Der Mann, der sich mir nähert, ist laut Aleks selbstgemachtem Dossier ein Mitglied des Käferclubs. Die schlichte Skizze des Gelehrten hat die breite Nase und den kantigen Kiefer des muskulösen Kerls perfekt eingefangen.

Julita erkennt ihn und meine Absichten anscheinend. *Pass bei dem besser auf, Ivy.*

Als der mutmaßliche Blutzauberer vor mir stehen bleibt, neige ich den Kopf, um sowohl unsere Kampfabsicht als auch Julitas Warnung zur Kenntnis zu nehmen. Die spärlichen Fakten, die Alek zusammengetragen hat, gehen mir durch den Kopf.

Das ist Olari Igorek, der zweite Sohn von Provint Igor aus Yersi, der diese Provinz regiert. Er hat sich Sabrelle verpflichtet und studiert im dritten Jahr auf der Akademie.

Kinder einer Familie, die so berühmt ist wie seine, würden den Militärdienst normalerweise von Anfang an als Major, wenn nicht sogar General antreten. Olari hat jedoch eine Vorliebe für praktische Kampftaktiken gezeigt und scheint sich damit zufriedenzugeben, Hauptmann zu werden.

Anscheinend möchte er lieber die Infanterie herumkommandieren und an gewöhnlichen Scharmützeln teilnehmen, als sich Sorgen um die größeren Probleme eines Konflikts zu machen.

Abgesehen vom Entomologieclub ist er auch ein Mitglied des Fechtclubs und der Dartsliga. Er hat offensichtlich eine ehrgeizige Ader. Letztes Jahr hat er einen Preis bei einem Duellier-Wettbewerb gewonnen.

Nichts davon verrät mir, ob er den Schmerz anderer gerne benutzt, um die Gabe zu stärken, die er durch sein eigenes Opfer erhalten hat. Allerdings sehe ich, was für ein Opfer er erbracht hat, als sich seine Lippen zu einem herausfordernden Grinsen zurückziehen.

Seine oberen vier Schneidezähne wurden mit Stahlrepliken ersetzt.

Falls wir jemals in einen echten Kampf geraten, muss ich aufpassen, dass er nie in eine Position kommt, in der er mich beißen kann.

Olari wagt den ersten Angriff, ohne ein Signal meinerseits abzuwarten, dass ich für den Kampf bereit bin. Seine Faust saust über meinen eingezogenen Kopf.

Ich springe zur Seite und danke allem, was heilig ist, dass ich den Großteil der letzten Jahre damit verbracht habe, meine Geschwindigkeit und Kraft zu verbessern.

„Du bist ziemlich geschickt für deine Größe", bemerkt mein Gegner, als wir einander umkreisen. „Ich kann verstehen, warum Stavros dich eingestellt hat."

Versucht er, mich mit seinen Komplimenten dazu zu bringen, nachlässig zu werden?

Ich kann mich nicht beschweren, weil er mir so eine Gelegenheit verschafft, ihm einen Hinweis auf meine angeblich abartige Gesinnung zu geben für den Fall, dass er die Information an Ster. Torstem weitergibt. „Ich glaube nicht, dass wir uns von dem begrenzen lassen sollten, womit wir geboren wurden. Ich habe stets danach gestrebt, mehr zu werden."

Olari summt anerkennend und unser Gespräch zerfällt in

eine Reihe Schläge und Abwehrbewegungen, als er versucht, einen Treffer anzubringen. Ich schweige geduldig und warte auf die nächste gute Vorlage, um eine weitere vielsagende Bemerkung zu machen. Ich möchte nicht so stark auffallen, dass es verdächtig wirkt.

Als wir einander umkreisen, weicht Olari leicht zurück. „Du bist in einer recht chaotischen Zeit an die Akademie gekommen. Du hast bestimmt nicht erwartet, dass du es mit Daimon zu tun bekommst, die Bälle sprengen und Gebäude zum Einsturz bringen."

Interessant, dass er das Thema anspricht. Ich zucke mit den Achseln und ringe mit einer Antwort.

Die Blutzauberer befürworteten das Chaos offensichtlich, allerdings machte Wendos nicht deutlich wieso. Er sagte nur, dass er glaube, es würde die Welt irgendwie wieder ‚in Ordnung‘ bringen.

Julita meldet sich mit einem geflüsterten Vorschlag, als hätte sie Angst, Olari könnte sie hören. *Mein Bruder und Wendos sprachen manchmal darüber, dass Gewalt und Schmerz nur die natürliche Ordnung der Dinge sind.*

Das klingt nach einer Einstellung, welche die Blutzauberer bestimmt zu schätzen wüssten — um den Schmerz zu rechtfertigen, den *sie* verursachen.

Ich wähle meine Worte mit Bedacht. „Es gibt so viel Chaos in der restlichen Welt. Ich schätze, es ist eher überraschend, dass die Geistwesen nicht öfter um sich schlagen. Allerdings bezweifle ich, dass das ein großer Trost für diejenigen ist, die verletzt wurden."

Olari schnaubt leise. „In der Tat."

Er schlägt nach meinem Kiefer und dann nach meinen Rippen, wobei er es schafft, meine Seite zu streifen, bevor ich davonspringe. Ich antworte mit einem Tritt gegen seine Wade, der ihn zu Boden geworfen hätte, wenn er nicht so stämmig wäre.

Vielleicht kann ich ihn aushorchen und einen Hinweis darauf erhalten, wie die aktuellen Pläne der Blutzauberer aussehen, falls er gemeinsame Sache mit ihnen macht. „Seit sie das Quadring zerstört haben, sind die Daimon viel ruhiger geworden. Die Priester, die der König geschickt hat, müssen sehr talentiert sein."

Wird die Bemerkung seinen Stolz verletzen und ihn dazu ermutigen, andere Gründe anzudeuten, aus denen sich die Geistwesen zurückgezogen haben?

Olari gluckst, die Anstrengung scheint ihn kaum außer Atem gebracht zu haben. „Ich schätze, das werden wir noch sehen." Er unternimmt noch einen Angriff. „Es hat viele Spekulationen darüber gegeben, warum die Daimon überhaupt so aufgewühlt waren."

Er lässt diese offene Bemerkung in der Luft hängen. Besorgnis kribbelt mit einer tieferen Gewissheit durch meine Nerven.

Er hat mit seiner vagen Aussage keine Hinweise auf das aktuelle Verhalten der Daimon gegeben, doch ich bin mir zunehmend sicher, dass dieser Kerl auf Torstems Seite ist. Er plaudert während unseres Trainingskampfs absichtlich mit mir, um einzuschätzen, was ich zu Themen sage, die für die Verschwörer besonders von Interesse sind.

Vor zwei Tagen inszenierten Stavros und ich unseren Streit für den Rechtsprofessor. Das sollte genügend Zeit für ihn sein, einem Untergebenen zu befehlen, mich weiter zu testen.

Dieses Mal brauche ich Julitas Hilfe nicht, um die beste Antwort zu finden. Wendos war offensichtlich nicht damit zufrieden, wie die Dinge in Silana gehandhabt werden, und dahinter steckt hauptsächlich der König.

Ich wäre nicht überrascht, wenn die Blutzauberer das Gerücht in Umlauf gebracht hätten, das ich gleich wiederholen werde.

„Manche Leute behaupten, dass die Daimon sauer auf die Königsfamilie sind. Das ist die einzige echte Theorie, die ich gehört habe." Ich fahre mit einer Hand über meinen Mund, als hätte ich Angst, zu viel zu sagen. „Ich weiß allerdings nicht, worüber sie aufgebracht sind."

Torstem will bestimmt niemanden rekrutieren, der so tollkühn ist, seine Meinung ungeachtet der Konsequenzen lauthals zu verkünden. Ich kann den Eindruck vermitteln, dass ich die Theorie für plausibel halte, ohne sie offen zu unterstützen.

Als ich Olari erneut angreife, lacht er. „Diese Behauptung habe ich auch gehört. Allerdings glaube ich manchmal, dass sie es vielleicht einfach satthaben, nicht mehr als Essensreste angeboten zu bekommen, und sie rebellieren, damit sie mehr bekommen.“

Ich bin mir nicht sicher, ob die Bemerkung auch so unheilvoll klingen würde, wenn ich nicht die offensichtlichen Parallelen zu den Machtbestrebungen der Blutzauberer sehen würde.

„Ich schätze, wir können alle nicht anders, als von Zeit zu Zeit mehr zu wollen, als wir haben“, erwidere ich verhalten, gerade als die Glocke zu läuten beginnt.

Stavros gibt seinen Studenten ein Zeichen, wobei seine Metallprothese im Sonnenlicht aufblitzt. „Ihr wisst, was das bedeutet. Ab in die Dusche, alle miteinander. Ich werde nicht für den Schweißgestank in euren nächsten Kursen verantwortlich gemacht werden.“

Ich verkneife es mir, die Augen über diesen nicht ernst gemeinten Befehl zu verdrehen, und drehe mich um, nur um einen unerwarteten Blick auf mir zu bemerken.

Die Frau, die mich aus mehreren Schritten Entfernung beobachtet, gehört nicht einmal zur Militärfakultät. Petra war eine von Julitas Klassenkameradinnen in der Führungsfakultät, hat jedoch zuvor schon gelegentlich einen Kampf- oder Strategiekurs besucht.

Meine geisterhafte Passagierin informierte mich, dass sie eine entfernte Verwandte der Königin ist. Mit ihrer olivfarbenen Haut und ihren Gesichtszügen, die eleganter proportioniert sind als die imposante Nase und das hervorspringende Kinn der Melchiorek-Linie, sieht sie definitiv Königin Ishilds Seite der Familie ähnlicher als der des Königs.

Ihr dunkler Blick huscht mit beunruhigender Intensität von mir zu Olari. Dann macht sie mit einem Rascheln ihrer glatten, schwarzen Haare auf dem Absatz kehrt.

Weshalb ist Petra so sauer?, murmelt Julita.

Ein Loch tut sich in meiner Magengrube auf. Ich kann einige begründete Vermutungen anstellen.

Hat Petra einen Teil dessen gehört, was ich gesagt habe? Es schien sie in der Vergangenheit zu stören, wenn die Leute das Gerücht wiederholten, dass die Daimon sauer auf die Herrscher des Landes seien.

König Konram weiß, dass ich in seinem Namen gegen die Blutzauberer ermittle, doch wir haben das absichtlich vor allen anderen Mitgliedern des Hofs geheim gehalten.

Das bedeutet, dass ich mir nicht nur Sorgen darum machen muss, meine existierenden Feinde zu Freunden zu machen, sondern auch darum, dass ich mir dabei neue Feinde einhandle.

Neun

Ivy

Ich werde im Dunkeln herumgeschubst und kann wegen des kratzigen Stoffs nichts sehen, der um mein Gesicht gewickelt ist. Er erstickt mich.

Ich kann durch den Stoff nicht atmen. Ich weiß nicht, wo ich bin.

Was in den Reichen passiert hier?

Ich muss hier raus. Ich muss mich befreien. Ich …

Meine Füße knallen auf eine erhöhte Oberfläche. Holzbretter. Etwas knarzt über meinem Kopf.

Weitere Schritte trampeln mir hinterher, als wäre ich umzingelt. Ihr Aufprall vibriert durch die Bretter in meine Beine.

Ich versuche, Luft zu holen, sauge jedoch nur den rauen Stoff in meinen Mund. Ich kann meine Hände nicht spüren.

Meine Kehle spannt sich an in dem Versuch, nach Hilfe zu rufen, doch meine Lunge brennt aufgrund des Luftmangels. Erneut werde ich geschubst und stolpere zur Seite.

Dann reißt jemand den Stoff von meinem Gesicht.

Es ist noch immer dunkel – es herrscht Nacht, nur in der

Ferne leuchten Laternen. Stimmen flüstern, vielleicht sind es hunderte, doch ich kann nur den Mann anstarren, dessen Gesicht in den Schatten über mir aufragt.

„Du konntest dich nicht ewig verstecken“, verkündet Stavros und hebt die Hände.

Urplötzlich hält er eine Seilschlinge in der Hand. Er reißt sie über meinen Kopf und die Metallprothese schabt über meine Wange.

„Nein“, murmle ich. „Nein. Ich schwöre, ich habe nie …“

Nie was? Nie getötet? Nie unschuldige Leute verletzt?

„Wir wissen beide, dass das eine Lüge ist“, spottet Stavros, als hätte er meine Gedanken gelesen.

Das tun wir.

Ich wusste immer, dass ich so enden würde.

Mein Herz hämmert trotzdem wie wild, als Stavros die Schlinge um meinen Hals festzieht. Das schwere Seil gräbt sich in meine Kehle.

Ich beginne, den Kopf zu drehen, doch er nimmt ihn zwischen seine Hand aus Fleisch und die aus Metall. Seine Stimme ist das düsterste Knurren.

„Du gehst nirgendwohin. Bleib und ertrage, was Monster wie du verdienen.“

Seine Augen und Stimme sind eiskalt. Mir gefriert das Blut in den Adern.

Er tritt einen Schritt zurück und hebt seine rechte Hand, um das Signal zu geben. Seine Lippen verziehen sich zu einem triumphierenden …

„Ivy!“

Mein Körper zuckt und meine Augen öffnen sich erneut im Dunkeln. Eine Dunkelheit, die auch von einem Stoff erzeugt wird, der jedoch dünn und seidig ist und über meinem Oberkörper und Beinen liegt.

Ich schnelle empor und meine Hand fliegt instinktiv zu meinem Schenkel. Doch ich bin hier schon so oft aufgewacht, dass ein Teil von mir bereits erkennt, was passiert ist.

Ich liege auf dem Sofa im Wohnzimmer von Stavros’ Quartier, wo ich immer schlafe. Es war nur ein Traum.

Mein Blick entdeckt den Mann, der mich in diesem Traum

heimgesucht hat, nur wenige Schritte entfernt, die Arme vor der Brust verschränkt und das Gesicht finster verzogen. „Du hast gemurmelt und um dich geschlagen. Es wurde störend.“

Mein Mund spannt sich an. „Es tut mir leid, dass ich deinen Schlaf unterbrochen habe.“

Das andere Mal, als mich der ehemalige General aus einem Albtraum weckte, beugte er sich vor, um meine Schulter zu schütteln. Er wirkte hauptsächlich belustigt, als ich ihm beinahe die Kehle aufschlitzte, bevor ich erkannte, wer er war.

Damals vertraute er darauf, dass ich ihm nicht wehtun würde. Jetzt tut er das nicht mehr.

Er weiß, wie leicht ich es tun könnte.

Es regt sich jedoch nicht das kleinste bisschen Magie in meiner Brust. An dieser Situation gibt es nichts, was sie in Ordnung bringen kann, was sogar sie zu wissen scheint.

Stavros zuckt mit den Achseln. Da wird ein anderer Teil meines Gehirns aktiv und bemerkt, dass er nur ein Unterhemd und eine Unterhose trägt. Die wohlgeformten Muskeln seiner Arme und Beine werden zur Schau gestellt, sein Bizeps spannt sich bei der Bewegung an. „Ich bin mir sicher, mein Schlaf steht ganz oben auf deiner Prioritätenliste. Ich komme klar.“

Ich erwarte, dass er geht, doch er hält inne, nachdem er seine Füße kaum merklich bewegt hat. „Was hat dir dieses Mal Angst gemacht? Ster. Torstem und seine Kumpane?“

Mein Magen verknotet sich bei der Erinnerung. Eine ehrliche Antwort entfährt mir, bevor ich es mir anders überlegen kann. „Die Henkersschlinge.“

Stavros wird stocksteif. Er starrt mich kurz an und die Düsternis verschwindet spurlos aus seinem Gesicht.

Wir wissen beide, wer mich am wahrscheinlichsten zu dieser Schlinge führen wird.

Hat er irgendeine Ahnung, wie nervös ich von Anfang an wegen ihm war? Ist ihm jemals in den Sinn gekommen, wie viel Mut ich aufbringen musste, um eine Nacht nach der anderen hier zu verbringen in dem Wissen, wie schief alles gehen könnte, wenn ausgerechnet *er* mein Geheimnis herausfindet?

Obwohl er sich für mich erwärmt hatte, obwohl er *nett* zu mir war, hatte ich nach wie vor ein wenig Angst vor ihm.

Jetzt liegen die Karten jedoch auf dem Tisch. Ich muss nichts zurückhalten, was ich sagen will, aus Angst vor dem, was er realisieren wird, sollte er zwischen den Zeilen lesen.

Vielleicht würde es mir helfen, sein Vertrauen wieder zu verdienen, wenn er wüsste, dass ich seine Sicht der Dinge ebenfalls bedacht habe.

Ich schlucke gegen die Trockenheit in meinem Mund an. „Ich verstehe es, weißt du. Warum du mich als Bedrohung siehst. Warum du Zerrissene als Monster siehst. Ich vertraue meiner Magie auch nicht. Warum denkst du, habe ich mich so sehr angestrengt, sie nicht zu benutzen?"

Ein Teil der Schärfe kehrt in Stavros' Stimme zurück. „Warum hast du dich dann nicht selbst ausgeliefert?"

Ich verziehe das Gesicht. „Weil ich sie nicht benutzt habe. Ich habe sie kontrolliert. Wenn ich wirklich denken würde, dass ich eine Gefahr für die Leute in meinem Umfeld darstelle ..."

„Es macht nicht den Anschein, als würden die meisten Zerrissenen so denken."

„Die meisten Zerrissenen werden wahnsinnig", murmele ich und zögere. Das, was ich gleich sagen werde, habe ich mir selbst bisher kaum eingestanden.

Doch es stimmt.

Meine Finger krümmen sich in die Decke, die um meine Taille liegt. „Ich nehme an, der Wahnsinn kommt daher, dass sie ihre Magie benutzen. Solange ich mich zurückhalte, sollte mein Kopf nicht derart verwirrt werden. Manchmal ... manchmal glaube ich, dass es gut war, dass ich beim ersten Mal meine Schwester tötete und so herausfand, zu was ich fähig war. Wenn es eine kleinere Tat mit kleineren Konsequenzen gewesen wäre, hätte ich vermutlich weitergemacht. Ich hätte womöglich so viel mehr Leute verletzt. Auf diese Weise wurde der Schaden größtenteils eingedämmt."

Julita meldet sich in meinem Hinterkopf zu Wort. *Ivy ... du kannst doch nicht denken, dass irgendetwas davon richtig war. Du hättest erst gar nicht mit dieser verrückten Macht belastet werden sollen.*

Und dennoch musste ich lernen, damit umzugehen. Ich

kann nicht behaupten, dass mein Schmerz schlimmer ist als der, den ich hundert anderen hätte zufügen können.

Stavros' Kiefer spannt sich an. Kurz glaube ich, er wird mich anbrüllen oder auslachen.

Als er erneut spricht, ist sein Ton jedoch sanfter. „Hast du deswegen deine Arbeit als Hand Kosmels begonnen? Du hast gesagt, dass es Dinge gäbe, die du wiedergutmachen möchtest. Hast du beschlossen, dass es eine Art Buße ist?"

„So was in der Art." Ich blicke auf meine Hände hinab. „Ich wurde mit einer zerrissenen Seele geboren. Ich weiß, dass mich das zu einem Monster macht. Doch solange ich dazu in der Lage bin … würde ich gerne auch noch andere Dinge sein."

Mein Körper spannt sich an und wappnet sich für den Schlag, den ich erwarte, ob nun auf verbale oder körperliche Art.

Stavros lehnt sich an die Seite eines Sessels in der Nähe und sieht nicht mehr aus, als würde er sich nur mit Mühe davon abhalten, davonzustürmen. Seine Arme senken sich und der, der in einem Stumpf endet, ruht auf seinem Schenkel. Er trägt im Bett natürlich keine Prothese.

Mit der anderen Hand reibt er sich über den Mund. „Ich schätze, es gibt schlimmere Gründe."

„Ich bin ja so froh, dass du das denkst", kann ich mir nicht verkneifen, zu brummen, ehe ich den Mund zuklappe.

Ich spähe zaghaft durch die Dunkelheit des Raums in seine Richtung. Er betrachtet mich mit einem kleinen Zucken seines Kopfs, das mir verrät, dass er seine Sicht neufokussiert. Er mustert mich und beschuldigt mich nicht wie so oft mit Blicken. Seine roten Haare und seine Augen mit ihren blau-und-braun-beringten Iriden sehen in der Dunkelheit fast schwarz aus.

„Du hast noch immer keine Ahnung, was Kosmel von dir will?", fragt er.

Ich schüttle den Kopf. „Er hat seit jenem Abend im Turm des Allesgebers nicht mehr mit mir gesprochen."

„Vielleicht solltest du versuchen, mit ihm zu sprechen. Er hat einen Schrein in diesem Tempel."

Mein Körper sträubt sich instinktiv. Es war furchterregend

genug, den Tempel der Krone zu betreten, als ich wusste, dass die ganze Stadt in Gefahr war. Er ist immerhin das größte Gebäude der Götterverehrung im ganzen Land.

Einfach dorthin zu gehen in dem Versuch, mit einem der Gottlen zu plaudern, der theoretisch hassen sollte, was ich bin ... Allerdings scheint dieser spezielle Gottlen momentan nichts dagegen zu haben ...

„Vielleicht", erwidere ich. „Ich werde es mir überlegen. Bei den zwei Gelegenheiten, zu denen er mit mir gesprochen hat, hat er mir nichts besonders Nützliches erzählt."

„Klingt für mich nach typischer Theologie."

Stavros richtet sich wieder auf, vermutlich hat er vor, den Schlaf zu beenden, den ich unterbrochen habe. Der zaghafte Frieden zwischen uns fühlt sich an, als könnte er in der Sekunde zerbrechen, in der er diesen Raum verlässt.

Ich öffne den Mund und das andere Thema springt mir auf die Zunge, vor dem ich mich bisher gefürchtet habe.

„Das mit deinem Freund tut mir auch leid. Ich ... ich wollte dich nie an einen schrecklichen Teil deiner Vergangenheit erinnern. War der zerrissene Zauberer, den du vor zwei Jahren aufgespürt hast, dafür verantwortlich?"

Am ersten Tag, in dem ich in diesem Zimmer übernachtete, erzählte der ehemalige General mir, dass einer der Zerrissenen seinen besten Freund ‚abgeschlachtet' hätte. Er hat persönlichere Gründe als die meisten, mich wegen dem zu hassen, was ich bin. Sie gehen über die Gräueltaten hinaus, welche die Zerrissenen der Gesellschaft angetan haben.

Stavros versteift sich. „Nein", antwortet er knapp. „Es war ... wir waren Teenager, als es passiert ist."

Also vor zehn bis fünfzehn Jahren, falls er Ende zwanzig ist, so wie er aussieht. Er schleppt diesen Kummer schon so lange mit sich herum, wie ich um meine Schwester trauere.

„Was ist passiert?", erdreiste ich mich, zu fragen.

Er weicht einen Schritt von mir zurück und seine Gesichtszüge verhärten sich. „Ich lebte bei meiner Mutter, wie ich das für gewöhnlich tat. Das habe ich dir bereits erzählt. Er war einer der Söhne ihres Unteroffiziers. Wir hatten die Idee, auf ein Abenteuer zu gehen und die verschiedenen Städte in der

Gegend zu erkunden. Wir landeten zur falschen Zeit am falschen Ort. Wir waren dumm und leichtsinnig und ich realisierte das erst, als es zu spät war …"

Stavros unterbricht sich. Seine Stimme wird vollkommen flach. „Wir waren dumm und wir liefen einem Monster über den Weg. Mehr steckt nicht dahinter. Du musst die Einzelheiten nicht kennen, um sicherzustellen, dass du nicht das Gleiche tust."

Er geht ohne ein weiteres Wort in sein Schlafzimmer.

Es wird alles gut werden, versichert Julita mir, deren Stimme ein wenig zu zittrig ist, um vollkommen überzeugend zu sein. *Er wird einlenken. Er wird sehen, dass du nicht wie die anderen Zerrissenen bist.*

Wird er das tun? Ich bin mir da nicht so sicher.

Ich dachte, wir hätten einen kleinen Fortschritt gemacht, habe ihn jedoch möglicherweise mit meiner Neugier ruiniert.

Erschöpfung zerrt aufgrund meines unterbrochenen Schlafs an meinen Augenlidern. Ich lege mich wieder auf das Sofa und ziehe mir die Decke bis zum Kinn. Ich versuche, nicht an die Gespräche zu denken, die ich mit Stavros in diesem Raum geführt habe und die viel besser endeten.

Ich bemühe mich, nicht traurig darüber zu sein, dass er möglicherweise nie wieder wie eine Ebenbürtige mit mir sprechen wird, denn ich bin mir nicht sicher, ob das überhaupt unfair von ihm wäre.

ZEHN

Ivy

Ich erkenne erst, wie sehr ich es zu schätzen wusste, eine Freundin zu haben, mit der ich im Speisesaal sitzen konnte, als diese Freundin fort ist.

Zugegeben Esmae spielte ihre Freundlichkeit nur vor. Sie ermordete Julita und versuchte, mir das Gleiche anzutun.

Bevor all das ans Licht kam, war sie jedoch gute Gesellschaft.

Den Frühstücksteller umklammernd, den ich an einer der vielen Theken des Raums abgeholt habe, lasse ich meinen Blick über die Tische schweifen. Das erste bekannte Gesicht, das ich entdecke, gehört Anya.

Meine ehemalige Erzfeindin hat ihre blonden Haare in ihrem bevorzugten Stil auf dem Kopf getürmt und ein scharfes Lächeln biegt ihre Lippen nach oben. Ich habe sie entwaffnet, indem ich kurz vor meiner Konfrontation mit Wendos im Turm des Allesgebers so tat, als sei ich *ihre* Freundin. Allerdings hege ich nicht den Wunsch, ihr darüber hinaus näherzukommen. Ich bin einfach froh, dass meine Idee so gut funktioniert hat, dass sie mich nicht noch einmal belästigt hat.

Einige Tische weiter sitzt Romild, die jetzt vermutlich noch schlechter von mir denkt als damals, als sie andeutete, ich hätte mir die Assistentenstelle erschlafen. Es ist deutlich geworden, dass Wendos sie als Ablenkung benutzt hat, um meine Ermittlungen in die Irre zu führen, und dass sie gar nicht in illegale Zauberei verwickelt ist. Genauso deutlich ist jedoch, dass sie mir lieber ins Gesicht spucken würde, als ein freundliches Gespräch mit mir zu führen.

Mein Blick bleibt kurz an einem hellbraunen Haarschopf hängen, den ich mittlerweile gut kenne. Casimir sitzt mit dem Rücken zu mir, es befinden sich allerdings nur wenige andere Studenten an seinem Tisch.

Es würde nicht *so* seltsam aussehen, wenn ich mich auf einen der Stühle am anderen Tischende setzen würde, oder? Ich muss nicht einmal mit ihm sprechen – einfach in seiner Nähe zu sein, würde dafür sorgen, dass ich mich weniger allein fühle.

Doch gerade als ich den ersten Schritt in seine Richtung mache, schlendert eine Adlige mit tiefschwarzen Zapfenlocken zu ihm, legt ihre Hand auf seine Schulter und beugt sich vor, um mit ihm zu sprechen. Es ist die Frau, mit der ich ihn auf dem Ball tanzen sah.

Er erzählte mir, dass er Bälle nutzt, um mögliche Kunden seine Dienste als Kurtisan ‚testen‘ zu lassen. Möchte sie ihn jetzt buchen?

Mein Magen verdreht sich und ich reiße meinen Blick von ihm los.

Das ist sein Job. Ich habe kein Recht, Übelkeit zu verspüren, nur weil er seiner Berufung nachgeht.

Ich möchte ihn allerdings wirklich nicht bei seiner Arbeit beobachten. Es ist ohnehin sicherer für ihn, wenn ich Abstand zu ihm halte.

Es war egoistisch von mir, in Erwägung zu ziehen, an seinem Tisch zu essen, obwohl ich ihn dadurch in Gefahr bringen könnte.

Dieser Gedanke hilft mir, mich auf meine Mission zu konzentrieren. Sind irgendwelche Käferclubmitglieder hier, in deren Nähe ich mich setzen könnte?

Ich möchte nicht, dass offensichtlich wird, dass ich sie

bewusst aufsuche. Es könnte jedoch bereits etwas Nützliches enthüllen, ihnen einfach nur zuzuhören, während sie sich mit anderen Studenten unterhalten.

Ich schlendere zwischen den Tischen hindurch und lasse meinen Blick durch den Raum schweifen, als sei ich auf der Suche nach dem perfekten Platz.

Obwohl ich das Auftreten einer Adligen relativ gut vortäuschen kann, bin ich in dieser Gruppe vornehmer Leute immer ein wenig aufgefallen. Niemand blickt mir länger als einen Moment in die Augen, woraufhin sie normalerweise verächtlich die Lippen kräuseln.

Ich bin nur wenige Tische weitgekommen, als eine klare, ruhige Stimme hinter mir spricht: „Ivy, oder? Du könntest dich zu mir setzen."

Ich drehe mich um und entdecke, die entfernte Verwandte der Königsfamilie, Petra, die mir ein kleines Lächeln schenkt. Sie deutet zu einigen leeren Stühlen an einem Tisch in der Nähe.

Meine Beine sperren sich, jedoch nur kurz. Es gibt keinen Grund, aus dem die Nichte zweiten Grades der Königin – oder was immer sie genau ist – in mir eine ideale Essensgesellschaft sehen sollte.

Was führt sie wirklich im Schilde?

Wird es ein größerer Fehler sein, ihre Einladung anzunehmen oder auszuschlagen?

Mach schon, murmelt Julita. *Lass uns herausfinden, was sie will. Es ist nicht so, als könntest du es in einem Kampf nicht mit ihr aufnehmen.*

Ich verkneife mir ein Schnauben bei dieser Bemerkung und zwinge mich, Petras Lächeln zu erwidern. „Danke. Das werde ich machen."

Während wir zu den Stühlen gehen und Platz nehmen, mustere ich die andere Frau verstohlen.

Julita hat vermutlich recht mit ihrer Einschätzung hinsichtlich unserer Kampfkünste. Petra überragt meine kleine Gestalt um einige Zentimeter, ihre Arme sehen jedoch weich im Vergleich zu meinen sehnigen Muskeln aus. Ihre Figur ist eher kurvig als vom Kampf abgehärtet.

Ich muss davon ausgehen, dass sie bei Stavros' Kursen vorbeischaut in dem Versuch, Fähigkeiten zu entwickeln, an denen es ihr mangelt, und nicht, um ein bereits vorhandenes Talent zu verbessern. Ich habe während der Trainingseinheiten definitiv keine beeindruckenden Kampfkünste bei ihr beobachtet.

Es ist jedoch schwer, sie einzuschätzen. Ihr Kleid ist edel und hat zarte Stickereien auf dem Mieder und entlang des Rocks – auffällig, allerdings nicht im typischen Stil der Akademie. Sie hat anscheinend genug Interesse an Mode, um beeindruckende Arbeit wertzuschätzen, ohne sich darum zu scheren, ob andere ebenfalls davon beeindruckt sind.

Wie die anderen Male, bei denen ich sie gesehen habe, lässt sie ihre schwarzen Haare offen über ihre Schultern fallen und nur ein kleiner Teil ist aus ihrer gebräunten Stirn nach hinten frisiert. Ich habe meine Haare zu einer Hochsteckfrisur geschlungen, damit ich unter den anderen Akademiebesuchern nicht auffalle, Petra scheint das jedoch egal zu sein.

Ich vermute, wenn man mit der Königsfamilie verwandt ist, wenn auch nur durch Heirat, steht man über diesen Dingen. Sie macht immer den Eindruck, als würde sie ein wenig Distanz zu den anderen Studenten wahren.

Allerdings nicht zu mir, nicht jetzt.

Ich sehe mich um und vergewissere mich, dass niemand aus dem Käferclub in der Nähe ist. Die Dinge, die ich in Hörweite der Clubmitglieder zum Besten geben möchte, und die Dinge, die ich ohne Unbehagen zu Petra sagen kann, haben nur sehr wenige Überschneidungspunkte.

Als ich meine Gabel hebe, vibrieren meine Nerven vor Sorge. Zum Glück spricht Petra, bevor ich entscheiden muss, wie ich ein Gespräch mit ihr beginnen soll.

Sie deutet mit einer eleganten Handbewegung auf den Raum. „Du bist erst seit einigen Wochen an der Hofakademie, oder?"

Ich nicke und halte mich an meine übliche Deckgeschichte. „Ich wollte eigentlich nur auf einen Besuch vorbeikommen. Dabei bin ich allerdings Ster. Stavros zum genau richtigen Zeitpunkt begegnet und urplötzlich hatte ich einen neuen Job."

„Ich habe gesehen, dass dich nicht alle mit offenen Armen willkommen geheißen haben. Hoffentlich hast du es nicht bereut, hiergeblieben zu sein.“

Ich kann mir ein Lachen nicht verkneifen. Sie hat keine Ahnung, wie viel ich zu bereuen habe.

Doch ich kann ehrlich antworten: „Nein, mir gefällt es, dass ich die Gelegenheit habe, mehr zu erreichen, als ich es zu Hause tun könnte.“

Petra lacht leise und reißt das Hörnchen auf ihrem Teller in zwei Hälften. Mit der rechten Hand muss sie es vorsichtig festhalten, da ihr sowohl der kleine als auch der Ringfinger fehlen – vermutlich ihr Weihopfer.

Sie hat wahrscheinlich eine größere Gabe erhalten, weil sie Teile ihrer dominanten Hand geopfert hat. Soweit ich das spüren kann, wendet sie in diesem Moment keine Magie an, manche göttlichen Gaben sind jedoch passiv und dennoch nützlich.

„Dann hast du also einige Dinge gefunden, die dir gefallen“, stellt sie fest. „Ster. Stavros ist kein zu schwieriger Arbeitgeber?“

Oh, das ist vielleicht ein Thema! Ich gehe die Antwort in Gedanken durch und überlege mir die beste Formulierung. Das angespannte Gespräch der letzten Nacht ist mir noch frisch im Gedächtnis.

„Er hat hohe Standards“, erwidere ich. „Und er verlangt ein gewisses Maß an Respekt. Aber er ist nicht unverschämt. Ich habe nichts dagegen, hart zu arbeiten, wenn die Situation fair ist.“

Ich würde nicht sagen, dass er in letzter Zeit besonders fair zu dir war, wirft Julita ein.

Petra legt beim Kauen nachdenklich den Kopf schief. „Ich habe bisher nur wenige seiner Kurse besucht, er scheint jedoch ein gutes Gleichgewicht zwischen Zuspruch und Strenge gefunden zu haben.“

Meine Neugierde meldet sich zu Wort. „Du gehörst der Führungsfakultät an, oder? Warum hast du an seinen Militärkursen teilgenommen?“

Petras Mundwinkel biegt sich zu einem schiefen Lächeln, das etwas merkwürdig auf ihrem ansonsten würdevollen Gesicht aussieht. „Meine Eltern haben stets darauf beharrt, es sei wichtig, dass wir alle in der Lage sind, notfalls uns selbst und das, was uns wichtig ist, zu verteidigen. Man weiß nie, wann man in Gefahr gerät und niemanden anderes mit mehr Erfahrung in der Nähe ist, den man um Hilfe bitten kann. Alle sagen, dass man von Ster. Stavros am besten lernen kann.“

Das Lächeln verleiht ihr ein jugendlicheres Erscheinungsbild als zuvor. Ich nahm an, dass sie am Ende ihrer Akademiezeit und ein paar Jahre älter als ich sei, doch plötzlich bin ich mir nicht mehr so sicher.

„Wie lange besuchst *du* hier schon Kurse?“, frage ich.

„Mittlerweile seit über einem Jahr“, antwortet sie, was bedeutet, dass sie nicht älter als neunzehn Jahre ist, wenn sie mit achtzehn auf die Akademie gekommen ist, so wie es die meisten Adligen tun. Ich bin tatsächlich älter als sie, allerdings nicht um viele Jahre. „Außerdem habe ich Spaß an der körperlichen Anstrengung der Trainingskämpfe. Hast du hier keine Aktivitäten gefunden, an denen du Spaß hast, obwohl sie nicht zu deinem offiziellen Fokus gehören?“

Ich zucke mit den Achseln. „Natürlich. Ich freue mich über jede Gelegenheit, reiten zu gehen. Und es gibt viel mehr Bücher in der Bibliothek, als mir zu Hause zur Verfügung standen … Ich lese bestimmt nicht den ganzen Tag lang Bücher über Kriegsführung. Mit Fäusten traktiert zu werden, ist allerdings für die meisten Leute kein Spaß.“

„Ich schätze nicht.“ Petra lächelt mich weiterhin an, doch ich habe noch immer das Gefühl, dass sie mich genauso aufmerksam mustert wie ich sie. „Es macht jedoch den Anschein, dass es dir auch nicht so wichtig ist, wie die ‚meisten Leute‘ zu sein. Das ist einer der Gründe, weshalb ich dachte, es könnte nett sein, mit dir zu plaudern.“

Einer der Gründe. Nur die Götter wissen, was die anderen sind.

Julita summt, als würde sie mir zustimmen. *Hinter diesem Angebot steckt definitiv mehr, als sie durchblicken lässt.*

„Nun, danke“, erwidere ich verlegen, weil ich nicht weiß, wie ich ihr sonst antworten soll.

Wir essen einige Minuten lang schweigend und ich frage

mich, ob ich etwas Pöbelhaftes in meinen Gesten oder Gesichtsausdrücken preisgebe. Was meint sie, bisher über mich herausgefunden zu haben?

Denkt sie, dass ich gegen ihre Familie vorgehe? Was wird sie tun, wenn sie beschließt, dass ich es tue?

Petra steckt sich das letzte Stück des Hörnchens in den Mund und lehnt sich auf ihrem Stuhl zurück, während sie schluckt. „Du hast dich sehr schnell mit Esmae angefreundet. Es muss schwer sein, dass sie so plötzlich gegangen ist."

Es klingt wie eine beiläufige Bemerkung, doch ich muss mich anstrengen, damit ich mich nicht versteife. Stavros hat mir erzählt, dass der König beschlossen hat, offiziell die Geschichte zu verbreiten, dass Esmae nach Hause zurückgegangen ist, anstatt ihren Tod und dessen komplizierte Umstände zu enthüllen.

Wenn sie nach ein oder zwei Wochen noch immer nicht zu Hause angekommen ist, werden die Leute davon ausgehen, dass sie auf ihrer Reise überfallen und ermordet wurde. Ich bin mir nicht sicher, ob ihre Familie das tröstlicher finden wird als die Vorstellung, dass Esmae selbst zur Mörderin geworden war. Die Entscheidung liegt jedoch nicht bei mir.

Wie gut, dass wir sie los sind, murmelt Julita.

Auch wenn ich es nicht bereuen kann, dass ich aus Notwehr gehandelt habe, steigt ein Kloß in meiner Kehle auf, als ich mich an die Mahlzeiten erinnere, die ich hier mit Esmae teilte in dem Glauben, wir wären Freundinnen. Es ist eine besonders unangenehme Art von Verlust, eine Person zu vermissen und sich zugleich zu schämen, weil man sich von dieser so gründlich hat täuschen lassen.

Mein Lächeln wirkt vermutlich ein wenig steif, aber mir ist es sicherlich erlaubt, einen Teil meiner Emotionen zu zeigen, selbst wenn ich so tue, als sei es ein weniger dauerhafter Verlust. „Es macht den Anschein, als würden die Leute hier ziemlich häufig kommen und gehen. Allerdings bin ich ein wenig einsam ohne sie."

Und weil mir der Großteil der Männer, auf die ich mich zuvor verlassen habe, mit unterschiedlich stark ausgeprägtem Misstrauen begegnet.

Petra tätschelt meine Hand leicht. „Du solltest dich uns wieder bei einer Jagd anschließen. Das wird dir eine Ausrede geben, reiten zu gehen."

Sie steht auf, um ihren Teller zur Theke zu tragen. Ich kaue den Rest meines Specks, mein Magen hat sich allerdings verkrampft.

Sie hat definitiv Hintergedanken. Jetzt muss ich zusehen, dass ich dieses Spiel richtig spiele, damit ich mir bei ihr nicht auch noch Schwierigkeiten einhandle.

Wenn mir Esmae eines beigebracht hat, dann, dass ich nicht unterschätzen darf, wie viel Schaden ein Student anrichten kann.

Während ich meinen Teller zur Theke bringe, bemerke ich, dass Casimir und die Frau mit den Zapfenlocken den Speisesaal verlassen. Als ich die Tür erreiche, schlendern sie zur großen Treppe. Ihre Hand streift seine Schulter und sie lacht glockenhell.

Julita regt sich in meinem Hinterkopf. *Die Kunden bedeuten ihm nicht viel, Ivy.*

Das stimmt vielleicht, bedeutet jedoch nicht, dass ich auf dem gesamten Weg zu meinem Zimmer zuschauen möchte, wie sie miteinander rummachen.

Ich gehe in die andere Richtung und laufe einfach weiter — an den Spielzimmern und anderen Freizeitbeschäftigungen vorbei, die ich mir noch nicht angesehen habe, bis ich den schmalen Gang auf der Rückseite des Erdgeschosses des Domis erreiche.

Beim Anblick der Steinsäulen an den Wänden zieht sich meine Lunge zusammen. In diesem Gang rammte Esmae mir am anderen Ende der langen Reihe Wandteppiche ein Messer in den Rücken.

Ich betrete die feuchtkalte, enge Treppe, die kaum jemand benutzt. Hier muss ich nicht befürchten, dass ich auf dem Weg zum dritten Stock neugierigen Blicken ausgesetzt werde.

Ich erscheine inmitten der Personalquartiere einige Gehminuten entfernt von Stavros' Gemächern. Ein paar andere Lehrassistenten biegen gerade um die Ecke vor mir.

Ich ziehe den Kopf ein und sehne mich nach der

Anonymität meines Umhangs, als ich ihnen langsam folge, damit ich sie nicht einhole und mich weder mit Spott noch unbeholfenem Small Talk auseinandersetzen muss. Mein Blick gleitet über den Teppich, der den Gang der Länge nach durchzieht – und bleibt an einem kleinen, grauhaarigen Körper hängen, der sich gerade aus einem Spalt zwischen den Steinen am Fuß der Wand windet.

Eine Ratte. Sie erstarrt an der Wand, vielleicht weil sie meine Anwesenheit bemerkt hat.

Es ist nicht seltsam, dass ein derartiges Wesen durch ein solches Gebäude huscht. Sogar Adlige müssen von Zeit zu Zeit Ungeziefer abwehren, vor allem wenn es Essen im Haus gibt.

Doch als ich mich dem Tier nähere, bebt Magie durch meine Nerven.

Es ist nicht nur eine Ratte. Jemand hat auf die ein oder andere Art seine Gabe auf das Tier angewandt.

Und sie dann hier zurückgelassen, damit sie die Personaletage ausspioniert. Mir fallen nur wenige gute Gründe dafür ein.

Da ich zögere, saust das Wesen die Wand entlang weiter. Ich denke nicht nach, sondern springe ihr einfach hinterher.

Meine Finger packen den Rattenschwanz so fest, dass sie wie angewurzelt stehen bleibt.

Ich habe erwartet, dass sie quietscht oder vor Angst erstarrt. Stattdessen wirbelt sie mit gebleckten Zähnen herum und beißt mir in den Daumen.

„Scheiße", zische ich und schlage den Kopf der Ratte mit meiner anderen Hand weg.

Sie zappelt noch wilder und ihr Maul und ihre winzigen Krallen kratzen an jedem bisschen Haut, das sie erreichen kann. Ich bemühe mich, sie mit einem Griff zu packen, der diese Versuche einschränkt, doch da versenkt die Ratte ihre Zähne in meinem Daumenballen.

Meine Hand zuckt instinktiv und schlägt das Nagetier gegen die Wand. Sie knallt mit dem Kopf voran gegen die vergipste Oberfläche und der Schädel knackt.

Bevor ich auch nur fluchen kann, weil ich die Ratte nicht lebend einfangen konnte, wird die schlaffe Gestalt des Wesens in meinem Griff hart und schwerer. Ich bin so erschrocken von der plötzlichen Veränderung, dass ich sie fallen lasse.

Das Ding, das einst eine lebende Ratte war, schlägt auf dem Boden auf und zerbricht in einige zackige Stücke. Zackige Stücke, die wie gebrannter Ton aussehen.

Was in aller Welt ist das?, will Julita wissen.

Ich weiß es nicht. Vollkommen fassungslos gehe ich in die Hocke, um es genauer zu untersuchen.

Die Tonstücke würden die Skulptur einer Ratte ergeben, würde ich sie zusammensetzen. Es wurden sogar zarte Linien in die rötlich-braune Oberfläche geritzt, die Fell darstellen.

Als ich die Ratte fing, hatte sie echtes Fell. Sie fühlte sich wie eine echte Ratte an – und bewegte sich wie eine.

Sie biss wie eine echte Ratte, was das Blut bezeugen kann, das mir über die Hand läuft.

Mir gefriert das Blut in den Adern. Etwas stimmt hier ganz und gar nicht. Ich habe so etwas noch nie gesehen.

ELF

Ivy

Während er die Schnur in einem Kreis auf den Boden legt, wirft Stavros dem kleinen Leinenbeutel einen misstrauischen Blick zu, den ich umklammere. „Was genau ist deine große Überraschung?"

Meine Finger krümmen sich fester um den Beutel. „Ich glaube, es ist besser, wenn wir das alle gemeinsam besprechen."

Dem ehemaligen General wird es schwer genug fallen, meine Geschichte zu glauben, ohne dass ich sie zweimal erzähle.

Er verzieht das Gesicht, legt jedoch ohne einen weiteren Kommentar den zweiten Schnurkreis. Seiner ist rot, meiner schwarz.

Die Schnüre sind der Schlüssel zu dem neuen Versammlungsraum, den König Konram für uns eingerichtet hat, bevor er zu seiner Reise aufgebrochen ist. Jeder hat eine andere Farbe erhalten.

Die anderen Männer haben natürlich ihre eigene Schnur behalten. Stavros hat nicht eingelenkt und sowohl seine als auch meine aufbewahrt, damit ich sie nur benutzen kann, wenn ich seine Erlaubnis habe.

Wer weiß, welch schreckliche Zerrissenen-Dinge ich seiner Meinung nach in einem Raum voller Bücher und Karten tun würde?

Es spielt ohnehin keine Rolle, da ich wahrscheinlich an keinen Treffen ohne ihn teilnehmen werde. Ich schaffe es, die Augen nicht über ihn zu verdrehen, als er von meinem Kreis zurücktritt und darauf deutet, als wolle er sagen: „Geh schon."

Als ich zu dem Schnurkreis gehe, zieht sich meine Brust nur leicht zusammen. Ich *kann* mich bei meiner verflixten Magie dafür bedanken, dass sich beim Einsatz dieses Zaubers eine schlängelnde Empfindung bis in die Mitte meiner Seele windet.

Die Schnüre wurden vermutlich durch einen Gläubigen, der ein besonders großes Opfer erbracht hat, von Jurnus gesegnet, dem Gottlen, der für Reisen, Kommunikation und Wetter zuständig ist.

Mich wappnend trete ich in die Mitte des Kreises ...

Und mit einem Hämmern meines Herzens und einem Beben in meinen Adern stehe ich in einem entsprechenden Kreis, der sich zwischen zwei Bücherregalen und einem vergoldeten Holzschreibtisch befindet.

Ich trete aus meiner Schnur und schiebe sie zur Seite, gerade als Stavros' massige Gestalt neben mir erscheint, als wäre er aus dem Nichts aufgetaucht.

Wir sind die Ersten, die hier ankommen. Ich nehme mir einen Augenblick, um den Raum zu betrachten, den wir zuvor nur einmal benutzt haben.

Laut Stavros ist dieser Raum irgendwo im Palast, der sich neben der Akademie befindet. Der König hat ihm erzählt, dass die Macht der Schnüre nicht viel weiter reicht. Ihre Reichweite ist allerdings bereits unglaublich.

Da es keine Fenster gibt, kann ich nicht sagen, ob wir tatsächlich im Palast sind und nicht einfach nur in einem abgeschiedenen Raum auf dem Campus. Das einzige Licht kommt von einem Kronleuchter über unseren Köpfen mit Kerzen, die sich vermutlich bei Bewegungen auf magische Weise entzünden und sich löschen, wenn wir fort sind.

Es ist schwer vorstellbar, dass König Konram jemandem aus seinem Personal aufträgt, täglich hier vorbeizuschauen, nur um die Kerzen zu ersetzen, die abgebrannt sind. Die dicke Holztür neben einem der Bücherregale ist mit drei unterschiedlichen Schlössern gesichert, von denen nicht einmal wir wissen, wie man sie öffnet.

Wir können nicht in den Palast spazieren … aber wahrscheinlich kann auch niemand reinkommen.

Der Schreibtisch ist jedenfalls einem König angemessen: breit, wuchtig und mit funkelnden, vergoldeten Verzierungen versehen. Vier lederne Polstersessel stehen um ihn herum, als hätte er beschlossen, dass es nie Grund dazu geben würde, dass wir vier uns alle gleichzeitig setzen wollen.

An den Wänden zu beiden Seiten erheben sich gewaltige Bücherregale bis zur Decke. Eines ist voller Geschichts- und Theologiebücher, das andere ist mit Schriftrollen zum gleichen Thema sowie verschiedenen Karten gefüllt.

Eine schmale Tür führt zu einer kleineren Vorratskammer voller unbeschriebener Blätter, Tintenfässer und Federn sowie weiterer Aufzeichnungen über die Akademie und die Stadt. Alles, von dem König Konram dachte, wir bräuchten es bei unserer Suche nach den Blutzauberern.

Ich kenne mich nicht annähernd so gut mit den Materialien der Akademiebibliothek aus wie Alek, doch er war hin und weg, als er einige der Bücher sah, die in der königlichen Sammlung versteckt waren. Es war beinahe eine Schande, als Stavros ihn von dort wegholte, um das Treffen zu beginnen.

Nur beinahe. Ich sollte das eifrige Funkeln, das die hellbraunen Augen des Gelehrten zum Leuchten bringen kann, nicht noch mehr mögen lernen, als ich es bereits tue.

Der Raum ist eine schickere Version unseres alten Archivzimmers – ein Archiv, das einem König angemessen ist. Einschließlich einer zusätzlichen Besonderheit. Ich weiß nicht, was ich von dieser halten soll.

An der Wand neben der Tür zur Vorratskammer hängt ein kunstvoller Spiegel, der ungefähr halb so groß ist wie der, durch den wir vor etwas über einer Woche mit König Konram gesprochen haben. Ich vermute, dass dieser Spiegel zum selben

Zweck genutzt werden kann, außer er hielt es für unerlässlich, dass wir unsere Frisuren in Ordnung bringen können.

Erwartet er, dass wir ihn an unseren Gesprächen hier drin teilnehmen lassen, wenn er nach Florian zurückkehrt?

Ich verdränge diesen unbehaglichen Gedanken und stelle meinen Beutel vorsichtig auf den Tisch. Ein Wachsduft hängt in der Luft und verrät mir, dass die Basis der Kerzen echt und nicht heraufbeschworen ist. Ich atme ihn ein, kann jedoch keinen Trost in der kaum wahrnehmbaren Süße finden.

Dies wird ein schwieriges Gespräch werden, ganz gleich, wer daran beteiligt ist.

Casimir kommt als Nächstes an. Seine kurzen Locken sind ein wenig feucht, als hätte er sie nach einem Bad nur mit dem Handtuch getrocknet. Ich richte meinen Blick schnell wieder auf den Tisch, bevor die Hitze stärker werden kann, die sich bei diesem Anblick zwischen meinen Beinen entzündet hat.

Er bemerkt den Beutel auf dem Tisch sofort. „Was hast du mitgebracht, Ivy?"

Da muss ich ihm in die Augen schauen und lächeln, weil ich keine Idiotin sein will. Obwohl meinen Magen ein Stich durchfährt bei der Erinnerung daran, dass ich ihn heute Morgen mit einer Kundin gesehen habe.

„Ich habe heute eine interessante Entdeckung gemacht", antworte ich. „Ich dachte, wir sollten sie besprechen."

Benedikt erscheint mit seinem typischen fröhlichen Grinsen. Als er zu mir schlendert, steckt er seine Hand tief in seine Tasche. „Ich habe ein kleines Geschenk für dich."

Er holt ein Medaillon hervor, das von einer Kette baumelt – genau wie die, welche die Männer bei sich tragen. „Ich habe meinen Händler den Segen auf meinem Medaillon duplizieren lassen. Deines sollte also auf die gleiche Art funktionieren. Es schien mir an der Zeit zu sein, dass du dein eigenes bekommst."

Meine Haut kribbelt, da ich spüre, dass Stavros in meiner Nähe aufragt. Benedikt war nicht zugegen, als der ehemalige General Casimirs Vorschlag abschmetterte, mir eine Möglichkeit zu geben, den Rest von ihnen zu rufen.

„Oh", sage ich und strecke die Hand aus, um es ihm vorsichtig abzunehmen. Ich mache mir Sorgen, dass Stavros es mir sofort entreißen wird. „Danke schön. Hoffentlich muss ich es nicht noch einmal benutzen."

„Vorsicht ist besser als Nachsicht", entgegnet Benedikt fröhlich und zögert, als sein Blick zu Stavros schweift. „Bin ich dir zuvorgekommen, Stav? Falls du auch eines machen lassen wolltest, kann es nicht schaden, Ersatz zu haben."

„Schon gut", erwidert Stavros, doch Benedikts Brauen ziehen sich wegen der Schärfe in seiner Stimme zusammen.

Einen Moment später lacht er allerdings, lässt sich auf einen der Sessel fallen und seine sorglose Art kehrt zurück. Alek erscheint einen Augenblick später und wirft den Bücherregalen einen sehnsüchtigen Blick zu, bevor er sich zu uns gesellt.

Stavros deutet mit seiner Handprothese auf mich. „Ivy hat uns etwas mitzuteilen."

Er schafft es, das Ganze so klingen zu lassen, als sei es eine Strafe.

Seine Laune ignorierend, ziehe ich den Beutel auf. „Es wird sich verrückt anhören, aber ich verspreche euch, ich weiß, was ich sah."

Ich habe es auch gesehen, meldet sich Julita zu Wort. *Ich meine, es war verrückt, aber echt.*

Ich lasse die gebrochenen Stücke der Tonratte auf den Tisch gleiten. Als ich sie zu ihrer ungefähren korrekten Gestalt zusammenschiebe, beugen sich alle vier Männer näher.

„Ist das eine Skulptur einer *Ratte*?", fragt Benedikt in belustigtem Ton. „Was? Hast du sie von einem Schrein Kosmels gestohlen in dem Versuch, seine Aufmerksamkeit zu erregen?"

Ratten gehören zu den Tieren, die dem Gottlen der Trickserei zugeordnet werden, aber ich glaube nicht, dass mein göttlicher Bekannter etwas mit dieser zu tun hatte.

Ich schüttle den Kopf. „Ich sah eine Ratte im dritten Stock des Domi herumschnüffeln. Etwas wirkte ... seltsam an ihr." Benedikt weiß nicht von meiner magischen Empfindlichkeit, weil er nicht von meiner echten Magie weiß. Hoffentlich können die anderen erraten, was ich meine. „Ich versuchte, sie einzufangen, damit wir sie untersuchen können, und sie griff mich an. Ich tötete sie aus Versehen ... und sie wurde zu dem hier."

Ich deute auf die Tonfigur.

Einige Sekunden lang spricht niemand. Aleks Lippen teilen sich, es dauert jedoch einen Augenblick, bis er Worte herausbringt. „Willst du damit sagen, dass eine echte Ratte zu Ton wurde?"

„Ja", antworte ich. „In der Sekunde, in der sie starb. Deshalb denke ich, dass sie schon *immer* Ton war, den jemand mithilfe von Magie lebendig aussehen und handeln hat lassen."

Stavros räuspert sich. Als ich ihn anschaue, brennt sich sein Blick in meinen. „Das ist eine unglaubliche Leistung. Willst du andeuten, dass die Blutzauberer dafür verantwortlich waren? Niemand anderes?"

Benedikts Stirn runzelt sich vor Verwirrung. „Warum sollten wir es für das Werk eines anderen halten?"

Ich weiß genau, was der ehemalige General meint. Er will andeuten, dass meine unergründliche Magie irgendwie verantwortlich war.

Ich schaue ihn finster an. „Mir fällt niemand ein, der Interesse daran hätte, so etwas zu tun." Einschließlich mir.

Casimir reibt sich übers Kinn. „Ein derartiger Plan kann vielen Zwecken dienen, oder? Die Verschwörer könnten kleine Tiere nutzen, die komplett ihrer Kontrolle unterstehen, um das Personal auszuspionieren oder Gegenstände zu holen oder eine andere Art von Wirkung zu erzeugen. Ich habe jedoch noch nie von jemandem mit einer Gabe gehört, die lebloses Material glaubhaft zum Leben erwecken kann."

Wir schauen alle zu Alek.

Der Gelehrte beugt sich vor und schließt seine Finger um eines der Tonstücke. Stirnrunzelnd untersucht er es.

Dann sieht er mich an. „Du bist dir absolut sicher, dass sie sich verwandelt hat? Es war nicht nur eine optische Täuschung, wegen der du die Figur mit einer echten Ratte verwechselt hast?"

„Ja", bestätige ich leise. „Ich hielt sie am Schwanz fest ... Ich konnte ihre Haut und ihr Fell an meinen Fingern spüren. Und ihre Zähne, als sie in meine Hand biss." Ich halte besagte Hand hoch, wo nach den Heilbemühungen eines Mediziners eine schwache Narbe zurückgeblieben ist. „Ich hörte, wie ihr Schädel brach, als ich sie gegen die Wand knallte."

Aleks Mund verzieht sich. „Ich habe von Leuten gehört, die Figuren wie Marionetten Leben einhauchen konnten … allerdings sahen sie noch wie die ursprünglichen Objekte aus, egal ob diese aus Holz, Ton oder einem anderen Material bestanden. Doch selbst in diesen Fällen mussten die Figuren nah bei den Beschwörern bleiben, damit diese sie lenken konnten. Es ist möglich, dass die Blutzauberer Gaben kombiniert haben, um diese Art von Magie aus einer größeren Entfernung zu wirken … Doch um sie von Ton in ein Wesen aus Fleisch und Blut zu verwandeln …"

„Die Leute haben es versucht", spricht Benedikt mit lässiger Stimme. „Es ist eine der Horrorgeschichten, die in meiner Kindheit gerne erzählt wurden. Mütter, die jemanden aufsuchten, der ihr Baby mithilfe einer Puppe wieder zum Leben erweckt. Eltern, die versuchten, ein geliebtes Haustier für ihre trauernden Kinder nachzubilden."

Julita erschaudert. *Eine unserer Mägde erzählte mir die Geschichte über das Baby.*

Alek nickt. „Stimmt. Es sind Horrorgeschichten und keine historischen Geschichten, weil es nicht *funktioniert*. Kein menschliches Wesen hat jemals Magie nutzen können, um Leben zu erschaffen."

Er lässt seine Finger in der Geste der Götter über seine Vorderseite wandern. „Es heißt, dass der Allesgeber Leben erschaffen hat, indem er Atem, Blut und Fleisch – Himmel, Meer und Erde – mit dem göttlichen Willen vereint hat. Der Wille einer *Person* reicht nicht. Man erhält bloß einen Körper, der echt aussieht, jedoch vollkommen leblos bleibt. Man erhält keine Ratte, die durch einen Gang trippeln und kämpfen kann, wenn sie gefangen wird."

Ich sinke auf die Armlehne eines Sessels und schlinge die Arme um mich. „Wir haben auch nicht gedacht, dass die Blutzauberer die Daimon kontrollieren können. Es stellte sich allerdings heraus, dass sie eine Möglichkeit gefunden haben. Ich habe gehört, wie Torstem sagte, dass sie ihre Taktik ändern müssen."

Stavros macht ein finsteres Gesicht, als würde es ihm missfallen, dass er mir zustimmen muss, selbst wenn es nur ein wenig ist. „Du hast gesagt, dass er darüber gesprochen hat, etwas zu bauen, oder?"

„Ja." Ich starre auf die Überreste der Tonratte. „Er hätte Figuren wie diese meinen können."

Sogar Benedikt sieht so erschrocken aus, dass ihm seine übliche fröhliche Haltung abhandenkommt. Sein Gesicht ist bleicher als üblich. „Bei den Göttern, wenn sie Leben erschaffen können ..."

Julita gibt einen unbehaglichen Laut von sich. *Wie können die Schurken noch* schlimmer *werden, als sie bereits waren?*

„Wir wissen nicht genau, was los ist", gibt Casimir in sanftem Ton zu bedenken. „Es hätte eine sehr komplizierte, sehr überzeugende Illusion auf einer Marionetten-ähnlichen-Figur sein können. Oder ein anderer Trick, an den wir noch nicht gedacht haben."

Der ehemalige General richtet seinen muskulösen Körper noch gerader auf. „Dennoch verheißt das nichts Gutes. Sie schmieden einen neuen Plan. Dieses Mal müssen wir besser darauf vorbereitet sein. Ich werde dem König Bescheid geben und ihn entscheiden lassen, ob er seinem Personal auftragen möchte, nach Ungeziefer Ausschau zu halten. Es ist schwierig, ein Gleichgewicht dazwischen zu finden, sich zu verteidigen und den Verschwörern unbewusst zu verraten, dass wir ihnen auf der Spur sind, bevor wir sie zu fassen kriegen."

„*Wir* können alle die Augen offen halten", sage ich. „Nach jeglichen Tieren ... womöglich sind es nicht nur Schädlinge. Wenn ihr einen Vogel in der Nähe der Akademie seht, der eifriger als üblich wirkt, oder eine streunende Katze oder einen Hund, der aus dem Nichts erscheint ... Wir sollten versuchen, sie zu fangen. Dann können wir sie anständig untersuchen und eine bessere Vorstellung davon erhalten, welche Magie dahintersteckt."

Benedikt gluckst. „Du meinst, wir sollen nicht deine Strategie benutzen."

Ich verziehe das Gesicht. „Dass ich sie getötet habe, war ein Unfall."

„Wir müssen uns ohnehin nicht auf Ivy verlassen", mischt sich Stavros ein. „Wir können uns selbst um einige Dinge kümmern."

Der Bastard eines Bastards richtet seine Aufmerksamkeit auf den ehemaligen General und runzelt abermals die Stirn. Er bemerkt bestimmt die neuen Spannungen, die zwischen uns entstanden sind – und er wird keine Ahnung haben, was sie verursacht haben könnte.

Meine Haut juckt wegen dieses Wissens.

Ich sammle die Tonstücke zusammen und lege sie auf den leeren Bereich eines Regals als Beginn einer Beweissammlung. „Wir sollten alle weitermachen. Mein Versuch, Ster. Torstems Interesse zu erregen, hat bisher keine Früchte getragen. Die Daimon haben keine weiteren Schwierigkeiten verursacht – die Blutzauberer hecken garantiert *etwas* anderes aus."

„Und die Kronenwache hat keine weiteren Beweise für ihre Aktivitäten gefunden", gesteht Stavros grimmig. „Die Mediziner scheinen kleine Fortschritte bei Wendos gemacht zu haben, können ihn jedoch nach wie vor nicht wecken."

Alek senkt ruckartig den Kopf. „Ich werde schauen, was ich über diese Art von Magie herausfinden kann. Wir wissen nicht, wie viel Zeit uns bleibt, bis sie erneut in größerem Umfang zuschlagen."

Er stößt sich vom Tisch ab, hält allerdings inne, um mich noch einmal anzuschauen. „Sei vorsichtig."

Bevor ich Zeit habe, mich zu fragen, warum seine Sorge nur mir gilt, ist er schon in seinen Schnurkreis getreten und verschwunden.

„Ich werde schauen, welche neuen Gerüchte ich an den Kartentischen aufschnappen kann", bietet Benedikt an und hüpft in sein eigenes Portal.

Ich richte mich auf und Stavros winkt mich schroff zu unseren nebeneinanderliegenden Schnurkreisen.

Casimir macht hastig einen Schritt auf uns zu. „Stav ... kann ich kurz unter vier Augen mit Ivy sprechen?"

Stavros' finsterer Gesichtsausdruck kehrt zurück, doch er senkt die Hand. „Na schön. Aber ich warte hier auf sie."

Er marschiert zur Tür der Vorratskammer, um uns etwas

mehr Raum zu geben, ich kann seinen Blick jedoch auf mir spüren. Ich gehe zu Casimir, wobei ich so tue, als würde mein Herz bei seinem strahlenden Lächeln keinen Hüpfer machen.

Der Kurtisan senkt seine Stimme, damit nur ich ihn hören kann. „Kommst du noch immer gut mit allem zurecht?"

Ich zucke mit den Achseln, als wäre es vollkommen normal, Ratten aus lebendem Ton zu entdecken. „Wie üblich. Ich wünschte, wir würden schneller Fortschritte machen."

Er hält inne und sein Blick senkt sich zum Boden, bevor er sich wieder hebt. „Du warst heute Morgen im Speisesaal ... du hast mich vermutlich gesehen mit ..."

Hitze brennt meinen Hals hinauf. Ich unterbreche ihn, bevor er sich weiter in die unnötige Erklärung stürzt, die er machen will. „Es ist in Ordnung. Ich weiß, dass das, was wir neulich getan haben, nur ein wenig Spaß war. Ich werde nicht beleidigt sein."

Tut mein Herz weh, als sei es durchbohrt worden? Absolut. Das ist allerdings nicht Casimirs Schuld.

Er befeuchtet seine Lippen und die Bewegung seiner Zunge löst noch mehr Hitze aus, die ich so gerne verdrängen würde. „Wegen des Aufruhrs im Anschluss haben wir nie richtig über unser Stelldichein gesprochen. Falls du dich deswegen unwohl fühlst, möchte ich das wissen."

Die Hitze kriecht in meine Wangen. Großer Gott filetiere und frittiere mich, hat er bemerkt, dass ich mich in ihn verliebt habe?

Habe ich ihm trotz meiner größten Anstrengungen zu sehr hinterhergeschmachtet und er versucht nun, mich dazu zu bringen, ihm das zu gestehen, damit er mich mühelos abservieren kann?

Ich zwinge mich, so kühl und ruhig wie möglich zu sprechen. „Es gibt eigentlich nichts zu besprechen. Wir hatten beide Spaß und das war doch der Sinn dahinter, oder? Ich habe es nicht bereut, falls du dir deswegen Sorgen machst."

Götter straft mich, hat *er* es bereut?

Bevor ich länger als eine Sekunde mit diesem schrecklichen Gedanken ringen muss, schenkt Casimir mir ein sanfteres

Lächeln, das ein Flattern durch meine Brust sendet, das ich nicht ignorieren kann. „Gut. Ich auch nicht.“

Er holt tief Luft, als wolle er noch etwas sagen, aber ich weiß nicht, wie lange ich meine Lässigkeit vortäuschen kann, während er nur einen Schritt entfernt von mir ist und mich mit diesen mitfühlenden Augen in diesem umwerfenden Gesicht ansieht.

„Dann ist ja alles gut“, verkünde ich schroff. „Ich sollte Stavros nicht zu lange warten lassen. Sonst explodiert er womöglich und das wäre eine ziemliche Sauerei.“

Den letzten Teil sage ich so laut, dass ihn der fragliche Mann ebenfalls hört und ein verächtliches Schnauben ausstößt. Ich nicke zum Abschied mit dem Kopf und eile zurück an die Seite des ehemaligen Generals.

Julita macht einen verwirrten Laut. *Ivy, du musst doch wissen, dass Cas niemals etwas tun würde, um dir wehzutun. Er macht sich wirklich Sorgen.*

Ich weiß, dass er das tut. Doch wegen dem, wer wir sind, und da ich meine Gefühle für ihn nicht unterdrücken kann, tut seine Freundlichkeit beinahe so weh wie es Grausamkeit tun würde.

ZWÖLF

Ivy

Das Summen der Magie des Tempels der Krone legt sich um mich, als ich zu dem gewaltigen Marmorgebäude aufschaue. Ich unterdrücke den Schauder, der mich bei dieser Empfindung durchlaufen will.

Die Goldspitzen der vier Türme – drei an den Ecken und einer in der Mitte, der doppelt so hoch aufragt – schimmern so beeindruckend wie immer. Nichts weist mehr darauf hin, dass vor einer Woche auf diesem Mittelturm ein Zauberer mithilfe der meistgehassten Art von Magie versucht hat, einen fürchterlichen Plan durchzuführen.

Falls ich noch irgendeinen Zweifel daran hatte, dass der Allesgeber unseren Kontinent verließ, nachdem er die erste Woge Blutzauberei mit feuriger Rache bestraft hatte, würde die Szene vor mir diese auslöschen. Wie könnte der Eine, der alle Dinge ist, hier sein und einen Sterblichen *nicht* bemerken, der solch schreckliche Zauber in einem der prächtigsten Tempel des Kontinents vollführte, noch dazu in dem Turm, welcher der höchsten aller göttlichen Mächte gewidmet ist?

Ich würde mich auch fragen, warum die geringeren Götter,

die der Allesgeber erschuf, es nicht bemerkt haben, doch mindestens einer von ihnen hat es eindeutig getan. Kosmel half mir, den Rückschlag meiner unberechenbaren Magie zu lenken, als ich Wendos ausschaltete.

Warum haben sich die Gottlen nicht stärker eingemischt? Führt Kosmel etwas im Schilde und hat die Geschehnisse vor den anderen geheim gehalten?

Warten die anderen Gottlen ab und geben uns Sterblichen eine Gelegenheit, alles selbst in Ordnung zu bringen? Sind sie bereit, uns erneut zu bestrafen, wenn wir die Blutzauberer nicht daran hindern können, zu weit zu gehen?

Ich weiß nicht, wo sie eine Grenze ziehen. Wir könnten in eben diesem Moment kurz vor einer zweiten Großen Vergeltung stehen.

Dieser Gedanke macht mich nicht erpichter darauf, das helle Marmorgebäude zu betreten, das allen neun Gottlen und ihrem Erschaffer gewidmet ist. Doch ich muss meine Rolle bei unserer Mission spielen, um die Dinge wieder in Ordnung zu bringen.

Benedikt ließ mir durch Stavros ausrichten, dass ein paar der Käferclubmitglieder aus Wendos' Gruppe gestern Abend ein paar Runden Karten gespielt ... und erwähnt hatten, dass sie vorhaben, heute Morgen im großen Tempel einen Appell an ihre Gottlen zu richten.

Stavros beschloss, dass wir *unseren* Morgen damit verbringen würden, über das äußere Feld in der Nähe des Haupteingangs zu schlendern und Stellen für zukünftige Strategieübungen zu markieren. Zumindest, bis ich die zwei Studenten aus der Akademie kommen sah, nach denen ich Ausschau gehalten hatte.

Ich folgte ihnen in vorsichtigem Abstand und trat erst in Sichtweite der breiten Eingangstreppe des Tempels, als die zwei durch die riesige, gewölbte Tür an der obersten Stufe traten. Jetzt sind sie im Gebäude und bitten um einen Segen oder Einblicke von den Gottlen, denen sie sich gewidmet haben.

Es spielt keine Rolle, was sie wollen. Wichtig ist, dass sie mich sehen und hören.

Ich straffe die Schultern und marschiere zur Treppe.

Sie heute im hellen Herbstlicht zu erklimmen, ist nicht ganz so nervenaufreibend wie bei meinem ersten Ausflug in der dichter werdenden Dämmerung. Damals wusste ich nicht, ob ich von einem göttlichen Blitz getroffen werden würde, sowie ich den Tempel betrat. Genauso wenig wusste ich, welche bösartige Magie im Turm durchgeführt wurde.

Ich überlebte meinen ersten Ausflug hierher und soweit ich weiß, versucht momentan niemand, die Stadt zu zerstören.

Meine Stiefel klopfen über den glatten Marmor des Eingangsbereichs. Ich habe angefangen, sie mit meinen Kleidern zu tragen, obwohl Slipper mehr in Mode sind.

Ich möchte nirgends hingehen, ohne jedes Messer bei mir zu haben, das ich tragen kann. In einem Slipper kann man keine Waffen verbergen.

Ich könnte leise laufen, doch ich möchte, dass die Gläubigen im Tempel mein Herannahen hören. Es macht den Anschein, als hätte Ster. Torstem mindestens einem seiner Anhänger von mir erzählt. Ich kann hoffen, dass diese beiden neugierig darauf sind, was ich den Göttern zu sagen habe.

Einige andere Gestalten kommen mir auf dem Weg zu dem weitläufigen Gebetsraum entgegen. Als ich den Raum unter der enormen Gewölbedecke mit ihren Buntglasfenstern betrete, sehe ich mehrere Leute, die bei den Alkoven der Gottlen knien oder einfach in innerer Einkehr durch den Raum schlendern.

Zum Glück ist Kosmels Alkoven aktuell leer – abgesehen von der hohen Statue des Gottlen selbst.

Ich marschiere dorthin und trete dabei etwas stärker auf, als strenggenommen notwendig ist. Aus dem Augenwinkel sehe ich eines der Käferclubmitglieder in meine Richtung schauen – es ist derjenige, der in dem nächsten Alkoven vor Inganne kauert, der Gottlen der Künste und des Spiels.

Gut.

Ich sinke am Fuß der Statue auf die Knie und schaue zu der Marmorgestalt des Trickster-Gottlen mit seinem gerissenen Lächeln und Umhang empor. Beim Anblick der steinernen Ratte auf seiner Schulter möchte ich am liebsten das Gesicht verziehen.

Was hält mein selbsternannter göttlicher Aufseher davon,

dass die Blutzauberer eines seiner Symbole zu ihren Zwecken missbraucht haben? Er war in den letzten Tagen schrecklich still.

Casimir hat mir geraten, hierherzukommen, mich Kosmel zu öffnen und zu schauen, ob er weitere seiner rätselhaften Bemerkungen anbietet. Sogar hier, wo das Licht durch das bunte Glas über mir auf mich herabscheint und eine Aura göttlicher Macht durch meine Nerven bebt, sträubt sich mein Körper bei dieser Vorstellung.

Das erste Mal, als der Gottlen mich ansprach, war ich beinahe tot und meine Abwehr nicht existent. Beim zweiten Mal lud ich ihn aus purer Verzweiflung ein.

Momentan sterbe ich nicht und bin auch nicht verzweifelt. Ich bin mir nicht sicher, ob es andere Umstände gibt, in der ich diese eindrucksvolle Präsenz in meinem Kopf willkommen heißen würde.

Es ist dort ohnehin schon ziemlich beengt.

Was wirst du sagen?, flüstert Julita. *Du kannst nichts zu Beunruhigendes sagen, da all die anderen Gläubigen hier sind.*

Als müsste ich daran erinnert werden. Ich hatte jedoch Zeit, mir eine Taktik zu überlegen, während ich auf die Gelegenheit zum Handeln wartete.

Ich beuge den Kopf und senke die Stimme, sodass sie leise klingt, aber noch im nächsten Alkoven zu hören ist. Als würde ich versuchen, leise zu bleiben, jedoch von Emotionen übermannt werden.

Ich brülle nicht, doch falls jemand in der Nähe auf mich achtet, wird er meine Worte verstehen können.

„Kosmel, bitte leite mich. Wie bringe ich sie dazu, einzusehen, dass Veränderungen manchmal notwendig sind? Ich weiß, dass du das ebenfalls wollen würdest.“

Ich verfalle in ein kurzes Schweigen. Keine göttliche Stimme vibriert durch meine Knochen, doch falls es eine Tür in mir gibt, die ich öffnen muss, halte ich sie definitiv fest geschlossen.

Mir wäre es lieber, wenn der Gottlen realisiert, dass ich diese Fragen *nicht* aufrichtig meine.

Vielleicht ist dies das letzte Mal, dass ich etwas vorspielen muss. Stavros hat mir gestern verraten, dass sich Wendos' Gesundheitszustand zunehmend verbessert. Vielleicht wird er noch heute aufwachen und alles verraten, was er weiß, und die Verschwörung wird einfach in sich zusammenbrechen.

Bis dieser Moment eintritt, muss ich weitermachen, als würde er das nicht tun.

Nach einigen Augenblicken spreche ich wieder. „Gib mir die Kraft, mich zu behaupten, wenn so viel um mich herum falsch ist. Zeig ihnen, dass es besser sein könnte. Lass nicht zu, dass wir aus Angst die Risiken meiden, die es wert sind, eingegangen zu werden."

Julita summt vor unbehaglicher Belustigung. *Das klingt wie die Art von Einstellung, die Wendos gutgeheißen hätte. Und mein Bruder hätte deinem Argument bezüglich der Risiken aus ganzem Herzen zugestimmt.*

Dann kann ich hoffen, dass ich einige Punkte bei den lauschenden Blutzauberern gewonnen habe.

Mein Blick heftet sich auf die Würfel, die um die Füße der Statue herum verstreut sind. Glücksspiel fällt in Kosmels Zuständigkeitsbereich und seine Gläubige richten ihre Appelle oder Fragen mit einem Würfelwurf an ihn, der seine Antwort vermitteln könnte.

Ein kullernder Würfel fühlt sich viel weniger einschüchternd an als eine göttliche Stimme, die durch meinen Schädel hallt.

Ich nehme einen in die Hand, drücke ihn an meine Handfläche, konzentriere mich auf die Steinfigur vor mir und denke so laut wie möglich: *Bin ich auf dem richtigen Weg? Du willst, dass ich die Blutzauberer zu Fall bringe ... ist es eine vernünftige Strategie, ihre Verschwörung zu infiltrieren?*

Daraufhin lasse ich den gepunkteten Würfel über den Marmorblock rollen.

Er prallt von einem von Kosmels Stiefeln ab und kommt ein wenig abseits auf der Drei zum Liegen.

Die Standardinterpretation ist, dass ungerade Zahlen Ja bedeuten und gerade Zahlen Nein, höhere Zahlen weisen auf eine nachdrücklichere Antwort hin. Wenn ich daran glauben würde, dass der Gottlen seine Hand im Spiel hatte und den Würfel lenkte, könnte ich aus diesem Ergebnis ein wenig Trost ziehen.

Wenn ich es glauben würde. Manchmal habe ich noch immer Probleme, zu glauben, dass ich Kosmels Einmischung in meinem Leben nicht halluziniert habe.

Ich stehe auf und füge meinem Auftritt noch einen Akt hinzu. „Danke, dass du über mich und all jene wachst, die nicht ganz den Erwartungen entsprechen."

Ohne mich umzusehen, verlasse ich den Tempel.

Ich entspanne mich erst, als ich die letzte Marmorstufe hinter mir gelassen habe. Ich schlendere über den gepflasterten Platz, wobei ich mir einige Momente gönne, um einfach nur zu atmen, bevor ich in die gleichermaßen ablehnende Atmosphäre der Akademie zurückkehre.

Mich packt der Drang, tiefer in die Stadt zu wandern – ins Krähennest zu schlüpfen, um den neuesten zwielichtigen Straßenklatsch aufzuschnappen, und nach den Außenbezirk-Familien zu schauen, die mittlerweile seit Wochen nicht von der Hand Kosmels besucht wurden. Bei dem Bordell herumzuschnüffeln, wo Torstem seine Komplizen versteckte, oder bei dem Waisenhaus, aus dem sie kamen, für den Fall, dass der Kronenwache etwas entgangen ist.

Doch ich weiß nicht, wie aufmerksam die Verschwörer mich beobachten. Ich kann nichts tun, was mich als gute Blutzauberer-Kandidatin ausschließen und auf verdächtige Beweggründe hinweisen könnte.

Als ich um die Seite des Tempels in die Gasse schlendere, die zur Akademie führt, dringen erhobene Stimmen an meine Ohren. Ich beschleunige meine Schritte und entdecke mehrere Wachen, die sich ein ganzes Stück entfernt von mir vor der Palastmauer versammelt haben.

Meine Magie zuckt in meiner Brust und mein Herz setzt einen Schlag aus. Was ist da los?

Ich verlangsame meine Schritte, um mir Zeit zu verschaffen, die Wachen zu mustern, während ich zum Tor der Akademie weitergehe. Da tritt eine gut gebaute Gestalt neben mich und begleitet mich. Ich muss mich anstrengen, damit ich vor Überraschung über Benedikts Dreistigkeit nicht zusammenzucke, weil er sich mir in der Öffentlichkeit nähert.

„Keine Sorge", spricht der Bastard eines Bastards aus dem

Mundwinkel, während er mit mir Schritt hält und die Hände sorglos in die Taschen seiner bestickten Hose schiebt. „Ich nutze meine Gabe der Ablenkung, um neugierige Blicke abzuwenden.“

Es kann keine starke Gabe sein, wenn sein Weihopfer nur aus seinen Ohrläppchen bestand. Es kommen und gehen jedoch nur wenige Leute auf diesem Weg zur Akademie und die Wachen, die jetzt aufs Palastgelände eilen, achten nicht auf uns.

„Was ist so dringend, dass du mich sofort sehen musstest?“, frage ich und schaue geradeaus, als würde ich allein laufen.

Benedikt hält inne. Sein fröhlicher Ton klingt angespannt. „Diese Wachen haben sich für einiges zu verantworten. Wendos ist tot.“

Ich zucke zusammen, bevor ich meine Reaktion zügeln kann. Julita stößt einen frustrierten Schrei in meinem Kopf aus.

Ich atme tief ein und sammle mich. „Was? Ich dachte, er würde sich erholen.“

„Soweit ich gehört habe, machte es den Anschein. Er begann, sich zu bewegen und zu murmeln – eher so, als würde er träumen und nicht mehr bewusstlos sein. Die Mediziner ließen ihn über Nacht allein – angeblich wurde er bewacht – und heute Morgen stellten sie fest, dass sein Geist ... weitergezogen war.“

Die Blutzauberer haben einen ihrer Leute ermordet, um ihre Spuren zu verwischen, schimpft Julita. *Das ist keine Überraschung.*

Mir ist der gleiche Gedanke gekommen. Mein Kiefer spannt sich an.

Ich senke die Stimme zu einem kaum hörbaren Flüstern. „Das müssen seine ‚Freunde‘ gewesen sein. Ihnen ist bewusst geworden, dass er womöglich reden würde.“

„Da bin ich ganz deiner Meinung.“ Benedikt lacht rau. „Wie sie es geschafft haben, die Sicherheitsvorkehrungen des Palastgefängnisses zu durchbrechen ... Nun, ich schätze, wenn sie sogar Ratten auf ihrer Seite haben, sind wir dem Untergang geweiht.“

Vielleicht nicht unbedingt dem Untergang geweiht. Doch

wir können nicht mehr darauf hoffen, dass wir uns auf jemand anderen als uns selbst verlassen können.

Auf niemand anderen als mich und meinen heiklen Plan.

Als sich mein Magen verknotet, wagt Benedikt einen Blick in meine Richtung. Er scheint erneut zu zögern.

„Ivy … ist oben im Turm des Tempels noch etwas anderes vorgefallen als das, was ihr mir erzählt habt?"

Scheiße. Es kostet mich sämtliche Selbstbeherrschung, ihn nicht sofort anzuschauen. Was hat er herausgefunden?

„Mir fällt nichts ein", antworte ich vorsichtig. „Warum?"

Aus dem Augenwinkel sehe ich, dass sich Benedikts Mund unbehaglich verzieht. „Ich habe einfach das Gefühl erhalten, dass unsere reizende Gruppendynamik seit jener Nacht aus dem Gleichgewicht geraten ist auf eine Weise, die nicht zu dem passt, was ich weiß. Vor allem Stavros benimmt sich ziemlich merkwürdig, wenn es um dich geht."

Ich werde mit dem ehemaligen General ein ernstes Wörtchen darüber sprechen müssen, wie schlecht er seine Feindseligkeit verborgen hat. Mein Verstand versucht, eine Ausrede zu finden.

„Ich glaube, er ist ein wenig gekränkt, dass ich die Bedrohung ohne ihn in Angriff genommen habe", improvisiere ich. „Der Mann hat ein ziemlich großes Ego."

Benedikt gluckst, klingt allerdings nicht überzeugt. „Weißt du, falls noch etwas anderes los ist … Wir haben von Anfang an gemeinsam an dieser Mission gearbeitet. Wir haben aufeinander aufgepasst. Ich hoffe, dass ich dir nie einen Grund gegeben habe, zu denken, ich könnte meinen Beitrag nicht leisten."

Ich schlucke schwer. Ich denke nicht, dass Benedikt bei den Ermittlungen versagt hat. Er war ein kostbarer Verbündeter … Manchmal sogar fast ein Freund.

Als er mich das eine Mal küsste, hauptsächlich, um mir eine Tarnung zu bieten, hätte ich mir vorstellen können, dass zwischen uns sogar mehr ist.

Doch er ist auch der Halbneffe des Königs, Bastard hin oder her, der es sich zur Aufgabe gemacht hat, das Land von den Zerrissenen zu befreien. Ein König, den er beeindrucken möchte, obgleich Benedikt gerne so tut, als wäre ihm nichts besonders wichtig.

Ich habe keine Ahnung, wie er reagieren würde, wenn er die Wahrheit über mich erfahren würde. Dieses Risiko einzugehen, würde nicht nur mein Leben, sondern auch unsere aktuelle Hoffnung in Gefahr bringen, die Blutzauberer zu vernichten.

„Natürlich nicht", erwidere ich bestimmt. „Allerdings werde ich womöglich an deinem Urteilsvermögen zweifeln, wenn du darauf bestehst, mich vor aller Augen in die Akademie zu begleiten."

Ich verleihe dem zweiten Teil einen neckenden Unterton, der seinen Zweck erfüllt. Benedikt zuckt zusammen und gluckst erneut, es schwingt jedoch kaum Humor darin mit.

„Hab's kapiert, Klingenkünstlerin. Ich habe ohnehin Angelegenheiten, um die ich mich anderswo kümmern muss."

Er neigt den Kopf und geht in Richtung Palast anstelle der Akademie.

Schuldgefühle sitzen bleischwer in meinem Magen, als ich mein Armband vor den Gargoyle am Eingang halte und das heraufbeschworene Labyrinth entsprechend der Anweisungen navigiere, die in das absurde Passwort der heutigen Woche eingebettet sind. *Große Rehe lieben gemeinhin rechtschaffene Lust.* Ich fühle mich nicht besser, als ich den Hof betrete.

Julita macht ein Geräusch, als würde sie sich räuspern. *Ich hätte es ihm auch nicht erzählt. Er hat Kosmels Zeichen nicht auf gesehen, was immerhin Stavros daran gehindert hat, durchzudrehen. Benny kann ein wenig unberechenbar sein. Dies ist keine Angelegenheit, bei der wir mehr Aufregung wollen, als wir bereits hatten.*

Ihre Bestätigung nimmt meinen Schuldgefühlen die Schärfe, löst sie allerdings nicht komplett auf.

Ich zwinge mich, in den Speisesaal zu schlüpfen, weil ich angeblich den Großteil des Nachmittags bei Kursen helfen soll. Stavros wird alles andere als beeindruckt sein, wenn ich vor Hunger ohnmächtig werde.

Auf dem Weg durch die Gänge und zwischen den Tischen des großen Raums halte ich nach Wesen Ausschau, die heimlich herumschleichen. Ich sehe nichts außer den üblichen hochnäsigen Adligen.

Nach meinem hastigen Mittagessen mache ich mich auf den Weg zu den Klassenzimmern im Quadring, als sich eine kribbelnde Empfindung auf meiner linken Handfläche ausbreitet. Sofort öffne ich meine Hand vor mir.

Das Kribbeln schwächt sich zu einem nervenaufreibenden Prickeln ab, das zusammen mit hauchzarten Linien über meine Hand zu kriechen scheint. Hauchzarte Linien, die noch blasser als meine bleiche Haut sind und vor meinen Augen Buchstaben formen.

Du willst mehr von dieser Welt. Heute Nacht beim einzelnen Glockenschlag. 50 Schritte in den Wald. Komm allein.

Als die heraufbeschworenen Worte verblassen, wird mein Mund trocken.

Ich wurde gerufen.

DREIZEHN

Ivy

Wie bei der Ratte warte ich, bis der letzte der Männer in seinem Schnurkreis im Versammlungsraum im Palast erscheint. Anders als bei der Ratte weiß Stavros jedoch schon, was ich erzählen werde, da ich ihn nur auf diese Weise zu dem spontanen Treffen überreden konnte.

Während Casimir uns mit besorgter Miene mustert, stellt Benedikt einen Teller mit Gebäck auf die Tischmitte. „Konfisziert vom Speisesaal. Ich dachte, wir könnten um diese Abendzeit alle einen kleinen Leckerbissen vertragen.“

Ich schätze, wir können uns alle denken, was er getan hat, als er das Zupfen spürte, das ihn zu uns rief. Natürlich hat er Nachtisch mitgebracht.

Der Rest von uns betrachtet die Auswahl, ohne Anstalten zu machen, sich ein Gebäck zu nehmen. Ich weiß, dass mein Magen zu fest verknotet ist, um Lust auf Essen zu haben.

Benedikt nimmt sich einen kleinen Kuchen und fläzt sich auf einen der Sessel. „Nun, lasst uns diese drängenden

Neuigkeiten hören. Ich habe ein exzellentes Abendessen für dieses Treffen unterbrochen."

Der ehemalige General wirft ihm einen verärgerten Blick zu. Wir sollten uns eigentlich erst morgen wieder treffen, doch ich habe die anderen mit ihren Medaillons hergerufen.

„Ivy hat eine Einladung erhalten", erklärt er, bevor ich sprechen kann. „Vermutlich von den Blutzauberern."

Aleks Schultern versteifen sich, als er mich anstarrt. „Was? Schon? Wer hat sie überbracht?"

Ich blicke auf meine Hand hinab. „Ich weiß es nicht. Heraufbeschworene Worte erschienen auf meiner Handfläche und dann verschwanden sie wieder. Sie wollen offensichtlich nicht, dass ich einen Beweis für die Nachricht habe."

„Was haben sie dir zu tun befohlen?", fragt Casimir leise.

„Ich soll allein in den Campuswald gehen … zumindest nehme ich an, dass dieser Wald gemeint ist … heute Nacht beim ersten Glockenschlag nach Mitternacht. Das ist alles, was ich bisher weiß."

Benedikt, der bereits die Hälfte seines Küchleins gegessen hat, hält inne. Er leckt einen verirrten Tropfen Beerenfüllung von seinem Daumen. „Der Wald. Das klingt recht unheilvoll."

Ich zucke mit den Achseln, als wäre in mir nicht alles vor Furcht verknotet. „Wir wissen, dass sie dort draußen Rituale durchgeführt haben. Julita hat uns auf die Hinweise aufmerksam gemacht. Und es wäre abseits neugieriger Augen."

Alek runzelt die Stirn. „Was bedeutet, dass sie dir alles Mögliche antun können, da es niemand sehen würde, der dir helfen könnte."

Ich klopfe auf meinen Schenkel, wo eines meiner Messer unter dem Rock meines Kleides versteckt ist. „Ich bin ziemlich gut darin, mich selbst zu verteidigen."

„Du weißt aber nicht, wie viele von ihnen dort auf dich warten werden. Oder welche Magie sie womöglich einsetzen werden."

All das stimmt und ist der Grund für meine Furcht.

Ich zwinge mich zu einem Lächeln. „Diesem Problem werde ich mich widmen, wenn es dazu kommt. Würden sie mich bloß töten wollen, gäbe es bestimmt einfachere Methoden, das zu erreichen."

Stavros zieht eine der Schriftrollen aus dem Regal und breitet sie auf dem Tisch aus. Es ist eine Karte der Akademie und ihres Geländes. „Ich kann möglicherweise etwas besorgen, was meine Anwesenheit verbergen wird. Der König unterstützt uns und ihm stehen eine Menge Ressourcen zur Verfügung. Wenn ich den Wald woanders betrete und aus einer anderen Richtung komme …"

Ich rucke an der Kante der Karte, um ihn zu unterbrechen. „Nein. Die Botschaft hat den *Allein*-Teil betont – und Alek hat recht. Wir wissen nicht, welche Magie sie anwenden können. Sie haben es geschafft, Wendos zu ermorden, während er von der Palastwache bewacht wurde! Sicherzustellen, dass niemand ihre Aktivitäten ausspioniert, wird auf jeden Fall ganz oben auf ihrer Prioritätenliste stehen, ganz gleich, was sie dort tun."

In Stavros' arrogante Stimme schleicht sich ein Knurren. „Du kannst nicht mitten in der Nacht ganz allein in den Wald marschieren, um dich mit einer Gruppe mörderischer Psychopathen zu treffen."

Ich stemme die Hände in die Hüften. „Das war von Anfang an der Plan, oder nicht? Was hast du gedacht, würde passieren, wenn ich Ster. Torstems Aufmerksamkeit erregt habe? Dass er mich zum Tee einladen und die Möglichkeit mit mir besprechen würde, die Königsfamilie zu stürzen? Ich werde ohnehin nicht ganz allein sein. Julita wird bei mir sein und sie weiß besser als ihr, wie diese Leute ticken."

Man sollte meinen, dieser Haufen würde mir ein wenig Anerkennung zollen, sagt Julita gespielt beleidigt, kann die Anspannung in ihrem Ton jedoch nicht ganz verbergen. *Ich werde dich so gut durch das Treffen führen, wie ich kann. Ich weiß nicht, womit du es genau zu tun bekommen wirst. Ich habe Borys und Wendos nie dabei beobachtet, wie sie jemanden in ihre Praktiken einführten.*

Ich kann mir nicht vorstellen, dass sie sich darauf freut, möglicherweise Aspekte ihres Kindheitstraumas erneut zu durchleben. Sie hat allerdings keinerlei Proteste dagegen erhoben, dass ich diesen Plan durchziehe, obwohl es ihr fortwährendes Überleben ebenfalls in Gefahr bringt.

Natürlich ist es nicht die Gefahr, in der *ich* schwebe, wegen der Stavros sich solche Sorgen macht, sondern die Gefahr, die ich für alle anderen darstelle.

Der ehemalige General betrachtet mich aus schmalen Augen. „Es wird eine nervenaufreibende Situation sein und sie *könnten* vorhaben, dir zu schaden. Du könntest sehr leicht unvorsichtig in der Art und Weise werden, mit der du dich verteidigst."

Er meint, mir könnte ein Patzer passieren und ich könnte meine Magie entfesseln.

Benedikt zieht eine Augenbraue hoch. „Spielt es wirklich eine Rolle, wie ‚unvorsichtig' sie mit ihren Klingen umgeht, wenn diese Mistkerle von ihnen zerschnitten werden? Ich würde sagen, Ivy kann sie fertigmachen, wie es ihr beliebt."

Ich bedenke Stavros mit einem festen Blick, von dem er mit seiner beeinträchtigten Sicht hoffentlich wenigstens einen kurzen Eindruck erhält. Ich habe ihn erst vor einer Stunde gewarnt, dass das vierte Mitglied unserer Gruppe bemerkt hat, dass wir etwas vor ihm geheim halten. „Ich bin mir sicher, ich werde meine Messer nicht so weit werfen, dass sie jemanden treffen, der es nicht verdient. Wenn du dich jedoch dazu entschließen würdest, im Wald herumzulungern und das Vertrauen zu gefährden, das ich bei ihnen gewonnen habe, würde ich dich zu denen zählen, die es verdienen."

Benedikt kann gerade so ein Lachen ersticken.

Stavros schaut mich böse an, scheint seine Haltung allerdings mit großer Mühe zu entspannen. „Dann werde ich Abstand halten, jedoch auf der Hut bleiben."

„Na schön."

Alek legt seine Hände auf den Tisch und die bronzefarbene Haut seiner Knöchel wird blass. „Jetzt hast du womöglich ihr Vertrauen, doch was, wenn sie etwas von dir wollen, was du ihnen nicht geben kannst? Was, wenn sie ein bestimmtes Verhalten erwarten, von dem du nicht weißt? Wenn du erst einmal mit allen interagiert hast ... Es ist unwahrscheinlich, dass sie dir die Gelegenheit geben werden, den Behörden alles zu verraten.“

Darüber habe ich auch schon nachgedacht. „Ich bin gut darin, schnell zu denken. Dies ist unsere beste Gelegenheit. Welche anderen Optionen haben wir jetzt, da sie Wendos getötet haben?“ Ich schaue wieder Stavros an. „Bei der Überwachung der Bordelle und des Waisenhauses wurden noch immer keine Spuren gefunden, oder?“

Er verzieht das Gesicht. „Bisher nicht.“

„Es ist nur ...“ Aleks Hände ballen sich auf dem Tisch zu Fäusten. Er senkt den Blick auf sie, bevor er mir wieder in die Augen schaut. Seine leuchten so intensiv, dass mein Herz einen Schlag aussetzt. „Du hast bereits so viel für diese Ermittlung riskiert. Ich weiß nicht einmal, ob wir dir Gerechtigkeit verschaffen können, falls sie *dich* ermorden.“

„Alek“, beginne ich, obwohl ich mir nicht sicher bin, was ich sagen soll, um ihn zu beruhigen, doch er schüttelt den Kopf, als wüsste er es bereits.

„Ich habe Berichte gesehen ... Es gab ein paar Mitglieder des Entomologieclubs, die zu verschiedenen Zeitpunkten verschwunden sind. Eine Leiche wurde gefunden. Sie machte den Eindruck, als wäre der Mann ausgeraubt worden. Eine Frau wurde so zurückgelassen, dass es aussah, als wäre sie mit dem Boot über den Fluss geschippert und ertrunken. Ich vermute, sie haben etwas gesehen, was nicht für ihre Augen bestimmt war ... und Ster. Torstems Leute wissen, wie sie ‚Probleme‘ beseitigen können, ohne dass es wie ein Mord aussieht.“

Wenn ich heute Nacht – oder später – durch die Hände der Blutzauberer sterbe, wird möglicherweise sogar mein Tod umsonst sein. Mein Magen verknotet sich in Reaktion auf die Unruhe, die Alek nicht verbergen kann.

„Wir werden es wissen“, sagt Casimir auf seine sanfte Art. „Ivy hat uns alle auf ihrer Seite. Die Blutzauberer wissen das nicht. Ganz gleich, was geschieht, wir werden ihre Lügen durchschauen.“

Obwohl sein Gesicht von seiner Maske verborgen wird, sieht Alek noch immer so elend aus, dass sich mein Herz zusammenzieht. Er öffnet den Mund und schließt ihn wieder zu einem schmalen Strich, als gäbe es etwas, was er sagen möchte, jedoch aus irgendeinem Grund nicht aussprechen kann.

Hat er etwas anderes herausgefunden, von dem er nicht möchte, dass es Benedikt hört – oder Stavros, was das angeht?

Ein kalter Schauder rieselt mir über den Rücken.

Ich zwinge mich, einen der kleinen glasierten Windbeutel vom Teller mit dem Gebäck zu nehmen, und beiße davon ab. Die Süße überzieht meine Zunge, ohne mir Trost zu spenden.

„Nun", sage ich und wedle mit dem Gebäck, „es macht den Anschein, als gäbe es dazu nichts mehr zu sagen. Ich werde heute Nacht in den Wald gehen, nicht ermordet werden und herausfinden, was die Blutzauberer aushecken. Der Rest von euch kann zu seinem Abendessen und dergleichen zurückkehren. Ich werde euch am Morgen durch die Medaillons ein Zeichen schicken, damit ihr wisst, dass ich gesund und munter wieder in Stavros' Quartier bin."

Benedikt steht auf, der Blick, mit dem er den Rest von uns bedenkt, wirkt jedoch ein wenig misstrauisch. „Ich muss womöglich einem zweiten Abendessen frönen, um das erste nachzuholen, das kalt geworden ist, bevor ich es aufessen konnte", verkündet er fröhlich und tritt zu seinem Portal.

Casimir schenkt mir ein sanftes Lächeln. „Ich weiß, dass du stärker als sie bist." Er wartet, bis Benedikt verschwunden ist, und fügt hinzu: „Sie werden womöglich nach deiner Magie fragen … die Magie, die du ihrer Annahme nach bei deiner Weihe erhalten hast."

Ich blicke zu meiner rechten Hand und ihrer fehlenden Fingerspitze – welche die anwesenden Männer für mein Weihopfer hielten. „Ich kann mir eine Geschichte ausdenken. Sie werden nichts Großes von so einem kleinen ‚Opfer' erwarten."

Ich würde lieber Stavros' Stiefel küssen, als den Blutzauberern zu verraten, dass ich gottlos bin, geschweige denn, dass ich trotzdem eine andere Art der Magie beherrsche.

„Wir wissen nicht, welche Anstrengungen sie unternehmen werden, um deine Geschichte zu bestätigen." Der Kurtisan neigt seinen Kopf zu Stavros. „Ich kann mit Make-up ein glaubhaftes Gottlen-Mal auf ihre Brust malen.

Ich werde ein paar Stunden, bevor sie mit ihr rechnen, vorbeikommen?"

Der ehemalige General grunzt widerwillig. „Wir sollten auf jede Möglichkeit vorbereitet sein."

Daran hatte ich nicht einmal gedacht. Meine Hand schließt sich an der unmarkierten Stelle zwischen meinen Brüsten. „Danke, dass du daran gedacht hast."

Casimirs Lächeln kehrt zurück. „Selbst wenn wir nicht mit dir in den Wald gehen können, hast du unsere Unterstützung."

Alek räuspert sich drängend. „Sollte Ivy nicht gestattet werden, sich auf jede Art zu helfen, die ihr zur Verfügung steht? Falls sie den Blutzauberern etwas beweisen oder sich verteidigen muss, oder es eine Chance gibt, mehr herauszufinden … Ihre zerrissene Magie würde ihr erlauben …"

„Nein." Stavros unterbricht ihn mit einem so düsteren und harschen Ton, dass mein Herz einen Satz macht. „Wir fügen dem Ganzen nicht noch mehr Schrecken hinzu. Wenn Ivy all diese Jahre ohne ihre Magie so gut auf sich aufpassen konnte, kann sie das auch weiterhin tun."

„Aber …"

„Wir werden einen Katzensprung vom Palast der Hauptstadt entfernt *keine* zerrissene Zauberei entfesseln", blafft Stavros.

Ich halte meine Hand hoch und fange Aleks Blick auf. „Es ist in Ordnung. Ich bin seiner Meinung. Ich will auch nicht mit meiner Macht um mich werfen … Ich weiß nicht, welche Konsequenzen das hätte."

Wir stehen einige Momente lang in angespanntem Schweigen da, bis der Gelehrte den Kopf akzeptierend senkt. Ich kann nicht so recht glauben, dass er den Einsatz meiner Magie gutheißen würde.

Wie viele Sorgen macht er sich darum, was heute Nacht geschehen wird?

„Ich weiß, dass du auf dich aufpassen kannst", sagt Casimir und berührt mich kurz am Arm. Er verschwindet durch den Kreis seiner verzauberten Schnur.

Stavros bewegt sich, als würde er erwarten, dass das Treffen nun beendet ist, doch Alek zögert noch immer neben dem

Tisch. Falls es etwas anderes gibt, was er weiß, will er es nicht vor dem ehemaligen General enthüllen.

Ich deute auf den Teller mit den Gebäckstücken. „Warum isst du nicht eines, Alek? Nimm dir einen Moment, um einen kleinen Leckerbissen zu genießen und dich daran zu erinnern, wie weit wir bereits gekommen sind."

Er mustert mich einige Sekunden, bevor er ein Küchlein in die Hand nimmt.

Ich beiße erneut von meinem Windbeutel ab, schaue Stavros an und ziehe eine Augenbraue hoch. Er steht stur da und wartet darauf, dass ich mit ihm zu seinem Quartier zurückkehre. „Ich könnte ebenfalls einen Augenblick gebrauchen, ohne dass du mich mit Blicken erdolchst. Du wirst mich heute Nacht allein in den Wald wandern lassen – wie viele Schwierigkeiten kann ich deiner Meinung nach in einem abgeschlossenen Raum anrichten?"

Stavros versucht, mich mit bösen Blicken kleinzukriegen, da er sein Schwert jedoch nicht gezogen hat, gehe ich davon aus, dass es nur ein Bluff ist.

Nach einem Moment seufzt er. „Wenn du darauf bestehst. Ich werde endlich *mein* Abendessen holen und mit den anderen Professoren der Militärfakultät die Zeit auf dem Feld verhandeln. Ich sollte beim zehnten Glockenschlag wieder in meinem Quartier sein … Ich erwarte, dich dann ebenfalls dort vorzufinden."

Ich sinke in einen gespielten Knicks, der vermutlich noch respektloser ist, als gar nichts zu tun. Er schüttelt den Kopf und stolziert zu seiner Schnur.

Als er fort ist, lässt Alek sich auf einem der Sessel nieder. „Du musstest nicht bei mir bleiben."

„Ich dachte, der Nachtisch schmeckt in Gesellschaft besser", erwidere ich. „Und ich brauche wirklich eine Pause von diesem Ochsen."

Ein Mundwinkel des Gelehrten zuckt, der Eindruck von Schwermut, der ihn umgibt, bleibt jedoch bestehen. Dennoch kann ich nicht anders, als den Bewegungen seiner vollen Lippen zu folgen, als sie sich um den Kuchenrand schließen.

All diese Männer sehen viel zu gut für ihr eigenes Wohl aus. Für *mein* eigenes Wohl wäre wohl zutreffender.

Ich reiße den Blick von ihm los und stecke mir den Rest des Windbeutels in den Mund, während ich über meine Worte nachdenke.

Anschließend lehne ich mich in der Nähe seines Sessels an den Tisch und deute auf ihn. „Worum machst du dir wirklich Sorgen? Du wirkst besorgter als alle anderen zusammen. Hast du etwas herausgefunden, was du nicht der ganzen Gruppe erzählen wolltest?"

Alek sieht so erschrocken aus, dass ich ihm seine Leugnung glaube. „Was? Nein. Es ist nur …"

Er runzelt die Stirn und wendet den Blick ab. Als er seine Aufmerksamkeit wieder auf mich lenkt, tut er das mit einem Anflug von Entschlossenheit. „Du gehst mit Julita dorthin. Inwieweit unterstützt sie deine Pläne und wie sehr drängt sie dich, zu tun, was *sie* für das Beste hält?"

Meine Nackenhaare stellen sich automatisch auf, während Julita ein verärgertes Geräusch macht. „Ich bin absolut dazu in der Lage, mir selbst gute Pläne auszudenken."

Alek hebt abwehrend die Hände. „Dessen bin ich mir bewusst. Das wollte ich damit nicht andeuten. Ich … ich erinnere mich daran, was du uns darüber erzählt hast, wie sie uns vier dazu überredet hat, bei ihren Ermittlungen zu helfen. Außerdem hast du gesagt, dass sie bei dir eine ähnliche Strategie angewandt hat. Jetzt stürzt du dich in diese Mission, die tödlich enden könnte. Ich weiß, wie wichtig es ihr ist, die Blutzauberer aufzuhalten."

Oh, murmelt Julita. *Nun. Ich schätze, das ist fair.*

Das ist es allerdings nicht.

Ich schüttle den Kopf. „Ich habe euch danach auch erzählt, dass ich das Ganze unverhältnismäßig aufgeblasen habe. Sie war mir alles in allem eine gute Freundin – so gut sie das in ihrer Lage eben sein kann. Es ist eine verkorkste Situation. Ich habe nicht acht Jahre lang auf der Straße überlebt, indem ich mich von anderen Leuten zu Dingen überreden ließ, die ich für eine schlechte Idee hielt. Und diese Idee habe ich mir selbst einfallen lassen, ob du sie nun schlecht findest oder nicht."

Alek verzieht das Gesicht. „Es ist nicht so, dass ich sie schlecht finde. Es ist allerdings riskant, dich in die Hände der Blutzauberer zu begeben. Und wir würden euch beide einfach so verlieren."

Ist das die Crux des Ganzen? Er vertraut Julita nicht mehr aus ganzem Herzen, hat jedoch auch Angst, dass das bisschen Leben gelöscht wird, an das sie sich noch klammert? Und vielleicht ist er hin und her gerissen, weil er sie will und das Gefühl hat, er sollte sie nicht wollen.

Er schien ihr von den vier Männern stets am stärksten ergeben zu sein.

Eine unerwartete Melancholie legt sich über mich. Ich betrachte sein hübsches Gesicht und bewundere seinen klugen Verstand. Er hat mir einmal gesagt, dass er mich nicht für eine Idiotin halten würde, wenn ich ihn anbaggern würde, doch der Gelehrte ist für mich genauso unerreichbar wie der Kurtisan.

Ich kann ihm nicht geben, was er wirklich will, denn das ist eine Frau, die nur noch als Geist existiert. Die vielleicht nie so war, wie er glaubte, als sie noch am Leben war.

Dennoch bin ich ihm so wichtig, dass er sich vergewissert hat, dass ich in keine Gefahr geschubst werde, mit der ich nicht einverstanden bin. Er vertraut *mir* trotz der Fülle an Nachforschungen, die er bestimmt über die Zerrissenen angestellt hat.

Ich will ihm im Gegenzug etwas geben, was genauso viel bedeutet. Dieser Wunsch ist so stark, dass meine Brust vor Dringlichkeit brennt.

Wenn er doch nur von Julita in ihren eigenen Worten hören könnte …

Plötzlich werde ich so reglos wie eine Statue. Ah. Aber das *kann* er.

Der bloße Gedanke lässt meinen Puls unruhig schlagen. Ich befeuchte meine Lippen und schenke ihm ein hastiges Lächeln. „Kannst du … noch eine Minute hier warten? Ich glaube, ich kann dir womöglich etwas zeigen, was dich zumindest ein wenig beruhigen wird."

Alek mustert mich unverhohlen neugierig, nickt jedoch. Ich

stoße mich vom Tisch ab und schlüpfe zwischen die Regale neben der Vorratskammer.

Was hast du im Sinn, Ivy?, fragt Julita. *Hast du hier drin etwas versteckt, was nicht einmal ich bemerkt habe?*

„Nein", flüstere ich so leise, dass Alek es vermutlich nicht hören kann. „Ich dachte nur …"

Ich halte inne, als mich vom Magen bis zur Kehle ein Anflug von Furcht durchzuckt. Werde ich diesen Vorschlag wirklich aussprechen, wenn auch nur zaghaft?

Ich sagte, dass sie mir eine gute Freundin war, oder? Ich habe ihr gesagt, dass ich ihr vertraue, und das tue ich.

Das hier wäre genauso sehr ein Danke an sie für all die Arten, mit denen sie mir geholfen hat, diese Welt zu navigieren, wie für Alek.

Es ist ein Wunder, dass ich ihr überhaupt etwas anbieten kann nach all den Schrecken, die sie durchgemacht hat, einschließlich ihrer brutalen Ermordung.

Ich nehme ein paar stärkende Atemzüge, um meinen Entschluss zu festigen. Es kostet mich trotzdem große Anstrengung, die Worte zu formen. „Ich dachte, wir könnten einen Deal eingehen. Wenn ich … mich entspannen und dich vorkommen lassen würde, so wie du es zuvor versucht hast … so wie du es getan hast, als du mich gezwungen hast, Alek und Benedikt in Stavros' Quartier reinzulassen … dann könntest du mit Alek sprechen. Ihm versichern, wie du wirklich empfindest. Ihm alles erklären. Ihm zeigen, dass es dir gut geht oder so gut, wie man es erwarten kann. Nur für ein paar Minuten und dann würdest du dich zurückziehen. Ich würde nicht …"

Ivy, unterbricht Julita mich. Ihre Stimme ist ein wenig zittrig vor Schock. *Bist du dir sicher? Ich hätte dich nie darum gebeten …*

„Ich weiß. Das ist der einzige Grund, aus dem es für mich in Ordnung ist, es anzubieten." Ich schlucke die Übelkeit, die sich in meinem Magen gesammelt hat, und straffe die Schultern. „Du … du verdienst es, noch einen Blick auf das echte Leben zu erhaschen, solange du noch hier bist."

Julita lacht rau. *Ich wünschte, ich könnte dich jetzt umarmen. Du hast keine Ahnung, wie geehrt ich mich fühle, dass du mir diese*

Gelegenheit geben möchtest. Du musst mir nur Bescheid geben, wenn du bereit bist. Und falls du deine Meinung änderst, werde ich nicht aufgebracht sein.

Ich atme noch einmal ein und aus und lehne mich an die Wand. „Bringen wir es hinter uns. Ich bin bereit, wenn du es bist.“

Ich zwinge meinen Verstand, auf Wanderschaft zu gehen, als hätte ich einen Tagtraum. Mein Herz klopft weiter, fühlt sich in meinem losgelösten Zustand jedoch ferner an.

Dann bebt das Kribbeln von Julitas Präsenz von meinem Hinterkopf durch mein Bewusstsein.

Meine Nerven zucken aus dem Instinkt heraus, sie abzuwehren. Ich schaffe es, mich zu beherrschen, und schwebe auf diesen Wogen, anstatt gegen sie anzukämpfen.

Mein Gespür für meinen Körper wird unscharf, als wäre ich von Kopf bis Fuß ein wenig taub. Meine Glieder bewegen sich — meine Arme stoßen mich von der Wand ab, meine Füße treten über den Boden — ohne, dass ich sie lenke.

Es ist, als würde ich schweben. Als würde ich in einem Körper treiben, den ich nicht mehr kontrolliere. Alle Empfindungen sind getrübt.

Fühlt Julita sich so den Rest der Zeit, wenn sie diejenige ist, die von meinen Entscheidungen entlanggezogen wird?

Sie schlendert in den Versammlungsraum, bleibt jedoch abrupt stehen, als Alek sie ansieht.

Uns.

Ihr Mund dehnt sich zu einem Lächeln. „Bei den Göttern. Alek … es ist so schön, dich wieder richtig zu sehen. Ich weiß nicht einmal, womit ich anfangen soll.“

Ihre Stimme klingt fremd in meinen Ohren, obwohl es theoretisch gesehen meine eigene ist. Ich bin mir nicht sicher, ob das nur an meiner verzerrten Perspektive liegt oder daran, dass sie tatsächlich eine andere Kadenz hat, bis sich Alek auf seinem Sessel versteift.

Er merkt eindeutig, dass sich etwas geändert hat.

„Was ist los?“, fragt er. „Ivy …“

Julita gibt ein Kichern von sich, was definitiv kein Laut ist, den ich normalerweise äußern würde. „Sie hat mir die

Gelegenheit gegeben, anständig mit dir zu sprechen. Sie ist wirklich ein viel spektakuläreres menschliches Wesen, als einer von euch ihr zugesteht."

Aleks Haltung bleibt stocksteif, sein Kiefer erschlafft jedoch. „Julita?", krächzt er.

„Leibhaftig! Nun, in Ivys großzügig geliehenem Leib." Sie geht zu ihm und lässt ihre Hand über die Tischkante gleiten, als würde sie sich an der Empfindung erfreuen. „Es tut mir leid, dass alles so ein Schlamassel geworden ist. Ich …"

Alek springt auf, als sie nur noch ein paar Schritte von ihm entfernt ist.

„Nein", unterbricht er sie mit angespannter Stimme. „Stopp. Bring Ivy zurück."

Julita erstarrt und ich werde in ihr reglos.

Warum ist er so aufgebracht? Ich dachte, er würde sich freuen, diese Gelegenheit zu erhalten.

„Sie hat das vorgeschlagen, Alek", erwidert Julita leise. „Sie hat es angeboten. Ich verspreche dir, dass ich niemals …"

Ein Beben durchläuft Aleks angespannten Körper. „Das spielt keine Rolle. Das hier ist *falsch*. Du hast bereits … Bring sie zurück, *jetzt*."

Julita scheint zusammenzuzucken und dann saust ihre Präsenz wie ein Pfeil geradewegs durch meinen Verstand. Stolpernd und keuchend rucke ich zurück ins Bewusstsein.

Der Eindruck meiner geisterhaften Passagierin flitzt zu ihrem üblichen Platz in meinem Hinterkopf und schrumpft. Sie ist nicht nur zurückgewichen, sondern hat sich in sich selbst zurückgezogen, so wie sie es einige Male in der Vergangenheit getan hat – in den fernen, dunklen Zustand, wo sie ihren Erzählungen zufolge gar nichts spüren kann.

„Julita?", frage ich, doch wie erwartet erhalte ich keine Antwort. Nicht einmal ein Beben der Bestätigung.

Alek starrt mich an. Er schwankt, als wäre er sich nicht sicher, ob er näher kommen soll oder nicht.

Seine Stimme kommt rau heraus. „Ivy?"

Ich richte meine Aufmerksamkeit wieder auf ihn. „Ja. Warum … ich habe versucht, zu helfen. Ich wollte dich nicht aufregen."

Er sieht noch immer aufgebracht aus. Sein Mund formt eine Reihe nur teilweise vertrauter Laute, die ich mit meinem rudimentären Wudisch erkenne. *„Weißt du, wie spät es ist?"*

„Kurz nach acht", antworte ich automatisch in der gleichen Sprache und verstehe, warum, als Alek förmlich vorspringt und meinen Arm packt.

Julita konnte kein Wort Wudisch sprechen. Kaum jemand auf der Akademie kann das.

Er hat sich vergewissert, dass es wirklich ich bin und nicht Julita, die so tut, als sei sie gegangen.

Ich bin um ihretwillen ein wenig beleidigt, doch Alek spricht, bevor ich sie verteidigen kann. Seine Finger, die über meine Haut gleiten, senden ein ablenkendes Kribbeln über meinen Unterarm. „Tu das nie wieder. Sie hatte ihr Leben. Das hier gehört dir."

Ich schaue ihn stirnrunzelnd an. „Nun, sie hat sich jetzt vollständig zurückgezogen ... sie ist so weit weg, dass sie dieses Gespräch nicht einmal hören wird. Du hast dir Sorgen um sie gemacht. Es war die einzige Möglichkeit, wie ich dir eine Gelegenheit geben konnte, direkt mit ihr zu sprechen."

Er tritt näher und seine hellen Augen bohren sich in meine. „Ich muss nicht mit ihr sprechen. Nicht so. Du bist mehr wert als das. Ich habe mir hauptsächlich um *dich* Sorgen gemacht. Du hast bereits ein Stück von deinem Verstand aufgegeben und einen Haufen Freiheit und alles, was du getan hast, bevor du an diesen Ort geschleift wurdest."

„Es war meine Entscheidung, herzukommen. Ich habe entschieden ..."

„Du hast entschieden, was dein Gewissen ertragen konnte, nicht, was du am einfachsten findest." Alek hebt seine andere Hand, um meine Wange zu berühren. „Sie hat recht, weißt du. Du bist die spektakulärste Person, die ich jemals gekannt habe, und ich möchte nicht zuschauen, wie du auch nur ein Fitzelchen davon verlierst, um dich für jemand anderen klein zu machen."

Wärme erblüht in meiner Haut bei seiner zaghaften Liebkosung und erschwert mir das Denken. Doch ich bin schrecklich stur. „Es war nur vorübergehend. Ich habe nichts aufgegeben."

„Du warst nicht *du*", widerspricht Alek. „Das spielt eine Rolle. Es spielt eine Rolle für mich. Ich …"

Er unterbricht sich mit einem erstickten Laut und dann senkt er den Kopf, um seine Lippen auf meine zu drücken.

Mein Verstand ist vor Schock wie leergefegt und verschwindet quasi in einem Sturm aus Hitze. Ich kann bloß stotternd Luft holen, bevor Alek sich von mir losreißt.

„Es tut mir leid", murmelt er und presst sich den Handballen an die Schläfe. „Es tut mir leid. Natürlich willst du nicht … Ich werde gehen."

Er dreht sich zu den Schnurkreisen um. Trotz meiner durcheinanderwirbelnden Gedanken wird mir bewusst, dass er denkt, *ich* könnte *ihn* nicht wollen.

Götter straft uns alle, wie sind wir in so einem Durcheinander gelandet?

Ich springe ihm hinterher, bevor er seinen Kreis erreichen kann, und packe seine Hand. „Alek …"

Ich weiß nicht, was ich noch sagen soll. Ich empfinde beinahe Schmerzen wegen all der Dinge, die ich will, und der Möglichkeit, dass dieser erstaunliche, brillante Mann das nie realisieren wird.

Vielleicht entspricht dieser Ansturm von Emotionen dem, was er vor einem Augenblick verspürt hat.

Als er sich wegen meines Griffs zu mir umdreht, lasse ich mich daher von der Flut tragen. Ich lege meine Hand in seinen Nacken, gehe auf die Zehenspitzen und presse meinen Mund auf seinen.

VIERZEHN

Alek

Ich küsse Ivy.

Ivy küsst *mich*.

Ich habe zwar seit langer Zeit niemanden mehr geküsst, glaube jedoch, dass sich der Moment trotzdem wunderbar anfühlen würde.

So viel an dieser Frau ist hart und unnachgiebig, doch ihre Lippen sind vollkommen weich an meinen und süß von dem Gebäck, das sie gerade gegessen hat. Ihre Hitze flutet meinen ganzen Körper ausgehend von dem Kontakt unserer Lippen und ihrer Hand in meinem Nacken.

Ich will in der Empfindung ertrinken.

Mein Herz schlägt wie wild wegen der schwindelerregenden Freude über die Umarmung. Wie ist das nur möglich?

Ich weiß es nicht, kann allerdings nichts anderes tun, als den Kuss zu erwidern und meine Arme um ihre schlanke Gestalt zu legen. Sie enger an mich zu ziehen.

In dem aufregenden Rausch steigt die Erinnerung an den Moment auf, als ich sie mit Casimir auf den Fersen ins Archivzimmer kommen sah. An die andere heiße Emotion, die mich beim Anblick ihrer geröteten Gesichter und ihres zerknitterten Kleides durchfuhr.

Ein Anflug von Eifersucht, ein sengender Impuls, zu protestieren, dass sie die *Meine* ist, und ein dumpfes Brennen darunter, das die zwei anderen Reaktionen mit dem Wissen dämpfte, dass sie mich natürlich nicht auf diese Weise wollen würde.

Aber das tut sie. Durch irgendein Wunder ist sie zu mir gekommen. Zumindest solange dieser Kuss andauert, ist sie die Meine.

Ihre Finger wandern meinen Hals hinauf zu meinem Kiefer und ihr Daumen streift den unteren Rand meiner Maske, woraufhin die Realität auf mich niederkracht und mein Magen schlingert.

Sie ist nicht wirklich die Meine, nicht auf eine Weise, die zählt. Ich kann nicht sagen, dass sie mich ausgewählt hat, wenn sie nicht einmal weiß, wer ich bin.

Ich stelle mir die Anklage vor, die auf ihrem Gesicht erscheinen würde, und zucke zusammen. Ich weiche zurück, obwohl es sich anfühlt, als würde ein Stück von mir brechen, weil ich Distanz zwischen uns bringe.

Ivy starrt mich an, ihre Wangen sind jetzt in dem gleichen Rotton gefärbt, den ihre Haare haben. Ihre Lippen teilen sich und dann verändert sich etwas in ihren himmelblauen Augen. Ihr Körper beginnt, sich anzuspannen.

Als würde sie sich wappnen. Ich habe diese Reaktion schon einmal gesehen.

Ich kenne *sie* mittlerweile gut genug, um zu erkennen, was es bedeutet. Tief in dieser leidenschaftlichen, einfallsreichen Frau, die mich fasziniert, steckt das Mädchen, dessen Mutter sie hungern ließ und verprügelte, das in die Straßen der Außenbezirke floh, anstatt es zu riskieren, die Aufmerksamkeit der Götter zu erregen.

Ich erhasche einen kurzen Blick auf dieses verwundete Mädchen in ihren zweifelnden Augen.

„Nein", sage ich hastig und packe ihre Schulter. Ich versuche, mich nicht von der weichen Wärme der Haut am Rand ihres Ausschnitts von meinem Ziel ablenken zu lassen.

„Ich höre nicht wegen dir auf. Die Götter mögen mir beistehen, an dir gibt es nichts, was ich nicht will."

Sie lacht rau. „Nichts? Das ist irgendwie etwas schwer, zu glauben. Es gibt mindestens einige Dinge an mir, die nicht einmal *ich* will."

Ich schlucke schwer. Ich weiß nicht, wie ich ihr glaubhaft klarmachen kann, dass ich mir nur noch sicherer bin, wie unglaublich sie ist, weil sie eine Zerrissene ist.

Wenn sie erst einmal weiß, was ich wirklich bin, wird es für sie vielleicht Sinn ergeben. Auch wenn das bedeutet, dass sie nichts mehr mit mir zu tun haben will.

Ich spreche mit so ruhiger Stimme, wie ich kann. „Das mag sein, aber ich weiß, was diese Dinge sind. Ich weiß, was du getan hast und wer du bist. Aber du … du hast keine Ahnung, für wie viele Dinge ich mich schämen muss."

Ivys Stirn runzelt sich. „Du musst mir keine Liste all deiner Missetaten geben. Jeder macht Fehler."

Mein Glucksen klingt sogar in meinen Ohren hohl. „Keine wie meine. Das … das hier wird sich für mich erst richtig anfühlen, wenn wir beide auf dem gleichen Wissensstand und uns bewusst sind, wem wir uns öffnen." Ob sie meine Umarmung danach noch willkommen heißen wird oder nicht.

Ich halte inne. „Außer du möchtest das Ganze lieber hier beenden, ohne …"

„Nein", unterbricht Ivy mich sanft, jedoch bestimmt.

Ihr Blick sucht meinen. Sie hebt die Hand, legt sie über meine auf ihrer Schulter und drückt meine Finger kurz, was mich beinahe aus der Bahn wirft. „Wenn du das Gefühl hast, du müsstest es mir erzählen, kannst du das tun."

Urplötzlich rumort mein Magen. Doch ich habe darum gebeten – ich habe es praktisch verlangt.

Ich habe mich so sehr bemüht, nur nach vorne zu schauen. Jedes bisschen meiner vergangenen Fehler zu verdecken, damit nichts anderes zählt als das, was ich seitdem getan habe.

Doch falls auch nur die geringste Chance besteht, dass sie mich noch einmal küsst, obwohl sie Bescheid weiß, ist es das wert, die Scham hervorzuholen.

Ich blicke zu dem vergoldeten Tisch. „Du solltest dich vielleicht setzen. Es ist eine lange Geschichte."

Als ich ihre Schulter loslasse, folgt Ivy meinem Blick. Sie geht zurück zum Tisch, doch anstatt sich in einen der Sessel zu setzen, hüpft sie hoch und hockt sich auf die Kante der Tischplatte.

Irgendwie wirkt es, als würde sie sich dort wohler fühlen. Sie zieht ein Bein unter ihren Rock, lässt das andere lässig baumeln, neigt sich leicht nach hinten und stützt ihre Hände neben den Hüften ab.

Ich habe begonnen, Momente wie diesen zu schätzen – kurze Blicke auf die echte Ivy, die kein vornehmes Gebaren und Manieren vorspielt. So wie sie immer sein sollte.

Vorhin war für mich schon beim allerersten Blick offensichtlich, dass sie ihren Körper nicht mehr steuerte, sondern Julita Ivys kürzere und drahtigere Gestalt zu der koketten Haltung zwang, die ihr in ihrem eigenen Körper so leichtfiel. Es war, als würde ich zuschauen, wie ein Schlangenmensch die Glieder eines anderen manipulierte und sie zu Formen verbog, die sie eigentlich nicht einnehmen sollten. Es war beinahe noch furchterregender, weil die Veränderungen so subtil waren.

Ivy erlaubte Julitas Geist um *meinetwillen*, mit ihrem Körper zu spielen, als sei er eine Marionette. Weil ich das Ganze so schrecklich vermasselt hatte, dass sie dachte, ich würde das wollen – dass mir Zeit mit Julita wichtiger wäre, als dass Ivy Ivy ist.

Es spielt keine Rolle, ob sie mich noch einmal küssen will. Wenn ich sie wenigstens davon überzeugen kann, wie wichtig sie mir ist – so wie sie ist, ohne dass sie sich den Wünschen anderer beugt – wird das mehr als genug sein.

Ich lege meine Hände oben auf einen der Sessel. Meine Finger krümmen sich um das mit Schnitzereien verzierte Holz und erden mich.

Womit soll ich beginnen, wenn nicht mit dem Anfang?

„Ich habe dir ein wenig darüber erzählt, wie ich aufgewachsen bin", sage ich.

Ivy nickt. „Eltern, die Waffenhändler waren, Brüder, die sich der Armee anschlossen. Keiner von ihnen wusste zu schätzen, wie klug du bist."

Mein Mund verzieht sich in einem bittersüßen Winkel. „Du wirst deine Meinung hinsichtlich meiner Intelligenz womöglich ändern, wenn ich fertig bin." Mit einer Hand fahre ich mir durch die Haare und sammle mich. „Ich schätze, du weißt von den Provinzschulen, die manche Tempel leiten?"

„Du hast deine Bildung in einer dieser Schulen begonnen?"

„Ja." Ich hole tief Luft. „Ein paar Städte von meinem Heimatort entfernt gibt es einen Tempel für Estera, der über eine Schule verfügt. Als ich dreizehn Jahre alt wurde – das ist das Mindestalter, um dort anzufangen – überredete ich meine Eltern, mich dorthin reisen zu lassen, damit ich mich an der Schule anmelden konnte. Ich glaube, zu diesem Zeitpunkt waren sie froh, mich aus den Augen und aus dem Sinn zu haben. Als ich angenommen wurde und zurückkam, um meine Sachen zu holen, machten sie sich kaum die Mühe, sich von mir zu verabschieden."

„Dann warst du ohne sie besser dran", schimpft Ivy.

Dagegen kann ich nichts einwenden.

„In der Schule blühte ich auf", fahre ich fort. „Ich begann schnell, mir Bestnoten zu verdienen, was dafür sorgte, dass ich meinen Erfolg fortsetzen wollte. Dass ich ohne eine Gabe so viel erreichen konnte, schien die Leute noch mehr zu beeindrucken. Meine Lehrer boten mir exklusive Möglichkeiten an und meine Klassenkameraden wollten mit mir zusammenarbeiten. Ich hatte sogar einige kurze Flirts, so weit diese in dem Alter eben gehen."

Ivy schenkt mir ein Lächeln, das so sanft ist, dass es an meinem Herzen zupft. „Du musst ziemlich glücklich gewesen sein."

Ich wünschte, ich könnte mich an die Freude mit all der Lebhaftigkeit erinnern, die sie zum damaligen Zeitpunkt besessen haben musste. Jeder strahlende Moment, an den ich mich erinnere, wird von dem vermiest, was danach kam.

Ich schaue auf den Sessel hinab, den ich noch immer umklammere. „Das war ich. Doch ungefähr anderthalb Jahre, nachdem ich meine Ausbildung begonnen hatte, meldete sich ein Junge zusammen mit seiner Zwillingsschwester an der Schule an. Sie waren Nachzügler und ungefähr im gleichen Alter wie ich. Von Anfang an scharwenzelten die Lehrer um den Jungen herum – sie benoteten seine Arbeiten sogar noch besser als meine und gestatteten ihm die gleichen Möglichkeiten."

„Es ergibt Sinn, dass das schwer für dich war", meint Ivy.

„In mancherlei Hinsicht vielleicht, aber ..." Ich verziehe das Gesicht. „Ein Großteil meines Frusts basierte nur auf Vorurteilen. Sie stammten aus einer Familie der Unterschicht. Ich glaube, sie waren Schweinebauern. Auf jeden Fall standen sie mindestens einige Stufen unter den meisten Schülern und mehrere unter mir. Er hatte ein Weihopfer erbracht und es ärgerte mich, dass er womöglich nur wegen seiner Gabe besser war als ich. Außerdem schien er sich kaum *anzustrengen*. Er war ständig unterwegs, betrieb Sport oder spielte Karten oder tat sonst was, anstatt zu lernen. Im Lauf der Monate redete ich mir ein, dass es einfach nicht fair war."

Ivy ist klug genug, zu erkennen, worauf meine Geschichte hinausläuft. Ihre Stimme kommt leise heraus. „Was hast du getan?"

Ich stoße mich von dem Sessel ab, da ich aufgrund meines Unbehagens zu ruhelos bin, um stillzustehen. Zu den Bücherregalen und zurück zu laufen, sorgt allerdings auch nicht dafür, dass ich mich besser fühle. Es erinnert mich bloß an die langen Nächte, in denen ich über Büchern zu Themen brütete, die nichts mit meinen üblichen Themengebieten zu tun hatten. Meine Augen brannten vor Konzentration und meine Schultern schmerzten, weil ich stundenlang vornübergebeugt dasaß.

„Ich habe mir eingeredet, dass es nur richtig wäre, für gleiche Verhältnisse zu sorgen. Meine Strategie bestand darin, ihm eine pflanzliche Chemikalie zu verabreichen, die als ‚Berserker'-Droge bekannt ist. In einigen Ländern wurde sie in der Vergangenheit von Kriegern benutzt, um ihre Wildheit und ihr Durchhaltevermögen in der Schlacht zu stärken. In der richtigen Dosis senkt sie die Hemmungen und löst einige Stunden lang aggressive Dränge aus. Ich dachte, er würde sich ein wenig aufführen, einige Lehrer beleidigen und in

Schwierigkeiten geraten. Dann würden die Leute aufhören, ihn wie einen Helden zu sehen.“

„Ich schätze, so ist es nicht gelaufen.“

„Nein.“ Ein Kloß verstopft meine Kehle. „Weder Botanik noch Chemie sind Gebiete, mit denen ich mich umfassend beschäftigt habe, damals noch weniger als jetzt. Ich weiß nicht … Entweder hatte er etwas an sich, was die Wirkung veränderte, eine besondere Empfindlichkeit, oder ich gab ihm eine zu hohe Dosis. Er wurde gewalttätig und machte Randale. Er erstach einen Klassenkameraden, schlug einige Lehrer, die versuchten, ihn zu bändigen, … und erholte sich nie richtig davon. Sein Gemüt blieb hitzig und er konnte sich nicht mehr auf die Schularbeiten konzentrieren. Sie mussten ihn der Schule verweisen. Ich ruinierte sein ganzes Leben.“

Meine Stimme wird am Ende rau. Ivy sitzt schweigend da und verarbeitet meine Worte.

Ich spreche weiter, bevor sie das Bedürfnis verspürt, eine Bemerkung zu machen. „Ich fühlte mich natürlich schrecklich. Aber nicht schrecklich genug, um zu gestehen, was ich getan hatte, denn ich fühlte mich noch schrecklicher bei der Vorstellung, selbst von der Schule geworfen zu werden. Ich war noch immer so verdammt egoistisch … Die Schwester meines Rivalen interessierte sich für Chemie und vermutete, was ich getan hatte. Sie braute einen Trank, der testen sollte, ob ich schuldig war … Er sollte die Haut einer Person nur verbrennen, wenn sie Schuld an dem hatte, dessen der Trankbrauer sie beschuldigte.“

Trotz allem, was ich ihr gerade erzählt habe, zuckt Ivy offenkundig mitfühlend zusammen, als ihr die Konsequenzen bewusst werden. „Sie hat ihn dir ins Gesicht geschüttet?“

Bei der Erinnerung an die sengenden Schmerzen und den ätzenden Geruch, der meine Lunge flutete, muss ich einen Schauder unterdrücken. „Ja. Mitten im Speisesaal zur Mittagszeit. Sie brüllte, was ich ihrer Meinung nach getan hatte, damit es alle mitbekamen. Und der Beweis wurde eindeutig sichtbar. Ich hatte Glück, dass ich zur Seite zuckte und meinen Arm hochriss, sonst hätte das Zeug meine Augen und *jeden* Teil meines Gesichts erwischt.“

„Konnten die Mediziner nichts tun?"

„Ich weiß es nicht", gestehe ich. „Das Personal ließ mich von der einzigen Medizinerin unter ihnen untersuchen. Allerdings bin ich mir nicht sicher, ob sie besonders motiviert war, mich von meinem Verbrechen zu entlasten. Sie behauptete, der Schaden reiche so tief, dass ihre Gabe ihn nicht mehr ändern könne."

Ivys Kiefer spannt sich an. „Also wurdest du doch rausgeworfen."

Ich lege den Kopf zur Seite. „Die Tempelschule wollte mich offensichtlich nicht behalten. Ich bin nur hier auf der Akademie, weil einer der Lehrer einen besonderen Wert in meiner Arbeit sah. Mein größtes Interesse galt der Geschichte des Kontinents, die das darische Kaiserreich während seiner Herrschaft auszulöschen versuchte. Ich arbeitete daran, mehr Informationen über diese Zeit zu sammeln. Dazu bastelte ich Bruchstücke aus Tagebüchern und Nebenbemerkungen in Abhandlungen zu anderen Themen zusammen ... Es war mir damals gelungen, ziemlich viel herauszufinden. Der Lehrer nahm mich im Privaten unter seine Fittiche und beaufsichtigte meine Arbeit. Er empfahl mich der Wissenschaftsfakultät, als ich alt genug war."

„Dann ist dein Rauswurf mehrere Jahre her?", fragt Ivy sanft.

Ich kann das Mitgefühl in ihrer Stimme nicht ertragen. „Sechs. Das ist jedoch keine Entschuldigung. Ich war beinahe fünfzehn Jahre alt. Du wusstest es in diesem Alter besser und bist nicht das Risiko eingegangen, jemanden für deine Zwecke zu verletzen, obwohl es ein Kinderspiel für dich gewesen wäre."

Ivy spannt sich an. „Ich habe meine Fehler bloß früher begangen."

Ich fege abweisend mit der Hand durch die Luft. „Weil du versucht hast, das Leben deiner Mutter zu retten und dann dein eigenes. Das ist die beste Entschuldigung, die es gibt. Ich habe aus verdammter *Eifersucht* die Zukunft eines Klassenkameraden zerstört. Wenn einer von uns ein Monster ist, bin das eindeutig ich. Ich sehe sogar dementsprechend aus."

„Alek ..." Ivy rutscht über den Tisch zu mir. „Du bist kein

Monster. Du hast schlecht gehandelt, aber erkannt, wie falsch das war, und du hast das wiedergutgemacht. Du hast dich deiner Arbeit verschrieben. Du hilfst dabei, die Blutzauberer zu enthüllen. Und ich nehme an, du warst nie versucht, den gleichen Fehler zu wiederholen ... Du verbringst nicht jeden Tag damit, dich davon abzuhalten, einen weiteren gehässigen Angriff zu machen."

„Das tue ich nicht. Das ändert allerdings nichts daran, wer *du* bist. Du kannst nichts dafür, dass du die Magie besitzt, hast dich ihr jedoch immer wieder verweigert."

„In Ordnung. Vielleicht kann ich glauben, dass du mich nicht für ein Monster hältst. Kannst du glauben, dass ich *dich* für keines halte?"

Meine Kehle schnürt sich noch fester zusammen. Ich zwinge mich, ihrem Blick zu begegnen. „Du hast mich nie richtig gesehen."

Die Worte hängen einige Sekunden zwischen uns. Dann streckt Ivy ihre Hand aus und macht eine lockende Geste. „Dann lass mich sehen. Nimm die Maske ab und du wirst mit Sicherheit wissen, was ich von dir halte."

Jede Faser meines Körpers sträubt sich bei dieser Vorstellung. Ich habe seit Jahren niemanden meine Narben sehen lassen.

Die letzte Person war eine der Medizinerinnen der Akademie, nachdem ich hier frisch angekommen war. Dass sie vor Abscheu erschauderte, verriet mir genug.

Doch wenn ich es ablehne, was dann? Wofür war dieses Geständnis, wenn ich mich weigere, den eindeutigsten Beweis für meine Vergehen zu offenbaren?

Meine Schultern haben sich versteift. Ich atme scharf ein und Ivys Augen werden groß.

„Du musst es nicht tun. Ich hätte nicht fragen sollen ..."

„Nein", unterbreche ich sie. „Du hast recht. Wir können das genauso gut klären."

Und die Dinge einfach ihren Laufen nehmen lassen.

Ich mache einen Schritt zum Tisch und greife nach meiner Maske.

FÜNFZEHN

Ivy

Alek legt seine Finger an den Rand seiner Maske, als würde er sich eine Schlinge um den Hals legen. Ich widersetze mich dem Drang, aufzuspringen und ihn aufzuhalten – nicht um meinetwillen, sondern weil er so hin und her gerissen aussieht.

Vielleicht wird es besser für ihn sein, diesen Schritt zu tun. Allerdings weiß ich nicht, was er gleich enthüllen wird.

Er öffnet den Verschluss, der den Riemen der Maske um seinen Kopf herum schließt, und löst das geformte Leder von seinem Gesicht. Sein Kopf beginnt, zu sinken, sodass seine dunklen Haare nach vorne fallen, als wolle er so viel von sich verbergen, wie er noch kann, doch er fängt sich und reckt das Kinn.

Als er die Maske senkt, dreht er sein Gesicht so, dass die am schlimmsten beschädigte Seite mir zugewandt ist. Sodass die gesamte Auswirkung der chemischen Verbrennung zu sehen ist.

Auf seiner Stirn und Nase abgesehen von einem Streifen über seinen Augen, wo er sie geschützt hatte, bis hinab zu seiner rechten Wange und seinem Kiefer verfärben Streifen fleckiger

Narben seine bronzefarbene Haut. Rötliche Flecken mischen sich mit dunkelbraunen Erhebungen, die hier und da von dunkelgrauen Malen durchkreuzt werden.

Beim ersten Blick macht mein Herz einen Satz, allerdings nur vor Schock. Ich hatte mir die Narben einer solchen Verletzung nicht so vorgestellt.

Doch als ich mich beruhige und ihn betrachte, dauert es nicht lange, bis sich mein Verstand anpasst. An dem Gesicht vor mir ist nichts Blutrünstiges oder Furchterregendes. Es ist einfach … anders.

Die Streifen unterschiedlicher Farbtöne erinnern mich an die impressionistischen Gemälde, die ich gesehen habe – Portraits und Landschaften, die mit breiten Farbstreifen dargestellt werden, die aus der Nähe nicht realistisch wirken, jedoch zu einem zusammenhängenden Bild verschmelzen, wenn man das gesamte Gemälde betrachtet.

Es ist ein Stil, der von ärmeren Künstlern bevorzugt wird, die sich nicht immer die Zeit nehmen können, jedes winzige Detail für den puren Realismus nachzumalen, doch ich habe die Vision immer zu schätzen gewusst, die in ihnen steckt.

Alek hebt seinen Blick zu meinem. Seine hellen Augen sind nun ein Teil dieser vielfältigen Leinwand und stechen nicht mehr aus einer ebenen Fläche heraus, sind deswegen jedoch nicht weniger bohrend. Seine Haltung ist so starr, dass ich beinahe Angst habe, zu sprechen.

Er muss verstehen, dass ich keine Angst vor *ihm* habe.

Ich rutsche vom Tisch und hebe meine Hand. „Tut es noch weh?"

„Nein", antwortet Alek leise und leicht krächzend. „Nicht mehr seit den ersten Wochen."

Ich lege meine Fingerspitzen sachte an die rechte Seite seines Gesichts. Alek spannt sich noch mehr an, weicht jedoch nicht zurück.

Ganz vorsichtig zeichne ich die unregelmäßigen, überlappenden Farbstreifen nach. Die unebenen Linien sind nur leicht erhoben, die Textur fühlt sich unter meinen Fingern rau, aber nicht unangenehm an. Sogar an den glatten Stellen zwischen ihnen fühlt sich das vernarbte Fleisch dicker und dichter an, eher wie Schuppen als Haut.

Allerdings ist sie noch genauso warm wie die anderen Teile seines Körpers, an die ich vor wenigen Minuten gepresst war.

„Weißt du", sage ich leichthin. „Ich glaube, ich mag es. Es ist, als hätte ein Künstler beschlossen, mit seinen Techniken an deinem Gesicht zu experimentieren. Du bist Kunst. Es gibt nicht viele Leute, die das von sich behaupten können."

Alek lacht stockend. „Du musst nicht so tun, als sei es nicht schlimm. Ich habe einen Spiegel. Ich weiß, wie es aussieht."

„Du weißt, wie es für dich aussieht. Mit dem Gewicht all deiner Reue und dem Wissen, wie all die hochnäsigen Arschlöcher auf dieser Akademie darüber sprechen würden." Mein Mundwinkel biegt sich leicht nach oben. „Du weißt schon, die gleichen Arschlöcher, die annehmen, dass ich wegen des Risses in meiner Seele ein Monster bin."

„Es ist nicht das Gleiche. Du ..."

„*Du*", unterbreche ich ihn und lege meine Hand flach an seine fleckige Wange, „bist auch eine ziemlich unglaubliche Person. Du musst dich nicht von deinen vergangenen Fehlern und dem Urteil von Idioten definieren lassen. Wenn eine zerrissene Zauberin versuchen kann, eine Heldin zu sein, kannst du auf jeden Fall entscheiden, was du sein willst. Ich sehe nicht, wie dich jemand daran hindern kann."

Alek verzieht das Gesicht. „Ich glaube nicht, dass mich eine solche Entscheidung von meinen Verbrechen freisprechen wird."

„Was ist mit allem, was du seitdem getan hast?" Mein Verstand stolpert über all meine Erinnerungen an unsere gemeinsamen Momente und mein Herz zieht sich zusammen. „Ich glaube nicht, dass ich mich jemals bei dir dafür bedankt habe, wie sehr du für mich da warst. Du hast versucht, mir Hilfe zu besorgen, als du erkanntest, dass ich Schmerzen litt. Und das, obwohl ich dich von mir stieß, damit du den Grund dafür nicht herausfindest. Du hast mir zugehört. Du bist aufgeschlossen geblieben trotz der schrecklichen Umstände, die mich in dein Leben gebracht haben. Sogar als du dir nicht sicher warst, ob du mir vertrauen kannst, beantwortetest du all meine Fragen und brachtest mir alle Informationen, um die ich dich gebeten hatte, und noch mehr."

Bei dem Gedanken an all die Gründe, die er hatte, mir zu misstrauen, wende ich den Blick ab, doch Alek lenkt ihn wieder auf sich, indem er meine andere Hand mit seiner packt. „Ich habe dich nie für einen schlechten Menschen gehalten, Ivy. Ich wusste vielleicht nicht immer, was ich von dir denken soll, doch ich erkannte, dass du dein Bestes in diesem Schlamassel gabst."

Ein kleines, jedoch echtes Lächeln breitet sich auf meinen Lippen aus. „Ich bin froh, dass ich dich und deinen brillanten Verstand auf meiner Seite hatte."

Nach wie vor seine vernarbte Wange umfassend, ziehe ich ihn zu mir, damit ich mir noch einen Kuss abholen kann.

Mein Mund streift Aleks zaghaft und sein Atem weht heiß über meine Lippen. Doch dann drängt er sich enger an mich und erwidert den Kuss.

Es ist nicht der hastige Rausch unseres ersten Kusses. Es ist eher ein vorsichtiges gegenseitiges Abtasten, bei dem wir uns auf halbem Weg entgegenkommen und testen, wie weit wir mit dieser Zärtlichkeit gehen können.

Mit den Fingern gleite ich in seine dichten Haare und genieße die Textur, die eine Mischung aus weich und rau ist. Alek macht einen kehligen Laut der Zustimmung.

Sein Arm gleitet um mich herum und seine Hand legt sich in mein Kreuz unter meine schlimmsten Narben, aber ich kann noch immer die Anspannung in ihm spüren. Ein leichtes Zögern, als sei er nervös, sich dem Moment vollkommen hinzugeben.

Ich weiche nur einen Zentimeter zurück und lasse meinen Daumen seinen Kiefer entlangwandern. „Weißt du, ich dachte schon bei unserer allerersten Begegnung, dass du atemberaubend gut aussiehst."

Alek lacht leise auf. Er neigt den Kopf so, dass seine Nase meine streift. „Das hast du gedacht?"

„Oh, ja." Ich tippe auf diese vollen Lippen, die meine Aufmerksamkeit erregten, als er mich bei unserem zweiten Treffen ausfragte. „Und jetzt weiß ich, dass du auch klug, liebevoll und mutig bist … und genauso stur wie ich."

Er hebt beide Hände an mein Gesicht und nimmt es zwischen sie. „Ich kann die Augen nicht von dir nehmen, wenn du in der Nähe bist. Du *leuchtest* in so vielen Farben wie die Sonne, die durch eines der Buntglasfenster im Tempel dort draußen fällt. Und ja, du bist stur, jedoch in Bezug auf Dinge, die wichtig sind – und wenn wir von Klugheit sprechen, wem ist es gelungen, *sich selbst* Wudisch beizubringen? – und die Hingabe, die du für diese Mission gezeigt hast, die nicht einmal deine war …"

Alek hält inne. Kurz glaube ich, er wird mich erneut küssen, was ich absolut befürworten würde. Doch seine Stimme senkt sich.

„Ich bin nicht der Einzige, der bemerkt hat, wie fantastisch du bist. Du und Casimir … Es tut mir leid, dass ich dich angeraunzt habe, als ich euch beide zusammen sah …"

Ich packe die Vorderseite seines Shirts und ziehe fest daran, um meine Aussage zu unterstreichen. „Du hast dich bereits entschuldigt. Ich verstehe es."

„Ich hätte meine Eifersucht nicht an dir auslassen sollen."

Ich weiche so weit zurück, dass ich ihm wieder in die Augen schauen kann. „Du musst nicht eifersüchtig sein. Casimir hat von Anfang an deutlich gemacht, dass das, was zwischen uns passiert ist, für ihn nur etwas Ungezwungenes ist. Er war lieb zu mir, doch so ist er zu allen. Ich weiß nicht, ob er ‚Gesellschaft' überhaupt als etwas Exklusives sehen *kann*."

Alek mustert mich mit seinem durchdringenden Blick, der so viel bemerkt. „Aber du hast es dir gewünscht."

Meine Kehle schnürt sich zu. Ich habe die Nase voll davon, diesen Mann anzulügen.

„Ich habe … Gefühle für Casimir, die ich noch immer für mich kläre", antworte ich. „Das bedeutet allerdings nicht, dass ich dich weniger will. Es bedeutet bloß, dass ich *eine Menge* Gefühle hatte, seit ich hierhergekommen bin, die sich offenbar nicht entscheiden können."

„Und falls Casimir zeigt, dass er Interesse an etwas Festem hat …?"

Obwohl der Gelehrte versucht, gleichgültig zu klingen, entgeht mir der raue Unterton in seiner Stimme nicht.

Ich drehe den Kopf, um einen Kuss auf seine Handfläche zu drücken, bevor ich ihm wieder in die Augen schaue. „Ich würde dich nicht benutzen, um mir die Zeit zu vertreiben, während ich abwarte, ob er seine Meinung ändert. Ich ... ich glaube nicht, dass das gut für einen von uns wäre, oder? Wenn wir das hier tun, wähle ich dich. So lange es auch dauert, egal, wie es sich entwickelt. Und ich werde ausnahmslos glücklich über diese Entscheidung sein. Ich werde mich wie die glücklichste Frau der Welt fühlen, weil ich diese Entscheidung treffen darf."

Meine Stimme sinkt bei diesem letzten Satz zu einem Flüstern, als mir bewusst wird, wie wahr das ist. Vor einigen Wochen konnte ich mir kaum vorstellen, eine unverbindliche Affäre, geschweige denn einen echten Partner zu haben, der bei mir bleiben will. Dem ich mit allem vertrauen kann, was ich bin.

Alek lacht erstickt, sein Gesicht hat sich allerdings aufgehellt. Er beugt sich näher, um zu flüstern: „Und was genau tun wir hier?"

Freude fegt bei dem Versprechen in seiner Frage durch mich. Bei dem Gefühl, dass wir kurz davorstehen, eine Grenze zu überschreiten, von der es kein Zurück gibt ... von der ich ohnehin nicht zurückgehen wollen würde.

Ein breiteres Lächeln biegt meine Lippen nach oben. „Nun, ich werde gleich auf eine tödliche Mission mit einem ungewissen Ausgang gehen. Und ..."

Das Läuten der Palastglocke irgendwo über unseren Köpfen unterbricht uns. Neun nachhallende Glockenschläge.

Ich schaue Alek an und ziehe die Augenbrauen hoch. „Und wir haben noch immer eine Stunde, bis Stavros sauer wird. Das ist genügend Zeit. Warum sollten wir nicht das Beste daraus machen?"

Alek strahlt mich an. „Ich glaube, das ist die brillanteste Idee, die ich jemals gehört habe."

Dann küsst er mich erneut und es ist wirklich nicht weniger als brillant.

Unsere Münder treffen immer wieder aufeinander und mein Verlangen lodert heißer, bis ich nach Luft ringen muss. Alek nutzt den Moment aus, um mich an den Hüften zu packen und auf den Tisch zu heben, damit ich nicht mehr auf den Zehenspitzen stehen muss, um seine Lippen zu erreichen.

Ich bin mir nicht sicher, was mich mehr begeistert – die Kraft, die er in diesen schlanken Armen verbirgt und ich immer vergesse, oder die bessere Position, in die er unsere Körper damit gebracht hat.

Alek stiehlt sich noch einen Kuss und zeichnet mit den Fingern den Ausschnitt meines Kleides nach. „Weißt du, vielleicht solltest du nicht wählen müssen. Nach diesem Gedichtband zu urteilen, den du mir gegeben hast, ist offensichtlich, dass es in der wudischen Kultur ziemlich normal war, dass Frauen mehrere Partner hatten so wie Signy."

Ein atemloses Kichern entwischt mir. „Oder zumindest in der Kultur der wudischen Erotikdichter."

Er summt amüsiert. „Was immer der Fall ist, es war irgendwie ... anregend, davon zu lesen."

„Oh? Hast du abgesehen von meinem Intellekt noch andere Freuden aus meiner Gegenwart gezogen?"

Ich glaube, Alek ist bei meiner Neckerei unter seiner dunklen Haut errötet. Er hält inne. „Ich habe in dieser Hinsicht nicht besonders viel praktische Erfahrung, auf die ich mich berufen kann. Falls das nicht offensichtlich war. Ich ... es lief kaum etwas mit den Mädchen, die ich kannte, bevor meine Zeit in der Tempelschule endete, und hier ... In meinem ersten Jahr gab es eine Frau, die es auf mich abgesehen hatte, doch ich fand im Anschluss heraus, dass sie bloß dachte, es wäre aufregend, einen Freak zu ficken."

Mitgefühl durchströmt mich und ich empöre mich. „Du bist kein Freak. Wer war es? Wenn ich ..."

Alek reibt mit seiner Nase über meine Wange. „Es ist alles in Ordnung. Ich brauche es nicht, dass du meine Ehre verteidigst. Ich will nur nicht, dass du mehr erwartest, als ich anbieten kann."

„Hey." Ich neige sein Gesicht so, dass ich ihm in die Augen schauen kann. „Damit wir uns richtig verstehen, ich kann die Zahl meiner sexuellen Begegnungen an meinen Fingern abzählen, ohne alle zu brauchen. Und bei der Hälfte dieser Begegnungen bin ich nicht einmal gekommen, weshalb es irgendwann das Risiko nicht mehr wert zu sein schien. Du musst mir nichts beweisen."

„Ich will trotzdem, dass es gut für dich ist", brummt er. „Ich *habe* viel gelesen – Gedichte und anderes. Die Wissenschaften können auf alle möglichen Arten nützlich sein."

„Das kann ich mir vorstellen."

Er neigt den Kopf neben meinen und seine Lippen streifen meine Ohrmuschel. „Du hast keine Ahnung, in wie vielen Fantasien ich mich verloren habe, in denen ich dir angeboten habe, dir diesen Gedichtband vorzulesen, um dein Wudisch zu verbessern. Und währenddessen drehst du dich zu mir und schlägst vor, wir sollten versuchen, die Verse zum Leben zu erwecken …"

Ein schwindelerregender Schauder rast durch meine Adern. Noch mächtiger ist jedoch die Woge der Zuneigung, die so heftig ist, dass mein Herz schmerzt.

Ich umarme ihn, ziehe ihn an mich und nehme die Wärme seines schlanken Körpers in mir auf. „Das klingt nach einer reizenden Art, einen Tag zu verbringen. Momentan bin ich jedoch zufrieden damit, es einfach zu halten. Wir *haben* weniger als eine Stunde."

„Hmm. Dann sollten wir besser mit dem Reden aufhören."

Er erobert meinen Mund und lässt seine Hand über die Vorderseite meines Mieders gleiten. Seine Finger zeichnen die Rundung eines Busens nach und arbeiten sich langsam zur Spitze vor.

Als sein Daumen durch den Stoff hindurch über meinen Nippel wandert, flammt eine schärfere Lust in mir auf und mir stockt der Atem. Alek grinst an meinem Mund und wiederholt die Bewegung mit festerem Druck.

Die Wonne, die seine Berührung auslöst, nimmt mit jeder Wiederholung zu. Ich wölbe mich ihm entgegen und sporne ihn an.

Ich kann spüren, dass Alek mit jeder Liebkosung an Zuversicht gewinnt. Mit einem zufriedenen Summen zupft er leicht an meinen Haaren, um meinen Kopf zur Seite zu neigen, und drückt seinen Mund auf meinen Hals.

Sein Atem und seine Lippen versengen die empfindliche

Haut von meinem Kiefer bis zu meiner Halsbeuge. Ich schwanke in seiner Umarmung und mir entwischt ein Keuchen, als er zaghaft mit den Zähnen an mir knabbert.

„Ich will jeden Teil von dir küssen", murmelt er, „nur um herauszufinden, wo ich die beste Reaktion erhalte."

Ich stoße ein kleines belustigtes Schnauben aus. „Wenn du mich studieren willst, möchte ich das auch tun."

Ich rucke an dem Kragen seiner Tunika. Anstatt mir zu helfen, weicht Alek gerade weit genug zurück, um sein Shirt selbst auszuziehen.

Anscheinend ist er in Bezug auf seinen Körper viel weniger schüchtern als bei seinem Gesicht. Und es gibt nichts, wegen dem er sich schämen müsste.

Ich strecke die Hand aus, angezogen von den weich definierten Muskelflächen, die seinen schlanken, jedoch durchtrainierten Oberkörper bedecken. Sein Gottlen-Mal, Esteras Sigille, die sowohl geschlungen als auch spitz ist, erinnert mich an seine Lebensaufgabe. „Ich vermute, du verbringst nicht *jeden* freien Moment mit dem Kopf in Büchern."

Alek gluckst leicht verlegen. „Bewegung hilft dabei, den Verstand zu schärfen. Das gehört tatsächlich zum Lehrplan der Wissenschaftsfakultät, um sicherzugehen, dass wir nicht zu kränklichen Faulenzern werden."

„Nun, ich befürworte das."

Ich lasse meine Hände über seine Vorderseite wandern und halte kurz oberhalb seines Hosenbundes inne. Aus einem Impuls heraus beuge ich mich vor, um die glatte Haut über seinen Nippeln zu küssen.

Sein kühler Zitrusduft füllt meine Lunge. Ihm stockt der Atem, bevor er sich in meine Erkundungstour beugt und im Gegenzug meinen Busen mit einer Hand knetet, während die andere um mich gleitet.

Mit einigen geschickten Bewegungen lockert er die Schnürung an der Rückseite meines Kleides. Er braucht nur eine Sekunde, um seine Hand unter mein Mieder und Unterhemd zu schieben.

Als ich seine heiße Hand direkt an meiner Brust spüre,

kriecht ein Wimmern meine Kehle empor. Ich verteile eine Spur aus Küssen auf seiner Brust und seinem Hals, bevor sich unsere Münder wieder treffen.

Alek zieht mein Mieder etwas tiefer und stimuliert mich mit eifriger Präzision, während er in Erfahrung bringt, welche Bewegungen so viel Wonne entzünden, dass sie meinen Lippen weitere Laute entlocken.

Eine brennende Hitze hat sich zwischen meinen Beinen gebildet – und ich bin mir viel zu sehr bewusst, dass uns die Zeit davonrinnt und wir bald unterbrochen werden könnten. Nichts würde diesem Intermezzo schneller einen Dämpfer versetzen als Stavros, der mit seinem voreingenommenen, finsteren Gesichtsausdruck in den Raum platzt.

Ich rutsche auf dem Tisch vor, damit ich mit den Fingern über Aleks Bauch zur Wölbung in seiner Hose gleiten kann.

Ein gutturaler Laut entfährt ihm. „Fuck, Ivy. Ich …"

Er scheint zu beschließen, dass es besser ist, selbst aktiv zu werden, als zu reden. Als ich meine Finger durch den Stoff hindurch um seine Erektion krümme, schiebt er meinen Rock hoch.

Ich winde mich, um es ihm zu erleichtern, die Seidenschichten beiseitezuschieben, doch meine Beine sind noch größtenteils von dem geteilten Unterrock bedeckt, den ich wie eine wogende Hose darunter trage. Der Unterrock, über dem Messer an meine Schenkel geschnallt sind.

Alek gluckst erneut beim Anblick meiner Waffen, wirkt allerdings nicht abgeschreckt. Er atmet zittrig ein, kommt meinem Griff entgegen und fährt über die überlappenden Stofffalten zwischen meinen Beinen, um die Lücke zwischen ihnen zu finden.

Allein die Berührung seiner Hand am Scheitelpunkt meiner Schenkel jagt eine so scharfe Lust durch mich, dass ich stöhnen muss. Ich drücke seinen Schwanz noch einmal und freue mich über das Stöhnen, das ich im Gegenzug erhalte. Er ist mir allerdings noch nicht nah genug.

„Lass mich …" Ich öffne die Riemen, die meine Messerscheiden festhalten, und winde mich gleichzeitig aus meinem Unterrock und meiner Unterhose.

Meine Absicht könnte nicht deutlicher sein. Aleks Atem beschleunigt sich. Er zerrt an seiner Hose und ich helfe ihm, sie nach unten zu ziehen.

Dann schlinge ich meine Knie um seine Hüften und packe seine Schultern. Mit einem berauschenden Druck taucht er in mich und ein Kribbeln breitet sich bis in meine Fingerspitzen in mir aus.

Die Feuchtigkeit meiner Mitte lässt keinerlei Zweifel daran, wie erpicht ich auf diesen Moment bin. Alek dringt dennoch nur langsam in mich und sein Atem geht noch schwerer. Als wir vollständig miteinander vereint sind, hält er inne, drückt mich einfach nur fest und keucht in meine Haare.

„Du hast keine Ahnung, wie gut du dich anfühlst, Ivy", murmelt er.

Ich versuche, mich ihm entgegenzubiegen und ihn zum Weitermachen zu ermutigen. Alek packt meinen nackten Hintern unter dem Rock, um mich festzuhalten.

„Warte. Ich weiß nicht … ich will nicht, dass das hier zu schnell vorbei ist. Ich muss lang genug durchhalten, damit du dich genauso gut fühlst wie ich."

Ich streiche mit den Fingern über seine Haare und nehme all meine Selbstbeherrschung zusammen, um mich nicht an ihm zu bewegen. „Ich fühlte mich bereits ziemlich fantastisch." Als ich innehalte, überrollt mich eine größere Wahrheit und mir stockt plötzlich der Atem.

Es dauert einen Moment, bis ich wieder sprechen kann. Meine Stimme ist rau geworden. „Weißt du, dies ist das erste Mal, dass ich mit jemandem zusammen bin, der alles über mich weiß. Damit habe ich genauso wenig Erfahrung wie du. Aber ich kann mir nicht vorstellen, dass sich irgendjemand besser fühlt, als ich es gerade tue."

Alex atmet geräuschvoll aus und neigt meinen Kopf nach oben, um meine Lippen mit seinen einzufangen. Er küsst mich, bis mir schwindlig ist von der Leidenschaft, die er ausstrahlt.

Als seine Zunge hervorschnellt und über meine gleitet, zieht er seine Hand zwischen uns und legt sie tief auf meinen Bauch. Sein Daumen wandert nach unten, bis er die Perle über der

Stelle findet, wo wir miteinander verbunden sind. Ein Lustblitz durchzuckt meine Mitte.

Seine Lippen wandern meinen Kiefer entlang. „Genau dort?"

Sein Daumen pulsiert an meinem Kitzler und ich wimmere, bevor ich antworten kann. „Genau dort. So verdammt gut, Alek."

Er stimuliert mich mit seinem Daumen, bis so viel Wonne durch meinen Körper fegt, dass ich zu zittern beginne – und erst da bewegt er endlich seine Hüften. Zunächst sind es vorsichtige, kurze Stöße, während er Küsse auf meinem Gesicht und Hals verteilt.

Ich dränge mich ihm mit einem wimmernden Laut entgegen und ein raues Glucksen vibriert aus seiner Brust. Er beschleunigt das Tempo und stößt schneller, härter in mich. Er setzt mich von innen in Brand, während sein Daumen weiterhin Wonne an meinem Kitzler erzeugt.

Sogar bei Casimir, dem Experten in allen sinnlichen Freuden, fühlte es sich nicht so an. Vielleicht weil ich selbst bei ihm einen Teil von mir auf Abstand halten musste. Ich musste mich verschließen.

Alek hat jedoch jeden schrecklichen Teil von mir akzeptiert. Er will mich so, wie ich bin.

Ich habe hier nichts zu verbergen. Ich kann einfach Ich sein.

Und oh, in diesem Moment ist es wundervoll, ich zu sein. Meine Nerven singen wegen der Lust, die durch meinen Körper summt.

Aleks Finger bohren sich so kräftig in meinen Hintern, dass es die Empfindungen verstärkt. Er hält mich fest und rammt sich noch tiefer in mich.

Unsere Münder treffen zwischen heiseren Atemzügen bei hektischen Küssen aufeinander. Die Woge der Ekstase in mir baut sich auf und dehnt sich, bis ich mir nichts anderem bewusst bin als meiner Hände, die Aleks Schultern umklammern, seiner Härte, die in mich dringt, und der Magie, die er mit seinem Daumen erschafft.

Die Muskeln in seinen Hüften spannen sich an meinen Schenkeln an. „Ivy", murmelt er. „Ich kann nicht ..."

Es spielt jedoch keine Rolle, denn gerade als er beginnt, sich in mir zu ergießen, schwappt die Woge durch mich, die sich aufgetürmt hat. Ich drücke ihn noch fester an mich, bebe und schreie wegen der Wucht meines Höhepunkts.

Alek stöhnt und schlingt seine Arme genauso fest um mich. Er vergräbt sein Gesicht in meinen Haaren, als sein Keuchen nachlässt.

Ein oder zwei Minuten liegen wir einfach nur aneinandergeschmiegt da, verschwitzt und erschöpft, allerdings unfassbar befriedigt. Alek regt sich als Erster und verlangt einen weiteren Kuss.

Dann erstarrt er. „Wir haben keine Vorsichtsmaßnahmen getroffen. Ich hätte daran denken sollen …"

Ich lege meine Hand auf die vernarbte Seite seines Gesichts. „Es ist alles in Ordnung. Zu dieser Zeit des Monats besteht für mich ohnehin kaum ein Risiko. Doch um sicher zu sein, könnte ich Mirewort nehmen. Ich habe den Eindruck erhalten, dass es nicht allzu schwer ist, es hier auf der Akademie aufzutreiben."

Alek nickt. „Ich kann es besorgen. Wir wollen schließlich nicht, dass sich jemand wundert, mit wem du dich triffst, wenn du danach fragst."

Daran hatte ich gar nicht gedacht. Es ist typisch Alek, dass er an jede mögliche Gefahr denkt – und sie für mich aus dem Weg räumt. „Es wirkt, solange es innerhalb von ein paar Tagen eingenommen wird. Du kannst es mir morgen bei unserem Treffen geben. Zu dem ich definitiv gesund und munter erscheinen werde."

Ein Hauch von Kummer huscht über Aleks Gesicht, als er mich betrachtet.

„Wehe, wenn nicht", erwidert er mit plötzlicher Heftigkeit. „Andernfalls ist mir egal, wie die Befehle des Königs lauten … Ich werde Ster. Torstem selbst umbringen."

SECHZEHN

Ivy

„Es wird möglicherweise eine kribbelnde Empfindung erzeugen", warnt Casimir, als er einen dünnen Pinsel in einen kleinen Topf mit einer burgunderfarbenen Paste taucht, den er mitgebracht hat. „Aber es sollte nicht wehtun. Falls es das doch tut, gib mir Bescheid und wir waschen es sofort ab."

Als er den Pinsel an meine Brust hebt, halte ich vollkommen still. Die Berührung der Paste löst ein schwaches, jedoch nicht unangenehmes Brennen aus. Allerdings bin ich mir unserer Nähe viel stärker bewusst als allen anderen Empfindungen, da unsere Körper nur wenige Zentimeter trennen.

Kann er aufgrund seiner Kurtisan-Ausbildung erkennen, was ich vor einer Stunde mit Alek getrieben habe? Ich hatte gerade genug Zeit, mich in einem der Badezimmer zu waschen, bevor ich mich mit Stavros in seinem Quartier traf. Doch jedes Mal, wenn ich mich an mein Intermezzo mit dem Gelehrten erinnere, flammt erneut Hitze unter meiner Haut auf.

Es hilft auch nicht, dass ich momentan halbnackt bin,

damit Casimir seine Arbeit verrichten kann. Eine Gottlen-Sigille befindet sich normalerweise an einer Stelle, die weit unterhalb eines Kleidausschnitts liegt. Deshalb hat Casimir ein dünnes Handtuch mitgebracht, das ich mir über meine Schultern und Brüste drapiert habe, um den Anstand ein wenig zu wahren.

Es ist nicht so, als hätte er diese Brüste noch nicht nackt gesehen. Allerdings ist er nicht der Einzige im Raum.

Während Casimir Kosmels Sigille auf mein unteres Brustbein malt, tigert Stavros von seinem Schreibtisch zum Sofa und zurück. „Bist du dir sicher, dass diese Technik als echtes Weihmal durchgehen wird? Sie werden viel misstrauischer sein, wenn sie mit einem falschen Mal auftaucht."

Casimir fügt die dünnen, hornähnlichen Spitzen oben an der Sigille mit einer Zartheit an, wegen der ich einen lustvollen Schauder unterdrücken muss. „Ich habe ein wenig Rouge mitgebracht, um sicherzustellen, dass die Details genau richtig sind. Das Mal, das diese Paste hinterlassen wird, ist allein bereits ziemlich überzeugend. Ich habe einen Kollegen, der sie manchmal benutzt, wenn er mit einem Kunden arbeitet, der an Gottlosigkeit Anstoß nehmen würde. Bisher hat ihn niemand als Schwindler entlarvt."

„Wir wissen nicht einmal, ob die Blutzauberer nachschauen wollen, wem ich mich gewidmet habe", bemerke ich.

Stavros verzieht das Gesicht. „Du wirst ein viel größeres Problem haben, wenn sie es tun und du nicht vorbereitet bist, als wenn du besser vorbereitet bist, als nötig ist."

Nun, in dieser Hinsicht liegt er nicht falsch.

Casimir tritt zurück und ich kann wieder freier atmen.

Ich meinte ernst, was ich zu Alek sagte – er ist mehr als genug. Ich würde keinem anderen nachstellen. Das bedeutet allerdings nicht, dass die Gefühle verschwunden sind, die bereits existierten.

„Wir lassen die Paste zehn Minuten einziehen", erklärt der Kurtisan, während er den Pinsel in einer Wasserschüssel reinigt. „Dann wischen wir sie ab und ich werde die Sigille so gut nachbessern, wie es nötig erscheint. Das Mal sollte mindestens einige Tage halten. Wenn du danach zu einem weiteren geheimen Treffen in den Wald einbestellt wirst, sollten wir diesen Vorgang allerdings wiederholen.“

Ich nicke. „Hoffentlich werden nicht allzu viele mitternächtliche Wanderungen nötig sein, um herauszufinden, was wir wissen müssen. Danke, dass du mir hilfst.“

Casimir schenkt mir das warme Lächeln, bei dem mein Puls immer noch flattert. „Natürlich. Ich schicke dich mit so viel Schutz los, wie ich dir zur Verfügung stellen kann.“

Stavros räuspert sich. „Apropos Schutz … Wir wissen nicht, wie gründlich sie dich durchsuchen werden. Ich bin mir nicht sicher, was sie von einer Adligen halten werden, die ein ganzes Messerarsenal bei sich trägt. Ich würde dich lieber mit so vielen Klingen dorthin schicken, wie du tragen kannst, aber …“

„Das könnte gefährlicher sein, als relativ unbewaffnet hinzugehen“, beende ich seinen Satz. „Na gut.“

Ich greife zwischen die Falten meines Kleides, um die Messerscheiden zu entfernen, die an meinen Schenkeln befestigt sind. „Ich werde eines in meinem Stiefel behalten. Es ist nicht unvernünftig für eine Adlige, sich *ein wenig* Sorgen um ihre Sicherheit zu machen. Das ist ohnehin mein Lieblingsmesser.“

Stavros verdreht die Augen zum Himmel. „Natürlich hast du ein Lieblingsmesser.“

Ich ziehe die Augenbrauen hoch. „Hast du kein Lieblingsschwert?“

Sein stummer finsterer Blick ist Antwort genug.

Casimir geht zur Latrine, um einen Lappen am Waschbecken zu befeuchten, doch als er zurückkehrt, hält er ihn bloß in den Händen und betrachtet mich.

„Falls du ein schlechtes Gefühl in der Situation bekommst“, sagt er. „Ich meine, falls es schlimmer ist, als du erwartet hast … Es gibt keinen Grund, nicht den Rückzug anzutreten. Du weiß noch nichts über sie. Sie sollten dich zu diesem Zeitpunkt nicht als Bedrohung sehen. Du könntest gehen, wenn es nötig ist.“

Ich lächle angespannt. „Ich schätze, wir werden sehen.“

Er weiß das nicht mit Sicherheit. Und es spielt ohnehin keine Rolle.

Ich muss das hier tun. Der König verlässt sich darauf, dass

wir die Blutzauberer ausschalten. Ich muss Stavros beweisen, dass ich meine Magie kontrollieren kann.

Weshalb bin ich überhaupt hier, wenn ich jetzt einen Rückzieher mache? Ich könnte genauso gut zurück in die Außenbezirke fliehen.

Falls Stavros beschließt, dass ich eine Verräterin an dieser Mission bin, werde ich womöglich sogar aus der Stadt fliehen müssen.

Nein, ich habe den Großteil meines Lebens damit verbracht, mich zu verstecken. Ich habe endlich nicht nur eine Aufgabe, die so groß ist, dass sie möglicherweise den Schaden aufwiegt, den ich angerichtet habe, sondern auch ein paar Leute, die mich so akzeptieren, wie ich bin.

Ich kann das nicht aufgeben. Ich muss dieser Gelegenheit würdig sein.

Als Casimir die Paste entfernt, sieht das rosa-braune Mal, das auf meiner blassen Haut zurückbleibt, den Malen schrecklich ähnlich, die ich bei anderen gesehen habe. Der Kurtisan verleiht ihm mit seinem Rusch etwas mehr Tiefe und meine Lippen verziehen sich schief.

„Ich hoffe, die Götter betrachten diese Fälschung nicht als offene Blasphemie. Ich schätze, wenn ein Gottlen diese Art der Trickserei gutheißt, dann ist das Kosmel."

Casimir gluckst. „Er hat dich zuvor schon unterstützt." Er berührt meine Wange mit seinen Fingerspitzen. „Komm wohlbehalten zurück, Ivy."

Meine Kehle schnürt sich zu. „Das ist der Plan."

Als Casimir seine Werkzeuge einsammelt, tritt Stavros zu dem Schnurkreis, durch den der Kurtisan hergekommen ist. „Nachdem du zu deinem Zimmer zurückgekehrt bist, werde ich die Schnur zu ihrem üblichen Platz zurückbringen. Wir sehen dich morgen beim Treffen."

Casimir nickt zustimmend und zum Abschied, bevor er mir ein sanftes Lächeln schenkt und durch die Magie der Schnur verschwindet.

Während Stavros sich um die Schnüre kümmert, schlüpfe ich schnell in mein Unterkleid und ziehe die Vorderseite meines

Kleides hoch. Ich habe es beinahe fertig zugeschnürt, als der ehemalige General zurückkehrt.

Er mustert mich mit unleserlicher Miene und einem kurzen Zucken seines Kopfs, woraufhin eine unangenehme Hitze über meine Haut rast. Plötzlich verspüre ich den unangebrachten Drang, ihn darum zu bitten, mir beim Schnüren der Bänder zu helfen.

Als würde er dem zustimmen. Als sollte mich interessieren, ob er es tut oder nicht.

Ich ziehe ein letztes Mal an der Schnürung und streiche mit den Händen über den Rock meines Kleides. Auf der anderen Seite des Hofs läutet die Palastglocke zwölfmal.

Mitternacht. Noch eine Stunde.

Ich verschränke die Arme vor meiner Brust und werfe Stavros einen bedeutungsvollen Blick zu. „Weißt du, du solltest wenigstens so tun, als würdest du zu Bett gehen. Es wird nicht so aussehen, als hätte ich mich davongeschlichen, wenn jemand bemerkt, dass das Licht in deinem Fenster noch brennt, wenn ich gehe."

Stavros seufzt, weiß jedoch, dass ich recht habe. Er macht eine unbestimmte Geste. „Hast du alles, was du brauchst?"

Ein trockenes Lachen entfährt mir. „Soweit ich weiß. Es ist ein wenig schwierig, richtig auf illegale Treffen mit mysteriösen Gestalten vorbereitet zu sein."

Er zögert noch einen Augenblick, als würde er denken, er könne meine Magie mit seinem finsteren Blick so einschüchtern, dass sie sich beherrscht. Dann marschiert er in sein Zimmer. Die Tür knallt hinter ihm zu, doch ich fühle mich nicht allein.

Ich lösche die Laterne im Hauptraum und setze mich auf das Sofa. Die Dunkelheit legt sich um mich, die Stille der Nacht fühlt sich ungewöhnlich bedrohlich an.

Ein Kribbeln regt sich in meinem Hinterkopf. *Ivy?*, flüstert Julita.

Sie ist von dort zurückgekehrt, wo sie hingeht, wenn sie sich aus meinem Bewusstsein zurückzieht. Ich habe schon angefangen, mich zu fragen, ob sie unseren ersten Vorstoß in die Gruppe der Blutzauberer verpassen würde.

Möglicherweise hätte sie das nicht einmal gestört. Ich kann mir nicht vorstellen, welch schreckliche Erinnerungen die heutige Nacht für sie aufwirbeln wird.

Ich öffne den Mund und schließe ihn wieder, bevor ich mich entscheide, einfach nur den Kopf zur Antwort zu neigen. Ich halte es für sehr unwahrscheinlich, dass Stavros tatsächlich schlafen gegangen ist, und fühle mich komisch dabei, mit ihr zu sprechen, wenn er uns mühelos belauschen kann.

Vielleicht sollte ich mir bei der ganzen Rausschleichen-Sache einen kleinen Vorsprung verschaffen.

Ich ziehe meinen Kapuzenumhang über mein Kleid und meine Haare, bevor ich in den Gang schlüpfe. Die Laternen wurden dort für die Nacht gelöscht.

Um die nächste Biegung kann ich jemanden torkeln und betrunkenes Kichern hören. Eine zweite Person gibt ihr Bestes, den anderen zum Schweigen zu bringen. Ansonsten sind die Personalgänge leer.

Ich wende mich in die andere Richtung zu dem schmalen Gang im hinteren Teil der Akademie, der zu eng und düster für die Adligen ist. Sie wagen sich nur dorthin, wenn sie besonders heimlich sein wollen.

Ich laufe im Zickzack durch den Gang, bin in Habachtstellung und achte auf ein unerwartetes magisches Beben. Ich weiß nicht, wie viele verzauberte Wesen die Verschwörer erschaffen haben, sie könnten jedoch eines benutzen, um mich auszuspionieren. Es erscheint mir sehr wahrscheinlich, dass sie das tun würden.

Nichts fällt mir auf. Ich schlüpfe in den Treppengang und tapse die Wendeltreppe bis zum zweiten Stock hinab. Dann setze ich mich und lehne mich an die kühle Steinmauer.

„Bist du okay?", frage ich Julita leise. „Es tut mir leid … Ich wusste nicht, dass Alek so reagieren würde."

Wie schrecklich muss sie sich gefühlt haben, da er sie von sich gestoßen hat, als sie endlich eine Gelegenheit hatte, wieder mit ihm zu sprechen?

Julita lacht leise. *Wie hättest du das wissen können, wenn ich auch keine Ahnung hatte? Er … er hängt offensichtlich stärker an dir, als mir bewusst war.*

Schwingt da ein bittersüßer Ton in ihrer Stimme mit? Meine geisterhafte Passagierin hat ziemlich erfolgreich vorgegeben, dass ihr die vier Männer nicht wichtig sind abgesehen von ihrem Nutzen bei der Ermittlung gegen die Blutzauberer, doch ich habe die Risse in ihrer Fassade bemerkt.

Sie hat es vielleicht nicht für eine gute Idee gehalten, eine tiefergehende Beziehung mit ihnen anzustreben. Möglicherweise hat sie sich sogar eingeredet, dass das Interesse der Männer an *ihr* nicht über die unerschütterliche, charmante Fassade hinausging, die sie ihnen präsentierte, doch sie waren ihr wichtig. Sie wurde von ihrem Bruder und seinem Freund als Kind misshandelt und hatte keine Vertrauensperson, die sie um Hilfe bitten konnte – das würde die Denkweise jeder Person beeinträchtigen.

Sie vertraut *mir* wahrscheinlich nur, weil sie keine andere Wahl hat.

„Ich habe auch nicht erwartet, dass ich ihm so wichtig bin", erwidere ich.

Ich hoffe, er konnte dir verzeihen, dass du mir die Kontrolle überlassen hast. Ich habe es dir zuvor schon gesagt, Ivy … du solltest dein Glück genießen, wo du kannst. Warum sollte es nicht mit Alek sein? Sie hält inne. *Hat er gesagt, ob er* mir *verzeiht?*

Tatsächlich kann ich mich nicht erinnern, ob Alek irgendetwas über Julita sagte, nachdem sie mir meinen Körper zurückgegeben hatte. Er vergewisserte sich bloß, dass er wirklich mit mir sprach. „Er hat es nicht erwähnt, allerdings wirkte er nicht sauer auf dich. Ich habe ihm erklärt, dass es meine Idee war."

Ah. Nun, ich schätze, Ende gut alles gut.

Sie fragt nicht, was im Anschluss zwischen Alek und mir geschehen ist. Ich weiß nicht, ob sie es erraten kann oder ob sie es nicht wissen will oder ob sie mir Privatsphäre gibt.

Möglicherweise sind es all diese Gründe gleichzeitig.

Es ist noch immer Zeit, bis ich in den Wald muss. Ich laufe die Treppe hinab und mache einen kurzen Umweg zum Stall, um mich bei Krümel zu entschuldigen, dass ich seit einer Weile nicht mit ihm ausgeritten bin. Dann schlendere ich zur Rückseite des Hofs, wo die Bäume des Waldes aufragen.

Als die Palastglocke einmal läutet, wage ich mich auf den Hauptpfad in den Wald.

Ich zähle stumm die Schritte. Die Distanz von fünfzig Schritten kann je nach Länge der Beine sehr unterschiedlich ausfallen. Doch ich schätze, die Angabe wird mich in die richtige Gegend bringen.

Der Schein der Außenlampen der Akademiegebäude verblasst hinter mir. Die Äste über meinem Kopf verdecken den Großteil des Mondlichts. Als ich fünfzig Schritte gemacht habe, finde ich meinen Weg nur noch, indem ich die dunklen Säulen der Baumstämme aus zusammengekniffenen Augen betrachte, um nicht gegen sie zu laufen.

Ich bleibe stehen und sehe mich um, kann jedoch nichts als die undeutlichen Umrisse der mir am nächsten stehenden Bäume in der Dunkelheit erkennen. Blätter rascheln über mir und ein Insekt summt irgendwo links an mir vorbei. Die kühle Brise leckt an meinem Umhang und bringt den Stoff zum Erbeben.

Meine Magie zupft an mir und bietet an, meine Sicht zu schärfen und Figuren aus der Dunkelheit zu formen. Ich mahle mit dem Kiefer, als ich es ablehne.

Was ich zu meinen Männern sagte, entsprach der Wahrheit. Selbst wenn meine Magie diese Aufgabe erleichtern könnte, vertraue ich ihr nicht. Sie würde vermutlich jemanden blind machen, um mir eine bessere Sicht zu verschaffen.

Kosmel half mir zuvor, den Rückschlag zu lenken, ich habe allerdings keine Ahnung, ob er jetzt zuhört. Ob er der Meinung wäre, dass es den Einsatz seiner göttlichen Kräfte wert wäre, mir ein wenig Dunkelheit zu ersparen.

Ich habe keinen blassen Schimmer, wie schnell der Wahnsinn in meinem Verstand einziehen würde, wenn ich meine zerrissene Seele annehme.

Es ist für alle sicherer, einschließlich mir, wenn ich die Magie weiterhin nur als allerletzten Ausweg wähle.

Die Sekunden verstreichen mit dem Klopfen meines Herzens. Nichts passiert.

Das ist ziemlich antiklimatisch, stellt Julita fest.

Habe ich bereits einen Fehler gemacht und die Verschwörer

haben beschlossen, es erst gar nicht mit mir zu versuchen? Habe ich die Botschaft falsch verstanden, die auf meiner Hand erschienen ist?

Ich trete von einem Fuß auf den anderen und widerstehe dem Drang, mein Messer aus dem Stiefel zu ziehen, damit ich es griffbereit habe.

Wie lange soll ich warten?

Das hier könnte Teil des Tests sein. Vielleicht wollen sie einschätzen, wie sehr ich mich der Sache verpflichtet habe, ob ich fasziniert genug bin, um hierzubleiben, anstatt aufzugeben und zu gehen.

Sie beobachten vermutlich auch die Gegend, um sich zu vergewissern, dass ich tatsächlich allein gekommen bin.

Ich habe keine Ahnung, wie viel Zeit bereits vergangen ist. Ich befeuchte meine Lippen, atme ruhig und spitze die Ohren.

Etwas gleitet rechts von mir über den Boden. Ich spanne mich an und blicke hinab.

Meine Augen haben sich so weit an das schwache Mondlicht gewöhnt, dass ich die Kurven einer geschwungenen Form erkennen kann, die sich am Rand des Pfads durchs Gras schlängelt. Eine Schlange.

Magie bebt durch meine Nerven. Wurde dieses Wesen wie die Ratte aus Ton gefertigt?

Oder wird mir so langweilig, dass ich mir Dinge einbilde?

Zwei Glockenschläge hallen durch die Nacht. Ich hebe den Kopf – urplötzlich fegt eine mächtigere Woge der Magie über mich hinweg und die Härchen auf meinen Armen richten sich auf.

„Willkommen, Ivy Euridya aus Nikodi", trällert eine schwache Stimme, scheint mich jedoch aus mehreren Richtungen gleichzeitig zu erreichen.

Die Magie, die ich gespürt habe, muss sie tragen – wodurch der Sprecher und die Richtung, in der er steht, verborgen bleiben. Ich erkenne die Stimme nicht.

Ich soll die Rolle einer unzufriedenen, aber idealistischen Adligen spielen. Ich richte mich auf. „Ich bin gekommen, wie du es verlangt hast. Was hast du damit gemeint, mehr von der Welt zu wollen?"

Die Worte treiben weiterhin um mich herum, als würden sie von der Brise befördert werden. „Du kannst spüren, dass etwas nicht stimmt, oder? An der Art und Weise, wie das Königreich geführt wird und wir unsere Götter ehren."

Ich zucke mit den Achseln, als sei ich vorsichtig damit, meine Meinung kundzutun. „Die Daimon scheinen definitiv der Meinung zu sein, dass es ein Problem gibt. Ich glaube nicht, dass das jemand abstreiten kann."

„Würdest du den Schaden heilen wollen, der angerichtet wurde, wenn du es könntest? Wenn du die Gelegenheit hättest, ganz Silana – den ganzen Kontinent – zum Besseren zu verändern, würdest du sie ergreifen, selbst wenn der Weg dorthin schwer wäre?"

Julita schnaubt in meinem Kopf. Wir wissen, welche Wege diese Leute eingeschlagen haben – und dass sie Kinder dazu überredet haben, die wirklich großen Opfer zu erbringen.

Ich bleibe argwöhnisch. „Ich schätze, das hinge davon ab, welche Art von schwer du meinst. Natürlich möchte ich den Gottlen so gut wie möglich dienen."

Wendos dachte, dass das, was er und seine Kollegen taten, irgendwie die Götter ehrte. Ich werde annehmen, dass dies eine geläufige Einstellung unter den Verschwörern ist.

Sie müssen die Schrecken irgendwie rechtfertigen, die sie begehen.

„Es gibt viele, die dem Wiederaufbau dessen im Weg stehen, was verloren wurde", sagt die Stimme. „Du müsstest gegen sie arbeiten und eine Strafe riskieren, solltest du entdeckt werden."

Mein Bruder hat nie jemandem vertraut ... außer vielleicht Wendos, erzählt Julita. *Ich weiß nicht, ob man sich überhaupt in der Blutzauberei versuchen kann, ohne paranoid zu werden. Sie werden misstrauisch werden, wenn du zu schnell nachgibst.*

Das glaube ich gern.

Ich lege den Kopf auf die Seite. „Warum sollte ich akzeptieren, dass *du* weißt, was richtig ist, wenn du dich nicht einmal zeigst? Ich habe keine Ahnung, wer du bist."

„Wir müssen vorsichtig sein, wenn wir erfolgreich sein wollen. Das Schicksal der Welt ruht auf unseren Schultern. Jede Unvorsichtigkeit gefährdet dieses Ziel."

Diese mörderischen Psychopathen halten schrecklich viel von sich, oder?

„Wie passe ich dann dazu?", will ich wissen. „Wenn du mir nichts Spezifisches verrätst, weiß ich nicht, wie ich helfen kann, selbst wenn ich das wollte."

„Wenn du dir unser Vertrauen verdient hast, können wir mehr enthüllen. Wir werden dir einfache Aufgaben geben und wenn wir mit dem Ergebnis zufrieden sind, wirst du dir mehr Verantwortung verdienen. Vertrauen fließt in beide Richtungen."

Wie poetisch.

Ich verkneife es mir, die Nase kraus zu ziehen. „Ich gebe zu, dass ich fasziniert bin. Was muss ich tun, damit du mir mehr verrätst?"

Ich schätze aufgrund dessen, was ich über sie weiß, sollte ich nicht überrascht von der Forderung sein, die daraufhin folgt.

„Zeig, dass du gewillt bist, von dir zu geben. Einige Schritte vor dir liegt ein Dolch am Boden. Finde ihn, schneide in deine Hand und biete dem Allesgeber dein Blut zusammen mit dem Gebet an, das sich für dich am angemessensten anfühlt."

Dem Allesgeber, nicht dem unbekannten Sprecher und seinen Mitverschwörern.

Ich sehe nicht, was oder wem das schaden kann – außer meiner Hand. „Das kann ich tun."

Ich taste den Boden ab, bis meine Finger den Griff des Dolchs streifen. Es ist ein kleiner Dolch, dessen Griff gerade so lang ist, dass ich meine ganze Hand darum schließen kann.

Während ich mich aufrichte, hebe ich in einer stummen Frage vorsichtig meine Augenbraue. Was würden diese Leute Julitas Meinung nach für ein angemessenes Gebet halten?

Meine unsichtbare Begleiterin antwortet kleinlauter als üblich. *Borys und Wendos haben hauptsächlich über ihre eigene persönliche Macht gesprochen. Aber manchmal fügten sie etwas darüber an, wie sie diese Macht nutzen würden, um die Götter zu ehren.*

Das gibt mir etwas mehr Material, mit dem ich arbeiten kann, da es über das hinaus geht, was ich von Wendos im Turm gehört habe.

Ich hebe die Klinge an meine rechte Handfläche und rechne halb damit, dass sich Julitas Präsenz zurückzieht, bevor sie erneut den Schmerz des Blutlassens erleben muss. Doch sie bleibt. Das Kribbeln ihrer Präsenz ist unruhiger als gewöhnlich, aber sie ist noch bei mir.

Mach nur, sagt sie. *Ich komme schon klar. Wir tun das alles, um sie am Ende zu besiegen.*

Ich hole tief Luft und bohre die scharfe Kante der Klinge in meine Haut.

Schmerz brennt zusammen mit der Linie über die Mitte meiner Hand, die ich hineingeritzt habe. Ich habe nicht tief geschnitten, jedoch so viel Haut durchbrochen, dass mehrere Blutstropfen über meine Hand rinnen und auf die Erde darunter tropfen.

Ich neige den Kopf zum Himmel. „Allesgeber, Großer Gott, der Eine, der alles gemacht hat, was um mich herum existiert, ich gebe dir etwas von mir. Sehe mich, zeige mir den Weg, der richtig ist, und ich werde jede Aufgabe ausführen, die du mir überträgst. Jegliche Kraft, die du mir gibst, werde ich nutzen, um diese Welt besser zu machen."

Meine Nerven beben bei den Worten, es ist allerdings weniger furchterregend, den Allesgeber anzurufen als einen der Gottlen. Der Große Gott hat die Reiche des Kontinents immerhin vor Jahrhunderten verlassen … nachdem er die ersten Blutzauberer ausgelöscht hatte.

Wir haben die gleichen Ziele.

Ich bezweifle, dass meine Stimme den Ort erreichen kann, zu dem der Allesgeber gegangen ist. Und ich meine das ernst, was ich sage, nur nicht auf die Art, die ich den Verschwörern weismachen will.

Die höchste Macht anzuflehen, die ich kenne, ist dennoch ein wenig einschüchternd.

Keine göttliche Stimme antwortet in meinem Kopf. Nur der unbekannte Zuschauer antwortet von dort, wo er zwischen den Bäumen wartet. „Mit einer derartigen Einstellung könntest du Großes bewirken, Ivy aus Nikodi. Du könntest eine der Wenigen sein, die dem Allesgeber wahrhaftig dienen, so wie es der Große Gott verdient."

Ah, jetzt schmieren sie mir also Honig ums Maul und geben mir das Gefühl, besonders zu sein, in der Hoffnung, dass ich diese Empfindung wieder verspüren will. Ich habe viele Betrüger auf den Straßen der Außenbezirke beobachtet, die eine ähnliche Taktik angewandt haben.

„Wenn ich das kann, werde ich es tun", erwidere ich mehr eifrig als ehrlich.

„Lege den Dolch zu Boden und verbinde deinen Schnitt mit dem Tuch, das daneben lag. Wir haben heute Nacht noch eine Angelegenheit zu besprechen."

Als ich den Stoffstreifen um meine Hand wickle, verblasst der Schmerz des Schnitts mit einem magischen Beben. Der Verband wurde von Elox gesegnet.

„Was ist die andere ‚Angelegenheit'?", frage ich.

„Wir möchten, dass du ein kleines Päckchen für uns auslieferst. Du wirst es unbemerkt in einer Tasche transportieren können. Wir bitten dich, es morgen Nacht zum Tempel der Krone zu bringen und hinter Prospiras Statue zu hinterlegen."

Ich ziehe die Brauen zusammen. „Was *ist* dieses Ding, das ich herumtragen werde?"

„Du musst nur wissen, dass es stark verzaubert ist und die Magie nicht gestört werden darf. Den Beutel zu öffnen, in dem es sich befindet, könnte seine Wirkkraft zerstören."

Gänsehaut breitet sich auf meinem Körper aus. Die Frage, die vermutlich jeder stellen würde, stelle ich zuerst: „Es wird mir nicht wehtun, oder?"

Die Stimme gluckst. „Oh, nein. Vor allem nicht, wenn du es in Ruhe lässt und deine Aufgabe wie verlangt ausführst."

„Was für einen Sinn hat es, das Ding in den Tempel zu bringen? Wofür wird es benutzt werden?"

„Die Mächtigen stehen uns im Weg, unsere Arbeit muss jedoch erledigt werden. Wir tun, was wir können, um ihre Zahlen zu verringern."

Ich versteife mich, mein Herz setzt wirklich einen Schlag aus und ich lege mehr Sorge in meine Stimme, als ich es getan hätte, wenn ich nicht normal klingen wollte. „Du meinst, es wird jemand *anderen* verletzen? Jemand Wichtigen?"

„Das habe ich nicht gesagt. Und es wird rein gar nichts geschehen, solange du in der Nähe bist.“

Die Implikationen sind jedoch da. Dies ist der richtige Test – zu sehen, ob ich das große Gerede des Sprechers genug geschluckt habe, um die Teilnahme an einem Verrat zu riskieren.

Was kann ich anderes tun? Wenn ich mich weigere, endet der Weg hier. Möglicherweise werde ich den Wald nicht einmal lebend verlassen.

„Dies ist deine erste Gelegenheit, dem Allesgeber so zu dienen, wie du es gesagt hast“, fährt die Stimme bei meinem Zögern fort. „Wenn es dir lieber wäre, zu deinem vorherigen Leben zurückzukehren, in dem du nur Befehlen folgst und dich denen beugst, die es nicht verdient haben …“

„Nein“, sage ich rasch und mit vorgetäuschter Dringlichkeit. „Ich werde es tun. Wo ist das Päckchen?“

„Am Fuß des Baums gleich links von dir. Nimm es und verlasse den Wald. Und denk daran, du darfst den Beutel nicht öffnen.“

„Ich weiß.“

Ich nähere mich dem Baum, den ich nur undeutlich sehen kann, und sinke auf die Knie. Mein Herz hämmert in gespannter Erwartung und mein Körper wappnet sich für die Magie, die ich an meiner neuen Fracht zu spüren erwarte.

Meine Hände finden einen Lederbeutel, der nicht breiter als mein kleinster Finger ist. Ich kann mir nicht vorstellen, dass er etwas Größeres als einen Ring enthält.

Ich nehme ihn in die Hand …

Und da ist nichts.

Nicht einmal ein winziges magisches Beben geht von dem Beutel und seinem Inhalt aus. Soweit meine zerrissene Seele erkennen kann, haftet an dem Gegenstand keinerlei Magie.

Ich unterdrücke meine Verwirrung, stehe auf und stecke den Beutel in die Tasche an meiner Hüfte. Haben sich die Verschwörer irgendwie in Bezug auf ein Artefakt geirrt, das ihnen in die Hände gefallen ist? Oder …

Die Antwort schießt mir wie ein flammender Pfeil in stockdunkler Nacht durch den Kopf.

Es ist ein Trick. Eine Prüfung, um mich auf alle möglichen Arten zu testen.

Sie würden mir keinen gesegneten Gegenstand anvertrauen, wenn ich mich noch nicht bewiesen habe. Sie wollen einfach nur wissen, ob ich tue, was sie verlangen. Ob ich die Behörden auf ihren angeblich gewalttätigen Plan aufmerksam mache.

Dieses Mal.

Nur die Götter wissen, was sie als Nächstes von mir verlangen werden, wenn ich diese Aufgabe erledige.

SIEBZEHN

Ivy

Die Akademie liegt noch stiller da, als ich zum Domi zurückkehre. Sogar die Betrunkenen haben den Weg in ihre Betten gefunden.

Ich schleiche durch die Gänge, wobei all meine Sinne geschärft sind. Das kleine Gewicht, das meine Hüfte bei jedem Schwung meines Rocks streift, sorgt dafür, dass ich angespannt bleibe, obwohl es nur ein Köder zu sein scheint.

Ich halte mein Armband vor die richtige Stelle von Stavros' Tür und drücke sie beim Klicken des Schlosses vorsichtig auf. Zu meiner Überraschung hat der ehemalige General nicht auf mich gewartet, damit er mich bei meiner Rückkehr sofort böse anfunkeln kann.

Als ich die Tür hinter mir schließe, dringt ein Grunzen aus seinem Schlafzimmer. Dann ein heftiges Rascheln von Stoff.

Mein Herz macht einen Satz. Ist jemand in die Gemächer eingebrochen und hat ihn angegriffen?

Ich stürze zur Schlafzimmertür und reiße sie auf.

Im schwachen Morgenlicht wird sofort deutlich, dass Stavros allein in seinem gewaltigen Bett ist. Er liegt ausgestreckt auf der Decke. Seine Weste liegt auf einem Sessel in der Nähe, seine massige Gestalt steckt allerdings noch immer in demselben Hemd und derselben Hose, die er anhatte, als ich ging.

Das und die Handprothese, die noch an seinem Handgelenk befestigt ist, beweisen, dass er nicht vorhatte, einzuschlafen. Es sieht aus, als hätte er an einem Kissen am Kopfbrett gelehnt und wäre zur Seite gekippt, als er aus Versehen eingeschlafen ist.

Ich war eine Weile weg.

Seine kantigen Gesichtszüge sind in diesem Zustand weicher, wodurch er irgendwie jünger und erschöpfter aussieht. Ich komme nicht umhin, mich daran zu erinnern, wie er mit mir sprach, als er *mich* zum ersten Mal aus einem Albtraum aufweckte. Er legte seine arrogante Selbstsicherheit so lange ab, dass ich sehen konnte, wie sehr ihn der Verlust seiner Gabe und Militärkarriere belastet.

Er schleppt selbst eine Menge Ballast mit sich herum. Das muss der Grund dafür sein, dass sein Schlaf alles andere als friedlich ist.

Als ich die Szene betrachte, zuckt sein Arm auf der Bettdecke und der Stoff raschelt erneut. Seine Stirn legt sich in Falten und er atmet stockend ein.

„Nein", murmelt er. „Michas, pass auf ... Stopp!"

Die letzten Worte kommen so rau heraus, dass ich es nicht ertragen kann, ihn allein zu lassen. Ich eile zur Bettkante und packe seinen Knöchel.

„Stavros", sage ich leise, aber drängend, wobei ich sein Bein kurz schüttle. „Wach ..."

Er schießt in die Höhe, bevor ich den Befehl beenden kann. Seine Hand schnellt zu mir, als wollte er mich packen, und ich springe zurück.

Meine Schulter knallt seitlich gegen den Türrahmen. Meine Magie flammt in mir auf und will mich verteidigen, doch ich beiße die Zähne zusammen und zügle sie.

Ein Kribbeln breitet sich in Reaktion darauf in meiner Brust aus, als würden ein Dutzend Nadeln ihre Spitzen über mein Inneres ziehen. Der Schmerz ist noch so mild, dass ich ihn aushalten kann, dennoch durchläuft mich ein Beben.

Meine Macht wird ruheloser. Wie lange wird es noch dauern, bis sie wieder anfängt, meine Lunge und andere Organe aufzureißen?

Der ehemalige General schaut mich böse an. Seine Haare und Augen sind in der Finsternis unergründlich dunkel und sein ganzer Körper ist steif. „Was denkst du, was du da tust?"

Der schneidende Ton, der irgendwie noch feindseliger ist als alles, womit er mich dieser Tage normalerweise bedenkt, entzündet mein Temperament und brennt jeden Funken Mitgefühl weg. Als hätte ich nicht schon genug am Hals, ohne dass er sich wie ein riesiger Mistkerl aufführt.

Ich bleibe, wo ich bin, verschränke die Arme vor der Brust und schaue ihn ebenfalls wütend an. „Dich aus einem Traum aufwecken, der ziemlich unangenehm klang. Gern geschehen."

Er bleckt die Zähne. „Ich brauche es nicht, dass *du* meine Schlachten für mich schlägst. Kümmere dich um deinen eigenen Kram. Was ist im Wald passiert?"

„Ich habe keine Desaster ausgelöst", erwidere ich. „Und ich glaube, ich habe die Rolle so gut gespielt, dass ich tiefer in die Verschwörung eintauchen darf. Sie sind natürlich zu vorsichtig, um zu Beginn viel preiszugeben."

„Also hast du nach all dem Theater nichts Nützliches erfahren."

Ich schlucke ein verärgertes Zischen. „Nichts, mit dem man die Blutzauberer sofort zur Strecke bringen kann, aber ich bin auf der richtigen Spur."

„Wundervoll. Wenn du die Akademie nicht zum Einsturz gebracht hast, verschwinde aus meinem Schlafzimmer und ich höre mir den Rest zusammen mit den anderen an."

Die Abfuhr tut weh, was vielleicht der Grund dafür ist, dass meine Neugier mit mir durchgeht, als ich mich der Tür nähere. „Wer ist Michas?"

Das Knurren in Stavros' Stimme bestätigt, wie unklug diese Frage war. „Du bist die letzte Person, die diesen Namen erwähnen sollte. Verschwinde von hier!"

Ich zucke zusammen, haste über die Schwelle und reiße die Tür hinter mir zu.

Ich habe ihn noch nie über jemanden namens Michas sprechen hören, murmelt Julita. *Was unter dem Blick der Götter ist heute Nacht nur mit Stav los?*

Aufgrund von Stavros' Abschiedsworten bin ich mir plötzlich der Antwort sicher und Galle kriecht meine Kehle hinauf.

Wer würde in einem seiner Albträume mitspielen, über den er auf keinen Fall mit mir sprechen will? Wie groß ist die Wahrscheinlichkeit, dass es *nicht* die eine Person ist, die ihm nahestand und von einem zerrissenen Zauberer wie mir ermordet wurde?

Falls er aus einem Traum über zerrissene Magie aufgewacht ist, nur um die Person zu sehen, die er diese Magie zuletzt wirken sah … Ich kann nicht behaupten, dass ich ihm seine Feindseligkeit verzeihe, verstehe sie jedoch.

Auch wenn ich mir seine Reaktion erklären kann, macht das die Atmosphäre in seinem Quartier nicht angenehmer. Ich gehe zum Sofa, doch meine Haut juckt und mein Herz schlägt in einem beklommenen Tempo.

So werde ich keinen Schlaf finden. Wie kann ich einschlafen, wenn sich nur eine Tür zwischen mir und dem Mann befindet, der den Eindruck macht, als wolle er *mich* ermorden?

Mein Kopf fühlt sich nach dem langen Tag und dem Stress all meiner Erlebnisse schwer vor Erschöpfung an, aber mit jeder Sekunde, die ich innerhalb dieser vier Wände stehe, zucken meine Nerven vor Unruhe.

Meine Magie wird sich noch stärker auflehnen, wenn ich in Panik bin. Ich muss laufen gehen und das Ganze abschütteln. Ich muss den Kopf freikriegen und Stavros Zeit geben, sich zu beruhigen.

Vielleicht werde ich beim dritten Glockenschlag das Gefühl haben, dass ich eine kleine Pause machen kann.

Julita schweigt, als ich wieder in den Gang schlüpfe. Sie hat genügend aufwühlende Situationen mit mir durchgestanden, um zu wissen, wie ich mit diesen umgehe.

Ich will nicht durch das Gebäude wandern, wo ich die anderen Bewohner womöglich stören werde. Also gehe ich wieder die hintere Treppe hinab und trete in die kühle Nachtluft.

Meine Füße tragen mich wie von selbst über den Hof. Ich lege den Kopf in den Nacken und betrachte die gewaltige Ausdehnung der Sterne am klaren Himmel über mir.

Ein Stich wie Heimweh durchfährt meine Brust. Die oberen Spitzen der Gebäude zu beiden Seiten von mir verdecken jedoch einen Großteil meiner Aussicht.

Ich schleiche mich durch einen der Nebengänge des Quadrings zu den breiten Wiesen des äußeren Hofs. Kurz hinter den Ställen gibt es einen Pavillon, an dem ich tagsüber häufig Studenten sehe, die miteinander tratschen und flirten.

Nachts ist er nur eine leere Hülle. Eine leere Hülle mit einer für meine Zwecke praktischen Brüstung.

Ich drücke mich am Eingang herum, als ein Soldat auf Patrouille vorbeimarschiert. Nachdem er um die Vorderseite des Quadrings verschwunden ist, husche ich über das Feld zum Pavillon.

An dessen Seite hinaufzuklettern, ist in einem Kleid und Umhang nicht ganz so leicht, wie es das in meiner typischen Außenbezirkskleidung aus Tunika und Hose gewesen wäre, aber ich schaffe es mit minimalen Ausrutschern. Meine aufgeschnittene Handfläche brennt in ihrem Verband aus heilendem Stoff nicht einmal.

Ich ziehe mich auf das Schrägdach und lege mich auf die glatten Bretter, sodass ich den Himmel über mir sehen kann.

„Das nenne ich eine Aussicht", flüstere ich.

Ich habe nie auf die Sterne geachtet, gesteht Julita. *Ich schätze, wenn ich nach Einbruch der Dunkelheit noch unterwegs war, war ich normalerweise auf einem Tanz oder in einer Kneipe, nicht im Freien.*

Als ich klein war, schlichen Linzi und ich gelegentlich nachts zu dem kleinen Park in der Nähe unseres Hauses. Wir kuschelten uns im Gras aneinander, verkniffen uns das Kichern und ich musste ihr die Konstellationen zeigen, die ich gelernt hatte.

Damals, als die Welt noch ein relativ sicherer Ort zu sein schien, ohne Sorgen abgesehen davon, über einen lockeren

Pflasterstein zu stolpern oder Tinte auf einem Lieblingskleid zu verschütten.

Melancholie steigt in mir auf. Ich verdränge sie und hebe die Hand zu den Sternen.

„Diese Linie dort nennt man Elox' Stab. Siehst du, dass sie oben eine Kurve macht wie ein Hirtenstab?"

Also sollen wir denken, dass Elox dort oben im Himmel herumlungert?

Meine Lippen zucken belustigt. „Es ist eher ein poetisches Ding. Aber ich vermute, das könnte er tun. Sollen die Gottlen nicht überall gleichzeitig sein?"

Julita gluckst. *Es ist ein Wunder, dass sie überhaupt auf etwas hier unten achten, wenn sie so viele Dinge gleichzeitig beobachten müssen. Wir sollten froh sein, dass Kosmel wenigstens genug bemerkt hat, um sich einzumischen.*

Ich bin mir nicht sicher, ob ich das Ergebnis der Einmischung des trickreichen Gottlen mag, behalte diese Meinung jedoch für mich und deute zu einem anderen Teil des Himmels. „Diese diamantförmige Gruppe soll angeblich Ingannes größter Drachen sein."

Hmm, das kann ich mir vorstellen. Ich glaube, sie würde ein funkelndes Accessoire zu schätzen wissen.

Da ich einen der erfreulich chaotischen Tempel besucht habe, die der Gottlen der Kreativität und des Spiels gewidmet sind, kann ich dem zustimmen.

Ich blinzle zu den glitzernden Lichtfunken empor, um zu schauen, was ich noch entdecken kann. „Dieser helle Strich dort mit einem Dreieck am Ende ist Sabrelles Stab. Und der Klumpen dort drüben wird Prospiras Korb genannt. Die Leute können sich allerdings nicht darauf einigen, ob er voller Obst, Brot oder Münzen ist."

Julita schnaubt leise. *Irgendwie vermute ich, dass es stark von den Interessen der Person abhängt, welche die Behauptung anstellt. Für mich sieht es nur wie ein großes Durcheinander aus.*

Ein Lächeln breitet sich auf meinen Lippen aus. „Ja, ich fand auch immer, dass diese Interpretation etwas weithergeholt ist."

Ein unerwartetes Gefühl des Friedens hat sich auf mich

gelegt, während wir uns unterhalten haben, als hätte Elox mit seinem Sternenstab eine Decke der Ruhe über mir ausgebreitet. Die Anspannung in meiner Brust hat sich gelockert.

Ich bin nicht allein, ganz gleich, wohin ich gehe. Manchmal ist das frustrierend und nervtötend ... manchmal ist es allerdings wundervoll.

Ich stütze mich auf meine Ellenbogen, um den Horizont zu mustern. „Ich glaube, dort drüben kann man Esteras Buch sehen, diese quadratische Form mit ...“

Eine harte, jedoch ruhige Stimme durchschneidet die Nacht. „Was machst du da?“

Ich zucke vor Überraschung zusammen und stütze meine Hände auf die Bretter zu beiden Seiten von mir, um das Gleichgewicht zu halten. Ich habe so leise gesprochen, dass ich dachte, niemand würde mich bemerken, und ich habe keine Schritte kommen hören.

Mit hämmerndem Herzen neige ich mich vor, um über die Kante des Pavillondachs zu spähen.

Ein Mann in der dunkelblauen Uniform der Kronenwache steht direkt unter mir. Sein blasses Gesicht mit den schokoladenbraunen Locken ist nach oben geneigt, um mich mit einem Blick zu fixieren, der so hart wie seine Stimme ist.

Selbst wenn meine Nerven nicht wegen der Spuren von Magie erschaudern würden, die er ausstrahlt, würde ich diese umwerfenden Locken sofort erkennen. Es ist die Wache, die schon einmal Unbehagen bei mir ausgelöst hat.

Trotz der Dunkelheit scheint in seinen auffälligen blaugrünen Augen ein Licht zu leuchten. Eine Wachsamkeit, die mich jetzt durchbohrt.

Zum Glück ist nichts von dem, was ich gerade tue, ein Verbrechen, zumindest nicht, dass ich wüsste. Die Soldaten, die der Bewachung der Akademie zugeteilt wurden, haben sich mittlerweile bestimmt an die willkürlichen Angewohnheiten reicher junger Adliger gewöhnt.

„Ich beobachte die Sterne“, antworte ich ehrlich.

Eine kleine Furche formt sich in der Mitte der glatten Stirn der Wache. Er ist wirklich viel zu hübsch für seinen Job. „Du beobachtest die Sterne? Weshalb? Sie tun nichts.“

Er mag hübsch sein, ist anscheinend aber auch ein Spielverderber.

Ich kann nicht verhindern, dass sich ein trockener Ton in meine Stimme schleicht. „Weil sie spektakulär aussehen? Weil sie alle möglichen Geschichten inspirieren?"

Der Gesichtsausdruck der Wache weist darauf hin, dass er sich auch fragt, wozu Geschichten gut sind. Stattdessen verlagert er seinen Fokus. „Mit wem hast du gesprochen?"

Falls die magischen Schwingungen, die er ausstrahlt, irgendetwas mit der Beurteilung meiner Ehrlichkeit zu tun haben, kann ich das Nächste noch immer sagen, ohne richtig zu lügen. „Meiner Schwester."

Die Erinnerung an sie schwebt immerhin neben Julita und mir, seit ich hier hochgeklettert bin.

Der Wachmann runzelt die Stirn. „Es ist niemand bei dir."

„Ich weiß. Sie ist tot."

Ich sollte vermutlich keine perverse Freude daran haben, zu sehen, dass das Gesicht meines Vernehmers noch verwirrter wirkt, doch er hat quasi darum gebeten. Es sah sicherlich nicht so aus, als würde ich hier oben irgendeinen Schaden anrichten, dennoch hat er mich unterbrochen.

„Warum solltest du mit jemandem sprechen, der nicht mehr am Leben ist?", will er wissen.

Ich zucke mit den Achseln. „Manchmal haben die Toten noch immer bedeutungsvolle Dinge zu sagen, auch wenn es nur in deinem Kopf passiert. Wenn du nicht daran glaubst, dass es in der Welt mehr gibt als das, was du direkt vor dir sehen kannst, entgeht dir vieles."

Ich kann nicht erkennen, was die Wache von diesem Kommentar hält. Er schweigt kurz, bevor er zu den Akademiegebäuden hinter sich deutet. „Du solltest im Gebäude sein. Alle anderen schlafen."

„*Du* schläfst nicht", bemerke ich pedantisch, rutsche jedoch zur Dachkante und lasse mich mit einem dumpfen Knall auf den Boden fallen. „Ich gehe jetzt. Du kannst beruhigt sein, die Welt hat wieder ihre Ordnung."

Ich marschiere ohne einen Blick zurück zum Quadring,

kann allerdings auf dem ganzen Weg den Blick der Wache auf mir spüren.

Glaubst du, wir müssen uns wegen ihm Sorgen machen?, fragt Julita.

Ich kann zur Antwort nur das Gesicht verziehen.

Ich weiß es nicht, hoffe allerdings, dass dies nicht der Fall ist, denn es ist nicht so, als würde es mir momentan an Sorgen mangeln.

Achtzehn

Ivy

Nachdem er die Schnurkreise ausgelegt hat, deutet Stavros zu meinem. „Du gehst als Erste."

Wie üblich. Als würde er denken, ich würde seinem Quartier etwas Schreckliches antun, wenn er zuerst geht und mich hier kurz allein lässt – als hätte ich nicht den ganzen Tag Zugang zu seinen Zimmern.

Er ist schon den ganzen Morgen schlechter Stimmung und schaut mich böse an, hat jedoch kaum ein Wort gesagt. Ich bin mir nicht sicher, ob er unser angespanntes Gespräch vergessen hat, nachdem ich ihn gestern Nacht aufgeweckt habe, oder ob er einfach so tut, als sei es nie passiert.

Ich will auch nicht länger darüber nachdenken, wie er mich angeblafft hat – wie er mich *angesehen* hat, als hätte ich jemanden ausgeweidet. Mir ist es jedenfalls lieber, wenn wir das Ganze ignorieren, anstatt es zu besprechen.

„Man soll Frauen schließlich den Vortritt lassen", erwidere ich sarkastisch und betrete den Kreis.

Obwohl ich es mehrmals geübt habe, setzt bei dem plötzlichen Satz des magischen Transports noch immer mein

Herz aus. Ich trete leicht schwankend aus dem entsprechenden Kreis im Versammlungsraum des Palasts.

Alek wartet bereits direkt neben meinem Schnurkreis. Bei meiner Ankunft hellt sich sein Gesicht trotz der Maske so stark auf, dass ich nicht anders kann, als ebenfalls freudig zu lächeln.

Was letzte Nacht zwischen uns passiert ist, war real. Hier in diesem Zimmer hat er mich geliebt, als sei ich eine der adligen Damen, die er eigentlich umwerben sollte.

Nein, er hat mich geliebt, als hätte er lieber eine Diebin aus Schlachtquell als eine Dame.

Alek packt meine Hand, um sie liebevoll zu drücken und mir ein kleines Päckchen zu geben. „Ich dachte, ich sollte dir das sofort geben.“

Mirewort. Ich werde ein Blatt kauen, wenn ich etwas mehr Privatsphäre habe.

Denn bevor ich auch nur die Gelegenheit habe, das Päckchen einzustecken, erscheint Stavros in seinem Kreis und mustert uns beide mit einem verwirrten Stirnrunzeln.

Ich bin mir nicht sicher, ob ich mich mit der Reaktion des ehemaligen Generals zu unserer neugefundenen Nähe auseinandersetzen möchte. Allerdings will ich auch nicht vor Alek zurückweichen, als würde ich ihn zurückweisen.

Zum Glück scheint der Gelehrte ein ähnliches Bedürfnis nach Diskretion zu verspüren wie ich. Er schaut Stavros an und neigt den Kopf zum Gruß, während er mit dem Daumen in einer kleinen Liebkosung über meine Fingerknöchel streicht, bevor er sich zurückzieht. „Es ist wundervoll, dass Ivy unbeschadet zu uns zurückgekehrt ist, oder?“

Als hätte er sich mir nur genähert, um mich freundschaftlich willkommen zu heißen.

Stavros scheint den Kommentar einfach hinzunehmen, was seinen finsteren Blick jedoch nicht aufhellt. „Es hätte jedenfalls schlimmere Folgen haben können.“

Ich verkneife es mir, die Augen zu verdrehen, und schiebe das Päckchen heimlich in meine Tasche. „Ich sollte den Raum nach umherwanderndem magischem Ungeziefer absuchen.“

Gerade als ich meinen Rundgang des Raums beende, erscheinen Casimir und Benedikt innerhalb von wenigen

Sekunden hintereinander. Die Gesichter beider Männer hellen sich auf ihre eigene Art auf, als sie mich sehen: Auf den Lippen des Kurtisans breitet sich ein sanftes Lächeln aus und der Bastard eines Bastards grinst auf seine typische Art.

Ich habe heute Morgen wie geplant durch mein Medaillon ein Signal ausgesandt, damit sie wussten, dass ich zurückgekehrt war, aber ich kann mir vorstellen, dass sie sich trotzdem Sorgen gemacht haben.

„Du hast den Anfang deiner Initiation in die Blutzauberei überlebt", stellt Benedikt in neckischem Ton fest und streckt sich in dem Sessel am Fußende des Tischs aus. „Schon bald wirst du ein echter Bösewicht sein."

Ich schaffe es, zu lachen, doch Stavros versteift sich – so stark, dass Benedikt seine Reaktion mit gerunzelter Stirn zur Kenntnis nimmt.

Casimir schiebt eine Schachtel über den Tisch, um den peinlichen Moment zu unterbrechen. „Da Benedikt gestern eine neue Tradition eingeführt hat, dachte ich, ich sollte etwas mitbringen, um Ivys ersten Erfolg zu feiern. Einer meiner Mitbewohner, der Kulinarik studiert, hatte eine Ladung Schokolade zu verkaufen."

Beim Anblick der glänzenden braunen Kugeln, die in er Schachtel liegen, läuft mir das Wasser im Mund zusammen. Ich beuge mich vor, um mir eine zu schnappen. „Das war eine fantastische Idee. Danke schön."

Er verteilt hauchdünne Leinenservietten an alle und sogar Stavros nimmt sich eine Schokolade. Der ehemalige General hält sie in der Hand, ohne davon abzubeißen, und fixiert mich mit seinem Blick. „Wirst du uns erzählen, was während deines ‚Sieges' passiert ist, Ivy?"

Ich versenke meine Zähne in der Praline und halte kurz inne, um den kräftigen süßen Geschmack mit seiner leicht bitteren Note in meinem Mund zu genießen. Es ist nichts verkehrt daran, mir mit einem Stück Schokolade Mut zu machen.

„Ich bin mir nicht sicher, ob das bereits eine Initiation war", berichte ich. „Es fühlte sich eher so an, als würden sie sich einen Eindruck von mir verschaffen. Sie haben offensichtlich versucht, nicht zu viel preiszugeben. Ich konnte nicht einmal erkennen, wie viele Leute zuschauten, oder wo sie waren. Der Sprecher blieb versteckt und nutzte Magie, um seine Stimme aus verschiedenen Richtungen zu projizieren."

Das eifrige Leuchten in Aleks Augen verglimmt. „Also könntest du keine weiteren Verschwörer identifizieren?"

Ich schüttle den Kopf. „Ich schätze, das ergibt Sinn. Sie wissen noch nicht, ob sie *mir* vertrauen können. Warum sollten sie also das Risiko eingehen, sich zu zeigen?"

„Es ist nicht überraschend", stimmt Casimir zu. „Was haben sie zu dir gesagt?"

Julita erschaudert in meinem Hinterkopf. *Eine ganze Menge Wahnsinn.*

Ich reibe mir über den Mund und denke an das Gespräch zurück. „Sie sprachen viel über den Allesgeber. Sie denken anscheinend, sie würden Dinge tun, die der Große Gott gutheißen würde, oder dass sie sich an ihn wenden können, obwohl es eine Ewigkeit her ist, seit uns der Allesgeber verlassen hat. Außerdem sind sie offensichtlich mit den aktuellen Herrschern unzufrieden. Sie achteten allerdings darauf, nicht offen zu sagen, dass sie die Melchioreks stürzen wollen."

Benedikt lacht rau. „Ich schätze, das bestätigt, wer die Gerüchte geschürt hat, dass die Daimon um sich geschlagen haben, um die Königsfamilie zu ärgern."

Ich nicke. „König Konrams Herrschaft zu schwächen, könnte von Anfang an das Ziel ihrer Pläne gewesen sein. So viel Aufruhr wie möglich verursachen und es anschließend auf die Regierungsmethoden des Palasts schieben."

Stavros steckt sich die Schokolade endlich in den Mund und schafft es, sauer darüber auszusehen, dass er sie kaut. „Weshalb sind sie so wütend auf unseren aktuellen Herrscher?"

Ich breite die Hände aus. „Ich habe keine Ahnung. Sie haben sich nicht dazu herabgelassen, mir diesen Teil zu erklären. Ich glaube, sie warten ab, ob ich mich als loyal erweise, bevor sie mir irgendwelche Einzelheiten anvertrauen."

Alek, der neben mir steht, spannt sich an. „Wie haben sie deine Loyalität getestet?"

„Nun, zuerst ließen sie mich ein wenig Blut vergießen, um

den Allesgeber zu ehren." Ich hebe meine Hand, auf welcher der von Elox gesegnete Verband nur eine blasse Narbe zurückgelassen hat, nachdem ich ihn abgelegt habe. „Und sie gaben mir ein geheimes Objekt, das ich heute Nacht im Tempel der Krone deponieren soll."

Stavros' Augen werden schmal. „Was für ein Objekt?"

„Ich weiß es nicht. Eine ihrer Bedingungen ist, dass ich den Beutel nicht öffnen darf, in dem es ist. Sie haben vermutlich eine Methode, festzustellen, ob ich das tue. Allerdings halte ich es ohnehin für eine Täuschung. Sie haben ein großes Theater um die mächtige Magie veranstaltet, die angeblich darin eingebettet ist, doch ich kann nicht …"

Ich unterbreche mich, als mir in letzter Sekunde einfällt, dass Benedikt nicht weiß, dass ich Magie spüren kann. Er wird nicht glauben, dass ich dazu in der Lage bin, ohne dass ich die Risse in meiner Seele offenbare.

Stavros bedenkt mein Bedürfnis, vorsichtig zu sein, natürlich nicht. Es könnte allerdings auch sein, dass ihm nicht bewusst ist, was ich sagen wollte. „Du kannst was nicht?"

Ich wähle meine nächsten Worte mit Bedacht. „Ich kann mir nicht vorstellen, dass sie einem potenziellen Verbündeten, mit dem sie kaum gesprochen haben, etwas besonders Mächtiges in die Hände geben würden. Es muss eine Täuschung sein, damit sie herausfinden können, wie ich damit umgehe, ohne sich selbst in die Karten schauen zu lassen. Als ich es in der Hand hielt, hatte ich einfach das Gefühl, dass nicht viel dahintersteckt."

Bei den letzten Worten bedenke ich den ehemaligen General mit einem bedeutsamen Blick und versuche, ihn mit Kraft meiner Gedanken daran zu erinnern, dass man meinem ‚Gefühl' in dieser Sache vertrauen kann, wegen dem Teil von mir, den er hasst.

Er macht ein finsteres Gesicht. „Und was riskieren wir, indem wir auf dein Bauchgefühl hören?"

„Sie haben angedeutet, dass das Objekt dazu benutzt werden würde, um den herrschenden Mächten zu schaden. Sie haben sich sehr vage ausgedrückt, vermutlich damit sie notfalls alles abstreiten können. Es war jedoch eindeutig, dass sie *wollten*, dass ich denke, das Objekt würde die Obrigkeiten verletzen. Ich vermute, sie werden mich aufmerksam beobachten und sich vergewissern, dass ich ihre Anweisungen befolge und kein unerwartetes Aufgebot an Wachen beim Tempel erscheint, um denjenigen zu verhaften, der kommt, um das Objekt zu holen."

Casimir summt leise. „Sie wollen wissen, ob du bei ihren Plänen mitspielst und sie nicht verrätst, wenn echter Schaden angerichtet werden könnte."

„Das glaube ich zumindest."

Benedikt sieht ungewöhnlich nachdenklich aus. „Wir können uns allerdings nicht sicher sein. Bevor wir eine potenzielle Waffe in die Hände unserer Feinde geben, sollten wir sichergehen, dass sie keinen bedeutenden Schaden anrichtet."

„Wenn Ivy sagt, dass es die sicherste Methode ist, sollten wir ihr vertrauen", sagt Alek etwas zu schnell. Benedikt wirft ihm einen verwirrten Blick zu und fragt sich wahrscheinlich, warum der Mann, der normalerweise der Vorsichtigste von uns allen ist, dafür plädiert, sich mit dem Kopf voran in die Sache zu stürzen. Der Gelehrte kann seinen Patzer nur mit Mühe wiedergutmachen. „Sie ist diejenige, die mit ihnen gesprochen hat. Sie hat eine viel bessere Vorstellung der Situation als einer von uns."

Benedikt blickt als Nächstes zu Stavros, vermutlich weil er denkt, dass der ehemalige General seiner Meinung sein wird, doch Stavros verzieht bloß resigniert das Gesicht. „Die Diebin hat auch eine Menge Erfahrung mit Betrügereien. Wenn wir den Zauberern irgendeinen Hinweis liefern, dass sie jemanden gewarnt hat, fällt unsere ganze List in sich zusammen."

Die Falten auf Benedikts Stirn vertiefen sich. „Es muss eine subtile Art geben, wie wir …"

„Sie befolgt die Befehle und wir halten die Augen offen, so wie wir es von Anfang an getan haben", unterbricht Stavros ihn barsch. „Geh *du* bloß nicht zu jemandem im Palast und verrate alles. Andernfalls kannst du als Nächstes zum König gehen und ihm das Versagen der Mission beichten, die er uns zugewiesen hat."

Benedikt schließt den Mund. Die Verwirrung in seinen

Augen zerrt an mir, aber ich weiß nicht, wie ich ihn beruhigen soll.

Ich werde ihm mein Geheimnis irgendwann anvertrauen müssen, oder? Wie lange können wir so weitermachen?

Allein bei dem Gedanken, es ihm zu gestehen, wird mir jedoch schlecht.

„Ich werde die Mission nicht in Gefahr bringen", verspricht Benedikt nach einem Augenblick leise und verneigt den Kopf vor mir, was beinahe entschuldigend wirkt. Er strafft die Schultern. „Ich werde tun, was ich kann, um zu helfen, ohne dir in die Quere zu kommen."

Ich schenke ihm ein dankbares, schuldbewusstes Lächeln. „Danke schön."

„Haben die Verschwörer irgendeinen Hinweis darauf gegeben, wann sie sich wieder bei dir melden?", fragt Alek.

Ich hole tief Luft. „Nein. Ich nehme an, dass sie abwarten wollen, was in den nächsten Tagen passiert. Vielleicht werde ich daraufhin noch eine Einladung erhalten."

Oder ich bekomme ein Messer in den Rücken je nach dem, wie sie meine Leistung beurteilen.

Stavros klatscht in die Hände. „In Ordnung. Dieser Aspekt ist entschieden. Hat noch jemand einen winzigen Fortschritt bei der Aufdeckung dieser Verschwörung gemacht?"

Jeder der Männer hat ein wenig über den Tratsch zu erzählen, den er überhört hat, oder über den Kauf von Vorräten. Es sind jedoch keine Informationen, die uns handfeste Beweise liefern. Es gibt stets mehr Spuren, denen wir nachgehen müssen, die jedoch immer weiterführen, ohne jemals ein nützliches Ende zu erreichen.

Vielleicht können wir all diese Fetzen zu einem klaren Bild zusammensetzen, wenn ich erst einmal mehr Informationen von den Blutzauberern selbst erhalten habe.

Stavros erklärt das Treffen mit einem dumpfen Schlag seiner Stiefel für beendet, als er vom Tisch zurücktritt. „Es klingt so, als hätten wir alles besprochen. Ihr habt alle ein Leben, zu dem ihr zurückkehren müsst. Nun, zumindest die meisten von euch." Sein Blick landet auf mir.

Urplötzlich sträubt sich alles in mir bei dem Gedanken, zu

seinem Quartier zurückzutrotten, und dann den Rest des Tages damit zuzubringen, ihm zu seinen Kursen zu folgen, während er seinen Studenten in einer Minute mehr Freundlichkeit entgegenbringt, als er mir seit Wochen geschenkt hat.

Die Worte entschlüpfen mir, bevor ich sie richtig durchdacht habe. „Es gibt ein Nachweisbuch im Lagerraum, das ich mir mit Alek ansehen wollte. Ich komme in einigen Minuten nach.“

Stavros' Kiefer mahlt, doch nachdem er den Gelehrten und mich gestern Abend stundenlang allein gelassen hat, ist er wohl der Meinung, dass es merkwürdiger wäre, zu protestieren, als es nicht zu tun. „Ich brauche dich bei meinem Kavallerie-Kurs beim nächsten Glockenschlag. Komm nicht zu spät.“

„Ich würde mir niemals eine Gelegenheit entgehen lassen, Zeit mit den Pferden zu verbringen“, informiere ich ihn scharf und führe Alek zum Nebenzimmer.

Der Gelehrte kommt gehorsam mit und dreht sich, um seinen Blick über die Regale schweifen zu lassen, nachdem wir durch die Tür gegangen sind. „Welches Buch hast du hier drin gefunden? Ich glaube nicht …“

Ich ziehe ihn außer Sichtweite der anderen. „Es gibt kein Buch. Ich wollte das hier einfach ohne Publikum tun.“

Ich schiebe meine Finger in seine dichten Haare und gehe auf die Zehenspitzen, um ihn zu küssen.

Alek macht einen leisen, drängenden Laut in seiner Kehle, bei dem ich vor Freude erschaudere, und erwidert meinen Kuss. Eine seiner Hände legt sich auf meine Hüfte, während die andere meine Wange umfängt.

Einige Momente lang existiert nichts als die Hitze seines Mundes und die sehnige Kraft seines Körpers, der an meinen geschmiegt ist. Ich will hierbleiben, eingehüllt in die berauschende Wonne seiner Zuneigung, wo mich keine Verschwörung und spöttische Adlige erreichen können.

Leider kann ich meiner Verantwortung nicht besonders lange entkommen. Ich gebe mich damit zufrieden, ihn fest an mich zu drücken und ausgiebig zu küssen, bevor ich zurückweiche.

Wir haben allerdings ein kleines Publikum, von dem ich uns

nicht wegbringen konnte. Julita hustet verlegen. *Äh, falls das hier weitergeht, sollte ich vermutlich …*

Ich schüttle kaum merklich den Kopf, um ihr mitzuteilen, dass es keinen Grund gibt, zu verschwinden, und lächle zu Alek auf. Er blickt mit so viel Freude auf mich herab, dass ein uncharakteristisches Kichern in meiner Brust hochsprudelt.

„Sehr raffiniert", sagt er.

Ich zupfe spielerisch an seinen Haaren und erinnere mich daran, wie begeistert er war, als wir vor einigen Wochen Ster. Torstems Finanzberichte stahlen. „Und du liebst es."

Alek beugt den Kopf näher zu meinem. „Ja, das tue ich."

Es ist eigenartig, ihn mit seiner Maske zu sehen jetzt, da ich weiß, wie er darunter aussieht. Mit den Fingern zeichne ich seinen Kiefer nach. „Ich wollte nicht gehen, ohne das zu tun. Ich hoffe, dass wir bald genug Zeit haben, damit ich wieder alles von dir sehen kann."

Er gluckst und beugt sich vor, um einen Kuss auf meine Wange zu drücken. „Es gibt auch viel von dir, was ich gerne sehen würde", raunt er neben meinem Ohr. „Götter, ich wünschte, wir könnten abseits der Treffen Zeit miteinander verbringen. Wenn du nicht so vorsichtig sein müsstest, weil dich Ster. Torstems Leute beobachten …"

„Wir können hoffen, dass es nicht lange so sein wird."

Ich will nicht darüber nachdenken, was aus uns werden wird, wenn es keine Verschwörung mehr gibt, die wir aufdecken müssen. Werde ich auf der Akademie bleiben dürfen? Wie würde das mit uns weitergehen, wenn ich in mein altes Revier zurückkehren muss?

Das sind Probleme für einen anderen Tag.

„Wir sollten zurückgehen", verkünde ich, kann jedoch nicht widerstehen, die Vorderseite seines Shirts zu packen und mir noch einen kurzen Kuss zu stehlen.

Genau in dem Moment tritt Casimir durch die Tür.

„Es sind einige Pralinen übrig, falls einer von euch …", sagt er, seine warme Stimme versagt jedoch, als Alek und ich auseinanderspringen.

Ich packe die Hand des Gelehrten, bevor er zu weit weggehen kann, weil ich plötzlich Angst habe, dass er meine erschrockene Reaktion als Scham missversteht. Als ich Aleks Finger drücke, huscht Casimirs Blick zwischen uns hin und her.

Ich erwarte, dass er lacht oder eine witzige Bemerkung zu unserem Täuschungsmanöver macht. Ich denke nicht, dass ausgerechnet der Kurtisan Anstoß daran nehmen wird, dass jemand einem kurzen Augenblick der Wonne frönt, auch wenn es sich um jemanden handelt, mit dem er das selbst schon getan hat.

Doch kurz erlischt das Licht auf Casimirs umwerfendem Gesicht. In diesem Moment sieht er so verloren aus, dass ich zu atmen vergesse.

Er erholt sich schnell, drückt den Rücken durch und setzt hastig ein Lächeln auf, das die Unbehaglichkeit des Moments nicht überspielen kann. „Ich ... nun, vergesst es. Ich entschuldige mich, dass ich euch aus Versehen gestört habe."

Er zieht sich mit einem knappen Nicken zurück. Ich starre ihm hinterher, während mein Herz heftig pocht und sich Schmerzen in meiner Brust ausdehnen.

War er tatsächlich *traurig*, mich mit einem anderen Mann zu sehen? Warum spielt das für ihn überhaupt eine Rolle, außer ...

Ich schüttle meine Benommenheit ab und drehe mich zu Alek um ... der mich mit einer wehmütigen, aber nicht vorwurfsvollen Miene beobachtet.

„Du solltest ihm nachgehen", meint er. „Erzähl ihm, wie du empfindest."

Meine Finger spannen sich um seine an, die ich immer noch umklammere. „Nein. Ich ... Es ändert nichts daran, was ich für *dich* empfinde. Ich habe dir gesagt ..."

„Ich weiß. Und ich habe dir gesagt, dass du dich nie entscheiden müssen solltest." Er tritt näher und neigt meinen Kopf nach oben, um einen Kuss auf meine Stirn zu drücken. „Ich bin mir jetzt sicher, dass du es *nicht* tun solltest. Signy hat es geschafft, drei Liebhaber zu händeln. Ich denke, du bist geschickt genug, um mit zweien klarzukommen."

Ich lache erstickt. „Ich bin wohl kaum eine zweite Signy."

„Ich weiß nicht. Ich denke, eines Tages wird man auch über dich Wandteppiche weben und Lieder singen." Alek schiebt mich zur Tür. „Ich möchte sehen, wie glücklich du aussehen kannst, wenn du all die Hingabe erhältst, die du verdienst. Geh nur, ansonsten muss *ich* dieses Geständnis für dich ablegen."

Ich kann nicht sagen, ob es die Zärtlichkeit seiner Worte oder die Panik darüber ist, dass er womöglich seine letzte Drohung wahrmacht, die mich in den Versammlungsraum treibt.

Stavros und Benedikt sind bereits gegangen, dank sei allem, was heilig ist. Casimir sammelt gerade die Servietten ein, die auf dem Tisch verstreut waren.

Als ich zu ihm eile, legt er sie in die Schokoladenschachtel und wendet sich seinem Schnurkreis zu.

„Casimir", sage ich. „Ich ..."

„Es ist alles in Ordnung", unterbricht er mich rasch und mit einem viel überzeugenderen Lächeln, jetzt, da er mehr Zeit hatte, sich zu sammeln. „Ich freue mich für euch beide. Ich war nur überrascht, dass ich es nicht früher bemerkt habe. Ich werde euch allein lassen ..."

„Warte." Ich packe seinen Ellenbogen.

Casimir dreht sich wieder zu mir um und sieht mich an. Als ich in seine tiefblauen Augen starre, stelle ich fest, dass meine Gedanken vollkommen durcheinander sind.

Wie soll ich meine Gefühle auf eine Weise ‚gestehen', die nicht lächerlich klingt? Was, wenn ich seine Reaktion gerade eben falsch verstanden habe und er wirklich bloß überrascht war?

Trotz meiner durcheinanderwirbelnden Gedanken wird mir bewusst, dass es eine Möglichkeit gibt, wie wir beide ganz genau wissen können, was wir einander bedeuten.

Meine Stimme kommt leise heraus. „Wende deine Gabe auf mich an."

Casimir blinzelt. „Was?"

„Benutze deine Gabe. Schau, was du tun könntest, um mich jetzt glücklich zu machen."

Es würde mich nicht glücklich machen, wenn er mich anlügt. Mir wäre es lieber, wenn er mir die Wahrheit schonend beibringt, falls er das tun muss.

Der Kurtisan zieht die Brauen kurz zusammen, bevor sich

seine Haltung entspannt. Sein Blick richtet sich in die Ferne und ein Beben der Magie durchläuft meine Nerven.

Urplötzlich wirft er die Schokoladenschachtel auf den Tisch und schlingt seine Arme in der wärmsten aller Umarmungen um mich.

„Oh, Gütige", murmelt Casimir und ihm stockt der Atem, bevor er seinen Kopf senkt und seine Wange an meine Schläfe drückt. „Weißt du wirklich noch nicht, wie sehr ich dich vergöttere?"

Mir verschlägt es auch kurz die Sprache. „Ich meine, du scheinst viel über *jedermanns* Freude nachzudenken … Mir war nicht bewusst, dass ich so viel wichtiger bin. Es tut mir leid, dass ich so getan habe, als wäre es mir egal. Ich habe versucht, keine Närrin aus mir zu machen."

Casimir gibt einen rauen Laut von sich und streichelt mit den Fingern über meine Haare. „Meine Schuld. Ich habe mir Sorgen gemacht, ich würde dich überwältigen, und stattdessen … Ich habe mich seit dem ersten Tag in dich verliebt, an dem wir uns begegnet sind. Du bist jetzt ein Teil von mir. Ich habe Schmerzen in meiner Magengrube, wenn wir getrennt voneinander sind, und ein Leuchten in meinem Herzen, wenn du in der Nähe bist."

Er blickt zu der Stelle, von wo Alek zu uns kommt, drückt mich jedoch nach wie vor eng an sich. „Ich werde allerdings nicht versuchen, dich für mich allein zu beanspruchen, wenn du auch bei anderen Freude findest."

Ich schaue zu dem Gelehrten, woraufhin meine Wangen rot werden und meine Nerven flattern.

Zu meiner Erleichterung zeigt Aleks schiefes Lächeln bloß liebevolle Belustigung. „Sie glaubt mir nicht, wenn ich ihr sage, dass sie die nächste Signy werden wird." Er lässt die Finger über die Rückseite meines Arms wandern. „Ich bin mir nicht sicher, wie viele Beweise sie noch braucht."

„Mir wäre es lieber, wenn ich mich nicht so bald einer ganzen kaiserlichen Armee stellen müsste", protestiere ich.

Casimir gluckst nur und senkt den Kopf, um meine Lippen zu suchen.

Als der Kuss des Kurtisans mich mit kribbelnder Wärme

flutet, schiebt Alek von hinten seinen Arm um meine Taille und drückt seinen Mund auf die Seite meines Halses. Mein Herz setzt einen Schlag aus.

Es ist auf die bestmögliche Art überwältigend, zwischen diesen zwei Männern gefangen zu sein. Ich kann kaum glauben, dass *dieser* Moment tatsächlich passiert, obwohl ich ihn erlebe.

Casimir weicht bloß zwei Zentimeter zurück, sodass sein Atem noch immer meine Lippen liebkost, als er spricht. „Ich nehme momentan keine Kunden an ... nicht diese Sorte. Ich wollte mir vorher sicher sein, wo ich bei dir stehe.“

Ich zögere. „Ich hab dich mit dieser Frau im Speisesaal gesehen ...“

Er schüttelt heftig den Kopf. „Sie hat mich angeheuert, damit ich auf ihrer Party Musik mache. Es ist nichts Intimes.“

„Oh.“ Ich lache zittrig, lehne mich an Alek und schlinge meinen Arm um seinen, um ihm zu zeigen, wie sehr ich auch seine Umarmung willkommen heiße. „Aber ... ich meine, es ist deine Berufung. Es ist das, was dir schon immer bestimmt war ...“

Ich kann ihn nicht bitten, etwas so Wichtiges aufzugeben, auch wenn sich mir der Magen umdreht bei dem Gedanken daran, dass er eine andere Frau – oder einen Mann – liebkost.

„Ich weiß nicht, wie ich das Ganze in der Zukunft handhaben werde“, erwidert Casimir. „Doch für den Moment ... ich glaube nicht, dass es gut für mich wäre, die Sache noch verworrener zu machen.“

Ich schätze, das kann ich akzeptieren. Falls er anfängt, sich elend bei dem Versuch zu fühlen, sich selbst einzugrenzen, werde ich etwas sagen müssen, ganz gleich, wie schmerzhaft es für mich sein könnte.

Es kann nicht schmerzhafter sein als der Gedanke, dass ich ihm nicht mehr bedeute als die Frauen, die ihn für seine Zuneigung bezahlen.

Ich hebe den Kopf zu Alek und drücke einen Kuss auf seinen Kiefer. Ich hätte nichts davon herausgefunden, wenn der Gelehrte mich nicht dazu gedrängt hätte. „Danke schön.“

Aleks Arm spannt sich um mich herum an. Seine Stimme kommt etwas rau heraus. „Ich glaube, du hast zu viel Zeit in der

Annahme verbracht, du wärst kaum etwas wert, Ivy." Eine sarkastische Note schleicht sich in seine Stimme. „Jetzt werde ich Hilfe dabei haben, dich vom Gegenteil zu überzeugen."

Ich würde gerne hierbleiben und herausfinden, wie sie mich davon überzeugen wollen, darf jedoch nicht Stavros' anstehenden Kurs vergessen. Mit einem reumütigen Seufzen weiche ich von beiden Männern zurück.

„Wenn ich nicht pünktlich für den Kurs bereit bin, wird Stavros uns vermutlich die Köpfe abschlagen."

„Wir werden dich bald wieder sehen." Casimir drückt meine Schulter kurz und in seinen Augen schimmert so viel Zuneigung, dass sie sich wie eine weitere Umarmung um mich legt. „Pass auf dich auf, wir sind in Gedanken bei dir."

Als ich widerwillig zu meinem Schnurkreis gehe, meldet Julita sich wieder zu Wort. *Nun. Du eroberst überall Herzen im Sturm, was?*

Sie kichert, was sich für mich ein wenig gezwungen anhört. Ich schlucke schwer, als ich den Kreis betrete.

Julita hat mich immer angestachelt, wenn es darum ging, etwas mit ihren Männern anzufangen … Doch sie hat vermutlich nicht erwartet, dass mehr als einer von ihnen mein Interesse erwidern würde.

Möglicherweise war sie auch nicht bereit, über all die Erfahrungen nachzudenken, die sie jetzt nie selbst erleben kann.

Ich weiß nicht, wie viele dieser Erfahrungen, *ich* machen darf, wenn ich auf dem Weg weitergehe, den ich beschritten habe.

Ich habe hier auf der Hofakademie so viel mehr gefunden, als ich vorhersagen hätte können. Und das bedeutet, dass ich so viel mehr zu verlieren habe, sollte alles schiefgehen.

Neunzehn

Ivy

Nach einem weiteren Nachmittagskurs bin ich auf dem Weg zum Nebeneingang des Quadrings, als mir Anya und ein paar ihrer Freundinnen über den Weg laufen.

Die rachsüchtige Adlige, die den Großteil meiner ersten Wochen auf der Akademie damit verbrachte, mich zu schikanieren und drangsalieren, hält kurz inne und ein Hauch von Besorgnis huscht über ihr Gesicht. Ich glaube, sie weiß nicht, was sie von mir halten soll, nachdem ich sie mit vorgetäuschter Freundlichkeit entwaffnet habe.

Dass ich ihr gedroht habe, sie von Stavros aufgrund von Verrat verhaften zu lassen, spielt bei ihrer Vorsicht vermutlich ebenfalls eine Rolle.

Sie entscheidet sich für ein steifes Lächeln sowie ein Tätscheln ihrer Haare und schlendert an mir vorbei, während ihre Freundinnen mir neugierige Blicke zuwerfen.

Ha, kräht Julita triumphierend. *Du hast sie umgehauen, ohne auch nur einen einzigen Schlag anbringen zu müssen.*

Mein Körper hat sich in Erwartung eines Streits angespannt.

Es fühlt sich merkwürdig an, sich einfach entspannen und weitergehen zu können.

Trotz des Tumults, den ich in den letzten zwei Wochen mit meinen Männern und unserer Ermittlung durchgemacht habe, war mein Privatleben als angebliche Assistentin relativ zahm. Ich schätze, ich sollte dankbar sein, dass die versnobten Adligen beschlossen haben, dass ich kein ideales Ziel bei ihrem Gerangel um Dominanz bin. Sie geben sich nun damit zufrieden, mir verächtliche Blicke zuzuwerfen, wenn sie überhaupt auf mich achten.

Ich muss mich mit viel größeren Feinden auseinandersetzen.

Mit Feinden, die womöglich in größerer Nähe lauern, als mir lieb ist. Als ich aus der Tür trete, erregt ein schwaches magisches Kribbeln meine Aufmerksamkeit.

Mein Kopf fährt in die Richtung herum, aus der es zu kommen scheint – gerade rechtzeitig, um eine geschmeidige, schuppige Gestalt durchs Gras zu einer Lücke im Mörtel der Mauer gleiten zu sehen.

Es ist eine kleinere Schlange als die, die ich vor drei Nächten im Wald bemerkt habe. Sie ist so schmal wie mein Daumen und nur so lang wie mein Unterarm – die perfekte Größe, um hinter die Mauern der Akademie zu schlüpfen. Und um wer weiß was im Quadring zu tun.

Während ich ihr hinterherrenne, wirbelt ein wahrer Sturm drängender Gedanken durch meinen Kopf. Die Ratte hat mich heftig angegriffen – ich muss davon ausgehen, dass es die Schlange ebenfalls tun wird. Allerdings bleiben mir nur wenige Augenblicke, bevor sie außer Reichweite ist.

Ich will dieses Wesen lebend fangen.

Meine Magie flackert eifrig auf und bietet ihre Dienste an, doch ich ignoriere ihren Sog. Meine Hand schnellt zwischen die überlappenden Stoffbahnen meines Rocks und holt eines meiner winzigen Messer hervor. Innerhalb eines Wimpernschlags reiße ich es durch einen der Seidenstreifen und schiebe die Klinge wieder in ihre Scheide.

Mit dem abgeschnittenen Stoffstreifen in der Hand springe ich auf die Schlange zu.

Sie lässt ihren Schwanz wie eine Peitsche niedersausen und

dreht den Kopf mit gebleckten Fangzähnen, genau wie ich es erwartet habe. Doch ich drücke den Stoff über sie und umklammere sie durch die Stoffschicht hindurch.

Sei vorsichtig!, ruft Julita, als würde ich das nicht bereits versuchen.

Als ich die Schlange umdrehe und den Stoff um sie herum zu einem Bündel verknote, windet sie sich in ihrem seidigen Gefängnis. Ein wütendes Zischen dringt durch das Tuch.

Nachdem der improvisierte Beutel vollständig geschlossen und gesichert ist, zappelt das Wesen noch einige Sekunden lang, bevor es ruhig wird, als würde es aufgeben. Oder auf den richtigen Augenblick warten, wenn es eine bessere Fluchtgelegenheit spürt.

Julitas Präsenz erschaudert. *Ich frage mich, was sie mit all diesen schrecklichen Spionen herauszufinden versuchen.*

„Eine sehr gute Frage", flüstere ich.

Ich erhebe mich aus meiner gebückten Haltung neben der Wand und sehe mich vorsichtig um. Mehrere Studenten schlendern über das Feld, doch keiner ist besonders nah bei mir.

Ich entdecke eine hochgezogene Augenbraue von einem Adligen, der mich mustert und den ich nicht kenne. Er ist jedoch zu weit weg, um zu erkennen, was ich tue. Ich schenke ihm ein sprödes Lächeln und marschiere zum Domi, als gäbe es nichts, dessen ich mich schämen müsste.

Es halten mich ohnehin bereits alle für ein wenig merkwürdig.

Meine Hand bleibt um die obere Hälfte des Seidenbündels geschlossen und hält meine Gefangene sicher fest. Ich muss die Männer so schnell wie möglich zu mir rufen für den Fall, dass sich dieses Wesen in Staub oder eine Rauchwolke auflöst, wenn es zu lange eingesperrt ist.

Wer weiß, wie die Blutzauberer ihre illegale Magie auf dieses Ding angewandt haben?

Ich kann nicht geradewegs zu unserem neuen Versammlungsraum gehen, weil Stavros in seiner unendlichen Weisheit meine verzauberte Schnur noch immer als Geisel hält. Götter bewahre, ich hätte freien Zugang zu einem abgeschlossenen und gesicherten Raum, dessen Standort im Palast wir nicht einmal kennen.

Allerdings haben wir noch unseren ursprünglichen Treffpunkt, auch wenn das Archivzimmer im Vergleich trostlos und beengt wirkt.

Ich marschiere durch den Haupteingang des Domi und gehe an den Türen der Bibliothek vorbei. Es ist nur eine kurze Strecke zum Gang mit den Wandteppichen …

„Ivy! Wohin bist du heute Morgen in solcher Eile unterwegs?"

Petras klare, melodische Stimme erreicht mich vom Eingang der Bibliothek. Ich bleibe wie angewurzelt stehen und fluche leise.

Ihre Frage war ziemlich zwanglos, es wird allerdings schrecklich verdächtig aussehen, wenn ich an ihr vorbeirenne, ohne sie zur Kenntnis zu nehmen. Außerdem hat die entfernte Verwandte der Königsfamilie bereits mehr Interesse an mir gezeigt, als mir lieb ist.

Ich drücke mein seltsames Bündel dicht an mein Kleid und drehe mich zu ihr um. Da es aus dem gleichen Stoff besteht wie der Rock, sollte es nicht auffallen.

Ich vertraue meinen Knoten nicht genug, um das Risiko einzugehen, die Schlange in meine Tasche zu stecken.

Petra verlässt die Bibliothek. Ihr Lächeln ist ziemlich freundlich, ihre dunklen Augen wirken jedoch nachdenklich.

„Oh, ich erledige bloß etwas für Ster. Stavros", erwidere ich mit einem leichten Lachen. „Er mag es nicht, wenn man ihn warten lässt, weißt du."

Petra ahmt mein Lachen nach. „Ich schätze, in seinem vergangenen Metier waren die meisten Aufgaben viel drängender. Ich hoffe, er mutet dir nicht zu viel Stress zu."

„Nein, überhaupt nicht. Aber ich sollte besser weitermachen."

Ich neige den Kopf und bete, dass sie nicht versucht, mich noch länger aufzuhalten. Ihre Stimme folgt mir nicht durch den Gang, aber meine alten Narben jucken, als würde sie meinen Rücken noch mustern.

Warum ist sie *plötzlich so an dir interessiert?*, murmelt Julita.

Ich warte, bis ich um die Ecke in den Gang mit den Wandteppichen gebogen bin und mich vergewissert habe, dass niemand in der Nähe ist, bevor ich antworte: „Glaubst du König Konram könnte sie gebeten haben, mich im Auge zu behalten … damals, als er von Stavros erfuhr, dass ich bei der Ermittlung helfe? Ich bin immerhin neu auf der Akademie."

Es würde Sinn ergeben, würde sich der König Sorgen machen, dass ich so stark an den Ermittlungen gegen eine Verschwörung beteiligt bin, die schlimme Konsequenzen für seine Familie haben könnte.

Julita summt unsicher. *Ich hätte gedacht, er würde Stavros' Urteilsvermögen mehr trauen. Und er wollte nicht einmal das Personal informieren, das ihm am nächsten ist. Ich kann mir nicht vorstellen, dass er all diese Probleme einer Frau anvertraut, die nur entfernt mit seiner Frau verwandt ist. Der Erfolg unserer Mission hängt davon ab, dass sie geheim bleibt.*

Vielleicht hat der König Stavros' jüngste Bedenken über mich bemerkt. Es ist nicht so, als wäre der ehemalige General besonders gut darin, sie zu verbergen.

Nach dem, was mit Esmae passiert ist, habe ich jedoch Probleme, davon auszugehen, dass jeder gute Absichten hat, der plötzlich Interesse an mir entwickelt. Es ist besser, Petra wie eine Gefahr zu behandeln, bis ich einen unwiderlegbaren Beweis für das Gegenteil habe.

Während ich den Wandleuchter mit meiner freien Hand drehe, betrachte ich den Wandteppich von Signy und den drei Männern, die um sie herum auf dem Hügel versammelt sind.

War sie auch vollkommen verwirrt, als sie realisierte, dass mehr als einer von ihnen ihre Gefühle erwiderte – und gewillt war, mit den anderen an ihrer Seite zu stehen?

Die Geschichten gingen hinsichtlich ihrer Romanze nie ins Detail und ließen es so klingen, als hätte ihre Großartigkeit es unvermeidbar gemacht, dass sie die Herzen der Männer erobern würde. Ich würde gerne denken, dass jemand, der so selbstlos war, es mit einem ganzen Kaiserreich aufzunehmen, um sein Land zu befreien, etwas mehr Demut besaß und nicht jedermanns Zuneigungen für selbstverständlich hielt, doch wer weiß das schon?

Die viel gefeierte Heldin aus Veldun starb noch vor meiner Geburt.

Sowie ich die heraufbeschworene, dunkle Treppe hinabgestiegen bin und das kleine Archivzimmer betrete, greife ich nach meinem Medaillon, klappe es mit einer Hand auf und drücke meinen Daumen auf die Innenseite. Das Signal wird den Männern verraten, wo sie mich finden können.

Ich sehe mich in dem Raum um und eine eigenartige Woge der Nostalgie schwappt durch mich, obwohl es erst ein paar Wochen her ist, seit ich das letzte Mal hier unten war. Als würde sie meine vorübergehende Abgelenktheit spüren, unternimmt die Schlange einen weiteren Versuch, sich aus dem Seidenbeutel zu befreien. Ich schließe meine Finger fest um die gerafften Stofffalten.

Falls das Wesen als eine Art Spion fungiert, sollten wir kein unbedachtes Gespräch führen. Was könnten die Männer preisgeben, wenn sie hierhereilen, um auf meinen Ruf zu reagieren?

Ein Anflug von Furcht treibt mich zum Schreibtisch. Ich durchwühle die Schubladen einhändig und grabe ein Stück Pergament, eine Feder und ein Tintenfass aus, das noch halb voll ist.

Ich muss den Korken mit den Zähnen rausziehen, während ich das Seidengefängnis der Schlange festhalte, schaffe es jedoch, die Feder zu befeuchten und eine kurze Nachricht auf das Pergament zu kritzeln. *SAGT NICHTS.*

Ich habe den Stöpsel gerade wieder in das Tintenfass gesteckt, als Benedikt aus der Wand kommt. „Was ist die …"

Mit einer hastigen Bewegung reiße ich den Zettel mit meinem Befehl hoch. Er klappt den Mund zu und zieht die Augenbrauen hoch.

Ich zucke mit den Achseln in der Hoffnung, dass ich ihm so deutlich machen kann, dass mir klar ist, wie irrsinnig die Situation wirkt. Dann platzt Alek durch die Tür aus dem größeren Archiv und ich wirble mit meiner erhobenen Botschaft zu ihm herum.

Er atmet nur scharf ein, als er sie sieht, und seine Stimme erstickt, bevor er ein einziges Wort geäußert hat. Als er mich besorgt mit gerunzelter Stirn mustert, schenke ich ihm ein entschuldigendes Lächeln, bevor ich mich wieder umdrehe, um Casimir die Nachricht zu zeigen, der die versteckte Treppe eine Minute hinter Benedikt herabgekommen ist.

Es dauert einige weitere Minuten, in denen wir in angespannter Stille warten, bis Stavros endlich erscheint. Er betrachtet uns alle, erfasst unsere Mienen sowie meinen Befehl und verschränkt die Arme mit einem finsteren Blick vor der Brust.

Ich lege das Pergament ab und deute auf mein Seidenbündel. Die Schlange bewegt sich nicht mehr, weshalb sie keine Ahnung haben, was los ist.

Mich wappnend, taste ich durch den Stoff hindurch den Körper des Wesens entlang. Es windet sich, doch es gelingt mir, es direkt hinter dem Kopf zwischen Daumen und Zeigefinger zu packen.

Während ich die Schlange so festhalte, lockere ich die Tuchfalten und tauche mit meiner anderen Hand darunter. Sachte ziehe ich die grün und braun geschuppte Schlange aus meiner Falle.

Sie zappelt noch ein wenig mit ihrem hinteren Körperteil, ist jedoch so kurz, dass ich sie mühelos von meinem Körper weghalten kann. Die Position meiner Hand verhindert, dass sie mich beißt.

Aleks Augen weiten sich und Verstehen flammt in ihnen auf. Er ahmt mit seiner Hand eine kriechende Bewegung nach und formt mit den Lippen die Worte: „Die Ratte?"

Ich nicke.

Er kommt vorsichtig näher und nach einem Moment folgen die anderen Männer seinem Beispiel. Es sollte für sie alle offensichtlich sein, dass das Tier in meiner Hand genauso wenig aus Ton ist wie ich.

Stavros berührt den Kopf der Schlange, als müsste er die Schuppen spüren, um sicherzugehen. Dann zieht er das Schwert, das er immer an seinem Gürtel trägt, und bedeutet mir, die Schlange auf den Schreibtisch zu senken.

Ich halte sie dort so reglos wie möglich zwischen meinen Händen fest. Der ehemalige General sammelt seine Kräfte und lässt die Kante der Klinge wie ein Kochmesser nur zwei Zentimeter von meinen Fingern nach unten sausen.

Der Schlangenkörper schlängelt sich von seinem Kopf weg – und wird steif. Die Oberfläche wird unter meinen Fingerspitzen härter und rauer.

Ich nehme meine Hände von den zwei Tonstücken, die jetzt auf dem Schreibtisch liegen.

In die unpolierte rötlich-braune Oberfläche wurden schwache Linien geritzt, die Schuppen und zwei Punkte für die Augen andeuten. Abgesehen von der Form ist es keine besonders realistische Replik.

Aleks Augen weiten sich. Seine Hand schnellt in der Drei-Finger-Geste an die Götter über seine Brust.

Jegliche Spur von Magie ist aus der Schlange verschwunden. Ich atme geräuschvoll aus. „Ich glaube, wir können jetzt sprechen."

„Du glaubst?", fragt Stavros düster.

Ich schaue ihn böse an und Alek springt mit einer geeigneten Erklärung ein, die Benedikt nicht meine Magie-Aufdeckungs-Fähigkeiten offenbart. „Der Zauber, mit dem die Schlange belegt war, wurde offensichtlich gebrochen. Die Zauberer würden nicht wollen, dass jemand die Magie testen kann, nachdem sie entdeckt wurde."

Casimir gleitet mit den Fingern über den Tonkörper. „Das ist unglaublich. Es sah wirklich wie ein lebendes Tier aus und hat sich auch so bewegt."

Ich wische meine Finger an meinem Rock ab, da die Empfindung der sich windenden Schuppen noch an ihnen haftet. „Keiner von euch ist jemals einer Gabe begegnet oder hat von einer gehört, die das erreichen konnte?"

Alek schüttelt den Kopf. „Ich vermute, dass es mehrere Gaben sind, die kombiniert wurden, oder eine Art vorübergehende Magie, die durch ein Opfer gewonnen wurde."

Bei diesen letzten Worten sieht er aus, als wäre ihm schlecht.

Was für ein Opfer wäre nötig, damit ein Klumpen Ton zu etwas wird, was so nah an echtes Leben herankommt?

Benedikt lehnt sich nach hinten an eines der Regale und tippt sich an die Lippen. „Ich habe auf dem Campus und im Palast nach jemandem Ausschau gehalten, der mit Tonobjekten zu tun hat. Bisher habe ich nichts Ungewöhnliches bemerkt. Töpferei ist am Kartentisch kein geläufiges Gesprächsthema."

„Ich konnte keine Verbindungen zwischen Ster. Torstem und einem Ort finden, wo er die Töpferarbeiten anfertigen lässt oder mit dem Ton arbeitet", berichtet Alek. „Er hat anscheinend nichts mit diesem Teil der Verschwörung zu tun. Ich werde meine Suche ausdehnen und schauen, was ich noch finden kann – ich werde es zu meiner Priorität machen."

Ich fange Stavros' Blick auf. „Du solltest den König warnen, dass es nicht nur Ratten sind. Die Priester, die nach weiteren Daimon-Mätzchen Ausschau gehalten haben, können vielleicht die Magie in diesen Wesen wahrnehmen und sie selbst ‚entdecken'."

Stavros' Mund spannt sich an, als gefiele es ihm nicht, einen Vorschlag von mir anzunehmen, doch er kann offenbar erkennen, dass es ein vernünftiger ist. „Ich werde es ihm so bald wie möglich ausrichten."

Casimir runzelt die Stirn, hebt den Tonkopf der Schlange hoch und untersucht ihn. „Welchem Zweck würde die hier dienen? Wen wollen die Blutzauberer ausspionieren? Es scheint eine völlig andere Taktik zu sein als das, was sie mit den Daimon versucht haben."

Damit hat er recht und genau das macht mich nervöser, als ich zugeben will. „Vielleicht verspüren sie das Bedürfnis, eine subtilere Herangehensweise zu nutzen, nachdem ihre Pläne so schiefgegangen sind."

„Wenigstens wissen wir es", bemerkt Benedikt. „Dadurch sind wir ihnen einen Schritt voraus."

Ich bin mir nicht sicher, ob wir einen Schritt voraus sind oder nicht ganz so weit hinterherhinken, wie wir es tun könnten. Doch bevor ich mich entscheiden kann, ob ich diesen deprimierenden Gedanken in Worte fassen soll, breitet sich eine kriechende Empfindung auf meiner Handfläche aus.

Ich reiße meine Hand gerade rechtzeitig zu mir, um die

Worte auf meiner Haut erscheinen zu sehen. *Heute Nacht, gleicher Ort und Zeit. Allein.*

„Was?", will Stavros wissen, der meine Reaktion bemerkt hat.

Ich gluckse rau. „Es sieht so aus, als würde ich eine weitere Chance erhalten, direkt an die Pläne der Blutzauberer heranzukommen – heute Nacht."

ZWANZIG

Ivy

Dieses Mal muss ich Stavros nicht daran erinnern, zu seinem Schlafzimmer zu gehen und das Licht auszuschalten. Nachdem Casimir das falsche Gottlen-Mal fertiggestellt hat, das ich bisher noch nicht zeigen musste, fixiert der ehemalige General mich bloß mit einem Blick und sagt: „Sei vorsichtig.“

Aus seinem Ton ist deutlich herauszuhören, dass er in Wahrheit sagt: „Wag es ja nicht, die Akademie mit deiner verrückten zerrissenen Magie abzufackeln.“

„Dir auch eine gute Nacht“, rufe ich ihm hinterher und lasse mich aufs Sofa fallen, um zu warten, bis ich mich rausschleichen kann.

Julita seufzt resigniert. *Ich hätte nicht gedacht, dass er so lange brauchen würde, um einzulenken. Es ist ja nicht so, als wärst du eine andere Person als in der Zeit, in der er noch nicht von deiner Magie wusste.*

Ich verziehe das Gesicht. „Seiner Meinung nach bin ich das.“

Er muss doch irgendwann einsehen, dass du deine Magie im

Griff hast ... Ich schätze, Sturheit ist eine ideale Eigenschaft für einen General.

Ich gluckse leise. „Wie gut, dass ich auch schrecklich stur bin."

Ich halte kurz inne und ringe mit mir, wie sehr ich mich auf ein Gespräch mit gesenkter Stimme einlassen will, solange Stavros im Nachbarzimmer ist. Doch was ich Julita fragen will, ist nichts, was ich irgendwo anders auf dem Campus laut auszusprechen wagen würde.

„Gibt es noch etwas, an das du dich von den Ritualen deines Bruders und Wendos erinnern kannst, auf das ich mich vorbereiten sollte? Es gibt das Blutlassen und die Bitte um Macht, aber die haben wir bereits abgedeckt."

Julita schweigt kurz, bevor sie antwortet – so lange, dass ich mir wünsche, meine aktuelle Mission würde es nicht erforderlich machen, sie diese schrecklichen Kindheitserinnerungen hervorkramen zu lassen.

Das war der Großteil ihrer Aktivitäten, sagt sie. *Es gab Dinge wie das Zeichnen von Symbolen mit verschiedenen Materialien, wie beispielsweise mit dem Pulver aus Dartlingeierschalen. Außerdem haben sie merkwürdige Gesänge angestimmt, die dem ähnelten, was Wendos im Turm gesagt hat. Es war jedoch nicht das Gleiche. Ich glaube nicht, dass sie schon alles wussten. Was nicht bedeutet, dass dieser Haufen Blutzauberer das tut, allerdings scheinen sie mehr zu wissen.*

„Und sie wollen mehr. Dein Bruder hat nie etwas darüber gesagt, die Königsfamilie zu untergraben, oder?"

Ich habe den Eindruck, dass Julita den Kopf schüttelt. *Nichts in diesem großen Ausmaß. Ich meine, sie waren kaum Teenager, als ich involviert war. Dumme Jungen, die sich in einer Magie versuchten, die sie nicht verstanden, in der Hoffnung, zusätzliche Macht zu erhalten, damit sie sich besonders fühlen können. Ich hatte nie den Eindruck, dass sie besonders viel über Politik oder religiöse Ideale nachdachten.*

„Wurde nichts in dieser Richtung am Familientisch besprochen?", kann ich mir nicht verkneifen, zu fragen.

Julita schnaubt. *Meine Eltern interessierte – interessiert – auch nicht, was außerhalb unserer Grafschaft vor sich geht. Um ehrlich zu sein*, mich *hätte es genauso wenig interessiert, wenn ich nach Nikodi hätte zurückkehren und mich einfach darauf konzentrieren können, die Grafschaft gut zu leiten. Weißt du, die Einwohnerzahl des Gebiets, das wir von unserem Wohnsitz aus leiteten, entsprach ungefähr einem Viertel der Leute, die in dieser Stadt leben. Wenn man all seine Zeit an einem derartigen Ort verbringt, fühlt sich die Welt … kleiner an.*

„Das ergibt Sinn." Ich bezweifle, dass sich viele kühne Händler oder Reisende die Mühe machen, innerhalb von Nikodis abgelegenen Grenzen zu verweilen.

Ich habe zwar den Großteil meines Lebens darum kämpfen müssen, Essen im Bauch zu haben und ein Zuhause zu finden, doch meine Welt war viel größer als Julitas, bevor sie zur Akademie kam.

„Gibt es etwas, was du gerne sehen würdest?", frage ich plötzlich. „Ich meine, wenn wir hier fertig sind … du hast so viele Dinge verpasst … und *ich* hätte nichts dagegen, mehr von Silana oder sogar den anderen Reichen zu sehen. Der König bietet uns bestimmt eine Belohnung an, die groß genug ist, um ein wenig auf Reisen zu gehen und später noch eine Menge übrig zu haben."

Bevor sie für immer weiterzieht. Mein Magen verknotet sich, als ich darüber nachdenke, diesen Teil auszusprechen.

Julitas Stimme wird leise. *Das ist ein sehr nettes Angebot von dir. Ich werde darüber nachdenken. Ich wollte hauptsächlich so eine gute Gräfin sein, dass meine Eltern sich nicht wünschen würden, Borys wäre an meiner Stelle geblieben.* Sie lacht trocken.

Die Sorgen wegen der unbekannten Aufgaben, die vor mir liegen, setzen mir allmählich zu. Ich tigere ein wenig durch den Raum, warte die zwölf Glockenschläge des Mitternachtsläutens ab und schlendere wieder zum Stall.

Ich bin versucht, mit Krümel in den Wald zu reiten – die Verschwörer haben nie gesagt, dass die fünfzig Schritte von einem Menschen gemacht werden müssen – doch ich bin mir nicht sicher, ob ich herausfinden möchte, was ihm zustoßen könnte, sollten sie etwas dagegen haben.

Ich streichle seinen Hals, nenne ihn einen braven Jungen

und sauge die tröstlichen Stallgerüche in mich auf, bis meine Ruhelosigkeit mich weitertreibt.

Ich kann nicht im Hof bleiben, ohne dass mich die patrouillierenden Wachen bemerken, weshalb ich in die Schatten am Rand des Jagdwaldes schlüpfe. Die Füße mit Bedacht aufsetzend, damit ich kein Geräusch mache, verlasse ich den Pfad und schleiche zwischen die Bäume.

Ich finde keine Hinweise auf die Anwesenheit der Blutzauberer. Wie viel früher kommen sie in den Wald?

Oder haben sie ein magisches Werkzeug, durch das sie hier auftauchen, so wie wir die verzauberten Schnüre benutzen können, um zwischen der Akademie und dem Palast hin und her zu springen?

Ein beharrliches Zupfen meiner Magie erinnert mich daran, dass *sie* jegliche Gestalten enthüllen könnte, die in den Schatten lauern, wenn ich es nur erlaube. Ich verziehe das Gesicht wegen der Empfindung.

Als das einzelne Läuten die erste Stunde des Morgens markiert, straffe ich die Schultern und gehe zu dem Fünfzig-Schritte-Treffpunkt.

Wie zuvor schlägt mir Stille entgegen. Ich stehe still und ruhig da, bemerke die Brise und das Rauschen der schwankenden Blätter und achte auf Anzeichen übernatürlicher Kräfte.

Die Verschwörer wissen genauso wenig wie Benedikt, dass ich die Magie anderer Leute wahrnehmen kann. Es gibt einige Aspekte meiner unerwünschten Macht, die ich benutzen kann, ohne Schaden anzurichten.

Plötzlich wabert die Stimme erneut um mich. Möglicherweise ist es dieselbe Stimme wie beim letzten Mal, vielleicht auch nicht. „Ivy aus Nikodi, du hast deine erste Aufgabe erfüllt. Wir alle, die sich einer besseren Welt verpflichtet haben, danken dir."

„Ich danke euch für die Gelegenheit, ebenfalls auf eine bessere Welt hinzuarbeiten", erwidere ich. Die falsche Dankbarkeit fühlt sich sauer auf meiner Zunge an. „Gibt es noch etwas, wobei ich helfen kann?"

Wenn sie endlich zu dem Teil kommen könnten, bei dem

sie mich über ihre Pläne in Kenntnis setzen, wäre ich wirklich dankbar.

Wir wären allerdings nicht in dieser heiklen Lage, wenn die Blutzauberer unvorsichtig wären.

„Es wird weitere Gelegenheiten geben", antwortet die Stimme. „Heute Nacht wollen wir sehen, wie viel es dir bedeutet, den Allesgeber in diese Reiche zurückzuholen."

Also sind sie nicht so wahnsinnig, zu glauben, dass der Allesgeber nie gegangen ist. Sie denken bloß, sie können den Großen Gott zurückholen?

Ich schätze, das ist auch eine Art von Wahnsinn.

Ich verbeuge mich leicht. „Mir fällt kaum etwas ein, was ich nicht tun würde." Solange der Allesgeber all die Zauberer und ihre kranken Taktiken beseitigt, ohne dem Rest von uns zu schaden. Was, zugegebenermaßen, keine sichere Sache ist, weshalb wir uns besser darum kümmern sollten, diese Psychopathen vorher selbst zu Fall zu bringen.

Die Stimme verändert sich, als würde sie die Richtung ihres bebenden Pfads um mich herum ändern. „Wir müssen zu den alten Weisen zurückkehren aus der Zeit, als der Große Gott noch über uns wachte. Wir haben uns zu stark von unseren Anfängen entfernt. Kannst du auf die Wurzeln der Menschheit zugreifen, Ivy?"

Ein Schauder rast mir übers Rückgrat. „Ich weiß nicht, was du meinst."

„Wir sind im Herzen alle Tiere. Wir werden wild geboren und sollen im Himmel, dem Meer und auf der Erde schwelgen, indem wir in sie eintauchen und uns nicht abseitshalten. Zu viele haben die Essenz unseres Wesens vergessen."

Wild geboren. Worüber hat Wendos noch einmal gesprochen? Er erwähnte ‚den Orden der Wildheit', als wäre das der Name der Gruppe, mit der er verbündet war.

Julita summt. *Das erinnert mich ein wenig an einige der Dinge, die Borys früher sagte. Blut mit der Erde vermischen, weil alles vom gleichen Ort kommt und Dinge dieser Art.*

Ich nicke, als würde ich dem zustimmen, was der Sprecher gesagt hat. „Wir haben uns von unseren Ursprüngen gelöst. Ich verstehe, was du meinst. Alle beschäftigen sich nur damit, Regeln aufzustellen und Frieden zu wahren."

„Gut. Dann verstehst du es. Jetzt nimm diesen Gedanken an. Geh auf deine Hände und Knie."

Meine Muskeln spannen sich protestierend gegen diesen Befehl an, doch ich zwinge mich, in die Knie zu gehen, woraufhin mein Rock sich unter mir ausbreitet. Als ich meine Hände auf die festgetrampelte Erde des Reitweges lege, wünsche ich mir, ich hätte meine Trainingskleidung zu diesem geheimen Treffen angezogen.

Der Geruch der Erde steigt mir kräftig und lehmig in die Nase. Es ist ein wenig aufregend, sich in den Dreck zu begeben und die Erwartungen einer anständigen Haltung und vornehmen Eleganz abzuschütteln.

„Jetzt renn", befiehlt die Stimme.

Mein Kopf fährt herum – ziellos, da ich keine Ahnung habe, wo der Sprecher ist. „Was?"

„*Renn.* Wie das Tier, das du bist. Folge der Wildheit in dir."

Momentan fühle ich mich mehr unbehaglich als wild, darf aber nicht zulassen, dass die Zauberer mein Zögern bemerken, die mich beurteilen.

Mit einem Ruck löse ich den Umhang von meinem Hals, um ihn auf den Pfad fallen zu lassen, damit er sich nicht um meine Glieder verheddert. Dann zwinge ich mich, loszulaufen und in meiner geduckten Haltung über die harte Erde zu krabbeln.

Nach einer kurzen Entfernung beschließe ich, dass es sich besser anfühlen würde, wenn ich in die Hocke ginge anstatt auf die Knie, sodass mich meine Füße und nicht meine Knie vorwärtstragen.

Als ich meine Haltung verändere, brüllt die Stimme mir hinterher: „Tiefer in den Wald. Weg von all den Einschränkungen, die sie uns aufzulegen versucht haben!"

Ich springe zwischen die Bäume und zucke zusammen, als sich zerbrochene Äste und scharfe Steine in meine Handflächen bohren. Meine Stiefelspitze bleibt an einer hervorstehenden Wurzel hängen und ich falle hin, wobei ich mir das Kinn aufkratze, bevor ich mich wieder aufrapple.

Schmerz brennt meinen Kiefer entlang, als ich weiter eile, doch ich blende ihn aus. Ich konzentriere mich auf die Vegetation, die über meine Haut streift, und das Zischen meiner Röcke am Boden.

Die Seide bleibt an einem zerbrochenen Ast hängen und reißt. Ein eigenartiges Gefühl der Zufriedenheit durchströmt mich bei dem reißenden Laut, gefolgt von einer Woge des Entsetzens.

Ich darf mich nicht auf diesen Wahnsinn einlassen. Ich sollte gar nichts an diesem Moment genießen.

Die Verschwörung würde allerdings nicht wachsen, wenn ihre Ideale nicht einen gewissen Reiz hätten. Vielleicht *bin* ich in gewisser Weise der Typ Mensch, den sie rekrutieren wollen.

Ich krabble durch die Dunkelheit, das zerrissene Kleid wirbelt um meine Beine und meine Fingernägel bohren sich in die Erde. Ich weiß nicht, wie lange ich damit weitermachen soll.

Soll ich den Kopf in den Nacken legen und den Mond wie ein Wolf anheulen, oder wäre das zu viel?

Die Vorstellung belustigt mich, was mir erneut Unbehagen bereitet.

Als ich um einen Baumstamm herumkrabble, wischen Farnwedel über meine Wange und meine Magie entfaltet sich erneut in meiner Brust. Wenn ich nicht hier sein will, kann ich jede andere Person in diesem Wald einfach auslöschen.

Ich kann sie zwingen, mich in Ruhe zu lassen. Ich kann diesen verfluchten Wahnsinn beenden.

Ich knirsche mit den Zähnen.

Nein. Mir geht es gut. Niemand verletzt mich.

Niemand außer meiner eigenen verfluchten Magie. Als ich sie zügle, wehrt sie sich stärker gegen meinen Griff als zuvor. Krallen aus Schmerz kratzen über meine Rippen und meinen Magen.

Ich schlucke ein Keuchen und eile weiter in der Hoffnung, dass derjenige, der zuschaut, mein Stolpern dem unebenen Boden zuschreibt. Als sich der Schmerz tiefer bohrt, brennen Tränen in meinen Augen.

Sogar meine zerrissene Seele weiß, dass dieses bizarre Spiel falsch ist. Doch ich kann nicht um mich schlagen, wie sie es will, da ich nur wenig über unseren Feind weiß.

Mit jedem Schritt zwinge ich meine aufgebrachte Magie, sich zu beruhigen. Ich kann hiermit so lange weitermachen, wie ich muss. Es gibt keine echte Bedrohung.

Dann stolpere ich auf eine Lichtung und ein hellgrauer Hase hüpft vor mich.

„Töte ihn!", befiehlt die Stimme und springt zwischen den Bäumen hin und her. „Zerreiße ihn mit deinen Händen und biete sein Leben dem Einen an, der uns alle gemacht hat!"

Mein Herz macht einen Satz und ich springe vor. Meine Panik, dass ich den Test nicht bestehen könnte, durchschneidet die Übelkeit, die ich wegen dieser Aufgabe empfinde.

Ich fange den weichen haarigen Körper mit den Armen ein. Meine Hände greifen nach seinem Hals.

Ich habe schon Nagetiere getötet – wenn ich verzweifelt war und sowohl mein Magen als auch meine Magie verlangten, dass ich handelte.

Normalerweise würde ich ein Messer benutzen, doch ich weiß, wie man nach den Hubbeln des Rückgrats tastet …

Knack.

Der Körper erschlafft in meinem Griff. Als ich ihn im schwachen Mondlicht hochhalte, ruft die Stimme erneut.

„Vergieße sein Blut als Opfergabe für den Allesgeber!"

Mein Magen rumort, als eine weitere Woge der Übelkeit über mich hinwegrollt, und ich drücke meine Hände zu. Meine Magie vibriert durch meine Glieder und bietet ihre Dienste an – ich darf nicht nachgeben. Ich muss das hier selbst tun.

Würgend zerre ich an dem Tier, bis sein Fleisch reißt. Fell und Haut teilen sich; Blut spritzt zu Boden.

„Für den Allesgeber!", krächze ich. „Ich renne wild und zeige dem Allesgeber das Tier, das ich bin."

Die Blutzauberer sind noch nicht fertig. Die Stimme hallt in einem eindringlichen Gesang um mich herum durch den Wald – oder sind es jetzt mehrere Stimmen?

„Die richtigen Herrscher sollten sich erheben und die falschen sollten fallen!"

„Die richtigen Herrscher sollten sich erheben und die

falschen sollten fallen!", wiederhole ich und unterdrücke einen Schauder des Entsetzens. Wie genau wollen sie die ‚falschen‘ Herrscher entfernen?

Und wer denken sie, sind die richtigen? Erwartet Ster. Torstem, den Thron zu besteigen?

Ich weiß es nicht. Ich bin mit Dreck und Blut beschmiert und kann bloß mitspielen.

Mitspielen, bis ich so weit in das Kaninchenloch gefallen bin, dass ich wieder nach draußen krabbeln kann.

EINUNDZWANZIG

Stavros

Ivy ist leise, meine Ohren besitzen jedoch nach wie vor die Schärfe, wie sie auf dem Schlachtfeld gebraucht wird. Als die Tür zu meinem Quartier beim Schließen ganz leise klickt, schnellt mein Kopf in die Höhe.

Ich habe meine Lektion vom letzten Mal gelernt. Damit mein Verstand wach bleibt, habe ich mich in den Sessel in meinem Schlafzimmer anstatt aufs Bett gesetzt und mich gezwungen, die regelmäßigen Patrouillen der Wachen zu verfolgen und auf die wenigen Studenten zu lauschen, die spät in ihre Wohngruppen zurückgekehrt sind.

Ich hätte das letzte Mal nicht einschlafen sollen. Anspannung hat meinen Magen fest im Griff und schickt ständig Wogen unangenehmen Adrenalins durch meinen Körper.

Das Problem ist, dass meine Anspannung nicht nachgelassen hat, seit ich herausfand, was unsere Diebin wirklich ist. In den letzten zwei Wochen habe ich nur wenige Stunden am Stück schlafen können. Und das bisschen Schlaf, das ich finden konnte, fiel sehr unruhig aus aufgrund der Albträume, die ich einfach nicht abschütteln kann.

Das Problem ist, dass ich verdammt erschöpft bin.

Allerdings habe ich schon oft mit sehr wenig Schlaf überlebt, sei es nun mitten in einer langen Schlacht oder bei einer Belagerung. Ich kann mich und mein verflixtes Temperament zusammenreißen.

Das muss ich tun, denn der chaotische und nervenaufreibende Konflikt, in dessen Mitte ich mich wiedergefunden habe, kommt einem Krieg näher, als ich es jemals wieder sein werde. Wenn ich mein Land nicht einmal davor schützen kann …

Anstatt dem unangenehmen Gedanken bis zu seinem Ende zu folgen, stemme ich mich aus meinem Sessel und marschiere zum anderen Raum.

Ivy steht neben dem Sofa und schält den Umhang von sich. Ihre Haare fallen locker über ihre Schultern und viele Strähnen kleben feucht an ihrer Haut.

Ist sie auf dem Rückweg in eines der Badezimmer gegangen?

Götter straft den Anflug von Begehren, den dieser Gedanke zu meinem Schritt sendet.

Sie erschrickt bei meinem Eintreten nur ganz leicht. Etwas daran, dass sie sich eher nervös als forsch und defensiv anspannt, veranlasst mich dazu, näher an sie heranzutreten. Dabei blicke ich kurz zur Seite, um meine Augen neu auf sie zu fokussieren.

Als ich um das Sofa herumgehe und einen Blick auf ihr Kleid werfe, bleibe ich wie angewurzelt stehen. Ich starre, zucke erneut mit dem Kopf und mein Magen schlingert.

Dunkle Streifen verunreinigen die zinngraue Seide ihres Kleides bis hinab zum Rock. Der untere Saum ist zerrissen, als wäre sie durch einen Drescher gerannt. Und einige der Flecken einschließlich ein paar, die weiter oben am Mieder prangen, haben eine rötliche Färbung, die ich in dem schwachen Licht gerade so ausmachen kann, das durchs Fenster hereinkriecht.

Augenblicklich marschiere ich zu ihr, bevor ich mich aufhalten kann. Ich bleibe nur ein paar Schritte entfernt stehen und balle meine rechte Hand an der Seite zur Faust.

Meine Stimme kommt harscher heraus, als mir lieb ist. Die Vorstellung, dass sie verletzt sein könnte, *quält* mich mehr, als ich zugeben möchte. „Haben sie dich wieder gezwungen, dich zu verletzen?"

Ivy stößt ein Lachen aus, das so rau ist, dass es mein Herz durchbohrt. „Nein. Nicht mich. Nur ein armes kleines Kaninchen. Es tut mir leid, dass ich so dreckig bin. Ich habe den Umhang auf dem Rückweg um mein Kleid gewickelt und mich so gut gewaschen, wie ich konnte."

Ihre Entschuldigung bringt mich noch mehr aus dem Gleichgewicht. Wie erschüttert ist sie, dass sie sich so benimmt, als müsste sie sich rechtfertigen, anstatt mich mit ihren üblichen Scherzen zu verjagen?

„Sie haben von dir verlangt, ein Kaninchen zu töten?"

Sie blickt nach unten. „Mit meinen bloßen Händen. Nachdem ich wie ein wildes Wesen auf allen vieren durch den Wald gerannt bin. Diese Blutzauberer haben sehr eigenartige Vorstellungen davon, was der Allesgeber will."

Ihre Stimme ist lockerer geworden, beruhigt mich allerdings nicht. Sie klingt noch immer nervenaufreibend losgelöst.

Ich kenne diesen Ton. Soldaten nehmen ihn oft nach ihrer ersten intensiven Schlacht an – wenn sie auf Arten töten mussten, die sie sich nie vorgestellt hatten, und zu viele Kameraden vor ihren Augen getötet wurden.

Zwei beunruhigende Gedanken durchschneiden mich in schneller Folge.

Die Taktiken der Blutzauberer erschüttern Ivy mehr als alles, was ich bisher gesehen habe.

Wie wird sie ihre zerrissene Magie kontrollieren, wenn die Zauberer sie weiterhin brechen?

„Du solltest nicht zurückgehen", sage ich, bevor ich die Bemerkung durchdacht habe.

Ivy blinzelt mich an und ein Teil ihres üblichen Eifers kehrt in ihren Blick zurück. Das würde mich mehr beruhigen, wenn ihre nächsten Worte nicht wären: „Natürlich sollte ich das tun. Ich gewinne ihr Vertrauen. Ich habe eine bessere Vorstellung davon, wie sie denken, und sie werden mir mehr verraten."

„Das funktioniert nur, wenn sie dich in einem Stück lassen", widerspreche ich.

Sie schnaubt, was ebenfalls eher wie ihr übliches Selbst klingt, und streicht sich die Haare aus dem Gesicht. „Mir geht es gut. Es war einfach sehr komisch. Sie haben mir bereits erzählt, dass ich morgen Nacht zurückkommen soll … Vielleicht erfahren wir dann etwas Konkretes über ihre Pläne."

Sie wird sich so bald schon wieder in die Klauen der Zauberer begeben?

Mein Herz setzt einen Schlag aus. „Ivy …"

Sie hält ihre Hand hoch. „Wir haben *unseren* Plan geschmiedet und ich befolge ihn so gut wie möglich. Habe ich bisher etwas vermasselt?"

Ich schaue sie böse an. „Nein, aber …"

„Dann lass mich tun, weswegen ich hergekommen bin. An irgendeinem Punkt musst du glauben, dass ich auf deiner Seite und nicht auf der der Schurken bin." Sie streicht mit den Händen über ihr Kleid. „Jetzt werde ich dieses ruinierte Teil ausziehen und ein wenig schlafen."

Sie stapft an mir vorbei zur Latrine, um sich umzuziehen. Ich zögere mitten im Raum, doch sie hat sich offensichtlich von ihrem anfänglichen Schock erholt.

Was soll ich tun, die ganze Nacht lang über ihr Wache halten, um mich zu vergewissern, dass ihr die Magie im Schlaf nicht entwischt?

Ein Teil von mir will das tun. Die Götter mögen mir beistehen, ein Teil von mir sehnt sich danach, ihre schlanke, jedoch starke Gestalt in die Arme zu nehmen und sie mit meiner Kraft vor den Schrecken abzuschirmen, die sie erlebt.

Doch was passiert morgen, wenn die verrückten Verschwörer sie noch Schlimmeres durchstehen lassen? Wie lange wird es dauern, bis ihr Wahnsinn auf Ivy abfärbt?

Ich ziehe mich in mein Schlafzimmer zurück, kann allerdings nicht vor den Sorgen davonlaufen, die noch beharrlicher als zuvor an den Rändern meines Verstandes nagen.

Wie weit kann ich ihre Mission gehen lassen?

Falls ich die Situation falsch einschätze und ihr mehr Vertrauen entgegenbringe, als ich sollte, könnte das daraus resultierende Desaster schlimmer sein, als wenn die Blutzauberer ungehindert wüten. Eine der Zerrissenen, die ihre Magie direkt vor den Palasttoren entfesselt? In dem gleichen *Gebäude* wie die Königsfamilie bei einem unserer Treffen?

Ich kann mich nicht darauf verlassen, dass unsere Kameraden die Warnsignale bemerken. Sogar mit meiner fehlerhaften Sicht habe ich gesehen, wie Aleksi und Casimir sie ansehen.

Es ist nicht so, als würde ich die Anziehung nicht verstehen. Der trockene Humor, der manchmal in ihren atemberaubenden Augen schimmert, die selbstbewusste Kraft in jeder Bewegung ihres schlanken Körpers ...

Aber *ich* zügle diese Dränge. Die zwei scheinen ihr das Vertrauen mit ganzem Herzen wieder geschenkt zu haben – und wer weiß was noch.

Die Sicherheit des ganzen Königreichs lastet auf meinen Schultern.

Ich breche auf dem Bett zusammen und schließe die Augen in dem Versuch, ein wenig Schlaf zu finden, doch es dauert eine Ewigkeit, bis ich einschlafe. Und dann lodern die Bilder von Michas aus meinem Unterbewusstsein herauf.

Blitze echter Erinnerungen: das Knurren des zerrissenen Zauberers, Michas' Gesicht, das vor Panik erbleichte, die Art und Weise, wie sich die freigelassene Magie durch seinen Körper wand und ihn Glied für Glied auseinanderriss ...

Ivy ist in den Träumen ebenfalls dort. Sie wiederholt das Knurren des Mannes aus meiner Erinnerung.

Sie wedelt mit der Hand und ein weiterer Riss durchschneidet Michas mit einem Schwall aus Blut.

Ich wache verschwitzt und mit rasendem Herzen auf. Ich presse meinen Arm an die Stirn und neige den Kopf nach hinten an mein Kissen.

So kann ich nicht weitermachen. *Ich* falle genauso sehr auseinander wie Ivy.

Eine Idee flackert in meiner Erschöpfung auf wie eine Laterne im Nebel.

Vielleicht gibt es eine Möglichkeit, wie ich meiner

Entscheidung sicher sein kann. Eine Möglichkeit, die Kontrolle zu testen, von der Ivy behauptet, dass sie nie versagt.

Falls sie ihre Magie entfesselt, ist es besser, wenn das geschieht, wenn ich darauf vorbereitet bin und nicht nachts mitten im Wald.

Für den Test wird nicht einmal besonders viel benötigt.

Der schwierigste Teil besteht darin, zu entscheiden, welcher meiner Studenten die Verantwortung tragen wird – viel mehr Verantwortung, als er weiß.

Eigentlich sollte ich das Risiko auf mich nehmen … doch falls Ivy mich angreift, werde ich nicht mehr da sein, um sie aus dem Verkehr zu ziehen. Dann wären all die Gründe hinfällig, aus denen ich den Test durchführe.

Ich muss am Leben bleiben, um alle anderen vor ihrer Magie zu beschützen.

Wenn ich es nicht tun kann, muss es ein Student tun. Ich kann mich nicht an meine Kollegen vom Personal oder die Kronenwache wenden. Sie würden zu viele Fragen stellen – sie würden es mit ihren Kollegen besprechen.

Die Studenten kennen Ivy. Sie sind es gewohnt, mich als Lehrer zu sehen und an Kämpfen teilzunehmen, die ich organisiert habe, nur damit sie lernen können.

Über diese Frage denke ich den Großteil des Morgens nach und die Schuldgefühle, dass ich sie überhaupt stellen muss, bohren sich mit jeder verstreichenden Stunde tiefer in meinen Magen.

Am Ende meines fortgeschrittenen Strategiekurses bedeute ich Ivy schließlich, dass sie gehen soll, und versammele eine Gruppe meiner engagiertesten Studenten. Diejenigen, die ich am Ende des Schuljahres vermutlich für Positionen als höhere Offiziere empfehlen werde.

„Ich habe möglicherweise eine Mission, auf die ich einige Leute schicken muss", erzähle ich ihnen. „Es wird gefährlich sein … Ich kann nicht versprechen, dass ihr es unbeschadet übersteht oder auch nur überleben werdet … Allerdings dient es dem Schutz des Landes. Ich werde niemandem befehlen, an der Mission teilzunehmen, solange ihr noch eurem Studium nachgeht. Doch falls sich einer von euch bereit fühlt, eine derartige Aufgabe in Angriff zu nehmen, kann ich mögliche Freiwillige annehmen."

Bartos, der zweite Sohn eines Grafen, der unweit von Florian regiert, meldet sich, ohne zu zögern. „Ich werde gehen, wenn Sie mich brauchen. Dafür ist schließlich all diese Lernerei."

Die anderen stimmen ebenfalls zu. Ich habe ihre Hingabe für ihr Land offensichtlich gut eingeschätzt.

Bartos war nicht nur der Schnellste, der sich freiwillig gemeldet hat, sondern ist auch körperlich der Stärkste. Für meine aktuelle Mission brauche ich jemanden, der eine offenkundige Bedrohung darstellt.

Als die anderen gehen, halte ich ihn kurz zurück. „Ich weiß deinen Enthusiasmus zu schätzen. Es gibt eine kleinere Aufgabe, bei der ich heute in der Akademie Hilfe gebrauchen könnte, falls du nichts dagegen hast, mir dabei ebenfalls zur Hand zu gehen."

Bartos lächelt bloß. „Ich würde mich geehrt fühlen, wenn ich helfen kann."

„Gut. Geh Mittagessen und triff dich im Anschluss mit mir bei den Lagerräumen."

Ich kann ihm nicht verraten, dass die kleinere Aufgabe und die gefährliche Mission ein und dasselbe sind. Wenigstens habe ich die Bestätigung erhalten, dass er gewillt ist, sein Leben für eine derartige Sache aufs Spiel zu setzen.

Als Bartos im Gebäude ankommt, wo das College den Großteil seiner Militärausrüstung aufbewahrt, habe ich mir bereits die praktikabelste Strategie überlegt. Ich begrüße ihn mit einem robusten Seil in den Händen und zwinge meine Übelkeit, sich zu legen, als dessen gerippte Oberfläche über meine Metallprothese zischt.

Falls Ivy wirklich keine Bedrohung für uns ist, werde ich sicherstellen, dass sie nie das Schicksal erleiden muss, das ich gleich inszenieren werde.

Ich habe mir eine gute Geschichte überlegt. Als ich Bartos

in den Gang zwischen den Lagerräumen winke, spreche ich in beiläufigem Ton.

„Ich habe mit Ivy einzeln trainiert, um ihre Eignung für eine Beförderung zu einer Offiziersrolle oder für die Lehrerrolle einzuschätzen. Ich würde mir gerne einen Eindruck davon verschaffen, wie sie auf einen Überraschungsangriff reagiert. Du wirst überzeugend sein müssen, aber ich werde mich einmischen, sowie ich mir ihrer Reaktion sicher bin – bevor du echten Schaden anrichtest, falls sie dich nicht abwehren kann."

Meine Schuldgefühle bohren sich tiefer, als Bartos bloß nickt. „Das kann ich tun."

„Sie darf nicht bemerken, dass du einer meiner Studenten bist, ansonsten weiß sie, dass es nur ein Test ist", fahre ich fort und reiche ihm das Seil. „Du musst sie von hinten angreifen und das hier um ihren Hals legen. So schnell, dass sie erschrickt. Sie wird nach dem zweiten Glockenläuten hierherkommen, um alles für unseren Nachmittagskurs aufzubauen. Du kannst hier warten und sie kurz nach ihrer Ankunft angreifen."

Ich lasse ihn in den Schatten hinter der Tür stehen, an der Ivy auf dem Weg zu den Lederpuppen vorbeigeht, über die sie sich manchmal beschwert, wenn sie sie herumschleppen muss. Ich positioniere mich derweil auf der anderen Seite des Ganges, von wo ich den Kampf beobachten kann, ohne dass Ivy meine Anwesenheit bemerkt.

Als die Palastglocke zu läuten beginnt, ziehe ich mein Schwert und halte es an meiner Seite bereit.

Ich weiß nicht, ob ich schnell genug eingreifen kann, um sein Leben zu retten, falls es den Anschein macht, als würde Bartos magisch angegriffen werden. Allerdings kann ich sicherstellen, dass kein anderer von ihrer chaotischen Macht verletzt wird.

Und falls Ivy diesen Test bestehen kann, ohne ihre Macht einzusetzen, kann ich vielleicht aufhören, mir Sorgen über den Stress zu machen, den ihr die Blutzauberer zumuten.

Falls sie es nicht kann … dann ist die Wahrscheinlichkeit zu groß, dass ihr die Kontrolle in den vielen anderen heiklen Situationen entgleitet, in denen sie sich wiederfinden könnte.

Meine Kehle schnürt sich zu, doch ich festige meinen

Griff um mein Schwert. Ich werde tun, was ich tun muss. Was ein stärkerer Mann vielleicht von Anfang an getan hätte, ganz gleich, ob da eine leuchtende Gottlen-Sigille war oder nicht.

Ivy schimpft manchmal zwar über ihre Arbeit, erscheint jedoch pünktlich. Sie wirft einen schmalen Schatten durch die geöffnete Tür auf den Boden. Sie hat sich umgezogen und trägt nun eine kurze Tunika, eine Hose und eine Lederausrüstung für die bevorstehende Kampfübung.

Sie trägt ein Messer an dem Gürtel an ihrer Hüfte, was Bartos allerdings selbst sehen kann. Ich hege keinerlei Zweifel daran, dass zwei weitere in ihren Stiefeln versteckt sind. Wenn er seine Rolle richtig spielt, wird sie jedoch keine Gelegenheit haben, nach diesen zu greifen.

Sie stolziert in den Gang, sieht sich kurz um und scheint ein Gähnen zu unterdrücken. Ich komme nicht umhin, mich zu fragen, ob dieser Test fairer wäre, nachdem *sie* eine Nacht lang durchschlafen konnte.

Doch das Leben ist nicht fair. Die Blutzauberer wird es nicht interessieren, wie ausgeruht sie ist.

Mein Körper spannt sich erwartungsvoll an.

Sowie Ivy an Bartos' Tür vorbeigeht, stürzt er sich auf sie.

Als er das Seil um ihren Hals legt, stößt er ein kurzes Brüllen aus. Anscheinend gibt er alles für die Rolle, die ich ihm zugewiesen habe.

Er zieht das Seil an Ivys Kehle und zerrt es nach oben, wobei er über dreißig Zentimeter über ihrem kleinen Körper aufragt. Ich zucke bei dem Anblick zusammen, obwohl ich derjenige bin, der das hier veranlasst hat.

Ich kann mir diese Art der Schwäche nicht leisten. Ich kann nicht … ich kann meinem eigenen Urteilsvermögen nicht trauen, wenn es um diese Frau geht.

Doch ich habe das Gefühl, als würde ich selbst erstickt werden, als ich beobachte, wie Ivys Körper sich versteift. Ihre Augen weiten sich vor Panik und mein Magen schlingert in Erwartung ihrer Reaktion.

Bartos reißt sie nach hinten an sich und zerrt sie so weit hoch, dass sie nur noch auf den Zehenspitzen balanciert. Ihre

Arme schlagen um sich, bewegen sich in den ersten Sekunden allerdings ruckartig und unpräzise.

Großer Gott stehe mir bei, stellt sie sich gerade den Galgenstrick aus ihren Albträumen vor?

Ich hebe mein Schwert mit einem Zucken meines Kopfs, um meine Sicht zu klären. Wenn ich meine verfluchten Augen doch nur lang genug fokussieren könnte, um meine Gabe einzusetzen und ihre nächsten Bewegungen zu sehen, bevor sie diese tut …

Mitten in meinen gequälten Gedanken reißt Ivy sich zusammen und greift nach ihrem Messer. Bartos schlägt ihre Hand weg.

Ich wappne mich dafür, dass sie sich auf die einfachste und möglicherweise einzige Art verteidigt, die ihr zur Verfügung steht.

Ihre Stiefel scharren hektisch über den Boden. Ihre Arme schlagen erneut aus – doch urplötzlich versteift sich etwas an ihrer Haltung.

Ihre Muskeln spannen sich an und ihr Fokus schärft sich.

Sie schafft es, ihren Körper trotz des Seils nach links zu schwingen und ihre Ferse nach oben zu rammen. Sie knallt gegen Bartos' Kniescheibe.

Er schwankt ganz leicht, ist jedoch von ihrem Gezappel bereits aus dem Gleichgewicht geraten. Er blockt eine Faust ab, mit der sie nach seinem Kiefer schlägt, nur um einen Ellenbogen in den Magen zu kassieren.

Ivy trifft ihn so hart, dass es ihm den Atem raubt. Während mein Student nach hinten taumelt, greift Ivy erneut nach ihrem Messer – und ohne eine göttliche Gabe sehe ich, dass die Klinge ihn direkt ins Herz treffen wird.

„Stopp!" Ich springe aus dem Türdurchgang und lasse mein Schwert scheppernd fallen.

Ich lege das Hakenende meiner Prothese um Ivys Handgelenk, kurz bevor das Messer Bartos' Fleisch durchbohrt.

Bartos lässt das Seil los und stolpert außer Reichweite. Ivys Füße fallen vollständig auf den Boden. Sie steht keuchend da und starrt mich an, als würde sie mich nicht erkennen. Strähnen ihrer rotblonden Haare kleben schweißnass an ihren Schläfen.

„Gute Arbeit", lobe ich in dem lässigen Ton, den ich normalerweise bei meinen Studenten benutze. Ich will nicht, dass Bartos erkennt, dass ich hinsichtlich meiner Beweggründe gelogen habe. „Du hast deine Furcht kontrolliert und eine Möglichkeit gefunden, den Spieß umzudrehen. Du hast mit Bravour bestanden."

Sie hat keinerlei Magie benutzt. Sie hatte sich besser im Griff, als Bartos bewusst sein kann.

Erleichterung flutet meinen erschöpften Verstand so schnell, dass mir schwindlig wird.

Es war doch kein Fehler, ihr Geheimnis zu bewahren. Ich habe ihre Kontrolle oder Entschlossenheit nicht falsch eingeschätzt.

Sie ist noch immer die Frau, an die ich geglaubt habe.

Ich hebe den Blick und nicke meinem Studenten zu. „Danke für deine Hilfe. Du kannst mit deinem Tag weitermachen. Ich hoffe, dein Knie ist in Ordnung?"

Bartos gluckst rau. „Oh, ich bin mir sicher, ich werde mich relativ schnell erholen. Sie haben eine ziemlich zähe Assistentin gewählt."

Er verneigt den Kopf vor uns beiden und schlendert aus dem Raum – mit einem leichten Humpeln, was mir nicht entgeht.

„Du", keucht Ivy leise. „Du hast ihn darum *gebeten* … Hast du mich getestet?"

Das letzte Wort wird von einem Zischen durchbrochen. Sie schlingt einen Arm um ihren Bauch und stolpert rückwärts, um sich an die Wand zu stützen.

Jegliche Erleichterung, die mir Auftrieb verliehen hat, entflieht meinem Körper. Ich springe vor, um ihren Ellenbogen zu packen. „Ivy … bist du verletzt?"

„Fick dich", spuckt sie mit angespannter Stimme aus. Jegliches Gehabe einer adligen Dame ist fort.

Ihre Beine zittern. Sie versteift sie kurz, bevor sie komplett einknicken.

Meine Finger schließen sich um ihren Arm, um ihren Sturz zu verlangsamen. Ich sinke mit ihr zu Boden, mein Herzschlag donnert plötzlich in den Ohren.

„Wo bist du verletzt?", will ich wissen. „Du musst mich dir helfen …"

Ihre Worte kommen zwischen keuchenden Atemzügen heraus. „Ich. Muss. *Nichts*. Tun. Für ein Arschloch. Wie dich."

Ihr Kopf beugt sich vor und legt sich auf ihre angezogenen Knie. Ihr ganzer Körper erbebt und ein Wimmern entfährt ihren Lippen.

Der Laut klingt so gequält, dass sich alles in mir verkrampft.

Ich habe ihr das angetan. Mein verfluchter Test hat sie stärker verletzt, als es die Blutzauberer jemals getan haben.

Meine Hand gleitet ihren Arm hinauf zu ihrer Schulter. Ich neige meinen Kopf dicht zu ihrem. „Es tut mir leid. Ich musste es wissen … Ich musste mir sicher sein, dass du sogar unter Druck … Er sollte dir nicht wirklich wehtun."

Ivy schafft es, ein spöttisches Schnauben auszustoßen. „War nicht Bartos. Dumme Magie. Wird sauer. Wenn ich sie. Nicht benutze."

Sie hebt zittrig den Kopf, damit ihr heller Blick sich in meinen brennen kann. Schmerz ist in ihre blassen Gesichtszüge gegraben. „Aber ich habe sie nicht benutzt. Das wollte ich nie tun. Ich bin. Kein verdammtes. Monster."

Verstehen dämmert mir und eine schärfere Woge der Reue wallt in mir auf.

Hat sie uns das zuvor schon erzählt und ich habe es nicht beachtet? Ich weiß, dass sie angedeutet hat, es wäre schwer für sie, ihrer Magie zu widerstehen, allerdings habe ich die Verbindung nicht verstanden …

Das eine Mal, als Aleksi uns ins Archivzimmer rief, weil Ivy angeblich angegriffen worden war. Und später, als Benedikt in mein Klassenzimmer gerannt kam, um mir mitzuteilen, dass ich zu meinem Quartier eilen müsste, da sie zusammengebrochen war und Blut hustete …

Diese Vorfälle waren nicht aus Gehässigkeit von den Idioten auf dieser Akademie verursacht worden. Es war ihre Magie, die sie angegriffen hat. Weil sie wollte, dass Ivy handelte, und diese sich weigerte?

Ich sah sie nie in den schlimmsten Fängen dieser Anfälle. Sie erholte sich bereits davon, als ich sie das erste Mal erreichte, und beim zweiten Mal wirkte sie vollkommen in Ordnung, als wir sie schließlich fanden.

Ich hatte keine Ahnung, dass sie so etwas durchmachen muss, nur um ihre Magie einzuschränken.

Wie viele Male hat sie sich diese Qualen angetan, seit sie hierhergekommen ist und sich all den Bedrohungen und Feindseligkeiten stellen musste? Zu denen ich in nicht gerade geringem Maß beigetragen habe.

Bei den Göttern, sie hätte jederzeit in die Straßen von Schlachtquell zurückkehren können.

Doch sie ist geblieben. Sie blieb, um mit uns gegen die Blutzauberer zu kämpfen und so viele Leute zu beschützen, die sie an den Galgen geschickt hätten – obwohl sie wusste, was ich von den Zerrissenen halte, und die ständige Gefahr, an diesem Ort zu bleiben, sie von innen heraus hätte töten können.

Sie hat die Wahrheit immer wieder bewiesen. Seit den Schrecken ihrer Kindheit hat sie ihre Magie nie wieder benutzt abgesehen von den Momenten, in denen es schlimmer gewesen wäre, sie nicht einzusetzen.

Habe ich mir wirklich jemals gewünscht, sie hätte Wendos die Stadt zerstören lassen, anstatt ihn aufzuhalten?

Sie würde der Magie erlauben, *sie* zu zerstören, bevor sie auch nur einen Bruchteil des Schadens auf diese Welt loslässt, zu dem sie fähig ist, oder? Verflucht, nachdem ich sie so gesehen habe, kann ich mir nicht vorstellen, dass sie etwas anderes tun würde, als sich eines ihrer Messer ins Herz zu rammen, wenn sie der Meinung wäre, sie hätte wirklich die Kontrolle verloren.

Und ich habe gerade die Magie angestachelt, die ich so sehr hasse. Ich habe die Magie dazu gebracht, Ivy in die Knie zu zwingen.

Ich habe sie ermutigt, diese Frau zu quälen, die mehr Ehre gezeigt hat, als ich jemals hoffen kann, selbst zu erreichen.

In diesem Moment will ich mich erstechen, das wird jedoch keinem von uns helfen. Stattdessen drücke ich Ivy fester an mich und schlucke den Kloß in meiner Kehle.

Nach den Worten zu urteilen, die sie zu mir gesprochen hat, findet sie meine Umarmung vermutlich nicht besonders tröstlich, aber ich weiß nicht, wie ich ihr sonst zeigen kann, wie leid es mir tut.

Ich wusste, wie widerstandsfähig sie ist. Ich wusste, wie weit sie gegangen ist, um den Menschen zu helfen, die es am meisten brauchten.

Ich ließ zu, dass ihre Magie mich für alles blind machte, was sie mir bereits gezeigt hatte.

Ich würde mir selbst auch sagen, dass ich mich verpissen soll.

Meine Stimme kommt heiser heraus. „Es tut mir leid. Mir war nicht bewusst, dass sie dir das antun würde. Ich hätte deswegen nicht so ein Arschloch sein sollen. Gibt es etwas, was ich tun kann, um dir durch den Schmerz zu helfen?"

Ivy atmet rau aus. „Es fängt an … nachzulassen."

Ich lege meine rechte Hand an ihre Wange und widerstehe dem Drang, mein Gesicht in ihren Haaren zu vergraben. Alles aufzusaugen, was ich an dieser Frau wundersam finde und unter meiner Wut und Furcht begraben hatte.

„Ich kann den Nachmittagskurs ohne Hilfe abhalten. Ich werde dir zur Krankenstation helfen und dann solltest du zu meinem Quartier zurückkehren. Du brauchst vor heute Nacht alle Ruhe, die du kriegen kannst."

Ivy betrachtet mich. „Du wirst mir nicht befehlen, mich vom Wald fernzuhalten? Behaupten, dass ich eine zu große Gefahr bin?"

Mein beschämtes Lachen versengt mir die Kehle. „Ivy, falls es möglich ist, diese Bösewichte aufzuhalten, würde ich mein Geld auf keinen anderen als dich setzen."

ZWEIUNDZWANZIG

Ivy

Als Stavros kurz nach der zehnten Glocke in sein Quartier zurückkehrt, bringt er einen Teller mit drei der blättrigen, mit Vanillecreme gefüllten Gebäcke mit, welche die Adligen ‚Mondhörnchen' nennen. Ich schaue vom Sofa auf und muss so tun, als würde mir bei ihrem Anblick nicht das Wasser im Mund zusammenlaufen.

Er bleibt gegenüber vom Sofa stehen und sieht mich an, woraufhin sich mein Schweigen seltsam anzufühlen beginnt. „Hast du einen Abendsnack gebraucht?", erkundige ich mich.

Sein Blick fällt auf den Teller. Ich bin mir nicht sicher, ob ich den ehemaligen General jemals zuvor zaghaft erlebt habe.

Das verunsichert mich ein wenig.

„Die sind für dich", erklärt er in dem vorsichtigen, leicht flehenden Ton, den er bei mir benutzt, seit er mir heute Nachmittag einen seiner Studenten auf den Hals gehetzt hat.

Oh. Ich starre ihn an. „Ich war erst vor ein paar Stunden im Speisesaal. Ich habe viel gegessen."

„Da bin ich mir sicher. Aber du magst die hier, oder? Ich

habe gesehen, dass einige übrig waren, und dachte, du willst dich vielleicht für das stärken, was dich heute Nacht erwartet."

Julita regt sich in meinem Schädel. *Hast du Stavros gebrochen? Heute Morgen konnte er dich nicht finster genug anschauen und jetzt überschlägt er sich förmlich, um auf dich einzugehen. Ich habe ihn noch nie so erschüttert gesehen.*

Also beunruhigt die Veränderung nicht nur mich.

Ich weiß nicht, wie sie das nennen würde, was mir widerfahren ist, wenn sie Stavros gebrochen nennt. Er brachte mich zur Krankenstation, sobald der Angriff meiner Magie endete, und behauptete, dass das rote Mal an meinem Hals das Ergebnis eines Trainingsunfalls sei. Meine Kehle brennt beim Schlucken allerdings noch immer ein wenig.

Der Mediziner heilte den größer werdenden Bluterguss, der Schaden reichte jedoch tiefer. Dank des Frusts meiner Magie waren möglicherweise nicht nur mein Hals, sondern auch verschiedene innere Organe betroffen.

Ich nehme den Teller und halte ihn einfach nur fest, da ich mir nicht sicher bin, was ich damit tun soll. Meine Geschmacksknospen sind zwar erpicht auf das Essen, mein Magen ist allerdings fest verkrampft in Erwartung eines weiteren Tests der Blutzauberer heute Nacht ... und weil ich nicht weiß, wie der ehemalige General als Nächstes auf mich reagieren wird.

Wird er eine Ablehnung seiner Großzügigkeit als ein Zeichen bösartiger Absichten auslegen? Sollte ich eines der Hörnchen runterwürgen, um zu beweisen, dass ich die Geste zu schätzen weiß?

Seine Stimmung hat sich innerhalb eines Tages so stark geändert, dass ich keine Ahnung habe, was ich zu erwarten habe.

„Ich bin ziemlich voll", sage ich zaghaft. „Aber es wäre schön, zu dem Gebäck zurückzukommen."

Ich stelle den Teller auf den kleinen Tisch neben der Armlehne des Sofas. Stavros' Blick folgt ihm dabei mit einer eigenartig traurigen Stimmung.

Nun, er brüllt mir keine Anschuldigungen ins Gesicht, was ich als Sieg verbuchen werde.

Es war schrecklich, was er heute getan hat, schimpft Julita. *Er hätte nicht so weit gehen sollen – er hätte nicht das Bedürfnis verspüren sollen, das zu tun. Ich werde ihm das noch nicht verzeihen, aber ich glaube nicht, dass er dir wirklich wehtun wollte, Ivy.*

Spielt es eine Rolle, was er wollte? Er war gewillt, mir wehzutun, um den Beweis zu erhalten, den er benötigte, da er anscheinend zu dem Schluss gelangt war, dass ich selbst nicht genügend Beweise für meine Loyalität geliefert hatte.

Wer weiß, was er noch für nötig halten wird?

Stavros' Kopf zuckt, während er mich mustert. „Gibt es etwas anderes, was dir dabei helfen würde, dich auf dein Treffen mit den Blutzauberern heute Nacht vorzubereiten?"

Ich spreize die Hände. „Das ist schwer, zu sagen, wenn ich nicht weiß, worum es bei dem Treffen gehen wird."

Seine Anwesenheit im Raum und das Gewicht dessen, was er mir heute Nachmittag angetan hat, wird zunehmend erstickend. Ich wende mich ab und greife nach meinem Umhang. „Ich dachte, ich würde im Tempel vorbeigehen und schauen, ob Kosmel irgendetwas zu sagen hat."

„Ah. Das scheint einen Versuch wert zu sein." Stavros hält inne. „Wirst du hierher zurückkommen, bevor du im Wald erwartet wirst?"

Ich zucke mit den Achseln, während ich den Umhang um meinen Hals befestige. Stavros verfolgt die Bewegung meiner Hände, vielleicht erinnert er sich wie ich an das Seil, das sich vor wenigen Stunden um dieselbe Stelle gelegt hat.

„Ich schätze, das hängt davon ab, wie gesprächig der Gottlen ist und ob ich etwas anderes finden kann, um mir die Zeit zu vertreiben", erwidere ich. „Aber du solltest ohnehin nicht auf mich warten."

„Natürlich."

Es entsteht noch eine Pause. Die Stille ist so unangenehm, dass ich praktisch zur Tür fliehe.

Sowie ich durch den Gang laufe, hebt sich der Druck ein wenig, wenn auch nur eine Spur. Ich sorge mich nach wie vor wegen meines bevorstehenden Ausflugs in den Wald, der keine Kleinigkeit ist.

Ich habe wirklich keine Ahnung, was ich von den Blutzauberern zu erwarten habe.

Eine der Wachen am Akademietor hält mich kurz an, um nachzufragen, wohin ich zu dieser späten Stunde unterwegs bin, doch als ich es ihm erzähle, winkt er mich weiter. Ich eile über die Pflastersteine und schlüpfe durch die prächtige Tür des Tempels.

Mitten in der Nacht kommt das einzige Licht in dem gewaltigen Gebetsraum von den Wandleuchtern über jeder Gottlen-Statue. Der Lichtschein bleibt an den roten Seidenbahnen hängen, die an mehreren Säulen befestigt wurden, sowie an zwei riesigen Goldschwertern, die sich nun über dem Eingang zum Mittelturm kreuzen.

Ich war so abgelenkt, dass ich einen Augenblick brauche, um mich an den Grund für die angepasste Dekoration zu erinnern. Sabrellia, das Festival der Kriegsgottlen findet in ein paar Tagen statt.

Jeder der Gottlen hat einen Tag im Jahr, an dem alle seinen Beitrag zu unserer Welt feiern. Ich kann allerdings nicht behaupten, dass ich mich darauf freue, die gewalttätige Gottheit zu feiern, der Stavros sich verpflichtet hat.

Ich bezweifle, dass ich in festlicher Stimmung sein werde.

Ein paar Gläubige durchqueren den Gebetsraum und verneigen kaum merklich den Kopf vor mir. Der Tempel ist zu jeder Tages- und Nachtzeit geöffnet – sie sind es vermutlich gewohnt, dass wahllos Tempelgänger zu Besuch kommen.

Ich nähere mich Kosmels Alkoven mit einem Gefühl der Beklemmung. Der Gottlen des Glücks und der Trickserei bestand darauf, dass ich am Leben bleibe. Er muss etwas mit mir vorhaben.

Es wäre schön, eine bessere Vorstellung davon zu erhalten, was das ist.

Der Gedanke, seine göttliche, überwältigende Stimme erneut in meinem Kopf zu hören, sorgt jedoch dafür, dass sich jeder Teil meines Körpers anspannt.

Die eine Sache, bei der sich beide Priester einig waren, deren Tagebücher ich gelesen habe, war, dass man nicht bestimmen kann, wann oder wie man eine Nachricht von den Göttern erhält. Man muss dem Universum seine Frage stellen und auf einen Hinweis achten, dass sie erhört wurde.

Kosmel liebt es vermutlich, uns Sterbliche auf Trab zu halten.

Ich knie mich vor seine Statue und ignoriere den Würfel dieses Mal. Ein einfaches *Ja* oder *Nein* ist nicht genug, um all die Unsicherheit in mir zu befriedigen.

Ich gebe mein Bestes, denke ich an ihn gewandt. *Gibt es etwas, was mir entgeht? Hast du irgendeinen Rat für mich? Ich möchte die Blutzauberer bald ausschalten — ich weiß nicht, was sie noch von mir verlangen werden.*

Ich schließe die Augen und denke, dass vielleicht Bilder aus meinem Verstand aufsteigen werden, so wie es die Priester aus dem Tempel des fruchtbaren Überflusses manchmal beschrieben. Als sich zur Antwort wegen des harten Bodens bloß Schmerzen in meinen Knien ausbreiten, schaue ich zur Statue empor.

Im gleichen Augenblick flammt der Wandleuchter über Kosmel auf. Die Schatten auf seiner Marmorgestalt bewegen sich — und ich schwöre, ich erhalte einen kurzen Blick auf die Form einer bekleideten Gestalt, die mit dem Kopf voran in einen dichteren Klumpen aus Dunkelheit springt.

Kälte legt sich über mich. Vielleicht habe ich mir das nur eingebildet.

Doch sogar Casimir erzählte, dass es sich so anfühlt, wenn Ardone ihn manchmal leitet — sie richtet seine Aufmerksamkeit auf bedeutsame Details in seinem Umfeld.

Ich ziehe die Augenbrauen hoch und sehe den feixenden Gottlen an. „Ich soll einfach tiefer eintauchen?", murmle ich.

Er sagt natürlich nichts. Vor Frust nehme ich einen Würfel in die Hand und werfe ihn bei seinen Füßen.

Er zeigt die Fünf. Das deutlichste Ja, das es gibt.

Schwer schluckend richte ich mich auf. Mein Inneres fühlt sich vollkommen durcheinander an.

Bis zu den letzten Wochen mied ich es, von den Göttern bemerkt zu werden. Es gefällt mir nicht, dass sich einer von ihnen in mein Leben einmischt.

Ist das wirklich *besser*, als sich selbst überlassen zu sein?

Meine Haut kribbelt, als ich aus dem Tempel marschiere. Vorerst werde ich hier nicht mehr weiterkommen.

Die offenkundige Botschaft nagt auf dem gesamten Rückweg zur Akademie an mir. Ich bleibe im äußeren Hof stehen, zähle die elf Glockenschläge und gehe um das Quadring herum zum Wald.

Ist es nicht schrecklich früh?, fragt Julita.

Ich flüstere kaum hörbar: „Er will, dass ich eintauche. Ich tauche ein. Sie können mich bis um ein Uhr ignorieren, wenn sie wollen."

Oder vielleicht können wir die nächste Prüfung hinter uns bringen und ich kann ein oder zwei Tage lang eine Pause von dem heiklen Drahtseilakt machen, den ich vollführen muss.

Ich zähle meine fünfzig Schritte in den Wald, setze mich auf den Pfad und stelle mich auf ein langes Warten ein. Das Trällern der Brise, die durch die Blätter weht, und das periodische Summen und Zwitschern der Waldtiere wird mir allmählich vertraut.

In dieser Dunkelheit gibt es nichts, vor dem ich wirklich Angst haben muss mit Ausnahme der menschlichen Wesen, die sich an meiner Seite hineinwagen.

Ich atme gleichmäßig ein und aus und nehme die Geräusche sowie die Veränderungen in der kühlen Luft wahr. Womöglich drifte ich sogar in einen meditativen Zustand, von dem die Priester manchmal sprechen, allerdings kann ich nicht behaupten, dass großartige Erkenntnisse damit einhergehen.

Anscheinend kann Julita nicht das Gleiche tun. Sie regt sich ruhelos in meinem Kopf. *Natürlich müssen sie den gruseligsten Zeitpunkt und Ort für ihre Prüfungen wählen. Ich bin mir sicher, sie wollen nur, dass du so stark aus dem Gleichgewicht gebracht wirst, wie es möglich ist.*

Als wollten sie ihr Argument unterstreichen, durchbricht eine Stimme plötzlich die Stille. Sie ist von demselben magischen Effekt wie üblich verzerrt, dieses eine Mal habe ich jedoch definitiv den Eindruck, dass sie von irgendwo vor mir und leicht rechts von mir kommt.

„Warum bist du bereits hier, Ivy aus Nikodi?"

Interessant. Also gibt es vermutlich mindestens zwei

Verschwörer, die diese Prüfungen geleitet haben. Doch nur einer von ihnen ist in der Lage, seine Stimme weiträumig zu projizieren.

Diese Tatsache hilft mir allerdings nicht dabei, herauszufinden, wer diese Leute sind.

Ich ziehe in Erwägung, was die Blutzauberer am wahrscheinlichsten von einem potenziellen Rekruten hören wollen. „Was hier draußen passiert, fühlt sich viel wichtiger an als alles, was ich in der Akademie tun könnte. Ich wollte schauen, ob ich eine bessere Verbindung zum Allesgeber herstellen kann."

Julita gluckst zustimmend. *Schmier ihnen Honig ums Maul. Sehr schön.*

Ich kann keine Bewegung im Wald hören. Entweder ist der Sprecher sehr lange reglos dort gestanden, wo immer er ist, oder er projiziert seine Stimme von einer großen Entfernung zu mir oder er ist unglaublich leise.

Derjenige macht sich nicht die Mühe, zu antworten. Vielleicht wartet er darauf, dass sich seine Begleiter zu ihm gesellen. Ich widme mich wieder meiner Meditation, spitze die Ohren jedoch stärker als zuvor.

Irgendwann, nachdem die Glocke Mitternacht geschlagen hat, durchbricht die Stimme die Stille erneut und umgibt mich auf die übliche Art. „Der Allesgeber würde deine Hingabe zu schätzen wissen, Ivy. Wir möchten wissen, was du noch für den Großen Gott tun kannst."

Ich stehe vorsichtig auf. „Habt ihr etwas Bestimmtes im Sinn?"

„Du hast anscheinend ein kleines Opfer von deinem Finger erbracht. Welchem Gottlen hast du dich verpflichtet und was ist deine Gabe?"

Mein Herz setzt kurz aus, bevor ich mich an Casimirs sanfte Berührung erinnere, als er gestern Abend mein falsches Weihmal auffrischte. Die rosafarbene Sigille zwischen meinen Brüsten sah noch immer vollkommen glaubwürdig aus, als ich sie heute Abend kontrollierte.

Wie viel können die Verschwörer in dieser Dunkelheit sehen, falls sie verlangen, einen Blick darauf zu werfen?

„Ich habe mich Kosmel verpflichtet", bringe ich die Antwort hervor, die ich vorbereitet habe. „Ich bat um ein Talent im Fälschen. Es gab immer Dinge, die ich tun wollte und meine Eltern nicht guthießen. Es hat mir geholfen ... den Weg zu ebnen."

Ich habe ein Talent fürs Fälschen, es jedoch vollkommen ohne göttliche Intervention entwickelt. Und die Blutzauberer werden womöglich eher früher als später einen Nutzen dafür haben.

Wenn ich sie dazu bringen kann, mir handfeste Beweise ihrer Vorhaben zu überlassen – Dokumente bezüglich ihrer Pläne, die falsche Unterschriften benötigen oder veränderte Duplikate – würde das womöglich reichen, um die gesamte Verschwörung zu Fall zu bringen.

Es entsteht eine kurze Pause, wegen der ich denke, dass sich die Zauberer miteinander beraten. Dann spricht erneut einer. „Hast du jemals versucht, eine Fälschung in einem größeren Maß anzufertigen? Eine illusorische Kopie eines echten Objekts zum Beispiel?"

Ein Schauder läuft mir über den Rücken. Denken sie, dass ich möglicherweise bei ihren Tonwesen helfen kann?

Das war nicht die Art von Aufgabe, die ich im Sinn hatte.

Nun, ich kann ehrlich antworten. „Nein. Ich gebe zu, dass es eine recht kleine Gabe ist, da es ein ziemlich kleines Opfer war. Ich war mit zwölf Jahren vorsichtiger, als ich es seitdem geworden bin."

„Wenn du deine Macht nun mit einem neuen Opfer stärken könntest, würdest du es tun?"

Mein Unbehagen wächst, doch es gibt nur eine Möglichkeit, diese Frage zu beantworten, um im Spiel zu bleiben. „Natürlich, wenn es für einen guten Zweck ist."

„Dieses Mal wird es dem Zweck dienen, uns zu zeigen, wie bereit du bist, es mit dem aufzunehmen, was in dieser Welt nicht stimmt."

Ich neige den Kopf. „Ich kann verstehen, warum ihr euch dessen vergewissern wollt. Doch wie würde ein neues Opfer funktionieren?"

„Wir würden es nicht oft von dir verlangen", beteuert die

Stimme. „Man kann viel gewinnen, indem man die Gaben kombiniert, die wir bereits haben. Doch was du allein tun kannst, spielt ebenfalls eine Rolle. Komm an den Waldrand und wir werden sehen, was momentan passen würde.“

Das hört sich nicht gut an, brummt Julita, als ich auf dem gleichen Weg zurückgehe, den ich gekommen bin.

Mir gefällt es auch nicht, aber mir fällt nichts ein, was sie oder ich deswegen unternehmen könnten. Zumindest muss ich heute Nacht kein Wesen mit bloßen Händen töten.

Ich bleibe in den Schatten der Bäume am Waldrand stehen. Mondlicht fällt auf das Feld zwischen mir und der Rückseite des Quadrings.

„Wir haben uns entschieden“, verkündet die Stimme, als befände sich der Sprecher direkt hinter mir.

Ich verkneife mir ein Zusammenzucken und blicke nach hinten, doch es ist niemand zu sehen. Ich zwinge mich, meine Muskeln zu entspannen. „Was habt ihr entschieden?“

„Die Kronenwache führt Befehle aus ungeachtet deren Zulässigkeit. Sie interessiert nur ihre eigene Macht, nicht, was den Göttern gefallen würde. Das hast du gesehen, oder?“

Ich schnaube leise. „Oh, ja.“

Zumindest habe ich gesehen, wie sie ihre Autorität missbraucht. Ich kann nicht behaupten, dass ich mir sicher bin, was einem der Götter gefallen würde.

„Du könntest ein paar von ihnen in ihre Schranken weisen. Erinnere sie daran, dass im Universum größere Mächte am Werk sind.“

Mein Blick huscht über den Campus. Die erste Gestalt, an der er haften bleibt, hat ein blasses Gesicht und glänzende, braune Locken – die Wache mit der Gabe, die mich belästigt hat, als ich in die Sterne geguckt habe. Er geht an der hinteren Mauer des Quadrings entlang.

Kann ich meine Gabe bei *ihm* anwenden, ohne dass seine Gabe reagiert? Ist den Blutzauberern überhaupt bewusst, dass er Magie besitzt, die er regelmäßig benutzt?

Wie groß ist der Scheißhaufen, in den sie mich werfen werden?

„Wie soll ich das tun?“, frage ich zaghaft.

„Auf der östlichen Mauer", antwortet die Stimme. „Siehst du die zwei Soldaten, die dort stationiert sind und miteinander sprechen?"

Meine Aufmerksamkeit zuckt erleichtert zu der Außenmauer. Es ist nicht so, dass ich mit Sicherheit weiß, dass die zwei Gestalten auf der Steinmauer *keine* Gaben besitzen.

Ich nicke. Mindestens einer der Verschwörer muss mir so nah sein, dass er mich sehen kann, denn die Geste scheint Antwort genug zu sein.

„Du wirst Kosmel bitten, deine Kräfte auszudehnen, sodass du ein Objekt deiner Wahl aus dem Nichts ‚fälschen' kannst. Du wirst es nutzen, um die Wachen zu erschrecken. Falls du einen Streit zwischen ihnen auslösen kannst, werden wir noch beeindruckter sein."

Ich befeuchte meine Lippen. „Ich glaube nicht, dass Kosmel meine Bitte gewähren wird, nur weil ich nett frage."

„Deswegen wirst du mehr tun als bitten. Du wirst ihm mit einem Opfer zeigen, wie engagiert du bei der Sache bist."

Eine Gestalt, die vollkommen in Schwarz gehüllt ist, tritt zwischen den Bäumen hervor und nähert sich mir. Ich kann nicht erkennen, ob sie ein Mann oder eine Frau, jung oder alt ist. Sogar ihr Gesicht wird von einem Streifen schwarzen Stoffs bedeckt, der vom Rand der Kapuze hängt. Er muss jedoch so dünn sein, dass die Person hindurchschauen kann.

Der Blutzauberer hebt seine Hand und ein Messer funkelt im Mondlicht. Meine Magie erwacht bei dem Anblick und windet sich in meiner Brust.

Julita erschaudert. *Ich weiß nicht … Ich glaube, du bist tief genug in die Verschwörung eingetaucht, Ivy. Du könntest zu den Akademiegebäuden rennen … du bist schnell.*

Und was dann? Die Blutzauberer werden mich umbringen wollen wegen dem, was ich bereits weiß.

„Was soll ich opfern?", frage ich und schaffe es, mit ruhiger Stimme zu sprechen.

Die Gestalt in Schwarz winkt mit dem Messer, die Stimme, die spricht, kommt jedoch von anderswo aus dem Wald. „Du wirst den ganzen Zeigefinger deiner linken Hand opfern mit der Bitte, deine Gabe heute Nacht zu stärken. Wir werden die

Wunde nicht sofort betäuben und versiegeln, wie es die ängstlichen Priester tun. Das Blut und der Schmerz zeigen die Tiefe deines Opfers. Der Allesgeber möchte, dass wir *fühlen*.“

Mir stockt der Atem. Nicht bei dem Gedanken an den Schmerz – ich habe erst heute Nachmittag Schlimmeres erlebt.

Doch wenn ich den gesamten Zeigefinger meiner dominanten Hand aufgebe … Ich bin mir nicht sicher, wie lange es dauern wird, zu lernen, wie ich ein Messer ohne ihn halten kann. Ob ich jemals wieder effektiv kämpfen oder stehlen kann.

Es stehen so viele Fähigkeiten auf dem Spiel, auf die ich mich in meinem alten Leben verließ, um zu überleben … so viele, die mir dabei geholfen haben, sogar hier auf der Akademie zu überleben …

Ist ihnen bewusst, wie viel sie wirklich von mir verlangen?

Ivy, nein, du solltest nicht so weit gehen, protestiert Julita zur gleichen Zeit, in der die Stimme aus dem Wald wissen will: „Bist du gewillt, das zu tun?“

Ich schlucke ein gebrochenes Lachen. Meine Magie zuckt in meiner Brust und bettelt darum, die Zauberer zu erschlagen, nur weil sie von mir verlangt haben, mich zu verletzen, doch ich schiebe dem einen Riegel vor.

Kosmel hat angedeutet, dass ich tiefer gehen soll – ich soll mich geradewegs in die Verschwörung werfen. Ich habe mich diesem Kurs verpflichtet, wenn auch nicht aus den Gründen, die die Blutzauberer im Sinn haben.

Wie viel Leben wird mir noch bleiben, wenn ich ablehne?

Ich strecke meine Hand aus. „Absolut. Danke für die Gelegenheit.“

Jedes Wort kratzt wie ein zackiger Stein über die Innenseite meiner Kehle, doch ich habe anscheinend schnell und überzeugend genug geantwortet. Ich kann beinahe das Lächeln des Sprechers hören. „Gern geschehen.“

Es geschieht alles so schnell, dass ich kaum Zeit habe, an meiner Entscheidung zu zweifeln. Die Gestalt mit dem Messer packt mein Handgelenk, presst meine anderen Finger und meinen Daumen fest an meine Handfläche und knallt meine Hand an den nächsten Baumstamm.

Bevor ich auch nur einatmen kann, schwingt die Person das Messer.

Götter steht mir bei, die Klinge ist scharf. Sie schneidet geradewegs durch Fleisch und Knochen. Schmerz explodiert in meiner Hand.

Als ich meinen Kiefer zusammenpresse, damit mir kein Wimmern entwischt, strömt Blut über die Rinde und meine Hand. Ich besitze gerade noch genug Geistesgegenwart, mich an die Bitte zu erinnern, die ich aussprechen soll.

Meine Stimme kommt abgehackt über meine Lippen. „Kosmel, Allesgeber, wer immer mich hört: Gib mir heute Nacht die Macht, viel mehr zu fälschen als bisher."

Ich drehe mich zu den Wachen auf der Mauer um und strecke meine blutende Hand aus.

Ich will diese Prüfung einfach nur hinter mich bringen. Mir ist schwindlig vor Schmerz und Entsetzen und einem Hauch von Reue. Ich will jemanden anschreien, weil er mich hierher geschleift hat.

Ich besitze keine normale Gabe. Ich werde es versuchen und es wird nicht funktionieren und die Blutzauberer werden daraus die Schlüsse ziehen, die sie wollen. Oder vielleicht wird Kosmel sich einmischen und für mich eine Illusion heraufbeschwören.

Doch das ist nicht das, was geschieht.

Meine zerrissene Macht wallt zusammen mit dem Blut in mir auf, das auf den Waldboden tropft. Mir ist schwindlig – und plötzlich kann ich die wirbelnde Energie in mir nicht mehr aufhalten.

Ich kann nicht alle Löcher stopfen. Ich kann nicht jeden Funken Magie beruhigen, der durch meine Nerven knistert.

Ein Schlag der irren Magie entwischt meinem Griff. Er saust durch die Luft zu den Wachen und heftet sich an die Absicht, die ich zu haben vorgab, an das Bild, das mir die Verschwörer in den Kopf gesetzt haben.

Ich weiß nicht, welche Illusion sie formt. Ich sehe bloß, dass eine Wache auf die andere losgeht.

Nein, nein, nicht so. Ich schlinge meinen anderen Arm um meinen Bauch und bemühe mich verzweifelt, meine Magie zu zügeln, ohne preiszugeben, womit ich ringe.

Der Boden unter mir bäumt sich auf. Ich weiß nicht, ob das Blutzauberei oder der Rückschlag meiner Macht ist, doch es wirft mich auf die Knie.

Meine Magie schlägt in dem letzten Versuch um sich, meinen Willen auszuführen, ob es mir nun gefällt oder nicht.

Die Wachen stolpern erneut – und eine von ihnen knallt mit solcher Wucht gegen die niedrigen Mauerzinnen, dass sie darüberstürzt.

Der Aufprall ihres Körpers, der auf dem Boden aufschlägt, hallt durch die Nacht an meine Ohren.

Ich ringe nach Luft und dränge meine Macht so weit wie möglich zurück, während ich darum kämpfe, mir mein Entsetzen nicht anmerken zu lassen, damit die Verschwörer meine Verzweiflung nicht sehen. Meine unverletzte Hand stemmt sich gegen die feuchte Erde, um mich zu stützen.

Meine Magie versucht, wieder um sich zu schlagen, doch ich habe sie fest im Griff. Ihr Frust vibriert durch meine Knochen.

Ich knirsche mit den Zähnen. Mehr Magie darf nicht entkommen.

Bei den Göttern, was habe ich der Wache angetan? Hat sie den Sturz überhaupt überlebt?

Ich wollte nicht …

Die Gestalt in der schwarzen Robe geht vor mir in die Knie. Eine Stimme erklingt mit offenkundiger Zufriedenheit aus dem Wald hinter uns. „Eine beeindruckende Leistung. Die Götter sind dir anscheinend wohlgesinnt. Du musst dir keine Sorgen machen. Wir werden zusehen, dass du für deinen Dienst wieder geheilt wirst."

Ich verstehe nicht. Ich bin zu verwirrt, um überhaupt zu realisieren, was passiert, bis die Gestalt, die das Messer geschwungen hat, den abgeschnittenen Finger an den blutenden Stumpf presst und sich ein heißes Kribbeln in meinem Fleisch ausbreitet.

Sie hat eine heilende Gabe. Sie verschmilzt meinen Finger wieder mit meiner Hand.

Es sollte mich nicht überraschen. Wie sollte ich den

plötzlichen Verlust meines Fingers erklären, nachdem ich zur Akademie zurückgekehrt bin?

Mich zu heilen, dient genauso sehr ihrem eigenen Wohl wie meinem.

Doch als sich die Sehnen und Knochen wieder verbinden, kehrt mein Blick zur Mauer zurück. Zu dem Wachmann, der um Hilfe ruft und noch immer auf der Mauer steht und auf seine gestürzte Kollegin hinabblickt.

Die Blutzauberer haben die wahre Quelle meiner Magie nicht erkannt oder wie wenig ich sie freilassen wollte. Doch ich weiß es.

Ich habe die Kontrolle verloren, nur für den Bruchteil von Sekunden, und das habe ich dadurch angerichtet.

Vielleicht hatte Stavros von Anfang an recht. Vielleicht kann ich nichts anderes als ein Monster sein.

DREIUNDZWANZIG

Ivy

Die ganze Stadt ist mit roten Tüchern geschmückt. Scharlachrote Banner hängen über Ladenfenstern und spannen sich hoch über den Straßen. Blutrote Wimpel baumeln von Fenstern. Rubinrote Bänder zieren jeden Karren und Wagen.

Die Leute tragen auf ihre Weise zu der Kakophonie aus rot bei. Jeder Adlige und Innenbezirkler, der sich auf dem Platz vor dem Tempel der Krone versammelt hat, trägt Seide, Satin oder fein gesponnene Wolle, die in einem Rotton gefärbt wurde.

Sogar in den Außenbezirken, wo sich nur wenige Menschen Outfits in jeder göttlichen Farbe leisten können, werden die Leute rote Schärpen und Schals um ihre Körper wickeln, um sich der Feier anzuschließen.

Casimir hat mich in seiner Rolle als selbsternannter offizieller Kostümbildner nicht enttäuscht. Luftige Seide wickelt sich um meine Brust und fällt in einem kräftigen Weinrot über meine Beine, das meinen blassen Teint irgendwie cremefarben anstatt kränklich aussehen lässt.

Die kräftigen Farben, die meinen Augen überall

entgegenschlagen, wohin ich schaue, sorgen jedoch dafür, dass ich mich ein wenig krank *fühle*. Am Rand des Platzes, wo Stavros und ich stehen geblieben sind, um die Feierlichkeiten zu beobachten, trete ich von einem Fuß auf den anderen und greife nach oben, um den Spitzenstoff zu verlagern, der meine Augen beschattet.

Zusammen mit Sabrelles Farbe tragen alle im Innenbezirk helmähnliche Kopfbedeckungen, um die Gottlen des Kriegs zu ehren. Für Frauen bedeutet das eine leichte Metallkappe mit silberfarbenen Filigranarbeiten, die Kettenpanzer nachahmen sollen und über meine Haare sowie mein Gesicht bis zur Nasenspitze fließen.

Adlige lieben eine Ausrede, beim Feiern halb-anonym zu sein.

Zum Glück gehören zu der Gesichtsbedeckung Löcher für die Augen, sodass mein Sichtfeld nicht zu stark verschleiert ist. Ich bin nicht hier, um selbst zu feiern, sondern um Ausschau zu halten.

Neben mir funkelt Stavros die Menge unter seinem Helm heraus finster an. Die Männer tragen eine weniger zierliche Version mit Silberplatten über der Nase und den Wangen.

„Unser Auftritt für die Militärfakultät ist erst beim siebten Glockenschlag", sagt er. „Du wirst viel Zeit haben, deine Runden zu drehen. Dem angedachten Standplan zufolge, den ich gesehen habe, hat der Entomologieclub seine Demonstration in der nordöstlichen Ecke des Platzes aufgebaut. Du solltest dir die meisten Mitglieder dort anschauen können, damit du sie später im Auge behalten kannst."

Ich nicke. „Ich habe Ster. Torstem bereits entdeckt. Auf seine Jacke sind goldene Hirsche gestickt."

„Ich bezweifle, dass *er* irgendwelche besorgniserregenden Dinge tun wird." Stavros seufzt. „Ich bin mir nicht sicher, ob es einer von ihnen riskieren würde, ihre Absichten vor so vielen Zeugen zu enthüllen. Allerdings haben sie Prinz Jacos auf der Akademie angegriffen. Da die Königsfamilie auftreten wird, können wir nicht vorsichtig genug sein."

Beim Tröten einer Trompete drehe ich den Kopf. „Und hier kommt sie."

Die Menge teilt sich vor dem Tempel, um Platz für die königliche Prozession zu machen. Aufgrund der bekannten Gefahr hat der König ein Dutzend Mitglieder seiner persönlichen Wachmannschaft mitgebracht, deren übliche Uniformen gegen ein auffälliges Granatrot eingetauscht wurden.

König Konram und mehrere andere Gestalten gehen in ihrer Mitte. Er, Königin Ishild und ihre zwei lebenden Kinder – Prinzessin Klaudia und Prinz Jacos – winken den Feiernden, die ihre Stimmen zu eifrigem Jubel erheben.

Sie sind erst gestern Nacht von ihrer Tour durch die Provinzen zurückgekehrt. Es ist kein schlechter Empfang, zu einer gewaltigen Party nach Hause zu kommen.

Ich kenne ihre Begleiter nicht. Eine imposante Frau in einem Kleid mit Gürtel, das eher wie die Robe einer Priesterin aussieht als das einer Adligen, schreitet hinter ihnen. Eines ihrer Augen ist hinter einer Klappe verborgen, die mich an Esmaes erinnert. Zu ihrer Linken trottet ein spindeldürrer Mann mit elfenbeinfarbenen Haaren, dessen unrunder Gang auf die Steifheit eines hohen Alters oder ein Bein-bezogenes Opfer hindeuten könnte.

Und hinter ihnen …

Mir stockt der Atem beim Anblick der verunstalteten Gestalt des dritten Mannes. Er trägt seinen stattlichen Körper aufrecht und hochmütig, doch weder seine Haltung noch sein dicker Umhang können verbergen, wie schief sein Körper ist.

Ihm fehlt ein Arm bis hinauf zur Schulter.

Bei den Göttern, was für eine Gabe hat er für *dieses* Opfer erhalten?

„Wer sind die drei bei der Königsfamilie?", raune ich.

Stavros neigt den Kopf tiefer, damit er sich meinem leisen Ton anpassen kann. „Ich habe dem König vorgeschlagen, seine magischen Berater ebenfalls an dieser Prozession teilnehmen zu lassen. Ich glaube, er hat keinem von ihnen verraten, warum sie mitkommen sollen, abgesehen von seiner obersten Zauberin, Hessild Korinya. Sie ist die Frau, die hinter ihm geht. Allerdings können sie wahrscheinlich alle drei ungewöhnliche, magische Aktivitäten in ihrem Umfeld wahrnehmen. Die zwei Männer sind Tinom Akorek, er ist der Kleinere, der sich auf Illusionen und flüchtige Segen spezialisiert hat, und Lothar Riosmek, der ein Meister pflanzlicher und chemischer Tränke ist."

Ich kann nicht anders, als eine Augenbraue hochzuziehen. „Er hat einen ganzen Arm geopfert, nur um Tränke zu brauen?"

Einer von Stavros' Mundwinkeln biegt sich nach oben. „Ich bin mir nicht sicher, was genau seine Gabe ist. Ich weiß nur, dass er sich Creaden verpflichtet hat. Ich vermute, das erlaubt mehr als gutes Tränkebrauen."

„Es ist jedoch nicht beeindruckend genug, dass der König *ihn* zum obersten Zauberer gemacht hat."

Der ehemalige General zuckt mit den Achseln. „Ich glaube, Hessild hat selbst eine mächtige Gabe. Ein Auge ist kein kleines Opfer. Und es gibt eine Familiengeschichte. Ihre Mutter und ihr Großvater dienten beide vor ihr als oberste Zauberer."

Julita schnaubt in meinem Kopf. *Man sollte meinen, dass drei königliche Zauberer diese Blutzauberer in Schach halten können.*

Stavros hält inne und seine Hand gleitet um meine, als wolle er seine nächsten Worte betonen. „Sei besonders vorsichtig, wenn du Lothar über den Weg läufst. Er hat lauter als der König danach verlangt, dass Jagd auf Zerrissene gemacht wird und sie öffentlich hingerichtet werden. Ich habe den Eindruck, er hegt eine persönliche Vendetta."

Ein Kloß füllt meine Kehle. „Ich wollte nicht …"

„Ich weiß." Stavros streichelt mit dem Daumen über den Ansatz meines Zeigefingers – über die winzige Narbe, die der einzige Beweis für mein vorübergehendes Opfer vor zwei Tagen ist. „Pass … einfach auf."

Er lässt mich los, doch das Gespenst seiner Berührung haftet mit einer unwillkommenen Wärme an meiner Haut. Mein Magen verknotet sich bei der Erinnerung an mein Geständnis gestern Morgen.

Ich wusste, dass er von der gestürzten Wache erfahren würde. Er würde misstrauisch wegen des Zeitpunkts und Orts des Vorfalls sein. Wenn ich versucht hätte, zu lügen, hätte er mir vermutlich nicht geglaubt.

Und vielleicht dachte ein Teil von mir, dass ich eine Art Bestätigung erhalten würde. Möglicherweise glaubte ich, wenn ich dem Mann alles erzählen würde, der meine Magie ab dem

Moment ihrer Entdeckung beschimpft hat, würde seine Reaktion die Strafe sein, die ich wirklich verdiente.

Doch er durchbohrte mich weder mit einem Schwert noch zerrte er mich zum Galgen. Als er einige Flüche knurrte, galten sie den Blutzauberern anstatt mir. Anschließend stürmte er davon und kehrte zurück, nur um mich darüber zu informieren, dass die Wache überlebt hatte.

Sie liegt noch auf der Krankenstation, wo sich die Mediziner um sie kümmern. Ihr Schädel ist bei dem Sturz gebrochen. Doch anscheinend erwartet man, dass sie sich mit genug Zeit vollständig erholen wird.

Keine dieser Tatsachen hat die Schuldgefühle gelindert, die noch immer in mir wüten. Ich glaube, ich würde mich tatsächlich besser fühlen, wenn Stavros mich zum Galgen geschleift *hätte*.

Ich habe die Kontrolle über meine zerrissene Macht verloren. Nur wenige Sekunden lang und mit Konsequenzen, die keinesfalls fatal waren – doch wir wissen nicht, was die Blutzauberer als Nächstes von mir verlangen werden.

Wie kann ich versprechen, dass es nie schlimmer werden wird?

Vor ein paar Tagen war ich wütend auf ihn, weil er mir nicht vertraute. Jetzt bin ich mir nicht sicher, ob ich das Vertrauen verdiene, das er mir zu schenken beschlossen hat.

Stavros bewegt sich nach vorne. „Ich werde in der Nähe des Königs bleiben, bis es an der Zeit für den Auftritt ist. Es sieht allerdings so aus, als würdest du Gesellschaft haben, während du den Rest der Festlichkeiten im Auge behältst.“

Ich sehe mich um und entdecke zwei Männer, die sich durch die Menge schlängeln und auf uns zukommen.

Ich würde Casimirs eleganten Gang überall erkennen, trotz des Helmes, der den Großteil seines Gesichts bedeckt. Sein sanftes Lächeln zaubert mir trotz des Durcheinanders in meinem Inneren ein Lächeln ins Gesicht.

Ich kann nicht behaupten, dass ihm die Militärausrüstung steht, doch er schafft es, sogar mit dem Metallklumpen auf dem Kopf atemberaubend in seiner scharlachroten und goldenen Tunika auszusehen.

Aleks schlanke Gestalt geht direkt hinter dem Kurtisan. Er trägt einen festlichen Helm, der sich bis zu seinem Kiefer erstreckt und seine Maske vollkommen verbirgt. Seine rote Tunika ist mit Stickereien in einem bronzefarbenen Ton verziert und seine Hose ist enganliegender als Casimirs modisch wogende, er macht jedoch eine genauso gute Figur.

Wir können die Feierlichkeiten zumindest eine kleine Weile gemeinsam genießen, da unsere Identitäten für alle anderen verborgen sind, die uns nicht so gut kennen.

Stavros nickt ihnen diskret zu und geht zur königlichen Prozession.

Casimir legt seine Hand um meinen Ellenbogen. „Wie geht es dir, Gütige?"

Die Zärtlichkeit seines Tonfalls verrät mir, dass er nicht nur fragt, ob mir das Festival gefällt. Stavros war in der Lage, ihn und Alek gestern früher einzubestellen, sodass ich ihnen alles erzählen konnte, ohne mir Sorgen darüber zu machen, dass ich Benedikt mein Geheimnis verrate. Der Kurtisan blieb während des gesamten restlichen Treffens eng an meiner Seite, als würde er merken, wie unsicher ich mich fühlte.

„Ich wünschte, ich wäre mit einem Buch auf meinem Zimmer", antworte ich mit einem leichten Lachen. „Allerdings vermute ich, dass wir Sabrelle besser anständig feiern sollten."

Alek bleibt mit ernster Miene vor mir stehen. Er hat gestern mehrere Minuten damit zugebracht, mit Stavros und mir zu diskutieren, ob wir meinen Plan abblasen sollten, die Verschwörung zu infiltrieren.

Nicht, weil er sich Sorgen macht, was ich tun könnte. Sondern, weil er sich Sorgen macht, wie sich das Ganze auf mich auswirkt.

„Klingt nach einer viel besseren Abendgestaltung als das hier", erwidert er. „Wir könnten das in eben diesem Moment tun."

Ich wackle mit einem Finger in dem Versuch, ihm zu zeigen, dass es mir gut geht. „Wir haben hier Arbeit zu erledigen. Ich sollte vermutlich versuchen, nebenbei auch etwas Spaß zu haben. Ich habe nie besonders viel Zeit bei einem Festival verbracht abgesehen von Signys."

Es schien mir nie eine gute Idee zu sein, unterwegs zu sein, während alle versuchen, auf jede mögliche Art die Aufmerksamkeit des einen oder anderen Gottlen zu erregen – nicht, wenn ich versuchte, mich der Aufmerksamkeit der Götter zu *entziehen*. Wenn es keinen Gegenstand gab, für dessen Diebstahl ein derartiges Fest der richtige Zeitpunkt war, oder einen Betrug, den ich durchführen musste, hielt ich mich während der Festivals von den Straßen fern.

Casimirs Daumen streichelt meinen Arm durch den Ärmel meines Kleides hindurch. Er kann meine Gründe vermutlich erraten. „Bedeutet das, dass du noch nie Blutfrucht-Pudding probiert hast?"

Ich bedenke ihn mit einem skeptischen Blick. „Das tut es. Ich hätte nicht gedacht, dass das ein großer Verlust ist." Wie gut kann ein Dessert sein, das aus dem Lieblingssnack der Soldaten hergestellt wurde?

Der Kurtisan gluckst und zieht mich mit sich in die Menschenmenge. „Dann wirst du überrascht sein. Ich mag das Zeug als getrocknete Armeeration auch nicht, aber es hat etwas, wenn es frisch gekocht wurde."

Wir quetschen uns durch den überfüllten Platz zu einem Stand, der kleine Papierkegel mit einem Pudding verkauft, der direkt aus dem Wegwerfbehälter gegessen wird. Ich lecke mit meiner Zunge daran und reiße die Augen auf, als der süßsaure Geschmack mit einem beinahe würzigen Aroma auf meiner Zunge explodiert.

„Okay, du hast mich vom Gegenteil überzeugt. Welche anderen Freuden sind mir entgangen?"

Aleks Lächeln nimmt leicht verschlagene Züge an, woraufhin es in meiner Brust flattert. „Die besten Waffenschmiede stellen ihre Waren aus. Ich habe einige kunstvoll geschmiedete Wurfmesser gesehen, die zum Verkauf angeboten wurden."

Casimir führt mich weiter. „Und du willst dir die Kavallerie-Vorführung nicht entgehen lassen."

Ich lache zum ersten Mal seit Tagen. „Okay, okay. Anscheinend kennt ihr mich besser als ich mich selbst."

Sie sind ganz rührselig geworden, bemerkt Julita in einem

Ton, der beinahe so sauer ist wie die Blutfrucht. *Wir haben hier auch eine Aufgabe zu erledigen. Ich hoffe, sie vergessen das nicht.*

Sie sagt nichts darüber, dass *ich* es vergesse, doch sofort packen mich Schuldgefühle. Als wir weiter über den Platz schlendern, halte ich nach vertrauten Gestalten Ausschau.

Ich kenne die Mitglieder des Käferclubs nicht besonders gut. Aufgrund der Helme ist es schwer, andere zu erkennen.

Über den Ständen der Schmiede führt eine Gruppe Duellanten und Soldaten eine Reihe Sparring-Kämpfe vor — manche führen sie miteinander, wobei sie protzige Kampfbewegungen vollführen, andere sind für Herausforderer aus dem Publikum bereit. Während ich mir gestatte, einen besonders reizvollen kleinen Dolch zu kaufen, der meinem aktuellen Lieblingsmesser den Rang ablaufen könnte, rammt einer der Kämpfer einem anderen seine Faust ins Gesicht, sodass Blut aus der Nase des Gegners spritzt, das zu seiner scharlachroten Jacke passt.

Weiter weg stellt die Jägergilde ein Gestell mit den Fellen verschiedener getöteter Tiere aus. Heraufbeschworene Bilder von Rehen und Hasen tollen in der Luft über ihrem Stand und brechen ab und zu zusammen, wenn sie von einem heraufbeschworenen Speer getroffen werden.

Sie haben einen kompakten Bogenschießstand aufgebaut, wo die Feiernden ihr Glück darin versuchen können, auf eine der sehr echten Tauben zu schießen, deren Flügel gestutzt wurden. Ein kleines Mädchen kreischt siegesgewiss, als ihr Pfeil sein Ziel trifft und mit einem dumpfen Laut in den gefiederten Körper dringt.

Dies ist eine Feier, die der Gottlen gewidmet ist, deren Gebiet Sport, die Jagd und Kriegskunst ist. Während ich das Treiben betrachte, sinkt mir der Magen.

Liegen die Blutzauberer so falsch? Diejenigen, die mit mir gesprochen haben, behaupteten, dass die Götter wollen, dass wir animalisch und wild sind und nicht von strengen Verhaltensgrundsätzen eingeschränkt werden.

Es macht jedenfalls den Anschein, als würde es zumindest eine der Gottlen lieber sehen, wenn wir Blut vergießen und miteinander kämpfen würden, anstatt gesetzmäßigen Frieden zu wahren.

Warum hätte der Allesgeber eine Gottlen wie Sabrelle erschaffen sollen, wenn er anderer Meinung war?

Warum haben sich die geringeren Götter nicht stärker eingemischt, wenn sie unzufrieden damit sind, was die Blutzauberer tun? Wenn Kosmel Bescheid weiß, haben die anderen die Verschwörung sicherlich ebenfalls bemerkt.

Der Trickster-Gottlen scheint zu wollen, dass ich mich einmische, allerdings weiß ich nicht warum. Oder was das ultimative Ziel ist, auf das er es abgesehen hat.

Der Anblick der Demonstration des Käferclubs vor uns reißt mich aus diesen unbehaglichen Gedanken. Alek stößt einen angewiderten Laut aus, doch wir gehen alle gemeinsam dorthin.

Der Gelehrte hat unser Ziel nicht vergessen, ganz gleich, was für abfällige Bemerkungen Julita macht.

Mehrere Käferclubmitglieder stehen um einen Halbkreis aus kleinen Terrarien herum, wobei ein großer Glasbehälter in der Mitte des Bereichs steht, der ihnen zugewiesen wurde. Als wir uns nähern, lassen zwei der Studenten gerade ein paar Käfer in den mittleren Behälter fallen, die beinahe so groß wie ihre Handflächen sind.

Die massigen Insekten trampeln aufeinander zu und Julitas Präsenz zuckt in meinem Kopf zusammen. Dann unterdrücke ich ebenfalls ein Zusammenzucken, als sich einer der Käfer auf den anderen stürzt und ein gliedriges Bein abreißt.

Ah. So feiert der Entomologieclub also Sabrelle – indem sie Käferkämpfe organisieren. Reizend.

Das passt zum Thema der Feier.

Ich reiße meinen Blick von dem Kampf der Käfer los und lasse ihn über die Gestalten schweifen, die das Spektakel inszenieren.

Einer von ihnen grinst und ich identifiziere ihn anhand der Stahlzähne zwischen seinen Lippen als Olari. Sein dekorativer Helm hat eine kleine rote Quaste und er trägt einen dunkelgrauen Gürtel mit roten Stickereien über seiner Tunika.

Das sollte mir dabei helfen, ihn zu erkennen, falls er später in der Menge untertaucht.

Bei ein paar anderen erhasche ich genügend Blicke auf ihre Merkmale, um sie mit den Studenten in Verbindung zu bringen, die ich auf dem Campus beobachtet habe. Bei dem Rest bin ich mir nicht sicher – sie könnten aus der zweiten Gruppe stammen, von der Alek vermutet, dass sie nicht in die Praktiken der illegalen Magie involviert ist.

Ich präge mir die auffälligsten Merkmale ihrer Kleidung ein und wende mich ab. „Ich glaube, ich habe genug gesehen."

Casimir legt seinen Arm um meine Taille. „Lasst uns die Pferde suchen. Es ist erstaunlich, wozu die besten Trainer sie überreden können."

Es ist offenkundig, dass er und Alek entschlossen sind, dieses Festival so angenehm wie möglich für mich zu gestalten, ganz egal, was ich sonst im Kopf habe. Wir beobachten, wie eine Reihe Pferde vorbeitrabt und mit ihren Reitern mehrere Meisterleistungen in Gewandtheit und Kraft vorführt. Dann zieht mich Alek zu einem Stand, der frisch gedünstete Klöße verkauft, von denen ich begeistert eine Handvoll verschlinge.

Der Gelehrte deutet auf die Schriftrollen, die entrollt im Schaufenster eines Buchladens ausliegen. Es sind Sendschreiben von alten historischen Schlachten und ich merke, dass es ihn in den Fingern juckt, sie zurück zur Bibliothek zu tragen.

Ich stupse ihn spielerisch mit dem Ellenbogen an. „Ich könnte vermutlich dafür sorgen, dass einige von denen in deinem Besitz landen."

Alek sieht ein wenig entsetzt aus, allerdings um meinetwegen und nicht wegen des Vorschlags. „Ich würde nicht verlangen, dass du dieses Risiko eingehst ..."

„Oh, das wäre kaum ein Risiko." Ich halte inne. „Angesichts all der Dinge, die ich bereits tun musste, sollte ich mich allerdings vermutlich von meiner besten Seite zeigen, solange es geht."

Bevor sich meine unbehagliche Melancholie wieder auf mich legen kann, winkt uns Casimir zum Zelt eines Hundezüchters. „Es sieht aus, als hätte der königliche

Jagdhundezüchter einen neuen Wurf im Angebot. Wer mag keine Welpen?"

Ich muss zugeben, dass der Anblick der Fellknäul, die miteinander raufen und durch die Gegend purzeln, meine Laune ein wenig hebt.

Ich will in dem eigenartigen Gefühl von Normalität versinken und mit zwei Männern über das Fest wandern, die seltsamerweise mit mir hier sein wollen. Doch jedes Mal, wenn ich aufblicke, halte ich automatisch nach Käferclubmitgliedern Ausschau. Ich bin mir ständig zumindest teilweise der Gruppe Wachen bewusst, welche die königliche Prozession umgeben.

Endlich verrät mir das Glockenläuten, dass es an der Zeit ist, bei der Militär-Vorführung der Akademie zu helfen. Ich eile zu dem Platz, der für Stavros und die drei anderen Professoren reserviert wurde, die die Vorführung organisiert haben, und verteile die zugewiesenen Waffen wie eine brave kleine Assistentin an die teilnehmenden Studenten.

Als die Professoren und Studenten sich in eine Wiederaufführung einer der berühmtesten historischen Schlachten stürzen, trete ich einen Schritt vom Ring zurück.

Eine fröhliche Stimme spricht leise neben meiner Schulter. „Du solltest dort oben sein und sie alle mit deinem Können in den Schatten stellen, Klingenkünstlerin."

Ich kichere und blicke zu Benedikt, der hinter mich getreten ist. Als Fan von Luxus hat er sich für einen vergoldeten Helm entschieden, den kein echter Krieger im Kampf tragen würde, und seine gestreifte Jacke verfügt über so viel Gold wie Rot.

Ich kann nicht behaupten, dass ihm das Outfit nicht steht.

„Ich glaube nicht, dass sie es zu schätzen wüssten, wenn ich den Verlauf der Geschichte ändere", erwidere ich.

„Oh, ich glaube, keiner könnte es versäumen, dich wertzuschätzen, wenn er erst einmal diese beeindruckenden Fähigkeiten gesehen hat." Er hält inne. „Mir ist nicht entgangen, dass die Menge vorhin genau beobachtet hast. Du hast mit Casimir und Alek eine Runde gedreht?"

Es liegt ein Hauch von Anspannung in seiner Stimme, von dem ich weiß, dass ich ihn mir nicht einbilde, weil Julita ihn ebenfalls bemerkt. *Warum fragt er das? Mit wem solltest du sonst deine Zeit verbringen?*

„Wir sind uns schon früh über den Weg gelaufen", erkläre ich. „Du hättest dich uns anschließen können."

„Oh, ich hatte viel Spaß mit meinen Mitbewohnern. Es war nur ein wenig merkwürdig … als ich gestern zum Treffen erschien, fühlte es sich beinahe an, als hättet ihr alle schon eine ganze Weile miteinander diskutiert."

Ein ungutes Kribbeln läuft mir über den Rücken. „Nur ein wenig Small Talk, während wir auf dich warteten."

Benedikts Summen klingt skeptisch. „Du warst schrecklich vage hinsichtlich der letzten Prüfung, die dir unsere ‚Freunde' gestellt haben."

Ich habe meine echte letzte Prüfung gar nicht vor ihm erwähnt, sondern nur über die aus der Nacht davor gesprochen. Das weiß er allerdings nicht.

Ich zwinge mich, in einem trockenen Ton zu sprechen. „Es sind nicht unbedingt angenehme Erinnerungen. Ich sehe nicht, warum sie besonders nützlich sind, abgesehen von den wenigen Informationen, die ich dabei sammeln konnte."

„Wie wahr. Unsere Verschwörer haben eine interessante Weltanschauung, oder?"

Erneut macht mir sein Ton zu schaffen – und nicht nur mir. *Worauf will er hinaus?*, murmelt Julita.

Ich schüttle reumütig den Kopf. „Wenn du mit ‚interessant' absolut furchterregend meinst, dann ja. Oh!"

Ich habe gerade Ster. Torstem entdeckt, dessen aufgestickte Hirsche im Laternenlicht schimmern, das die hereinbrechende Dämmerung erhellt. Der korpulente Mann bahnt sich einen Weg durch die Menge … und geht geradewegs zu der Prozession, zu der die Königsfamilie gehört.

Julitas Stimme wird schärfer. *Und was hat er vor?*

Das sollte ich besser herausfinden. Natürlich nähert sich der Rechtsprofessor dem König, während Stavros anderweitig beschäftigt ist.

Benedikt folgt meinem Blick. Sein Ton wird bitter, als er ihn noch stärker senkt. „Ja, lasst uns alle um den großartigen König Konram herumscharwenzeln."

Er hat heute offensichtlich allgemein schlechte Laune.

„Vielleicht sehen wir uns später wieder", erwidere ich eilig und laufe Torstem hinterher.

Die königliche Prozession hat neben einem Stand angehalten, der Glühwein verkauft und nur ein Stück vom Zelt des Jagdhundezüchters entfernt ist. Ster. Torstem schleicht sich näher an sie heran und steckt eine Hand in seine Tasche.

Was *hat* er vor? Er sieht definitiv nicht so aus, als hätte er einen legitimen Grund, die Aufmerksamkeit des Königs zu erregen.

Und wer weiß, ob seine illegale Zauberei ihm erlauben wird, eine Art heimlichen Angriff zu starten, obwohl die Königsfamilie von einer ganzen Horde Wachen umgeben ist?

Wir müssen ihn aufhalten, ruft Julita. *Aber wenn er erkennt, dass du dich eingemischt hast, wird das sämtliche Fortschritte ruinieren, die du bei seinen Psychopathen gemacht hast.*

Ich knirsche mit den Zähnen und mein Blick sucht die Menge ab. Wie kann ich die Wachen auf eine mögliche Bedrohung aufmerksam machen, wenn er gar nicht bedrohlich aussieht – und ohne, dass Torstem bemerkt, dass ich sie auf ihn aufmerksam gemacht habe?

Meine Magie schießt empor und knallt gegen meine Rippen, doch ich presse den Kiefer zusammen und dränge sie sofort zurück. Sie hat in den letzten Tagen genug Leute verletzt.

Meine Aufmerksamkeit landet auf dem Zelt in der Nähe. Vielleicht muss ich bloß eine andere Art von ‚Bedrohung‘ liefern, welche die aktuelle Selbstgefälligkeit der Wachen unterbricht.

Ich schlüpfe zur Rückseite des Zelts und ziehe mein neues Messer. Es gibt keinen besseren Zeitpunkt als diesen, um es einzuweihen.

Ich lausche aufmerksam, um mich zu vergewissern, dass niemand in dieser Ecke des Zeltes ist, bevor ich die Schnüre durchtrenne, welche die zwei Stoffbahnen zusammenhalten. Anschließend gehe ich in die Hocke und beuge mich gerade so weit vor, dass ich die Seile durchschneiden kann, die einige der größeren Hunde an ihren Pfosten sichern.

Mit einer stummen Entschuldigung an die Tiere hebe ich

einen spitzen Stein vom Boden auf und werfe ihn gegen die Hüfte eines Hundes genau neben der Schnauze eines anderen.

Der erste fährt herum, da er sich sicher ist, dass er gebissen wurde. Der zweite bellt wegen der plötzlichen Feindseligkeit. Innerhalb von Sekunden jagen sie einander und den dritten Hund in ihrer Mitte aus dem Zelt, wobei sie nach einander schnappen und bellen.

Die Menge in der Nähe zerstreut sich. Torstem muss zur Seite stolpern, um nicht umgerannt zu werden.

Die Wachen des Königs ziehen den Kreis um ihre Schützlinge enger. Ich höre, was eine von ihnen zum König sagt: „Ich glaube, wir sollten uns von diesem Aufruhr entfernen, Eure Hoheit."

König Konram entscheidet anscheinend, dass er genug Aufregung hatte, denn die Prozession macht sich auf den Rückweg zum Palast und bleibt nur ab und zu stehen, damit die Königsfamilie verschiedene Leute grüßen kann.

Ich lehne mich mit einem erleichterten Seufzer an das nächstbeste Gebäude. Ster. Torstem kann ihnen nicht in den Palast folgen.

Allerdings weiß ich nicht einmal, welches Desaster ich möglicherweise abgewendet habe.

VIERUNDZWANZIG

Ivy

Mir ist schwindlig in der Dunkelheit. Dann packen Hände den Saum des Sacks auf meinen Schultern.

Ich weiß bereits, was kommt, und mein Magen schlingert vor Grauen. Ich war schon viel zu viele Male hier.

Der Sack wird mir vom Kopf gerissen. Ich starre in Stavros' sengenden Blick. Sein Mund ist zu einem bösen, spöttischen Feixen verzogen.

Er greift nach der Schlinge des Galgens …

Und ich schaffe es, mich aus dem Traum zu reißen, bevor ich mich dem Schrecken des Stricks stellen muss, der sich um meinen Hals zuzieht.

Ich atme zittrig in der Dunkelheit des Raums aus, in dem ich aufgewacht bin. Ein schwaches Brennen bleibt an meiner Kehle zurück – wie viel davon dem Albtraum und wie viel der Erinnerung an ein sehr echtes Seil geschuldet ist, das sich vor wenigen Tagen an diese Stelle gepresst hat, weiß ich nicht.

Seit Stavros' Test im Aufbewahrungsgebäude der Militärfakultät hat mich dieser nervenaufreibende Traum jede

Nacht heimgesucht. Ganz gleich, was er sagt oder wie oft er sich entschuldigt, mein Verstand glaubt ihm nicht.

Als ich mich auf dem Sofa aufsetze und versuche, die schrecklichen Bilder abzuschütteln, dringt ein undeutliches, jedoch drängendes Murmeln durch die Schlafzimmertür. Dem folgt ein lautes Rascheln von Bettwäsche.

Es klingt so, als würde keiner von euch gut schlafen, bemerkt Julita.

Ich lache rau und leise. „Wir sind ein ziemlich ungewöhnliches Paar, oder? Wir verschaffen einander Albträume, wenn wir das gleiche Quartier teilen."

Ich wette, Stavros hat nie mit dieser Entwicklung gerechnet, als er darauf bestand, dass ich in seinen Gemächern wohne.

Ein Grunzen dringt an meine Ohren, das zwar gedämpft wird, jedoch eindeutig unbehaglich klingt. Meine Finger krümmen sich um den Rand meiner Decke.

Meine geisterhafte Begleiterin erkennt anscheinend daran, dass ich meinen Körper anspanne, worüber ich nachdenke. *Ich würde ihn nicht stören. Er hat Schlimmeres als ein oder zwei Albträume überlebt. Nach dem, wie er letztes Mal reagiert hat … Allerdings weiß ich nicht mehr, wie ich sein Verhalten einschätzen soll.*

Ich verziehe das Gesicht. „Er weiß offensichtlich nicht, was er von mir halten soll. Ich wollte nie, dass es jemand erfährt."

Natürlich wolltest du das nicht. Aber es war besser, es zu verraten, als Wendos seine verflixten Pläne beenden zu lassen. Wenn Alek und Cas dich akzeptieren können, sollte er ebenfalls dazu in der Lage sein.

„Ich schätze, sie haben niemanden, der ihnen wichtig war, an jemanden wie mich verloren."

Julita schnaubt. *Welcher mörderische Schurke auch immer Stavros' Freund getötet hat, war überhaupt nicht wie du. Ich musste mit jemandem leben, der bloß versuchte, ein böser Zauberer zu werden, und ich kann dir versichern, dass du um Längen besser bist.*

Mein Mund verzieht sich zu einem schiefen Lächeln. Ich wünschte, ich könnte Julitas Beruhigungen mehr wertschätzen.

Es erklingt ein dumpfer Schlag, als hätte Stavros die Matratze geschlagen. Ich zucke zusammen.

Möglicherweise geht es gar nicht um dich, fügt Julita hinzu. *Ich kann mir nicht einmal ausmalen, wie viele schreckliche Dinge er während seiner Tage auf dem Schlachtfeld gesehen haben muss.*

Das stimmt, doch als Nächstes dringen absolut verständliche Worte durch die Tür. „Ivy. Nein.“

In meinem Magen rumort es. Bevor ich es mir anders überlegen kann, springe ich auf.

Als ich zur Schlafzimmertür stapfe, verfällt Julita in Schweigen. Sie erkennt anscheinend, dass es keinen Sinn hat, mit mir zu diskutieren.

Ich kann es nicht ertragen, einfach nur dazusitzen in dem Wissen, dass er in einem Traum gefangen ist, in dem ich vermutlich abscheuliche Dinge tue.

Ich stoße die Tür auf und zögere an der Schwelle. Stavros liegt ausgestreckt auf der Seite auf seinem Bett, die Decke ist um seinen Oberkörper und seine Schenkel verheddert und sein Gesicht halb im Kissen vergraben. Seine Stirn ist gerunzelt und seine Hand fest geballt.

„Stavros“, sage ich vorsichtig und leise. Als er nur durch die Zähne zischt und die Augen nach wie vor zukneift, hebe ich meine Stimme. „Stavros! Wach auf!“

Er zuckt zusammen und rollt sich auf den Rücken. Anschließend wischt er sich übers Gesicht und starrt mich mit trüben Augen im schwachen Mondlicht an.

Mir ist plötzlich bewusst, dass ich nichts als das Unterhemd und die Unterhose anhabe, in denen ich normalerweise schlafe. Allerdings ist es nicht so, als hätte Stavros mich noch nie in einem ähnlich unbekleideten Zustand gesehen.

Die Decke ist auf seiner Brust so tief gerutscht, dass sie einen Teil der wohlgeformten Muskeln enthüllt hat, die seine gewaltige Gestalt bedecken. Sabrelles Sigille markiert seine hellbraune Haut in einer dunkleren, rötlicheren Farbe tief auf seinem Brustbein.

Ich verspüre den plötzlichen, lächerlichen Drang, herauszufinden, wie sich diese Muskeln unter meinen Fingern anfühlen.

Hitze rinnt durch meine Adern, doch ich balle meine Hand bei dem Gedanken, und lege die andere an den Türrahmen. Wenigstens brüllt der ehemalige General mich nicht an.

Bisher.

Er stemmt sich in eine sitzende Position und verschränkt die Arme vor sich – seine Hand aus Fleisch umfasst den Stumpf, den sein Opfer hinterlassen hat.

„Habe ich dich aufgeweckt?", fragt er mit einem leichten Krächzen in der Stimme.

Ich schüttle den Kopf. „Meine eigenen nächtlichen Schrecken haben sich darum gekümmert."

Sein Mund verzieht sich zu einem grimmigen Strich. „Ich würde ja sagen ‚gut', doch das ist alles andere als gut."

„Dadurch war ich wenigstens wach, um deinen Schlaf auf weniger unangenehme Art zu unterbrechen", erwidere ich mit erzwungener Fröhlichkeit. „Ich werde gehen, damit du hoffentlich noch ein wenig erholsame Ruhe bekommst."

Als ich mich zum Gehen abwende, beugt Stavros sich vor. „Ivy … warte."

Ich blicke zu ihm zurück. „Was?"

Jetzt, da er meine Aufmerksamkeit hat, sieht er aus, als würde er nach einem Thema suchen, über das er sprechen kann. „Die Blutzauberer haben dich nicht erneut kontaktiert?"

„Ich hätte es erwähnt, wenn ich von ihnen gehört hätte. Seit der letzten Prüfung vor vier Tagen haben sie keinen Kontakt mehr zu mir aufgenommen. Ich schätze, es könnte eine Prüfung an sich sein, mich schmoren zu lassen. Es lagen ohnehin einige Tage zwischen ihrem ersten und zweiten Test."

Ich halte inne und ein unangenehmer Stich fährt mir in die Brust. „Oder vielleicht ist ihnen doch aufgefallen, dass an meiner Magie in jener Nacht etwas merkwürdig war, und sie diskutieren noch, was sie deswegen tun sollen."

Stavros lacht laut, was so verächtlich klingt, dass es eigenartig tröstlich ist. „Was immer sie spekulieren, es wird nicht die Wahrheit sein. Sie werden sich niemals vorstellen können, dass *ich* es tolerieren würde, eine zerrissene Zauberin einzustellen, oder dass du so lange in meiner Präsenz leben konntest, ohne dass ich es realisiert habe. Die Zerrissenen vermeiden normalerweise eine Entdeckung, indem sie sich von allen fernhalten, die sie hinrichten wollen, nicht indem sie offen vor ihnen herumtänzeln.“

Ich lächle angespannt. „Ja, es ist ziemlich bizarr, dass ich noch hier bin. Allerdings könnte sich das ändern angesichts dessen, dass *du* weißt, was ich dieser Wache angetan habe.“

Stavros blinzelt mich an. Seine nächsten Worte kommen vorsichtig, jedoch bestimmt heraus. „Ich glaube nicht, dass das etwas damit zu tun hatte, dass du eine Zerrissene bist.“

Jetzt starre ich ihn an. „Wovon sprichst du? Es war meine verfluchte Magie, die sie von der Mauer gestoßen hat.“

„Ja. Deine Magie. Die vermutlich genau das Gleiche getan hätte, wenn es die typische Art von Magie gewesen wäre, wegen der dich niemand hängen würde.“

Meine Arme schlingen sich um mich. „Ich verstehe nicht, warum du das denkst.“

Stavros’ Ton wird ein wenig trocken. „Ich verstehe nicht, warum du *nicht* so denkst. Du hast mir selbst erzählt, dass sie so weit gegangen sind, deinen Finger abzuschneiden, um deine Macht zu stärken. Sie haben ständig darüber gesprochen, dass Leute der Wildheit und Gewalt nachgeben sollen. Falls du die Blutzauberer nicht falsch beschrieben hast, klingt es für mich so, als wäre das, was du getan hast, genau das, was passieren sollte, hättest du eine reguläre Gabe.“

Ich öffne den Mund und schließe ihn wieder. Ich habe die Situation bisher nicht auf diese Weise betrachtet.

Weißt du, raunt Julita, *er hat recht.*

Vielleicht, dennoch … „Es *war* jedoch zerrissene Magie, denn das kommt einer ‚Gabe‘ für mich am nächsten.“

Stavros hebt seine Schultern zu einem subtilen Zucken. „Spielt die Quelle der Magie eine Rolle, wenn das Ergebnis am Ende das gleiche war? *Jede* Person, einschließlich mir, hätte in derselben Situation Schwierigkeiten gehabt, ihre Gabe zu kontrollieren. Daher verstehe ich nicht, wie du dem zerrissenen Teil von dir die Schuld geben kannst. Oder warum du dir überhaupt die Schuld gibst. Trotz allem, was vor sich ging, hast du sie unter Kontrolle gebracht, sobald du erkanntest, dass jemand verletzt wurde.“

„Dennoch wurde jemand verletzt", kann ich mir nicht verkneifen, zu protestieren.

„Ivy, ich habe öfter, als ich zählen kann, ausgebildete Soldaten mit Gaben gesehen, die angesichts unerwarteter Angriffe ins Stolpern geraten sind. Dass du deine Kontrolle so schnell wiedererlangt hast in einer Situation, die du noch nie erlebt hattest, ist *beeindruckend* und nichts, was ich eine Schwäche nennen würde."

Ich schlucke schwer. Ich hatte keine Ahnung, dass er so über die Situation denkt.

Ich weiß nicht, ob ich das auch kann.

Meine Stimme senkt sich zu einem Flüstern. „Ich hasse es. Ich hasse es, dass ich das getan habe. Ich hasse es, dass ich auch nur wenige Sekunden lang die Kontrolle verloren habe."

Ein Schatten huscht über Stavros' Gesicht. „Ich weiß. Ich konnte das sehen, als du es mir erzählt hast. Das ist der andere Grund, aus dem ich mir keine Sorgen mache. Außer *du* machst dir Sorgen, dass es zu viel geworden ist … Wenn du diesen ganzen Rekrutierungs-Plan aufgeben willst …"

„Nein", unterbreche ich ihn. „Es ist ohnehin nicht so, als könnte ich das zu diesem Zeitpunkt noch tun."

Er betrachtet mich voller Ernst – und mit einem Zucken seines Kopfs, das mir verrät, wie eindringlich er mein Gesicht mustert. „Du könntest es tun. Ihrem Wissensstand nach hast du keine Ahnung, wer sie sind, weshalb sie dich möglicherweise trotz allem in Ruhe lassen werden. Doch selbst wenn wir befürchten würden, dass sie es nicht tun, würden wir eine Möglichkeit finden, dich rauszuholen und zu beschützen. Wenn es das ist, was du willst."

Er klingt so überzeugt von seinen eigenen Worten, dass ich ihm glaube. Die Vorstellung, vor diesem Schlamassel zu fliehen, kann die Entschlossenheit allerdings nicht zerstreuen, die sich in mir angesammelt hat.

„Ich will, dass wir uns keine Sorgen mehr darum machen müssen, dass diese Psychopathen noch jemanden verletzen. Ich komme dem Ganzen näher – sie zeigen sich mir mehr. Ich werde das Schiff jetzt nicht verlassen."

Ein kleines Lächeln breitet sich auf Stavros' Gesicht aus.

„Das ist genau die Antwort, mit der ich von dir gerechnet habe, edle Diebin. Ich wollte nur, dass du weißt, dass du die Option hast. Ich meine es ernst.“

Die eindringlichen Worte und der liebevolle Spitzname, den er nicht mehr benutzt hat, seit er herausgefunden hat, was ich bin, bringen mich aus dem Gleichgewicht. Ich weiß nicht, was ich sagen soll außer: „Danke schön.“

Er schnaubt. „Ich sollte dir danken. Du bist diejenige, die das größte Risiko auf sich nimmt.“ Er zögert. „Und ich sollte dich *definitiv* ins Bett zurückkehren lassen.“

Etwas daran, wie er das sagt, und die Tatsache, dass er seine eigene Position nicht verändert, als würde er sich wieder hinlegen, lassen mich an Ort und Stelle verharren. „Wirst du wieder einschlafen können?“

Stavros gluckst leise und reibt sich über die Stirn. „In Nächten wie diesen habe ich früher etwas gelesen, um meinen Verstand zu beruhigen. Doch heutzutage bedeutet Lesen mehr Stress als Trost.“

Er blickt zu dem Bücherregal auf der anderen Seite seines Betts – das Regal, das ich betrachtet habe, als ich vor einigen Wochen selbst in diesem Raum aufwachte, nachdem ich niedergestochen worden war.

Einer meiner Mundwinkel biegt sich nach oben. „Sind deine Abenteuergeschichten dafür gedacht? Damit du einschlafen kannst? Sie müssen ziemlich langweilig sein.“

Der ehemalige General sieht ein wenig verlegen aus. „Es gab Nächte, in denen die Taktik nach hinten losging und ich stattdessen viel länger wach war, als mir lieb war. Aber sie sind auf eine Weise tröstlich – all die Action und Aufregung ohne den Schmerz und die Probleme, die man hätte, wenn sie echt wären.“

„Und du versteckst diese Geschichten hier, weil …“

Er richtet einen Blick auf mich, der nur gespielt streng ist. „Sogar ein ehemaliger General hat sein Gesicht zu wahren.“

Ich kann mir ein Lachen nicht verkneifen. Und dann, aus Gründen, die ich nicht erklären kann, würde man mich fragen, ertappe ich mich dabei, wie ich sage: „Ich habe dir zuvor schon angeboten, dir vorzulesen. Wenn du es nicht als Beleidigung auffasst, steht das Angebot noch. Es könnte mir ebenfalls helfen, meine Gedanken zu beruhigen."

Ich spanne mich automatisch an, weil ich halb damit rechne, dass er mich wie zuvor anblaffen wird. Doch Stavros wird einfach reglos, als würde er über den Vorschlag nachdenken.

„In Ordnung", sagt er schließlich. Seine Stimme ist auf eine Weise steif, die ich nicht ganz interpretieren kann. „Nur ein oder zwei Kapitel. Zieh den Vorhang zu, damit du das Licht anmachen kannst, ohne durchs Fenster gesehen zu werden. Ich werde eine vernünftige Geschichte auswählen."

Ich bleibe hinter den dicken Stoffbahnen, während ich die Vorhänge vor das hohe Fenster ziehe. Als ich schließlich die Laterne neben dem Stuhl in der Ecke entzündet habe, hat Stavros ein schmales, in Leder gebundenes Buch auf die Ecke des Betts gelegt.

Ich nehme es in die Hand, lasse mich in dem Sessel nieder und ziehe die Beine neben mich. Da der Blick des ehemaligen Generals auf mir liegt, bin ich auf einmal verlegen.

Daher schlage ich das Buch auf und konzentriere mich auf die Seiten anstatt auf den Mann auf der anderen Zimmerseite. *„Charlsters Reise: Eine Heldengeschichte der Bergkönigreiche. Kapitel Eins. Es begann mit einem Feuer in den Ställen."*

Ich lese einen typisch actionreichen Anfang über einen kühnen Stallburschen vor, der die wertvollen Pferde einer Gräfin rettet und die Verantwortung übertragen bekommt, eine dringende Botschaft über die Berge zum König des Reichs zu transportieren. Als meine Stimme durch den Raum hallt, sinkt Stavros aufs Bett.

Er unterbricht mich nicht. Aus dem Augenwinkel bemerke ich, dass sein Kopf schwerer wird.

Ich senke meine Stimme immer mehr, da ich seinen bevorstehenden Schlummer nicht stören will. Als der Stallbursche auf einem Bergpfad auf Räuber trifft, sehe ich auf und entdecke, dass sich Stavros' Augen geschlossen haben. Ein langsamer Atem weht über seine leicht geteilten Lippen.

Ein unerwarteter Anflug von Zuneigung durchströmt mich. Ich lege das Buch beiseite und lösche das Licht.

Der Boden knarzt unter meinen geschickten Füßen nicht einmal, als ich zu meinem Sofa zurückschleiche. Ich habe mich gerade in meine Decke gewickelt, als sich eine kribbelnde Empfindung in meine Handfläche gräbt, die so scharf ist, dass sie mich vermutlich aufgeweckt hätte, wenn ich geschlafen *hätte*.

Ich reiße meine Hand hoch. Die Worte leuchten kurz auf meiner Handfläche auf.

50 Schritte in den Wald. Allein. Jetzt.

FÜNFUNDZWANZIG

Ivy

Ich weiß erst, wie spät es ist, als die Glocke dreimal läutet, während ich über den äußeren Hof husche. Die Verschwörer haben mich noch nie so spät in den Wald bestellt.

Sie haben mich noch nie ohne Vorwarnung gerufen.

Nun, das ist eine miese Prüfung, murrt Julita, als würde sie ebenfalls unter Schlafmangel leiden.

Ich reibe mir kurz über meine müden Augen und erlaube mir einen Moment, um mich nach dem gemütlichen Sofa zu sehnen, das ich zurückgelassen habe, bevor ich der vorliegenden Aufgabe meine gesamte Aufmerksamkeit widme.

Wer weiß, welche anderen Taktiken die Blutzauberer heute Nacht in der Hinterhand haben, die dazu gedacht sind, mich zu erschüttern und jedes fehlende Engagement zu verraten?

Ich muss auf der abgelegenen Seite des Gebäudes mit den Kampfausrüstungen anhalten, als eine patrouillierende Wache um die Ecke des Quadrings kommt. Sowie sie an mir vorbeimarschiert ist, sprinte ich durch die Schatten, wobei das Gras kaum unter meinen Füßen raschelt.

Es tröstet mich ein wenig, dass ich meine Schlafkleidung gegen meine Kampfmontur eingetauscht habe und nicht gegen ein Kleid. Casimir hat meine Kleider gut ausgesucht, doch ich kann mich nicht auf die gleiche Art bewegen, wenn ich von Seidenschichten erdrückt werde, wie ich es kann, wenn meine Glieder nicht eingeengt werden.

Falls die Verschwörer meine Kleiderwahl merkwürdig finden, werde ich ihnen einfach erzählen, dass ich ihren Anweisungen so schnell wie möglich Folge leisten wollte und es viel länger dauert, ein Kleid zu schnüren, als ein Hemd überzuziehen. Ich habe diese Kleider viele Male auf der Akademie getragen, weshalb das Outfit keine Überraschung sein sollte.

Mein rasender Puls beginnt erst, sich zu verlangsamen, als ich zwischen den Bäumen in dichte Dunkelheit gehüllt werde. Ich eile mit hoch erhobenem Kinn über den Pfad und gebe mein Bestes, trotz meiner Hast so adlig wie möglich zu wirken.

Achtundvierzig, neunundvierzig, fünfzig.

Ich platziere meine Füße auf dem Pfad und spähe in die umliegende Schwärze. Man sollte meinen, dass meine Prüfer mich schnell begrüßen würden, nachdem sie mich aus dem Bett geschleift haben.

Irgendwo hinter mir zu meiner Rechten knistert es leise, als würde ein Fuß auf ein getrocknetes Blatt treten. Ich kann jedoch nicht erkennen, ob es ein Menschenfuß oder ein Tier war, das vorbeiging.

Meine Nackenhaare richten sich auf.

Die Luft regt sich *direkt* hinter mir. Ich bewege mich, um herumzufahren, als sich eine scharfe Kante in meinen vernarbten Rücken bohrt.

Meine Muskeln erstarren instinktiv. Mir stockt der Atem.

„Dreh dich nach links und geh in den Wald", befiehlt eine magisch verzerrte Stimme, die nur einen Schritt hinter mir steht. Ich kann nicht erkennen, ob es ein Schwert, Messer oder Speer in meinem Rücken ist, doch jede dieser Optionen wäre gleichermaßen tödlich, wenn sie mir tief ins Fleisch gerammt werden würde. „Geh weiter, bis ich dir sage, dass du stehen bleiben sollst."

Ich ziehe mehr Luft in meine Lunge und zwinge mich, zu gehorchen.

Zweige knacken unter meinen Füßen, als ich über den unebenen Boden auf der Seite des Pfads trample. Blätter streifen meine Arme.

Meine Magie entfaltet sich in meiner Brust und zupft an mir, damit ich ihr erlaube, die Person umzuwerfen, die mir aufgelauert hat. Damit ich sie die Klinge schmelzen lasse. Damit ich sie durch den Wald toben und jeden töten lasse, der diesem Plan zugestimmt hat.

Nein. Das hier ist vermutlich nur ein weiterer Test, keine echte Bedrohung.

Ich zwinge meine Magie, in mir und ruhig zu bleiben – weder die Verschwörer *noch* mich anzugreifen.

Da ich sie vor einigen Nächten rausgelassen habe, fällt es mir nun leichter, die ruhelose Energie zu beruhigen. Doch je länger wir in angespanntem Schweigen laufen, desto schwieriger wird es, meine Sorgen zu unterdrücken.

Götter straft mich, haben die Blutzauberer doch herausgefunden, dass ich ein Monster bin? Oder vielleicht hat jemand meinen Trick mit den Jagdhunden auf dem Festival bemerkt?

Aber warum hätten sie zwei weitere Nächte warten sollen, bis sie deswegen etwas unternommen haben? Es ist nicht so, als hätten sie sich sicher sein können, dass ich Ster. Torstem unterbrechen und nicht bloß Ärger für die Königsfamilie machen wollte, was eine Mission wäre, die diese Gruppe vermutlich gutheißen würde.

Oder vielleicht ist das hier wirklich nur eine weitere Prüfung. Sie wollen mir *glauben* machen, dass sie sauer auf mich sind, um zu sehen, ob ich irgendwelche Entschuldigungen plappere und Fehler enthülle, von denen sie gar nicht wussten.

Ich schätze, ich werde es herausfinden.

Ivy, sagt Julita, deren Präsenz sich in meinem Hinterkopf zusammengezogen hat, *das hier könnte wirklich schlimm sein. Falls du deine Magie benutzen musst ... Ich glaube, du solltest es tun.*

Mein Mund spannt sich an. Meine automatische Reaktion

besteht darin, mich mit aller Macht zu weigern, allerdings bin ich mir nicht mehr sicher, ob es die richtige Antwort ist.

Nur als absolut letzter Ausweg. Nur, wenn eindeutig ist, dass es keinen anderen Fluchtweg gibt – und diese Flucht die Konsequenzen wert ist.

Sowie ich beginne, diese Leute wie die Feinde zu behandeln, die sie meines Wissens sind, wird alles, was ich bisher durchgestanden habe, umsonst gewesen sein. Wir werden das bisschen Boden verlieren, das wir gutgemacht haben.

Meine Magie poltert weiterhin in meinem Brustkorb, schlägt jedoch nicht allzu kraftvoll um sich. Sie wartet wie der Rest von mir ab, wie sich diese Situation entwickeln wird.

Ob ich es mit einer echten Gefahr zu tun habe oder nur mit einer vorgetäuschten.

Ich betrete eine kleine Lichtung. Es könnte die sein, auf der ich den Hasen zerrissen habe, oder eine völlig andere Stelle – nachts ist alles nur undeutlich zu erkennen. Die Gestalt hinter mir sagt: „Genug.“

Ich bleibe stehen.

Weitere Gestalten bewegen sich in der Dunkelheit zwischen den Bäumen. Sie sind alle in Schwarz gehüllt wie die Messerschwingende-Heilerin.

Auf die meisten erhasche ich nur einen kurzen Blick. Ich glaube vier oder fünf Leute lauern außerhalb meines begrenzten Sichtfeldes.

Zwei der Gestalten treten näher an den Rand der Lichtung, wo sie sich nebeneinander aufbauen und einen schmalen Baumstamm in ihre Mitte nehmen.

„Du klagst diese Frau an?", fragt die Gestalt zur Linken. Ihre Stimme ist verzerrt wie die hinter mir, jedoch so tief, dass sie definitiv männlich ist.

Der andere Neuankömmling hat den Vorteil einer magischen Verzerrung nicht erhalten. „Das tue ich", bestätigt er in einer barschen jedoch klaren Stimme, die ein Beben durch meine Nerven sendet.

Ich erkenne sie nicht … habe allerdings das Gefühl, dass sie nicht so klingen sollte. Dass an ihrem Ton etwas unnatürlich ist.

„Wie lautet die Anklage?", will ich wissen, halte den Kopf

hoch erhoben und betrachte den unbekannten Mann durch die Dunkelheit.

Meine Nerven zucken, da ich spüren kann, dass all die Präsenzen um mich herum einen Kreis formen, um mich zu umzingeln. Sie haben Angst, dass ich wegrenne.

Das ist definitiv nicht gut. Doch falls es eine Anschuldigung von einer außenstehenden Quelle ist, kann ich den Spieß vielleicht umdrehen.

Wer könnte etwas Belastendes über mich wissen?

Die erste Gestalt direkt vor mir richtet sich wichtigtuerisch auf. Als ich bemerke, wie sich der schwarze Stoff an seiner breiten Gestalt bewegt, durchkitzelt meinen Kopf der Verdacht, dass ich womöglich endlich Ster. Torstem in seiner Blutzauberer-Tarnung gegenüberstehe.

Als er erneut spricht, lausche ich in der magischen Verzerrung angestrengt nach Spuren der Stimme des Rechtsprofessors. „Ein anderer aus unserer Mitte behauptet, dass du eine Verräterin an unserer Sache bist. Dass du unsere Gunst nicht gesucht hast, um dem Allesgeber zu dienen und der Welt zu ihrem ehemaligen göttlichen Glanz zu verhelfen, sondern um alles zu untergraben, wofür wir gearbeitet haben.“

Das Blut in meinen Adern gefriert zu Eis. Wie hätte einer von Torstems Leuten so viel erraten können? Fischen sie einfach nur, um zu schauen, ob es stimmt, ohne es wirklich zu glauben?

Vermutlich *wissen* sie es nicht mit Sicherheit, sonst wäre ich bereits tot.

Julita stößt eine Reihe Flüche aus, bevor sie in drängendem Ton spricht: *Ich weiß, wie du damit umgehen musst. Tu ganz süß und unschuldig, als hättest du keine Ahnung, wie jemand so etwas von dir denken kann. Als wärst du ein naiver Schwachkopf, der zu hirnlos ist, um auch nur in Erwägung gezogen zu haben, dass diese Unmenschen es verdient haben, untergraben zu werden.*

Ich bin mir sicher, dass sie mit dieser Situation so umgegangen wäre. Die Vorstellung, mich wie eine Idiotin aufzuführen, gefällt mir allerdings nicht. Es ist nicht so, als würde das zu dem passen, was Torstem und seine Anhänger bisher von mir gesehen haben.

Mit Unschuld bin ich jedoch vollkommen einverstanden.

Ich ziehe die Brauen zusammen. „Warum sollte ich euch untergraben wollen? Ich habe alles für mich behalten, so wie ihr es verlangt habt.“

„Lügen“, protestiert mein Ankläger mit der barschen Stimme, die sich mit jedem Wort falscher anfühlt. „Sie ist eine exzellente Heuchlerin. Man kann nichts glauben, was aus ihrem Mund kommt.“

So ein Mist. Los, mach schon. Lächle einfältig, als wärst du schockiert von seinen Behauptungen.

Mein Körper sträubt sich. Ich kann das Gefühl nicht abschütteln, dass es so falsch rüberkommen würde wie die Schroffheit meines Gegners, wenn ich einfältig lächeln würde.

Es gibt andere Methoden, zu zeigen, dass ich nichts zu verbergen habe.

Ich stemme die Hände in die Hüften und spreche mit ruhiger Stimme. „Hat mein Ankläger einen Beweis? Soweit ich das erkennen kann, ist *er* ein Lügner. Er denkt vermutlich, er kann etwas gewinnen, indem er euch gegen mich aufhetzt.“

„Ich habe sie gehört“, beharrt die verschleierte Gestalt. „Ich habe gehört, wie sie mit diesem Rüpel eines Versagergenerals, für den sie arbeitet, darüber gesprochen hat, dass sie euch allen die Kronenwache auf den Hals hetzen wird.“

Er wedelt unter seiner verhüllenden Robe mit der Hand und die Bruchstücke des Erkennens krachen mit einer Übelkeit erregenden Gewissheit zusammen.

Sein barscher Ton ist mit der Dringlichkeit der letzten Behauptung ins Schwanken geraten und seine natürliche Stimme ist stärker durchgekommen. Und etwas an seiner respektlosen Formulierung, an der Geste, die er gerade gemacht hat …

Verbirgt sich *Benedikt* unter dem Umhang?

Ich strenge mich an, nicht zu reagieren, muss mich jedoch versteifen, als eine kalte Woge Übelkeit durch meinen Körper schwappt.

Was tut er hier draußen? Warum sollte er …?

Die Blutzauberer warten auf meine Antwort. Vielleicht irre ich mich.

Ich lenke meine verstreuten Gedanken wieder auf die

wichtigste vorliegende Angelegenheit und schaffe es, zu schnauben. „Ich kann es kaum ertragen, mit meinem Arbeitgeber über das Wetter zu sprechen, geschweige denn mich mit ihm auf irgendeinen lächerlichen Plan einzulassen. Ich habe eure Einladung, herauszufinden, was ich in dieser Welt noch sein könnte, teilweise angenommen, um von diesem Mann *wegzukommen.*"

Ivy … Ich weiß nicht … Julita windet sich in meinem Schädel, ihr muss aber bewusst sein, dass ich beschlossen habe, ihren Rat zu ignorieren.

Sie hat mich bisher gut angeleitet, doch ich bin die Schwindlerin von uns beiden. Ich habe mich durch heikle Situationen mit jedem von der niedrigsten Straßenratte bis hin zum höchsten Adligen manövriert.

Wenn ich diesen Schlamassel überstehen will, und zwar ohne, dass meine Magie mich zerreißt und wer weiß was sonst noch, muss ich es auf meine Weise tun.

Die Gestalt, die Ster. Torstem sein könnte, verschränkt die Arme vor der Brust, wodurch seine Verkleidung erbebt. „Wir urteilen nur aufgrund von Hörensagen."

Er dreht den Kopf zu dem Mann, von dem ich nicht glauben will, dass er Benedikt ist. „Und du hattest ein Motiv. Du hast versucht, dein Versagen heute Nacht wiedergutzumachen."

Sein Versagen? Bei einer der Aufnahmeprüfungen?

Seit wann hat Benedikt es darauf abgesehen, rekrutiert zu werden? Das war meine Aufgabe.

Ich hoffe, das bedeutet, dass ich mich irre, doch beim nächsten Protest meines Anklägers sickert seine vertraute Stimme stärker durch, da sie vor Stress angespannt ist. „Wenn ich mir das alles ausdenken würde, woher hätte ich dann wissen sollen, dass sie sich in den Wald geschlichen hat?"

Mein Magen hat sich ein Dutzend Mal verknotet, doch ich kann einen noch besseren Auftritt hinlegen, als er vermutlich erwartet.

Ich verdrehe die Augen zum Himmel und lasse ein wenig Spott in meine Stimme kriechen. „Ich kann mir nicht vorstellen, dass es besonders schwer wäre, so etwas herauszufinden, wenn man weiß, wonach man Ausschau halten muss. Was? Hast du jede Nacht den Wald beobachtet, um zu sehen, wer sich hierherschleicht, damit du jemanden hast, auf den du den Finger richten kannst, sollte sich *deine* Loyalität als zu instabil erweisen?"

Ich muss die Blutzauberer dazu bringen, ihn als den potenziellen Verräter zu sehen. Ich muss mich entlasten und ihn beschuldigen.

Der saure Geschmack von Galle kriecht mir die Kehle hoch, doch ich weiß nicht, was ich sonst tun soll.

Und falls das Benedikt ist, dann *ist* er ein Verräter. An mir, Stavros, Julita – an allem, worauf wir angeblich hinarbeiten.

„Du zweifelst an *meiner* Loyalität", beginnt er, zu stottern, aber ich bin bereit für ihn. Bereit, zu kämpfen.

Ich richte einen finsteren Blick auf ihn. „Das tue ich. Wie egoistisch muss man sein, um zu versuchen, seine eigene Schwäche zu kompensieren, indem man einen anderen mit sich runterzieht? Jemand, der tatsächlich für die Rückkehr des Allesgebers sorgen und eine Welt erschaffen will, auf die der Große Gott stolz wäre."

Ich spüre eine Veränderung in dem Kreis der Gestalten um mich herum. Ich säe Zweifel in ihren Köpfen.

Eine Sache, die Julita überdeutlich gemacht hat, ist, wie arrogant die Blutzauberer sind. Sie denken, sie verdienen eine größere Macht als alle anderen und hätten eine besondere Berufung.

So wie bei jedem Arschloch der Oberklasse, mit dem ich jemals zu tun hatte, kann man sie am schnellsten für sich einnehmen, indem man ihre schrecklichen Egos anfacht.

Ich richte meine Aufmerksamkeit wieder auf den möglichen Torstem. „In den Nächten, die ich hier draußen verbracht habe und in eure Lehren eingetaucht bin, habe ich mich so lebendig wie noch nie in meinem Leben gefühlt. Es gibt so viel mehr, was ich lernen will. So viel, was ich mit eurer Führung erreichen könnte. Falls ich euch auf irgendeine Art enttäuscht habe … Falls ich euch irgendeinen Grund gegeben habe, etwas an meinem Verhalten zu beanstanden … dann bin ich dieser

Gelegenheit nicht würdig. Ich werde jedes Urteil akzeptieren, das ihr über mir verhängt."

„Hört nicht auf …", sagt Benedikt.

Der andere Mann unterbricht ihn mit einer Handbewegung. Ich spüre seinen Blick auf mir. „Ich habe auch nur dein Wort, Ivy aus Nikodi."

Ich verneige den Kopf leicht. „Und was immer du von meinen Taten im Dienst eurer Sache gesehen hast. Doch wenn das nicht reicht …"

Julita mischt sich mit einem drängenden Flüstern ein. *Ich weiß es! Borys und Wendos – wenn sie sich nicht auf eine Vorgehensweise einigen konnten – wandten sie sich an ihre Mächte, um zu entscheiden, wer recht hatte.*

Hmm. Ich werde meine zerrissene Magie nicht in das Chaos hineinziehen … Es gibt allerdings eine andere, höhere Macht, die ich anflehen kann.

Mein Herz setzt bei der Idee aus, doch ich habe keine bessere. Die Worte kommen aus meinem Mund, ohne dass ich eine Gelegenheit habe, sie richtig zu durchdenken. „Warum lassen wir die Gottlen nicht zeigen, wen sie bevorzugen? Alles, was wir tun, ist, ihnen zu ihrer vollen Pracht zu verhelfen und zu der Welt, die sie sich wünschen, oder? Testet uns gemeinsam und lasst die Götter denjenigen unterstützen, von dem sie wissen, dass sein Herz treu ist."

Was ich wäre, oder nicht? Immerhin hat sich ein Gottlen dazu herabgelassen, mit mir zu sprechen, nicht wahr?

Wehe, es stellt sich heraus, dass Kosmel einen gewaltigen Streich spielt und die geringeren Götter doch alle die Blutzauberei unterstützen.

Der mögliche Torstem schweigt mehrere Augenblicke lang. Als er erneut spricht, meine ich, ein zufriedenes Lächeln aus seiner Stimme herauszuhören.

„Das könnte ein vernünftiger Vorschlag sein. Wir müssen besprechen, wie genau wir fortfahren werden. Ihr kommt beide mit, bis wir diese Angelegenheit ein für alle Mal klären können."

SECHSUNDZWANZIG

Ivy

Die Gestalt, die mich durch den Wald geführt hat, marschiert mit einem schmalen Schwert in der Hand zwischen Benedikt und mir. Ob sie ihn vor mir oder mich vor ihm beschützt, weiß ich nicht.

Vielleicht ist es ein wenig von beidem.

Mit jedem Schritt, den wir durch den nächtlichen Wald machen, bin ich mir meiner vorherigen Eindrücke sicherer. Mit jedem federnden Schritt des Mannes vor mir rasen weitere Beben einer Erkenntnis durch mich, bei der es mir den Magen umdreht.

Ich verstehe es nicht. Irgendwie ist einer der Männer, die ich für meine Verbündeten hielt, mein Feind geworden.

Er hat auch Stavros auf indirekte Art beschuldigt – er hat gesagt, der ehemalige General würde sich mit mir verbünden, um die Blutzauberer aufs Kreuz zu legen. Wenn die Unmenschen ihm glauben, werden sie Stavros ohne Vorwarnung angreifen.

Allerdings hat er Aleks und Casimirs Namen rausgehalten. Weil er noch ein Gewissen hat oder weil er nicht wusste, wie er erklären sollte, dass sie mir helfen, ohne zu offenbaren, dass *er* das einst ebenfalls getan hat?

Es kostet mich sämtliche Konzentration, eine ausdruckslose Miene zu bewahren und mit gleichmäßigen Schritten durch den Wald zu schreiten. Wenn unsere Befrager realisieren, dass ich meinen Ankläger identifiziert habe und mich verraten fühle … dann wissen sie, dass ich wirklich Geheimnisse habe, die verraten werden können.

Die Gestalt, die ich für Ster. Torstem halte, marschiert zwischen den Bäumen vor uns. Ich habe noch nicht genug von dem Rechtsprofessor gesehen, um ihn sicher anhand seines Gangs erkennen zu können, allerdings spricht nichts an seinen Bewegungen gegen meinen Verdacht.

Ich bin mir nach wie vor einer Handvoll anderer bewusst, die in einem lockeren Kreis um uns herum vorwärtsstapfen und einen Fluchtversuch verhindern.

Wohin bringen sie uns? Was werden sie mit uns tun?

Meine Magie windet sich wie die Schlange durch meine Brust, die ich beim Quadring gefangen habe. Ich kann beinahe hören, wie sie vor Frust zischt.

Sie würde Benedikt die Füße wegtreten, seinen Brustkorb durchschlagen und ihn zerreißen. Obwohl ich entsetzt von dem bin, was heute Nacht geschehen ist, wird mir von den Bildern schlecht, die durch meine Gedanken blitzen.

Ich muss mehr wissen. Ich werde sicherer sein, wenn ich das hier gelassen und vorsichtig angehe.

Vorerst gelingt es mir, meine Magie davon zu überzeugen, dass die Bedrohung nicht bedeutend genug ist, um mich dafür zu bestrafen, dass ich sie nicht loslasse. Bisher hat niemand ein Seil um meinen Hals geschlungen.

Ich bezweifle, dass ich die Magie so gut zügeln könnte, wenn sie vor einigen Nächten nicht diese kurze Gelegenheit erhalten hätte, sich zu verausgaben. Wie viel schlimmer kann diese Situation werden, bevor die Magie ihre Krallen in mich gräbt und die Verschwörer erkennen, dass mehr schiefläuft als der Streit zwischen ihren Rekruten?

Ich verdränge diese Sorge und lasse meine Hände locker und entspannt an meinen Seiten hängen. Im Kopf stelle ich mir die Entfernung zu dem Messer in meinem Stiefel vor, was mir ein wenig Trost spendet.

Unsere eigenartige Prozession bleibt bei einer hoch aufragenden Steinmauer stehen. Wir haben das hintere Ende der massiven Mauer erreicht, die den Campus umgibt.

Wachen patrouillieren die gesamte Mauer entlang, aktuell ist jedoch anscheinend keine in Sichtweite. Der Mann, den ich für Torstem halte, tritt vor und presst seine Hände auf die mit Flechten gesprenkelten Steine.

Ich kann nicht sehen, was er tut, oder aus dem leisen Murmeln Worte heraushören, das seine Lippen verlässt. Die Steine scheinen zu erbeben, als würden sich die Schatten direkt vor ihm zu einem dichteren Fleck zusammenziehen.

Es sieht wie der Geheimgang im Korridor mit den Wandteppichen aus. Als unsere Eskorte uns weiterschubst, kriecht mir ein Schauder über die Haut.

Die Blutzauberer haben es in der Zeit, die sie hier aktiv waren, geschafft, die Mauern der Akademie zu verändern. Welche anderen Schutzvorkehrungen konnten sie durchdringen?

Eine tiefere Kälte schwappt auf dem Weg durch die heraufbeschworene Öffnung über mich hinweg und dann stehe ich am felsigen Ufer des Starsils.

Zu dieser frühen Stunde leuchten nur einige Laternen zwischen den Mittelbezirk-Gebäuden auf der anderen Seite seines wogenden Wassers. Niemand regt sich in den Straßen.

Der Mann, der das Sagen hat, führt uns mehrere Schritte am Ufer entlang zu etwas, was wie ein Haufen verstreuter Bretter aussieht. Als ich nah genug bin, schimmert das Bild und Magie kribbelt hindurch. Die Bretter verschmelzen zu einem kleinen Holzboot.

Eine Illusion – die dazu erschaffen wurde, das Wasserfahrzeug zu verbergen, das sie hier aufbewahren.

Ich kann nichts anderes tun, als auf die Geste des Schwertträgers hin in das Boot zu steigen. Benedikt folgt mir. Der Anführer, der Schwertträger und drei andere Gestalten lassen sich um uns herum nieder.

Wir legen ab und treiben aufs Wasser. Niemand holt ein

Paddel hervor und das Boot hat kein Segel, dennoch gleiten wir auf einem ziemlich geraden Kurs über den Fluss. Die kribbelnde Empfindung, die ich zuvor verspürte, nimmt zu – weitere Magie leitet uns auf unserem Weg.

Das Boot bringt uns diagonal über den Starsil, wobei es die zugebauten Ufer innerhalb der Kernstadt meidet und zu dem wilderen Abschnitt hinter den Hauptmauern gleitet.

Ich entdecke einige Mitglieder der Kronenwache, die auf der Stadtseite Wache halten, doch die Illusion verbirgt uns anscheinend gut genug. Kein einziger Schrei hallt durch die Nacht.

Niemand patrouilliert in dem spärlichen Wald gegenüber des Hafens. Wir steigen aus, trotten weiter und lassen die Stadt hinter uns.

Keiner der Verschwörer spricht währenddessen ein Wort. Ich nehme an, dass sie es nicht riskieren wollen, entdeckt zu werden, die Stille nagt jedoch an mir.

Wie weit gehen wir? Habe ich noch immer eine Gelegenheit, diese Situation herumzudrehen, oder betreiben sie Schadensbegrenzung und führen uns beide in den Tod?

Das Läuten der Palastglocke hallt durch die Bäume und markiert die vierte Stunde. Der Wald um uns herum wird dichter und der Boden beginnt, sich nach oben zu neigen.

Ich bin mir nicht sicher, wie weit wir gegangen sind, bis der Mann, der Torstem sein könnte, signalisiert, dass wir anhalten sollen.

Wir haben eine niedrige Felswand erreicht, die nur ungefähr doppelt so hoch wie meine dürre Gestalt ist. Der Schwertträger führt uns zu einer schmalen Spalte, die sich als Eingang zu einer Höhle entpuppt.

„Ihr werdet hier warten, während wir uns beraten", informiert uns der Mann, der das Kommando hat.

Er hebt eine Laterne hinter dem Höhleneingang auf, entzündet sie und führt uns in die Höhle.

Es ist eindeutig, dass sie zuvor schon Gefangene an diesem Ort festgehalten haben. Die Verschwörer führen uns durch einen kurzen Gang zu einer kleinen Höhle, die nur ungefähr zehn Schritte im Durchmesser misst ... und an deren Wänden mehrere Ketten fixiert sind, deren Enden mit Fesseln versehen sind.

Als der Schwertträger mich neben eine Kette zu Boden drückt, erschaudert Julita in meinem Kopf. Ich muss mich anstrengen, damit ich nicht ebenfalls zusammenzucke, und erlaube dem Zauberer, die Fessel um meinen Knöchel zu schließen.

Auf der anderen Seite der Höhle packt der Anführer Benedikts Verkleidung. „Die wird hier jetzt nur im Weg sein. Die Anschuldigungen betreffen euch beide. Ihr solltet gleiche Voraussetzungen haben."

Er zerrt den Stoff mit einem Ruck von Benedikts Kopf.

Er *ist* es. Der fröhliche Bastard eines Bastards starrt mich durch die Höhle hindurch an. Seine goldenen Haare sind zerzaust und sein Mund ist fest zusammengepresst, als würde er versuchen, sich nicht zu übergeben.

Mein Magen schlingert, als ich die Bestätigung erhalte. Ich schaffe es, ihn mit leicht gerunzelter Stirn zu betrachten, als sei ich verwirrt und nicht schockiert oder entsetzt.

Die Verschwörer werden meine Reaktion beobachten und beurteilen, ob ich eine Verbindung zu diesem Mann habe.

Es ist gut, dass sie Julitas Schrei nicht hören können, der durch meinen Kopf hallt. *Benny … was in den Reichen … wie zum* Henker *konnte er …*

Anscheinend hat sie nicht die gleichen Hinweise bemerkt wie ich. Das ist nicht überraschend, da sie die Dinge, die ich sehe und höre, nur gedämpft wahrnimmt. Zumindest falls ihr Empfinden dem entspricht, was ich bei dem einen Mal erlebte, als ich ihrem Geist die Zügel überließ.

Sie scheint nicht zu wissen, was sie noch sagen soll, und verfällt in fassungsloses Schweigen.

Benedikt lehnt seine gut gebaute Figur an die Höhlenwand und nimmt seine Fessel entgegen. Er ist passend für den Anlass komplett schwarz gekleidet und passt prima zu seiner Verkleidung: schwarze Seidentunika, schwarze Hose, schwarze Stiefel, die so stark poliert wurden, dass sie im Laternenlicht glänzen.

Übelkeit füllt meinen Bauch. Ich betrachte ihn eindringlich

und suche nach Hinweisen, warum er sich gegen mich gewandt hat, doch sein Verrat ergibt genauso wenig Sinn wie zuvor.

Er konzentriert sich auf den Mann, der Torstem sein könnte. „Ich blicke dem Test entgegen, den ihr für uns organisieren werdet. Ich weiß, dass die Götter auf meiner Seite sein werden."

Er versucht, seinen üblichen gelassenen Ton beizubehalten, aber ich bemerke ein leichtes Zittern, das er nicht vollkommen aus seiner Stimme vertreiben kann.

Die Blutzauberer marschieren aus der Höhle. Sie nehmen die Laterne mit. Das Licht schwankt davon und lässt uns in völliger Dunkelheit zurück.

Ich atme trotz meiner angespannten Nerven vorsichtig ein, da ich mir keine Emotionen anmerken lassen möchte. Ich kann keine Magie in unserem Umfeld spüren und nichts anderes als das hektische Pochen meines Herzens und das leise Rascheln von Benedikts Kleidern hören, als er seine Position verändert. Es besteht jedoch noch immer eine Chance, dass die Verschwörer uns beobachten.

Es tut mir so leid, entschuldigt sich Julita. *Ich hätte nie gedacht, dass er … Ich dachte, er würde alles tun, um den König zu unterstützen! Ich habe keine Ahnung, was mit ihm los ist.*

Ich kann bloß die Schultern zu einem Achselzucken heben, um meine Verwirrung auszudrücken.

Mehrere Minuten sitzen wir schweigend da. Die kühle, jedoch stickige Luft der Höhle scheint um mich herum zu erstarren. Sie ist von einem feuchten Mineralgeruch durchzogen. Mir ist schwindlig und es wird immer schwieriger, meine Gedanken trotz meiner zunehmenden Erschöpfung zu ordnen.

Benedikt bewegt sich erneut mit einem Klirren seiner Kette. „Ich wollte nicht, dass sich die Dinge so entwickeln."

Seine Stimme ist leise, aber brüsk, weshalb meine Nerven zusammenzucken. Ich spähe durch die Dunkelheit zu ihm, kann allerdings nicht einmal den Umriss seines Körpers erkennen.

Es scheint am sichersten zu sein, zu schweigen, auch wenn die Verwirrung an mir nagt.

„Du hast keine Ahnung, wie es ist", fährt er fort. „Nichts, was ich jemals getan habe, hat für die Leute eine Rolle gespielt, die angeblich meine Familie sind. Ich habe mir angewöhnt, mich wie ein Idiot zu verhalten, weil sie mich so sehen. Das ist nicht das, was ich sein *wollte*."

Julita macht die abfällige Bemerkung, die ich nicht laut aussprechen kann. *Und er dachte, sich gegen dich zu wenden, würde ihn nicht zum Idioten machen? Wenn ich meine Hände hätte, um ihn zu ohrfeigen …*

„Ich dachte, ich hätte eine Chance, etwas Echtes mit Julita und … allem zu tun." Benedikt hält inne, vielleicht ist er sich so bewusst wie ich, dass er nichts zu Belastendes sagen sollte. „Doch was erhalte ich? Ich werde erneut abgelehnt. Behandelt, als sei ich nutzlos. Zwei Chancen sind besser als eine, oder? Ich bin losgezogen, um zu schauen, was ich allein herausfinden kann."

Er hat sich vermutlich genau wie ich als Rekrut ausgegeben. In der Hoffnung, dass er vor mir Antworten finden würde?

Ich schätze, es kann nicht so schwer gewesen sein, Torstems Unterstützern weiszumachen, dass dem Bastard eines Bastards die Königsfamilie scheißegal ist, angesichts dessen, wie respektlos er sich häufig verhält.

Und er tat das, weil er merkte, dass der Rest von uns etwas vor ihm geheim hielt? Es ist nicht so, als hätten wir ihn komplett ausgeschlossen.

Wenn er irgendeine Ahnung gehabt hätte, warum unsere Gruppe zu zerbrechen begann …

Götter steht mir bei, es ist gut, dass ich ihm nie genug vertraut habe, um meine Magie zu offenbaren.

„Na schön", sagt Benedikt. „Ignoriere mich. Aber weißt du was? Je mehr ich höre, desto mehr denke ich, diese Leute haben die richtige Idee. Was hat die Königsfamilie jemals für andere getan mit Ausnahme der Leute, die ihnen am besten Honig ums Maul schmieren? Warum sollten die genauen Umstände der eigenen Geburt vorschreiben, wie man den Rest seines Lebens behandelt wird?"

Mir sinkt der Magen wegen der bissigen Note, die sich in seine Stimme geschlichen hat. Ich hatte keinen blassen

Schimmer, dass Benedikt so viel Groll hinter seiner sorglosen Haltung verbarg.

Andererseits kenne ich ihn erst seit wenigen Wochen und habe außerhalb unserer Ermittlungen kaum mit ihm gesprochen. Ich betrachtete ihn wegen unseres gemeinsamen Ziels als Freund, aber wir waren eigentlich nicht mehr als flüchtige Bekannte.

„Alle anderen tun, was sie müssen, um voranzukommen", fährt er fort. „Warum sollte ich es nicht tun? Was hast du jemals getan, um *meine* Loyalität zu verdienen? Wenn ich nicht …"

Er unterbricht sich und verfällt in ein schweres Schweigen. Meine Lunge schnürt sich zu.

Es gibt ein Thema, das ich ansprechen kann, ohne seinen Behauptungen Gültigkeit zu verleihen. „Die Leute, die uns hergebracht haben, sagten, du hättest eine Prüfung verpatzt. Was bringt dich auf den Gedanken, du würdest *ihre* Loyalität verdienen?"

Die Stille dehnt sich etwas länger aus. „Ich wusste es nicht. Ich war nicht vorbereitet. Sie sagten, ich solle meine ganze Wange abschneiden, und ich … ich habe nur *gezögert*. Ich habe nie Nein gesagt. Ich brauchte bloß einen Moment, um mir sicher zu sein …"

Seine ganze Wange abschneiden. Ich kann mir ein Zusammenzucken nicht verkneifen, das Julitas Präsenz in meinem Schädel wiedergibt.

Sie erraten vermutlich, welches Opfer für einen möglichen Kandidaten am schwersten wäre. Benedikt flirtet und scherzt gerne.

Er wusste genauso wenig wie ich, dass sie ihn im Anschluss heilen würden, und er hatte Angst, mit einem zerstörten Gesicht in die Welt zurückzukehren.

Ich bin mir nicht sicher, ob ich ihm das zum Vorwurf machen kann. In gewisser Weise hat er guten Grund dazu, teilweise mir die Schuld daran zu geben – denn ich habe ihm nie erzählt, wie die Prüfung für mich lief. Hätte ich das getan, hätte er im Voraus gewusst, dass es nur ein vorübergehendes Opfer war.

Doch dafür, dass er mit dem Finger auf mich gezeigt hat,

nur um seine eigene Haut zu retten, kann ich ihm die Schuld geben.

Eine Woge der Wut brennt sich durch meine Übelkeit und würgt mich. Ich habe mein ganzes Leben aufgegeben, das bisschen Sicherheit, auf das ich mich verließ, und die Anonymität, die mich so lange beschützt hat, um diesem Arschloch bei seiner Mission zu helfen. Und sobald es wirklich schwer wurde, beschloss er, ich wäre ein besseres Opfer als seine Wange.

Ich war gut genug, um bezirzt und geküsst zu werden, jedoch nichts, was er nicht wegwerfen konnte, sowie er seine Haut retten musste.

Zum Teufel mit ihm und seinem halb-königlichen Gehabe.

Meine Stimme wird hart. „Dann hatte ich recht. Du wusstest, dass du dich nicht behaupten konntest, weshalb du nach jemandem gesucht hast, der für dich den Kopf hinhält. Warum sollte sich *irgendjemand* auf so ein Arschloch verlassen wollen?"

Obwohl er mich nicht sehen kann, kehre ich ihm den Rücken zu, sinke auf den rauen Boden und schiebe einen Arm unter meinen Kopf.

Ich habe kein Interesse daran, noch etwas anderes zu hören, was Benedikt zu sagen hat. Vielleicht kann ich mir ein wenig Schlaf stehlen, solange wir hier drin festsitzen und die Blutzauberer sich beraten.

Was immer als Nächstes kommt, ich werde mich dem mit scharfem Verstand besser stellen können.

Als ich die Augen schließe, kommt mir der Gedanke, dass die Verschwörer uns nie nach Waffen abgesucht haben. Mein Messer ist noch immer in meinem Stiefel versteckt.

Ich könnte in der Dunkelheit möglicherweise einen tödlichen Schlag anbringen, nur indem ich abschätze, woher Benedikts Stimme kommt.

Von der Vorstellung wird mir erneut schlecht. Es fühlt sich so feige an.

So würde es auch für die Blutzauberer aussehen, oder? Als wäre ich der Meinung, ich könnte mich ihm bei einem fairen Test nicht stellen.

Nein. Ich muss zu ihren Bedingungen über ihn triumphieren, um irgendeine Hoffnung zu haben, ihr Vertrauen zu behalten.

Ihre Bedingungen … und vielleicht die der Götter?

Ich denke angestrengt in meinem Kopf so wie damals, als ich ein Gebet für Kosmel gesprochen habe. *Beschützer der Trickster, ich könnte hier unten ein wenig Glück gebrauchen. Wenn du willst, dass ich überlebe, um weiterhin dieses schreckliche Spiel zu spielen, solltest du mir besser Rückendeckung geben.*

Niemand antwortet. Doch ein sanfter Druck legt sich auf meine Schulter, als hätte dort jemand eine beruhigende Hand platziert. Es ist wie eine Bestätigung, dass ich nicht allein bin.

Wie die Berührung meines Vaters, als ich krank im Bett lag oder von einem schlechten Tag erschüttert war. Damals, als es ihm noch wichtig war, mich zu trösten.

Unerwünschte Tränen brennen in meinen Augen. Ich presse die Lider fester zu und ziehe meinen freien Arm über meine Brust.

Irgendwie schlafe ich ein mit dem Eindruck, dass ein Gottlen über mich wacht, was zugleich nervenaufreibend und beruhigend ist.

Ich werde von Schritten aufgeweckt, die über den unebenen Boden schaben. Mein Kopf schnellt empor und ich blinzle, um meine trüben Augen zu klären.

Schwaches Licht sickert durch die schmale Höhlenöffnung in den Gang. Der Tag ist angebrochen.

Hurra.

Als ich mich in eine sitzende Position stemme und den Dreck von meinem Gesicht wische, der dort klebt, mache ich mir nicht die Mühe, Benedikt anzuschauen.

Ich will nicht, dass die verhüllte, näher kommende Gestalt meine Reaktion sieht, die ich nicht kontrollieren könnte, würde ich den Mann betrachten, der mich den Wölfen zum Fraß vorgeworfen hat.

In dem schwachen Tageslicht sieht die schwarze Verkleidung noch beunruhigender aus als in der Nacht. Sie ähnelt einer lockeren Kapuzenrobe, die bis zu den Füßen des Trägers reicht. Ich kann jetzt sehen, dass Augenschlitze in das schwarze Tuch geschnitten wurden, das vom Rand der Kapuze nach unten fällt. Das Gesicht dahinter liegt jedoch zu stark in den Schatten, als dass ich das Funkeln der Augen erkennen kann.

„Kommt und lasst die Götter urteilen, wer unser Vertrauen verdient", sagt der Mann mit der Stimme, die Torstems sein könnte.

Obwohl die Strategie mein Vorschlag war, tut sich ein unheilvolles Loch in meiner Magengrube auf.

Ich verharre stoisch und reglos, während eine der anderen verhüllten Gestalten die Fessel von meinem Knöchel löst. Benedikt kann seine Ruhelosigkeit allerdings nicht zügeln. „Was ist die Prüfung?"

„Ihr werdet sehen." Der Anführer bedeutet uns, ihm zu folgen.

Ich entdecke keinen der anderen Blutzauberer, als wir aus der Höhle kommen, vermute jedoch, dass sie irgendwo in der Nähe sind. Bereit für den Fall, dass sie sich einmischen müssen.

Der mögliche Torstem deutet zu zwei besonders ausladenden Kiefern, die ungefähr zwanzig Schritte entfernt voneinander stehen. „Stellt euch jeweils neben einen der Bäume, die mit der Sigille des Allesgebers markiert sind. Dort werdet ihr finden, was ihr braucht."

Meine Nerven sind zum Zerreißen gespannt, während ich zu dem Baum gehe, der etwas näher bei mir ist. Als ich mich ihm nähere, entdecke ich die Sigille des Allesgebers, die in seine Rinde geschnitzt ist – verkehrt herum, so wie Julita es ihren Erzählungen zufolge schon einmal gesehen hat.

Die Blutzauberer denken, dass sie den Großen Gott zurück auf unsere Ebene bringen können. Welch irrsinnigere Selbstüberschätzung könnte es geben?

Jegliche Zuversicht, die *ich* verspüre, verlässt mich, als ich den Fuß des Stamms erreiche und die Gegenstände sehe, die dort auf mich warten.

Ein großer Holzbogen lehnt an dem Baum. Ein Köcher mit mehreren Pfeilen liegt auf dem Waldboden daneben.

Oh, fuck.

Julitas Präsenz bewegt sich offenkundig aufgebracht. *Es*

könnte noch immer alles gut werden. Ich weiß nicht, ob Benedikt so ein wundervoller Schütze ist.

Er muss nicht wundervoll sein, um mich zu besiegen. Ich hatte erst einmal in meinem Leben einen Bogen in der Hand und damals habe ich kein einziges Ziel auch nur gestreift.

Ich nehme den Bogen in die Hand, teste sein Gewicht und schaue endlich zu meinem Verräter. Benedikt erwidert meinen Blick. Er hat eine Hand um seinen Bogen geschlossen … und eine Spur seines üblichen Feixens biegt seine Lippen nach oben.

Er war bei der Jagd dabei, als ich meine Unfähigkeit im Bogenschießen demonstrierte. Großer Gott strafe ihn, er jubelt innerlich bestimmt darüber, wie mühelos er mich besiegen wird.

„Ihr habt eine Minute, um euch vorzubereiten", ruft der Anführer mit seiner magisch verzerrten Stimme. „Ihr werdet innerhalb der Reichweite eures Baums bleiben. Sobald die Prüfung beginnt, werdet ihr auf euren Gegner schießen, bis einer von euch zu verletzt ist, um fortzufahren. Doch wenn ihr ihn *tötet*, ist euer Sieg ungültig. Mögen die Götter denjenigen leiten, der es verdient."

Als seine Stimme in der kalten Herbstluft verfliegt, rutscht mir der Magen bis zu den Füßen.

Er will, dass wir einander zerstören, ohne uns zu töten. So wie die verstümmelten Komplizen, die so viel für die wahnsinnigen Zwecke der Blutzauberer opfern.

Er testet uns nicht nur im Vergleich zueinander, sondern schätzt auch unsere Bereitschaft ein, andere für unsere Überzeugungen zu verstümmeln.

Meine Finger spannen sich um den Bogen herum an. Ich schlinge mir den Köcher über die Schulter und ziehe einen der Pfeile heraus.

Gegenüber von mir ist Benedikts Grinsen in den fleckigen Schatten gewachsen, welche die Blätter auf uns werfen. Verflucht, er sieht nicht so aus, als würde er auch nur die kleinsten Schuldgefühle wegen dem verspüren, was er zu tun beabsichtigt.

Er wird mich mit seinen Pfeilen in Stücke reißen, bis ich blutenden auf dem Boden liege. Dann wird er zur Akademie zurückschlendern und so tun, als hätte er keine Ahnung, wie ich verschwunden bin. Er wird all die Pläne zum Schutz des Königs erfahren und sie den Blutzauberern verraten.

Oder ich könnte ihn zerreißen und den Verschwörern überlassen, damit sie ihn töten.

Trotz allem kann ich nicht behaupten, dass ich den Mann vor mir töten will. Er kann nicht *so* schrecklich sein bei all den guten Dingen, die er zuvor zu tun versucht hat, oder?

Einfach nur unglaublich fehlgeleitet.

Angesichts seines triumphierenden Lächelns und mit der egoistischen Ausrede in den Ohren, die er mir in der Nacht aufgetischt hat, kann ich jedoch nicht behaupten, dass ich Schuldgefühle empfinde bei der Vorstellung, ihm wehzutun.

Es ist eine Frage des Überlebens. Er oder ich. Und falls er überlebt, könnten deswegen eine ganze Menge anderer Leute sterben.

Die Entscheidung sollte einfach sein, wäre da nicht die Macht, die in meiner Brust rumort.

Die einzige Möglichkeit, zu gewinnen, besteht im Einsatz meiner Magie. Ich habe keine Chance, ihn effektiv zu treffen, wenn keine Magie oder irgendeine göttliche Intervention meinen Pfeil führt. Kosmel hat mir noch nie physische Assistenz angeboten.

Ich habe so viele Male geschworen, meine zerrissene Seele unter Verschluss zu halten. Das einzige Mal, als ich sie absichtlich rausgelassen habe, stand die Stadt kurz vor der Zerstörung.

Was wird es dieses Mal kosten?

Wie viele Male kann ich die Magie benutzen und so weit bei Vernunft bleiben, dass ich sie wieder zügeln kann?

Wie viele werden sterben, falls *ich* überlebe ... und zu dem Monster werde, zu dem jeder Zerrissene irgendwann wird?

Benedikt legt seinen Pfeil ein. Mir bleiben nur noch wenige Sekunden, um zu entscheiden.

Als ich meinen Bogen packe, wallt eine Woge der Entschlossenheit in mir auf. Die gleiche eiserne Überzeugung, die mich überkam, als ich sterbend in einem abgelegenen Gang des Domis lag.

Ich will leben. Es gibt noch mehr, was ich tun will.

Vielleicht sollte ich die Götter wie damals entscheiden lassen, so wie ich es den Blutzauberern erzählt habe.

Ich positioniere meinen Pfeil am Bogen und öffne meinen Verstand für den Trickster-Gottlen mit seiner sarkastischen göttlichen Stimme. *Falls ich meine Magie bitte, meinen Pfeil zu lenken, wirst du dafür sorgen, dass ich nichts verletze, was ich bereuen würde?*

Mein Herz setzt aus, als die überwältigende Stimme zum ersten Mal seit Wochen durch meinen Körper vibriert. *Ich kann den Rückschlag lenken, meine eigensinnige Gaunerin. Aber du musst die Bogensehne spannen. Die Entscheidungen, die du hier triffst, können nur deine sein.*

Ich schlucke gegen die Trockenheit meines Mundes an.

Ja. Es ist mein Leben. Meine Entscheidung.

Ich spiele dieses Spiel, um zu gewinnen.

Die Stimme eines sterblichen Mannes hallt durch den Wald. „Beginnt!"

Meine Hand lässt den Pfeil los.

Die Bogensehne vibriert und meine Magie federt mit ihr. Ich hefte sie an den Pfeil und lenke ihn mit all der Kontrolle zu meinem Ziel, die ich aufbringen kann.

Nur diese Tat. Nur dieses eine Mal.

Bringe einen Treffer an, sodass Benedikt keinen Pfeil mehr schießen kann.

Ich bin zwar keine gute Bogenschützin, weiß jedoch, wie ich eine effektive Wunde erzielen kann. Benedikt braucht seine Arme zum Schießen.

Also muss ich sie einfach ausschalten.

Die Magie bebt durch mich und zieht den Pfeil auf seinen Kurs – und ein Teil von mir spürt, dass ein Ast irgendwo weit entfernt im Wald bricht, als er sich von seiner natürlichen Richtung *löst*.

Meine Konzentration ist so stark auf meine Magie gerichtet, dass ich beinahe vergesse, dem Pfeil auszuweichen, den Benedikt auf mich abgeschossen hat. Die fiese Spitze durchschneidet den Ärmel meiner Tunika mit einer brennenden Schmerzensspur und bleibt hinter mir im Baumstamm stecken.

Die Unterbrechung meiner Konzentration bringt meine

Magie von ihrem Kurs ab. Mein Pfeil taucht in Benedikts Schulter – in den fleischigen äußeren Muskel nicht direkt in die Mitte des Gelenks, womit ich seinen Arm nutzlos gemacht hätte.

Benedikt flucht und greift nach einem weiteren Pfeil, wobei sein Bogen in seinem verletzten, allerdings noch funktionstüchtigen Griff wackelt. Ich ziehe noch einen Pfeil aus meinem Köcher und setze ihn so schnell ein, wie sich meine Hände bewegen können.

Bitte, bitte, bitte. Ich will nicht, dass dies zu der Foltersession wird, auf die die Blutzauberer vermutlich hoffen.

Ich riskiere es nicht, meiner Magie zu erlauben, meine Bewegungen zu beschleunigen. Trotz seiner Verletzung bewegt Benedikt sich schneller als meine unerfahrenen Hände.

Ein zweiter Pfeil surrt durch den Wald. Als ich zur Seite springe, schwankt der Bogen in meinem Griff.

Ich muss das hier tun. Ich muss es beenden – *jetzt*.

Götter steht mir bei, wahrhaftig.

Ich ziehe die Sehne zurück und lasse sie los, bevor Benedikt eine Gelegenheit hat, einen dritten Pfeil zu positionieren. Mein zweiter saust zu ihm, mein Herz schmerzt wegen der Macht, die aus mir fließt und den Pfeil geradewegs zu seinem Ziel führt …

Benedikt versucht, auszuweichen, doch meine Magie hält ihn entweder fest oder ändert die Flugbahn des Pfeils, sodass sich die Spitze in die Sehnen in Benedikts Oberarm bohrt.

Ein gequältes Stöhnen kommt über Benedikts Lippen. Sein Arm fällt herab und der Bogen entgleitet seinem Griff.

Er sackt gegen seinen Baum und Blut strömt in einer feuchten Spur über seine Tunika. Seine Finger baumeln schlaff herab. Er greift mit der anderen Hand nach dem Bogen, es ist jedoch eindeutig, dass er nicht mit einem Arm schießen kann.

„Nein!", brüllt er. „Nein, ich schwöre, dass ich die Wahrheit erzählt habe. Ich weiß nicht, wie …"

Eine schwarz verhüllte Gestalt erscheint hinter dem Baum und lässt einen Stab auf Benedikts Kopf niedersausen. Schlaff wie ein Sack Kartoffeln geht er zu Boden.

Mein Magen schlingert. Ich muss sämtliche Selbstbeherrschung aufbringen, damit ich die Reste des gestrigen Abendessens nicht auf die Erde zu meinen Füßen spucke.

Ich habe es getan. Ich habe gewonnen.

Doch jeder Zentimeter meiner Haut fühlt sich klamm an, als würde ich ebenfalls gleich sterben.

Meine Magie schlägt um sich, da sie unbedingt noch mehr Rache austeilen will, und ich balle meine Hände zu Fäusten, während ich sie wieder in mich ziehe.

Ein paar zerbrochene Äste. Keine allzu schreckliche Bezahlung.

Als wäre dies das Schlimmste an der Situation.

Der Mann, der vermutlich Torstem ist, tritt zu mir. Seine Stimme ist beunruhigend freundlich. „Eine beeindruckende Vorführung, Ivy. Die Götter müssen auf dich herablächeln. Es ist uns eine Ehre, zu wissen, dass deine Loyalität uns gilt."

Siebenundzwanzig

Ivy

Ich weiß nicht, wo die Verschwörer das Kleid herholen. Sie waren vermutlich der Meinung, dass es zu verdächtig wäre, mich in schmutzigen, zerrissenen Trainingskleidern zur Akademie zurückzuschicken.

Sie trugen mir auf, mich umzuziehen, indem sie mir ein Stoffbündel in die Hände drückten und mich in die Höhle schickten. Ich tauschte mein Oberteil und meine Hose so schnell wie möglich gegen das schlichte Reitkleid aus, da ich aus dem feuchtkalten Raum rauswollte.

Jetzt raschelt der Seidenrock über meine Beine, während ich zurück zum Fluss marschiere. Der Mann, der Ster. Torstem sein könnte, geht auf einer Seite von mir und der Schwertträger auf der anderen. Der Stoff ist leicht, fühlt sich in der Wildnis jedoch fehl am Platz an. Er bleibt am Unterholz hängen, sodass der Stoff an meine Beine gezogen wird.

Ich stecke mir den letzten Bissen des Käsebrötchens in den Mund, das sie mir gegeben haben, und zwinge es meine Kehle hinab. Ich will eigentlich nichts von diesen Psychopathen essen, doch es ist mittlerweile so spät am Morgen, dass mein Magen sich vor Hunger selbst verschlingen will.

Hätte ich das Essen abgelehnt, hätten sie zudem erneut an meinem Glauben gezweifelt.

Ich bin mir nicht sicher, wie viele der anderen Verschwörer uns heimlich folgen und wie viele zurückgeblieben sind, um sich mit Benedikt zu befassen. Einer von ihnen – vermutlich die Frau, die neulich meinen Finger geheilt hat – kam zu mir, um die Wunde auf meinem Arm zu schließen, bevor ich ging.

Ich bezweifle, dass sie dem Bastard eines Bastards die gleiche Gefälligkeit erweisen.

Als könnte er die Richtung erraten, in die sich meine Gedanken gewandt haben, schaut der mögliche Torstem mich mit einem Rascheln seiner Robe an. „Wir haben keine Freude daran, das richtige Urteil zu finden. Bei einer derart schwerwiegenden Anschuldigung verlangen die Götter jedoch eine ebenso intensive Prüfung."

Die Götter haben es verlangt. Klar.

Das ist der größte Mist, den ich je gehört habe, schimpft Julita und ich neige dazu, ihr zuzustimmen. Wenn es eine Sache gibt, die ich über die Blutzauberer weiß, ist es, dass sie Schmerzen ermutigen, anstatt vor ihnen zurückzuschrecken.

Denkt er, ich habe vergessen, dass sie mir befohlen haben, einen Hasen zu zerreißen und einen Kampf zwischen den Wachen zu provozieren?

Natürlich ist ihm nicht bewusst, dass ich bereits von ihren schlimmsten Verbrechen weiß: die enormen Opfer, die sie von den Kindern verlangen, die sie reinlegen, damit sie sich ihrer Sache verschreiben. Augen, Ohren, Haare, Arme … Alles, was sie entfernen können, ohne dass der Spender stirbt. Wer weiß, was sie ihnen im Inneren genommen haben?

Allein bei der Erinnerung an die Opferkomplizen, die um Wendos herum im Turm kauerten, dreht es mir den Magen um.

Ich bemühe mich, mir meine Abscheu nicht anmerken zu lassen, und konzentriere mich darauf, die Rolle einer hingebungsvollen Rekrutin zu spielen. Sogar ein loyaler Bewerber hätte einige Fragen zu dem, was gerade geschehen ist – vor allem einer, der eigentlich nicht so viel über die Praktiken des Ordens der Wildheit weiß wie ich.

„Was wird mit ihm passieren?", frage ich. „Mit dem Mann, der mich angeklagt hat?" Es ist besser, wenn sie denken, dass ich nicht einmal seinen Namen kenne.

Die verhüllte Gestalt zuckt mit den Achseln. „Die Götter werden das angemessene Urteil für sein Verbrechen festlegen, und wir werden die Strafe in ihrem Namen ausführen. Ein derartiger Verrat an unseren Prinzipien muss natürlich bestraft werden. Diejenigen von uns, die den wahren Willen des Allesgebers annehmen, müssen einander unterstützen."

Wie praktisch, dass diejenigen, die so wenig haben, am Ende die unterstützen, die viel haben, und das auf viel drastischere Arten.

„Du kannst dich darauf verlassen, dass er keine Bedrohung mehr für dich darstellt", versichert der Mann mir, als dächte er, mein Schweigen bedeute, dass ich mir Sorgen darüber mache.

Er scheint sich nicht zu sorgen, dass er mir zu viel offenbart, andererseits sagt er nicht ausdrücklich, dass sie Benedikt töten werden. Und selbst wenn er denkt, ich könnte den Behörden einen möglichen Mord melden, was könnte ich der Kronenwache zu diesem Zeitpunkt erzählen?

Ich weiß nicht einmal mit Sicherheit, ob der Mann neben mir Ster. Torstem *ist*, geschweige denn wer die anderen Verschwörer sind, die an dieser Scharade einer Prüfung teilgenommen haben. Ich habe keine Beweise für gar nichts, nicht einmal für die Tests, die ich durchgestanden habe.

Ich könnte sie zu einer Höhle mit Fesseln im Wald führen, wenn ich meine Schritte dorthin zurückverfolgen könnte, doch ich bezweifle, dass die Blutzauberer Hinweise darauf zurücklassen, wer die Ketten benutzt hat.

Torstem muss nicht vorsichtig sein. In gewisser Hinsicht ist dies eine weitere Prüfung. Werde ich sie doch verraten oder die Brutalität als vernünftig akzeptieren, an der ich gerade teilgenommen habe?

Die Sonne steigt höher und verströmt eine Wärme, die ich zwischen den Bäumen nicht wertschätzen kann. Es fühlt sich an, als würden wir viel länger laufen als auf dem Herweg. Diese

Tatsache wird bestätigt, als sich die Bäume lichten und ich die Landschaft dahinter erkennen kann.

Wir sind um die Flussbiegung zu der Stelle gelaufen, wo der Fluss schmaler wird. Als meine Begleiter stehen bleiben, dringt ein leises Wiehern an meine Ohren.

Ich fahre herum und entdecke Pepper, Casimirs Lieblingsstute, die gesattelt und gezäumt mit dem Zügel an einen Baum in der Nähe gebunden ist. Das Pferd wiehert und wirft den Kopf herum, als würde es mich, zu sich rufen.

„Wie …?"

Der Mann neben mir gluckst. „Es würde merkwürdig aussehen, wenn du zu Fuß durch die Stadt gehst. Wir hätten dir das Ross gebracht, das du in der Vergangenheit am häufigsten benutzt hast, doch der Hengst erwies sich als … schwierig. Dieses Pferd schien eine vernünftige Alternative zu sein."

Ich kann mir Krümels Reaktion auf mysteriöse Gestalten vorstellen, mit denen er noch nicht warm geworden ist und die versuchen, ihn mitten in der Nacht mitzunehmen. Ich hoffe, er hat einen von ihnen gebissen.

Doch jetzt verstehe ich, warum sie mir ein Reitkleid gebracht haben. Sie denken wirklich an alles, um ihre Spuren zu verwischen.

Der Blutzauberer deutet auf die Brücke ein Stück flussabwärts auf der anderen Seite des Feldes aus Büschen und Gras. „Du kannst den Fluss dort überqueren und wirst nah bei der Akademie ankommen. Zeig den Wachen am Tor dein Armband und sie werden dich problemlos durchlassen. Hast du dir eine Geschichte überlegt, falls dein Arbeitgeber fragt, wo du warst?"

„Ich habe eine dringende Nachricht von meinem Onkel erhalten", erzähle ich, auch wenn ich diese Lüge nicht benutzen werde. Die Verschwörer wissen schließlich nicht, dass die echte Ivy gar keinen Onkel hat. „Ich bin zu ihm geeilt, um ihm bestmöglich zu helfen. Ich werde mich übermäßig bei meinem Arbeitgeber entschuldigen, weil ich ihm nicht vorher Bescheid geben konnte."

„Gut. Geh, rasch. Wir rufen dich wieder, wenn es an der Zeit ist."

Zeit wofür? Ich will fragen, glaube allerdings nicht, dass er es mir verraten wird. Und er weiß es möglicherweise nicht zu schätzen, wenn ich zu neugierig werde.

Ich nehme Peppers Zügel, schwinge mich in den Sattel und reite im Galopp über die Wiese. Als ich im Takt mit den Schritten des Pferdes schwanke, regt Julita sich in meinem Hinterkopf.

Stavros wird ausflippen. Nur die Götter wissen, was er sich ausgemalt hat, was mit dir geschehen ist. Ich hoffe, es wird nicht zu schwierig, ihn zu beruhigen.

Mein Magen verknotet sich. Was immer der ehemalige General sich vorstellt, es wird möglicherweise nicht einmal vollkommen unwahr sein. Ich habe heute absichtlich auf meine zerrissene Magie zugegriffen.

Wie mein Begleiter vorhergesehen hat, wirft die Wache einen Blick auf mein Armband und das Seidenkleid, bevor sie mich kommentarlos durchwinkt. Ich lasse Pepper so schnell, wie für eine Adlige angemessen wirkt, durch die Straßen traben und sattle sie im Stall rasch ab, bleibe jedoch lang genug, um nach Krümel zu sehen und ihn entschuldigend am Kinn zu kraulen wegen des Ärgers, den die Verschwörer ihm gemacht haben.

Dann eile ich den restlichen Weg zu Stavros' Quartier, wobei mir das Herz bis zum Hals schlägt. Als ich hineinhusche, wappne ich mich.

Auf der anderen Seite erwartet mich kein wütender ehemaliger General. Ich bleibe wie angewurzelt stehen, weil ich nicht weiß, was ich tun soll. Da bemerke ich den Schnurkreis auf dem Boden in der Nähe seines Schreibtischs.

Er muss ein Treffen mit den anderen Männern einberufen haben.

Stavros hat noch immer mein tragbares Portal – falls er denkt, ich sei vertrauenswürdig genug, die Schnur nun selbst zu tragen, hat er vergessen, sie mir zu geben. Doch wir haben sie nur aus Gründen der Zweckmäßigkeit aufgeteilt. Jeder kann einen der magischen Durchgänge benutzen.

Ich zögere nur kurz, bevor ich zu dem Kreis marschiere und hineintrete.

Die Welt um mich herum wird dunkel und dann zu dem

von Wandleuchtern erhellten, fensterlosen Versammlungsraum im Palast. Die Reise geht mit einem Ruck der Magie einher, der mir durch die Nerven saust. Als ich stolpernd einen Schritt außerhalb von Stavros' Schnur anhalte, wirbeln die drei Männer zu mir herum, die sich um den Tisch versammelt haben.

Auf Casimirs Gesicht breitet sich das strahlendste Grinsen aus, das ich jemals gesehen habe. Alek stößt ein lautes, erleichtertes Zischen aus.

Doch Stavros bewegt sich am schnellsten. Der gewaltige Mann durchquert den Raum innerhalb von Sekunden, packt meine Schultern mit seiner Holzprothese und echten Hand und späht auf mich herab.

Seine stürmische Miene sorgt dafür, dass mein Herz einen Satz macht, das Knurren seiner Stimme klingt jedoch eher gequält als wütend. „Dir geht es gut. Wo warst du? Es waren wieder die verdammten Blutzauberer oder?"

Mein Mund öffnet sich, doch es dauert ein paar Sekunden, bis ich meine Stimme wieder finde, da sich seine dunklen Augen in meine brennen und die Hitze seiner Hand über meine Haut strömt. „Ja. Sie haben mich mitten in der Nacht gerufen … wollten, dass ich sofort komme. Ich …"

Ich gerate ins Stocken, da mich die Ungeheuerlichkeit dessen, was ich ihnen erzählen muss, so heftig trifft, wie es das zuvor nicht getan hat. Stavros' Griff um meine Schultern spannt sich an. „*Geht* es dir gut? Was haben diese Ungeziefer dir angetan?"

Nun, bemerkt Julita mit einem verlegenen Lachen. *Ich schätze, Stavros hat es doch nicht falsch verstanden. Du hast ihm wirklich den Kopf verdreht, was?*

„Das ist keines deiner üblichen Kleider", bemerkt Casimir leise.

Stavros bleckt die Zähne. „Falls diese Arschlöcher …"

„Das Kleid spielt keine Rolle", unterbreche ich ihn. „Und es war nicht … es waren nicht nur die Blutzauberer."

„Was meinst du?"

„Stavros", sagt Alek und klingt, als würde er seinen üblichen ruhigen Ton nur mit reiner Willenskraft bewahren, „warum gibst du Ivy nicht ein wenig Raum zum Atmen, damit sie genau erklären kann, was sie durchgemacht hat?“

Der größere Mann starrt mich an, als wäre ihm nicht in den Sinn gekommen, dass seine Präsenz ein wenig einschüchternd sein könnte. Er gibt einen erstickten Laut von sich und senkt den Kopf so tief, dass seine Stirn meine berührt.

„Es tut mir leid“, entschuldigt er sich. „Ich dachte … Ich dachte, sie hätten dich ermordet.“

Ein Kloß füllt meine Kehle. Ich bin wegen seiner Nähe noch überwältigter. Sein rauchiger Duft flutet meine Lunge und mir wird schwindlig.

Ich kann nicht behaupten, dass das berauschende Pochen meines Herzens nur der Angst geschuldet ist.

Hat er sich wirklich solche Sorgen um *mich* gemacht? Oder hatte er bloß Angst, dass unsere Pläne versagen und die Sicherheit des Königs in Gefahr geraten würde?

Trotz der Fragen, die mir durch den Kopf gehen, stelle ich fest, dass ich eine Hand auf die Vorderseite seines Hemds lege, als wolle ich ihm zusätzlich zu meinen Worten eine Bestätigung geben. „Ich bin hier. Nicht ermordet. Nicht einmal richtig verletzt.“

Stavros schnaubt und legt seine Hand auf meine. Er neigt den Kopf auf die Seite und ich habe plötzlich wieder den Eindruck, dass er mich küssen wird.

Mein Herz macht einen Satz und ist hin und her gerissen zwischen Bangen und einer Sehnsucht, die nie ganz gestorben ist.

Wie zuvor zieht er es nicht durch. Er drückt meine Finger, tritt zurück und mahlt fortwährend gequält mit dem Kiefer. „Mach nur. Erzähl uns, was passiert ist.“

Seinem Ton nach zu urteilen, könnte er genauso gut sagen: *Erzähl mir, wen ich umbringen muss.*

„Warte“, sage ich. „Lass mich nur …“

Ich laufe die Wände des Raums entlang und vergewissere mich, dass ich keine magisch veränderten Wesen in den Mauern spüren kann. Nachdem ich zu meinem ursprünglichen Platz zurückgekehrt bin, fühle ich mich etwas ruhiger, jedoch nicht glücklicher über das bevorstehende Gespräch.

Ich hole tief Luft, bevor ich loslege. „Ich wurde um drei Uhr morgens gerufen …"

Ich liefere ihnen einen vollständigen Bericht angefangen mit meinem Spaziergang in den Wald bis hin zu den Anschuldigungen und meinem ersten Verdacht, wer mein Ankläger war. Als ich Benedikts Namen ausspreche, wird Alek stocksteif.

Stavros fletscht die Zähne. „Was? Was für ein verfluchtes Spiel dachte der königliche Bastard, dass er spielt?"

Ich schlucke schwer. „Ich glaube, er sah es nicht als Spiel. Er sprach später ein wenig mit mir … Er hatte das Gefühl, dass wir ihn ausschließen, was wir taten, weil wir meine Magie vor ihm geheim hielten … Er dachte, er müsste sich beweisen, indem er allein Informationen von den Blutzauberern beschafft. Diesen ist es jedoch gelungen, seine Loyalität umzukehren. Sie überzeugten ihn davon, dass das richtig ist, was sie tun."

Alek klappt die Kinnlade herunter. „Er stellt sich auf *ihre* Seite?"

Sein Schock spiegelt meinen wider. „Ich schätze, sie sind überzeugender, als wir ihnen zugetraut haben."

Stavros schlägt seine Hand auf seinen Schenkel. „Der verfluchte Idiot. Er hat unsere Mission die Hälfte der Zeit wie einen Witz behandelt und jetzt … Ich werde ihm seinen verdammten Hals umdrehen."

Der ehemalige General stößt sich vom Tisch ab, aber ich halte eine Hand hoch, um ihn aufzuhalten. „Ich glaube nicht, dass du ihm irgendetwas antun kannst. Ich … ich glaube, du musst es nicht tun. Die Blutzauberer werden sich jetzt darum kümmern, da sie entschieden haben, dass sie ihm nicht trauen können."

Die unheilvolle Stille, die meiner Aussage folgt, verrät mir, dass alle drei Männer genau wissen, was ich damit andeute.

Stavros' Kiefer mahlt. „Und er hat alles über unsere Ermittlung ausgeplaudert?"

Ich schüttle den Kopf. „Er hat nichts über den Rest von euch verraten. Nun, abgesehen von seiner Behauptung, er hätte überhört, wie ich mit dir Pläne geschmiedet habe. Allerdings vermute ich, dass die Verschwörer diese Behauptung verwerfen werden, da sie nun annehmen, dass alles eine Lüge war. Casimir und Alek hat er überhaupt nicht erwähnt.“

„Das ist momentan die geringste unserer Sorgen.“ Casimir schüttelt den Kopf. „Ich schätze, keiner von uns stand ihm besonders nahe. Die Treffen waren alle geschäftsmäßig und abseits von diesen konnten wir keine Zeit miteinander verbringen. Ich hätte trotzdem nicht gedacht …“

„Ich auch nicht“, sagt Alek heiser. „Es ist seine eigene *Familie*, gegen die sie die Leute aufhetzen.“

Ich erinnere mich an Benedikts Bemerkungen im Lauf der letzten Wochen – und wie er aussah, als sein Halbonkel mit ihm schimpfte. „Ich glaube, das war womöglich eher ein Vorteil als ein Problem für ihn.“

Wir verharren noch eine Minute in unserem geteilten Schrecken, bevor Casimir mit sanfter Stimme noch eine Frage stellt. „Wie hast du sie davon überzeugt, dir und nicht Benedikt zu trauen?“

Stockend erzähle ich von der Prüfung, die ich vorgeschlagen habe, wie die Blutzauberer sie uns gestellt haben und von Kosmels göttlicher Hilfe. Ich spanne mich an, als ich zu dem Teil gelange, an dem ich meine Magie benutzte – an dem ich sie benutzte, um einen Mann zu verwunden, den diese drei vor kurzem noch als Freund betrachteten. Stavros reagiert allerdings nur mit einem rauen Ausatmen, als ich den Pfeil erwähne, der mich verletzt hat.

„Sie haben den Schnitt geheilt“, verkünde ich, bevor er erneut nach mir greifen kann. „So wie sie es bei meinem Finger getan haben.“

Was ich von Aleks bronzefarbenem Gesicht sehen kann, ist unter seiner Maske gräulich geworden. „Bist du dir sicher, dass sie dir komplett geglaubt haben? Falls sie jegliches Risiko eines Verrats eliminieren wollen, hätten sie euch beide beseitigen können.“

Er denkt offensichtlich, dass sie das noch immer tun könnten.

Ich schlinge die Arme um mich. „Soweit ich das erkennen konnte, waren sie überzeugt. Ich bin mir sicher, sie werden mich in den nächsten Tagen noch genauer beobachten.“

Stavros beginnt, hin und her zu tigern. „Du kannst nicht zurückgehen. Das ist zu viel. Sie haben dich in einer verdammten Höhle angekettet."

Ich verziehe das Gesicht. „Wenn ich nicht zurückgehe, werden sie mich definitiv töten wollen."

„Ich hätte dir erst gar nicht erlauben sollen, diesen waghalsigen Pfad zu beschreiten."

Meine Hände fallen auf meine Hüften. „Du hast mir gar nichts *erlaubt*. Ich habe meine eigene Entscheidung getroffen. Und trotz all der Vorfälle ist dies nach wie vor unsere beste Chance, die Blutzauberer auszuschalten."

Was Stavros sehr wohl weiß, denn er kann gegen diesen Punkt nicht einmal protestieren, sondern nur frustriert durch die Zähne zischen.

Er bleibt stehen und fährt mit der Hand durch seine rötlichen Haare. „Ich muss dem König Bericht erstatten. Benedikt war Teil seiner Familie, wenn auch kein vollkommen legitimer Teil."

Casimir tritt vor und berührt meinen Arm. „Tu das. Alek und ich können auf Ivy aufpassen. Ich bin mir sicher, sie könnte ein wenig Frieden gebrauchen nach dem, was sie durchgemacht hat."

Er hält inne. „Du hast die Schnur, die sie normalerweise benutzt, oder? Könntest du sie mir geben, bevor du gehst? Wir sollten ab jetzt doppelt so vorsichtig sein hinsichtlich der Vereinbarungen, die wir treffen."

Ich bin mir nicht sicher, woran der Kurtisan denkt, weshalb ich bezweifle, dass Stavros es weiß, doch er wühlt in dem Beutel an seinem Gürtel und überreicht meine Schnur ohne Proteste. Er geht zu seinem eigenen Portalkreis, dreht sich in der letzten Sekunde jedoch zu mir um.

Er hebt seine Hand an meine Wange. „Sie werden dafür bezahlen. Für alles. Ich kann den Tag der Abrechnung kaum erwarten."

ACHTUNDZWANZIG

Casimir

Ich habe viele Stunden in der Gegenwart des ehemaligen Generals Stavros verbracht. Ich bemerkte den Funken Interesse, der sich in seinen Augen entzündete, wenn Julita ihren Charme aufdrehte. Ein paar Mal beobachtete ich ihn aus der Ferne mit einer meiner Professorinnen der sinnlichen Künste am Arm – eine Frau von unbestreitbarer Schönheit und Sinnlichkeit.

Im Lauf unserer Zusammenarbeit habe ich ihn zufrieden und wütend, entschlossen und niedergeschlagen erlebt.

Doch ich habe noch nie die Intensität gesehen, die ihn jetzt überkommt, als er mit Ivy spricht.

In seinen Augen lodert eine gewaltige Leidenschaft, während er auf sie hinabblickt, und ich merke mit jedem eindringlichen Wort und jeder Geste, dass die Emotion über bloße Anziehungskraft weit hinausgeht.

Seit dem Moment, als sein Temperament beim Anblick von Ivy und mir nach unserem Intermezzo in den Archiven mit ihm durchging, habe ich vermutet, dass er Interesse an ihr hat. Jetzt ... ist es offensichtlich und so mächtig, dass es meine

Emotionen in Aufruhr versetzt: Zustimmung, Mitgefühl und ein Klecks Eifersucht, den zu verspüren ich nicht das Recht habe.

Es wird Zeit, dass er in Bezug auf Ivy den Kopf aus dem Arsch zieht und anfängt, sie wie die bewundernswerte Frau zu behandeln, die sie ist.

Nach allem, was sie gerade durchgemacht hat, nach dem Verrat, dem sie sich stellen musste, verdient sie nichts Geringeres als absolute Hingabe vom Rest von uns auf jede Art, die wir ihr anbieten können.

Und allmählich glaube ich, dass wir drei unsere Hingabe auf jede vorstellbare Art anbieten *können*.

Ich würde Stavros ermutigen, das jetzt mit uns zu erkunden, kann jedoch nicht leugnen, dass der König dringend über den Verräter in seiner Familie in Kenntnis gesetzt werden muss, ganz egal, welch schreckliches Schicksal Benedikt möglicherweise bereits ereilt hat. Wer weiß, ob die Blutzauberer einen letzten Weg finden werden, den königlichen Bastard zu benutzen, bevor sie mit ihm fertig sind?

Der Schock bleibt als Knoten in meinem Magen zurück. Ich habe mich in Bezug auf Benedikt geirrt. Er hat während unserer kurzen Treffen eine so sorglose Fassade gezeigt, dass ich es nicht für nötig hielt, seinen emotionalen Zustand besonders streng zu überprüfen.

Wie lange hat ein tieferer Groll in ihm gebrodelt, ohne dass wir es realisiert haben – so bitter, dass die Blutzauberer ihn auf ihre Seite ziehen konnten?

Wir werden es womöglich nie erfahren. Götter steht uns bei, ich wünschte, ich hätte ihm mehr Aufmerksamkeit geschenkt, solange ich es konnte.

Ich hätte vielleicht nicht seine Meinung ändern, jedoch wenigstens Ivy das Trauma ersparen können, das sie heute wegen seines Handelns ertragen musste.

Stavros löst sich von Ivy, was ihn unglaublich viel Mühe zu kosten scheint. Ich kann seinen Widerwillen, sie zu verlassen, an seiner gesamten Haltung erkennen, als er sich zu dem Schnurkreis umdreht, der ihn zu seinem Quartier zurückbringen wird.

Ich schenke ihm ein beruhigendes Lächeln.

Wir werden uns gut um sie kümmern. Wir werden ihr alles geben, was sie braucht, bis er sich uns anschließen kann.

Ich zwirble Ivys Schnur in meinen Händen. „Lass deinen Kreis am anderen Ende geöffnet, damit Ivy in dein Quartier reisen kann, wenn sie bereit ist.“

Stavros nickt knapp und wirft Ivy einen letzten, gequälten Blick über seine Schulter zu, bevor er in den Kreis tritt und verschwindet.

Ivy starrt ihm hinterher. Der Schock steht ihr ins blasse Gesicht geschrieben. Es ist kaum zu glauben, wie viele Probleme sie damit hatte, zu akzeptieren, dass sie einem von uns wirklich wichtig ist. In Stavros' Fall muss es noch schwieriger sein, nachdem er sie so schroff behandelt hat, als er ihre Magie entdeckte.

Ich lege meine Hand wieder um ihren Arm und streichle mit den Fingern von ihrer Schulter zu ihrem Ellenbogen und zurück. Vielleicht wird es ihr helfen, wenn sie weiß, dass ich es ebenfalls sehen kann.

„Wenn du unsere Signy bist, brauchst du einen dritten Liebhaber, schätze ich.“

Ivys Blick zuckt zu mir. „Was meinst du ... Er würde nicht wirklich ...“

Sie verstummt und Unsicherheit gesellt sich zu der Müdigkeit auf ihrem Gesicht. Sie hat gestern so viel durchgemacht.

Ich streiche ihr die bernsteinfarbenen Haare mit einer zärtlichen Geste aus dem Gesicht. „Ich glaube, Stav hat noch stärker mit sich gekämpft als mit dir. Es ist eine Erleichterung, zu sehen, dass die Hingabe endlich über die Angst gesiegt hat.“

Röte breitet sich auf Ivys Wangen aus. „Er hat nichts gesagt. Wir haben nichts *getan*.“

Ich gluckse. „Oh, er hat genug gesagt. Und du musst dir keine Sorgen machen. Ich beschwere mich nicht. Du solltest all die Bewunderung erhalten, die wir dir anbieten können.“

Ich blicke zu Alek, der die ganze Interaktion mit einer Mischung aus Sorge und Belustigung beobachtet hat. Auf mein stummes Drängen hin tritt er näher zu Ivy.

Die zaghafte, jedoch entschlossene Art, wie er seinen Arm um Ivys Taille legt, hat etwas Rührendes an sich, als sei er sich noch immer nicht sicher, ob ihm erlaubt ist, ihr so viel Zuneigung zu zeigen. Ich vermute, der Gelehrte hat ebenfalls eine lange Reise hinter sich zu dem Punkt, an dem er glauben kann, dass jemand *ihn* will.

„Wenn Signys Männer damit klarkamen, sie zu dritt zu teilen, können wir bestimmt ebenfalls einen Weg finden", erklärt er und drückt einen Kuss auf ihre Haare. „Du hast zu viel Zeit ohne jemanden verbracht, auf den du dich verlassen konntest."

Sein Mundwinkel biegt sich in einem verschlagenen Winkel nach oben, den ich nicht gewohnt bin. „Und drei Liebhaber ermöglichen noch … faszinierendere Möglichkeiten."

Ivy zieht eine Augenbraue hoch, doch der Schatten eines Lächelns huscht über ihre Lippen. „Du und dieser Gedichtband."

„Es ist nichts verkehrt daran, dich glücklich sehen zu wollen – und befriedigt."

Ich strahle sie beide an. „Dem stimme ich aus ganzem Herzen zu. Und um damit anzufangen …" Ich wische ein wenig Dreck von Ivys Kiefer, den die Blutzauberer in ihren hastigen Reinigungsbemühungen übersehen haben. „Du hast die Nacht in einer Höhle verbracht. Ich denke, der erste Schritt deiner Wiederherstellung besteht in einem schönen langen Bad, meinst du nicht auch?"

Ivys Röte vertieft sich.

„Nur ein Bad?", fragt sie und klingt belustigt.

Die Erinnerung an das Ende des ersten Bads, das ich für sie eingelassen habe, sendet ein Beben des Verlangens in meinen Schritt. Ich beuge mich vor, um mir einen kurzen Kuss zu stehlen.

„Was immer dir gefällt, Gütige. Ich möchte einfach, dass du weißt, dass wir für dich da sind, egal, wie du uns brauchst."

Alek hebt das Kinn. „Stimmt."

Ivy blickt an sich hinab. „Sauber zu werden, wäre eine Erleichterung … dessen bin ich mir sicher."

„Dann weiß ich genau das Richtige. Ihr zwei wartet hier,

während ich die Vorkehrungen treffe. Ich werde durch den Kreis treten und euch zurückbegleiten, wenn ich bereit bin. Es sollte nicht lange dauern."

Ich schiebe ihre Schnur in den Beutel an meinem Gürtel und trete durch meinen Kreis. Nach einem Augenblick verwirrender Dunkelheit bin ich wieder in meinem Zimmer in der Wohngruppe im Domi.

Einige meiner Mitbewohner unterhalten sich im Gemeinschaftsraum. Einer, der eine Ausbildung zum Tänzer macht, dehnt sich auf dem Boden, eine andere, die eine Lehre als Barde antreten wird, klimpert auf ihrer Laute. Ich nicke ihnen allen freundlich zu und gehe in den Gang, um die reservierten Badezimmer zu überprüfen.

Die Gesellschaftsfakultät hat zehn private Badebereiche, die exklusiv für unseren Nutzen gedacht sind angesichts der Dienste, die manche von uns anbieten, und wegen der umfangreichen kosmetischen Vorbereitungen, die viele von uns brauchen. Ich eile an den kleineren Optionen wie dem Bad vorbei, zu dem ich Ivy das letzte Mal gebracht habe.

Dieses Mal möchte ich nicht, dass sich das Erlebnis wie etwas anfühlt, was ich ihr präsentiere. Ich möchte, dass wir alle auf Augenhöhe sind wie echte Liebende und nicht wie etwas, was einem Kurtisan und einem Kunden ähnelt.

Außerdem wäre es ideal, zusätzlichen Platz für andere Aktivitäten zu haben, denen wir womöglich nachgehen möchten.

Beim ersten der größeren Zimmer sind die Augen in dem Gesicht geschlossen, das in die Tür geschnitzt ist, was bedeutet, dass es gesperrt ist. Das zweite ist geöffnet.

Ich schlüpfe in den Raum mit den cremefarbenen Fliesen und betrachte ihn, um mich zu vergewissern, dass er meine Erwartungen erfüllt, ehe ich die Tür verriegele. Mit geübter Effizienz bewege ich mich durch den Raum – drehe den Wasserhahn der gewaltigen Badewanne auf, die teilweise in den Boden eingelassen wurde, und schütte etwas Öl, das der Entspannung verkrampfter Muskeln dient, sowie ein sprudelndes Pulver mit einem wohltuenden Geruch hinein.

Anschließend lege ich drei flauschige Handtücher auf die Bank, damit wir sie schnell erreichen können.

Daraufhin breite ich Ivys Schnur in einem Kreis auf dem Boden aus und trete in diesen, um zum Versammlungsraum zurückzukehren.

Ivy und Alek lehnen am Tisch, sein Arm ist noch um sie geschlungen und ihre Köpfe sind einander zugewandt. Als sie bei meiner Ankunft aufsehen, ist eindeutig, dass ich ein leises Gespräch unterbrochen habe.

Ein Stich durchbohrt mein Herz wie die Empfindung, die mich traf, als ich die beiden neulich beim Küssen im Lagerraum erwischte. Eine wortlose Ermahnung, die mir mitteilt, dass ich nie die gleiche Zuneigung mit ihr teilen werde.

Doch vielleicht kann ich das. Vielleicht ist es nicht zu viel verlangt, eine Frau zu haben, die genauso sehr will, dass *ich* glücklich bin, wie ich es mir für sie wünsche.

Denn so zufrieden Ivy in Aleks Umarmung auch aussieht, ihr Gesicht hellt sich bei meinem Anblick auf.

Sie ist eine unglaubliche Frau. Ich diene noch immer meiner Gottlen und meinem Zweck auf dieser Erde, indem ich auf ihre Wonne eingehe.

Wer verdient ein wenig Freude mehr als die Frau, die sich in so viele Gefahren begibt, um uns alle vor göttlicher Rache zu schützen?

„Kommt mit", sage ich und als Alek zögert, füge ich rasch hinzu, „alle beide."

Wir erscheinen einer nach dem anderen in dem Badezimmer. Ivy sieht sich in dem ausladenden, gefliesten Raum um und lacht. „Es ist nicht nur ein Badezimmer … Es ist auch ein Schlafzimmer."

Es gibt tatsächlich ein großes Himmelbett auf der gegenüberliegenden Seite der Wanne. Die Bettwäsche hat die gleiche Farbe wie der elfenbeinfarbene Bettrahmen.

Ich grinse sie an. „Manchmal wollen die Leute sich auf eine trockenere Art entspannen, wenn sie sauber sind. Wir können uns an alle Vorlieben anpassen. Wenn du einfach nur gemütlich schlafen willst, kannst du das gerne tun."

Ein Seufzen entwischt ihr. „Ich werde womöglich auf dein Angebot zurückkommen. Doch vorher …"

Sie geht zur Badewanne und greift nach der Schnürung des schlichten Seidengewands, das die Verschwörer ihr gegeben haben. Sie ist viel selbstbewusster als beim letzten Mal.

Mir wird warm von der Beobachtung, dass ihr Selbstbewusstsein wächst.

Ich bewege mich, um mich ihr anzuschließen, und lockere die Knoten mit erfahrenen Fingern. „Ich dachte, wir drei könnten vielleicht gemeinsam baden. Ich bin mir sicher, Alek und ich können beide eine Gelegenheit brauchen, uns nach all den Sorgen um dich zu entspannen. Auf diese Weise hast du auch gute Gesellschaft."

Ivy summt. „Das klingt fair."

Sie wirft dem Gelehrten einen seitlichen Blick zu, dem ich folge. Beim Anblick von Aleks verlegener Miene wird mir bewusst, dass ich mich in meiner Eile womöglich verkalkuliert habe.

„Nur wenn du das möchtest", versichere ich ihm, da ich mir unsicher bin, was die beste Herangehensweise ist. Alek hat stets ziemlich zurückhaltend gewirkt. „Ich hätte nicht annehmen sollen …"

„Es ist in Ordnung", unterbricht er mich mit einem schiefen Lächeln. „Ich bin froh, dass du mich eingeplant hast. Es ist nur … Meine Maske …"

Er deutet zu dem Leder, das den Großteil seines Gesichts verdeckt – das ist kein Material, das feucht werden sollte.

Natürlich. Ich hätte mich auf diese Sorge vorbereiten sollen.

Ich scanne den Raum und denke über die Möglichkeiten nach. „Ich bin mir sicher, ich könnte einen angemessenen Ersatz finden, wenn dir nicht wohl dabei ist, die Maske abzulegen …"

Ivy dreht sich und das Kleid rutscht teilweise von ihren Schultern. „Oder du könntest ohne Maske baden. Du weißt, dass ich dich ohne sie genauso gut aussehend finde. Und ich bin mir sicher, Casimir wird nicht urteilen."

Es liegt eine Zärtlichkeit in ihrer Stimme, die sie noch nie bei jemand anderem benutzt hat. Zwischen den beiden herrscht ein Verstehen, in das ich nicht eingeweiht bin.

Bei ihren Worten leuchtet Alek quasi vor Bewunderung. Er berührt den Rand seiner Maske und wägt die Optionen ab.

Ich neige den Kopf, um Ivys Bemerkung zuzustimmen. „Was immer du verdeckst, spiegelt nur wider, wie das Leben dich geformt hat. In allen Erfahrungen, guten und schlechten, liegt Schönheit – darin, noch am Leben zu sein und zeigen zu können, was wir durchgestanden haben."

Alek schluckt schwer und greift nach seiner Tunika. „In Ordnung. Es sollte ohnehin keine Rolle spielen."

Er klingt so sicher, dass ich es ihm überlasse, sich auszuziehen, und mich selbst meiner Kleider entledige.

Ivy windet sich aus ihrer Unterwäsche und ihr sehniger Körper zieht meine Blicke auf sich, wie er es immer tut. Sie löst das Band, das sie in Erinnerung an ihre Schwester um ihren Arm trägt, und legt es oben auf ihren Kleiderhaufen.

Anschließend klettert sie über den niedrigen Rand der Wanne, sinkt in das schaumige Wasser und setzt sich auf den Vorsprung an der Wand. Mit einem tiefen Atemzug gleitet sie etwas tiefer. Ihre Augenlider senken sich und ihre Haare breiten sich im Wasser aus.

Ein Schmerz füllt meine Brust bis zum Ansatz meiner Kehle. Sie ist so reizend – und sich dieser Tatsache nicht bewusst.

Ein Bad ist wohl kaum etwas, was die Schrecken wettmachen kann, denen sie sich gestern stellen musste – Götter, in den vergangenen Wochen. Ich wünschte, ich könnte all den Stress und Schmerz wegwaschen, die sie bestimmt mit sich herumträgt.

Ich wünschte, ich könnte verhindern, dass sie weitere derartige Erfahrungen machen muss.

Doch wie in den Reichen könnte ein Kurtisan das tun?

Ich kann sie nicht beschützen. Ich kann die Blutzauberer nicht an ihrer Stelle zu Fall bringen.

Sie im vollen Ausmaß meiner Fähigkeiten zu verwöhnen, ist das Beste, was ich beitragen kann … doch im Vergleich zu dem, was Stavros und Alek anbieten können, fühlt es sich viel zu geringfügig an.

Eine nagende Stimme in meinem Hinterkopf verkündet,

dass ich egoistisch bin, weil ich all meine Energie auf diese Frau verwende, und dass ich es nicht verdiene, auch nur zu versuchen, mich ihr zu widmen. Doch ich blende sie so gut wie möglich aus. Was ich Ivy geben kann, ist besser als nichts.

Ich lasse mich in die Badewanne gleiten und setze mich ihr schräg gegenüber. Alek bleibt bis auf die Unterhose entkleidet am Wannenrand stehen.

Seine hochgewachsene, schlanke Gestalt hat viel für sich. Durchtrainierte, kompakte Muskeln zeichnen sich auf seiner Brust und seinen Armen unter seiner bronzefarbenen Haut ab. Da ist nichts, wofür er sich schämen müsste.

Er greift nach seiner Maske und hält inne. Er wappnet sich sichtlich und schält sie von seinem Gesicht.

Das fleckige Fleisch darunter, das sich von seiner Stirn und Nase bis zu seiner linken Wange erstreckt, erzählt eine Geschichte, deren Einzelheiten ich nicht kenne. Ich kann sehen, dass es eine Verletzung war, die zu tief ging, um vollständig geheilt zu werden.

Doch er hat es überlebt. Ardone lehrt uns, dass Schönheit in allen Dingen gefunden werden kann. Das Zwischenspiel der Farben seiner Narben hat eine gewisse Schönheit an sich. Auch die ungewöhnlichen Formen, die sie auf seinem Gesicht erschaffen, sind schön.

Außerdem ist es schön, dass er gewillt war, es mit mir zu teilen.

Ich lächle ihn an und hoffe, dass er erkennen kann, dass mich sein Erscheinungsbild nicht stört. „Es ist eine Ehre, dass du mir dein vollständiges Selbst anvertraust."

Etwas an Aleks Haltung lockert sich. Er zieht seine Unterhose aus und klettert in die Wanne.

„Oh", sagt er, als das Wasser ihn umhüllt. „Das ist schön. Ich glaube tatsächlich, dass ich noch nie ein richtiges Bad hatte."

Ivy schenkt mir ein liebevolles Grinsen. „Casimir hat daraus eine Art Kunst gemacht."

Ich neige meinen Kopf nach hinten an den Wannenrand. Es gibt so viel Platz, dass wir alle sitzen können, ohne uns zu berühren. „Alles kann Kunst sein, wenn man ihm die richtige Aufmerksamkeit schenkt."

Nur weil wir nicht aneinanderstoßen müssen, bedeutet das nicht, dass ich die Distanz will. Ich rutsche rüber, sodass ich die Seite von Ivys Gesicht streicheln kann. „Wir können den Schmerz nicht ändern, den du erlebt hast. Aber du sollst wissen, dass du dir nie Sorgen darum machen musst, wo *wir* stehen. Wir wollen, dass du sicher und unversehrt bist. Es wartet so viel Freude auf dich, sobald du diese Mission beendet hast."

Ivys Lächeln spannt sich ein wenig an, ihre Augen leuchten jedoch hell. Sie schaut von mir zu Alek und wieder zurück. „Wisst ihr ... als ich in dem Turm war, nachdem Wendos mich verletzt hatte ... haben mir die Gedanken an euch dabei geholfen, mich ihm ein zweites Mal zu stellen. Ich dachte bereits zu dem Zeitpunkt daran, dass ihr sogar damals schon für mich dagewesen seid."

Der Schmerz, der meine Brust fest im Griff hatte, schmilzt zu einer berauschenden Wärme. „Jede Kraft, die ich dir schenken kann, gehört dir, wann immer du sie brauchst."

„Und wenn du jemals mehr brauchst, als uns eingefallen ist, dir zu geben, dann frag einfach", fügt Alek hinzu, dessen Stimme ein wenig heiser geworden ist.

Ivy senkt den Kopf mit einem Hauch von Schüchternheit. „Ich hätte nichts dagegen, wenn ihr mir helft, meine Haare zu waschen."

Ich greife nach der Seife. „Es wäre mir ein Vergnügen."

Als ich den Schaum in Ivys Kopfhaut einmassiere, nimmt Alek eine kleine Seife und wäscht den Dreck an ihrem Kiefer weg, den ich zuvor bemerkt habe. Während er sich ihren Hals hinab und ihren Arm entlang arbeitet, spüre ich, wie die Anspannung Ivys Körper verlässt. Sie summt ermutigend.

Wir tunken ihre Haare gemeinsam unter Wasser und fahren zu beiden Seiten mit den Fingern durch ihre feuchten Strähnen. Alek beobachtet meine Bewegungen aufmerksam und ahmt sie mit behutsamer Präzision nach.

Ivy streckt sich mit geschlossenen Augen träge zwischen uns aus. „Vielleicht müssen wir eine Armee aus Kurtisanen ausschicken, damit sie sich der Blutzauberer annehmen", murmelt sie geistesabwesend. „Jeder würde so gut wie jede Information preisgeben, wenn er diese Art der Behandlung erhält."

Alek gluckst, die flapsige Bemerkung durchbohrt jedoch meine Körpermitte.

Ich habe alles von meinen vergangenen Kunden in Erfahrung gebracht, was ich konnte, und mich auch bei meinen Freizeitaktivitäten auf der Akademie umgehört. Keines der Käferclubmitglieder, die wir im Auge haben, hat die Angewohnheit, jemanden aus der Gesellschaftsfakultät anzuheuern.

Das ist allerdings nicht der einzige Ort, an dem wir möglicherweise nützliche Informationen finden können. Ster. Torstem hat seine Komplizen für all diese Käferclub-Ausflüge aus der Akademie – aus der Stadt – weggebracht …

Das Bild der Freundin meiner Mutter Laselle schwebt durch meine Gedanken. Sie kam alle ein oder zwei Monate vorbei, um sich zusammen mit meiner Mutter zu entspannen. Ihre offenen, weißblonden Locken wippten bei ihren ausladenden Bewegungen, wenn sie von ihren Kunden erzählte.

Laselle ist mittlerweile seit Jahrzehnten im Geschäft und kümmert sich um die Grafen und Provints auf den Anwesen, die der Hauptstadt am nächsten sind. Die Verschwörer müssten nicht *allzu* weit weggehen.

Es ist möglich, dass sie Beweise für ihre Machenschaften hinterlassen haben, die jemand bemerkt und kommentiert hat.

Mein Magen verkrampft sich bei der Vorstellung, Laselle aufzusuchen. Die letzten Worte, die sie jemals zu mir gesprochen hat, hallen aus meinen Erinnerungen herauf – das kurze Gespräch bei der Beerdigung meiner Mutter.

Ich hoffe, du machst etwas aus dir, Casimir. Eine gute Frau wurde ruiniert, um dich in diese Welt zu bringen. Du solltest ihrem Vermächtnis Ehre erweisen.

Sie machten früher ein Spiel daraus, sie und meine Mutter. Sie ließen mich Dinge für sie tun und kritisierten jeden noch so kleinen Fehler. Im Alter von sechs Jahren steckte und löste ich Laselles Haare einmal, bis meine Finger zu bluten begannen, während sie all meine Anstrengungen verspottete.

Nur die Götter wissen, was sie von dem Mann halten würde, zu dem ich geworden bin. Von der Mission, der ich mich gewidmet habe und die ganz anders ist als alles, was meine Mutter von mir erwartete.

Doch was bedeutet ihre Meinung im Vergleich zu der Gelegenheit, Ivy ihre Aufgabe zu erleichtern? Wenn ich einen Hinweis finden kann, der uns dabei helfen wird, die Pläne der Verschwörer schneller aufzudecken und Ivy aus ihrem Griff zu befreien, bevor sie ihr noch mehr Schaden zufügen …

Das wäre so gut wie alles wert.

Ivy lässt ihre Finger mein Kinn entlang wandern und zieht mich in einen Kuss. Mein Herz setzt vor Eifer einen Schlag aus, als ich die süße Hitze ihrer Lippen trinke.

Anscheinend werden wir mehr tun, als nur ein Bad zu nehmen – und ich werde mich bestimmt nicht beschweren. Ich habe mich seit unserer ersten und einzigen leidenschaftlichen Begegnung vor Wochen danach gesehnt, den Körper dieser Frau an meinem zu spüren.

Als sie ihren Kopf dreht, um nun Aleks Mund zu suchen, knabbere ich an ihrem Ohrläppchen und lasse meine Zunge ihren Kiefer entlang gleiten, womit ich mir ein Keuchen verdiene.

Ich weiß, dass ich alles sein kann, was sie braucht. Ich kann ihr Lust und Zuflucht bieten.

Es könnte eine gefährliche Reise sein. Ich muss die Anwesen allein bereisen, um Laselle aufzuspüren, und dabei meine wahren Absichten geheim halten. Ein Kurtisan auf der Straße kann alle möglichen Arten falscher Aufmerksamkeit erregen.

Und das ist in Ordnung. Warum sollte ich mein Leben nicht aufs Spiel setzen, wenn Ivy das bereits getan hat und immer wieder tun wird, bis wir die Blutzauberer zu Fall gebracht haben?

NEUNUNDZWANZIG

Ivy

Ich dachte, von zwei atemberaubenden Männern im Versammlungsraum umarmt zu werden, wäre eine berauschende Erfahrung. Mich zwischen ihnen in dem dampfigen Wasser der Badewanne wiederzufinden, wo sich unsere nackte Haut berührt, die von Casimirs Ölen weich ist, ist so überwältigend, dass ich womöglich in Wonne ertrinken werde.

Es wäre jedenfalls eine unglaubliche Art, zu sterben.

Mit jeder Streichelbewegung ihrer Hände über meinen Körper und jedem Zusammenprall unserer Lippen schmelzen die Qualen des vergangenen Tages. Ich ziehe Alek noch näher, wölbe mich Casimirs Liebkosungen entgegen und sehne mich danach, mich so tief wie möglich in der Wonne dieses Moments zu verlieren.

So viel von meinem Leben entzieht sich momentan meiner Kontrolle. Es gehört kaum noch mir.

Das hier – die unerwartete Verbindung, die ich bei diesen zwei Männern gefunden habe und von der ich kaum glauben kann, dass sie real ist – gehört jedoch ganz allein mir. Ich will sie besitzen und genießen.

Ich drehe mich um und erobere Casimirs Mund. Er streichelt mit der Hand über meinen nackten Busen. Als ich in den Kuss keuche, lässt Alek zaghaft, jedoch nicht weniger eifrig eine Hand über meine Seite zu meiner Hüfte gleiten.

Mir ist schwindlig von der Hitze des Wassers und ihrer Körper und wegen der Empfindungen, die mich von beiden Seiten durchfluten. Julita hat sich irgendwann, nachdem wir im Baderaum angekommen sind, in die tiefsten Tiefen meines Schädels zurückgezogen – ich kann ihre Anwesenheit kaum spüren.

Doch durch den lustvollen Nebel windet sich ein leichtes Unbehagen in mein Bewusstsein. Die Erinnerungen an Benedikts Gesicht bleiben, das unter der Verkleidung enthüllt wurde, und an sein Feixen, als er den Bogen hob, um auf mich zu schießen.

Wenn sogar er uns verraten hat ...

Ich zögere und Casimir bemerkt meine Reaktion sofort. Er weicht zurück, um mir in die Augen zu blicken. Alek erstarrt an meiner anderen Seite.

Ich sinke wieder auf den Vorsprung, damit ich beide ansehen kann. Meine Hände greifen instinktiv nach ihren. „Ihr wisst, dass ihr euch nie Sorgen darum machen müsst, wem *meine* Loyalität gilt, oder? Ich denke noch immer, dass die Blutzauberer verrückte Verbrecher sind. Ich habe keinerlei Interesse daran, ihre wahnsinnige Philosophie zu glauben, ganz gleich, was ich getan habe, um sie zu überzeugen.“

Casimir gluckst und streichelt mit seiner freien Hand über die Seite meines Gesichts. „Natürlich. Ich habe es nie auch nur in Erwägung gezogen.“

Alek runzelt die Stirn. „Haben wir etwas getan oder gesagt, was dich auf den Gedanken gebracht hat, dass wir dir nicht vertrauen?“

Ein Kloß steigt in meiner Kehle auf. „Nein. Nichts Derartiges. Es ist nur ... Ihr kanntet Benedikt länger als mich und er hat uns alle erschreckt. Ich dachte, ich sollte meine Position deutlich machen.“

Aleks Finger, die mit meinen verschränkt sind, spannen sich an. „Ich habe mir auch nie Sorgen gemacht. Du würdest von allen Leuten am schnellsten schädliche Magie erkennen, wenn du sie siehst.“

Casimir neigt den Kopf, um meine Schulter zu küssen. „Und jedes Mal, wenn du über ihre Rituale gesprochen hast, war offensichtlich, wie unangenehm sie für dich waren. Ich hasse es, dass du zu ihnen zurückgehen musst ... Ich weiß, du würdest dich lieber nie wieder mit der Verschwörung befassen.“

Die kurze Panik, die mich gepackt hat, löst sich in meinem Magen auf. Ich entspanne mich wieder in ihrer Umarmung, doch der zweifelnde Teil von mir besteht auf eine letzte Klarstellung – der Teil, der Schwierigkeiten damit hat, zu verstehen, wie eine Straßenratten-Diebin die Hingebung eines brillanten Gelehrten und eines adligen Kurtisans gewonnen hat.

Ich sehe die beiden nacheinander an. „Und es ist wirklich okay für euch, was wir hier tun? Dass ich mit euch beiden zusammen bin? Ich hätte nie erwartet ... ich hätte nie verlangt ...“

„Ich glaube, das wissen wir auch“, murmelt Casimir und lässt meine Hand los, um seinen Arm um mich zu legen. „Ich bin nicht der eifersüchtige Typ, Gütige. Je glücklicher du bist, desto glücklicher werde ich sein.“

Aleks Lächeln wird schief. „Ich hätte nie gedacht, dass ich das hier überhaupt haben kann. Ich weiß, dass deine Zuneigung für Casimir nichts an dem ändert, was immer zwischen uns beiden entstehen wird.“

Er hält inne und sein Blick gleitet leicht schüchtern zu dem anderen Mann. „Und vielleicht wird Casimir mir dabei helfen, sicherzustellen, dass ich dich so ‚glücklich‘ wie möglich mache. Ich kann nämlich nicht behaupten, dass ich besonders gut weiß, was ich in dieser Hinsicht tue.“

Casimir strahlt ihn an. „Ich kann jederzeit Rat anbieten. Wir sollten das hier als eine Zusammenarbeit sehen, genau wie unsere Ermittlungen. Wir haben bei der vorliegenden Aufgabe beide unsere eigene Herangehensweise und Talente und wir sind besser, wenn wir sie kombinieren.“

Ich verenge die Augen zu Schlitzen. „Jetzt klingt es wie Arbeit.“

Der Kurtisan lacht und zieht mich näher an sich. Seine Stimme sinkt neben meinem Ohr zu einem Flüstern. „Ich kann dir versichern, was wir hier tun, ist nichts als Vergnügen. Und ich freue mich darauf, zu sehen, wie viel Vergnügen wir dir bereiten können.“

Er knabbert eine Spur an meinem Hals entlang, während seine Finger über meinen Innenschenkel wandern. Alek beugt sich für einen weiteren Kuss zu mir und einfach so verliere ich mich wieder.

Ich will auch, dass sie sich gut fühlen. Ich will, dass sie wissen, wie sehr ich die Zuneigung schätze, die sie mir schenken. Wie sehr ich *sie* schätze und alles, was sie in mein Leben gebracht haben.

Ich streichle über Aleks durchtrainierte Brust und seinen Bauch. Er summt zustimmend an meinem Mund.

Mein Hintern hat sich auf Casimirs Schoß niedergelassen – an seiner Härte, die mir verrät, wie sehr er dieses Intermezzo bereits genießt. Ich verlagere mein Gewicht und wiege mich in einer, wie ich hoffe, provokativen Bewegung an ihm.

Es funktioniert anscheinend, denn Casimir stockt der Atem. Er stöhnt und seine Hand gleitet meinen Schenkel hinauf, um meine empfindlichste Stelle zu umfassen.

Bei dem Lustblitz, der von meiner Mitte in meinen Körper schießt, kann ich mir ein Wimmern nicht verkneifen. Alek stößt einen gierigen Laut aus, küsst mich stürmischer und massiert meinen Busen.

Ich gleite mit den Fingern über die sehnigen Muskeln seines Bauchs, bis sie die emporragende Länge seines Penis streifen. Als ich meine Hand darum lege, bockt er in meinen Griff und stöhnt.

Casimir lässt seinen Daumen über meinen Kitzler wirbeln und taucht seinen Zeigefinger in mich. Der Druck lässt Wonne durch meine Nerven pulsieren.

Als ich mit einem Keuchen den Kopf nach hinten neige, knabbert er an meiner Schulter und beginnt, unsere Position anzupassen. „Es gibt ein Talent, das ich gerne einsetzen würde, wozu ich bisher allerdings keine Gelegenheit hatte. Und das hier ist der perfekte Ort dafür …"

Er hebt mich aus dem Wasser, wobei ihm Alek hilft, als er erkennt, was der Kurtisan vorhat. Gemeinsam setzen sie mich auf den glatten, breiten Wannenrand.

Casimir gibt dem Gelehrten mit schiefgelegtem Kopf ein Zeichen. „Du solltest ebenfalls aus der Wanne steigen … Ich wüsste gern, dass jemand ihre obere Körperhälfte befriedigt, während ich schaue, welche Magie ich hier unten heraufbeschwören kann."

Er zwinkert mir mit einem schelmischen Lächeln zu – und schiebt meine Knie auseinander, sodass er seinen Kopf zwischen meine Beine senken kann.

Als sich sein Mund das erste Mal auf meine Mitte presst, durchfährt mich ein Ruck der Lust und mir entwischt ein gemurmeltes „Fuck."

Ich habe Frauen über diesen Akt sprechen hören, ihn sogar einmal beobachtet, doch keiner meiner vorhergehenden Liebhaber war aufmerksam genug, um es zu versuchen.

Bei den Göttern, ich habe mir nie vorgestellt, dass es sich so gut anfühlen kann.

Casimir leckt mit der Zunge und exquisiter Sorgfalt über jede empfindliche Stelle, als würde er meine privateste Körpergegend mit dem Mund kartographieren. Jedes Schnalzen und Lecken entzündet weitere berauschende Freude, die nun meinen Körper flutet.

Ich stöhne und klammere mich an Alek, der Casimirs Vorschlag befolgt hat und neben mir aus der Wanne geklettert ist.

Der Gelehrte umarmt mich von hinten, versengt meinen Hals und Schultern mit heißen Küssen, liebkost meine beiden Brüste mit seinen geschickten Händen und zwirbelt meine Nippel, was lustvolle Funken durch meinen Körper sendet. Sein Atem geht schwer, als würde sich der Anblick von Casimirs Zuwendungen genauso auf ihn auswirken wie auf mich.

Der Kurtisan dringt mit der Zunge zwischen meine Falten. Dann saugt er mit genau dem richtigen Sog an meinem Kitzler, sodass ich vor Verlangen erschaudere. Meine Finger bohren sich in Aleks Arm.

Ein erstickter Laut entfährt dem Gelehrten und dann rutscht er um mich herum. „Kann ich … ich würde das auch gern für sie tun."

Casimir grinst zu uns auf und leckt sich über die Lippen. „Es wäre egoistisch von mir, diesen Schatz für mich zu behalten."

Als Alek ins Wasser sinkt, zieht sich Casimir neben mir aus der Wanne. Ein plötzlicher Schmerz vibriert durch meinen Körper wegen des Kontaktverlusts, doch Alek verliert keine Zeit und nimmt die vorherige Position des Kurtisans ein.

Er betrachtet mich mit seinem intensiven Blick. Seine hellbraunen Augen haben sich noch nie eindringlicher angefühlt. Als er mit dem Daumen über meinen Kitzler gleitet, leuchten sie vor Enthusiasmus auf, der wahrscheinlich sowohl akademischer als auch leidenschaftlicher Natur ist.

„Ich habe von Techniken gelesen", erzählt er und hebt den Blick zu Casimir. „Aber ich wäre nicht überrascht, wenn du es besser wüsstest als jeder Bericht, über den ich in der Bibliothek gestolpert bin."

Casimirs Lächeln wird breiter. „Nimm dir Zeit. Genieße jeden Teil von ihr und sie wird es ebenfalls genießen. Benutze deinen ganzen Kopf, baue den Druck und einen Rhythmus auf. Und folge ihren Ermutigungen."

Er reibt seine Nase an meiner Wange. „Warum legst du nicht eine dieser geschickten Hände auf Aleks Kopf? Zieh an seinen Haaren, um ihm zu zeigen, wenn er es besonders gut macht."

Ich strecke die Hand aus, um meine Finger in Alex' dichten Locken zu vergraben. Casimir hilft mir, das Gleichgewicht zu wahren, schlingt seinen Arm um meine Taille, um meinen Bauch zu streicheln, und massiert mit seiner anderen Hand eine meiner Brüste.

Aleks erste Zungenschläge sind zaghaft, doch aufgrund meines sensibilisierten Zustandes sind sie bereits schwindelerregend. Ich ziehe ihn zu mir und er nimmt meine

Mitte mit dem berauschendsten aller Küsse gefangen. Die raue Textur seiner vernarbten Wange reibt über meinen Innenschenkel, was eine unerwartete wundervolle Reibung erzeugt.

Während er mich stimuliert und mit jedem Keuchen und Wimmern, das er auslöst, an Selbstvertrauen gewinnt, gleiten seine Hände über meine Schenkel. Irgendwie verstärkt diese Berührung die Wonne, die mir sein Mund bereitet, mehr als alles, was ich zuvor empfunden habe.

„Sehr gut", raunt Casimir und zwirbelt meinen Nippel zwischen seinen Finger im Rhythmus von Aleks wippendem Kopf. Seine Berührung entlockt mir ein weiteres Stöhnen, woraufhin er seinen geschickten Mund an meinen Kiefer drückt, als wolle er mich belohnen.

Als ich an seinen Haaren ziehe, atmet Alek rau gegen meine Mitte aus, bevor er tiefer taucht und seine Zungenbewegungen beschleunigt.

Es besteht jetzt kein Zweifel mehr an seiner Hingabe für die Aufgabe. Er verschlingt mich, als wäre er fest entschlossen, meinem Körper jedes bisschen Lust zu entringen, das er erzeugen kann, und ich kann mich dem nur hingeben.

Die Wonne, die sich in mir aufgebaut hat, wird immer größer und kitzelt durch jedes meiner Glieder.

„Konzentriere dich jetzt auf ihren Kitzler", weist Casimir ihn mit rauer Stimme an. „Streichle den Rest von ihr mit deinen Fingern."

Alek gehorcht, schließt seine Lippen um diesen Lustpunkt und schnalzt mit der Zunge. Seine Finger massieren derweil meine Falten.

Ein erstickter Laut entfährt mir. Meine Fingernägel bohren sich in seinen Schädel, bevor ich komme, mich auflöse und Ekstase so heftig durch mich fegt, dass ich zittere.

Als ich wieder zu mir komme, blickt Alek mit einer Miene zu mir auf, die sowohl zufrieden als auch ein wenig benommen wirkt. Er ist so umwerfend in seiner Freude über meinen Höhepunkt, dass ich nur daran denken kann, mich auf gleiche Art zu revanchieren.

„Ich bin dran", verkünde ich. „Lasst uns das ins Trockene verlegen."

Ich helfe Alek aus der Wanne und führe ihn zum Bett, wobei ich Casimir mit uns zerre. Der Kurtisan erhebt keine Beschwerden, als ich tropfnass über die Bettwäsche krabble und Alek mit mir ziehe.

Während sich der Gelehrte auf mein Drängen hin auf dem Rücken ausstreckt, nehme ich mir einen Augenblick, um seine ganze schlanke Gestalt zu bewundern. Er beobachtet mich und Erregung rötet seine bronzefarbenen Wangen.

Sein Schwanz wippt, ist steif und zieht meinen Blick auf sich. Ich beuge mich über ihn und lasse meine Zunge über seine Länge gleiten.

Aleks Hüften zucken und er atmet stockend aus. Von seiner Reaktion ermutigt lächle ich und nehme ihn in den Mund.

Sein Schwanz hat den gleichen kühlen Geschmack wie der Rest von ihm, schmeckt jedoch süß von dem langanhaltenden Duft der Badeöle. Ich weiß nicht so recht, was ich tue, nehme allerdings an, dass Casimirs Rat vermutlich genauso für diesen Akt gilt.

Lass dir Zeit. Genieße jeden Teil. Baue Druck und Rhythmus auf.

Allmählich arbeite ich mich Aleks Schaft hinab, lecke mit der Zunge an ihm und spanne meine Lippen an. Jedes Stöhnen spornt mich an.

Casimir streichelt meinen Rücken und bietet mir gemurmelte Vorschläge an. „Übe unter seiner Schwanzspitze zusätzlichen Druck aus. Dann wirble mit der Zunge um seinen Schaft."

Ich sauge und biege meine Zunge, woraufhin Alek erschaudert. Als ich seine Reaktion spüre, sammelt sich erneut Erregung zwischen meinen Beinen.

„Es fühlt sich so gut an", krächzt er, während er mich abwechselnd streichelt und an meinen Haaren zieht. „So gut, Ivy. Casimir, du solltest dafür sorgen, dass sie sich auch gut fühlt. Füll sie ... füll sie vollständig."

Ich frage mich, ob das eine der Stellungen aus dem

wudischen Erotikgedichtband ist, das er so liebgewonnen hat. Ich kann mich über den Vorschlag nicht beklagen, den es inspiriert hat. Als Casimir sich hinter mich kniet und meinen Hintern drückt, schiebe ich mich zustimmend seiner Berührung entgegen.

Er wird mindestens so viel von diesem Akt haben wie ich.

Während ich meinen Kopf über Aleks Schwanz bewege, führt Casimir seinen Schaft zwischen meine Falten. Mein erster Höhepunkt hat mich ausgelaugt, doch ein Teil von mir schreit nach mehr – will gedehnt und vollständig beansprucht werden.

„Fuck", murmelt Alek. „Ivy, ich kann nicht … Ich werde …"

Ich sauge einfach noch fester an ihm und zwinge ihn, sich fallen zu lassen. Casimir dringt mit einer Explosion aus Lust in mich. Ich stöhne an Aleks Schaft und der Gelehrte bockt nach oben, um mir mit einem atemlosen Grunzen entgegenzukommen.

Dann kommt er und heiße salzige Flüssigkeit strömt in meinen Mund, während Casimir von hinten in mir pulsiert. Die beinahe verzweifelten Laute von Aleks Höhepunkt und die geübten Stöße des Kurtisans befördern mich schneller zum Gipfel, als ich für möglich gehalten hätte.

Ich senke den Kopf an Aleks Schenkel und keuche. Alek fährt mit den Fingern über meine Haare und murmelt eine Reihe zärtlicher Worte, während Casimir sich schneller in mir bewegt.

Ich verkrampfe mich um seinen Schwanz herum und ein zweiter Orgasmus knistert so heftig durch mich, dass mein Sichtfeld weiß wird. Casimirs Atem bricht und er packt meine Hüfte.

Er rammt sich mit noch mehr Wucht in mich, was frische Funken hinter meinen Augen tanzen lässt, und ergießt sich in mir.

Als der Kurtisan sanft schaukelnd innehält, setzt Alek sich auf und führt meinen Mund zu seinem. Ich küsse ihn lang und begierig, bevor ich mich umdrehe und Casimirs Lippen erobere.

Eine warme, sanfte Empfindung hat sich in meinem

gesamten Körper ausgebreitet. Ich winde mich auf der Decke. „Ich will mich einfach hier zusammenringeln und einschlafen."

Casimir gibt mir einen Kuss auf die Wange. „Das kannst du tun. Möchtest du, dass wir bleiben?"

Ein Anflug von Panik erschüttert meinen Puls bei dem Gedanken daran, dass sie nach der Intimität gehen, die wir gerade geteilt haben. „Ja. Bitte."

Er lächelt. „Ich werde Stavros eine Nachricht hinterlassen, damit er nicht durchdreht und versucht, dich zu finden. Gib mir eine Minute. Ich bin gleich wieder zurück."

Er schlüpft in einen Bademantel und geht zu dem Schnurkreis, in dem wir angekommen sind.

Alek senkt mich vorsichtig aufs Bett und schmiegt seinen Körper an meinen. „Ich wünschte, ich müsste nie woanders sein."

Die rohe Ehrlichkeit dieser Worte trifft mich mitten ins Herz. „Ich auch", flüstere ich und fühle mich eigenartig schüchtern wegen meiner Worte, obwohl ich bloß seine Aussage wiederhole.

Wie hätte ich mir jemals erträumen können, dass ich eine derartige Freude hier unter einem Haufen bösartiger Adliger finde?

Der Gelehrte fährt leicht mit den Fingern über die Narben auf meinen Schulterblättern. „Du verdienst ein Leben, in dem niemand versucht, dir wehzutun. In dem du von Leuten umgeben bist, die wollen, dass du aufblühst. Mit unzähligen Büchern in jeder Sprache, mit vielen Pferden zum Reiten und den besten Messern."

Ich weiß nicht, wie ich auf die Zärtlichkeit in seiner Stimme antworten soll. Meine Kehle schnürt sich zu, bevor ich eine trockene Erwiderung zustande bringe. „Es könnte noch eine Weile dauern, bis ich das erhalte, wenn es nach den Blutzauberern geht."

Alek beugt sich vor, um seine Nase in meinen Haaren zu vergraben. „Ich werde tun, was ich kann, um sicherzustellen, dass du bald frei von ihnen bist. Ich habe alle Tongruben im Land nachgeschlagen, die beachtliche Mengen Ton produzieren ... Ich werde zu denen in der Nähe reisen und mich umsehen."

Mein Herz setzt einen Schlag aus. „Wenn sie es bemerken und erraten, warum du das tust ..."

Er küsst meine Schläfe. „Ich kann mir eine gute Ausrede ausdenken. Eine wissenschaftliche. Es wird ein neues ‚Forschungsprojekt' sein."

Wenn jemand die Ermittlung im richtigen Licht darstellen kann, ist das Alek. Sein Ton ist gelassen, während er darüber spricht. In meinem Magen formt sich jedoch ein Knoten bei dem Gedanken daran, dass er sich ins Unbekannte wagt und an Orten herumschnüffelt, an denen die Verschwörer ihre bestgehüteten Geheimnisse verstecken.

Ich muss diese Geheimnisse von innen heraus knacken – *bald*. Das ist die einzige Möglichkeit, wie ich Alek und die anderen Männer vor den Gefahren beschützen kann, mit denen sie es ebenfalls aufnehmen.

Wenn ich das nicht kann ... ich will nicht einmal über den Preis nachdenken, den ich womöglich zahlen muss, weil ich dieses bisschen Glück erlebe.

Casimir kehrt so schnell zurück, wie er es versprochen hat, und lässt sich auf meiner anderen Seite auf dem Bett nieder. Trotz meiner Sorgen stelle ich fest, dass ich zwischen ihren warmen Körpern eindöse. Es ist nicht so, als hätte ich letzte Nacht besonders viel Schlaf erhalten.

Irgendwo inmitten ihrer langsamen Atemzüge und sanften Liebkosungen schlafe ich ein. Als meine Augen sich wieder öffnen, weiß ich nicht, wie viel Zeit vergangen ist.

Alek und Casimir schlafen zu beiden Seiten von mir. Ihre Körper sind entspannt und ihr Atem geht gleichmäßig. Ein erneutes Leuchten der Freude entzündet sich in mir.

Ich will gerade wieder die Augen schließen und schauen, ob ich noch ein wenig mehr Ruhe erhalten kann, als Julitas Präsenz sich regt.

Was ... Ihr seid noch immer ... Es sind Stunden *vergangen.*

Ich verstehe nicht, warum sie aufgebracht ist. Ich öffne den Mund, zögere jedoch, ihr zu antworten aus Angst, dass ich meine Liebhaber aufwecke.

Julita stößt einen Laut aus, der beinahe gequält klingt. *Warum bin ich überhaupt hier? Sie denken nicht an mich. Ich spiele keine Rolle mehr. Sie sehen nur dich.*

Mein Herz macht einen Satz. „Julita?", frage ich leise, doch ihre Präsenz in meinem Kopf ist schon wieder geschrumpft. Ich glaube, sie hört mich nicht einmal mehr.

Dreißig

Ivy

„Du kannst jetzt eine Pause machen", informiert Stavros mich, als wir sein Quartier betreten. „Der nächste Kurs findet erst zur fünften Glocke statt."

„Und es gibt so viele wundervolle Dinge, die ich in meiner Freizeit tun kann." Ich kreise mit den Schultern, die ein wenig steif sind, weil ich während seiner Vorlesung strammstehen musste, und bewege mich in einem Kreis durch den Raum, was ich mittlerweile automatisch mache.

Ich kann nicht einmal darauf hoffen, dass ich Casimir oder Alek an einem Ort über den Weg laufen werde, wo wir uns ein wenig unterhalten können. Sie halten sich beide außerhalb der Akademie auf und gehen Spuren nach, von denen sie denken, dass sie uns der Enthüllung der Blutzauberer-Pläne näherbringen werden.

In den letzten Tagen konnte ich zu diesem Ziel nichts beitragen. Seit meiner Prüfung mit Benedikt ist meine Handfläche unbeschrieben geblieben. Ich habe keinen einzigen Piep von den Verschwörern gehört.

Vielleicht sind sie bloß vorsichtig und geben mir genügend Zeit, meine Beweggründe zu enthüllen, bevor sie mich wieder zu sich rufen. Oder vielleicht haben sie beschlossen, dass es ein zu großes Risiko ist, mich zu behalten, auch wenn die Götter mich Benedikt scheinbar vorzogen.

Stavros' Blick folgt mir durch den Raum mit einer Sorge, die an mir nagt. Er fragt sich vermutlich, ob *er* die richtige Entscheidung getroffen hat, als er mich unterstützt hat, wenn ich jetzt nutzlos für die Mission bin.

Seine Stimme kommt trocken, jedoch mild heraus. „Ich bin mir sicher, du wirst wieder genügend Gesellschaft haben, die dich beschäftigt, wenn …"

Ein magisches Beben rast von irgendwo entlang der Wand durch meine Nerven. Ich reiße meine Hand hoch, um Stavros' Bemerkung zu unterbrechen.

Sein Mund klappt zu und seine Stirn runzelt sich. Ich bleibe reglos neben dem Beistelltisch stehen, an dem ich gerade vorbeigegangen bin, bevor ich vorsichtig in die Hocke gehe, damit ich darunter spähen kann.

Die Spur magischer Energie lenkt meinen Blick. Es dauert trotzdem einen Moment, bis ich den fetten braunen Käfer entdecke, der sich zwischen einem der Beine des Möbelstücks und der Fußleiste versteckt.

Argh, murmelt Julita. *Das ist ein unwillkommener Anblick.*

Der Eindruck von Zauberei kommt definitiv von dem Käfer. Und es ist ein Wesen, das gut zu den Mitgliedern des Entomologieclubs passt, die es geschaffen haben.

Stirnrunzelnd mustere ich es. Der Käfer verharrt reglos, wo er ist. Nichts an der Energie, die er verströmt, ändert sich.

Wir wissen noch immer nicht, zu welchem Zweck die Verschwörer die Wesen aus Ton erschaffen haben. Meine zerrissene Seele reagiert zwar auf die Magie in der Luft, doch ich kann nicht erkennen, welche Zauber auf das Wesen angewandt wurden.

Julita schnaubt. *Worauf wartest du? Zerquetsche das Ungeziefer.*

Meine Hände ballen sich zu Fäusten. Ich würde den Käfer

sehr gerne zerquetschen. Doch nach meinem ersten Instinkt kitzelt sich noch eine Idee durch meine Gedanken.

Falls die Verschwörer ihre Kreationen nutzen, um die Leute irgendwie auszuspionieren … könnten wir das gegen sie verwenden. Wir könnten ihnen einen weiteren Beweis dafür liefern, dass sie darauf vertrauen sollen, dass meine Einstellung zu ihrer passt.

Es ist einen Versuch wert.

Stavros merkt offensichtlich, dass ich etwas entdeckt habe, und er weiß, wonach ich suche. Er steht schweigend da, als ich von dem Käfer zurückweiche.

Ich mache eine vage Geste, von der ich hoffe, dass er sie als Ermutigung dafür versteht, mitzuspielen. „Ich will nichts mehr darüber hören. Wie kann es dich nicht stören, dass die königlichen Wachen die Akademie Tag und Nacht umschwärmen?“

Die Augenbrauen des ehemaligen Generals heben sich, doch er passt sich mutig dem Zorn in meiner Stimme an. „Sie beschützen uns.“

Ich schnaube. „Beschützen sie uns oder sorgen sie dafür, dass wir innerhalb ihrer strengen Grenzen bleiben? Die Daimon haben versucht, uns mitzuteilen, dass etwas nicht stimmt, und sie haben sie zum Schweigen gebracht. Es ist nicht so, als könnten *wir* etwas sagen, ohne Gefahr zu laufen, verhaftet zu werden.“

„Ich glaube nicht, dass jemand die Art von Dingen hören will, auf die du angespielt hast“, erwidert Stavros und lässt seine Stimme düsterer werden. „Am allerwenigsten ich. Mach deiner Familie keine Schande, indem du wie eine Verräterin sprichst.“

„Ist es nicht verräterischer, *nichts* zu sagen, wenn etwas in der Welt verkehrt ist?“

Er schaut mich böse an und schlüpft richtig in seine Rolle. „Ich will kein Wort mehr hören. Wenn ich dich zu den Wachen schleifen muss, um sicherzustellen, dass du nichts anderes tust, als sinnlosen Schwachsinn von dir zu geb…“

Ich stapfe zur Tür. „Oh, hör auf, so zu tun, als hättest du hier die moralische Überlegenheit. Ich bin mir sicher, ich kann bessere Gesellschaft finden als dich.“

Als ich nach dem Türgriff greife, fange ich seinen Blick auf. Er nickt kaum merklich, um anzudeuten, dass zwischen uns alles in Ordnung ist und er weiß, dass es nur eine List war.

Eine List, die ich durchziehen muss. Ich stapfe in den Gang, zögere und streiche meinen Rock glatt.

Ich weiß nicht, ob unser vorgetäuschter Streit etwas erreicht hat. Der Käfer könnte aus mehreren anderen Gründen in Stavros' Zimmer sein und gar nicht hören, was wir gesagt haben.

Wenigstens habe ich es versucht.

Ich muss mich vergewissern, dass er fort ist, wenn ich zurückkehre. Oder vielleicht wird Stavros so tun, als würde er ihn zufällig entdecken, und ihn für mich zerquetschen.

Das Läuten der Palastglocke hallt durch die Mauern des Domis und ich erinnere mich an einen anderen Nachmittag, als ich nach Möglichkeiten suchte, weitere Ermittlungen anzustellen. Mein Puls beschleunigt sich, als ich plötzlich eine Idee habe.

Ich gehe mit erneuter Entschlossenheit in Richtung Treppe. Niemand ist in der Nähe, weshalb ich ein leises Flüstern riskiere. „Heute wäre ein Jagdtag, oder?"

Julita regt sich. *Ich glaube schon. Du wirst das bei den Ställen schnell erkennen können. Aber hast du es beim letzten Mal nicht gehasst?*

Ich zucke mit den Achseln. „Ich kann die Peinlichkeit tolerieren, wenn sie einem Zweck dient. Ich meine mich daran zu erinnern, dass beim letzten Mal ein paar der Käferclubmitglieder teilgenommen haben …"

Oh! Ja, du hast recht. Waren sie aus der Gruppe, von der Alek denkt, dass sie Teil der Verschwörung ist?

Ich denke an die Skizzen der Mitglieder zurück, die der Gelehrte am stärksten im Verdacht hat. „Einer von ihnen war auf jeden Fall dabei. Und selbst wenn sie sich der Jagd dieses Mal nicht anschließen, könnte es sich herumsprechen."

Ich muss etwas tun, damit ich das Gefühl habe, dass unsere Mission Fortschritte macht. Wer weiß, was die Verschwörer planen, während ich darauf warte, dass sie mich erneut kontaktieren?

Julita verstummt, als ich die Treppe hinabgehe. Ich habe gerade das Erdgeschoss erreicht, als sie sich mit wehmütigem Ton wieder zu Wort meldet: *Ich frage mich, wie Alek mit seinen Ton-Nachforschungen vorankommt.*

Der Hauch von Melancholie, der die Bemerkung begleitet, lässt mich innehalten und Schuldgefühle durchbohren meinen Magen.

Wir haben nicht mehr darüber gesprochen, wie eng meine Beziehung zu Alek und Casimir geworden ist, oder über ihre traurige Beschwerde, als sie neulich zurückkehrte und uns alle gemeinsam im Bett vorfand. Ich habe abgewartet, ob sie das Thema von selbst anspricht ... doch sie hat so getan, als sei es nie passiert.

Anstatt geradewegs zum Stall zu gehen, wähle ich einen längeren Weg, auf dem mich ein Hof von den anderen umherziehenden Studenten trennt. Dort bleibe ich stehen, um eine Blume zu pflücken, die zwischen den Grashalmen gewachsen ist.

Als ich sie mir an die Nase halte, als wollte ich daran riechen, verbirgt meine Hand meine Mundbewegungen. „Julita, falls ich irgendetwas auf eine Weise angehe, die dich aufregt ... Falls es unangenehm für dich ist, bei mir sein zu müssen, wenn ich mit Alek oder Casimir ...“

Es ist okay, unterbricht Julita mich zu brüsk, als dass ich ihr glauben kann. *Ich kann mich zurückziehen ... Das habe ich dir doch gesagt. Sie wollen dich; du willst sie ... Es ist gut.*

Ich schlucke schwer. „Ich bin mir sicher, sie erinnern sich noch an dich und denken an dich.“

Nicht, während sie das *mit dir tun. Und das sollten sie auch nicht. Ich habe ihnen nie besonders viel bedeutet und weiß das, weshalb es nichts mehr zu sagen gibt.*

Ich glaube nicht, dass das alles war, was sie mit ihrer Bemerkung darüber meinte, dass sie sie nicht mehr sehen. Es stimmt, dass mich keiner der Männer mehr so häufig auf Julita anspricht wie früher – und Alek hat ihren Versuch, direkt mit ihm zu sprechen, vehement zurückgewiesen.

„Wir sind Freundinnen, oder?“, frage ich und versuche es

noch einmal. „Und Freundinnen sollten über diese Dinge reden können …"

Es gibt nichts zu bereden, beharrt Julita. *Alles ist gut. Du solltest dich beeilen, sonst verpasst du den Beginn der Jagd. Oh, Götter straft uns, da ist wieder diese aufdringliche Wache.*

Ich glaube, sie versucht nur, das Thema zu wechseln, bis ich meinen Blick von der Blume zu meiner Umgebung wandern lasse und erkenne, dass der wahnsinnig gut aussehende Wachmann, der mich beim Sterne-Gucken gestört hat, mit strenger Miene auf mich zukommt. Allerdings sind diese blaugrünen Augen verdammt atemberaubend, sogar wenn er ein Gesicht macht, als stecke ihm ein Stock im Arsch.

Ich wette, der Rest der Kronenwache hasst diesen Kerl.

Er bleibt einige Schritte entfernt von mir stehen und neigt den Kopf zu mir. „Warum streunst du hier herum?"

Ich zwirble die Wildblume zwischen meinen Fingern. „Darf eine Dame nicht innehalten und sich an den Blumen erfreuen?"

Er zieht die Brauen unter seinen schokoladenbraunen Haaren zusammen, als würde er sich überlegen, wie er aus meinem Blumenpflücken einen fragwürdigen Akt machen kann. Das Kribbeln der Magie, das von ihm ausgeht, erinnert mich daran, vor seiner unbekannten Gabe auf der Hut zu sein.

Dann stellt er die letzte Frage, die ich erwartet hätte. „Geht es dir gut?"

Ich blinzle ihn an und suche nach Worten. „Ziemlich gut. Jetzt sogar noch besser, da meine Nase diesen wundervollen Duft genossen hat. Aber nun muss ich weiter."

Ich eile zum Stall und hoffe mit aller Kraft, dass er auf seinen Posten zurückkehrt.

Zum Glück habe ich die Jagd nicht verpasst. Verhätschelte Adlige sind nicht bekannt für ihre Pünktlichkeit.

Ein paar Dutzend Studenten stehen im Hof vor dem Stall. Die meisten sitzen bereits im Sattel, doch einige haben noch nicht einmal ein Pferd geholt. Es sieht so aus, als hätte der Assistent der Jagdführerin erst angefangen, Bögen zu verteilen.

Ich entdecke mehrere vertraute Gesichter unter den Teilnehmern: meine ehemalige Peinigerin Anya und ein paar ihrer Freundinnen, meine Rivalin Romild, die einen Bogen in den Armen hält, als sei er ein zusätzliches Körperglied, Petra, die entfernte Verwandte der Königsfamilie, steht mit ihrer üblichen reservierten Distanz auf der Seite – und nicht nur eines, sondern zwei Gesichter, die ich von Aleks Profilen und meinen eigenen Nachforschungen bezüglich des Entomologieclubs erkenne.

Ich verkneife mir ein erleichtertes Lächeln und eile in den Stall, um mein Ross zu holen.

Krümel schnaubt bei meinem Anblick, als würde er mich tadeln, weil ich ihn vernachlässigt habe. Ich streichle seine Nase, als ich ihn nach draußen führe. „Wer würde dir sonst eine Chance geben, hm? Du solltest dich besser benehmen, sonst wähle ich vielleicht ein neues Lieblingspferd."

Der temperamentvolle Hengst stampft mit dem Huf auf, läuft jedoch bloß mit einem kurzen Schütteln seiner Zügel hinter mir nach draußen.

Als ich aufsitze, schaut Anya mich an und zieht die Augenbrauen hoch. „Wirklich? Du reitest wieder dieses Biest?"

Ich grinse sie schief an. „Wir sind zu einem Einverständnis gelangt und verstehen uns jetzt ziemlich gut. Danke, dass du ihn mir vorgestellt hast."

Die hochmütige Adlige sieht aus, als würde sie sich eine ätzende Bemerkung verkneifen. Vermutlich erinnert sie sich an das Einverständnis, zu dem *wir* beide gelangt sind und das sicherstellt, dass Stavros sie nicht verhaften lässt.

Petra fängt meinen Blick kurz mit einem Lächeln auf, doch ich tue so, als hätte ich es nicht bemerkt. Sie hat immerhin vorgeschlagen, dass ich mich einer dieser Jagden anschließe, oder? Denkt sie, ich bin hier, um Freundschaft mit ihr zu schließen?

Ich vermute, dass es am besten ist, wenn die mutmaßlichen Verschwörer in unserer Mitte nicht den Eindruck erhalten, dass ich einen guten Draht zu einem Mitglied der Königsfamilie habe, ganz gleich, wie unbedeutend es ist.

Ich nehme den Bogen und Köcher voller Pfeile entgegen, den mir der Assistent anbietet, und handhabe sie etwas sachkundiger als beim ersten Mal. Mit einem leichten Zucken der Zügel lenke ich Krümel von Petra weg und näher zu den Käferclubmitgliedern, damit sie eine klare Sicht auf mich haben.

Wäre ich bei meinem Wettkampf mit Benedikt wirklich von den Göttern berührt worden, wäre ich verblüfft von dem unerwarteten Talent, das ich anscheinend erworben habe. Womöglich würde ich hoffen, dass meine verbesserten Fähigkeiten dauerhaft sind.

Ich streichle mit den Fingern über das gebogene Holz des Bogens, verändere meine Position im Sattel und gebe meine beste Imitation einer Adligen, die erpicht darauf ist, ihre neugefundenen Fähigkeiten zu genießen.

Noch bevor uns die Jagdführerin in den Wald führt, merke ich, dass ich so tollpatschig wie eh und je mit den Pfeilen umgehen werde. Wenn ich Messer auf die heraufbeschworenen Ziele werfen könnte, die entlang des Waldweges erscheinen, *dann* würde ich die verwöhnte Elite um mich herum in den Schatten stellen.

Stattdessen verziehe ich das Gesicht immer stärker vor Enttäuschung mit jedem Pfeil, der sein Ziel verfehlt. Nach der Hälfte der Jagd halte ich inne und starre auf meine Hände, als würde ich nicht verstehen, warum sie mich jetzt im Stich lassen.

Großer Gott steh mir bei, mach, dass die Blutzauberer meine Leistungen beobachten. Sie sollen denken, wie gut die Götter mich neulich geführt haben, da ich Benedikt besiegen konnte, und dass sie offenbar viel Vertrauen in mich setzen.

Ansonsten habe ich mich umsonst wie eine Idiotin aufgeführt.

Ich habe Krümel gerade wieder zum Traben gebracht, als Petra neben mich reitet. Sie betrachtet mich von der Seite und schürzt die Lippen. „Kommst du gut zurecht, Ivy?"

Ich zwinge mich zu einem Kichern und wackle mit dem Bogen. „Er scheint nicht mit mir zurechtzukommen."

Sie schüttelt den Kopf. „Nein, ich meine … im Allgemeinen."

Ein leichtes Unbehagen schlängelt sich durch meinen Magen. Was ist nur mit den Leuten los, dass sie alle denken, mir ginge es nicht gut? Zuerst diese Wache, jetzt eine königliche Nichte zweiten Grades oder was immer Petra ist.

Sehe ich aus, als stecke ich in Schwierigkeiten?

Als ich mit der Antwort ringe, bemerke ich, dass eines der

Käferclubmitglieder den Kopf in unsere Richtung gedreht hat. Mein Herz setzt einen Schlag aus.

Wenn sie den Eindruck erhalten, dass ich wirklich mit Petra befreundet bin, wird jeder Punkt, den ich mit meiner schrecklichen Bogenschieß-Leistung gewonnen habe, überhaupt keine Rolle spielen.

Ich recke das Kinn, als wäre ich beleidigt, dass sie gefragt hat. „Ich bin mir sicher, du hast bessere Dinge zu tun, als dir Sorgen um *mein* Wohlbefinden zu machen.“

Bevor sie antworten kann, drücke ich Krümel die Fersen in die Seiten und er verfällt in einen Galopp.

Jetzt muss ich hoffen, dass Petra nicht so beleidigt ist, dass sie sich beim König über mich beschwert. Das ist eine tolle Zwickmühle, in der ich mich befinde.

Nicht zum ersten Mal vermisse ich die Einfachheit, korrupte Händler zu bestehlen und Münzen auf Fenstersimsen zu hinterlassen. Als Hand Kosmels wusste ich wenigstens immer genau, wo ich stand und was getan werden musste.

Ich schaffe es, den Rest der Jagd vor Petra zu bleiben. Es gelingt mir ebenfalls, den Rand eines Ziels zu streifen, was Julita aufgeregt bejubelt, als hätte ich die Mitte getroffen. Was aufgrund meiner Unfähigkeit vermutlich damit vergleichbar ist.

Ich tue weiterhin so, als wäre ich verärgert über meine erbärmlichen Fähigkeiten, als ich Krümel striegle und zurück zu den Akademiegebäuden gehe, wie viel Nutzen das auch hat. Mein Magen fühlt sich schwer an.

Wie viel länger muss ich diese ganze Scharade aufrechthalten?

Die Frage nagt während Stavros' Nachmittagskurs auf dem Feld an mir, bei meinem einsamen Abendessen im Speisesaal und während ich mich rasch in einem der geteilten Badezimmer wasche, die nicht halb so luxuriös sind wie die der Gesellschaftsfakultät.

Als ich mich gerade abtrockne, breitet sich ein Kribbeln auf meiner linken Handfläche aus.

Ich reiße meine Hand herum. Die leuchtenden Worte kriechen über meine Haut.

Mitternacht. Gleicher Ort. Komm allein.

Ich starre meine Handfläche noch einige Sekunden lang an, nachdem die Botschaft verblasst ist, und warte darauf, dass mich Erleichterung überkommt. Das Einzige, was aufsteigt, ist ein vages Gefühl der Beklemmung.

Ich habe erhalten, was ich wollte. Doch ich wünsche mir auch, ich könnte heute Nacht etwas anderes tun, als um Mitternacht in den Wald zu laufen.

Einunddreißig

Ivy

Nach fünfzig Schritten in den Wald bleibe ich stehen und eine kühle Herbstbrise beißt an meinen Armen. Daher ziehe ich meinen Umhang fester um mich, während ich in die Finsternis spähe.

Dieses Mal lassen mich die Blutzauberer nicht lange warten. Es dauert nicht mehr als einige Minuten, bis zwei in schwarz gehüllte Gestalten aus der dichten Dunkelheit zwischen den Bäumen treten.

Zwei schwarz verhüllte Gestalten ... und ein Mann in vornehmer Kleidung, dessen glattes Gesicht noch eine Spur Babyspeck aufweist.

Ich habe das Gefühl, dass ich sein Gesicht auf dem Campus gesehen habe – er muss im ersten Jahr und erst achtzehn Jahre alt sein.

Ich bin bloß zwei Jahre älter als er, doch beim Anblick seiner großen Augen und dem nervös verzogenen Mund fühle ich mich im Vergleich plötzlich uralt.

„Komm mit", sagt eine der verhüllten Gestalten und schafft es, trotz des magischen Trällerns in ihrer Stimme barsch zu klingen. Zumindest glaube ich, dass es eine Sie ist. „Die Zeremonie wird bald beginnen."

Sie und ihr schweigender Begleiter führen den Adligen und mich in einem flotten Tempo durch den Wald. Ich betrachte den Kerl verstohlen und bemerke die Entschlossenheit in seinen Schultern und seinem angespannten Kiefer.

Ich bin mir ziemlich sicher, dass er ein potenzieller Rekrut wie ich ist. Warum bringen sie uns jetzt zusammen?

Warum lassen sie uns einander *sehen*? Als Benedikt mich anklagte, erlaubten sie ihm, verborgen zu bleiben, bis sie begannen, an seiner Geschichte zu zweifeln.

Ich schätze, ich sollte froh sein, dass sie uns beiden dieselben Chancen geben, was vermutlich bedeutet, dass ich gleich nicht erneut des Verrats beschuldigt werde.

Vielleicht ist es ein anderer Test. Die Blutzauberer wollen es nicht riskieren, die Identität eines etablierten Verschwörers preiszugeben, doch wenn wir die anderen Kandidaten verraten, wissen sie, dass man sich nicht darauf verlassen kann, dass wir den Mund halten.

Der junge Mann, dessen Name ich nicht kenne, schweigt, weshalb ich das Gleiche tue. Ich bin mir ohnehin nicht sicher, was ich sagen könnte. Das hier ist nicht unbedingt die beste Situation für Small Talk.

Nanu, dass du hier bist! Reizende Nacht, um sich gegen die Königsfamilie zu verschwören, oder?

Ich ziehe in einer stummen Frage an Julita leicht die Augenbraue hoch. Zu meiner Erleichterung bemerkt sie es trotz der Anspannung, die sich in letzter Zeit in unsere Interaktionen geschlichen hat.

Keine Ahnung, wer er ist, sagt sie. *Falls er im ersten Jahr ist, ist er erst seit ein paar Monaten auf der Akademie. Er ist wahrscheinlich nicht in der Führungsfakultät und kann nichts besonders Bemerkenswertes getan haben.*

Ich mustere ihn weiterhin und versuche, mir sein Gesicht einzuprägen. Dunkle Haare, schmale Nase, knotiges Kinn, breite Schultern und schmale Hüften.

Wenn ich ihn den anderen Männern gut genug beschreiben kann, hat einer von ihnen hoffentlich eine Idee, wer er ist.

Nachdem wir mehrere Minuten durchs Unterholz gestapft sind, entwickle ich einen Verdacht, wohin wir unterwegs sind. Und tatsächlich erreichen wir die hintere Mauer.

Einer unserer Begleiter klopft an die Steine, murmelt leise und die schattenhafte Öffnung erscheint vor uns.

Die Frau, die zuvor gesprochen hat, schubst mich hindurch, bevor ihr Begleiter und der Adlige folgen. Wir kommen auf der anderen Seite heraus und entdecken, dass ein weiterer Verschwörer, das getarnte Boot auf den Fluss zieht.

Furcht kribbelt mir über den Rücken. Ich fühle mich *auf* dem Campus nicht besonders sicher, meine Situation ist jedoch noch heikler, wenn ich mich von diesen Psychopathen von den Akademiemauern wegbringen lasse.

Allerdings ist jegliches Zögern gefährlich. Benedikt hat das mit seinem Geständnis bewiesen – er sagte, dass er nur kurz gezögert hätte, das Opfer zu machen, das sie von ihm verlangten, bevor sie beschlossen, dass er nicht engagiert genug sei.

Ein eigenartiger Stich durchfährt mich, als ich an ihn und das letzte Mal denke, als die Blutzauberer mich hierhergebracht haben. Da ist ein Anflug von Wut, aber auch Trauer und Schuldgefühle.

Ich hasse es, dass Benedikt so egoistisch war, sich gegen mich zu wenden in dem Versuch, sich zu retten. Ich verstehe nicht, wie er auf diesen Wahnsinn reinfallen konnte.

Allerdings hasse ich auch, dass wir ihm das Gefühl gegeben haben, er sei minderwertig, selbst wenn das unbeabsichtigt geschah.

Ich steige mit den verhüllten Verschwörern und dem Adligen in das Boot. Wir gleiten durch die Dunkelheit, ohne dass die Wache einen Piep von sich gibt, welche die hintere Mauer patrouilliert.

Vielleicht sollte der Schönling, der mich ständig belästigt, seine Gabe besser einsetzen und die echten Bösewichte in dieser Gegend fangen.

Auf der gegenüberliegenden Uferseite laufen wir eine kurze Distanz zu einem Pferdekarren. Fünf weitere Gestalten warten dort auf uns – nur zwei von ihnen sind mit schwarzen Verkleidungen verhüllt.

Ich betrachte die anderen drei, als ich in den Wagen steige. Sie mustern mich ebenso misstrauisch.

Dies müssen potenzielle Rekruten aus anderen Orten in der Stadt sein. Nach ihrer Kleidung zu urteilen, sind sie mindestens Mittelbezirkler – Stoffe von guter Qualität und sauber, keine geflickten oder gestopften Stellen.

Einer ist nur ein Kind, ein Mädchen von fünfzehn oder sechzehn Jahren, die anderen zwei sind jedoch um einiges älter als ich. Ich glaube, die Frau, deren mausbraune Haare zu einem festen Knoten an ihrem Hinterkopf zusammengefasst wurden, ist in den Dreißigern und der Mann ist vielleicht zehn Jahre älter. Das Mondlicht wird von den silbernen Strähnen in seinen Haaren reflektiert.

Dann zieht einer unserer Begleiter eine gewölbte Plane über den Wagen. Ein winziges bisschen Mondlicht dringt hindurch, doch niemand wird hineinsehen können … und ich werde nicht sehen können, wohin wir fahren.

Diese Schurken sind klüger, als sie das Recht dazu haben, schimpft Julita.

Zwei der Verschwörer nehmen vorne im Wagen Platz, um die Pferde über den unebenen Weg traben zu lassen. Eine der anderen setzt sich in unsere Mitte.

„Wir haben Freunde, die dafür sorgen, dass unsere Reise sicher vor denen ist, die etwas gegen unsere Hoffnungen für Silana hätten", erzählt sie uns. „Falls ein Warnschrei erklingt, nachdem wir unser Ziel erreicht haben, rennt sofort zum Wagen. Wir werden rechtzeitig gewarnt werden, und die Götter werden uns vor der Entdeckung schützen."

Die Götter? Wohl eher die verdorbene Magie der Verschwörer.

Kein Wunder, dass es so lange gedauert hat, bis jemand über die Blutzauberer gestolpert ist. Sogar Julita hat sie nur durch Zufall wegen ihrer Vergangenheit mit Wendos entdeckt. Sie ergreifen jede mögliche Vorsichtsmaßnahme, um sich zu verbergen.

Selbst wenn ich meine Männer zu Hilfe rufen würde, würde

ich anscheinend weggebracht werden, bevor sie mich erreichen könnten.

Während ich meine Nervosität unterdrücke, holt die verhüllte Frau eine Flasche unter ihrer Verkleidung hervor.

„Trinkt alle einen Schluck", befiehlt sie und reicht die Flasche dem Adligen neben mir. „Es wird euren Verstand öffnen, damit ihr das, was ihr erlebt, richtig annehmen könnt."

Das hört sich gar nicht gut an.

Der Adlige verzieht das Gesicht, nachdem er geschluckt hat, und reicht mir die Flasche. Ich schnuppere kurz daran, erkenne den sauren, erdigen Geruch allerdings nicht.

Nun, ich habe einige Tricks auf Lager.

Ich fülle meinen Mund vor aller Augen mit dem Trank und gebe die Flasche weiter. Anschließend hebe ich den Arm, um mit der Hand über meinen Mund zu wischen.

Bevor ich die Geste beenden kann, holpert der Wagen über etwas. Ein Tropfen der Flüssigkeit rutscht meine Kehle hinab.

Den Rest spucke ich auf meinen Ärmel und verfluche schweigend die unebene Straße. Wenigstens habe ich nicht die ganze Portion geschluckt.

Als der Wagen weiterrumpelt, entwickelt sich unter meinen Gedanken ein schwaches Zischen. Es ist schwer, die volle Wirkung im Sitzen zu beurteilen, mein Magen verkrampft sich jedoch vor Unbehagen.

Ich habe keine Ahnung, wie lange die Wagenfahrt dauert. Wir Kandidaten sitzen in angespannter Stille da. Die verhüllten Gestalten unter uns intonieren etwas in den kräftigen, wirren Silben des geheimen Dialekts, den ich Wendos sprechen hörte. Allerdings tun sie das so leise, dass ich mir nicht sicher bin, ob ich sie verstehen würde, selbst wenn ich der Sprache mächtig wäre.

Der Wagen hält an. Unsere Begleiter ziehen die Plane zurück und enthüllen eine breite Lichtung, die zu allen Seiten von einem lichten Wald umgeben ist.

Nichts, was ich sehen kann, ist auffällig genug, um bei der Identifizierung dieser Stelle zu helfen. Das ist zweifellos so gewollt.

Auf der anderen Seite der Lichtung ist ein großer dunkler

Haufen, nur ein Durcheinander aus Klumpen in der Dunkelheit. Die Verschwörer machen keine Anstalten, dorthin zu gehen, sondern führen uns vor den Wagen, bevor sie die Pferde weiter zur Seite lenken.

Im Gehen scheint mein Verstand hin und her zu schwanken, als befände ich mich bei starkem Wellengang auf einem Boot im Meer. Ich schlucke schwer. Der saure Nachgeschmack der Flüssigkeit haftet noch an meinem Mund.

Wenn ich mich nicht wohlfühle, wie schlimm hat sich das Mittel dann auf diejenigen ausgewirkt, die den ganzen Mundvoll geschluckt haben?

Dann betritt eine weitere verhüllte Gestalt gegenüber von uns die Lichtung und führt einen Mann mit sich, dessen Hände im Rücken gefesselt sind und der eine goldene Krone auf seinem herabhängenden Kopf trägt.

Bei dem ersten Blick, den ich auf ihn erhasche, macht mein Herz einen Satz. Der gekrönte Mann hat die gleichen dunklen Haare und kräftige Figur wie König Konram.

Julita keucht. *Sie hätten nicht wirklich …*

Nein, das konnten sie nicht. Sie unterbricht sich, als er den Kopf hebt und wir beide ein Gesicht sehen, das dem des Königs ähnelt, jedoch nicht dasselbe ist. Die Nase ist groß, allerdings eher knollenförmig als falkenartig; die Augen sind stärker zusammengekniffen und stehen weiter auseinander.

Nur ein Doppelgänger. Die Implikationen sind eindeutig.

Sie werden noch deutlicher, als der verhüllte Mann die Stimme hebt, der ihn führt.

„Dieser König hat sich als unwürdiger Herrscher erwiesen", verkündet er und projiziert seine Worte in die Stille der Nacht. „Alle, die anführen wollen, müssen anständig getestet werden. Zeigt euch der Herausforderung gewachsen und zwingt ihn, seine Macht unter Beweis zu stellen."

Ich habe einen bedeutenden Teil der letzten Tage damit verbracht, Ster. Torstem zu beobachten, wann immer ich konnte, da ich sichergehen wollte, dass ich ihn erkennen würde, wenn ich ihm wieder in seiner Verkleidung begegne. Trotz der magischen Verzerrung, die seine Stimme unkenntlich macht, braucht es nur ein paar Sätze, bis ich mir sicher bin, dass dies der autoritäre Ton des Rechtsprofessors ist. Seine Kadenz klingt genau so wie bei seinen Vorlesungen.

Bevor ich eine Gelegenheit habe, mich zu fragen, wie wir ‚uns der Herausforderung gewachsen zeigen' sollen, drückt einer der anderen Blutzauberer mir ein Messer in die Hand. Ich starre es an und meine Finger krümmen sich instinktiv um den Griff.

Es ist ein schlichtes Messer, daran, wie das schwache Mondlicht auf die Klinge fällt, kann ich jedoch erkennen, dass es scharf ist. Mein Magen dreht sich um.

Die Frau aus der Stadt sieht sich um und umklammert das Messer, das man ihr gegeben hat. „Was sollen wir tun?"

Torstem schubst den falschen König zu uns. „Versetzt ihm einen Hieb mit der Klinge. Schneidet ihn tief. Falls die Götter mit ihm sind, wird er durchhalten."

Großer Gott stehe uns bei, murmelt Julita.

Meine Magie flackert in meiner Brust, allerdings ziellos. Ich habe mich für eine Gefahr gewappnet, meine zerrissene Macht kann jedoch nicht feststellen, was die Bedrohung ist.

In diesem Moment bin theoretisch gesehen *ich* die Bedrohung.

Ich verändere meinen Griff um das Messer und dränge meine Übelkeit zurück.

Ich kann mit dem hier klarkommen. Ich kann mit einer Klinge umgehen.

Ich kann einen Schlag wild aussehen lassen und gleichzeitig lebenswichtige Organe und Arterien meiden. Eine oberflächliche Wunde.

Die Droge gibt mir eine noch bessere Ausrede. Sie können nicht erwarten, dass ich richtig ziele, wenn mein Gleichgewicht aus dem Lot geraten ist, oder?

Die verhüllten Gestalten erheben rings um uns herum ihre Stimmen. „Testet ihn! Testet den König! Findet heraus, was er wert ist."

Die Teenagerin springt vor und schlägt mit ihrem Messer nach ihm. Sie hat eindeutig keine Erfahrung darin, durchschneidet jedoch die Seidentunika des Mannes, sodass Blut unter dem Stoff aufwallt.

Der Adlige schnellt als Nächster vor, wobei er zischend

durch die Zähne ausatmet. Er rammt dem falschen König das Messer unterhalb seiner Schulter in den Oberkörper.

Als mehr Blut hervorsprudelt, grunzt der Mann. Das ist das einzige Zeichen dafür, dass ihm die Wunden zusetzen.

Ich bin als Nächste dran. Ich knirsche mit den Zähnen, zwinge mich, vorzugehen, und schärfe meinen Verstand, so gut ich es trotz der teilweisen Benommenheit tun kann.

Ich lasse meine Hand vorsausen. Treffe ihn genau *dort*.

Die Klinge prallt von einer Rippe ab, genau so, wie ich es beabsichtigt hatte. Der Aufprall vibriert meinen Arm hinauf und der falsche König wackelt.

Ich verkneife mir die Entschuldigung, die mir in die Kehle springt, und stolpere zur Seite.

Die Frau aus der Stadt tritt zu dem Doppelgänger. Ihre Knöchel treten weiß hervor, da sie das Messer so fest umklammert. Sie starrt ihn und das Blut an, das seine Kleider besudelt. Ihr Körper schwankt.

Ihre Stimme kommt undeutlich heraus. „Ich werde nicht … den König angreifen …"

Torstem macht eine flinke Bewegung. Zwei der anderen Verschwörer packen die Frau und schleifen sie fort.

„Wartet!", kreischt sie. „Ich kann es tun. Ich könnte. Ich … ich wollte nur sicher sein."

„Wenn du dir noch nicht sicher bist, ist es zu spät für dich", verkündet Torstem, dessen Stimme durch die Lichtung dröhnt. „Die Götter werden entscheiden, wohin du gehörst."

Zweifellos in ein Grab irgendwo, ohne dass jemand erfahren wird, was ihr wirklich zugestoßen ist.

Mein Inneres schwankt zwischen dem Impuls, mich einzumischen und sie zu verteidigen, und meinem Selbsterhaltungstrieb. Ich bleibe still und rede mir ein, dass dies die richtige Entscheidung ist.

Wäre ihre Rettung es wert, meine ganze Mission in den Sand zu setzen? Sie war mit allem einverstanden, was die Blutzauberer bis jetzt von ihr verlangt haben – wie vernünftig kann sie wirklich sein?

Meine Rechtfertigung lindert meine zunehmende Übelkeit nicht. Als einer der Blutzauberer eine Hand um die Kehle der

Frau schließt und sie zwischen den Bäumen verschwinden, wende ich den Blick ab.

Der ältere Mann saust auf den falschen König zu, als sei er entschlossen, zu zeigen, wie gewillt *er* im Vergleich ist. Er rammt dem anderen Mann sein Messer in einem Winkel in den Bauch, in dem er vermutlich die Leber durchbohrt.

Ich bemühe mich, nicht zusammenzuzucken. Das ist es. Wir haben alle unser Engagement gezeigt – oder nicht.

Jetzt werden sie ihre Heilerin holen und …

Ster. Torstem marschiert von hinten an den falschen König heran. „Für diesen König ist es zu spät. Er hat uns alle mit seinem Thronanspruch verraten. Jetzt erledigen wir ihn!"

Er rammt einen Dolch zwischen die Rippen des Mannes, so tief, dass er das Herz durchbohrt.

Ich kann den alarmierten Schrei nur mit Mühe aufhalten, kurz bevor er aus meiner Kehle hervorbricht. Meine Macht flammt heftiger auf.

Das ist die Bedrohung. Das ist ein Mann, der tötet, nur um ein Argument anzubringen.

Als der falsche König taumelt und keine weiteren Proteste als ein Stöhnen erhebt, zerrt meine Magie an mir, damit ich seine Wunden heile. Damit ich die Schurken erledige, die diese bösartige ‚Zeremonie' veranstaltet haben. Damit ich …

Nein. Nein, ich kann nicht.

Ich zerre sie zurück und mein Kopf dreht sich. Hitze breitet sich unter meiner Haut aus, als würde meine Macht versuchen, sich einen Weg aus meinem Körper zu brennen.

Ich strenge mich an, um sie zurückzudrängen, glaube allerdings, dass sie meine Schwäche wegen der Drogen spürt. Sie wehrt sich mit einem schärferen Schmerz, der meine Lunge durchbohrt. Ich muss den Mund fest zusammenpressen, um ein Stöhnen zurückzuhalten.

Eine der verhüllten Gestalten schleift den falschen König in den Wald in eine andere Richtung als die, in welche die Frau gebracht wurde, die den Test vermasselt hat. Ich wende mich von ihnen ab und spanne alle Muskeln in meinen Beinen an, damit sie trotz des Angriffs meiner Magie nicht einknicken.

Ich habe erst vor wenigen Tagen etwas von meiner Magie

freigelassen. Nur die Götter wissen, wie schlimm sie mir jetzt zusetzen würde, wenn meine Macht nicht teilweise gesättigt wäre.

Oh, Götter, Ivy, es tut mir leid.

Julita tut es leid? Was denn? Sie klingt ehrlich gequält.

Verwundert lache ich abgehackt, was sich hoffentlich wie Abscheu für den falschen König anhört.

Meine geisterhafte Passagierin windet sich in meinem Hinterkopf. *Ich dachte, ich würde den Geruch erkennen … Borys und Wendos nutzten einen derartigen Trank manchmal, weil er ihnen angeblich dabei half, auf die ‚Macht ihres inneren Verstandes' zuzugreifen oder so ein Schwachsinn. Er sorgte bloß dafür, dass sie sich wie Idioten aufführten. Ich hätte dich gewarnt, ich … dachte nur, du kämst allein zurecht. Du kommst mit so vielen anderen Dingen zurecht, ohne meine Hilfe zu brauchen.*

Trotz ihrer Entschuldigung färbt Groll die letzten Worte. Doch aufgrund meines unsteten Verstandes, der Magie, mit der ich noch immer ringe, und einem plötzlich vor mir aufflammenden Feuer kann ich mich jetzt nicht auf Julita konzentrieren.

Der schattenhafte Haufen, den ich auf der anderen Seite der Lichtung bemerkte, ist ein großer Haufen Feuerholz. Einer der Blutzauberer hat ihn in Brand gesetzt. Die Flammen lodern zum Himmel und trällern wie ihre verzerrten Stimmen.

Torstem winkt uns zum Lagerfeuer. „Kommt! Lasst uns den Verräterkönig so behandeln, wie er es verdient. Wir werden ihn den Göttern anbieten, deren Willen er ignoriert hat!"

Großer Gott straft uns alle, er hat doch nicht vor …

Noch während Entsetzen durch mich schießt bei dem Gedanken, dass wir den Mann womöglich verbrennen werden, dem eine tödliche Wunde beigebracht wurde, dessen Seele jedoch noch nicht weitergezogen ist, schleifen drei der Blutzauberer eine Gestalt zum Feuer, die viel zu groß ist, um ein lebender Mensch zu sein. Das flackernde orangefarbene Licht reflektiert von zusammengenähten Kleidern, die mit Stroh gefüllt wurden, und von einer Krone, die aussieht, als wäre sie aus bemaltem Holz gemacht, das an den schlaffen Leinensackkopf gebunden wurde.

Wie schön, dass die Psychopathen doch nicht so weit gehen, einen Mann bei lebendigem Leib zu verbrennen. Für den Moment jedenfalls.

Sie verstecken ihre Absichten nicht mehr. Die Botschaft ist unmissverständlich: Sie wollen König Konram tot sehen.

Sie haben auch versucht, Prinz Jacos zu töten. Ich weiß noch immer nicht, ob sie seinen älteren Sohn, Prinz Dunstam, vor Jahren ermordet haben.

Vielleicht kann ich wenigstens eine wichtige Tatsache in Erfahrung bringen, solange sie in redseliger Stimmung sind.

Die verhüllten Gestalten bedeuten uns neuen Rekruten, die Strohgestalt die letzten Schritte zum Lagerfeuer zu schleppen. Ich stelle mir vor, dass die Flammen vorspringen und ihre Umhänge verbrennen. Ein unangenehmes Gefühl der Befriedigung überkommt mich bei diesem Gedanken und ich dränge meine Magie zurück, als sie ihre Dienste anbietet.

Als ich mich den anderen anschließe und das mit Stroh ausgestopfte Tuch packe, lasse ich meine Beine etwas mehr schwanken und meinen Kopf mit unseren Bewegungen rollen. Je benommener ich von ihrer Droge wirke, desto weniger können sie irgendetwas, was aus meinem Mund kommt, auf meine bewussten Absichten schieben.

„Tot dem unwürdigen König!", brülle ich, um besonders glaubwürdig zu wirken, und wuchte die Gestalt gemeinsam mit meinen aktuellen Kameraden ins Feuer.

Es lodert um die Strohgestalt herum auf. Innerhalb von Sekunden werden der Körper, Kopf und die Krone komplett von den Flammen verzehrt.

Ich trete von der Hitze zurück, die an meinem Gesicht kribbelt, und laufe mit wackligen Schritten. „Das war's dann mit ihm!", plappere ich und wende mich an eine der verhüllten Gestalten. „Habt ihr das mit Prinz Dunstam gemacht? Sie müssen einer nach dem anderen entsorgt werden, stimmt's?"

Ivy, sagt Julita nervös und warnend.

Der Blutzauberer gluckst jedoch bloß, ohne etwas Eindeutiges zu enthüllen. „Alle erhalten am Ende, was sie verdienen."

Ich beuge mich näher, neige den Kopf auf die andere Seite

und lalle: „Aber ehrlich. Das *wart* ihr … wir … was wir hier tun … Er wurde nicht wirklich krank. Ihr habt euch um ihn gekümmert, oder? Das sollten wir auch feiern!"

Eine Hand schließt sich um meine Schulter gefolgt von einer Stimme, bei der mein Herz einen Schlag aussetzt.

„Wir sollten schauen, was wir in Zukunft erreichen können, und uns nicht mit der Vergangenheit aufhalten", mahnt Torstem.

Was die Frage auch nicht beantwortet. Ich weiß nicht, ob sie versuchen, ihr Verbrechen zu vertuschen, oder ob sie subtil den Ruhm für einen ‚Sieg' einheimsen, den sie nicht beanspruchen können.

Doch da der Anführer der Verschwörung über mich gebeugt ist, werde ich nicht weiter nachhaken.

Ich schenke ihm ein albernes Grinsen. „Natürlich! Lasst den König brennen!"

Diesen jedenfalls. Was haben sie mit dem Lebendigen getan? *Ist* er noch lebendig?

Wenn ich herausfinden kann, was sie mit seinem Körper angestellt haben, wird das vielleicht ein nützlicher Beweis sein.

Ich gebe alles für meine Darstellung einer Benommenen und betone stärker, wie schwindlig mir ist. Ich habe eine Menge betrunkener Flegel in den Außenbezirken beobachtet, um zu wissen, welche Wirkung ein Rausch auf den Körper und Geist haben kann.

Ich hebe meine Faust in die Luft. „Der andere falsche König sollte ebenfalls brennen! Lasst ihn uns zu den Göttern schicken. Wo ist er?"

Als ich in den Wald davonstolpere, wappne ich mich innerlich, dass mich einer der Verschwörer zurückschleift. Doch sie nehmen wohl an, dass ich mich in meinem aktuellen Zustand kaum an etwas erinnern werde – geschweige denn, viel tun können werde. Oder vielleicht trauen sie meiner Loyalität jetzt so weit, dass ihnen egal ist, was ich sehe.

Ich torkle zwischen die Bäume, erlaube mir, über eine Wurzel zu stolpern, und lande ausgestreckt im Dreck. Zweige bleiben an meinem Rock hängen, als ich mich aufrapple.

„Autsch", murmle ich und spiele weiterhin die Benommene für jeden, der mich möglicherweise beobachtet.

Zwei winzige, huschende Präsenzen sausen mit einem Kribbeln einer gequälten Energie an mir vorbei und werfen mir meinen Umhang über den Kopf. Ich reiße ihn gerade rechtzeitig zurück, um ein schwaches Funkeln durch den Wald huschen zu sehen.

Daimon. Die Geistwesen scheinen die zeremonielle Verbrennung der Blutzauberer genauso wenig genossen zu haben wie ich.

In welche Richtung haben die Schurken den falschen König gebracht? Ich kämpfe mich durch den echten Nebel in meinem Kopf, um meinen Orientierungssinn zu finden.

Ich glaube … diese Richtung. Ich schlendere weitläufig durch den Wald, als würde ich mich wahllos hindurch bewegen.

Es könnte natürlich sein, dass die Verschwörer ihn in eine andere Richtung gebracht haben, nachdem sie außer Sichtweite waren. Ich werde einfach umherstreifen und die Närrin spielen müssen, bis ich über seine Leiche stolpere oder sie mich zurückrufen.

Ich kraxle über einen Baumstamm und schwanke durch einige Büsche. Dann trifft meine Stiefelspitze gegen etwas, was ein merkwürdigendes Klirren von sich gibt.

Wie … wie *Töpferwaren*.

Ich gebe mein Bestes, nicht zu erstarren. Stattdessen tue ich so, als wäre ich erneut gestolpert, was mir eine Ausrede verschafft, auf Händen und Knien zu landen.

Meine Finger schließen sich um Scherben gebrannten Tons.

In der Dunkelheit kann ich sie kaum sehen, spüre allerdings überall weitere Stücke, wo ich hinfasse. Es sind viel mehr Stücke, als eine Schlange oder Ratte ergeben würden.

Meine Finger schließen sich um einen Klumpen, der sich wie die Form einer Nase anfühlt. Kälte fegt durch meinen Körper und lässt mir das Blut in den Adern gefrieren.

Götter steht uns bei … Beschwören die Blutzauberer ganze menschliche Wesen herauf?

ZWEIUNDDREISSIG

Ivy

Das erste Glühen der Dämmerung hat gerade den Horizont erreicht, als ich in Stavros' Quartier schlüpfe.

Die Droge, die uns die Blutzauberer gegeben haben, verwirrt noch immer meine Gedanken, bringt meine Koordination durcheinander und macht mich zunehmend müde. Ich habe es geschafft, relativ leise durch die dritte Etage zu laufen, stoße die Tür jedoch etwas zu hart zu, was einen Knall erzeugt, der durch den Raum hallt.

Ein Grunzen und scharfer Atemzug dringen aus dem Schlafzimmer. Stavros stürmt zur Tür und sieht sich mit trüben und panischen Augen im Wohnraum um.

Er ist offensichtlich in der langen Zeit meiner Abwesenheit eingeschlafen. Seine dunkelroten Haare und das Hemd, das er nicht ausgezogen hat, sind zerzaust. Aufgrund seines verkniffenen Gesichtsausdrucks und seines angespannt verzogenen Munds glaube ich, dass ich ihn aus einem weiteren Albtraum gerissen habe.

Zweifellos ein Albtraum über mich.

Meine Hand fliegt hoch. „Warte!"

Ich schwanke durch den Raum und taste nach Magie, doch der Käfer ist anscheinend fort und nichts hat seinen Platz eingenommen.

Ich breche auf dem Sofa zusammen und ergebe mich dem Schwindelgefühl. „Es ist okay", informiere ich Stavros. „Ich habe keine Katastrophen verursacht. Die Blutzauberer allerdings ..."

Bilder der chaotischen Nacht blitzen in meinem Verstand auf. Ich springe wieder auf, als Panik in mir aufsteigt. „Wir sollten uns sofort treffen. Ich muss allen erzählen ... sie machen Leute. Sie wollen den König verbrennen. Wir haben einen Mann erstochen ..."

Es gibt zu viel, was ich sagen muss – es kracht alles gegeneinander. Ich ringe nach den richtigen Worten und schwanke.

Ivy, ich glaube, du solltest dich wieder hinsetzen, sagt Julita in nervösem Ton. *Du warst die ganze Nacht lang auf den Beinen. Es ist nicht so, als würden sie jetzt einen Putsch durchführen.*

Stavros ist bereits durch den Raum marschiert und legt eine stützende Hand auf meine Schulter. „Bist *du* okay? Haben sie dich verletzt?"

Ich schüttle den Kopf, woraufhin sich dieser leider noch heftiger dreht. „Nein. Es gab ein Getränk, das mit Drogen versetzt war ... Ich habe versucht, nicht zu schlucken ... der dämliche Wagen, Rillen in der Straße ..." Ich halte inne und zwinge mich, langsam ein- und auszuatmen. „Ich habe viel erfahren. Ich sollte es allen erzählen."

Stavros' Griff um meine Schulter spannt sich an. „Besteht eine unmittelbare Gefahr für die Königsfamilie oder die Stadt?"

„Es hat nicht den Anschein gemacht. Aber ich weiß es nicht. Wenn sie eine Menge Ton haben – und sie haben die Puppe ins Feuer geworfen."

Mir ist bewusst, dass meine Worte kaum Sinn ergeben, aber ich scheine meine Gedanken nicht ordnen zu können.

Stavros schiebt mich zum Sofa, wobei er seine Hand fest auf meiner Schulter liegen lässt, bis ich mich gesetzt habe. „Ich denke nicht, dass du momentan in der besten Verfassung bist, um zu erklären, was geschehen ist. Du musst erschöpft sein. Schlaf ein wenig und dann kannst du uns alles erzählen."

Plötzlich merke ich, wie schwer meine Augenlider geworden sind. Ich reibe mir über die Augen und spähe zu dem ehemaligen General auf.

All die Verwirrung, die ich in der letzten Woche verspürt habe, schwimmt an die Oberfläche und an meinem inneren Filter vorbei.

„Warum bist du jetzt so nett zu mir?", will ich wissen. „Du solltest wollen, dass die Blutzauberer mich ermorden. Dann müsstest du dir keine Sorgen mehr machen."

Stavros' Gesichtszüge verhärten sich vor etwas, was Entsetzen sein könnte – oder Schuld. „Ivy, das würde ich niemals wollen."

Ich schnaube. „Du hast mich gehasst. Meine Seele ist noch immer gebrochen. Ich beschere dir Albträume."

Sein Mund verzieht sich. „Ich habe nicht … ich habe dich nicht gehasst. Ich hatte Angst vor dem, wozu du fähig sein könntest, weiß jedoch, dass ich mich geirrt habe. Es hätte kein Test nötig sein sollen, damit ich das kapierte."

Ich wedle unbestimmt mit der Hand. „Du musst dich deswegen nicht schuldig fühlen. Ich hätte mich auch erwürgen wollen. Ich habe Angst vor mir selbst … wie kann ich es dir dann übelnehmen?"

Stavros hält inne und schluckt hörbar. Er legt seine Hand erneut auf meine Schulter, dieses Mal sanfter. „Du musst dir keine Sorgen mehr wegen *mir* machen. Leg dich hin und ruh dich aus. Ich werde da sein, falls du etwas brauchst."

Ich verspüre den irrsinnigen Drang, seine Hand zu packen und ihn zu mir aufs Sofa zu ziehen, damit er wirklich ‚da' ist. Ich will in die Hitze seines Körpers und seinen pfeffrigen Duft sinken, mich in all die Stärke hüllen, die seine gewaltige Gestalt ausstrahlt.

Natürlich würde er wegen dieser gewaltigen Gestalt nicht zu mir aufs Sofa passen. Ich bezweifle ohnehin, dass er mir *so* nahe sein will, ganz gleich, was Casimir behauptet.

Ich sollte ihn auch nicht so nah bei mir wollen. Er hasst mich vermutlich noch immer irgendwo unter allem. Er wird womöglich entscheiden, mir einen anderen Strick um den Hals zu legen, und auch wenn ich ihm das nicht vollkommen übelnehmen kann, ziehe ich es vor, am Leben zu bleiben.

Stavros hebt die Hand, um mit den Fingern über meine Haare zu streicheln – eine flüchtige Liebkosung, bei der mein Herz einen Schlag aussetzt. „Wenn du dieses Treffen abhalten willst, dann schlaf. Wir gehen nirgendwohin, bis du dich ausgeruht hast."

Ich schnaube verdrossen, gehorche allerdings und lege mich hin. Meine Augen schließen sich wie von selbst. Ich bin mir nicht sicher, ob sich etwas jemals so wundervoll angefühlt hat wie diese Sofakissen.

Ich glaube, Stavros steht noch immer dort und beobachtet mich – er hält Wache, als würde er denken, ich würde wieder wegrennen, wenn er es nicht tut. Ich stelle fest, dass mir das momentan egal ist.

Der Nebel rollt über meinen Verstand und ich schlafe ein.

Ich wache mit einem bitteren Geschmack in meinem Mund und einem dumpfen Schmerz in meinem Hinterkopf auf. Doch als ich mich aufsetze und ins helle Tageslicht blinzle, das jetzt durch das Fenster auf der anderen Zimmerseite fällt, ist mir nicht schwindlig. Mein Körper bleibt ruhig.

Stavros, der hinter seinem Schreibtisch saß, steht auf. Ich weiß nicht, ob er noch mal geschlafen hat, aber er trägt ein frisches, faltenfreies Hemd mit einer bestickten Jacke darüber und hat seine handgeformte Prothese über den Stumpf seines linken Handgelenks gezogen.

Er spricht auf seine vertraut sarkastische Art, sein Blick fixiert mich jedoch eindringlich mit einem Zucken seines Kopfs. „Du bist wieder bei Bewusstsein. Kannst du deine Geschichte nun auf eine Art erzählen, die ein wenig mehr Sinn ergibt?"

Ich kann mich nicht daran erinnern, was genau ich zu ihm gesagt habe, als ich heute Morgen zurückgekommen bin, mir fällt allerdings genug von unserem Gespräch ein – vor allem vom letzten Teil – dass mein Gesicht heiß wird.

Ich wende den Blick ab unter dem Vorwand, mir ein neues Kleid zu holen. „Ich werde mich umziehen und dann sollten wir Alek und Casimir ein Zeichen geben, damit sie sich im Versammlungsraum mit uns treffen. Vorausgesetzt sie sind hier. Es wird einfacher sein, es euch allen gleichzeitig zu erzählen, und sie wissen womöglich etwas, was die Lücken füllen kann."

Stavros nickt und sein Tonfall verdüstert sich. „Ich habe selbst ein paar Neuigkeiten."

Mit dieser unheilvollen Aussage im Nacken husche ich in die Latrine und tausche mein Kleid mit den Grasflecken rasch gegen eines aus, das besser zu der Dame passt, die ich vorspiele. Als ich mich mit den Schnüren abmühe, kommt mir der Gedanke, dass ich Casimir erneut um einen Ersatz bitten muss.

Ich scheine Kleider schneller zu verzehren als die meisten Leute das Abendessen.

Ich eile wieder in den Raum und finde dort Stavros vor, der seine Schnur bereits als Kreis auf dem Boden arrangiert hat und einen Teller mit Brot, Käse und Fleischaufschnitt in der Hand hält. „Ich habe dir ein wenig Essen besorgt, als ich vorhin zum Frühstück runter bin. Es kann alles kalt gegessen werden, da ich nicht wusste, wie lange du schlafen würdest."

Er präsentiert seine Großzügigkeit nüchtern, dennoch kriecht ein frisches heißes Kribbeln meinen Hals hinauf, als ich den Teller entgegennehme. Mein Magen gibt ein zustimmendes Grummeln von sich. „Danke."

Julita lacht, was ein wenig steif klingt. *Ich hätte ihn offensichtlich mehr ärgern sollen, um diese unerwartet großzügige Seite in ihm hervorzurufen.*

Ich hebe die Schultern zu einem leichten Zucken, um anzudeuten, dass ich um nichts davon gebeten habe, und verschlinge das Essen in ungefähr fünf Sekunden.

Stavros wartet, bis ich meine Schnur aus der Schublade des Beistelltischs beim Sofa nehme, wo ich sie verwahre. Als wolle er deutlich zeigen, dass er das nun mir überlässt.

Soll ich mich dafür ebenfalls bei ihm bedanken? Er hat sie mir nur überlassen, weil Casimir ihn darum gebeten hat.

Ich lege sie hastig in einem Kreis auf den Boden und trete zur gleichen Zeit wie er hindurch. Der magische Durchgang in den Versammlungsraum im Palast bereitet mir ein stärkeres Schwindelgefühl als üblich, die Wirkung lässt jedoch nach, sowie ich wieder festen Boden unter den Füßen habe.

Ich marschiere an den Zimmerwänden entlang, um mich zu vergewissern, dass dort keine unerwünschten Wesen lauern. Stavros nimmt sein Medaillon aus seiner Tasche und tippt es an, um den anderen das Signal zu geben.

Der Anblick lässt mich innehalten. Den Teil des Plans, bei dem wir die anderen Männer benachrichtigen, habe ich nicht richtig durchdacht. „Ist es sicher, das zu benutzen? Ich meine, Benedikt hatte auch eines ...“

Stavros' Kiefer spannt sich an. „Dieses Problem wurde bereits aus der Welt geschafft.“

Ich will ihn gerade fragen, was er damit meint, als Alek mit einem Trällern der Luft im Raum erscheint. „Ist Ivy ...“, sagt er, bevor er richtig steht. Dann sieht er mich und ein erleichtertes Lächeln breitet sich auf seinem Gesicht aus.

Ich trete näher und nehme seine Hand, um sie kurz zu drücken. „Ich wurde gestern Nacht wieder von den Blutzauberern gerufen und es war ziemlich ... intensiv. Ich dachte, ich sollte euch alle so schnell wie möglich auf den neuesten Stand bringen. Und du kannst uns ebenfalls von deinen Ermittlungen berichten.“

Aleks Mund verzieht sich nach unten. „Leider gibt es in dieser Hinsicht nicht viel zu berichten. Es gibt eine Menge Tongruben und nur wenige Möglichkeiten, sie einzuschränken, ohne eine Reise zu machen und alle zu besuchen.“

Stavros deutet mit dem Kopf auf den Gelehrten. „Es ist gut, dass du alle unter die Lupe nimmst. Keiner von uns könnte eine akzeptable Ausrede erfinden.“

Aleks Lächeln kehrt bei dem Lob des ehemaligen Generals zurück. „Ich will auf jede Art helfen, die ich kann. Ivy sollte nicht die ganze Verantwortung tragen.“

Ich meine, es ist nicht so, als wärst du dort draußen allein, schimpft Julita.

Schuldgefühle durchbohren meinen Magen. „Wenigstens habe ich Julita bei mir, egal, was geschieht“, sage ich.

Alek blinzelte, als hätte er den Geist tatsächlich vergessen, der in meinem Kopf eingezogen ist.

Stavros gluckst steif. „Und wir sind noch immer froh um jede Hilfe, die sie anbieten kann, so begrenzt diese in ihrer aktuellen Situation auch sein mag."

Julita gibt einen missmutigen Laut von sich. *Begrenzt? Ich habe eine Menge nützliche Beobachtungen …*

Ihre Schimpftirade wird von Casimirs Ankunft vorzeitig unterbrochen. Der Kurtisan tritt aus seinem Schnurkreis und wischt sich die zerzausten Haare aus den Augen. Sein Outfit bestehend aus einem Hemd und einer Hose sieht aus, als hätte er es hastig zusammengeworfen. „Sorry. Ich habe noch geschlafen. Ich hatte eine lange Nacht, in der ich den Leuten bei einigen Drinks Informationen entlockt habe."

„Genauso wie Ivy", erwidert Stavros trocken. Trotz seines Tonfalls hebt er die Hand, um sie so lange auf meinen Rücken zu legen, dass meine Haut kribbelt, und führt mich zum Tisch. „Es klingt, als wären wir alle beschäftigt gewesen. Setzen wir uns und unsere edle Diebin kann anfangen, indem sie uns erzählt, welchen Wahnsinn der Orden der Wildheit dieses Mal getrieben hat."

Ich lasse mich in einem der Sessel nieder und mein Magen verknotet sich. Doch jetzt ist mein Verstand so klar, dass ich einen zusammenhängenden Bericht der Ereignisse der letzten Nacht geben kann.

Während ich alles erzähle, angefangen von dem Treffen mit den anderen Kandidaten bis hin zu unserer Reise über den Fluss und dem mit Drogen versetzten Getränk, werden die Gesichter der Männer zunehmend angespannt. Sie sprechen kaum und geben bloß mitfühlende oder protestierende Laute von sich. Doch als ich den jungen Mann beschreibe, der auch aus der Akademie kam, zieht Casimir die Brauen zusammen.

„Ich kenne ihn womöglich. Das klingt wie einer der neueren Studenten der Gesellschaftsfakultät … Sein Spezialgebiet ist Poesie."

„Schau, ob du es so einrichten kannst, Ivy im Speisesaal oder an einem anderen Ort auf ihn aufmerksam zu machen, damit sie das bestätigen kann", schlägt Stavros mit seiner herrischen Art vor und gibt mir ein Zeichen. „Wohin haben sie euch gebracht?"

Mir sinkt der Magen noch tiefer, als ich ihnen von dem Ritual auf der Lichtung erzähle. Alek wird stocksteif, als ich erwähne, dass Ster. Torstem den falschen König getötet hat, und Casimir erbleicht bei meiner Beschreibung der Puppenverbrennung und den Bemerkungen, die der Rechtsprofessor gemacht hat.

„Sie haben quasi offen verkündet, dass sie vorhaben, die Königsfamilie zu töten", beende ich meine Erzählung. „Ich weiß nicht, wie bald sie etwas unternehmen werden, oder was genau sie vorhaben, aber ich glaube, wir sollten den König davor warnen, mit wie viel Leidenschaft sie dieses Ziel verfolgen. Und das ist möglicherweise nicht einmal das Schlimmste. Ich habe nach der Leiche des falschen Königs gesucht, während das Lagerfeuer noch brannte … doch was ich gefunden habe, war ein Haufen Tonscherben."

Ich habe das Gefühl, dass Aleks Stirn sich hinter seiner Maske gerunzelt hat. „Sie haben auch noch mehrere heraufbeschworene Tiere getötet?"

Ich befeuchte meine Lippen. „Ich glaube nicht. Ich glaube, der *Mann* wurde aus einer Skulptur heraufbeschworen. So haben sie es geschafft, dass er König Konram ziemlich ähnlich sah. Und deswegen hatten sie keine Bedenken, ihn nur für einen Test zu töten."

Stavros' Augen sind groß geworden. „Kleine Tiere zum Leben zu erwecken, ist schockierend genug. Das war eine absolut überzeugende Person?"

Ich verziehe das Gesicht. „Ja. Ich meine, er hat nichts gesagt, weshalb ich keine Ahnung habe, über wie viel Verstand er verfügte. Allerdings hatte ich nicht den kleinsten Verdacht, dass er etwas anderes als ein echtes menschliches Wesen war, bis ich den zerstörten Ton fand."

„Großer Gott stehe uns bei", sagt Alek schwach. „Wenn sie eine Horde Unterstützer erschaffen können …"

Stavros schiebt seinen Stuhl zurück, wodurch dessen Beine über den Boden schaben. „Ich glaube, ich sollte den König so schnell über all das informieren, wie er sich mit mir treffen kann.“ Er hält inne. „Ich habe bereits andere Nachrichten von der Kronenwache erhalten.“

Mein Herz setzt bei seinem Ton einen Schlag aus. „Was?“

Die Augen des ehemaligen Generals sind stürmisch geworden. „Benedikts Leiche wurde gestern Abend gefunden. Im Hafen. Es sah so aus, als wäre er betrunken zwischen den Booten geschlendert und ins Wasser gefallen, wobei er sich angeblich den Kopf angeschlagen hat und schließlich ertrunken ist.“

Er fängt meinen Blick auf. „Er hatte sein Medaillon bei sich, vermutlich weil die Verschwörer von dessen Bedeutsamkeit nicht wussten und vermeiden wollten, dass der Tod wie ein Verbrechen mit Raubüberfall aussieht.“

Das hat er gemeint, als er sagte, dass wir uns keine Sorgen darum machen müssen, den anderen Männern ein Signal zu schicken.

Oh, Benny, murmelt Julita.

Ich schlinge die Arme um mich und Übelkeit blubbert durch meine Brust, obwohl ich ein Ergebnis wie dieses erwartet habe. „Wenigstens … kann er jetzt nicht der Königsfamilie schaden. Ich hoffe, es war ein schneller Tod.“

Casimir bewegt seine Finger in der Geste der Götter über seine Vorderseite und macht ein niedergeschlagenes Gesicht. „Auch wenn er am Ende beschlossen hat, ein Schurke zu sein, hoffe ich das Gleiche für ihn.“

Alek versteift sich. „Ihr denkt doch nicht … wenn die Blutzauberer *Leute* aus Ton machen können … könnte alles mit ihm ein Trick gewesen sein?“

Ich starre ihn an und mein Magen dreht sich um. *Könnte* es wahr sein …?

Doch in dem ersten Moment, in dem ich über die Idee nachdenke, steigt eine widersprüchliche Gewissheit in mir auf, obwohl ein Teil von mir Gefallen an dieser Vorstellung findet. „Ich sehe nicht wie. Die Kopie des Königs sah ihm nur ungefähr ähnlich … es macht nicht den Anschein, als könnten die Blutzauberer genaue Kopien herstellen. Und woher hätten sie wissen sollen, dass ich eine Verbindung zu Benedikt habe, damit es als Trick Sinn ergibt? Außer sie haben herausgefunden, dass ich gegen sie arbeite, schätze ich, und in diesem Fall hätten sie mich längst getötet.“

„Ganz zu schweigen davon, dass sich alle heraufbeschworenen Wesen bisher jedes Mal nach dem Tod in Ton zurückverwandelt haben“, fügt Stavros hinzu. Er hält inne und sein Ton wird noch ernster. „Ich habe seine Leiche selbst gesehen, um sicherzugehen. Der arme Mistkerl.“

Alek neigt den Kopf. Ein Moment der Stille verstreicht zwischen uns – das Letzte, was wir dem Kollegen anbieten können, der uns verraten hat.

Daraufhin steht Stavros auf und nickt Casimir zu. „Hast du irgendetwas entdeckt, was ich König Konram erzählen sollte?“

Der Kurtisan macht ein entschuldigendes Gesicht. „Nein. Ich folge noch immer Spuren, von denen ich hoffe, dass sie mich zu konkreteren Informationen führen werden.“

„Dann werde ich jetzt meinen Bericht abliefern.“ Stavros hält inne. „Ivy, warte bis zum nächsten Glockenschlag hier. Falls ich sofort mit dem König sprechen kann, wird er womöglich weitere Einzelheiten direkt von dir hören wollen.“

Ein Schauder durchläuft meine Nerven beim Gedanken, mich dem König zu stellen, doch ich nicke zustimmend. Stavros marschiert ohne Zögern zu seinem Kreis.

Als er fort ist, zieht Casimir seinen Sessel näher zu meinem und streckt die Hand aus, um die Seite meines Gesichts zu streicheln. „Jedes Mal, wenn diese Schurken dich rufen, verlangen sie etwas Schreckliches von dir.“

Ich lächle angespannt. „Wir wussten, dass es vermutlich so sein würde, als wir uns den Plan ausgedacht haben. Ich überlebe es.“

Alek verzieht das Gesicht. „Du solltest mehr tun können, als nur zu *überleben*.“

Als ich ihn anschaue, stelle ich fest, dass ich offener lächeln kann. „Das habe ich doch getan. Hauptsächlich dank euch beiden.“

Die stechenden Augen des Gelehrten werden sanft. Er berührt meinen Kiefer und beugt sich für einen Kuss vor.

Als Aleks Lippen meine streifen, stößt Julita einen

missmutigen Laut aus. *Nun, das ist mein Hinweis, mich wieder zu entfernen.*

Ich schrecke zurück, weil ich sie beruhigen will, kann jedoch bereits spüren, dass das Kribbeln ihrer Präsenz in meinem Hinterkopf beinahe vollkommen verschwunden ist.

„Was ist los?", fragt Alek.

„Es liegt nicht an dir", versichere ich ihm rasch. „Es ist …"

Julitas Bemerkungen der letzten Wochen sprudeln alle an die Oberfläche. Schmerzen legen sich um mein Herz, aber ich weiß, dass es das Richtige ist.

Ich packe Aleks Hand in dem Versuch, den Schock ein wenig zu mildern. „Julita hat das Gefühl, sie würde weggeworfen werden jetzt, da wir einander so nahgekommen sind. Ich glaube, sie bereut die Gelegenheiten, die sie nicht ergriffen hat, als sie noch am Leben war, und hat Schwierigkeiten, sich damit abzufinden, dass sie derartige Gelegenheiten nie wieder erhalten wird. Es tut ihr weh, uns gemeinsam zu sehen."

Casimir legt seine Stirn in Falten. „Das ist nicht deine Schuld, Gütige."

„Nein. Aber wenn ich diesem Spitznamen gerecht werden will … sollten wir die körperliche Nähe zumindest verringern. Für den Moment." Ich weiß nicht einmal, wie viel länger sie bei mir bleiben wird. „Sie hat das Gefühl, als müsste sie sich jedes Mal zurückziehen, wenn wir intim sind, und es klingt so, als würde sie dann in diesem vagen dunklen Raum feststecken …"

Alek verschränkt seine Finger mit meinen. „Du weißt, dass du nichts falsch gemacht hast, oder? Keiner von uns war auf diese Weise mit Julita zusammen."

Er blickt zu Casimir, der bestätigend den Kopf neigt. „Sie hat nie meine ‚Dienste' als Kundin oder Freundin in Anspruch genommen. Gelegentliches Flirten ist kein Anspruch, auch wenn sie noch am Leben wäre."

„Ich weiß." Ich schlucke schwer. „Aber sie ist die erste echte Freundin, die ich habe. Sie hat mir bereits durch so viele Dinge geholfen, die ich hier erlebt habe. Und ich hätte euch alle nicht einmal kennengelernt, wenn sie mir ihre Mission nicht anvertraut hätte. Ich will nicht, dass ihre letzten

Tage hier, wie viele das auch sein mögen, vollkommen elend sind."

Danach zu urteilen, wie sie während der letzten Prüfung gesprochen hat, denkt sie allmählich sogar, als wollte oder bräuchte nicht einmal ich sie wirklich.

Casimir schenkt mir ein zärtliches Lächeln. „Und deswegen verdienst du den Spitznamen. Wir können vorerst mit körperlichen Zurschaustellungen unserer Zuneigung warten. Solange du weißt, dass es nicht an mangelndem Interesse liegt." Ein verschlagenes Funkeln tritt in seine Augen.

Ich lache. „Wenn ich anfange, daran zu zweifeln, werde ich euch die Gelegenheit geben, mich daran zu erinnern."

Alek wirkt noch immer nachdenklich. „Ich weiß, dass es ein schwieriges Thema ist, aber irgendwann müsst ihr darüber sprechen …"

Ein Lichtblitz flammt im Spiegel in der Ecke auf und sein Mund klappt zu. Ich springe auf und mein Herz schlägt schneller.

Das Licht muss eine Art Warnung gewesen sein, dass die magischen Eigenschaften des Spiegels aktiviert wurden. Es verblasst und offenbart ein Bild vom König, der scheinbar im gleichen Zimmer steht wie damals, als wir nach dem Angriff auf die Stadt mit ihm sprachen.

König Konram mustert mich eine Weile schweigend. Ich bekomme Gänsehaut von seinem forschenden Blick, bleibe jedoch gerade stehen und verschränke die Hände vor mir, damit ich nicht zapple.

„Ster. Stavros hat mich über deine fortwährenden Bemühungen informiert, die Blutzauberer-Gruppe zu infiltrieren", sagt er knapp. „Seinen Erzählungen zufolge haben sie eine besondere Feindseligkeit mir gegenüber gezeigt."

Ich verneige mich leicht. „Ich würde sagen, das ist korrekt, Eure Hoheit."

„Ich hätte gerne, dass du mir einen vollständigen Bericht über die jüngste Zeremonie lieferst, bei der mein Konterfei benutzt wurde. Lasse keine Einzelheiten aus."

„Ja, selbstverständlich."

Ich hole tief Luft und gehe die Geschichte noch einmal

durch, wobei ich ab und zu innehalte, um sicherzugehen, dass ich nichts vergessen habe. Als ich zu den grausamsten Aspekten der Ereignisse der letzten Nacht gelange, zieht sich meine Lunge zusammen, doch König Konram runzelt lediglich seine Stirn.

Die stärkste Reaktion erhalte ich, als ich meine Versuche erwähne, das Schicksal seines ältesten Sohns in Erfahrung zu bringen. Seine Haltung versteift sich kaum merklich.

Er macht eine Geste, um mich zu unterbrechen. „Du solltest diese Frage nicht weiterverfolgen. Ich habe bestätigen lassen, dass die Blutzauberei nichts mit Dunstams Tod zu tun hatte."

Wie hat er es geschafft, irgendetwas über einen Tod vor mehreren Jahren zu bestätigen?

Es steht mir jedoch nicht zu, mit dem König zu diskutieren. Ich fahre fort, bis ich zum Ende meines Berichts gelange.

„Sie verheimlichen und verschleiern weiterhin alles, was sie können", stellt Konram fest, als ich fertig bin. „Du hast noch immer nicht von konkreten Plänen gehört, die sie durchzuführen beabsichtigen?"

Ich schüttle den Kopf. „Es tut mir leid, Eure Hoheit. Ich werde noch nicht als echtes Mitglied ihres ‚Ordens' betrachtet … Ich vermute, sie vertrauen mir nicht genug. Doch da sie sich nun in größeren Gruppen treffen, werde ich mehr Gelegenheiten erhalten, Leute zu identifizieren. Oder falls Soldaten uns erreichen könnten, nachdem ich ein Signal ausgesandt habe, könnten mehrere in Gewahrsam genommen und befragt werden."

Der König summt nachdenklich. „Demzufolge, was du erzählt hast, sind sie sehr geschickt darin geworden, einer Entdeckung zu entgehen. Angesichts der Magie, die sie wirken können, bin ich mir nicht sicher, ob einer meiner Leute sich unbemerkt an ihren Wachen vorbeischleichen könnte, um die anderen festzunehmen – vor allem kein Geschwader, das groß genug ist, um sie zu überwältigen."

Mein Magen sinkt. Und welche Magie würden die Blutzauberer den Soldaten entgegenschleudern, wenn sie nah genug für einen Angriff herankommen?

„Ich werde versuchen, auch mehr über ihre Verteidigung herauszufinden", verspreche ich.

„Nun, vielleicht ist es besser so. Selbst wenn wir sie verhaften könnten, ist es viel wahrscheinlicher, dass sie sich einem angeblichen Verbündeten öffnen als einem Gesetzeshüter, meinst du nicht?"

„Deswegen haben wir uns für diesen Kurs entschieden."

„Dann sollten wir diesem treubleiben, denke ich. Wir wissen noch nicht einmal, wie tief die Verschwörung reicht. Ich habe eine Menge Wachen, die sich um meinen Schutz kümmern." König Konram betrachtet mich genauer. „Hast *du* das Gefühl, als wärst du in schwerwiegender Gefahr, wenn du weitermachst?"

Ich zögere, da mich die Frage verblüfft.

Der König fährt fort, bevor ich sprechen muss. „Mein loyaler General scheint ziemlich besorgt um dein Wohlbefinden zu sein. Hast du irgendwelche Bedenken hinsichtlich der Fortführung deiner Mission?"

Götter straft mich, hat Stavros versucht, um meinetwillen auf den König einzuwirken?

Natürlich will er damit nicht nur für meine persönliche Sicherheit sorgen, sondern auch dafür, dass ich nicht zusammenbreche und die Kontrolle über meine Magie verliere.

Mein Magen schlingert, doch ich sinke in einen kleinen Knicks. „Ich bin froh, dass ich der Königsfamilie und meinem Land auf diese Weise dienen kann. Außerdem wäre es zu diesem Zeitpunkt wahrscheinlich mindestens genauso gefährlich für mich, mich aus der Verschwörung zurückzuziehen, wie weiterzumachen."

König Konrams Lippen biegen sich zu einem schmalen Lächeln. „Ich weiß dein Engagement zu schätzen. Es ist essenziell, dass ich ihre Strategien kenne, damit ich mich, meine Familie und unser Land richtig verteidigen kann. Tu alles in deiner Macht Stehende, um herauszufinden, welche Taten diese Schurken planen. Die Risiken, die du eingehst, werden belohnt werden."

DREIUNDDREISSIG

Alek

Die Mittagssonne brennt vom wolkenlosen Himmel auf mich herab. Es ist wärmer, als ich an einem Herbsttag erwartet habe, andernfalls hätte ich ein leichteres Hemd angezogen.

Ich wische mir den Schweiß aus dem Nacken und verkneife mir eine Grimasse, da die Feuchtigkeit unter meiner Maske kribbelt.

Ivy würde anmerken, dass ich sie einfach abnehmen könnte. Die Erinnerung an ihre Hand an meiner Wange und die Zuneigung, die in ihren Augen leuchtete, als sie mich so betrachtete, wie ich bin, jagt immer noch einen freudigen Schauer durch meine Brust.

Doch ich habe von anderen Leuten genügend entsetzte und angeekelte Blicke geerntet, dass ich es lieber nicht riskieren möchte. Ich will den Angestellten dieser Tongrube keinen Grund geben, sich zu fragen, ob sie mich reinlassen sollen.

Das ausladende Gebäude, dem ich mich nähere, ist passenderweise mit glasierten Tonfliesen bedeckt, die ein Mosaik formen: ein Bild von Creaden, dem Gottlen, der den

Vorsitz über Bauen, sowie Führung und Gerechtigkeit hat. Auf dem Bild erbaut er einen Tempel von Grund auf mit einer Handbewegung, während der erste König von Silana applaudiert.

Links vom Bürohaupteingang befindet sich eine Tür zu dem angeschlossenen Laden, etwas, was man bei den Tongruben häufig vorfindet, wie ich herausgefunden habe. Die Geschäfte verschiffen den Großteil der Materialien, die sie ausgraben, an andere Orte, damit Handwerker mit ihnen arbeiten können. Sie stellen jedoch auch gerne das Endprodukt aus, das hergestellt werden kann.

Rechts entdecke ich einige Wagen in verschiedenen Größen, die entlang der Gebäudeseite stehen. Ich vermute, dass es an diesem Ende Lager- und Ausrüstungsräume gibt.

Dies ist die vierte Tongrube, die ich in der letzten Woche besucht habe. Sie ist etwas weiter von der Hauptstadt entfernt als die anderen, allerdings immer noch so nah, dass ich einen Tagesausflug daraus machen kann. Ich habe ein Ermittlungsmuster entwickelt, das mir gut zu dienen scheint.

Zuerst betrete ich den Ladenraum. Die Frau, die diesen bemannt, neigt den Kopf und ihr Blick verweilt offenkundig neugierig einige Augenblicke auf meiner Maske. „Willkommen in der Erdschein Grube. Ich hoffe, Sie finden Gefallen an unseren Waren."

Ich nicke ihr zu und zwinge meinen Mund trotz meiner Befangenheit zu einem Lächeln. „Ich kann bereits sehen, dass der hier produzierte Ton eine exzellente Qualität hat."

Ich wende mich den Ausstellungsregalen zu und betrachte die Vielzahl an Geschirr, Vasen und Figuren, von denen manche einfach nur gebrannt wurden, wohingegen andere glasiert oder bemalt wurden. „Wurden diese alle vor Ort hergestellt?"

„Ja, unser Töpfer zeigt gerne die vielen Dinge, die man mit Ton machen kann."

Während ich zwischen den Regalen entlang schlendere, als würde ich mir die Waren ansehen, ziehe ich ein kleines Stück zerbrochenen Tons aus meinem Tragebeutel. Es ist eine Scherbe von der Schlange, die Ivy gefangen und Stavros getötet hat.

Ich habe die Farbe und Textur so genau studiert, dass ich sie sehen kann, wenn ich die Augen schließe. Dennoch untersuche ich sie erneut, um sie mit den Beispielen schlichten gebrannten Tons vor mir zu vergleichen. Mein Herz beginnt, etwas schneller zu schlagen.

Meine Scherbe hat die gleiche rötlich braune Färbung wie der Ton, der hier hergestellt wird, und eine genauso feine Maserung. Ich reibe mit dem Daumen über die Scherbe, bevor ich eine der Schüsseln berühre.

Sie fühlen sich auch gleich an.

Bei all den anderen Gruben schwand meine Hoffnung an diesem Punkt, als ich die Unterschiede in den Materialien sah. Doch das hier – das hier könnte der Ton sein, den die Blutzauberer benutzt haben, um ihre verzauberten Wesen zu machen.

Und verzauberten Männer, wenn Ivys Beobachtungen korrekt sind. So wie ich sie kenne, neige ich zu der Annahme, dass dies stimmt.

Ich unterdrücke die Übelkeit, die sich bei diesem Gedanken in meinem Magen sammelt, und stecke die Scherbe weg.

„Kann ich Ihnen bei etwas behilflich sein oder Vorschläge machen, guter Sir?", erkundigt sich die Verkäuferin.

Ich schüttle den Kopf. „Im Moment nicht, danke. Ich bin tatsächlich von der Hofakademie mit einem akademischen Ziel hergekommen und nicht, um etwas zu kaufen. Allerdings war es hilfreich, die fertigen Produkte zu sehen. Ich werde diese Grube auf jeden Fall den Künstlern auf der Akademie empfehlen."

Die letzte Bemerkung scheint sie zu freuen, obwohl ich kein zahlender Kunde bin. Sie lächelt strahlend, als ich wieder nach draußen gehe.

Ich schlendere so lässig wie möglich zum Bürobereich und versuche, den Eindruck eines fleißigen, jedoch nicht übertrieben interessierten Gelehrten zu machen. Ich weiß nicht, wie stark die Angestellten in die Pläne der Verschwörer eingeweiht sind, sollte diese Grube ihre Tonquelle sein.

Sie könnten nichts über die Zwecke wissen, zu denen ihre Materialien benutzt werden … oder sie könnten Ster. Torstem und den anderen unterstehen. Ich darf ihnen keinen Grund zu der Annahme geben, dass ich bei meinem Besuch Hintergedanken hege.

Als ich die Tür erreiche, wische ich meine Hände sorgfältig an meiner Hose ab und trockne den Schweiß, der nicht nur von der Hitze des Tages herrührt. Mein Herz hämmert nach wie vor doppelt so schnell.

Ich habe keine Ahnung, wie Ivy es schafft, unter Druck gelassen zu bleiben und sich den nervenaufreibenden Prüfungen zu stellen, zu denen die Verschwörer sie zwingen. Ich bin nervös genug, nur weil ich ein Gespräch mit einem Grubenleiter führen muss.

Doch vielleicht muss sie keine weiteren Prüfungen durchstehen, wenn ich dieses Gespräch gut führe. Der Beweis für die Pläne der Blutzauberer könnte hier versteckt sein.

Ich klopfe an die Tür. Nach einem Augenblick öffnet ein kräftiger Mann sie mit einem Gesicht, das beinahe so rötlich wie sein Ton ist. Seine Miene wechselt zwischen Respekt für meine edlen Kleider, Misstrauen beim Anblick meiner Maske und allgemeiner Verwirrung.

„Es tut mir leid, dass ich Sie bei der Arbeit störe", sage ich rasch, jedoch freundlich und verdränge jede Spur von Nervosität aus meiner Stimme. „Ich bin Aleksi Antoniek aus Dovia, ein Gelehrter der Hofakademie. Ich führe eine Studie zu Bergbau-Aktivitäten in Silana durch, wobei ich die heutigen Aktivitäten mit denen zur Zeit der darischen Herrschaft vergleiche. Ich möchte Ihnen nur einige Fragen stellen und mich kurz umsehen. Ich werde mich nicht einmischen. Ich habe einen Brief des Professors, der meine Arbeit beaufsichtigt, falls Sie gerne eine Bestätigung hätten."

Ich fische die kleine Schriftrolle heraus und reiche sie dem Mann. Er nimmt sie und überfliegt den Inhalt.

Sein Blick gleitet erneut über mich und meine Haut juckt mit dem Gefühl, dass er keine Bedrohung in mir sieht. Er reibt sich über den Kiefer und seine Augenbrauen heben sich leicht. „Unsere Operation könnte Teil einer königlichen Studie sein? Das ist ziemlich beeindruckend. Kommen Sie rein. Ich kann Ihnen einige Minuten meiner Zeit erübrigen."

Er bedeutet mir, ihm in das Gebäude zu folgen. Kurz hinter einem kleinen Vorraum betritt er ein großes Büro mit einem wuchtigen Holzschreibtisch. Die Papiere, die dessen Oberfläche bedecken, sind eindeutig durcheinander und ich muss meine Finger zur Faust ballen, da ich den Drang verspüre, sie zu ordnen.

Der Rest des Raums ist mit mehreren Regalen voller Papieraufzeichnungen, einigen Büchern und verschiedenen Utensilien gefüllt, die ich nun als Bergbau-Ausrüstung erkennen kann. Vermutlich wurden sie als Erinnerungsstücke an einen bedeutsamen Meilenstein des Geschäfts aufgehoben.

Es gibt nur einen Stuhl hinter dem Schreibtisch, auf den sich der kräftige Mann sofort setzt. Obwohl er jetzt viel niedriger ist als ich, blickt er herrisch zu mir auf. „Mein Name ist Nomar Pavelek und ich bin der Leiter der Erdschein Grube. Ich arbeite mittlerweile seit beinahe drei Jahrzehnten hier und seit zweien bin ich der Leiter. Was wollen Sie wissen?"

„Ich würde mir gerne Ihre Verkaufszahlen der letzten Monate ansehen, um eine Vorstellung davon zu erhalten, wo der Großteil Ihrer Materialien landet", antworte ich und verspüre ein wenig Erleichterung bei der Vorstellung, in geschriebene Berichte einzutauchen, anstatt einer Person Informationen entlocken zu müssen. „Und es wäre hilfreich, zu wissen, ob es während Ihrer Zeit hier besonders bedeutsame Transaktionen oder Vorfälle gab."

Wie beispielsweise ein neuer Kunde, der plötzlich gewaltige Tonmengen für irgendein mysteriöses Geschäft verlangt, das er nicht näher beschrieben hat.

Den letzten Teil kann ich allerdings nicht laut aussprechen, ohne seinen Verdacht zu erregen.

Nomar lehnt sich auf seinem Stuhl zurück und sein Blick richtet sich in die Ferne. Nach mehreren Sekunden schüttelt er den Kopf. „Mir fallen keine ‚Vorfälle' ein, die von wissenschaftlichem Interesse wäre. Es ist ein ziemlich stabiles Geschäft, es gibt kein Drama. Ich habe jedoch nichts dagegen, wenn Sie sich unsere Bücher ansehen. Wir bewahren keine sensiblen Informationen in den Akten auf, nur Namen und Mengen."

Ich schenke ihm ein dankbares Lächeln. „Mehr brauche ich nicht."

Der Manager wuchtet sich erneut aus seinem Stuhl und marschiert durch den Raum. Er zieht einen Ordner mit losen Blättern aus einem der Regale und reicht ihn mir. „Die hier decken die ersten drei Monate dieses Jahres ab. Ich würde es vorziehen, wenn sie in diesem Raum bleiben."

„Das ist vollkommen in Ordnung", versichere ich ihm. „Ich werde sie mir hier anschauen und die nötigen Notizen machen."

Ich hole ein Papier, eine kleine Feder und ein winziges Tintenfass aus meinem Beutel, um angemessen wissenschaftlich auszusehen, und setze mich mit dem Rücken zur Wand auf den Boden, als wäre mir nicht in den Sinn gekommen, dass ich einen Schreibtisch brauche. Nomar widmet sich auf seinem Stuhl wieder der Arbeit, um die er sich zuvor gekümmert hat, und bedenkt mich gelegentlich mit prüfenden Blicken.

Leider enthüllen die Aufzeichnungen entgegen meiner Hoffnung nichts besonders Erhellendes. Es gibt regelmäßige Lieferungen verschiedener Mengen an Handwerkergilden in einigen unterschiedlichen Städten, an ein paar Gemeinden vermutlich als Baumaterial und an eine Auswahl kleinerer Kunden.

Nichts ist besorgniserregend, doch ich notiere alle Namen, damit ich sie später genauer unter die Lupe nehmen kann. Als ich die Zahlen jedoch in meinem Kopf zusammenrechne, runzle ich die Stirn.

Ich würde mich nicht als Experte bezeichnen, nachdem ich bisher bloß drei Gruben gesehen habe, allerdings habe ich gewisse Muster bemerkt. Diese spezielle Operation – die Größe des Gebäudes, die Anzahl der Gefährte und die Ausdehnung der Grube selbst – hat den Eindruck gemacht, als wäre sie viel größer als die anderen drei.

Dennoch scheinen sie bedeutend weniger Ton zu verschicken als die anderen, zumindest in den letzten Monaten. Merkwürdig.

Ich schaue von meinem Lesematerial auf. „Wäre es möglich, die Bücher von vor, sagen wir, zehn Jahren zu lesen?"

Bin ich paranoid oder zögert der Leiter kurz, bevor er

antwortet: „Ich sehe nicht, was dagegen spricht. Ich werde sie suchen …"

Er geht die Aufzeichnungen durch und bietet mir ein weiteres Kassenbuch an, nachdem ich ihm das erste zurückgegeben habe. Als ich die neuen Zahlen überfliege, erhärtet sich die Gewissheit in meinem Magen.

Hier sind mehrere bedeutsame Kunden aufgeführt, die in den aktuelleren Aufzeichnungen keine Lieferungen mehr erhalten. Manche von ihnen haben vermutlich keinen Bedarf mehr für Ton … doch einige erkenne ich von der Liste aktueller Kunden, die mir die anderen Gruben bei meinen Besuchen gegeben haben.

„Es scheint, als hätten Sie im vergangenen Jahrzehnt einige Kunden verloren", bemerke ich beiläufig.

Ich bin mir fast sicher, dass Nomar sich bei der Bemerkung leicht versteift. „Oh, unsere Produktion ist in den letzten Jahren langsamer geworden. Und Geschmäcker ändern sich, ganz gleich, wie gut unser Produkt ist."

Ich schätze, das könnte die wahre Erklärung sein. Ich weiß nicht, wie ich bei einem Gespräch mit diesem Mann beweisen soll, dass sie das *nicht* ist. Er wird es bestimmt nicht zu schätzen wissen, wenn ich ihn der Lüge bezichtige.

Die Blutzauberer haben sich als unglaublich geschickt darin erwiesen, alle Spuren ihrer Aktivitäten zu verwischen – sogar die Opferkomplizen, die sie verstümmelt haben, um ihre Magie zu stärken. Ich muss bei meiner Ermittlung alle nötige Sorgfalt walten lassen, andernfalls könnte sie mir entgleiten.

Ich tue so, als würde ich die Antwort für bare Münze nehmen, mache einige weitere Notizen und stelle den Ordner an seinen Platz zurück.

„Vielen Dank für Ihre Hilfe", bedanke ich mich bei dem Leiter. „Wäre es ein Problem, wenn ich mich schnell auf dieser Seite der Grube umsehe? Ich verspreche, ich werde aufpassen, dass ich nicht hineinfalle."

Es ist kein guter Witz, entlockt Nomar jedoch ein Glucksen. Er scheucht mich aus dem Raum. „Lassen Sie sich Zeit. Ich weiß nicht, wie interessant es für einen Wissenschaftler sein wird, aber wir sind stolz auf unsere Arbeit."

Draußen schlendere ich um die Seite des Gebäudes, wo ich die Wagen sah. Ein paar Männer schleifen Säcke, die vermutlich voller Tonmaterial sind, zu einem der kleineren Gefährte.

Ich gehe zu ihnen und mein Mund wird trocken, als ich überlege, wie ich ein Gespräch beginnen soll. Bei den anderen Gruben hatte ich keinen Grund, misstrauisch zu sein, weshalb ich nicht den Bedarf verspürte, mit den niederen Arbeitern zu sprechen.

Warum sollte ein Arbeiter einem privilegierten Gelehrten aus der Hauptstadt etwas verraten wollen?

Meine Gedanken wandern zurück zu dem Moment, als Ivy mir diesen sehr provokativen Gedichtband schenkte – zu ihren beschämten Bemerkungen, als ich ihr erzählte, was es war. Ihre Angst, dass ich sie für dumm halten würde, weil sie einem Adligen ihre Aufwartung gemacht hatte.

Doch ich versicherte ihr, dass ich gar kein Adliger war.

Das bin ich immerhin nicht. Ich bin der Sohn, Enkel und Urenkel von Händlern.

Ich habe zwar keine Ahnung, wie es ist, sich einen Lebensunterhalt zu verdienen, indem man Mineralien aus der Erde gräbt und auf Wagen verlädt, weiß jedoch einiges über Waren und Kunden, Produktion und Verteilung.

Ich gebe mein Bestes, meine Haltung zu entspannen, als ich um den Wagen herumgehe, und verzichte auf mein makelloses akademisches Gehabe. Einer der Männer wuchtet den letzten Sack hinten auf den Wagen und wischt sich die Hände an einem Lumpen ab, bevor er mich ansieht.

Mit dem schiefen Grinsen, das ich bei meinen Brüdern häufig beobachtete, wenn sie mit den Schmieden sprachen, die meine Familie beschäftigte, klopfe ich auf die Seite des Wagens. „Noch eine Ladung, die gleich rausgeht? Ich hoffe, es ist ein Kunde, der mehr Komplimente als Beschwerden macht."

Der andere Mann schnaubt. „Oh, sie finden alle ab und zu etwas, über das sie sich beschweren können. Dieser ist nicht allzu schlimm." Er deutet mit dem Kinn auf mich. „Bist du geschäftlich hier?"

Ich mache eine lässige Handbewegung. „Ich lerne nur mehr über das Tongeschäft – finde heraus, wie es sich im Lauf der

Jahre verändert hat, was man dafür tun muss, solche Dinge. Ihr erledigt wichtige Arbeit. Sie sollte anerkannt werden. Und ich weiß, dass der Umgang mit den Kunden vermutlich der schwierigste Teil des Jobs ist, nicht das Herumschleppen der Materialien."

Der erste Mann gluckst sarkastisch. „Da liegst du nicht falsch. Musst du dich auch mit Kunden rumschlagen?" Er betrachtet meine edlen Kleider unverhohlen skeptisch.

„Nicht in letzter Zeit", gebe ich zu. „Aber ich wuchs in einer Familie aus Waffenhändlern auf. Hab meinen Dad nie so sehr fluchen hören, wie wenn ein Kunde zu ihm kam und verlangte, dass er die Hälfte der Waren ersetzt, weil der Stahl nicht richtig schimmerte oder aus irgendeinem anderen absurden Grund."

Zu meiner Erleichterung macht es den Anschein, als würde mein Plan aufgehen. Die Haltung des Arbeiters entspannt sich leicht, als er freier lacht. „Es gibt immer einige bizarre Forderungen wie diese. Letzte Woche hatten wir jemanden, der versuchte, eine ganze Lieferung zurückzugeben, weil er einen Kieselstein in einem der Säcke gefunden hat. Und dann ist da der Kunde, der so sehr auf die Geheimhaltung seiner Käufe bedacht ist, dass …"

Sein Kollege unterbricht ihn mit einem drängenden Laut. „Jevam, das reicht."

Jevam schließt den Mund mit beschämter Miene, welche die Flammen meiner Neugier nur entfacht.

Jemand kauft den Ton und ist diesbezüglich geheimniskrämerisch? Das klingt nach einem Thema, dem ich auf den Grund gehen sollte.

Ich lache schallend, als würde ich nichts davon allzu ernst nehmen. „Ich hätte nicht gedacht, dass Ton ein Produkt ist, bei dem viel Geheimhaltung nötig ist."

Der zweite Mann winkt meine Aussage ab. „Das ist es nicht. Er übertreibt bloß." Er betrachtet Jevam aus schmalen Augen. „Wir sollten uns wieder an die Arbeit machen. Ich hole die Pferde."

Er marschiert zu einem anderen Gebäude, das der Stall sein muss. Als er darin verschwunden ist, schaue ich Jevam an und ziehe die Augenbrauen hoch. „Scheint, als möchte er auch alles geheim halten."

Entweder ist mein Desinteresse an dem Thema nicht überzeugend genug oder der Tadel seines Kollegen hat ihm wirklich zugesetzt. Jevam zuckt bloß mit den Achseln. „Es gibt ohnehin nicht viel darüber zu erzählen."

Ich kann mir diese Vorlage nicht entgehen lassen. Ich suche nach der richtigen Methode, seine Zunge zu lösen. „Ein Fall wie dieser könnte mir ein neues Verständnis für das Handwerk geben. Das ist der Grund, aus dem ich hergekommen bin, um mit Leuten wie dir zu sprechen."

Augenblicklich erkenne ich, dass ich einen Fehler gemacht habe. Ich habe uns in Leute wie mich und Leute wie ihn getrennt.

Jevams Mund spannt sich an und er wendet den Blick ab. „Wie ich bereits sagte, gibt es nicht viel zu erzählen."

Wenn ich zeige, dass ich seine Situation verstehen kann, merzt das meinen Fehler vielleicht aus? „Du kannst dir vermutlich vorstellen, dass wir im Waffengeschäft eine Menge strenggeheime Deals hatten. Unzählige Male haben wir jemanden mit Waffen beliefert und am nächsten Tag denjenigen bewaffnet, gegen den unser erster Kunde vorgehen wollte." Ich hebe die Hände in die Luft. „Das ist das Geschäft."

„Ja", brummt Jevam. „Es ergibt keinen Sinn für mich, da es nur Ton ist."

Doch dann verschließt er sich wieder. Er reibt über seinen Handrücken, schiebt den lockeren Ärmel seines Hemds von seinem Handgelenk und ich bemerke dort eine rötliche, fast schon schuppige Hautstelle. Die dünnen Risse, die sie durchziehen, glänzen in einem wütenden Pink.

Mitgefühl durchsticht meinen Magen. Diese Art von Hautproblemen wird bei der Arbeit in derartigen Bedingungen nur verschlimmert.

Die Worte entwischen mir, bevor ich sie richtig durchdacht habe. „Weißt du, es gibt eine Technik zur Behandlung schmerzhafter Trockenheit der Haut, die aus der Mode geraten ist. Sie war zur Zeit der darischen Invasion geläufig. Man kocht einige Yimmerbuschblätter und -Rinde, die nicht allzu schwer zu finden sind, und lässt sie in heißem Wasser ziehen, bis es zu einem Gel abkühlt. Verreibe diese Salbe zweimal am Tag auf der Stelle und es könnte besser werden."

Jevam blinzelt mich an. „Wirklich? Davon habe ich noch nie gehört."

Ich zucke mit den Schultern. „Wie ich bereits sagte, ist es aus der Mode gekommen. Aber die Geschichte vor der darischen Invasion ist mein Spezialgebiet."

Und als ich auf der Akademie ankam, war ich besonders an jedem möglichen Heilmittel interessiert, das potenziell jemandes Haut heilen konnte.

Der Mann blickt auf sein Handgelenk hinab und schenkt mir ein Lächeln, das beinahe schüchtern ist. „In der Nähe meines Hauses wächst ein großer Yimmerbusch. Ich werde das ausprobieren. Danke schön."

Ich stelle fest, dass ich sein Lächeln erwidere. „Ich hoffe, es hilft."

Jevam hält inne, beugt sich vor und senkt die Stimme. „Ich weiß nicht, wie viel es *dir* helfen wird. Aber der Kunde, den ich erwähnt habe … Wir bringen ihm seit ein paar Jahren Ton. In letzter Zeit zweimal pro Woche. Das Verrückte ist, dass er uns den Wagen zu einer Stelle ungefähr eine Stunde von hier entfernt bringen lässt, wo es nichts gibt. Dort holen wir den leeren Wagen ab, den wir beim letzten Mal gebracht haben. Den vollen lassen wir zurück. Ich habe keine Ahnung, wohin er von dort gebracht wird."

Ein Schauder läuft mir über das Rückgrat. „Das ist schrecklich seltsam. Und der Leiter hat dieser Vereinbarung zugestimmt?"

Er verzieht das Gesicht. „Der Kunde hat einen speziellen Deal für ‚Diskretion' erhalten. Das habe ich jedenfalls gehört. Anscheinend hat der Kerl, der ihn ausgehandelt hat, das Siegel des Königs gezeigt, und Nomar hatte das Gefühl, dass er einem königlichen Befehl gehorchen sollte."

Der Schauder vertieft sich zu einer Kälte, die meinen ganzen Körper erfasst. Ich widerstehe dem Drang, die Arme um mich zu schlingen, und lache rau, als fände ich die Geschichte bloß amüsant.

Jemand hat Vorkehrungen für diese geheimen, häufiger werdenden Tonlieferungen getroffen und dabei das Siegel des Königs benutzt.

Jemand unter den Blutzauberern war in der Lage, genug Zugang zum Palast zu erhalten, um dieses Siegel zu stehlen. Und wenn sie das tun konnten ... wer weiß, welche anderen Schäden sie im Heim der Königsfamilie anrichten können?

VIERUNDDREIßIG

Ivy

Als ich spät am Abend in den Speisesaal schlüpfe, ist er beinahe leer, worauf ich mich verlassen habe.

Allerdings habe ich nicht damit gerechnet, dass mein Arbeitgeber eine der wenigen Personen sein würde, die noch an den Tischen sitzen.

Als Stavros zu mir schlendert, um mich auf dem Weg zu den Theken abzufangen, zieht er seine Augenbraue hoch. „Hast du bei unserem Abendessen vorhin nicht genug gegessen? Ich scheine mich daran zu erinnern, dass du dir eine ziemlich gesunde Portion in den Mund geschaufelt hast."

Die trockene Neckerei bringt mich irgendwie stärker aus dem Gleichgewicht als jedes andere Verhalten, das er in den letzten Wochen in meiner Gegenwart an den Tag gelegt hat. Ich weiß, wie ich mich gegen seine Feindseligkeit wappnen kann, und kann seine Reue und seinen aggressiven Beschützerinstinkt akzeptieren, obwohl ich beide ein wenig verwirrend finde.

Das hier ... fühlt sich wie der alte Stavros an. Das Geplänkel, in das ein Hauch von Zuneigung anstelle von Kritik floss in den wenigen Tagen vor dem Kampf im Turm des Allesgebers, bei dem meine Magie offenbart wurde.

Ich kann mir nicht vorstellen, dass wir jemals wieder so miteinander umgehen werden wie früher. Die Wärme in seiner Stimme zu hören, lässt mein Herz jedoch schneller schlagen, obwohl es das nicht sollte.

Ich beschließe, dass es am sichersten ist, nicht direkt in sein atemberaubendes, kantiges Gesicht zu blicken. Stattdessen konzentriere ich mich auf die letzten Häppchen des Abendessens.

„*Du* bist auch wieder hier", bemerke ich, als ich mir ein paar der zarten Gebäckstücke, ein gewürztes Ei und ein halbes Brötchen mit Frischkäse nehme. „Ich kann mich nicht erinnern, dass dein Teller besonders spärlich beladen war, bevor du die Mahlzeit verputzt hast."

„Ich bin nicht zum Essen hier. Eine Studentin hat mich gefragt, ob wir ihre Fortschritte besprechen können, während sie selbst zu Abend isst."

Ah, das war vermutlich die muskulöse Frau, die mir auf dem Weg in den Speisesaal entgegengekommen ist und aussah, als wäre sie bereit, es ganz allein mit einer angreifenden Armee aufzunehmen. Ich schätze, Stavros hat ihr gut zugeredet.

Ich lege noch einen Happen auf meinen Teller. „Ich werde auch nicht essen. Die hier sind für etwas anderes. Ich hatte eine Idee."

Stavros verschränkt die Arme vor der Brust. „Jetzt bin ich gespannt."

Ich blicke an ihm vorbei zu unseren wenigen anderen Akademiekollegen, die ein spätes Abendmahl genießen. Das hier ist nicht der Ort, um detailliert über meine Ideen zu sprechen, gegen die Blutzauberer vorzugehen.

„Ich werde dir alles erklären, wenn ich etwas Nützliches herausfinde", informiere ich ihn. „Ich verspreche, dass nichts Gefährliches involviert ist. Wenn du mich jetzt entschuldigen würdest ..."

Ich sinke in einen Knicks, der absichtlich spöttisch ausfällt, weil wir für den Rest der Akademie miteinander im Clinch liegen.

Stavros steckt die angebliche Beleidigung locker weg. „Stell bloß sicher, dass du nicht so spät unterwegs bist. Ich erwarte dich ausgeschlafen bei unserem Kurs morgen."

Ich lasse zu, dass Sarkasmus meine Stimme färbt. „Dir gehört mein volles Engagement."

Ich halte den Kopf hoch erhoben, als ich den Teller durch die Tür trage.

Die königlichen Wachen sind so sehr an bizarres, jedoch unschuldiges Verhalten der verwöhnten Adligen gewöhnt, dass sie mich trotz meiner kulinarischen Fracht durch das vordere Tor lassen. Ihnen ist egal, wo ich meinen angeblichen Abendsnack esse.

Als ich die Straße zwischen den Akademiemauern und dem Tempel der Krone entlanggehe, drücke ich den kleinen Teller unter meinem Umhang dicht an meine Seite. Einige Gläubige, die gerade den Tempel verlassen, schauen mich auf meinem Weg die Treppe hoch an, ihre Blicke bleiben allerdings nicht auf mir liegen.

Was ich tue, verstößt nicht gegen das Gesetz oder die Schicklichkeit, ist jedoch ein wenig ungewöhnlich. Ich möchte lieber keine Fragen ermutigen.

Der weitläufige innere Gebetsraum überwältigt mich noch immer, wenn ich unter seine hoch aufragende Decke trete. Ich schlucke schwer und zwinge mich, weiter zum Fuß des Mittelturms zu gehen, zu der dicken Säule, die sich vom Boden bis hoch über das restliche Dach erstreckt.

Der Turm, in dem ich Wendos' Schicksal besiegelte und in gewisser Weise auch mein eigenes.

Ich habe die Wendeltreppe seit jenem Abend nicht mehr betreten. Ich wappne mich und beginne den Aufstieg.

Julitas Präsenz regt sich. *Bist du dir sicher, dass dies der beste Ort ist, um Kontakt zu den Daimon aufzunehmen?*

Ich zucke mit den Achseln. „Wir wissen, dass sie hier oben waren, als Wendos seine Pläne durchführte. Und sie sind göttliche Geister, stimmt's? Sie verbringen vermutlich im Allgemeinen viel Zeit in Tempeln – wenn sie nicht anderswo Unfug stiften."

Lass uns hoffen, dass sie nicht beschließen, dir zu übel zuzusetzen.

„Ich glaube, darum müssen wir uns keine Sorgen machen." Die wandernden Geistwesen der Stadt haben seit jener Nacht niemandem in der Akademie geschadet. Ich bezweifle, dass sie während des Balls Glas herumwerfen oder einen Teil des Quadrings niederreißen *wollten* – es waren die Blutzauberer, die den unsichtbaren Wesen ihre Magie aufzwangen.

Meine kurze Begegnung mit den Daimon im Wald in der Nähe des Lagerfeuers der Verschwörer erinnerte mich daran, wie sehr sich die bösen Zauber womöglich noch auf sie auswirken. Die Blutzauberer haben sie zuvor manipuliert – und tun das vielleicht noch immer auf eine Weise, die wir noch nicht entdeckt haben.

Die Daimon können möglicherweise Dinge enthüllen, die ich bisher nicht herausgefunden habe. Ich bin gewillt, alles auszuprobieren, um unsere Ermittlungen und meine Annäherung an den Kreis der Blutzauberer zu einem Ende zu bringen.

Ich gehe die Treppe immer weiter hoch, bis ich die erste etwas breitere Plattform oberhalb des Dachs erreiche. Schmale Marmorsäulen rahmen einen Alkoven mit drei Bogenfenstern. Der Boden ist nackt, doch Wachsspuren sprechen von vorherigen Gottlenverehrungen.

Ich stelle den Teller in die Mitte des Alkovens und knie mich daneben. Niemand ist sich sicher, dass Daimon tatsächlich die traditionellen Essensangebote verzehren, welche die Leute für sie hinterlassen, aber ich hoffe, sie wissen die Geste wenigstens zu schätzen. Dies ist eine bessere Auswahl als die Fleisch- und Obstreste, die sie normalerweise erhalten.

Den Kopf beugend strecke ich meine Sinne aus, um nach Spuren einer magischen Präsenz zu suchen. Nichts erregt meine Aufmerksamkeit, das ist allerdings nicht vollkommen unerwartet. Die Geistwesen wandern durch unsere gesamte Welt, aber ich habe bisher nur Spuren ihrer Energie bemerkt, wenn sie besonders aufgeregt waren.

Ich atme langsam ein und lausche angestrengt, um mich zu

vergewissern, dass keine Menschen in der Nähe sind, und trage meine Bitte mit leiser Stimme vor.

„Daimon der Stadt, ich biete diese Delikatessen zum Dank für den Frieden an, den ihr uns in den letzten Wochen geschenkt habt. Ich weiß, dass ihr gezwungen wurdet, uns zu schaden. Ich würde gerne sicherstellen, dass das nie wieder geschieht. Ich biete euch meine Hilfe an. Gibt es etwas, was ihr mir über die Leute zeigen könnt, die euch manipuliert haben, damit ich sie entlarven und aufhalten kann?"

Ich schließe die Augen, zwinge mich, ruhig zu atmen, und verjage die Anspannung so gut wie möglich aus meinem Körper.

Wer weiß, ob die Daimon mir etwas vermitteln können, wenn ich mich zu stark verschließe?

In den ersten Minuten spüre ich nur die kühle Brise, die durch die Fenster weht, und das Stechen, das sich aufgrund meiner Position auf dem harten Boden in meinen Knien ausbreitet. Dann streift ein Beben meinen Arm.

Mein Herz setzt einen Schlag aus, doch ich verhalte mich still und ruhig. Das Beben streift erneut meine Haut und kitzelt über meinen Hals und Kopf. Ein anderer schwacher Eindruck gleitet über meine Hände.

Eine Emotion, die nicht meine eigene ist, sickert in meine Brust: Reue, die sich wie eine Entschuldigung anfühlt. Dann geht ein Beben durch meinen Verstand und gewährt mir einen kurzen Blick auf den hohen Turmraum, meinen Sturz auf der Treppe, den Druck der Geister, die mich fixierten.

Ein Kloß steigt in meiner Kehle auf. „Ich weiß, dass es nicht eure Idee war, mich zu verletzen. Er hat euch kontrolliert. Wisst ihr, wie er das geschafft hat? Oder was er und seine Leute vorhaben? Wer arbeitete noch mit ihm zusammen?"

Die Erinnerung zerbricht in einen Wirrwarr aus verschwommenen Bildern, die für mich keinen Sinn ergeben. Vielleicht ist das die Art der Daimon, anzuzeigen, dass sie keine Antworten auf meine Fragen haben.

Ich beruhige mich so gut wie möglich und versuche es noch einmal. „Lassen sie euch jetzt in Ruhe oder versuchen sie noch immer, euch herumzukommandieren?"

Die Frage resultiert sofort in einem Schwall aus

Verzweiflung. Eine Hitzewelle schwappt durch mich und zieht sich um meinen Körper herum zusammen.

Hinter meinen geschlossenen Augenlidern erhasche ich einen kurzen Blick auf flackernde Flammen. Im Feuer ist es jedoch so dunkel und eng, als würde meine Seele zusammengequetscht werden …

Die Empfindungen verfliegen und lassen mich nach Atem ringen. Meine Augen öffnen sich von selbst, doch ich kann die Daimon in dem schwächer werdenden Licht um mich herum nicht erkennen.

„Was war das?", flüstere ich. „Was tun sie euch an?"

Entweder können die Geistwesen mir nicht antworten oder es widerstrebt ihnen, es zu tun. Oder sie sind komplett geflohen bei den Anzeichen einer bevorstehenden Störung.

Stimmen hallen die Treppe zusammen mit dem fernen Schaben von Schritten herauf. Mein Herz setzt einen Schlag aus.

Ich tue nichts Falsches, mir wäre es jedoch lieber, wenn ich keinem Gläubigen Rechenschaft ablegen müsste – oder schlimmer, einem Priester. Und falls es jemand mit Verbindungen zu den Blutzauberern ist, wird er sich fragen, warum ausgerechnet ich versuche, die Daimon zu besänftigen.

Nicht zum ersten Mal bin ich dankbar für meine schmale Figur. Ich ziehe den Teller zur Seite des Alkovens, wo er nicht so schnell bemerkt werden wird, und schiebe mich zwischen die Wand und eine der Säulen. Dort ist gerade genug Platz, dass ich mich in die Schatten hinter dem nächsten Fenster zurückziehen kann.

Ich kann jetzt kaum etwas anderes als den Alkoven sehen, es gibt allerdings eine schmale Lücke zwischen der Säule und der Wand, die mir einen Blick auf die Treppe gewährt. Ich spähe hindurch und warte ab, wer sich so spät am Tag die Mühe macht, den Turm zu erklimmen.

Zuerst erscheint ein Mitglied der Kronenwache, weshalb ich noch dankbarer bin, dass ich beschlossen habe, mich zu verstecken. Dann bleibt mein Blick auf den kunstvoll verzierten Seidenroben der Gestalten hängen, die ihr folgen.

Das ist Hessild, die magische Hauptberaterin der

Königsfamilie, die so selbstsicher und poliert aussieht wie während Feierlichkeiten zu Ehren Sabrelles. Neben ihr geht der erschreckend schiefe Mann, der ein zweitrangiger Berater ist – Stavros hat gesagt, er hieße Lothar. Und er hat mich gewarnt, dass der Mann die Zerrissenen hasst.

Der dritte Berater Tinom marschiert hinter ihnen her und muss etwas schneller gehen, um mit seinen kürzeren Beinen mithalten zu können.

Sie sind in ein Gespräch vertieft. Lothar seufzt, als er an meiner Säule vorbeigeht. „Ich finde es einfach fragwürdig, genauso viel Geld und Energie wie bei einer Feier zu Ehren eines Gottlen darauf zu verwenden, eine Frau zu feiern, die nicht einmal Silanerin ist.“

Hessild schnalzt mit der Zunge. „Signy ist eine wichtige Persönlichkeit für das Volk – ein Symbol unserer Unabhängigkeit von unseren ehemaligen Unterdrückern. Wenn wir einen Helden aus Silana hätten, der eine annähernd große Wirkung hatte, bin ich mir sicher …“

Sie spricht weiter, doch mein Verstand hört auf, ihre Worte zu verarbeiten, als ich sehe, wer den drei Beratern folgt.

Die schokoladenbraunen Locken und eleganten Gesichtszüge der Wache sind nicht zu übersehen, die es sich zur Aufgabe gemacht hat, mich zu nerven. Als er als Schlusslicht der Prozession vorbeigeht, kribbelt ein Hauch der Magie über meine Haut, die er immer auszusenden scheint.

Ich werde noch regloser und halte die Luft an.

Die Berater gehen den nächsten Treppenabsatz hinauf, ohne in den Alkoven zu blicken, und diskutieren noch immer die Vorzüge des Festivals für Signy, das in ein paar Wochen abgehalten werden wird. Die Wache bleibt am Fuß der Treppe stehen und dreht sich zum Alkoven um.

Ich kann nur einen Streifen seines blassen Gesichts sehen – nur eines seiner beunruhigend hellen blau-grünen Augen – kann jedoch erkennen, dass er den Gabenteller bemerkt hat. Er legt den Kopf zur Seite.

Sein Blick streift den Alkoven und bleibt auf der dunklen Nische hängen, in die ich mich geschoben habe.

Mein Herz schlägt schneller. Meine Magie zuckt in meiner

Brust und ist erpicht darauf, die Schatten zu verdichten und sicherzustellen, dass er mich nicht sieht.

Doch spielt es wirklich eine Rolle, wenn er mich entdeckt? Wird er mich verhaften, weil ich im Turm herumschleiche? Es gibt keine Gesetze, die das verbieten.

Das ist es sicherlich nicht wert, den magischen Rückschlag zu riskieren, den ich verursachen würde.

Sein Mund zuckt zu etwas, was … der Schatten eines Lächelns sein könnte? Bevor ich entscheiden kann, was ich davon halten soll, ruft Tinom ihm zu: „Alles in Ordnung, Wache?"

Die Wache fährt herum und eilt die Treppe hinauf. „Ja. Ich entschuldige mich, dass ich zurückgefallen bin."

Ich warte in meinem Versteck, bis ich mir sicher bin, dass die anderen Turmbesucher außer Hörweite sind. Dann schleiche ich aus der Nische und gehe wieder neben meinen Gaben in die Hocke.

Jegliche Gelassenheit, die ich entwickelt hatte, hat sich mit meinen Gedanken verstreut. Ich hole noch einige Male tief Luft und versuche, in meinen meditativen Zustand zurückzufinden, bin mir jedoch zu sehr der Möglichkeit bewusst, dass ich wieder unterbrochen werden könnte.

Es wabern keine weiteren Bilder durch meinen Verstand. Kein magisches Kribbeln streift meine Haut. Die Daimon sind vermutlich ohnehin gegangen.

Ich lasse den Teller für den Fall zurück, dass sie Lust auf einen Snack haben, auch wenn mir unklar ist, wie Geistwesen, die weder einen Mund noch Magen haben, Häppchen der Adligen verspeisen würden. Anschließend husche ich die Treppe in die Richtung hinab, aus der ich gekommen bin. Mir wäre es lieber, weit weg zu sein, wenn die königlichen Berater den gleichen Weg hinabgehen.

Während ich zur Akademie zurückeile, denke ich darüber nach, was die Geistwesen mir vermittelt haben. Es macht den Anschein, als würden die Blutzauberer weiterhin die Daimon beeinflussen, allerdings auf eine neue Art, die eine andere Wirkung hat.

Werden sie jetzt irgendwie eingesperrt? An einem Ort mit Feuer?

Vielleicht versammeln die Verschwörer einen Haufen von ihnen, um sie gleichzeitig auf die Stadt loszulassen? Falls sie eine ganze Horde gleichzeitig kontrollieren können.

Doch ich habe keinen Beweis dafür oder für etwas anderes, was sie womöglich aushecken. Es sind bloß Spekulationen aufgrund vager Eindrücke.

Ich durchquere gerade das Akademietor und suche den Weg durch das heraufbeschworene Labyrinth, wobei ich dem nervigen Spruch dieser Woche folge – *Libellen gleiten relativ glücklich ringsum Lerchen* – als meine Handfläche plötzlich warm kribbelt. Ich reiße meine Hand hoch und sehe die kurze Botschaft, die auf meiner Haut aufleuchtet.

Willkommen im Orden der Wildheit. Sei bereit für den Ruf zu deinem Aufnahmeritual.

FÜNFUNDDREISSIG

Ivy

Alek tigert ungewöhnlich aufgebracht durch den Versammlungsraum. „Wir haben keine Ahnung, was sie dir auftragen werden jetzt, da du angeblich eine von ihnen bist. *Alles* könnte bei dem Aufnahmeritual passieren."

Ich lehne an der Seite des breiten Tischs. Anspannung hat sich fest um meinen Magen gelegt, seit ich vor ein paar Stunden die Botschaft der Blutzauberer erhalten habe.

Dennoch muss ich sagen: „Das war jedes Mal der Fall, wenn ich auf ihren Ruf reagiert habe. Es war immer ein Risiko. Dieses Mal vertrauen sie mir wenigstens so sehr, dass ich womöglich herausfinden kann, was ich wissen muss, um sicherzustellen, dass ich *nicht* mehr zu ihnen zurückkehren muss."

Casimir ist eine warme Präsenz an meiner Seite geblieben und hat seine Hand sanft um meine gelegt, doch sogar in seinem beruhigenden Ton schwingt ein Hauch Unbehagen mit. „Darauf hast du hingearbeitet. Aber sie haben dir nicht gesagt, wann der ‚Ruf' kommen wird. Erwarten sie, dass du kurzfristig in den Wald davonrennst?"

Ich zucke mit den Achseln. „So hat es funktioniert, als

Benedikt mich beschuldigt hat. Sie wollen Leute, die ihnen trotz anderer Pflichten gehorchen.“

Mein Blick gleitet an dem leeren Tisch entlang. Ein Anflug von Melancholie vibriert durch meine Brust bei dem Gedanken an den Mann, von dem ich glaubte, dass ich mich genauso sehr auf ihn verlassen könnte wie auf die drei um mich herum.

Der Mann, der gewillt war, meinen Tod herbeizuführen, damit er sich den Rängen der Blutzauberer anschließen kann. Der Mann, der letztendlich einen beschämenden Tod erleiden musste, weil ich mich wehrte.

Die Verschwörung ist wie ein Gift, das alles beschmutzt, was es berührt.

Sowie Alek stehen bleibt, beginnt Stavros, ruhelos durch den Raum zu tigern. „Wir können hoffen, dass bei der Initiation eine große Gruppe der Verschwörer zusammenkommt. Du solltest uns ein Signal mit deinem Medaillon geben, wenn ihr alle zusammen seid … Ich kann ein Geschwader der Kronenwache anführen, um sie zu verhaften. Wir können dem Ganzen ein für alle Mal ein Ende bereiten und dich in Sicherheit bringen.“

Die Entschlossenheit in seinem Ton löst einen anderen Stich in meinem Herzen aus. Er klingt ehrlich besorgt um mein Wohlbefinden.

Ich weiß noch immer nicht, was ich von seinem erneuten Beschützerinstinkt halten soll.

„Dem König hat die Idee nicht gefallen, als ich sie ihm neulich vorgeschlagen habe“, bemerke ich. „Ich vermute, sie wird ihm jetzt noch weniger gefallen, da er möchte, dass ich herausfinde, wer sein königliches Siegel in die Finger bekommen hat. Außerdem haben wir keine Ahnung, ob es funktionieren würde, da die Verschwörer ihre Rituale so gut bewachen lassen. Wenn ich die Einzige bin, die aufgenommen wird, werden die Blutzauberer wissen, dass ich dahinterstecke, sobald eine Wache sie vor herannahenden Soldaten warnt.“

Nur die Götter wissen, was sie dann mit mir tun würden, bevor irgendein Geschwader mich erreichen kann.

Aleks Mund verzieht sich unglücklich. „Sie würden es möglicherweise sogar noch früher herausfinden je nach dem, wie viel Zugang die Verschwörer zu Diskussionen im und außerhalb des Palasts haben."

Stavros atmet scharf aus. „Falls die Männer, die König Konram losgeschickt hat, damit sie die Tongrube ausspionieren, die nächste geheime Lieferung rechtzeitig abfangen ..."

„Wird es möglicherweise keine Rolle spielen", unterbreche ich ihn. „Doch wir wissen nicht, wie lange das dauern wird oder wie bald sie mich rufen werden. Wir müssen davon ausgehen, dass ich hingehe."

Ein Knurren entfährt Stavros. Er schaut mich böse an, sein Gesicht wirkt jedoch eher gequält als wütend. „Ich könnte dir allein folgen. Als sekundärer Zeuge. Ich könnte mich bereithalten, mich einzumischen, falls sie dich in irgendeiner Weise bedrohen."

Meine Kehle schnürt sich zu. Ich glaube, er meint das ernst. Er würde den ganzen Plan in Gefahr bringen, um als mein persönlicher Bodyguard zu fungieren.

Fühlt er sich *so* schuldig wegen dem, wie er mich zuvor behandelt hat? Oder ... reicht sein Interesse tatsächlich viel tiefer, so wie es Casimir angedeutet hat?

Ich weiß nicht, was ich mit dieser Möglichkeit tun soll. Es spielt wohl kaum eine Rolle, wenn ich keine Ahnung habe, wie lange sein aktuelles Engagement für meine Sicherheit andauern wird.

Ich schaffe es, mit lässiger Stimme zu sprechen, als ich meine Hände in die Hüften stemme. „Und wie weit denkst du, wirst du kommen, bevor sie dich bemerken? Vielleicht könntest du sie davon überzeugen, dass du mich ohne mein Wissen verfolgt hast. Doch es könnte sein, dass sie das Risiko nicht eingehen wollen und uns beide töten."

Stavros' Hand legt sich auf sein Schwert. „Ich würde vorher genügend von ihnen töten."

Ich kann es mir kaum verkneifen, die Augen zu verdrehen. „Ja, nun, das mag stimmen, dennoch würde ich es vorziehen, wenn wir am Ende *nicht* getötet werden, ganz gleich, wie viele von ihnen wir mit uns in den Tod nehmen würden."

Der ehemalige General verzieht das Gesicht, weiß allerdings, dass ich recht habe.

Casimir hebt den Kopf. „Es gibt noch eine Möglichkeit, auf die wir zurückkommen sollten. Ivy musste ihre Magie bereits einmal auf ungeplante Art nutzen, um sich zu schützen und die Blutzauberer für sich zu gewinnen. Sie ist die beste Waffe, die Ivy gegen sie in der Hand hat."

Meine Macht erbebt in meiner Brust und lässt Visionen von dem Nutzen aufsteigen, den sie mir bieten könnte. Ich könnte die Verschwörer an Ort und Stelle erstarren lassen, damit sie hilflos sind, wenn die Soldaten herbeireiten. Ich könnte ihren Mündern die Einzelheiten ihrer Pläne entreißen.

Ich wappne mich für Stavros' wütende Ablehnung, der jedoch in ein nachdenkliches Schweigen verfallen ist. Sein Blick gleitet zu mir. „Vielleicht ist es an der Zeit, dass wir diesen Schritt machen."

Ich starre ihn an. „Meinst du das ernst?"

Er hat behauptet, dass er sich mit meiner zerrissenen Magie abgefunden hat, doch ich hätte nie gedacht, dass ich den Tag erleben würde, an dem er ihr seine offenkundige Zustimmung gibt.

Der ehemalige General verzieht das Gesicht. „Es ist nicht meine bevorzugte Strategie. Diese sind uns jedoch ausgegangen. Ich glaube, es ist eindeutig, dass wir deinen Fähigkeiten mehr trauen können als den Schurken, auf die du deine Macht loslassen würdest."

Alek meldet sich leise, aber eindringlich zu Wort. „Und sie wird wieder anfangen, dir wehzutun, wenn du sie in Gefahrensituationen zurückdrängst, oder? Die Verschwörer bringen dich in schlimmere Lagen, als es die Studenten jemals getan haben."

Ich habe ihm nicht erzählt, wie sehr meine Magie mich bereits bestraft hat. Ich befeuchte meine Lippen und ringe mit einer Woge widersprüchlicher Emotionen.

„Ich … ich weiß nicht, was geschehen würde, wenn ich sie in einem so großen Maß rauslassen würde", gestehe ich und balle meine Hände zu Fäusten. „Ich weiß nicht, ob ich mich darauf verlassen kann, dass Kosmel die Konsequenzen leitet, wenn mein Leben in Gefahr ist. Ich *könnte* ein echtes Desaster auslösen."

Casimir streichelt mit dem Daumen über meinen Handrücken. „Ich bin mir sicher, es könnte nicht schlimmer sein als das, was die Blutzauberer planen."

„Wer weiß das schon?" Ein abgehacktes Lachen entfährt mir. „Ich weiß nicht einmal, was mit *mir* geschehen wird, wenn ich der Magie so offen nachgebe. Eine Blutzauberer-Initiation scheint mir kein toller Zeitpunkt zu sein, um herauszufinden, wie leicht eine zerrissene Seele verrückt werden kann."

Alle drei Männer halten inne, als ich sie auf die Gefahr aufmerksam mache, in die ich mich bringen könnte.

„Vielleicht nicht", lenkt Alek nach einem Moment ein. „Aber du hast die Option. Falls die Situation schlimm wird ... falls du eine Gelegenheit siehst, die du nicht verstreichen lassen kannst ..."

Mir fallen keine Umstände ein, in denen ich meiner Magie gerne freien Lauf lassen möchte, doch ich neige zur Bestätigung den Kopf. „Ich werde mein Medaillon tragen für den Fall, dass ein Hilferuf die Konsequenzen wert wäre."

„Du solltest mehr Messer an dir tragen, wenn du gehst", sagt Stavros. „Du kannst das rechtfertigen, indem du erklärst, dass du auf alles vorbereitet sein wolltest ... Sie haben dich in der Vergangenheit gebeten, Leute zu erstechen."

Casimir drückt meine Hand kurz. „Ich sollte dein falsches Gottlenmal regelmäßig auffrischen."

Ich berühre die Stelle zwischen meinen Brüsten, wo er erst vor wenigen Tagen das Make-up neu aufgetragen hat. „Es ist fürs Erste in Ordnung, aber wenn ich in ein paar Tagen noch nicht gerufen wurde, muss es definitiv aufgefrischt werden."

Alek merkt auf. „Und ich kann ein wenig Almschilftee besorgen, den du regelmäßig trinken kannst. Ohne die genauen Substanzen zu kennen, die sie dir verabreichen werden, weiß ich nicht, was ihnen entgegenwirken kann, Almschilf hat allerdings eine allgemein antitoxische Wirkung. Es wird die Wirkungen sämtlicher Mittel mildern."

Julita seufzt. *Es tut mir leid, dass ich nicht weiß, welche Droge Borys und Wendos benutzt haben. Sie wollten ihr echtes geheimes ‚Wissen' nicht mit mir teilen.*

Das ist nicht Julitas Schuld. Ich lächle für sie und Alek. „Ich werde mein Bestes geben, die Einnahme irgendwelcher Substanzen zu vermeiden, aber es wäre großartig, einen Plan B zu haben."

Stavros fährt sich mit der Hand durch die Haare. „In Ordnung. Ich werde über zusätzliche Maßnahmen nachdenken. Falls dem Rest von euch etwas einfällt, ruft uns zu diesem Raum oder gebt die Botschaft so weiter, wie es euch möglich ist."

Casimir stößt mich sanft mit der Schulter an, sein Blick haftet jedoch auf dem anderen Mann. „Ich bin mir sicher, Ivy weiß, dass wir alles in unserer Macht Stehende tun, um sie zu beschützen."

Etwas an diesen Worten und dem Blick, den Stavros dem Kurtisan zuwirft, bringt meinen Puls zum Flattern.

Der ehemalige General tritt zurück und sein Blick gleitet über uns drei, die wir näher beieinanderstehen. „Dann ist alles geklärt. Ich werde gehen für den Fall, dass es etwas gibt, was ihr … unter euch besprechen wollt."

Er tritt in seinen Schnurkreis und verschwindet augenblicklich außer Sicht.

Hitze erblüht auf meinen Wangen. Was genau denkt er, werden wir in seiner Abwesenheit tun?

Wie viel weiß er von dem, was wir in der Vergangenheit getan haben?

Julitas Präsenz windet sich in meinem Hinterkopf, doch Alek und Casimir erinnern sich eindeutig daran, was ich beim letzten Mal zu ihnen gesagt habe. Alek nimmt bloß meine andere Hand. Casimir gibt mir einen kurzen, jedoch zärtlichen Kuss auf die Wange.

„Wir werden wirklich tun, was immer nötig ist, um dich sicher hierher zurückzubringen", verspricht Alek, in dessen hellen Augen Entschlossenheit lodert. „Und falls sie dir wehtun … Ich werde nicht ruhen, bis jeder einzelne dieser Mistkerle tot und unter der Erde ist."

Ich packe seine Hand fest und schaffe es, in einem neckenden Ton zu sprechen. „Da kommt die gewalttätige Seite unter dem sittenstrengen Gelehrten hervor. Das gefällt mir."

Casimir streichelt meine Fingerknöchel ein letztes Mal. „Ich würde ihm dabei zur Hand gehen. Doch in der Zwischenzeit werde ich alle Gottlen darum bitten, über dich zu wachen, während du *sie* vor diesem Übel verteidigst. Jetzt solltest du dich ausruhen. Wir wissen nicht, wann du gerufen wirst."

Alek zieht mich in eine kurze Umarmung, die an meinem Herzen zerrt. „Wir reden morgen mehr", verspricht er bestimmt.

Nachdem sie gegangen sind, lehne ich mich noch kurz an den Tisch. Ich will meine Emotionen unter Kontrolle kriegen, bevor ich mich wieder Stavros stelle.

Das ist alles?, fragt Julita in verwirrtem Ton. *Ein Kuss auf die Wange und eine Umarmung? Man sollte meinen, dass sie etwas mehr Zuneigung für dich übrig hätten bei der Gefahr, in die du dich bald begeben wirst.*

Ein Beben der Verärgerung durchläuft meine Adern. Jetzt beschwert sie sich, dass die beiden nicht *genug* um mich herumscharwenzeln?

„Ich habe ihnen gesagt, dass wir diese Seite unserer Beziehung vorerst abkühlen sollten", erkläre ich. „Es war dir offensichtlich unangenehm."

Julita zögert. *Ich kam schon klar. Ich hätte nie erwartet …*

Ich unterbreche sie, bevor sie mir weitere Versicherungen geben kann, die ich ohnehin nicht mehr glaube. „Ich weiß. Aber du hast eine Menge verloren und ich will es dir nicht unter die Nase reiben. Ich möchte nicht, dass du das Gefühl hast, du müsstest dich ständig im Dunkeln verstecken. Dich hier zu haben, bedeutet mir ebenfalls sehr viel für den Fall, dass ich das nicht deutlich genug gemacht habe. Außerdem muss ich mich momentan auf schrecklich viele andere Dinge konzentrieren."

Ich hatte keine Ahnung … Nun, wenn du es für das Beste hältst.

Ich bemerke, dass sie nicht besonders heftig protestiert. Was in Ordnung ist. Ich habe nicht erwartet, dass sie mir meine Entscheidung ausredet.

„Lass uns einfach diese Initiation durchstehen und dann können wir uns um den Rest Gedanken machen."

Sie lacht erstickt. *Wir können nur hoffen, dass es so einfach sein wird.*

Als ich durch den Schnurkreis in Stavros' Quartier trete,

finde ich den ehemaligen General neben seiner Truhe mit Prothesen vor, wo er die Holzhand von seinem Handgelenkgeschirr entfernt. Er erschrickt bei meiner Ankunft und dreht sich zu mir um, als ich meine Runde durch das Zimmer drehe, die mittlerweile zur Gewohnheit geworden ist.

„Ich habe nicht so früh mit dir gerechnet."

Nachdem ich mich vergewissert habe, dass kein heraufbeschworenes Ungeziefer in der Nähe lauert, schenke ich ihm ein angespanntes Lächeln. „Wir hatten bereits fast alles gesagt, was gesagt werden musste."

„Ah." Der ehemalige General zögert und die Haltung seiner breiten Schultern wirkt eigenartig verlegen. „Ich kenne nicht die Einzelheiten dessen, was sich zwischen euch dreien entwickelt hat, aber ich hoffe, dass keiner der beiden sich Sorgen macht, weil du weiterhin in meinem Quartier lebst."

„Du hast es bisher geschafft, mich nicht zu ermorden, weshalb sie vermutlich beschlossen haben, dass du keine große Bedrohung für meine fortwährende Existenz bist."

Stavros' Glucksen klingt ebenfalls verlegen. „Das meinte ich nicht ... Es gibt nicht viele, denen die Vorstellung gefallen würde, dass ihre Geliebte mit einem anderen Mann zusammenlebt."

Ich kann mir das Schnauben nicht verkneifen, das mir entwischt. „Oh, über diesen Teil sind sie vermutlich froh. Sie scheinen es sich in den Kopf gesetzt zu haben, dass ich die nächste Signy werde, und ich brauche ein vollständiges Set."

Die Worte sind mir kaum über die Lippen gekommen, als ich realisiere, dass ich sie zu der letzten Person gesagt habe, der ich das gestehen wollte.

Ich klappe den Mund zu, meine Wangen werden heiß und ich werfe Stavros einen bedeutungsvollen Blick zu. „Nicht, dass ich einer Meinung mit ihnen bin oder mit Gedanken in dieser Richtung spiele."

Ich werde die Hitze nicht erwähnen, die meine Adern durchströmt, wenn er mich mit so viel Intensität wie jetzt ansieht.

Seine Mundwinkel biegen sich nach oben zu dem Schatten seines üblichen arroganten Grinsens, das ich in den letzten

Wochen kaum zu Gesicht bekommen habe. „Zur Kenntnis genommen. Ich bin froh, zu hören, dass es keine Eifersuchtsprobleme gibt."

„Es gibt keinen Grund zur Sorge." Ich entferne mich von ihm, da meine Haut noch immer vor unerwünschter Hitze pocht, und gehe zum Sofa. „Ich schätze, wir sollten beide ein wenig schlafen, solange wir es können."

„Schlaf war in letzter Zeit wirklich Mangelware."

Ein Hauch von Unbehagen in Stavros' Stimme sorgt dafür, dass ich ihn wieder ansehe. Er betrachtet seine Schlafzimmertür mit einer Miene, als würde es ihm davor grauen, unter die Bettdecke zu schlüpfen.

Ein eigenartiges Schuldgefühl verknotet meinen Magen. Oder vielleicht ist es nicht so eigenartig, da ich weiß, dass Albträume über meine möglichen Verbrechen seinen Schlaf gestört haben.

Nach dem Schutz und Vertrauen, die er mir bei unserem Treffen angeboten hat, kann ich ihm im Gegenzug etwas geben, oder?

Der Vorschlag entwischt mir, bevor ich es mir anders überlegen kann. „Ich könnte dir vorher ein wenig aus unserem Buch vorlesen. Das wird mir ebenfalls helfen, meinen Verstand zu beruhigen. Falls dir das gefallen würde."

Stavros scheint kurz zu zögern, ehe er mir ein selbstironisches Lächeln schenkt. „Wer hätte gedacht, dass der große General Stavros eine Gute-Nacht-Geschichte braucht? Aber danke ... wenn du nicht schon schrecklich müde bist, würde ich mich darüber freuen. Gib mir etwas Zeit, damit ich mich allein umziehen kann und dein Schamgefühl nicht störe. Komm einfach in ein paar Minuten rein."

Während ich darauf warte, dass das Rascheln im Nebenzimmer ruhiger wird, entferne ich meinen Gürtel und meine Stiefel, damit ich beim Lesen gemütlicher sitzen kann.

Du solltest kein Mitleid mit ihm haben, nachdem er dich so behandelt hat, sagt Julita in scharfem Ton. *Er muss wohl kaum verhätschelt werden.*

„Es könnte mir wirklich dabei helfen, besser zu schlafen", erwidere ich leise.

Sie brummt skeptisch.

Als Stavros auf mein Klopfen an der Schlafzimmertür antwortet, finde ich ihn am Kopfende sitzend vor. Das lockere, kurzärmelige Unterhemd, das alles außer seinem Kopf, Hals und seinen Armen bedeckt, ist schicklich genug. Ich gebe mein Bestes, mich nicht zu fragen, was er möglicherweise unter der Decke anhat – oder nicht anhat – die um seinen Oberkörper herum festgesteckt ist.

Als ich zu dem Tisch gehe, um das Buch zu holen, wo ich es abgelegt habe, räuspert sich der ehemalige General. „Da es nicht so klingt, als würde es bei Aleksi oder Casimir für Unmut sorgen, dachte ich … und du kannst absolut Nein sagen, nicht, dass du jemals zuvor Probleme damit hattest … Ich würde mich noch besser fühlen, wenn du die Nacht hier drin verbringst anstatt auf dem Sofa. Einfach nur, damit ich sofort Bescheid weiß, wenn die Blutzauberer dich während der Nacht wegrufen."

Ich blinzle ihn an. „Du willst, dass ich im Sessel schlafe?"

Das schiefe Grinsen kehrt zurück. „Ich dachte, das Bett bietet genug Platz. Wir können uns an unsere jeweilige Seite halten, ohne dem anderen in die Quere zu kommen. Ich vermute, dass es auch für dich bequemer wäre als das Sofa."

Meine Finger spannen sich um das Buch herum an. Ich weiß aus vergangenen Erfahrungen, dass seine Matratze einfach himmlisch ist – er hat mich hierhergebracht, nachdem Esmae mich beinahe ermordet hatte.

Damals lag *er* allerdings nicht in seinem Bett.

Ich will genauso sehr zustimmen, wie ich ablehnen möchte, und bin mir nicht sicher, ob mir die Gründe dafür gefallen würden, wenn ich genauer über sie nachdenken würde.

„Wird das deine Albträume nicht verschlimmern?", frage ich stattdessen. „Die monsterhafte zerrissene Zauberin direkt neben dir zu haben?"

Stavros starrt mich kurz an und ein Teil der Farbe weicht aus seiner hellbraunen Haut. Dann reibt er mit einer Hand über sein Gesicht. „Ivy … du bist nicht die Böse in den Albträumen, die ich in letzter Zeit habe. Ich bin nie schnell genug, um dich zu retten. Wenn du nah bei mir bist, würde das vermutlich sogar helfen, die schlechten Träume abzuwehren."

Julita macht einen Laut, der klingt, als würde sie scharf die Luft einsaugen. Das Buch wackelt in meiner Hand. Es hat mir die Sprache verschlagen.

Trotz seiner Entschuldigungen und Versuche der Wiedergutmachung ist mir nie der Gedanke gekommen, dass er sich auf einer so tiefen Ebene Sorgen um mein Wohlbefinden machen könnte, dass es sich auf seine Träume auswirkt.

Während meines Schweigens winkt Stavros ab. „Es ist alles in Ordnung. Dir gefällt die Idee eindeutig nicht. Nutze meinen Sessel zum Lesen und …"

„Nein." Mein Herz schlägt sehr schnell und ich bin mir nicht ganz sicher warum. Ich weiß nicht, ob ich darauf eine Antwort will. „Ein Bett ist definitiv besser als ein Sofa. Wenn wir uns beide an unsere Seite halten."

Stavros hält inne und ein sanfteres Lächeln berührt sein Gesicht. Mein rasender Puls schafft es auch noch, einen Schlag auszusetzen.

„Wir halten uns an unsere Seiten", verspricht er. „Du kannst auf der Decke schlafen, falls dir das lieber ist … oder ich werde es tun. Womit du dich am wohlsten fühlst."

Ich schlucke schwer. „Ich werde zumindest zum Lesen auf der Decke bleiben."

Stavros schiebt eines der prallen Kissen näher zu meiner Seite. Ich lehne es ans Kopfende und setze mich sachte auf die Bettkante.

Er ist so weit weg, dass ich mich zur Seite beugen müsste, um ihn zu berühren. Das hier ist wirklich keine große Sache, rede ich mir ein und ziehe an dem Lesebändchen, um das Buch auf unserer letzten Seite zu öffnen, ehe ich mich auf die Geschichte konzentriere. „Sie dachten, dass wäre der schlimmste Teil der Reise, bis sie über das Dorf im versteckten Tal stolperten …"

SECHSUNDDREIßIG

Ivy

Ich schrecke aus dem Schlaf, als sich ein unerwarteter Druck um meine Taille legt.

Instinktiv spanne ich mich an und realisiere, dass er nicht nur an meiner Taille ist. Eine feste Wärme, die zu dem Gewicht auf meiner Seite passt, presst sich an meine gesamte Rückseite.

Stavros. Er hat sich auf dem Bett an mich gekuschelt und seinen muskulösen Arm in einer lockeren Umarmung um meinen Bauch gelegt. Sein rauchiger, herber Duft wabert über mich.

Allerdings glaube ich nicht, dass er sich dessen bewusst ist. Seine sanften, leisen Atemzüge hinter mir verraten mir, dass *er* noch schläft.

Seine Hitze strömt geradewegs durch meine Mitte. Ich bin mir sehr stark bewusst, dass nur dünne Stoffschichten unsere Körper voneinander trennen.

Wie in den Reichen sind wir in dieser Position gelandet?

Nachdem er mitten im zweiten Kapitel eingeschlafen war, legte ich das Buch beiseite und versuchte, auf der Decke einzuschlafen, auf der ich saß. Die Schnürung meines Kleides war jedoch zu einengend.

Er hat mich zuvor schon in meiner Unterwäsche gesehen – sogar in einer viel schäbigeren Ausführung als der, die Casimir mir für meine Rolle als Adlige auf der Akademie gegeben hat. Ich beschloss, dass es keine Rolle spielte, sollte er mich zufällig wieder so sehen, und wand mich aus dem Kleid.

Doch es war kühl auf der Decke. Außerdem hatte er sich nicht von seiner Seite des Betts wegbewegt – er war sogar von mir weggerollt.

Ich dachte, es wäre sicher, auf meiner Seite unter die Decke zu schlüpfen. Es half mir beim Schlafen.

Bis jetzt.

Julita kichert leise. *So viel dazu, dass er sich an seine Seite hält. Er hat ein größeres Interesse daran, sich an* deine *zu halten. Wer hätte gedacht, dass Stav beim Schlafen kuschelt?*

Ich kann nicht erkennen, ob sie verärgert oder belustigt ist. Ich senke meine Stimme zu einem Flüstern. „Ich hätte es definitiv nicht gedacht. Dem hier habe ich nicht zugestimmt."

Hmm. Du hast ihm all diese Ideen über Signy und ihre Liebhaber in den Kopf gesetzt.

Sie zieht mich definitiv auf. Ich schätze, das ist besser als Bitterkeit?

Ich verziehe das Gesicht. „Das wollte ich nicht. Außerdem habe ich ihm erzählt, dass es nicht meine Idee war."

Es macht den Anschein, als hätte er selbst Ideen gehabt.

Ein Kloß steigt in meiner Kehle auf, als ich meine trägen Gedanken sortiere. Er *schläft* – er hat sich noch nie zuvor ein Bett mit mir geteilt.

„Ich bezweifle ohnehin, dass es etwas mit mir zu tun hat", murmle ich. „Er ist es bestimmt gewohnt, mit einer anderen zu schlafen."

Wie viele Liebhaberinnen hatte der hochrangige General in seiner Zeit? Wie viele sind so lang geblieben, dass er im Schlafzimmer Angewohnheiten mit ihnen entwickeln konnte?

Diese Fragen sollten keinen Anflug von Eifersucht tief in meinem Magen auslösen.

„Was soll ich tun?", frage ich Julita flüsternd.

Ich erhalte den Eindruck, dass ihre Präsenz mit den Schultern zuckt. *Er hat sich an dich rangekuschelt. Ich kann mir nicht vorstellen, dass du dich so leicht von ihm lösen kannst, wenn du ihn nicht wecken willst. Es könnte mehr Spaß machen, ihn von selbst aufwachen und vor Scham zergehen zu lassen, wenn du seine Nähe nicht zu unangenehm findest.*

Ich finde sie überhaupt nicht unangenehm. Mein Körper kribbelt vor begieriger Freude.

Was an und für sich ein Problem darstellen könnte.

Allerdings bin ich zu müde, um mir jetzt darüber Sorgen zu machen. Warum soll ich die schützende Wärme nicht genießen, auch wenn sie nicht nur für mich bestimmt ist?

Meine geisterhafte Passagierin liegt nicht falsch. Es wird ziemlich befriedigend sein, zu sehen, wie Stavros reagiert, wenn er realisiert, dass er sich an mich gekuschelt hat. Ich werde ihm das *jahrelang* vorhalten können.

Der Gedanke verschafft mir ein eigenartiges Gefühl der Zufriedenheit. Ich drücke meinen Kopf tiefer ins Kissen, schließe die Augen und zwinge meinen hektischen Puls, sich zu beruhigen.

Wenn sein Körper kuscheln möchte, kann ich wenigstens davon ausgehen, dass er keine Albträume hat. Und vielleicht wird die angebliche Zuneigung meinen Verstand eine Nacht lang davon überzeugen, dass Stavros genauso wenig eine Bedrohung darstellt.

Ich bin gerade dabei, wieder einzuschlafen, als Stavros seine Position an mir verändert. Seine Hand gleitet abwärts … und taucht zwischen meine Beine.

Oh!, ruft Julita, als Erregung von meiner Mitte emporschießt.

Augenblicklich pocht es dort und mir stockt der Atem. Ein Keuchen entwischt mir.

Und Stavros wacht auf.

Ich spüre, wie ein Ruck durch seine Brust geht und seine Muskeln sich anspannen. Seine Worte kommen in einem hastigen Murmeln heraus, als er seine Hand wegreißt. „Ivy … ich wollte nicht … Götter …"

Er hat angefangen, sich von mir zu lösen, als sein Körper

noch starrer wird. Eine heisere Note schleicht sich in seine träge Stimme. „Du bist feucht für mich."

Ich bin mir ziemlich sicher, dass mein Höschen von seinem unbewussten Grapschen klatschnass ist. Der Beweis meiner Erregung klebt vermutlich an seinen Fingern.

Ich sollte etwas sagen, um den Moment zu durchbrechen, doch Verlangen summt nach wie vor durch meinen Körper. Meine Lippen teilen sich und es kommt nur ein Wimmern heraus, das wie ein Flehen klingt.

„Fuck", flucht Stavros so rau, dass ein berauschender Schauder durch mich bebt.

Er rutscht wieder zu mir und legt fragend seine Hand auf meine Hüfte.

Das hier ist absurd. Ich sollte es nicht wollen.

Doch in meinem schlafumnebelten Verstand bin ich mir nur einer Sache sicher, nämlich der, wie sehr ich es will.

Mein Kopf neigt sich aufmunternd und wie von selbst nach hinten. Meine Hüften bewegen sich leicht und führen seine Hand nach vorne.

Ein weiterer kehliger Fluch purzelt aus Stavros' Mund und sein Atem weht heiß über meine Haare. Dann gleiten seine Finger wieder zu der Stelle, wo ich sie am dringendsten brauche.

Ich beiße mir auf die Lippe, kann mir ein Stöhnen allerdings nicht verkneifen. Stavros erwidert den Laut mit einem abgehackten Atemzug und senkt den Kopf, um seinen Mund auf meine Halsbeuge zu drücken.

Mit der Hand streichelt er mich zwischen den Beinen und löst ein lustvolles Pochen nach dem anderen aus. Ich öffne meine Schenkel etwas weiter, um ihm mehr Zugang zu gewähren, und er gibt einen erstickten Laut von sich.

„Das ist richtig. Ich will, dass du für mich kommst. Götter, ich will alles von dir fühlen."

Er lässt mich los, woraufhin ich protestierend wimmere, doch bevor ich damit fertig bin, taucht er seine Hand schon in meine Unterhose. Die Berührung seiner Finger an meiner empfindlichsten Stelle entlockt meinen Lippen noch ein Keuchen.

Stavros schmiegt seinen Körper an meinen, während er

mich stimuliert. Sein Zeigefinger umkreist meinen Kitzler in einer Spirale aus wundervollen Funken und taucht tiefer, um meine klatschnasse Öffnung zu erkunden. Als er ihn in mir krümmt, erschaudere ich und Wonne schwillt in mir an.

Trotz des Nebels aus Erschöpfung und Lust bemerke ich die Beule, die sich an meinen Hintern presst. Hätten die Anspannung in seiner Stimme und der Eifer seiner Berührungen mich nicht bereits überzeugt, wäre das Beweis genug, wie sehr sich das hier auf meinen unbeabsichtigten Liebhaber auswirkt.

Ich kann ihm hier nicht die ganze Kontrolle überlassen, oder? Ich werde nicht egoistisch sein.

Als meine Hüften sich im Rhythmus seiner Hand wiegen, greife ich hinter mich. Stavros knurrt, als ihn meine Finger streifen.

Die Schaukelbewegungen seiner Hand beschleunigen sich. Ein zweiter kräftiger Finger gleitet zwischen meine Falten, teilt sie und dehnt mich auf die genau richtige Weise.

Als sein Handballen anfängt, über meinen Kitzler zu reiben, und mir schwindlig vor Wonne wird, lasse ich meine Finger durch seine Unterhose hindurch über seine Härte wandern. Götter straft mich, da ist eine Menge von ihm.

Ich schätze, es sollte mich nicht überraschen, dass dieser Teil von ihm genauso gewaltig ist wie der Rest.

Stavros vergräbt sein Gesicht in meinen Haaren und sein drängender Atem kitzelt über meine Kopfhaut. Ich bin zu verloren in der Wonne, um den Bund seiner Hose zu finden, krümme meine Finger jedoch durch den Stoff hindurch um seine Länge.

Stöhnend bockt er in meinem Griff im Takt mit seiner schaukelnden Hand. Die Woge der Lust baut sich in mir auf und verschleiert bereits mein Sichtfeld.

Obwohl ich mich in seine Berührung presse und verzweifelt nach dem Höhepunkt sehne, den ich schmecken kann, bin ich fest entschlossen, ihn mit mir zu nehmen. Ich packe ihn fester, bewege meine Hand schneller und genieße das gebrochene Keuchen, das mir zeigt, dass er genauso in dem Moment verloren ist wie ich.

Stavros dringt mit den Fingern noch tiefer in mich, streift meinen Kitzler und in mir scheint ein Damm zu brechen.

Ich komme mit einem rauen Schrei und verkrampfe meine Mitte um ihn herum, während die letzte Woge der Ekstase durch meinen Körper brennt. Doch obwohl meine Muskeln wegen des Orgasmus zittern, gelingt es mir, seine Erektion härter zu pumpen.

Stavros stöhnt erneut, wie sehr das an meinem Höhepunkt und wie sehr an meiner Berührung liegt, weiß ich nicht. Wie auch immer, seine Hüften zucken hinter mir.

Augenblicklich ist seine Unterhose genauso feucht wie meine und ein heißer Strahl seiner Erlösung sickert durch den Stoff an mein Handgelenk.

Er zieht seine Hand langsam zurück, legt sie auf meinen Bauch und meine wandert zurück zu meinem Schenkel. Als sich unsere Atemzüge beruhigen und das letzte lustvolle Beben nachlässt, kriecht Eis durch meine Brust.

Wie sehr wollte er diese Intimität wirklich mit *mir* haben und wie sehr mit der Frau, die sein benommener Verstand sich im Schlaf vorgestellt hat?

Wird er denken, ich hätte das Intermezzo irgendwie initiiert? Ihn mit Tricks der Zerrissenen dazu verführt?

Was, wenn dies der Moment ist, der ihn wieder dazu bringt, mich zu beschimpfen?

Ich hasse den Schmerz, der mich bei dem Gedanken durchfährt.

Ich ziehe mich zum Rand der Matratze und drehe mich zu ihm um. „Das hier war nicht … Ich habe das nicht geplant.“

Stavros erwidert meinen Blick. Seine defekten Augen sind auf eine Weise unfokussiert, wie er es normalerweise nicht zulässt, wenn er richtig wach ist. Er zieht seine Brauen zusammen. „Natürlich hast du das nicht geplant. Du wolltest ja nicht einmal in meinem Bett schlafen.“

Die Anspannung presst meine Rippen immer fester zusammen wie ein Schraubstock. Ich schlucke und erinnere mich an das Brennen an meinem Hals, als sich das Seil hinein grub. „Ich bin auf meiner Seite geblieben. Mir war nicht einmal bewusst, dass du dich bewegt hattest, bis du bereits da warst.“

Er runzelt die Stirn und scheint sich innerlich wachzurütteln. „Ich bin nicht aufgebracht. Das war ..." Sein Kopf zuckt, um seine Sicht zu schärfen. „Verflucht, Ivy, schau mich nicht so an."

Meine Hände ballen sich zwischen uns zu Fäusten. „Wie?"

„Als hättest du eine Scheißangst vor mir."

Mein Mund öffnet und schließt sich. Ich erwidere seinen Blick und das einzig Ehrliche, was ich sagen kann, entfleucht mir. „Was, wenn ich Angst vor dir *habe*?"

Ich glaube, ich bilde mir den Schmerz nicht ein, der über Stavros' Gesicht huscht. Er bewegt seine Hand in meine Richtung, hält jedoch inne, bevor sie mein Gesicht berührt. Vielleicht hat er bemerkt, dass ich mich versteift habe.

„Ich habe dir gesagt, wie sehr es mir leidtut", sagt er heiser. „Ich schwöre, ich sehe dich nicht mehr als Bedrohung. Bei den Göttern, ich vertraue dir ... so sehr wie keinem anderen an diesem Ort."

Und da ist es. Meine Lunge zieht sich so fest zusammen, dass ich kaum atmen kann.

Ich stemme mich in eine sitzende Position und jeder Teil von mir macht sich bereit, davonzurennen. „Aber du vertraust mir nicht vollkommen. Andernfalls würdest du nicht denken, du müsstest diese Aussage einschränken."

Stavros lacht rau. „So wurde ich trainiert. Ich vertraue niemandem komplett ... nicht einmal mir selbst. Es spielt keine Rolle."

Mein Magen ist mir in die Hose gerutscht. Ich krabble vom Bett und reiße das abgelegte Kleid an mich.

„Natürlich tut es das", widerspreche ich. „Du kannst darüber lachen, weil es für *dich* keine Rolle spielt. Aber für mich bedeutet es, dass du deine Meinung nach einem Fehler jederzeit wieder ändern könntest, und dann würde ich mich doch mit einer Schlinge um den Hals wiederfinden."

„Ivy." Stavros schnellt empor, aber ich husche bereits durch die Schlafzimmertür.

Ich reiße mir das Kleid so hastig über den Kopf wie ich kann und werfe meinen Umhang über die offenen Bänder.

Anschließend schnappe ich mir meine Stiefel und stecke sie mir mit meinem zusammengeballten Unterrock unter den Arm.

Jede Bewegung, jedes Mal, wenn mein Höschen meine empfindlichen Körperstellen streift, erinnert mich daran, was für eine Idiotin ich vor wenigen Momenten war.

Mit einem dumpfen Geräusch landet die Bettdecke auf dem Boden und Stavros' Schritte eilen mir hinterher. „Ivy, du musst mir zuhören …"

Nein. Indem ich ihm zugehört habe, bin ich überhaupt erst in seinem Bett gelandet.

Ich stürze zur Tür und fliehe durch den Gang, wobei mein Umhang um mich herum flattert.

Siebenunddreißig

Ivy

Von meinem Versteck im Badezimmer aus höre ich Stavros' Schritte durch den Gang stapfen. Er weiß allerdings nicht, wohin ich gegangen bin.

Ich nehme an, dass er innegehalten hat, um eine Hose anzuziehen, bevor er aus seinem Quartier und mir hinterhergeeilt ist. Dadurch habe ich einen vernünftigen Vorsprung erhalten.

Er ist nicht so unbesonnen, meinen Namen zu brüllen und die Hälfte des Akademiepersonals aufzuwecken. Nach mehreren Minuten kommen die Schritte auf dem gleichen Weg zurück.

Ich verkneife mir ein frustriertes Ausatmen. Das ferne Knallen einer sich schließenden Tür erklingt.

Dann herrscht nur noch Stille.

Ich kann mich nicht dazu bringen, mich zu bewegen, bis die Palastglocke einmal durch die Nacht läutet – nur ein Glockenschlag. Stavros und ich sind ziemlich früh ins Bett gegangen, doch ich habe kaum geschlafen.

Tja, das ist dieser Tage typisch. Ich werde heute Nacht auf

keinen Fall in Stavros' Quartier zurückkehren, nicht einmal, um auf dem Sofa zu schlafen.

Die Vorstellung, mich die ganze Nacht lang im Badezimmer zu verstecken, behagt mir allerdings auch nicht. Alles um mich herum ist hart und kalt. Doch ich muss mich zunächst vernünftig kleiden, bevor ich woanders hingehen kann.

Als ich meine Stiefel abstelle und die lockere Hose unter meinem Rock gerade rücke, senke ich meine Stimme zu einem schwachen Flüstern. „Das ist ein ziemlicher Schlamassel, den ich mir da eingebrockt habe."

Julitas Stimme erklingt nicht mit einer sarkastischen Bemerkung. Mir fällt auf, dass ihre Präsenz zu einem leichten Kribbeln in meinem Hinterkopf geschrumpft ist.

Natürlich. Ihr war es schon immer unangenehm, Zeugin irgendeiner sexuellen Intimität zwischen mir und den Männern zu werden, die sie einst als die ihren betrachtete.

Ich kann nicht verhindern, dass ich bei diesem Gedanken zusammenzucke. Ich habe ihr gesagt, dass ich die Beziehung um ihretwillen abkühlen würde, und dann bin ich nur Stunden später hingegangen und habe das genaue Gegenteil getan.

Sie hat sich vermutlich in die Leere hinter meinem Bewusstsein zurückgezogen, sobald sie erkannte, dass ich Stavros' Aufmerksamkeit nicht zurückweisen würde. Vielleicht sobald sie bemerkte, dass er sie mir bewusst oder unbewusst anbot.

Ich bin vollkommen allein.

Das Wissen lastet schwer auf mir, als ich den Unterrock über meine Beine ziehe und anschließend in meinen Rücken greife, um die Schnüre meines Kleides festzuziehen.

Ich kann nicht zu Stavros zurückgehen, nicht nach dem, was gerade zwischen uns vorgefallen ist. Ich kann weder zu Alek noch Casimir Kontakt aufnehmen – selbst wenn es sie nicht in Gefahr bringen würde, wenn ich sie in aller Öffentlichkeit aufsuche, wüsste ich nicht, wo ich sie finden kann abgesehen von der allgemeinen Gegend, in der sich ihre Wohngruppen befinden.

Ich kann sie nicht einmal zum Versammlungsraum rufen.

Ich habe mein Medaillon in dem Beutel an meinem Gürtel zurückgelassen.

Als ich in meine Stiefel schlüpfe, stelle ich fest, dass mir eine andere Art von Gewicht fehlt. Ich habe meine Schenkelhalfter mit ihren Messern abgelegt, als ich mich vor einigen Stunden zum Schlafen ausgezogen habe, und es nicht geschafft, sie in meiner Eile mitzunehmen. Sie liegen nun zweifellos auf dem Boden in Stavros' Schlafzimmer.

Ich habe mein Lieblingsmesser in meinem linken Stiefel und das ist alles.

Es hat mir allein viele Male gute Dienste erwiesen. Die Erinnerung daran kann jedoch nicht verhindern, dass ein Gefühl der Schwermut über mich schwappt.

Ich richte mich auf, befestige den Umhang um meinen Hals und versuche, eine Bestandsaufnahme zu machen. Meine Einschätzung deprimiert mich noch mehr.

Ich habe zugelassen, dass mir das Verlangen zu Kopf gestiegen ist, und quasi einen Mann gefickt, der mich vor ein oder zwei Wochen noch hinrichten lassen wollte. Ich habe die eine Person vertrieben, die während dieser gesamten Tortur öfter als jeder andere an meiner Seite war – nicht, dass Julita eine Wahl in dieser Sache hatte.

Und jetzt bin ich allein in dieser Akademie, in die ich nicht einmal gehöre, habe keinen Schlafplatz, nichts zu tun und niemanden, an den ich mich wenden kann, während mir der gefährlichste Teil meiner Verbindung zu den Blutzauberern droht.

Verdammt vom Meer zum Himmel!

Ich schlinge die Arme um mich, da sich meine Brust zusammenschnürt, und mein Verstand stürzt sich auf die Möglichkeit, dass es noch eine Stelle gibt, an die ich mich wenden könnte. An denjenigen, der darauf bestand, dass ich diesem Pfad treubleibe.

Mich wappnend schleiche ich in den Gang.

Die Gemeinschaftsbereiche des Domis liegen dunkel da, weil die Wandleuchter gelöscht wurden. Die Streifen Mondlicht, die zu beiden Gangenden durch die Fenster fallen, bieten gerade genug Licht, damit ich den Weg zur Treppe und zum Hof finden kann.

Ich ziehe mir die Kapuze meines Umhangs über den Kopf, doch wie üblich erheben die Wachen keine Einwände, weil ich die Sicherheit der Akademie verlasse. Ich schätze, es ist nur wichtig, ob die *herein*kommenden Leute das Recht dazu haben.

Die Straßen der Innenbezirke liegen beinahe so ruhig da wie der Campus, obwohl Stimmen aus der Kneipe auf der anderen Seite des großen Tempelplatzes dringen. Die Laternen des Tempels brennen natürlich noch und heißen Gläubige zu jeder Tages- und Nachtzeit durch die breite Tür willkommen.

Der große Gebetsraum fühlt sich in die dichten Schatten der Nacht gehüllt noch weitläufiger an. Ich bleibe auf der Türschwelle stehen und bin vorübergehend überwältigt.

Ich habe mich Kosmels Statue mittlerweile so oft genähert, dass ich den Weg dorthin mit verbundenen Augen finden würde. Mein Blick bleibt jedoch kurz an der koketten Marmorstatue von Ardone auf der anderen Seite des Raums hängen. Ihr perfekt proportionierter Körper ist in einer einladenden Haltung eingefroren und ihre vollen Lippen sind zu einem verführerischen Lächeln gekrümmt.

Vielleicht sollte ich dieses Mal die Gottlen der Liebe und Sinnlichkeit um Rat bitten.

Der Gedanke ist mir kaum durch den Kopf gegangen, als die Statue mir zuzwinkert.

Mein Herz setzt einen Schlag aus. Ich starre Ardones hübsch geschnittenes Gesicht an, doch keiner ihrer Muskeln bewegt sich in den Schatten.

Es hätte eine Täuschung des Lichts sein können. Oder es könnte eine dieser subtilen Arten sein, auf die die Götter gerne mit uns kommunizieren.

Ich bin mir nicht sicher, was mir lieber wäre.

Ich reiße meinen Blick von ihr los und marschiere zu Kosmels verhüllter Gestalt. Im Laternenschein wirkt das Feixen des Trickster-Gottlen grausamer als zuvor.

Ich knie mich an den Fuß seiner Statue und neige den Kopf. Ich senke meine Stimme so sehr, wie ich das tue, wenn ich mit

Julita spreche, da ich mir der Gläubigen und anderen Bittsteller bewusst bin, die außerhalb meiner Sicht lauern könnten.

„Ich falle immer tiefer in dieses verrückte Spiel. Ich würde es gerne lebend überstehen. Falls es irgendetwas Hilfreiches gibt, was du mir erzählen oder zeigen kannst, wäre ich sehr dankbar."

Ich versuche, meinen Verstand für das zu öffnen, was mir seine göttliche Präsenz mitteilen will, doch mein Magen bleibt verknotet. Meine Muskeln wappnen sich in Erwartung einer Botschaft, die ich eigentlich nicht willkommen heißen will.

Nichts kommt. Der Tempel bleibt still.

Die Anspannung in meinem Bauch kriecht zum Ansatz meiner Kehle. Mir fällt die beruhigende Berührung ein, die ich zu spüren meinte, als ich in der Höhle im Wald zu Kosmel betete, und plötzlich brennen Tränen in meinen Augen.

Bin ich irgendwie zu weit von dem abgekommen, was er von mir wollte, und jetzt hat er mich beiseite geworfen?

Ich verdränge meine Emotionen und greife nach einem der Würfel, die um seine Marmorfüße verstreut sind. Eine einfache Ja- oder Nein-Antwort. Er wird mir sicherlich wenigstens so viel geben.

Ich stelle die Frage nur in meinem Kopf. *Soll ich weiterhin bei den Blutzauberern mitspielen?*

Der Würfel fällt scheppernd aus meinen Fingern. Er hüpft über die Plattform … und bleibt schräg an der Seite von Kosmels Stiefel liegen, sodass die Fünf und Sechs beide nach oben zeigen.

Ich starre den Würfel einige Herzschläge lang an. Er bewegt sich nicht.

Ein raues Lachen wandert meine Kehle empor.

Er hätte genauso gut sagen können: „Verpiss dich, kleine Gaunerin. Du musst diesen Teil selbst herausfinden."

Ich rapple mich auf und weiß nicht, wohin ich soll. Im gleichen Augenblick breitet sich eine kribbelnde Empfindung auf meiner Handfläche aus.

Oh, nein.

Ich muss hinschauen. Ich muss die fünf Buchstaben beobachten, die kurz auf meiner Haut aufleuchten, bevor sie verblassen.

Jetzt.
Ich wurde zu meiner Initiation gerufen.

ACHTUNDDREISSIG

Ivy

Die Botschaft sagte nicht, wo ich meine angeblichen Mitverschwörer finden würde, aber ich habe mich bisher nur an einem Ort mit ihnen getroffen. Sie denken vermutlich, dass ich es doch nicht würdig bin, initiiert zu werden, wenn ich noch immer nicht weiß, wo sie sich mit mir treffen wollen.

Ich überwinde die letzte kurze Entfernung zum Campuswald mit all der Heimlichkeit, die ich aufbringen kann. Meine Magie entfaltet sich in meiner Brust und nagt an meinen Nerven. Sie verlangt noch nicht, dass ich sie rauslasse, testet mich allerdings, da sie von meinen Befürchtungen geweckt wurde.

Julitas Präsenz ist noch immer nur schwach vorhanden und ich weiß nicht, was der Gottlen als Nächstes von mir erwartet, der mich so weit gedrängt hat. Keiner meiner Verbündeten auf der Akademie weiß, dass ich gerufen wurde.

Ich habe nicht einmal die zusätzlichen Messer, die ich für dieses Ereignis mitnehmen wollte.

Doch das *Jetzt*, das auf meiner Handfläche leuchtete, ließ

keinen Raum für Proteste. Ich nehme an, dass sie mir ein wenig Aufschub gewähren, damit ich von meinem aktuellen Aufenthaltsort zum Treffpunkt gelangen kann, jedoch nicht viel.

Sie könnten mich bereits beobachten und jegliche Umwege bemerken.

Also marschiere ich geradewegs den Pfad zwischen den Bäumen entlang und kämpfe gegen den Drang an, zu zittern, als mich die kühlen Schatten schlucken.

Es ist heute windiger als üblich. Die Windböen peitschen meinen Umhang zu einer Seite und zur anderen, bevor sie durch die Schichten meines Rocks wirbeln. Die Blätter über meinem Kopf rascheln.

Entweder hat sich der Student, der sich mir beim letzten Mal angeschlossen hat, nicht qualifiziert oder die Verschwörer haben ihn an einen anderen Ort gebracht. Ich bleibe nach fünfzig Schritten allein im Wald stehen. Sofort tritt einer der verhüllten Blutzauberer zwischen den Bäumen hervor, um mich in Empfang zu nehmen.

Die Gestalt spricht nicht, sondern bedeutet mir nur, ihr zu folgen. Ich nehme ein schwaches Rascheln hinter mir wahr, das ein anderer Verschwörer sein könnte, der das Schlusslicht bildet. Der sicherstellt, dass man *mir* nicht folgt?

Allerdings weiß niemand, dass ich gerufen wurde. Selbst wenn einer meiner Männer meine Proteste ignorieren und versuchen wollte, über mich zu wachen, hätten sie keine Gelegenheit dazu erhalten.

Wir gehen erneut durch die hintere Mauer und überqueren den Fluss mit dem getarnten Boot, wozu sich uns der zweite verhüllte Verschwörer anschließt. Wie beim letzten Mal führen mich meine Begleiter zu einem Wagen, wo allerdings nur eine andere Person wartet – die Teenagerin, die beim letzten Mal Teil unserer Expedition war.

Als die Pferde lostraben, mustert sie mich mit misstrauischen Augen. Unsere Begleiter haben noch immer nicht mit uns gesprochen.

Es erscheint mir unklug zu sein, das Schweigen zu brechen. Ich bin mir ohnehin nicht sicher, was ich sagen würde.

Wenigstens hat uns niemand eine Tasse bewusstseinsverändernder Drogen in die Hände gedrückt.

Ich schließe die Augen, als wollte ich mich noch ein wenig ausruhen, was ich ehrlich gesagt gebrauchen könnte. Stattdessen gebe ich mein Bestes, mir jede Richtungsänderung und jeden leisen Laut zu merken, der von außerhalb des Wagens an meine Ohren dringt.

Soweit ich das feststellen kann, entfernen wir uns in nordöstlicher Richtung von Florian. Als wir die Stadt hinter uns zurücklassen, schwenkt der Wagen nach Osten und der Fahrer treibt die Pferde zu einem schnelleren Tempo an.

Der Wagen wird durchgeschüttelt und mein Steißbein knallt auf die Bretter. Würde es diese Leute umbringen, ihren neuesten Rekruten ein oder zwei Kissen zu geben?

Wir fahren anscheinend länger als beim letzten Mal. Wir sind noch immer in Bewegung, als ich den zweimaligen Glockenschlag eines fernen Tempels vernehme. Danach fahren wir so lange weiter, dass ich anfange, nach dem dreifachen Läuten zu lauschen.

Der Wagen wird langsamer. Einer der Blutzauberer schlüpft zu uns in den überdachten Teil des Wagens und bringt ein unförmiges Bündel herein.

„Zieht die an", befiehlt er und reicht jedem von uns einen Teil des Bündels. „Ihr werdet Mitglieder des Ordens der Wildheit werden, indem ihr auf euer primitivstes Selbst zugreift. Willkommen zur Rettung Silanas."

Diese mörderischen Arschlöcher halten wirklich viel von sich, oder?

Ich verkneife mir ein spöttisches Schnauben und gehe die Objekte durch, die man mir gegeben hat. Es gibt einen schwarzen Umhang, der dünner, jedoch länger als mein eigener ist. Darunter kommt eine schlichte Tonmaske zum Vorschein, die so entworfen wurde, dass sie die obere Hälfte meines Gesichts verbirgt.

Magie bebt von der Maske in meine Seele. Sie wurde auf irgendeine Art verzaubert.

Sich zu weigern, sie anzuziehen, hat vermutlich noch schlimmere Konsequenzen, als sie zu tragen.

Ich platziere die Maske vorsichtig über meinen Augen und befestige sie mit zwei Bändern an Ort und Stelle, die sich um meinen Kopf winden. Anschließend tausche ich meinen braunen Umhang gegen den schwarzen ein.

Die wogende Wolle lässt sich mit einer Reihe Schnallen an der Vorderseite schließen, sodass meine Kleidung komplett bedeckt ist. Instinktiv ziehe ich die Kapuze auf.

Das Mädchen gegenüber von mir hat ihr eigenes Kostüm angezogen. Ich kann keine magische Wirkung an ihrer Maske erkennen. Vielleicht haben die Schwingungen, die ich aufgefangen habe, nur damit zu tun, wie der Ton geformt wurde, und nicht mit einer fortwährenden Wirkung, die sie auf den Träger haben könnten.

Der Wagen holpert noch einige Minuten weiter, bis ich die Glockenschläge höre, welche die dritte Stunde einläuten. Augenblicke später hält der Wagen an.

Ich höre das Feuer, bevor ich es sehe. Wir treten unter der Abdeckung des Wagens hervor und sehen ein gewaltiges Lagerfeuer, das nur zwanzig Schritte entfernt knistert.

Es verströmt nicht nur Hitze, sondern auch ein magisches Kribbeln. Die Verschwörer nutzen vermutlich ihre Zauberei, um das Licht zu verbergen. Ich kann mir nicht einmal vorstellen, wie viel Macht dazu nötig ist.

Macht, die sie hauptsächlich von ihren Opferkomplizen gestohlen haben. Sind manche von ihnen ebenfalls hier? Wie bald werden sie ihren neuen Mitgliedern diesen schrecklichen Teil ihrer Praktiken enthüllen?

Ein sanfteres magisches Kribbeln fließt über meinen Körper. Ich spanne mich instinktiv an, gerade als das Mädchen neben mir keucht.

Als ich mich zu ihr umdrehe, hat sich ihre Gestalt verändert und das nicht nur wegen des gruseligen, flackernden Lagerfeuerlichts. Ihre Maske scheint sich gedehnt und verwandelt zu haben. Sie bedeckt nun ihr ganzes Gesicht und ragt mit den spitzen Ohren, dem melierten Fell und den gelben Augen einer Wildkatze über ihre Stirn.

Sie starrt mich so schockiert an, wie ich mich fühle. Ich berühre mein Gesicht, kann jedoch nichts Merkwürdiges an meiner Haut spüren. Meine Maske ist noch da, wo sie zuvor war.

Oh. Ihre Maske wird sich auch nicht verändert haben. Ihr neues ‚Gesicht' muss eine Illusion sein, die von unserer Ankunft ausgelöst wurde.

Weitere katzenähnliche Merkmale sprießen aus ihrem Umhang – haarige Streifen und ein kräftiger Schwanz, Krallen blitzen auf, als sie ihre Hand zwischen den Falten hervorzieht. Der schwache Lichtschein, von dem diese Merkmale umgeben werden, bestätigt, dass sie Illusionen und nicht die Realität sind.

Als welches Wesen haben die Blutzauberer mich getarnt?

Meine Haut juckt bei der Vorstellung, dass ihre Magie überall auf mir ist. Unsere Begleiter führen uns jedoch weiter und ich gehe zum Feuer.

Jetzt, da sich meine Sicht an die Flammen angepasst hat, mustere ich den Kreis aus Gestalten um das Feuer herum. Ungefähr zwanzig Personen warten auf uns. Sie sind alle in die gleichen schwarzen Umhänge wie wir gekleidet und ihre Gesichter sind mit Bildern von Wölfen, Bären, Eulen und Falken verdeckt.

Wir greifen auf unsere innere Wildheit zu. Das haben uns die Verschwörer im Wagen gesagt.

Was bedeutet, dass ich nach wie vor keinen meiner neuen Kollegen sehen kann. Wie lange werden sie uns neue Rekruten im Dunkeln darüber halten, mit wem wir tatsächlich zusammenarbeiten?

Woher sind all diese Leute gekommen? Es sind viel mehr hier, als Mitglieder im Käferclub sind. Wie viele sind ehemalige Studenten, wie viele andere Anhänger, die Torstem aus der ganzen Stadt versammelt hat – und wer weiß woher noch?

Das kann ich nicht wissen, wenn ich ihre Gesichter nicht sehen kann.

Als ich erneut unsere Begleiter anschaue, haben sie den unteren Teil ihrer Kapuzen zurückgezogen, um selbst ihre Masken anzulegen. Einer scheint ein Hermelin zu sein, wohingegen der andere wie eine Schlange aussieht.

Es kostet mich sämtliche Selbstbeherrschung, nicht zu erschaudern.

„Schließt euch uns an!" Der Ruf kommt von den Gestalten, die bereits ums Feuer herumstehen. Erst ruft eine, was von dutzenden anderen Stimmen nachgeahmt wird. Wir eilen zum Feuer, um den Platz zu füllen, der sich im Kreis öffnet.

Die Hitze des Feuers leckt durch die Illusion hindurch an meinem Gesicht. Schweiß rinnt mir unter meinem Kleid über den Rücken.

Eine besonders beeindruckende Gestalt, deren Illusion ihn wie einen Habicht aussehen lässt, tritt näher ans Feuer heran und geht auf der Innenseite unseres Kreises entlang. Er hält eine große Tonkaraffe hoch.

Sie verbergen unsere Gesichter zwar mit Illusionen, machen sich allerdings nicht mehr die Mühe, ihre Stimmen zu verzerren. Ich erkenne Ster. Torstems autoritären Ton, sowie das erste Wort seinen Mund verlässt.

„Gegrüßt sind die Neuankömmlinge und diejenigen, die bereits aufgenommen wurden! Heute Nacht kommt der Orden der Wildheit zusammen, um die Götter und alten Traditionen zu ehren, die vergessen wurden. Wir werden auf die Essenz unseres Wesens und der Welt zugreifen. Lasst uns Wildlinge darauf trinken!"

Er bleibt zuerst bei meiner Begleiterin aus dem Wagen stehen und tippt ihr Kinn an. Das Mädchen neigt den Kopf nach hinten, als er sie zum zweiten Mal antippt, neigt sie ihn noch weiter und ihre Lippen teilen sich.

Torstem hält ihr Kinn fest, während er einen Tropfen der Flüssigkeit aus der Karaffe in ihre Kehle schüttet. Mir dreht sich beim Zuschauen der Magen um.

Ihr bleibt nichts anderes übrig, als zu schlucken. Trotz der Illusion ist zu sehen, wie sich ihre Kehle bewegt. Torstem lässt sie erst los, als das passiert.

Als Nächstes wendet er sich mir zu. Meine Magie flammt zwischen meinen Rippen auf und drängt mich, ihn von mir zu stoßen und sie alle miteinander umzuwerfen.

Würde es reichen, diese Gruppe zu zerstören? Sind alle hier wichtig? Könnte ich der Verschwörung einfach so ein Ende setzen?

Selbst wenn ich das könnte, was würde danach geschehen?

Ich weiß nicht, wo ich bin oder was in der Nähe ist, und ich habe keine Möglichkeit, mit jemandem zu kommunizieren, den es interessieren würde.

Vielleicht sollte es keine Rolle spielen, doch mir gehen die Bilder aus den Geschichten über die bösen Zerrissenen durch den Kopf, die ganze Dörfer abgeschlachtet haben. Ich zögere und Ster. Torstems Hand legt sich auf meinen Kiefer.

Mein Kopf neigt sich automatisch nach hinten weg von seiner Berührung. Ich zwinge mich, den Mund zu öffnen.

Wenn ich es schaffen kann, nur ein wenig zu schlucken und den Rest später auszuspucken …

Die saure Flüssigkeit schwappt jedoch so kraftvoll in meinen Mund, dass ich nur schlucken oder daran ersticken kann. Ich schlucke, würge beinahe und eine beunruhigende Leichtigkeit fegt durch meinen Körper, bevor das Zeug auch nur meinen Magen erreicht hat.

Der Rechtsprofessor tätschelt wohlwollend meine Schulter und lässt mich los. Ich presse meinen Mund zusammen, als mich der Drang packt, mich zu übergeben.

Wenn ich das täte, würde er vermutlich zurückkommen und auf eine weitere Dosis bestehen.

Während er den Kreis entlangläuft und einem Anhänger nach dem anderen den Drink verabreicht, wird mir schwindlig. Die Gestalten ringsum dehnen sich aus und verzerren sich wie monsterhafte Versionen der Tiere, hinter denen sie sich verstecken.

Sie sind Monster. Alle miteinander. Wenn ich ohnehin ein Monster werde, wäre es nicht die ehrenhafteste Art von Bösartigkeit, die ganze Gruppe abzuschlachten?

Kosmel, denke ich so laut wie möglich. *Was soll ich tun? Ich kann diese Art von Macht nicht freisetzen, ohne dass du den Rückschlag leitest. Ich weiß nicht, welches andere Desaster das auslösen könnte.*

Als ich vor Jahren einen Mann tötete, wurden alle Gärten in der umgebenden Nachbarschaft von einer Explosion aus Insekten dezimiert. Was würde passieren, wenn ich zwanzig töte?

Wie sollte ich das Endergebnis König Konram erklären? Ich

hätte seinen Befehlen zuwidergehandelt. Ich habe noch nicht herausgefunden, wer die Sicherheitsmaßen des Palasts überwunden hat oder wie.

Keine Antwort fühlt sich richtig an.

Mein Magen rumort und nicht nur, weil die Gifte sich einen Weg durch ihn hindurch suchen. Mein Körper schwankt vor und zurück wie ein Schössling im Wind.

Der Gottlen des Glücks schweigt. Er hat mich verlassen, sodass ich das Risiko selbst eingehen muss.

Torstem beendet den Kreis und wirft den Tonkrug ins Feuer. Er hebt seine Arme und wendet sich uns allen zu, während das Feuer in seinem Rücken lodert. „Der Orden der Wildheit erinnert sich an die Wildheit unserer Vergangenheit! Wir werden so leben, wie es Menschen bestimmt ist!"

Die anderen Gestalten im Kreis heben ebenfalls ihre Hände. „Wir werden wild sein!"

Ich realisiere, dass wir Neulinge auch mitmachen sollen. Ein paar andere, die weiter weg von mir stehen, zögern ebenfalls.

Bei der zweiten Wiederholung heben wir alle unsere Fäuste und Stimmen zusammen mit den anderen. „Wir werden wild sein!"

Torstem marschiert in einem schnelleren Tempo um den Kreis herum und Dringlichkeit schleicht sich in seine Stimme. „Wir werden den Makel abschütteln, den das Kaiserreich und die Usurpatoren hinterlassen haben, die dachten, sie könnten an dessen Stelle, die Macht ergreifen!"

„Das werden wir", brüllt der Rest von uns, mein Herz setzt jedoch einen Schlag aus. Die Usurpatoren?

Mit seiner nächsten Aussage lässt er keinen Zweifel daran, dass er von der aktuellen Königsfamilie spricht. „Die Melchioreks platzten herein, als das Land in Unruhe war, und versuchten, es zu ihrem eigenen zu machen. Doch wir wissen, dass ihr Weg nicht der richtige ist. Wir werden sie alle zerstören und die Götter die rechtmäßigen Herrscher unseres Landes bestimmen lassen, so wie sie es einst taten!"

Ich zwinge mich, in den Schrei einzufallen, obwohl meine Übelkeit zurückgekehrt ist. „Das werden wir!"

„Wir werden Prüfungen abhalten, um diejenigen zu finden,

die würdig sind, und die Krone nie wieder jemandem geben, der sich nicht bewiesen hat!"

„Das werden wir!"

Die ganze Welt verschwimmt um mich herum, aber trotz der Benommenheit in meinem Kopf erinnere ich mich daran, dass Alek mir von so etwas erzählt hat. Dass es vor der darischen Invasion Prüfungen für die zukünftigen Könige gab, um festzustellen, wer den Thron erben würde.

Er war nicht sauer, dass die Prüfungen aufgehört hatten. Er sagte, sie waren barbarisch und dass Leute, die gute Herrscher gewesen waren, bei diesen schlimm verletzt wurden oder sogar starben.

Natürlich scheint der Orden der Wildheit absolut für Barbarei zu sein.

„Wir werden die alten Gesetze zurückbringen, die vergessen wurden. Wir werden *unsere* Götter ehren, *unser* Volk. Wir werden das Leben feiern, indem wir es wahrhaftig leben in all seinem Chaos und seiner Brutalität!"

„Das werden wir!"

Geht es bei all diesem Theater wirklich nur darum? Sie denken, dass Silana vor Jahrhunderten vor der Einmischung des darischen Kaiserreichs und allem, was darauf folgte, besser war?

Ein Lachen, das ich nicht erklären kann, entwischt mir. Es spielt keine Rolle – andere im Kreis lachen ebenfalls freudig. Sie sind so glücklich darüber, fünfhundert Jahre wegzuwerfen, die nicht komplett schlecht gewesen sein können.

Andererseits was hat die verfluchte Königsfamilie jemals für mich getan, was so gut war? Wegen des Königs befinde ich mich mitten in diesem Wahnsinn. Ich *wollte* nicht hier sein.

Was soll ich von alldem halten?

Mein Kopf dreht sich und meine Füße stolpern unter mir. Jemand beginnt, Geige zu spielen – eine misstönende, ruckartige Melodie, die meine Gedanken noch stärker durcheinanderbringt.

Die meisten Blutzauberer fangen an, sich zu den Lauten zu bewegen. Sie krümmen ihre Finger und biegen die Rücken durch, kratzen durch die Luft und springen wie die wilden Wesen herum, für die sie sich halten.

Ich stelle fest, dass ich mich dem eigenartigen Tanz anschließe. Mein Körper will nach etwas greifen, was sich außerhalb dieses Ortes befindet – etwas, was mich stützt und hält. Doch es gibt nichts als das Chaos, von dem Ster. Torstem gesprochen hat.

Wir stampfen und springen um das Feuer herum und mir wird mit jedem Schritt schwindliger. Ich taste nach meinen Überzeugungen, nach dem soliden Gefühl, das mich hierhergeführt hat.

Ich muss die Verschwörer identifizieren. Ich muss herausfinden, was sie vorhaben.

Bei dem ersten Gedanken springt meine Magie im Takt mit dem verrückten Tanz vor. Mein Herz schlingert und ich greife mit aller Selbstbeherrschung nach ihr …

Doch ich habe kaum noch welche übrig.

Meine zerrissene Macht schlüpft durch meine verworrenen Gedanken und stürzt sich auf das Problem, das ich identifiziert habe. Die Gestalt vor mir taumelt zur Seite.

Er fasst sich zu spät ans Gesicht. Die Maske und die Illusion, die daran befestigt ist, werden weggerissen und enthüllen Olaris kantige Gesichtszüge, die angespannt sind aus einer Mischung betäubter Benommenheit und plötzlicher Panik.

Ein Anflug von Triumph rauscht durch meine eigene Panik, dass ich die Magie zügeln muss. Ich dachte mir, er würde zur Verschwörung gehören, und jetzt weiß ich es mit Sicherheit. Ich kann es König Konram erzählen. Ich …

Auf der anderen Seite des Feuers kreischt jemand. Ich stolpere gerade rechtzeitig vor, um zu sehen, wie sich eine andere Blutzauberin vornüberbeugt.

Sie kratzt an ihrem Gesicht – an der Maske, die über ihrer Nase geschmolzen zu sein scheint. Sie verstopft ihren Mund. Nur ein pfeifender Atemzug entweicht ihr.

Ich wirble herum. Nein, ich muss damit aufhören.

Sie werden die Verbindungen sehen … sie werden erkennen, dass ich eine Zerrissene bin …

Einige Schritte entfernt von mir fliegt hinter mir eine

weitere Maske hoch. Ich erkenne die dunklen Augen und große Stirn einer Frau, die im Speisesaal häufig Essen serviert.

Drüben bei den Wagen wiehert eines der Pferde vor Schmerzen. Ein Keuchen entkommt meinen Lippen.

Was habe ich dem Tier angetan? Gräbt sich sein Geschirr tiefer in sein Fleisch?

Nein, nein, ich kann das nicht zulassen. Erschrockenes Raunen bricht überall um mich herum aus zusammen mit dem hysterischen Lachen derjenigen, die zu benommen sind, um Angst zu haben.

Das Pferd schreit erneut.

Ich werfe mich zur Seite, weiter weg vom Feuer und gehe in die Hocke, wobei ich meine Hände auf meine Maske presse, als hätte ich Angst, ich würde sie ebenfalls verlieren. Als hätte ich keine Ahnung, was los ist.

Mit fest zusammengepressten Augen ziehe ich meine Magie zu mir zurück. Ich muss sie eindämmen. Ich muss sicherstellen, dass sie keinen weiteren Schaden anrichtet.

Ich muss sie wegsperren, bevor sie *mich* umbringt.

Meine Macht zuckt in meinem unsteten Griff. Sie könnte so viel mehr tun. Sie könnte sie alle zu Boden werfen. Sie könnte sie ins Feuer schleudern.

Nein, brülle ich sie in meinem Kopf an. Das bedeutet bloß weiteres Chaos. Weiteren Schaden, den ich nicht kontrollieren kann.

Es erklingt das Geräusch von etwas, was zerbricht – ich glaube, es ist eine der verzerrten Masken. Eine Ranke meiner Magie entkommt mir und saust ins Feuer, von wo sie eine Flamme auf die zerstreuten Blutzauberer peitschen lässt.

Weiteres Kreischen. Ich krabble weiter weg und meine Hände vergraben sich im Gras.

Ster. Torstems Stimme erhebt sich über den Aufruhr. „Die Götter handeln auf ungewöhnliche Arten! Sie wollen, dass wir beweisen, dass wir würdig sind. Vielleicht gibt es einen unter uns, der es nicht ist. Steht auf und präsentiert euch."

Fuck. Ich weiß nicht einmal, ob ich gerade stehen *kann*, ohne sofort wieder umzufallen. Ich zittere vor Anstrengung, den

Rest meiner Macht zurückzuhalten. Mein Kopf fühlt sich an, als wäre er umgedreht und über ein Feld gekickt worden.

Schritte rascheln durch das Gras auf mich zu. Kann ich überhaupt den Worten trauen, die sich in meinem benommenen Zustand aus meinem Mund ergießen werden?

Inmitten all des Schreckens und Kummers durchbricht eine klare Stimme meine wirbelnden Gedanken von innen heraus.

Ivy? Was ist los?

Ich kann es Julita nicht erklären. Ich kann nicht mit ihr sprechen, ohne dass es alle hören.

Ich hebe den Kopf, versuche, mich aufzurappeln, und verliere das Gleichgewicht. Stattdessen falle ich wieder auf den Hintern.

Torstem marschiert auf mich zu. Die Habicht-Illusion, die über sein Gesicht drapiert ist und seinen Umhang mit Federn bedeckt, sieht noch bedrohlicher als zuvor aus.

Ich wische mir über den Mund, in dem immer noch ein Hauch des sauren Aromas zu schmecken ist, und kann meiner geisterhaften Passagierin, die endlich zurückgekehrt ist, nur antworten: „Schwer ... alles zu kontrollieren", murmle ich, als würde ich mit mir selbst sprechen.

Julita spürt anscheinend genug, um das Wesentliche der Situation zu verstehen. Sie spricht schnell, jedoch bestimmt. *Okay. Wir können das durchstehen. Ich hatte Methoden, um zentriert zu bleiben, wenn Borys und Wendos mich in ihre Rituale zerrten ... Press deine Hände und Füße flach auf den Boden.*

Ich folge automatisch ihren Anweisungen und verlagere meine Beine so, dass die Sohlen meiner Stiefel voll auf der Erde ruhen, bevor ich meine gespreizten Hände zu beiden Seiten von mir aufs Gras lege.

Konzentriere dich auf all diese Stabilität, weist Julita mich an. *Stell dir vor, Wurzeln wachsen aus deinem Körper in die Erde und verwurzeln dich dort. Tiefer als jede Droge, die sie dir gegeben haben.*

Mit jedem Wort verstärkt sich das Bild, das sie mir beschreibt. Ich atme tief ein und aus und spüre diese Wurzeln, als würden sie buchstäblich aus meinen Handflächen und Fußsohlen sprießen.

Obendrein stelle ich mir vor, dass sich auch in mir Äste entfalten und eine Box weben, in der meine Macht eingesperrt wird.

„Die Assistentin des Professors, oder?", fragt Torstem und bleibt vor mir stehen. „Du siehst aus, als würde es dir nicht besonders gut gehen."

Mein Versuch, mich zu verwurzeln, hilft mir, das Schwindelgefühl zu vertreiben. „Ich glaube, ich habe vielleicht ein wenig zu viel Wildheit getrunken", erwidere ich, wobei es mir gelingt, weiterhin auf vornehme Art zu sprechen. Außerdem lache ich in der Hoffnung, dass es eher fröhlich als hysterisch klingt. „Ich bin nicht besonders trinkfest."

Er streckt seine Hand aus. „Lass mich dir helfen."

Er ist hier die größte Bedrohung. Er ist derjenige, der all den Schmerz und die Gewalt veranlasst hat.

Meine Magie versucht, die eingebildeten Stäbe ihres Gefängnisses durchzubrennen, und brennt sich mit einem Stich durch meine Adern, der so scharf ist, dass ich mich zu einem weiteren Lachen zwingen muss, um ein Keuchen zu überspielen. Als ich meine Hand hebe, um Torstems zu ergreifen, schlägt meine Magie wie wild um sich aus dem Wunsch heraus, wenigstens ihn zu zerreißen.

Julita gibt einen drängenden Laut von sich. *Deine Füße sind noch geerdet. Deine Haut ist so dick, dass kein Schnitt sie jemals richtig durchdringen kann. Alles Wichtige gehört nur dir.*

Schmerzen füllen meine Kehle. Ihre Aussage hätte damals wortwörtlich verstanden werden können, als ihr Bruder und sein bester Freund sie aufschnitten, um ihr Blut bei ihren amateurhaften Opfern zu vergießen.

Als der Rechtsprofessor mich auf die Füße zieht, zwinge ich meine Haut mit der Kraft meiner Gedanken, zu einer Rüstung zu werden, wie die dickste Rinde, die jemals existierte. Ich lächle strahlend und wappne den Rest von mir.

Meine Magie rennt gegen die neuen Mauern an, die ich erschaffen habe, findet dieses Mal allerdings keine Risse.

Es gibt andere Arten, auf die ich diesen Mann besiegen kann. Ich brauche wichtigere Dinge von ihm als den Tod.

„Danke schön", bedanke ich mich und wende mich dem

Lagerfeuer zu, als würde ich dessen Hitze genießen. „Die Dinge sind kurz ziemlich intensiv geworden. Warum waren die Götter wütend?"

Torstem lächelt und der Winkel seines illusionären Habichtschnabels kräuselt sich. „Ich glaube nicht, dass sie das waren … Sie haben nur sichergestellt, dass wir uns nicht unterkriegen lassen. Alles ist wieder gut. Es gibt hier nichts, wovor wir uns fürchten müssen. Die Wildheit führt uns und die Götter sind auf unserer Seite."

Ich spüre, dass sein Blick mich mustert, allerdings habe ich ihm keinen Grund zu der Annahme gegeben, dass ich etwas mit der übernatürlichen Störung zu tun hatte. Das einzig Gute an dem Ruf der Zerrissenen ist, dass niemand erwartet, auf einen zu treffen, der vollkommen normal wirkt.

Ich hebe meine Hände zum Feuer. „Wie bald werden wir wirklich beginnen? Wie werden wir unsere wahren Könige bekommen?"

„Erpicht darauf, die Veränderung zu sehen? Das gefällt mir." Er wendet sich ebenfalls dem Feuer zu und lässt meine Hand los. „Du musst nicht mehr lange warten. Wir haben unsere Truppen versammelt. In einigen Wochen können wir die Königsfamilie vernichten. Alles wird mit ihr zerfallen."

Ich spanne meinen Hals an, damit ich nicht vor Überraschung den Kopf drehe.

In einigen *Wochen* könnte der König tot sein?

„Das ist gut", säusle ich und wegen der Droge lalle ich meine Worte, ohne dass ich mich anstrengen muss. „So gut. Wo werden wir König Konram vernichten?"

Torstem gluckst leise. „Zerbrich dir darüber nicht den Kopf. Wir werden unsere Verbindung zu unseren Ursprüngen in der Zwischenzeit vertiefen. Wenn die Zeit reif ist, werden wir all die Macht haben, die wir brauchen, um zuzuschlagen."

Neunundddreissig

Ivy

Ich bilde mir ein, dass ich meine Schnur und mein Medaillon holen kann, ohne Stavros zu wecken. Dass ich zum Versammlungsraum im Palast reisen und die anderen rufen kann, damit ich Gesellschaft habe, bevor ich mich dem ehemaligen General erneut stellen muss.

Dieses Glück ist mir jedoch nicht vergönnt. Ich öffne die Tür mit der Schulter und finde ihn neben dem Sofa im schwachen Licht der Morgendämmerung vor, das durch die Vorhänge fällt.

Er versteift sich bei meinem Anblick. „Ivy …"

„Es ist keine Zeit", platze ich heraus. Der Gedanke, mit ihm besprechen zu müssen, was wir Anfang der Nacht getan haben, bereitet mir mindestens so viel Panik wie das, was ich von den Blutzauberern erfahren habe. Ich hole meine Schnur aus der Schublade und zeige sie ihm. „Wir müssen mit dem Spiegel sprechen."

Ich hatte keine Gelegenheit, sicherzustellen, dass kein heraufbeschworenes Wesen in diesem Zimmer lauert, weshalb ich den König nicht einfach so erwähnen werde.

Stavros weiß eindeutig, was ich meine. Er spannt sich noch mehr an und seine Augen blitzen. „Was ist passiert? Du schwankst."

Das tue ich. Ich packe das Regal neben mir, stütze mich so gut wie möglich daran ab und werfe meine Schnur auf den Boden. Es braucht einiges Ziehen, bis ich sie zu einem vollständigen Kreis arrangiert habe. „Mir geht's gut. Geh einfach."

Ich hüpfe durch das provisorische Portal, bevor er protestieren kann.

Was genau ist zwischen euch beiden vorgefallen?, raunt Julita, wobei sie klingt, als sei sie sich nicht sicher, ob sie es wissen will.

„Nichts, worüber ich sprechen möchte", brumme ich, während ich in den Versammlungsraum schwanke.

In den Sekunden, die der ehemalige General braucht, um seinen eigenen übernatürlichen Transport zu arrangieren, mache ich meine übliche Runde durch den Raum. Kein magisches Beben durchdringt das anhaltende Schwindelgefühl.

Die Blutzauberer wissen nicht einmal, dass dieses Zimmer existiert. Wir sollten in Sicherheit sein.

Mein Herz hämmert wie wild. Ich falle in einen der Sessel, damit sich der Raum weniger dreht.

Stavros erscheint einige Schritte entfernt und umklammert bereits sein Medaillon. Als er auf die Innenseite drückt, um den anderen das Signal zu geben, betrachtet er mich mit grimmiger Miene und einem Zucken seines Kopfs.

„Du wurdest zu der Initiation gerufen", stellt er fest. „Sie haben dich wieder unter Drogen gesetzt. Du brauchst Ruhe."

Ich schüttle den Kopf und packe die Armlehne des Sessels fester, da diese Bewegung einen Schwindelanfall auslöst. „Das hier ist wichtig. Die Königsfamilie muss sofort anfangen, sich auf alles vorzubereiten."

Ich plappere wie zuvor. Ich schließe die Augen und konzentriere mich angestrengt darauf, wie meine Füße auf dem Boden stehen und sich die Armlehnen in meinen Händen anfühlen.

Julitas Präsenz regt sich in mir. *Ich bin mir sicher, die*

Melchioreks kommen noch ein oder zwei Stunden klar. Du musst auf dich aufpassen, Ivy.

Genau das tue ich, so sehr ich das eben rechtfertigen kann.

Mich zu erden, sorgt dafür, dass ich verständlicher sprechen kann. „Ich werde es dir und den anderen erklären und du kannst es dem König auf eine Art erklären, die mehr Sinn ergibt. Ich bin mir sicher, ich kann alles erzählen."

Stavros brummt leise, doch er wird die Sicherheit des Königs nicht in Gefahr bringen, nur damit ich ein Nickerchen machen kann.

Sobald Casimir aus seiner Schnur tritt, wirbelt Stavros zu ihm herum. „Die Kurtisanen kennen doch bestimmt alle möglichen Katermittel. Was kannst du Ivy auf die Schnelle mischen, das dabei helfen wird, jeglichem Rausch entgegenzuwirken?"

Casimirs weitaufgerissener Blick schnellt zu mir.

„Mir geht es *gut*", beharre ich. „Alles ist nur … verschwommen. Verdammte Zauberer."

Der Kurtisan wendet sich wieder an Stavros. „Ich kann ein paar Dinge holen, die helfen könnten. Gebt mir einige Minuten."

Er verschwindet und jetzt bin ich mit der letzten Person allein, die ich jemals wieder sehen wollte.

Stavros' Kiefer mahlt. „Ivy, wegen …"

Zu meiner gewaltigen Erleichterung springt Alek in den Raum, bevor der ehemalige General den Satz beenden kann. „Wurde das Aufnahmeritual schon vollzogen? Ivy, geht es dir gut?"

„Gut, gut", murmle ich, Zuneigung schwillt jedoch bei seiner Sorge in meinem Herzen an.

Mir geht es jetzt gut, oder? Ich bin wieder bei den wenigen Leuten in dieser Welt, die interessiert, was mit mir geschieht.

Und vielleicht kann ich hierbleiben. König Konram wird handeln müssen, wenn er erfährt, was Ster. Torstem gesagt hat, oder?

Dann muss ich nicht mehr Blutzauberin spielen. Ich muss nicht mehr mit den Zähnen knirschen und mich zwingen, an Prüfungen und Feiern teilzunehmen, die ich schrecklich finde.

Doch was werde ich danach mit mir anfangen? Es ist nicht so, als gäbe es einen Grund, weiterhin als Stavros' angebliche Assistentin auf der Akademie zu bleiben, wenn unsere Ermittlungen beendet sind.

Ich schätze, ich werde in mein altes Revier zurückkehren … Der König hat angedeutet, dass er mir eine Belohnung geben würde, was bedeutet, dass ich noch mehr Silber als üblich an die Leute aus Florian verteilen kann, die es am dringendsten brauchen …

„Ivy", spricht Alek direkt neben mir und ich zucke zusammen. Ich war so in meine unsteten Gedanken vertieft, dass ich sein Herannahen nicht bemerkt habe.

Der Gelehrte legt seine Hand auf meinen Arm, woraufhin ich ihn anlächle und sich mir die Kehle zuschnürt. *Er* kann mir nicht in ein Leben auf der Straße folgen. Wird auch alles enden, was wir hier geteilt haben?

Das will ich nicht.

Der Gelehrte betrachtet mich mit seinem bohrenden Blick. „Du siehst aufgebracht aus. Was haben sie dir angetan?"

Ein raues Lachen entwischt meinem Mund. „Nicht viel. Beschissene Getränke. Tonmasken."

Stavros meldet sich von der anderen Seite des Tischs zu Wort, wo er in weisem Abstand zu mir steht. „Ich glaube, sie haben sie gezwungen, mehr von diesem mit Drogen versetzten Trank zu trinken als beim letzten Mal. Er scheint sich definitiv stärker auf sie ausgewirkt zu haben, aber sie bestand darauf, uns sofort über alles in Kenntnis zu setzen."

Ich klopfe auf die Armlehne. „Ja. Es ist wichtig. Wann kommt Casimir zurück? Wir brauchen ihn ebenfalls."

Als wäre er von meiner Forderung heraufbeschworen worden, erscheint der Kurtisan nur Sekunden später in seinem Schnurkreis. Er hält eine dampfende Tasse zwischen seinen Händen.

„Hier", sagt er sanft und bringt mir die Tasse. „Das hier sollte helfen, deinen Verstand zu beruhigen und die Orientierungslosigkeit zu lindern. Wenn du dich danach nicht viel besser fühlst, kannst du ein Kraut kauen, das ich ebenfalls mitgebracht habe."

Ich schnuppere an der heißen Flüssigkeit, die einen cremigen, nussigen Geruch verströmt, der nicht unappetitlich ist, und nehme die Tasse entgegen. Der erste zaghafte Schluck sendet eine Flut aus Wärme geradewegs zu meinem Magen.

Cas weiß immer, wie er sich um jemanden kümmern muss, murmelt Julita.

Die Männer schauen angespannt zu, während ich das Gebräu so schnell trinke, wie ich es ertragen kann. Als ich die Hälfte der Tasse geleert habe, schaffen es meine Gedanken, an Ort und Stelle zu bleiben, anstatt durch meinen Verstand zu schweben, sodass ich sie richtig ordnen kann.

Ich nippe weiter an dem Getränk und sammle diese Gedanken. Mehr Nüchternheit kann wohl kaum etwas Schlechtes sein.

„Über eine Stunde im Pferdewagen östlich von hier haben die Blutzauberer ein riesiges Lagerfeuer veranstaltet", erzähle ich. „Einige von uns Neuen und ungefähr zwanzig etablierte Mitglieder. Alle trugen Masken mit Magie, die ihre Gesichter komplett verdeckten, weshalb ich nach wie vor die wenigstens von ihnen kenne. Ster. Torstem hat alles geleitet und am Ende erkannte ich Olari aus dem Käferclub und eine der Köchinnen aus dem Speisesaal ... die dunkelhaarige Frau, die Nachtische macht."

„Willone", sagt Casimir. Natürlich kennt er die Namen von allen. Er verzieht das Gesicht. „Ich hätte nie gedacht ... Nun, ich habe nicht besonders viel mit ihr geredet."

Ich nicke, um seine Bemerkung zur Kenntnis zu nehmen. „Wir tranken das berauschende Zeug und wiederholten einige Dinge, die Torstem über den Orden der Wildheit sagte, während wir einen seltsamen Tanz aufführten ... das Wichtige ist jedoch, was er gesagt hat."

Ich verlagere meine Aufmerksamkeit auf Alek. „Du hast mir einmal von den Monarchen-Prüfungen erzählt, die in Silana abgehalten wurden, bevor das Kaiserreich das Land übernahm. Torstem sagte, dass er die aktuelle Königsfamilie vernichten und neue Prüfungen abhalten will, damit wir ‚würdige' Herrscher bekommen. Er sprach auch von anderen Dingen wie beispielsweise, dass wir zu den alten Zeiten zurückkehren werden. Sie scheinen zu denken, dass all diese Wildheit, von der sie ständig sprechen, früher die Lebensweise in Silana war. Deswegen glauben sie, die Götter würden es vorziehen … weil wir uns damals so verhalten, jedoch damit aufgehört haben.“

Alek runzelt die Stirn. „Sie können keine sehr genaue Vorstellung davon haben, was die Leute vor all den Jahrhunderten getan haben. Das ist mein Hauptstudiengebiet und trotz all der Bücher, zu denen ich Zugang hatte, bin ich nur auf Bruchstücke gestoßen, die erwähnen, wie der gewöhnliche Alltag war. Hauptsächlich Aufzeichnungen von Großereignissen, wie beispielsweise die Prüfungen, haben die Säuberungsaktionen des Kaisers überlebt.“

„Die Blutzauberer haben einige Stücke genommen, die ihnen gefielen, und sich zu Nutzen gemacht“, brummt Stavros. „Den Rest haben sie bestimmt erfunden, damit er zu ihren Ansichten passt.“

Ich lache rau. „Vermutlich. Ich habe keine Ahnung, wie sie die Blutzauberei rechtfertigen … diesen Teil haben sie mir gegenüber noch nicht erwähnt. Allerdings habe ich Torstem gefragt, wie sie die aktuellen Herrscher eliminieren wollen, und er sagte, dass sie fast bereit seien. Dass sie ihre ‚Truppen‘ versammelt haben, was immer das bedeutet. Er denkt, dass sie die gesamte Königsfamilie in einigen Wochen angreifen werden.“

Sogar Stavros hält bei dieser Ankündigung plötzlich inne. „Einige Wochen? Wie?“

Ich schüttle betrübt den Kopf. „Ich konnte ihn nicht dazu bringen, mir weitere Einzelheiten zu verraten. Er sagte nur, dass wir es hören würden, wenn es geschehen wird. Allerdings weiß ich nicht, wie viel Vorwarnung ein neues Mitglied erhält. Ich weiß nicht, ob er eine zurückhaltende Schätzung angestellt hat und es schon in wenigen *Tagen* sein könnte. Die Kronenwache muss sofort irgendetwas unternehmen.“

Casimir tritt an meine Seite und streicht in einer tröstenden Geste einige verirrte Haarsträhnen aus meinem Gesicht. „Du hast das fantastisch gemacht, Ivy. Du hast all das durchgemacht und warst in der Lage, den Teil ihrer Pläne in Erfahrung zu bringen, von dem wir am dringendsten wissen müssen."

Ich reibe mir übers Gesicht. „Ich hoffe bloß, dass es genug ist."

„Das muss es sein!", ruft Alek. „Du kannst nicht zu ihnen zurückkehren, wenn sie als Nächstes versuchen könnten, dich in einen Attentatsversuch zu verwickeln."

Julitas Stimme wird scharf. *Ich hoffe nicht.*

Stavros hat angefangen, hin und her zu laufen. „Haben Torstem und die anderen noch etwas gesagt? Ich muss alles wissen, auch wenn es nicht relevant wirkte."

Ich gehe meine verworrenen Erinnerungen aus der Nacht durch. „Bevor er mich hierher zurückgeschickt hat, trug Ster. Torstem mir auf, zum nächsten Treffen des Entomologieclubs zu gehen, das morgen Abend stattfindet. Und er sagte, dass ich ab jetzt durch sie von den Aktivitäten des Ordens der Wildheit erfahren werde. Also haben wir die Bestätigung, dass der Club nur eine Fassade ist. Ich wette, die Hälfte der Gruppe, zu der Olari gehört, ist gestern Abend angeblich auf einen Ausflug gegangen."

Aleks Mund verzieht sich zu einem nachdenklichen Strich. „Haben sie irgendetwas über den Ton gesagt? Hast du herausgefunden, welche Droge sie nutzen?"

„Nein. Ich wollte ihnen nicht zu viele Fragen zu Dingen stellen, die jemandem egal wären, der sich tatsächlich ihrer Sache verschrieben hat ... oder von denen ich eigentlich nicht wissen sollte."

Casimir drückt meine Schulter. „Das ist in Ordnung. Du musstest dich selbst schützen, solange du ihrer Gnade ausgeliefert warst."

Ich zerbreche mir den Kopf, doch mir fällt nichts mehr ein. „Der Rest war mehr vom Gleichen – vage Aussagen darüber, korrupte, unwürdige Leute aus Machtpositionen zu entfernen, die Götter anständig zu ehren, blah blah blah."

„In Ordnung." Stavros marschiert zum Spiegel. Er drückt etwas an dessen Rückseite und ein schwacher Hauch Magie streift meine Haut.

Als er vor den Spiegel tritt, blickt Stavros zu mir. „Ich werde das Reden übernehmen, aber du solltest hierbleiben für den Fall, dass der König wieder direkt mit dir sprechen möchte. Entspann dich fürs Erste und ruh dich aus."

Casimir streichelt erneut mit den Fingern über meine Haare. „Ich glaube, wenn wir hier fertig sind, brauchst du eine angenehmere Entspannung. Ich kann ein Badezimmer wie das buchen, das wir letztes Mal benutzt haben."

Ich öffne den Mund zu einem Protest und Schuldgefühle breiten sich in mir aus wegen der Ablehnung, die ich aussprechen muss, und wegen der Tatsache, dass ich Stavros' Annäherungsversuche gestern Nacht nicht abgewiesen habe.

Der Kurtisan hält jedoch eine Hand hoch, um mich aufzuhalten. „Nur für dich, Gütige. Ich werde nachschauen, welche Zimmer verfügbar sind, und dir die Anweisungen geben, damit du hineingehen kannst. Du kannst ein Bad nehmen und schlafen, in der Reihenfolge, die dir behagt." Er wendet sich an Stavros. „Solange dein ‚Arbeitgeber' dir einen freien Tag nicht übelnimmt."

Stavros' Kiefer mahlt, doch er neigt den Kopf leicht. „Sie braucht es. Und ich habe heute nur eine Vorlesung, weshalb ihre Abwesenheit nicht verdächtig wirken wird."

Sein Blick brennt sich in mich und erinnert mich an all die Dinge, über die wir noch nicht gesprochen haben. An all die Gründe, aus denen ich meinen Schlaf lieber nicht in seinem Quartier nachholen möchte, wo ich mich zweifellos überhaupt nicht entspannen werde.

Ich drücke Casimirs Hand mit der größten Zuneigung, die ich ihm guten Gewissens schenken kann, während Julita zuschaut. „Danke schön. Nach all dem kann ich mir nichts Besseres vorstellen."

Und dann … und morgen müssen wir vermutlich darüber sprechen, wie ich nun weitermache.

Mein Magen beginnt, sich zu verknoten, doch bevor meine Sorgen sich besonders weit ausdehnen können, erzittert die Oberfläche des Spiegels.

König Konrams Bild wird auf dem Glas deutlich. Seine Krone balanciert perfekt auf seinen dunkelbraunen Haaren; seine königliche Jacke und Hose sehen so ordentlich aus, als hätten er – oder seine Assistenten – eine Stunde damit verbracht, jede Falte glattzubügeln.

Falls wir ihn aus dem Bett geholt haben, verbirgt er diese Tatsache auf beeindruckende Art.

„Ster. Stavros“, sagt er mit ebenso ruhiger Stimme. „Da Sie ein Treffen zu dieser frühen Stunde abhalten, nehme ich an, dass es sich um eine dringende Angelegenheit handelt.“

Stavros sinkt in eine respektvolle Verbeugung. „Ja, Eure Hoheit. Sehr dringend.“

Er fasst die Schlüsselpunkte meines Berichts viel prägnanter zusammen, als ich es in meinem benommenen Zustand geschafft habe. Ich würde seine Fähigkeit, auf den Punkt zu kommen, mehr zu schätzen wissen, wenn mein Herz nicht schneller schlagen würde, als ich die Reaktion des Königs erfasse – oder deren Ausbleiben.

Konram ist ein perfekter Politiker. Bei der Enthüllung, dass die Blutzauberer planen, ihn in einigen Wochen zu ermorden, huscht lediglich ein Hauch von Emotionen über sein Gesicht.

Als Stavros fertig ist, schweigt der König eine Weile und verarbeitet die Information. Dann verändert er seine Position, als würde er versuchen, tiefer in den Raum zu spähen. „Deine Assistentin, die den ‚Orden der Wildheit‘ infiltriert hat ... ist sie noch bei dir?“

Stavros’ Haltung spannt sich an, er gibt mir jedoch ein Zeichen. „Ja, Eure Hoheit. Sie beantwortet gerne all Ihre Fragen.“

Casimirs Katermittel hat die Wirkung der Droge so weit gelindert, dass ich ohne Schwanken zum Spiegel laufen kann, wenn ich etwas langsamer gehe als üblich. Stavros bleibt ein paar Schritte entfernt auf der Seite stehen, als dächte er, ich müsste vor dem Spiegelbild seines Königs beschützt werden.

Ich sinke in den tiefsten Knicks, den ich mir momentan zutraue, ohne das Gleichgewicht zu verlieren. „Es tut mir leid, dass ich solch schreckliche Neuigkeiten überbracht habe, Eure Hoheit.“

„Es ist besser, solche Dinge zu erfahren, als nicht Bescheid zu wissen“, erwidert der König mit einem Hauch von Trockenheit, wegen dem ich ihn etwas mehr mag. „Anhand dessen, was du von den Interaktionen innerhalb dieser Gruppe beobachtet hast, würdest du sagen, dass Ster. Torstem der Anführer der Verschwörung ist?"

„Ja, Eure Hoheit. Wann immer er anwesend war, hat er den anderen Befehle erteilt. Und er ist der Kopf des Käfer – des Entomologie – Clubs, der ebenfalls mit der Gruppe verwickelt ist. Er ist auch der Einzige, von dem wir wissen, dass er Waisen aufgesucht hat, die als Opferkomplizen benutzt werden. Und Wendos hat von ihm als Autoritätsperson gesprochen."

König Konram summt nachdenklich und sein dunkler Blick wird stechender, während er mich mustert. Mir ist plötzlich bewusst, dass meine Haare offen und vermutlich zerzaust nach unten hängen und meine Kleider zerknittert sind, da sich während meiner langen Nacht zweifellos Falten in diesen gebildet haben.

„Du hast keine neuen Informationen darüber herausgefunden, wer das königliche Siegel benutzt hat?", fragt er.

„Es tut mir leid. Sie achten sehr darauf, wie viel sie sagen, und ich konnte nicht direkt nachfragen, ohne zu offenbaren, dass ich mehr weiß, als ein gewöhnlicher Neuling wissen sollte."

„Verständlich. Ich nehme an, dass sie noch immer glauben, dass du ein gewöhnlicher Neuling *bist*, der ihrer Sache treu ergeben ist?"

Worauf will er damit hinaus?

„Ja, Eure Hoheit", bestätige ich. „Ster. Torstem hat mich sogar gebeten, morgen zu einem Treffen des Entomologieclubs zu kommen."

„Exzellent." Der König verschränkt die Hände vor sich. „Ich bin mir sicher, ihr könnt alle verstehen, dass dies eine heikle Situation ist. Die Gefahr steht kurz bevor, ist jedoch unklar. Wenn wir darauf warten, dass die Verschwörer zuschlagen, sind wir möglicherweise nicht richtig vorbereitet."

Stavros tritt näher. „Mit Ihrer Erlaubnis könnte ich Ster. Torstem sofort wecken, verhaften und ihn zu …"

„Nein." Konram macht sich etwas größer. „Es ist eindeutig, dass wir nicht länger damit warten können, etwas zu unternehmen. Wenn wir nur Torstem haben, werden seine

Gefangennahme und sein Prozess seine Unterstützer allerdings womöglich noch wütender machen und zu einem schlimmeren Ergebnis führen."

Ich runzle die Stirn. „Sie könnten die Käferclubmitglieder, die wir im Verdacht haben, ebenfalls in Gewahrsam nehmen lassen."

Der Blick des Königs heftet sich wieder auf mich. „Stavros sagte, du hättest bei dem Initiationsritual viel mehr Verschwörer gesehen, als der Club Mitglieder hat, oder?"

„Ja", bestätige ich. „Es gibt sieben Mitglieder, bei denen wir uns einigermaßen sicher sind, dass sie mit Torstem zusammenarbeiten, doch bei der Initiation habe ich ungefähr dreimal so viele Leute gezählt."

„Dann denke ich, dass wir zuschlagen müssen, wenn sie alle versammelt sind. Das wird uns die Sicherheit geben, dass diejenigen, die wir gefangen nehmen, schuldig sind und wir die meisten, wenn nicht sogar alle Anhänger Ster. Torstems mit einem Schlag dingfest machen können. Es bringt uns nichts, einige von ihnen zu verhaften, wenn der größere Teil noch immer Pläne gegen die Krone schmiedet. Und sobald bekannt wird, dass wir Verhaftungen vornehmen, wird der Rest von ihnen noch vorsichtiger werden."

Stavros hebt das Kinn. „Was schlagen Sie also vor, Sir?"

König Konrams Aufmerksamkeit gilt weiterhin mir. „Du hast dich als geschickt genug erwiesen, um bei Stavros' Kampfkursen zu assistieren. Wie ich höre, bist du ziemlich gut im Umgang mit einem Messer."

„Ich … ja." Gänsehaut breitet sich auf meiner Haut aus. „Ich kann mich verteidigen."

„Und Ster. Torstem hat dich während ihrer Rituale nah an sich rangelassen?"

Ich erinnere mich an Torstems Finger, die sich um meine schlossen, als er mir vor wenigen Stunden auf die Füße half. „Ja, Eure Hoheit, das hat er getan."

„Dann denke ich, dass die Vorgehensweise mit dem besten Ergebnis offensichtlich ist. Das nächste Mal, wenn sein Orden der Wildheit auf einen seiner Ausflüge geht, findest du einen Moment, ihm ein Messer ins Herz zu rammen oder seine Kehle durchzuschneiden. In dem daraufhin entstehenden Chaos setzt du ihre Transportmittel außer Kraft und flüchtest, nachdem du deine Kollegen auf die übliche Weise alarmiert hast. Stavros kann ein Geschwader Soldaten bringen, um die anderen Verschwörer zusammenzutreiben. Ihr Kummer über Torstems Tod sollte das zu einer leichten Aufgabe machen. Und jegliche übrigen Anhänger werden ohne einen Anführer verloren sein, um den sie sich scharen können."

Mein Herz setzt einige Schläge lang aus.

Stavros macht einen rauen Laut tief in seiner Kehle. "Eure Hoheit … Sie bitten Ivy, ein Attentat …"

Konrams Blick gleitet wieder zu seinem ehemaligen General. "Lasst es uns nicht als Attentat betrachten. Das würde gegen die Gesetze eines fairen Prozesses verstoßen. Allerdings bin ich mir sicher, dass ich einer Untertanin vergeben, ja diese sogar belohnen kann, die in einen schrecklichen Aufstand verwickelt wurde und die Kraft fand, die Anführer zu erledigen, bevor es zu spät war."

"Ich sollte derjenige …"

Der König lehnt den Vorschlag seines ehemaligen Generals mit einem Kopfschütteln ab und sein Gesicht wirkt beinahe so gelangweilt, als wäre das Gespräch für ihn bereits beendet. "Ich kann es nicht gebrauchen, dass Ster. Torstem in den Gängen der Akademie ermordet wird. Die Kronenwache wird auf der Hut sein und wenn wir eine Gelegenheit erhalten, das Problem schon früher aus der Welt zu räumen, werden wir das tun. Du kannst sicherlich nachvollziehen, dass diese Strategie uns die größte Diskretion bietet und zugleich die größte Bedrohung komplett entfernt."

"Sie ist nur eine Assistentin", beharrt Stavros. "Es ist eine zu große Verantwortung."

"So hast du bisher nicht von ihr gesprochen." Konram mustert mich wieder. "Was denkst du, Ivy aus Nikodi? Besitzt du die Fähigkeiten und den Mut, diese letzte Aufgabe auszuführen, um dein Land zu verteidigen?"

Jede Faser von mir will *Nein* schreien.

Bilder steigen in meinem Verstand auf – der schlaffe Körper meiner Schwester, die zusammengebrochene Leiche des

Mannes, der mich vor Jahren angriff, Esmae, die auf dem Boden verblutete. Mein Magen rumort.

Die Augen des Königs fixieren mich an Ort und Stelle. Wird er mich ebenfalls als Verräterin sehen, wenn ich ablehne?

Ich habe mir auf dieser schrecklichen Mission bereits einen Finger abgeschnitten und auf einen Mann eingestochen. Warum sollte er nicht erwarten, dass ich auch diese Forderung akzeptiere?

Das ist ohnehin das, was die Gottlen wollen würden, oder – dass die Blutzauberer nicht nur eingesperrt, sondern vom Erdboden getilgt werden? So sind *sie* mit der letzten Gruppe verfahren.

König Konram will jedoch vor seinem Volk den Anschein eines fairen und ehrenhaften Herrschers wahren. Natürlich lässt er irgendeine niedere Adlige aus einer rückständigen Grafschaft die Drecksarbeit machen, anstatt sich direkt darum zu kümmern.

Kurz durchschneidet ein Anflug von Wut mein Entsetzen. *Das* ist der Herrscher, für dessen Schutz ich so viel riskiert habe? Wie würde er sich in einer dieser Monarchen-Prüfungen schlagen, wenn er auf die Probe gestellt werden würde?

Sowie die Frage durch meinen Verstand huscht, zucke ich in die Realität zurück und eine weitere kalte Welle schwappt von Kopf bis Fuß durch mich hindurch.

Ich denke wie die Blutzauberer.

Als könnte einer von uns sagen, ob die Königsfamilien der Vergangenheit auch nur das geringste bisschen rechtschaffener waren als die, die wir nun haben. Wenigstens hat König Konram sich die Mühe gemacht, zu fragen, anstatt es zu befehlen.

Ich straffe die Schultern und schlucke meine Schuldgefühle wegen der verräterischen Gedanken, die mich gepackt haben.

Warum sollte ich *nicht* Blut an den Händen haben? Ich bin dazu besser in der Lage, als der Mann vor mir denkt.

„Ich kann es tun", verkünde ich mit einem leichten Krächzen in der Stimme.

Stavros atmet scharf ein, doch der König lächelt, bevor sein ehemaliger General die Gelegenheit hat, zu sprechen. „Dann ist das geklärt. Ich freue mich darauf, von deinem Erfolg zu hören.“

„Eure Hoheit …“, beginnt Stavros, aber der Spiegel schimmert bereits zurück zu unseren Spiegelbildern.

Eine angespannte Stille füllt den Raum. Ich schlinge die Arme um mich und meine Finger krümmen sich in die Ränder meines Umhangs, den ich aus dem Wagen der Blutzauberer geholt habe.

Stavros wirbelt zu mir herum. „Warum hast du zugestimmt? Du kannst doch nicht Attentäterin spielen *wollen*.“

„Natürlich nicht“, blaffe ich zurück und kann jetzt das Zittern nicht mehr aus meinen Worten raushalten. „Wie unter dem Blick der Götter soll ich dem König etwas ausschlagen?“

Alek und Casimir kommen um den Tisch herum zu uns.

„Du solltest das nicht tun müssen“, sagt der Gelehrte, dessen Stimme rau vor Schmerz ist. „Du bist keine Mörderin.“

Ich zwinge mich zu einem Achselzucken. „Aber das bin ich. Und ich habe gesagt, dass ich für die Vernichtung der Blutzauberer sorgen will. Wenn dies die Methode ist, die den geringsten Schaden für die Leute anrichtet, die wir zu beschützen versuchen, dann ist es eben so.“

„Wenn sie dich dabei erwischen, werden sie *dich* töten.“

Seine Stimme bricht bei dem letzten Wort. Ich ziehe meinen Umhang fester zusammen. „Ich weiß. Aber das war immer der Fall, oder nicht?“

Zuvor habe ich jedoch alles in meiner Macht Stehende getan, die Blutzauberer zu besänftigen. Jetzt gehe ich in der Absicht dorthin, das schlimmste Verbrechen zu begehen, das sich die Verschwörer vorstellen können.

Wenn ich nicht schnell genug fliehen kann …

Grauen sammelt sich in meinem Magen. Ich will nicht darüber nachdenken.

„Ivy …“ Casimirs dunkle Augen blitzen auf. „Ich habe jemanden aufgespürt, der möglicherweise Informationen hat, die uns einen besseren Überblick liefern können. Es ist womöglich nicht nötig, so weit zu gehen.“

Ich lächle ihn mit einem Anflug von Dankbarkeit an, kann allerdings keine echte Hoffnung aufbringen. „Danke.“

Der Kurtisan berührt meine Wange und drückt mir einen kurzen Kuss auf die Schläfe. „Ich werde das Badezimmer für dich organisieren. Du brauchst die Gelegenheit, dich zu entspannen, jetzt mehr denn je. Und falls ich dich aus dieser schrecklichen Mission rausholen kann, werde ich das tun. Das schwöre ich."

VIERZIG

Casimir

Der Wagen rollt aus und hält an. Meine Brust zieht sich kurz um mein Herz herum zusammen, bevor ich mich dazu zwinge, die Tür zu öffnen.

Von einem objektiven Standpunkt aus betrachtet gibt es hinter dieser Tür nichts, vor dem ich mich fürchten muss. Es ist bloß der Landsitz eines Barons und ich habe in der Vergangenheit mehr als ein Dutzend von diesen besucht.

Allerdings bin ich nicht hier, um einen Adligen des Königshofs im Urlaub zu unterhalten. Theoretisch statte ich einer alten Freundin der Familie einen Besuch ab, obgleich ich nicht sagen kann, ob sie jemals wirklich *meine* Freundin war.

Außerdem bin ich ohnehin kein Mann des Objektivismus. Meine Berufung ist es, mit allen möglichen Emotionen klarzukommen, und dieses Gespräch wird höchstwahrscheinlich eine ganze Menge aufwirbeln, ganz gleich, unter welchem Vorwand es stattfindet.

Ich trete in die kühle Herbstluft. Die Blätter an den Bäumen leuchten in strahlenden Rot- und Orangetönen über meinem Kopf. In der Brise liegt der leicht florale Duft der spätblühenden Blumen aus dem Garten an der Seite des ausladenden Hauses.

Die angenehme Umgebung bereitet mir nur wenig Freude, als mein Blick auf die Frau fällt, die neben dem vergoldeten Türrahmen des Hauses wartet.

Laselle ist kleiner als in meinen Erinnerungen, hauptsächlich weil ich sie nicht mehr gesehen habe, seit ich zehn Jahre alt war. Mittlerweile bin ich einige Zentimeter größer als sie. Ihre Präsenz ist jedoch riesig – so groß, dass ich den instinktiven Drang verspüre, mich vor ihr zu verbeugen, obwohl sie nicht einmal mehr eine flüchtige Autorität über mich hat.

Sie muss nun weit in ihrem vierten Jahrzehnt sein, vielleicht hat sie sogar schon das fünfte erreicht, doch die Cremes und Puder, die meisterhaft auf ihrem Gesicht aufgetragen wurden, haben ihre gold-braune Haut vollkommen glatt gemacht. Ihre Augen wirken groß und strahlend und ihre rot bemalten Lippen sind so prall, dass es beinahe absurd wirkt.

Sie und meine Mutter praktizierten beide den Drahtseilakt, ihre Schönheit bis an die Grenze des Grotesken zu verstärken.

Sie hat eine Figur behalten, die Ardone selbst bewundern würde. Ein riesiges rubinrotes Kleid, das mit Goldfäden bestickt ist, betont ihre Sanduhrfigur. Juwelen funkeln inmitten ihrer aufwändig frisierten Haare sowie an ihrem Hals und ihren Handgelenken.

Laselle ist es eindeutig gut ergangen, während sie ihr Handwerk ausgeübt hat. Die geschicktesten Kurtisanen können selbst im höheren Alter hochrangige Kunden anwerben.

Aktuell ist das eines der reichsten Paare von König Konrams Hof. Ich habe so lange gebraucht, sie aufzuspüren, weil sie sie nach Icar auf eine viel exotischere internationale Reise mitgenommen haben.

Sie tritt mit einem Lächeln vor, das ihre Lippen nicht teilt. Ihre Stimme ist das gleiche volltönende Trällern, das meine Erinnerungen füllt, bloß mit einem Hauch von Heiserkeit. „Cas! So *reizend,* dich nach all dieser Zeit zu sehen. Und du bist den weiten Weg von der Stadt hergekommen – meine Güte. Komm rein. Im Pavillon wartet ein Mittagessen auf uns."

Ich verneige den Kopf vor ihr, obwohl sie mir nicht den

gleichen Respekt erwiesen hat. „Es ist auch schön, dich zu sehen, Laselle."

Sie fegt ohne ein weiteres Wort durch den Garten, bis wir das runde Bauwerk im Freien erreichen, in dem Platz für ein Mittagessen für dreißig Leute gewesen wäre. Der schicke Holztisch und die Stühle, die in dessen Mitte aufgestellt wurden, wirken auf der großen Fläche aus Dielenbrettern winzig.

Laselle sinkt mit perfekter Eleganz auf einen der Stühle und ich nehme ihr gegenüber Platz. Brot, Fleischaufschnitt und Käse sowie Gebäck wurden bereits auf einigen Platten zwischen unseren Tellern ausgebreitet.

Eine Küchendienerin erscheint und füllt unsere Tassen mit einer rosafarbenen Flüssigkeit, die das saure Aroma von Alkohol hat. Ich nicke ihr zum Dank zu.

Meine Tischgenossin beugt sich vor und ihr Blick wandert nun eindringlicher über mich, da wir uns niedergelassen haben. „Wie lange ist es her? Elf Jahre? Zwölf? Wirklich zu lange."

„Elf", antworte ich ruhig und ignoriere ihre letzte Bemerkung vollkommen. Wenn sie mich wirklich hätte sehen wollen, wäre es für sie viel einfacher gewesen, Florian zu besuchen, als zu erwarten, dass ich sie aufspüre, während sie durch die Landsitze außerhalb der Stadt tourt.

Außerdem hätte ich mich ohnehin nicht über ihr Auftauchen gefreut. Ihre Besuche in meiner Kindheit erfüllten mich mit noch mehr Grauen, als wenn ich nur die Wünsche meiner Mutter erfüllen musste.

Was unfair von mir war. Laselle und meine Mutter wollten bloß, dass ich mein Potenzial ausschöpfe und unsere Göttin auf jede mir mögliche Weise ehre.

Gefühle sind jedoch Gefühle und man kann ihnen nur schlecht widersprechen.

Laselle nimmt anmutig eine Brotscheibe und schenkt mir ihr kühles Lächeln. „Und jetzt bist du erwachsen. Du siehst aus, als hättest du auf dich geachtet. Ich nehme an, deine Ausbildung ist beinahe abgeschlossen?"

„Mir bleibt noch ein Jahr, bis ich mich der Gilde der Kurtisanen anschließen kann", bestätige ich. Anspannung packt meinen Magen bei diesem Gedanken und der Ungewissheit, wie genau ich meine beabsichtigte Karriere fortsetzen möchte.

„Ich hoffe, dass du mittlerweile viele Kunden zufriedengestellt hast." Sie beißt vorsichtig von einer Scheibe Brot mit Käse ab, wobei ihre Zähne kaum zu sehen sind. Dadurch wird die Reihe aus Juwelen, welche die Zähne hinten in ihrem Mund ersetzen, nicht offenbart, doch ich weiß, dass sie dort vier Saphire einsetzen hat lassen.

Halb so viele Edelzähne wie ich, dennoch schien mein Opfer für sie nie groß genug zu sein.

„Ich war ziemlich aktiv, seit ich der Akademie beigetreten bin", erwidere ich und vermeide es, meine aktuelle Pause zu erwähnen. „Sie ermutigen uns, unsere Künste für eine geringere Gebühr anzubieten. Man kann nirgends so viel lernen wie bei den Leuten, die man befriedigen soll."

„Gut gesprochen. Vielleicht hast du es geschafft, einen Teil der Lücke zu füllen, die deine Mutter hinterlassen hat." Laselles Augen werden schmal. „Aber warum vergnügst du dich mit Besuchen auf dem Land, wenn es bestimmt viele andere gibt, die deine Dienste genießen würden? Oder du mehr lernen könntest?"

Ich schlucke schwer und lächle weiter. Ich erinnere mich an die schneidenden Blicke und spöttischen Bemerkungen, wann immer meine Mutter mich dabei erwischte, wie ich mir ein wenig Zeit für mich gönnte.

Ich habe dich nicht in diese Welt gebracht, damit du in der Sonne faulenzt.

Sag mir nicht, dass du allein ausgeritten bist. Von all den nutzlosen Dingen …

Wenn dein Kopf zu leer ist, um sich etwas anderes zu überlegen, was du tun kannst, frag mich. Mir fällt eine Menge ein.

Wo ist deine Wertschätzung für das Leben, das ich dir geschenkt habe? Willst du mich erneut ruinieren?

Ich spreche in einem Ton, der so schmeichlerisch wie möglich ist. „Ich habe gehofft, mehr von *dir* zu lernen. Immerhin warst du Mutters beste Freundin. Ich konnte so lange nicht von ihrer Führung profitieren. Ich dachte, es könnte mich inspirieren, von deinen jüngsten Kunden zu hören."

Laselle summt bloß abweisend und knabbert an ihrem Brot. Schmerzen breiten sich in meinem Magen aus.

Sie wird mir nichts verraten, wenn ich nicht die richtige Bitte vortrage. Es ist zu lange her, seit ich sie kannte, und damals hatte ich nur das Verständnis eines Kindes von ihren Interessen.

Nun, meine Gabe kann mir dabei helfen.

Ich drücke meine Ersatzbackenzähne sachte in meinem Mund aufeinander und greife auf die Magie zu, mit der mich Ardone im Austausch gesegnet hat, wobei ich Laselle anschaue. Was würde sie in diesem Moment am glücklichsten machen?

Wie immer kommt die Antwort meiner Gabe in einer Flut aus Bildern und Eindrücken. Die Richtung, auf die sie hinweisen, sorgt dafür, dass sich der Schmerz in meinem Magen ausdehnt.

Ah. Das ist es also, was ihr am wichtigsten ist, zumindest wenn es um mich geht.

Ich schätze, ich sollte nicht überrascht sein. Meine Mutter sprach immer so, als wollte sie nichts anderes von mir als Leistungen, doch ich hatte immer das Gefühl, als würde sie nach mehr suchen, wie beispielsweise Buße.

Wenn es Ivy davor bewahrt, sich erneut in die Hände der Blutzauberer zu begeben und die mörderischen Befehle des Königs auszuführen, ist ein wenig Demütigung das Mindeste, was ich tun kann.

Ich schiebe meinen Stuhl zurück, sinke auf die Knie und lege meinen Kopf an der Tischkante ab. „Bitte. Die Wahrheit ist, dass ich das Gefühl habe, als wäre ich ohne deinen und Mutters stützenden Rat vom Weg abgekommen. Ich entspreche nicht ihren Erwartungen. Ich bin noch nicht der Mann, den sie von mir erwartet hat. Mit dir zu sprechen, ist meine letzte Hoffnung. Lass mich von dir lernen, was ich kann.“

Scham kribbelt über mein Gesicht wegen der demütigenden Position, in die ich mich gebracht habe, doch ich halte den Kopf gesenkt, um sie zu verbergen.

Laselle schnalzt mit der Zunge, ich bemerke jedoch einen Hauch von Anerkennung in ihrem Kichern. „Nun, jetzt aber, das ist ein ziemliches Dilemma, in dem du dich befindest. Ich bin nicht überrascht, dass du vom Weg abgekommen bist … Es ist Yonata sogar mit meiner Hilfe stets schwergefallen, dafür zu sorgen, dass du nicht aus der Reihe tanzt. Ich schätze, ich bin es ihr schuldig, dich wieder auf die richtige Spur zu bringen, falls ich das kann."

Ich zwinge die beschämte Hitze aus meinem Gesicht und hebe mich zurück in meinen Stuhl, wobei ich eine gekrümmte, demütige Haltung beibehalte. „Ich danke dir von ganzem Herzen. Der Gedanke, dass ich darin versage, ihr Vermächtnis fortzuführen, nagt jeden Tag an mir."

Der letzte Satz tut weh, als ich ihn ausspreche. Denn in diesen Worten liegt ein Körnchen Wahrheit.

Warum *bin* ich hier und kümmere mich nicht um einen Kunden? Warum habe ich mir eingeredet, dass ich etwas anderes so gut kann, dass es sich lohnt, meine Zeit damit zu verbringen?

Meine Mutter hätte gesagt, dass ich mich an meine Berufung halten soll. Dass ich Ivy verwöhnen soll, wenn sie mich dafür bezahlt. Dass ich die höchstrangigen Kunden aufsuchen soll, die ich beeindrucken kann.

Dass ich all die Freude hervorrufen kann, für die sie nicht mehr sorgen kann.

Ich balle meine Hände zu Fäusten und verdränge die nagenden Zweifel. Ich bin jetzt ein Erwachsener – ich bin ein Mann. Das bedeutet, dass ich die Verantwortung habe, selbst den besten Kurs für mein Leben zu bestimmen.

Nicht, dass sie sich zwangsläufig geirrt hat.

Ich gebe mein Bestes, mein Unbehagen auf Abstand zu halten, während ich vor Laselle katzbuckle und meine albernen Fragen über ihre Großtaten der vergangenen Jahre stelle. Bei jeder Geschichte, die sie erzählt, damit ich von ihrem Beispiel lernen kann, schafft sie es, ein oder zwei Seitenhiebe einzubauen: „Du müsstest deine Kreativität stärker ausdehnen, als du dir jemals die Mühe gemacht hast." „Du musst dich ihren Wünschen komplett hingeben und darfst dich nicht von deinen egoistischen Neigungen ablenken lassen."

Ich nicke, bedanke mich und gebe die staunenden Ausrufe von mir, die sie erwartet, wobei ich an meinem Lächeln festhalte, bis meine Wangen kurz davorstehen, Risse zu bekommen. Ich warte, bis sie so viele Geschichten erzählt hat, dass ich glaube, sie könnte eine weniger schmeichelnde Nachfrage akzeptieren, und ziehe es noch mehrere Minuten hinaus, um auf Nummer sicher zu gehen.

Laselle gibt mir eine geeignete Vorlage, als sie sich mit einem leichten Lachen auf ihrem Stuhl nach hinten neigt. „Andererseits haben viele der Barone und Baroninnen trotz all ihrer Pracht in den Tiefen ihrer Herzen relativ einfache Vorlieben. Deswegen kommen sie hierher, um der Komplexität des Königshofs zu entkommen."

Ich spreche beiläufig, als wäre es nur eine weitere Frage in einer langen Reihe. „Ich habe einige Gerüchte über etwas wildere Partys draußen auf dem Land gehört. Große Lagerfeuer, Masken, Tanzen unter den Sternen. Gehört jemand von deinen Kunden zu dieser Gruppe?"

Die Freundin meiner Mutter tippt sich an ihre roten Lippen. „Ich glaube, keine der adligen Familien nimmt an derartigen Ereignissen teil. Aber ich habe selbst Gerüchte gehört. Als ich Baronin Reginne vor mehreren Monaten besuchte, lauschte ich wie üblich dem Personalklatsch. Anscheinend ist einer der Hausboten über einige seltsame Spuren gestolpert, als er eine Abkürzung durch eine der abgelegenen und selten genutzten Gegenden der Grafschaft genommen hat."

Ich ziehe die Augenbrauen hoch genug, um meine Neugier zu zeigen, jedoch nicht mein gesamtes Interesse. Mein Herz pocht eifrig. „Was für Spuren?"

Laselle wedelt vage mit der Hand. „Ich habe nur das ein oder andere aus zweiter Hand gehört. Soweit ich verstanden habe, lagen dort einige verbrannte Holzstücke und etwas herum, was der Bote für Knochen hielt. Das hat ihn nervös gemacht. Anscheinend hat derjenige, der dort draußen gefeiert hat, auch ein wenig interne Stimulation gebraucht, um sich zu vergnügen. Der Bote brachte nämlich auch einen Streifen getrockneter Crozzemipilze mit, die er in der gleichen Gegend gefunden hatte. Das Küchenpersonal hatte eine ziemlich interessante Nacht, nachdem sie die gekocht hatten. Ich hätte selbst welche probiert, bekomme davon allerdings immer schreckliche Kopfschmerzen.“

„Crozzemipilze?“, wiederhole ich. „Ich wusste nicht, dass die in Silana wachsen.“

„Ich kann nicht behaupten, dass ich mich näher damit befasst habe. Ich schätze, wer immer diese genießt, muss einigermaßen tiefe Taschen haben, selbst wenn er kein Adliger ist.“ Laselles Blick wird eindringlicher, als er sich wieder auf mich richtet. „Ich hoffe, du hast nicht auf derartige Rauschmittel zugegriffen, um deine Fähigkeiten zu verbessern. Ein wahrer Kurtisan sollte seine oder ihre Kunden zufriedenstellen können, ohne deren Realitätsgefühl zu verändern.“

Ich halte meine Hände hoch. „Natürlich nicht. Ich würde das Zeug weder selbst anrühren noch anderen anbieten. Ich war nur überrascht.“

Ihre Augen bleiben auf mir liegen, als wäre sie nicht ganz überzeugt. Als würde sie denken, es sähe mir ähnlich, den faulen Weg einzuschlagen – und diesbezüglich zu lügen.

Ich wechsle meine Taktik. „Es kann kein großes Lagerfeuer gewesen sein, wenn sie bloß einige Holzstücke zurückließen.“

Laselle zuckt mit den Achseln. „Wenigstens räumen sie wieder auf, wenn sie mit ihren Mätzchen fertig sind. Die echte Oberklasse würde sich nicht dazu herablassen, im Dreck herumzuspielen.“

Sie meint, kein Kunde, der uns würdig ist.

Es macht den Anschein, als hätte sie keine weiteren Informationen zu merkwürdigen Treffen in den Grafschaften rings um Florian. Ich arbeite noch ein paar Fragen zwischen meine Bitten um Rat ein, doch keine ihrer Antworten verrät mir mehr über die Aktivitäten der Blutzauberer.

Als ich mich schließlich erhebe, kann ich mich jedoch mit einer Befriedigung vor ihr verbeugen, die ich nicht komplett vortäuschen muss, wenn auch nicht aus den Gründen, die sie sich vorstellt.

„Danke, dass du dir die Zeit genommen hast, mir all das anzuvertrauen. Ich werde weiterhin mein Bestes geben, um den Träumen meiner Mutter für mich gerecht zu werden.“

„Tu das", erwidert Laselle und führt mich zurück zu meinem Wagen.

Auf der gesamten Rückreise nach Florian sitze ich in einem mentalen Eintopf aus unangenehmen Erinnerungen und beklommenen Gedanken. Als der Wagen vor dem Tor der Hofakademie anhält, durchlaufe ich die Schritte des Passworts beinahe, ohne nachzudenken, da ich gedanklich bereits mit dem bevorstehenden Gespräch beschäftigt bin.

Ich will Ivy allerdings nicht stören, indem ich sie zu mir rufe, wenn sie sich noch von ihrer Tortur ausruht. Daher gehe ich zuerst zu dem Badezimmer, das ich für sie reserviert habe.

Als ich hineinspähe, entdecke ich, dass die Bettdecke zerknittert ist, was zeigt, dass sie dort geschlafen hat, der Raum aktuell jedoch unbesetzt ist.

Wohin hätte sie gehen können, wenn sie Frieden von all dem Stress wollte, der ihr aufgebürdet wird?

Ich kenne sie gut genug, um mir der Antwort auf diese Frage ziemlich sicher zu sein.

In den Ställen ist mitten am Nachmittag einiges los, da die Studenten mit ihren gewählten Reittieren kommen und gehen. Es ist allerdings niemand an dem Gangende unterwegs, wo sich Krümels Box befindet.

Ich hätte auch nicht gewusst, dass Ivy dort ist, hätte meine Ohren nicht das leise Kratzen einer Bürste erreicht, die über Pferdehaare streicht, als ich nur noch ein paar Schritte entfernt bin. Mein erstes aufrichtiges Lächeln des Tages breitet sich auf meinem Gesicht aus, als ich neben der Boxentür stehen bleibe.

Ivy, die sich an die hintere Seite der Box gedrängt hat und die Hüfte des Hengstes striegelt, schaut auf. Das zufriedene Licht, das meine Laune stets hebt, erhellt ihr Gesicht.

Das normalerweise gereizte Pferd schnaubt mich an, als würde es seiner Verärgerung darüber Ausdruck verleihen, dass ich womöglich seine Pflegestunde unterbreche, senkt jedoch beinahe entschuldigend den Kopf, als Ivy seine Seite tätschelt. Ich sollte nicht im Geringsten überrascht sein, dass sie Stavros umgestimmt hat, wenn es ihr gelungen ist, dieses Tier zu zähmen, das bis vor kurzem mehr als Fluch denn als Reittier gesehen wurde.

Der Hengst bewegt sich nicht, als ich hinter ihr in die Box schlüpfe, damit uns niemand beim Reden sieht, der an dem Gang vorbeikommt.

„Hast du genug Schlaf bekommen?", erkundige ich mich mit leiser Stimme.

Ivys Lächeln wirkt angespannt. Sie widmet sich wieder dem Striegeln von Krümels Fell, was dieser mit einem zufriedenen Seufzen quittiert. „So gut ich das konnte. Ich wurde ruhelos, weshalb ich dachte, ich würde diesem Biest ein wenig Aufmerksamkeit schenken." Sie schlägt neckend nach ihm.

„Nun, der Raum gehört dir bis Mitternacht. Wenn du also später das Bedürfnis verspürst, dorthin zurückzuflüchten, zögere nicht."

„Danke schön." Sie mustert mich mit ihren hellen wissenden Augen, die jedes Anzeichen von Schwierigkeiten sofort wahrnehmen. „Wie ist der Besuch gelaufen, den du machen wolltest? Hast du etwas herausgefunden?"

Ich erkenne an ihrem Ton, dass sie sich nicht einmal die Mühe macht, zu hoffen, dass ich sie von der schrecklichen Aufgabe befreien kann, die der König ihr erteilt hat.

Schuldgefühle formen einen Klumpen in meinem Magen, bevor ich es schaffe, ihr zu antworten. „Ein wenig. Ich glaube, ich weiß, wo die Blutzauberer zumindest einige ihrer Lagerfeuer abgehalten haben. Und ich weiß mit ziemlich hoher Wahrscheinlichkeit, womit sie dich berauscht haben."

Obwohl sich meine Entdeckungen für mich kaum wertvoll anfühlen, weicht ein Teil der Anspannung aus Ivys Haltung. „Das könnte eine große Hilfe sein. Ich würde sehr gerne einen klaren Kopf bewahren."

Ich wünschte, ich könnte ihr das versprechen. „Wir müssen schauen, ob Alek ein brauchbares Gegenmittel finden kann. Ich werde ihm Bescheid geben, sobald wir unser Gespräch beendet haben – ich muss vermutlich ein Treffen einberufen, werde jedoch nichts sagen, was ich dir jetzt noch nicht erzählt habe. Du solltest dich entspannen."

Ich bezweifle, dass sie heute an irgendeinem Punkt entspannt war, es spricht allerdings dafür, wie viel Stress sie hat, dass sie bloß zustimmend den Kopf neigt und nicht darauf besteht, mitzukommen.

Jede Faser in meinem Körper schreit mich an, meine Arme um sie zu schlingen und sie auf die bestmögliche Art zu trösten.

So viel Wonne in ihr hervorzurufen, dass sie ihre Sorgen eine Weile vergessen kann. Meine Hingabe auf die konkreteste Art zu zeigen.

Doch ich halte mich davon ab, mehr zu tun, als meine Hand auf ihre Schulter zu legen. Ich habe vergessen, dass ich es nicht nur mit Ivy zu tun habe, sondern auch mit Julita.

Und Ivy, auch wenn sie sich gegen meinen Spitznamen für sie wehrt, ist so gütig, dass sie auf ihre eigene Wonne verzichtet, damit die Frau nicht noch mehr Kummer erlebt, deren Seele sie in sich trägt.

Wie lange wird sie ihre eigene Freude hintenanstellen, um die aller anderen zu unterstützen? Sie hat bereits zu viele Bürden auf sich genommen.

Ich weiß jedoch, dass es keinen Sinn hat, mit ihr darüber zu diskutieren. Sie würde schlecht von mir denken, wenn ich es täte.

Ivy lehnt sich ganz leicht in meine Berührung und vertieft meinen Drang, sie näher zu ziehen. Es ist nicht so, als wäre es nur für *ihr* Vergnügen. Sie an mir zu spüren, löst etwas in mir aus, was so viel mehr als Verlangen ist.

Dann blickt sie durch ihre Wimpern zu mir auf und ein Hauch von Schlauheit mischt sich mit ihrer Sorge. „Du hast dich nicht darauf gefreut, denjenigen zu besuchen, zu dem du gereist bist. Ich hoffe, derjenige war nicht zu unerträglich.“

Ich habe mein Unbehagen nicht gut genug verborgen.

Ich bringe ein verlegenes Lachen zustande und erlaube mir den Luxus, sie auf ihre Schläfe zu küssen, wobei ich den süßen Geruch ihrer Haare zusammen mit dem Raucharoma des Lagerfeuers einatme, das noch an ihnen haftet. „Es war einfach lange her. Ich war mir nicht sicher, was ich zu erwarten hatte. Sie war eine Freundin meiner Mutter. Sie stellten beide hohe Erwartungen an mich.“

Ivy zieht ihre Augenbrauen hoch. „Ich kann mir nur schwer vorstellen, dass jemand deine Fähigkeiten als Kurtisan kritisiert.

Du hast gesagt, dass es eine Familientradition ist, oder? Daher haben sie offensichtlich nicht erwartet, dass du eine andere Karriere wählst."

„Oh, definitiv nicht. Sie wollten, dass ich mich so gut wie möglich schlage, das ist alles."

„Deine Mutter ist nicht mehr da?"

Bei den Göttern, ich erschaudere bei dem Gedanken, ein Treffen zwischen den zwei Frauen organisieren zu müssen, die mir am meisten bedeutet haben. „Nein. Sie ist gestorben, als ich zehn Jahre alt war. Kurtisan-Familien passen jedoch aufeinander auf. Ich hatte immer Leute, bei denen ich wohnen konnte."

Ivy berührt meine Wange. „Ich weiß nicht, wie sie etwas anderes als stolz darauf sein könnte, was aus dir geworden ist."

Meine Kehle schnürt sich plötzlich zu. Ich zwinge mich zu einem Lachen, um die aufsteigende Emotion zu verbergen, doch sie brennt weiterhin in mir.

Meine Mutter würde mich anschreien, weil ich hier rausgekommen bin und Zeit auf eine Frau verschwende, die sie als Niemand betrachten würde. Und vielleicht habe ich meine Verantwortungen und die Schulden vernachlässigt, die ich möglicherweise nie ganz zurückzahlen kann.

Allerdings läge sie in Bezug auf Ivy falsch. Denn als ich ihren Blick erwidere, weiß ich mit Gewissheit, die sich bis in meine Mitte erstreckt, dass all das Verlangen und die Hingabe, die Sehnsucht und das Brennen auf ein Wort hinauslaufen.

Liebe.

Ich liebe sie, wie ich noch nie jemanden geliebt habe. Ich wusste nicht einmal, dass es möglich ist, jemanden so sehr zu lieben.

Vielleicht sollte ich der Emotion nicht nachgeben. Vielleicht ist das der Egoismus, von dem Laselle spricht.

Liebe ist jedoch Ardones höchster Zweck. Dieses Gefühl ist ihr Segen.

Nichts könnte ehrenhafter für die göttlichen Kräfte sein, denen ich diene.

Und wenn ich im Dreck kriechen oder Blut vergießen muss, um diese Liebe zu verteidigen, werde ich nicht zögern, das zu tun. Das weiß ich mit jeder Faser meines Wesens.

Einundvierzig

Ivy

Ich weiß nicht, was irgendeines der Salze und Öle bewirken soll, weshalb ich einfach die Flaschen öffne und an ihnen schnuppere, bis ich einen Geruch finde, den ich mag. Anschließend verstreue ich das Pulver großzügig im laufenden Wasser der Badewanne.

Der resultierende Schaum verstärkt den wohltuenden Kräuterduft. Ich ziehe meine restlichen Kleider aus und steige in die gewaltige Wanne.

Als ich in das heiße, schäumende Wasser sinke, entfährt meinen Lippen ein langer Seufzer. Er wird von der Stimme in meinem Kopf wiederholt.

Wenn es eine Sache gibt, die ich vermisse, ist es ein schönes Bad.

Meine Mundwinkel biegen sich nach oben, obwohl meinen Magen zugleich ein Stich der Ungewissheit durchfährt. Julita hat nicht viel gesagt, seit wir von der Initiationszeremonie zurückgekehrt sind. Ich bin mir nicht sicher, wie sie sich momentan fühlt.

Ich spreche in einem lockeren Ton. „Habe ich nicht entsprechend deiner adligen Standards gebadet?"

Sie kichert. *Es ist nicht so, als hättest du besonders oft Zeit gehabt, dich einem längeren Bad hinzugeben. Und wenn du es getan hast …*

Julita unterbricht sich, vermutlich weil sie nicht auf das Thema eingehen will, was genau ich während meiner ausgedehnten Bäder getrieben habe. Der Stich verstärkt sich zu Schmerzen.

Ich nehme den Waschlappen in die Hand, den ich am Wannenrand habe liegen lassen, und beginne, den Schmutz und Schweiß von meiner Haut zu reiben. „Nun, falls es ein bestimmtes Öl gibt, das du zu schätzen wüsstest, oder eine Seife, die du vorziehen würdest, ist jetzt die Gelegenheit, es mir zu verraten.“

Nein, was du ausgewählt hast, ist prima.

Ein Hauch von Niedergeschlagenheit liegt in ihrem Ton, an den ich nicht gewöhnt bin – es ist nicht so, als würde sie sich zurückhalten, sondern eher so, als wäre sie einfach gedrückter Stimmung. Ich schätze, sie ist womöglich ebenfalls müde.

Ich bohre nicht nach, sondern massiere die Seife in meine Haare ein und kann den lustvollen Schauder nicht unterdrücken, der mich bei der Erinnerung an Casimirs geschickte Finger durchfährt, die mich vor einer Weile genauso verwöhnten. Anschließend tunke ich meinen Kopf mehrere Male unter Wasser, um den Schaum wegzuspülen. Dann arbeite ich ein wenig von der Creme in meine Strähnen ein, die diesen angeblich ein seidiges Gefühl und Glanz verleihen soll, einfach nur, weil ich es kann.

Die Badehäuser der Mittelbezirke, zu denen ich zuvor Zugang hatte, stellten nie etwas so Luxuriöses zur Verfügung.

Nachdem ich auch die Creme ausgespült habe, setze ich mich auf den Vorsprung auf einer Seite der Wanne und genieße die seidige Hitze des Wassers. Der Duft flutet meine Lunge. Sogar die Narben auf meinem Rücken scheinen weich zu werden.

Das hier *ist* ein Luxus. Allerdings kann ich mich nicht vollkommen entspannen, wenn ich mir der Präsenz in meinem Hinterkopf bewusst bin, die sich hierhin und dorthin bewegt, ohne mir ihre Gedanken zu verraten.

„Du warst heute still", stelle ich schließlich fest.

Oh, ich musste bloß über vieles nachdenken. Und es gab ohnehin nicht viel, zu dem ich etwas beitragen konnte.

Meine Kehle schnürt sich zu. „Weißt du, es tut mir leid, was mit Stavros passiert ist, nachdem ich dir gesagt habe … Ich glaube, wir waren beide noch halb am Schlafen und ich habe mich in dem Moment verloren … Ich hätte nicht …"

Es ist alles in Ordnung, unterbricht Julita mich. *Wenn du das wolltest, sollte ich dich nicht davon abhalten, dich zu verlieren. Ich … Du musstest deine Lebensweise sehr stark ändern, weil ich in deinen Kopf geplatzt bin, nicht wahr.*

Es ist keine Frage, dennoch habe ich das Gefühl, ich sollte antworten. „Du hast mich nicht gezwungen, zur Akademie zu gehen. Ich habe die Entscheidung getroffen."

Ich meine, du hattest keine Privatsphäre. Du musstest ständig nicht nur an dich, sondern auch an mich denken. Ich weiß, dass du es gewohnt warst, allein zurechtzukommen. Dass nun eine Fremde jede deiner Bewegungen überwacht, deine Gedanken mit ihren unterbricht, wann immer sie etwas zu sagen hatte …

Sogar als sie sich darüber beschwerte, wie sehr sich die Männer auf mich konzentrieren, habe ich sie nie so niedergeschlagen sprechen hören, wie sie es nun tut. Worauf will sie hinaus?

„Es ist eine seltsame Situation", gebe ich zu. „Aber wir haben das Beste daraus gemacht oder zumindest arbeiten wir darauf hin."

Und die Situation sollte beinahe vorbei sein. Allerdings weiß ich nicht, wie ich diesen Teil auf eine Weise sagen soll, die nicht komplett unsensibel klingt.

Wenn ich Julitas Mission zur Vernichtung der Blutzauberer zu Ende gebracht habe und deren Verschwörung zerschlagen wurde, wird es keinen Grund mehr für sie geben, sich durch mich an dieses letzte bisschen Leben zu klammern.

Ich habe nur nicht damit gerechnet, dieses Gespräch schon so früh zu führen.

Julita macht ein Geräusch, als würde sie sich räuspern. *Ich habe nachgedacht … Ich war in den letzten ein oder zwei Wochen keine große Hilfe. Also ist es vielleicht an der Zeit, dass ich weiterziehe und dir dein Leben überlasse.*

Ich blinzle und bin vorübergehend sprachlos. „Warum sagst du so etwas? Wir haben deine Mission noch nicht beendet."

Ich habe das Gefühl, dass Julitas Präsenz sich ein wenig windet, bevor sie antwortet. *Wenn überhaupt, habe ich dich vermutlich abgelenkt. Ich war offensichtlich zu sehr mit meinen eigenen Sorgen beschäftigt, um sicherzustellen, dass ich da bin, wenn ich helfen kann. Wenn ich mehr Probleme verursache, als ich löse, wäre es für die Mission und dich besser, wenn ich gehe.*

Mein Mund öffnet sich, doch es kommen keine Worte heraus. Hitze, die nichts mit dem Bad zu tun hat, ist in meinen Augen aufgestiegen.

Warum habe ich das Gefühl, als würde ich gleich weinen?

Julita liegt nicht *falsch*. Meine geisterhafte Passagierin hat sich immer mehr zurückgezogen. Es war schwierig, ihre Emotionen und meine eigenen Sehnsüchte unter einen Hut zu bringen.

Doch irgendwie rutscht mir der Magen in die sprichwörtliche Hose bei dem Gedanken, dass sie meinen Verstand völlig verlässt und mich so allein zurücklässt, wie ich es früher war. Die Leere, die ich mir vorstelle, jagt einen Schauder durch meine Adern.

Ich müsste mich den Blutzauberern ganz allein stellen. Keine sarkastischen Kommentare würden meine Laune heben. Niemand würde seine Sorgen zum Ausdruck bringen, wenn ich Probleme habe.

Denkt sie wirklich, dass sie mir so viele Schwierigkeiten bereitet?

Vielleicht war es zu anstrengend für *sie*, bei mir zu bleiben, und sie will es nicht zugeben.

„Willst *du* weiterziehen?", frage ich und kämpfe darum, mit ruhiger Stimme zu sprechen. „Falls es zu unangenehm geworden ist, bei mir zu sein, werde ich natürlich nicht darauf bestehen, dass du bleibst."

Ivy ... ich weiß jedes bisschen Leben zu schätzen, an das ich mich durch dich klammern durfte. Das Letzte, was ich will, ist deine Gastfreundschaft überzustrapazieren.

Ich glaube, das ist ein Nein auf meine Frage.

Ich sammle mich so gut ich kann. „Du hast sie nicht überstrapaziert. Alles zwischen mir und den Männern ist offensichtlich etwas zu viel für dich geworden und ich nehme es dir nicht übel, dass du ein wenig Raum brauchst. Aber du hilfst noch immer. Ich weiß nicht, ob ich das Aufnahmeritual überstanden hätte, ohne meine Magie für alle zu offenbaren, wenn du mir nicht gut zugeredet hättest. Du *warst* da, als ich dich am dringendsten brauchte.“

Ich kann beinahe sehen, wie Julita den Kopf hängen lässt. *Ich hätte schon früher da sein sollen.*

„Das spielt keine Rolle. Du warst nicht zu spät. Ich … ich hasse es, dass ich mich mit diesen Arschlöchern abgeben muss. Es wäre so viel schwieriger ohne eine Freundin an meiner Seite.“

Julita lacht rau. *Du betrachtest mich noch immer als Freundin?*

Ich runzle die Stirn. „Natürlich. Deswegen habe ich versucht, deine Gefühle zu berücksichtigen. Du hast dich für mich eingesetzt, bevor sich einer der Männer dazu herabgelassen hat. Du hast mir den Rücken freigehalten und ich will dir deinen freihalten.“

Stille dehnt sich zwischen uns aus. Als Julita wieder spricht, klingt sie, als wäre sie ebenfalls gerührt, obgleich sie keine Kehle hat, die ein Kloß verstopfen kann, oder Augen, die Tränen vergießen können.

Es tut mir so leid. Ich bin jetzt kein Teil ihres Lebens mehr, weshalb es nicht so ist, als könnte ich einen von ihnen haben. Es ist nicht so, als hätte ich irgendetwas mit ihnen zugelassen, wenn ich am Leben geblieben wäre. Ich war zu sehr darauf bedacht, mich zu schützen … Es ist nicht deine Schuld, dass ich jetzt sehen kann, dass mich zu verschließen, möglicherweise nicht der Pfad war, der mich am glücklichsten gemacht hätte.

Ich wünschte, ich könnte sie umarmen. Mir kommt der Gedanke mit dem süßesten aller bittersüßen Schmerzen, dass es vielleicht so gewesen wäre, mit Linzi zu sprechen, wenn meine kleine Schwester lang genug gelebt hätte, um sich mit erwachsener Eifersucht und Reue auseinanderzusetzen.

„Ich habe die Dinge selbst in vielerlei Hinsicht vermasselt,

Annahmen angestellt und gezögert, zu vertrauen", erwidere ich. „Es ist nicht fair, dass du nie die Gelegenheit erhalten hast, deine Meinung zu ändern."

Ich würde sagen, dass es viel weniger fair ist, dass ich es dir erschwert habe, die Zuneigung zu genießen, die sie dir angeboten haben. Du hast sie nie schlecht behandelt, Ivy. Es ergibt Sinn, dass du vorsichtig warst angesichts dessen, wie sie dich zu Beginn behandelt haben und aufgrund der Unterschiede zwischen euren Positionen und ... allem. Ich hatte keine Ausrede.

Mein Mund verzieht sich zu einem schiefen Lächeln. „Ich denke, die hattest du. Dein Bruder war schrecklich zu dir und deine Eltern haben offensichtlich nicht gut genug aufgepasst, um sich einzumischen ... Natürlich ist es dir schwergefallen, jemandem zu vertrauen."

Nun, ich glaube, wir können beide mehr als unsere schlechten Erfahrungen sein. Julita schüttelt sich, was ein Kribbeln durch meine Kopfhaut sendet. *Du bist ihnen wirklich wichtig. Sogar Stavros. Ich war so sehr damit beschäftigt, zu vermissen, was ich verloren habe, dass ich nicht innegehalten habe, um nachzudenken ... Das hier ist das Beste, was ich jetzt haben* kann. *Ihre Hingabe für dich zu feiern. Eine kleine Kostprobe der aufregenden Teile zu genießen, bevor ich dir deine Privatsphäre gebe ... und vielleicht etwas zusätzliche Freude, wenn du mir anschließend ein wenig davon erzählst?*

Ich kann mir das Kichern nicht verkneifen, das aus meinem Mund purzelt. „Bist du dir wirklich sicher, dass du dir die Einzelheiten anhören willst?"

Ich muss es auf die richtige Art betrachten und mich auf das konzentrieren, was ich gewinne, anstatt auf das, was ich nicht haben kann. Ich sollte eigentlich gar nicht hier sein und irgendetwas davon erleben. Sie hält inne und ihre Stimme nimmt einen verschlagenen Ton an. *Und ich glaube nicht, dass ich verpassen will, wie du Stavros endlich komplett rumkriegst. Warum ist die Lage zwischen euch so angespannt?*

Ich rümpfe die Nase. „Alles, was du vermutlich erahnen konntest, ist passiert und dann wurde ich nervös, dass er nicht glücklich darüber sein würde, wenn er richtig aufwacht. Er gab zu, dass er *mir* noch immer nicht richtig vertraut. Ich bin nicht geblieben, um mir seine Ausrede anzuhören, warum das so ist.“

Julita summt. *Dieser Mann. Er muss irgendwann zu Vernunft kommen. Tu mit ihm, was du willst, wenn es so weit ist. Und halte dich bei Alek und Casimir nicht mehr zurück. Ich hätte protestieren sollen, als du mir das erste Mal davon erzählt hast, dass du dich zurückgezogen hast.*

Und das – das ist der Grund dafür, warum der Gedanke meine Emotionen aus der Spur bringt, der Geist in meinem Kopf könnte gehen. Wir verstehen einander. Wir halten einander den Rücken frei, so gut wir das eben können.

„Ich weiß nicht, was mit Stavros sein wird“, erwidere ich. „Aber die anderen … bist du dir *sicher?*“

Absolut. Du solltest all die Bewunderung aufsaugen und ich werde das Nachglühen genießen. Es macht mehr Spaß, dein Leben zu teilen, wenn du es ebenfalls genießt. Ich habe das bloß für eine Weile vergessen.

Ich schlucke schwer. „Nun, danke.“

Ich sollte dir danken. Du hättest mir vor einigen Minuten sagen können, dass ich gehen soll.

Das Wasser wird um mich herum kühl. Ich strecke meine Beine aus und atme den Kräuterduft ein, bevor ich nach dem Stöpsel greife, um den Abfluss zu öffnen. „Hoffentlich werden wir noch ein wenig mehr Zeit für Spaß haben, bevor wir uns dem Morden widmen.“

Julita macht den Eindruck, als würde sie zusammenzucken. *Man sollte meinen, König Konram wäre dir so dankbar für alles, was du bereits getan hast, dass er dir das nicht auch noch aufbürdet. Wenn ich …*

Sie hält inne und es breitet sich eine nachdenkliche Stille aus, die mich sofort in Alarmbereitschaft versetzt.

„Was?“, hake ich nach einem Augenblick nach, als ich aus der Wanne steige.

Ich frage mich, ob meine Gabe noch funktioniert. Wenn du mir erneut kurz die Kontrolle überlässt, könnten wir den König rufen und ich könnte ihm mitteilen, dass du nicht seine Attentäterin sein wirst, und er müsste das akzeptieren.

Ich wickle eines der flauschigen Handtücher um mich,

während ich über ihr Angebot nachdenke. „Wir wissen nicht mit Sicherheit, dass deine Gabe noch immer funktionieren *würde*, wenn du nicht in dem Körper bist, der das Opfer erbracht hat. Falls sie nicht mehr funktioniert, könnte die Konfrontation schrecklich schiefgehen.“

Ich schätze, das stimmt. Es wäre schwer, das zu testen, da wir nicht wissen, wer etwas verlangen würde und nicht gewillt wäre, ein Nein zu akzeptieren, außer ich erzwinge es.

Ich reibe mir mit dem Handtuch über den Kopf und zögere vor dem großen Spiegel des Raums. Mein blasses Spiegelbild blickt mir entgegen. Meine Figur ist jetzt nicht mehr ganz so dürr, da ich mehrere Wochen lang von Mahlzeiten im Speisesaal der Akademie profitiert habe. Meine Ellenbogen sind jedoch so spitze wie eh und je und die Muskeln, die ich mir antrainiert habe, zeichnen sich unter meiner fahlen Haut ab. Eine Menge Narben verunstalten diese Haut, ohne dass mein Rücken zu sehen ist.

Ich sehe noch immer nicht wie eine Adlige aus. Ich sehe wie eine Frau aus, die mehr sehen und tun musste, als das jemand jemals tun sollte.

Und vielleicht ist das okay.

Ich richte mich auf. „Jemand muss Ster. Torstem aus dem Verkehr ziehen. Das kann genauso gut ich sein. Ich *bin* bei weitem in der besten Lage, ihn schnell und ohne einen großen Aufruhr auszuschalten.“

Du willst kein Attentat durchführen, oder? Ich weiß, dass du es zuvor gehasst hast, andere zu töten – sogar Esmae.

„Ich habe es gehasst“, stimme ich leise zu. „Aber ich wollte auch nicht auf die Akademie gehen. Ich wollte keine dieser Pflichten übernehmen. Mir gefiel einfach die Vorstellung noch weniger, was geschehen könnte, wenn ich es nicht tue. Das hat sich nicht geändert.“

Selbst wenn es dazu kommen sollte, dass ich bei der Ausführung des letzten Teils der Mission ebenfalls getötet werde.

Julita schweigt kurz. Dann sagt sie: *Ich glaube, ich kann verstehen, warum Kosmel dich ausgewählt hat.*

Ich schnaube. „Falls er sich jemals wieder die Mühe macht,

mit mir zu sprechen. *Er* war gestern Nacht überhaupt nicht hilfreich. Konnte mir nicht einmal einen Würfelwurf geben."

Ich schätze, es ist schwer, die Taten der Götter zu interpretieren.

„Ich weiß nicht. Das fühlte sich wie ein ziemlich deutliches ‚Fick dich' an. Aber es spielt eigentlich keine Rolle. Ich bin ohne seine Hilfe in die Mission gelangt, also werde ich auch ohne ihn rauskommen."

Als ich schließlich angezogen bin, ist mir die Ruhelosigkeit wieder in die Knochen gekrochen, die mich zuvor aus dem Badezimmer getrieben hat.

Es ist jetzt Abend. Stavros wird bald in sein Quartier zurückkehren, falls er es nicht bereits getan hat.

Casimir sagte, ich hätte den Raum bis Mitternacht, weshalb ich mich nicht die ganze Nacht hier verstecken kann. Und der Gedanke, einzuschlafen und rausgeworfen zu werden, bereitet mir Unbehagen.

Ich finde allerdings auch keinen großen Gefallen an der Vorstellung, mit dem ehemaligen General über unsere Begegnung in der letzten Nacht zu sprechen.

Mit einem Schnauben, das hauptsächlich mir gilt, betrete ich den Gang und mache mich auf den Weg zu der kleinen Treppe des Domis. Frische Luft, um meinen Kopf zu klären, kann nichts Schlechtes sein.

Ich schlendere durch den Innenhof, doch in der einbrechenden Dämmerung sind noch zu viele Studenten unterwegs. Ich entdecke Petra, die aus dem Quadring kommt, und renne förmlich in die entgegengesetzte Richtung.

Ein Gespräch mit ihr scheint mir auch eine schlechte Idee zu sein.

Letztendlich schlendere ich durch einen der Gänge des Quadrings zu dem größeren Außenhof. Der Campuswald ragt dunkel auf der anderen Seite der Wiese auf, doch ich erlaube mir nicht, mich darauf zu konzentrieren. Ich schlendere durchs Gras und betrachte die Statuen, die entlang der hohen Steinmauer stehen.

Die von Elox, der eine wogende Decke in die Luft wirft, ist ein besonders beeindruckendes Kunstwerk. Ich bewundere sie so eifrig, dass ich beinahe über meine eigenen Füße stolpere, als ich daran vorbeigehe und mein Blick an der Gestalt auf der anderen Seite hängen bleibt.

Der Wachmann mit dem zu hübschen Gesicht und der magischen Ausstrahlung steht einige Schritte entfernt an der Mauer. Er trägt seine dunkelblaue Uniform, weshalb er vermutlich im Dienst ist und eigentlich patrouillieren sollte. Allerdings steht er steif da und hat seine Aufmerksamkeit auf den Arm gerichtet, den er vor seine Brust gehoben hat.

Als dort etwas zuckt, erkenne ich, dass ein Schmetterling auf seinem Jackenärmel hockt.

Die gelb-blauen Flügel des Insekts senken sich und heben sich wieder. Der Wachmann starrt es mit unsicherer Miene an, als wäre er sich nicht sicher, was er hinsichtlich der Situation tun soll, und würde sich Sorgen machen, dass er die falsche Entscheidung treffen wird.

Denkt er, der Schmetterling wird ihn angreifen?, murmelt Julita belustigt.

Es ist eine so bizarre Szene, dass ich stehen bleibe, anstatt an ihm vorbeizueilen. Das bedeutet, dass ich *ihn* noch immer anstarre, als er den Blick hebt und mich entdeckt.

Ich erwarte, dass er mich anraunzt, weil ich ihn anglotze, so wie es hochrangige Leute häufig tun, wenn man sie in einem peinlichen Moment erwischt. Stattdessen reißt er die Augen weiter und beinahe flehend auf. Als würde er mich um Hilfe bitten.

Es ist lächerlich. Er braucht offensichtlich keine echte Hilfe.

Alles an der Situation ist jedoch so absurd, dass ich näher trete. „Wurdest du von diesem Schmetterling angegriffen?"

Der Blick des Wachmanns zuckt zurück zu dem Insekt. Er hebt seinen Arm etwas höher, das Wesen klammert sich allerdings weiterhin an ihn.

„Er ist vor einigen Minuten auf mir gelandet", erklärt er und deutet auf einen der Flügel, wobei seine Stimme so verwirrt klingt, wie er aussieht. „Ich glaube, er ist verletzt ... er kann womöglich nicht weiterfliegen. Ich weiß nicht, was ich tun soll."

Macht er sich solche Sorgen um das Schicksal eines Schmetterlings?

Ein unbehaglicher Stich fährt mir in die Brust. Irgendwie

kann ich ihn nicht einfach abweisen, wenn er ein solch ungewöhnliches Mitgefühl zeigt.

Die meisten seiner Kollegen hätten das Wesen vermutlich einfach abgeschüttelt oder totgeschlagen und es anschließend vergessen.

Ich mustere die Flügel und bemerke den zerfetzten Rand an dem, auf den er gedeutet hat. Kann sich ein Schmetterling von einer derartigen Verletzung erholen?

Ich weiß es nicht, aber wir können ihm genauso gut eine Chance geben.

Nachdem ich mich umgesehen habe, deute ich zum Wald. „Bringen wir ihn an einen Ort, wo er geschützt ist. Wenn er sich erholt, ist er an einer Stelle besser dran, wo ihn keine Fressfeinde bemerken. Angenommen, du willst ihn die nächsten ein bis zwei Tage nicht mit dir herumtragen.“

„Nein“, antwortet der Wachmann, als würde er meinen Vorschlag ernst nehmen. „Er könnte größeren Schaden erleiden, wenn er auf mir reitet.“

„Dann ist das beschlossen. Komm.“

Ich marschiere zur Baumgrenze und ignoriere die Sorgen, die mich beim Anblick des Walds erfüllen, in dem ich so viele Dinge tun musste. Der Wachmann folgt mir, wobei er seinen Arm ruhig hält, um seinen Passagier nicht zu stören.

Als wir die Bäume erreichen, spähe ich ins Unterholz und deute auf einen belaubten Ast, der von einem Schössling absteht. „Setz ihn dort ab. Der Zweig direkt darüber sollte Vögel daran hindern, ihn zu entdecken.“

Der Wachmann schiebt den Schmetterling vorsichtig auf seinen Finger. Dieser packt seine Haut mit seinen winzigen Füßen, doch als der Wachmann ihn gegen den Ast schubst, springt er mit einem Flattern seiner Flügel auf die Rinde.

Während er den Schmetterling auf seinem neuen Ruheplatz mustert, entspannt sich der Wachmann. Er sieht mich an und ein Kribbeln der Magie, die er ausstrahlt, streift meine Nerven.

Ich gebe mein Bestes, zu verbergen, dass sich meine Muskeln anspannen. Es bildet sich jedoch eine kleine Falte auf seiner porzellanglatten Stirn. „Ich mache dich nervös. Dieser

Ort macht dich ebenfalls nervös. Trotzdem hast du mir geholfen."

Mein Kinn reckt sich automatisch. „Mir geht es prima. Du sahst aus, als könntest du ein wenig Führung gebrauchen. Ich habe jetzt andere Dinge zu tun."

Ich wirble herum und marschiere davon, bevor er weitere Anschuldigungen aussprechen kann, höre allerdings seine Stimme, bevor ich mehr als einige Schritte Abstand zwischen uns bringen konnte. „Danke schön."

Ich gehe weiter, ohne zurückzuschauen.

Julita kichert leise. *Nun, er ist ein seltsamer Vogel. Ich schätze, wenn er dich noch einmal beim Sternegucken stört, kannst du ihn an seine Schmetterlingseskapaden erinnern.*

Der Schatten eines Lächelns berührt meine Lippen, mein Herz ist jedoch nicht bei der Sache. Mir ist nicht mehr wohl damit, über den Hof zu wandern, nicht wenn ich dem Wachmann und seinen unbekannten magischen Fähigkeiten erneut begegnen könnte.

Er kann nicht wissen, *warum* mir der Wald Unbehagen bereitet, oder?

Die letzten Sonnenstrahlen verblassen am Himmel. Wandleuchter gehen entlang der Akademiegebäude an.

Ich reibe mir über die Arme, suche nach einer anderen Option und ergebe mich schließlich meinem Schicksal.

Ich muss irgendwann mit Stavros sprechen. Über *all* die Dinge, die gestern Nacht passiert sind und wir noch nicht besprochen haben.

Zeit, diese Schrecklichkeit hinter mich zu bringen.

ZWEIUNDVIERZIG

Stavros

Ich wollte den Teller nicht zerbrechen. Ich habe ihn bloß auf mein Zimmer gebracht, weil mir das Geplapper im Speisesaal auf die Nerven ging.

Das Geschirr saß also an meiner Schreibtischkante, während ich durch den Raum tigerte und mir den Kopf zerbrach, was ich zu meinem König sagen könnte, um seine Meinung zu ändern. Ich versuchte, irgendeine alternative Strategie zu finden, die ich anbieten könnte und die Ivys Beteiligung unnötig machen würde. Als ich frustriert gegen das Tischbein trat, fiel der Teller runter und zerbrach auf dem Boden.

Natürlich kehrt Ivy zurück, als ich mit mir selbst schimpfe und die zerbrochenen Teile aufhebe.

Beim Quietschen der Tür erstarre ich und hebe nur den Kopf.

Ivy schlüpft herein. Ihr hellblauer Blick fühlt sich besonders bohrend an, als sie meine Position und die zackigen Keramikstücke auf dem Boden ringsum betrachtet.

„Was hat dir der arme Teller angetan?", fragt sie in

sarkastischem Ton, doch ihr Körper ist angespannt, als würde sie denken, sie müsste gleich wieder durch die Tür flüchten.

„Es war ein Unfall", brumme ich und fege die Scherben so hastig zusammen, wie ich es mit meiner normalen Hand und der Hakenprothese kann, die ich für ein spätnachmittägliches Training angezogen habe – das kein bisschen dabei geholfen hat, einen klaren Kopf zu bekommen.

Während ich arbeite, marschiert Ivy durch den Raum, um ihre mittlerweile typische Kontrolle nach heraufbeschworenen Wesen durchzuführen. Anscheinend findet sie keine, denn sie tritt zaghaft zum Sofa und lässt sich in die Polster sinken.

Ihre Haltung wirkt noch immer, als wäre sie bereit zur Flucht.

Mir ist nicht entgangen, dass sie seit meinem Schnitzer gestern Nacht vor mir geflohen ist. Sie hat jeden Raum so schnell wie menschenmöglich verlassen, in dem wir zusammen waren.

Als ich die Scherben zum Mülleimer bringe, werfe ich ihr verstohlene Blicke zu. Ein kurzes Zucken meiner Augen, so lange meine Sicht funktioniert.

Sie schaut zum Fenster, anstatt mich zu beobachten. Ihr Mund ist zu einem Strich verzogen, der gequält wirkt.

Obwohl die moosgrüne Farbe des neuen Kleides, das Casimir ihr gegeben hat, ihre blasse Haut und rotblonden Haare beeindruckend betont, steht es ihr nicht ganz so gut wie ihre Trainingskleider. Die leidenschaftliche Stärke ihres Geistes schimmert jedoch hindurch.

Dieser Funke in ihr ließ das Blut durch meine Adern rauschen, lange bevor ich gewillt war, zu akzeptieren, geschweige denn zuzugeben, was für eine Wirkung sie auf mich hat. Jetzt, als ich mich daran erinnere, wie sie sich mir gestern Nacht in meinem Bett entgegenbog und an mir erschauderte …

Nein, es ist besser, wenn ich mich an die Furcht erinnere, die danach in ihren Augen schimmerte. Meinem Verlangen nachzugeben, bevor wir eine stabile Basis hatten, die uns stützen konnte, hat mir erst dieses Desaster eingebrockt.

Ich wasche meine Hände in der Latrine und kehre zum

Wohnraum zurück, wobei ich halb damit rechne, dass unsere zur Dame gewordene Diebin in meiner vorübergehenden Abwesenheit geflohen ist. Doch sie ist geblieben und sitzt steif auf dem Sofa.

Ich ziehe in Erwägung, zu ihr zu gehen, entscheide jedoch, dass es am sichersten ist, ihr Raum zu geben. Als ich mich an die Vorderseite meines Schreibtischs lehne, rumoren all die Dinge in meinem Magen, die gesagt werden wollen.

Bevor ich auch nur den Mund öffnen kann, huscht ihr Blick zu mir. Sie plärrt die Worte in einem Schwall heraus.

„Meine Magie ist mir während der Initiation entwischt.“

Ah. Vielleicht ist sie nicht vor meinem Patzer davongerannt.

Nicht, dass mich diese Tatsache tröstet. Ihr Körper ist auf dem Sofa irgendwie noch steifer geworden.

Obwohl meine Sicht verschwimmt, kann ich spüren, dass sich ihr Blick mit seiner Intensität in mich brennt.

Wenn ich mit ihrem Geständnis nicht richtig umgehe, werde ich mich als der Feind erweisen, vor dem sie sich fürchtet. Ich weiß nicht, ob wir so bald nach dem letzten einen weiteren Fehler verkraften können.

Ich spreche mit vollkommen ruhiger Stimme. „Ich kann nicht sagen, dass mich das überrascht. Die Blutzauberer haben dir immerhin Drogen verabreicht und Chaos ermutigt. Was ist passiert?“

Sie rutscht unbehaglich auf den Sofakissen herum. Als ich mit dem Kopf zucke, um einen klaren Blick auf sie zu erhalten, erkenne ich an der Abwesenheit in ihren Augen, dass ihr ihre Erinnerungen genauso viel Unbehagen bereiten wie ihre Befürchtung, wie ich auf diese reagieren werde.

Was mir nur weitere Beweise dafür liefert, warum ich keine Angst vor *ihr* haben muss.

„Alle waren hinter Masken verborgen“, erzählt sie nach einem Augenblick. „Ich wusste, dass ich herausfinden muss, wer sie waren, und dass das Ende dieser ganzen gefährlichen Mission davon abhing, die Verschwörer zu identifizieren. Also beschloss meine Magie, dass sie anfangen würde, den Leuten die Masken vom Kopf zu reißen, und entwand sich meinem Griff ein paarmal. Dadurch habe ich Olari und die Frau aus dem Speisesaal gesehen.“

„Bis jetzt höre ich nichts Schreckliches. Wir haben dir gesagt, dass du deine Macht benutzen sollst, wenn es sich zu deinen Gunsten auswirken würde.“

Ihre Hände verdrehen sich auf ihrem Schoß. „Aber es gibt immer einen Rückschlag. Kosmel war nicht da, um ihn zu leiten, und ich weiß nicht, wie es geht. Der Rückschlag … er musste die Demaskierung ausgleichen. Eine der Masken schien auf dem Gesicht einer Blutzauberin zu *schmelzen* und in ihren Mund zu fließen. Sie mussten die Maske zerbrechen, damit sie nicht daran erstickte. Zudem traf meine Magie eines der Pferde … etwas an dem Zaumzeug tat ihm weh. Die Frau hat es womöglich verdient, das Pferd allerdings definitiv nicht.“

Ich denke über ihren Bericht nach. „So etwas Einfaches wie das Entfernen einer Maske hat sicherlich nicht besonders viel Schaden angerichtet?“

„Aufgrund all der Magie, mit der die Masken belegt waren, bin ich mir nicht sicher, ob es ‚einfach‘ war, sie zu entfernen.“ Ivy seufzt. „Es machte nicht den Anschein, als wäre das Pferd verwundet worden. Doch wenn ich meine Macht nicht in den Griff bekommen hätte, als ich es tat, weiß ich nicht, wer oder was noch verletzt worden wäre.“

„Du hast sie allerdings in den Griff bekommen, ohne dauerhaften Schaden anzurichten.“

„Ich konnte es nicht allein schaffen. Ich war zu desorientiert. Aber Julita hat mir geholfen, mich zu sammeln und zu konzentrieren.“

Julita. Es ist zunehmend schwierig für mich geworden, mir die kokette Frau mit den kastanienbraunen Haaren vorzustellen, die mich dazu überredete, ihr bei ihrer Mission zu helfen, und nun in Ivys Kopf haust. Was hat *sie* zu Ivy über mich gesagt?

Ist Ivy jetzt wegen ihr hier oder trotz ihrer Worte?

Die Bestimmtheit von Ivys Ton deutet darauf hin, dass ihr die Aussage wichtig ist. Und ich lüge nicht, wenn ich sage: „Ich bin froh, dass sie da war, als du sie gebraucht hast.“

Ivys Finger spannen sich um den Rand des Sofakissens an. „Sie wird allerdings nicht immer da sein.“

„Und du wirst nicht immer mit Blutzauberern Zeit verbringen." Ich halte inne und lege all die Überzeugung in meine Stimme, die ich empfinde. „Ivy, nichts, was du mir gerade erzählt hast, ändert meine Meinung. Ich mache mir keine Sorgen wegen dir oder deiner Magie. Du hast sieben Jahre lang nie die Kontrolle über sie verloren, bevor du in diese Situation gestolpert bist. Daher sehe ich keinen Grund zu der Annahme, dass deine unglaubliche Kontrolle nicht mehr funktionieren wird, wenn du diesen Schlamassel hinter dir gelassen hast."

„Du siehst *bis jetzt* keinen Grund."

Da. Das ist der Kern des Problems, die Katastrophe, die ich erschaffen habe.

Sie war gewillt, mir einmal zu vertrauen, nachdem ich ein Arsch zu ihr war, als wir uns kennengelernt hatten. Doch dann ließ ich zu, dass Vorurteile, Furcht und – wenn ich ehrlich bin – meine eigene verfluchte Unsicherheit in Bezug darauf, was sie ist, den Rest überschatteten, und ich benahm mich nicht nur wie ein Arsch, sondern wie ein Unmensch.

Wie soll ich sie jemals davon überzeugen, dass ich keine weitere Kehrtwende hinlegen werde?

Ich weiß, dass ich es nicht tun werde. Also muss ich einfach alles in diese Rede legen, ganz gleich, wie viel Scham ich dabei hervorkramen muss.

Ich schulde dieser unglaublichen Frau die ganze Wahrheit.

Ich senke kurz den Blick und sammle mich. „Ivy … Du hast nie verdient, was ich dir angetan habe. Ich habe mich immer wieder geirrt. Es gab *nie* einen Grund für mein Misstrauen, weder an dem, was du getan hast, noch daran, was du bist. Da ich das nun mit mir selbst geklärt habe, werde ich mir keine weiteren Gründe einbilden."

Ivys Ton ist skeptisch. „Wenn es nicht darum ging, was ich bin, worum ging es dann?"

Mein Mundwinkel verzieht sich sarkastisch, doch meine Brust schnürt sich um die Worte herum zusammen. Ich habe diese beunruhigenden Emotionen so tief vergraben und sie unter vielen Schichten Selbstvertrauen, Autorität und Kameraderie versteckt.

Ich wollte sie nie rauslassen. Vielleicht hatte ich die abstruse Vorstellung, dass sie wie eine Leiche in der Erde verrotten und zerfallen würden, allerdings hat es nicht funktioniert. Der unterdrückte Kummer hat all diese Zeit von innen heraus an mir genagt.

„Ich habe einen Fehler gemacht, einen gewaltigen. *Ich* habe so viele Leute verletzt, so viel mehr, als du es getan hast, und ich hatte so große Angst, einen noch schlimmeren Fehler zu begehen, dass ich nicht sehen konnte, dass ich es bei dir erneut vermasselte."

Als mein Blick zu Ivy huscht, zieht sie ihre Brauen zusammen. „Du hast Leute im Kampf getötet, klar, aber ich glaube nicht, dass feindliche Soldaten genauso zählen."

„Das ist nicht …" Ein raues Lachen entfährt mir. Ich reibe mir über die Stirn. „Ich habe dir bereits erzählt, was mit Michas passiert ist. Ungefähr."

„Ein zerrissener Zauberer hat ihn ermordet", erwidert Ivy leise.

„Und ich habe die Gefahr nicht rechtzeitig erkannt. Als ich *realisierte*, dass etwas nicht stimmte, erstarrte ich, anstatt Michas in Sicherheit zu bringen. Trotz all der Kampfinstinkte, in denen ich bereits ausgebildet worden war …"

Die Worte bleiben mir in der Kehle stecken. Ich zwinge mich, weiterzusprechen. „Ich hätte ihn retten können. Der zerrissene Mann versuchte nur, der Gefangennahme zu entgehen. Er ging auf Michas los, weil er ihm näher war, und floh anschließend. Wenn wir uns eher zurückgezogen hätten …"

Mitgefühl, das ich möglicherweise nicht verdiene, schwingt in Ivys Stimme mit. „Das weißt du nicht. Du weißt nicht, wie viele Leute der verrückte Zauberer womöglich noch getötet hätte, wenn du nicht erkannt hättest, was er war."

„Ich weiß, wie viele Leute gestorben sind wegen der Entscheidungen, die ich getroffen habe. Michas war nur mein erster Fehler. Ich kann nicht einmal zählen, wie viele Soldaten unter meiner Aufsicht im Lauf der Jahre gestorben sind."

Ivy stößt einen abweisenden Laut aus. „Ich glaube nicht,

dass es irgendein General schafft, Blutvergießen auf der eigenen Seite komplett zu vermeiden. So funktioniert ein Krieg nicht."

Mein Kiefer spannt sich an. „Ich weiß es nicht. Ich weiß nicht, wie viele von diesen Toden unvermeidbar waren und wie viele ich verursacht habe. Denn ... hast du irgendetwas über meine letzte Schlacht gehört?"

Sie schüttelt stumm und schweigend den Kopf und wartet darauf, dass ich weitererzähle.

Meine Sicht ruckt und verschwimmt mit jedem Blinzeln. Frust brennt sich durch den Wirrwarr aus Schuldgefühlen und Scham, die Wut gilt jedoch nur mir.

„Wie bei den meisten Gaben konnte ich meine nicht viele Male kurz hintereinander benutzen, bevor sie mir zusetzte. Ich sah immer weniger von dem, was geschehen würde, und bekam Kopfschmerzen und hatte Schwierigkeiten, klar zu denken. Das ist kein guter Zustand, wenn man hunderte Soldaten in den Kampf führt."

„Alle Gaben haben ihre Grenzen", murmelt Ivy. „Deswegen hassen die Gottlen Blutzauberei – weil sie versucht, die natürlichen Grenzen zu überwinden."

„Ja. Also musste ich mir meine Magie in heiklen Situationen einteilen. Ich musste entscheiden, wann ich mir die nächsten Züge der Feinde ansah und wann ich damit wartete. Wir gerieten mit einer darischen Legion aneinander und ich hatte bereits einige Male erlebt, dass sie sich genau so benahmen, wie ich es vorausgeahnt hatte, weshalb ich übermütig wurde. Ich nahm an, dass kein Bedarf bestand, meine Gabe zu benutzen, wenn offensichtlich zu sein schien, wie sie uns als Nächstes angreifen würden."

Ich stelle fest, dass ich den Stumpf meines Handgelenks umklammere, wo die Prothese an ihrem Geschirr befestigt ist. Die Stelle, an der ich das Opfer erbrachte, das ich anschließend nicht achtete, für die Gabe, die ich nicht mehr nutzen kann.

„Sie hatten einen neuen Trick, den ich nicht vorausgeahnt hatte", fahre ich fort, wobei meine Stimme steif wird von dem Gewicht des Geständnisses. „Bevor ich das erkannte und uns neuformieren konnte, hatten sie bereits die Hälfte der Soldaten abgeschlachtet, die ich anführte. Männer und Frauen, die sich darauf verließen, dass *ich* sie durch die Schlacht führte. Einer der darischen Soldaten traf mich mit dem Magiestrahl, der meine Sicht zerstörte."

„Aber du hast sie letztendlich zurückgedrängt."

„Mit reiner Gewalt und Verzweiflung – und der Hilfe einiger exzellenter Kameraden. Nichts, was ich mir als Verdienst anrechnen lassen kann. Und dann war ich erledigt, so wie ich es wegen meiner Dummheit ohnehin hätte sein sollen."

Ivy zieht ihre Beine aufs Sofa und schlingt die Arme locker um ihre Knie. „Ich bin mir sicher, du bist nicht der einzige General, dem es in einer Schlacht schlecht ergangen ist."

Ich verziehe das Gesicht. „Mir fällt kein anderer ein, der seine gesamte Nützlichkeit im Feld auf einen Schlag verloren hat."

„Du bist nicht nutzlos."

Ich kann die Bitterkeit in meinen Worten schmecken, doch hat es einen Sinn, so zu tun, als wäre es anders? „So nutzlos, dass mein König mich hierhergeschickt hat, um zu unterrichten, was ich eigentlich tun sollte. So nutzlos, dass meine Verlobte den Gedanken nicht ertragen konnte, einen blamierten General zu heiraten, und die Verlobung löste."

Ivys Lippen teilen sich vor Schock. „Du warst verlobt?"

„Ja", antworte ich barsch. „Mit der Tochter einer der Baron-Familien von Konrams Hof. Es war keine epische Romanze, aber wir passten zueinander und mochten einander sehr, sodass ich hoffte, es würde mit der Zeit eine Liebesehe werden. Allerdings war ich nicht mehr der Mann, den sie erwartet hatte. Außerdem hätte ich nicht mit jemandem zusammen sein wollen, der mich für unzureichend hält."

Ivy zögert. „Letzte Nacht, als du im Schlaf nach mir gegriffen hast ... hast du an sie gedacht ...?"

Ich unterbreche sie mit einem verächtlichen Laut. „Nein. Nicht wirklich. Es war offensichtlich eine unterbewusste Angewohnheit, die sich bemerkbar macht, wenn ich neben einer Frau schlafe. Ich entschuldige mich dafür ... Es ist beinahe ein Jahr her, seit ich neben jemandem geschlafen habe, und ich hätte nicht gedacht, dass es sich auf mich auswirken würde. Doch ich wusste, wer du warst, sobald ich aufwachte.“

Ich bin mir nicht sicher, ob die alten Angewohnheiten durchgekommen *wären*, wenn ich Ivy nicht mehr wollen würde, als ich mich jemals nach Neela verzehrt habe, nicht einmal auf dem Höhepunkt unseres Werbens. Allerdings bezweifle ich, dass dies der beste Zeitpunkt ist, um das zu erwähnen.

Ich spreche weiter. „Das ist ohnehin nicht das, was am wichtigsten ist. Wichtig ist, dass ich im Turm Zeuge deiner Magie wurde und nach diesem Moment nur die Katastrophe sehen konnte, die ich womöglich eingeleitet hatte. Ich stimmte zu, dich als Assistentin anzunehmen. Mir entgingen alle Anzeichen dafür, was du bist. Wenn du einen der Studenten oder das Personal angegriffen, oder Götter bewahre, die Königsfamilie nebenan abgeschlachtet hättest, wäre es meine Schuld gewesen.“

Ivys Stimme klingt plötzlich kleinlaut, was so schmerzhaft zu hören ist, dass sie mir genauso gut eine Klinge in den Magen rammen könnte. „Das klingt nach einer berechtigten Sorge.“

„Das war es nicht.“ Ich schlage so heftig auf den Tisch, dass das Tintenfass scheppert. „Ich war so davon besessen, wie schrecklich ich mich fühlen würde, wie schrecklich ich *aussehen* würde, dass ich aus den Augen verlor, was ich bereits erkannt hatte. Es gibt nichts, was ich an dir fürchten muss. Du würdest dich selbst lieber töten, als deiner Macht freien Lauf zu lassen. Du hast es sogar gehasst, diese verfluchte falsche Freundin zu erstechen, die zuvor auf *dich* eingestochen hatte.“

Ivy schluckt hörbar. „Es macht nicht den Anschein, als hätten die Zerrissenen eine Wahl.“

„Weil sie verrückt werden. Aber ich gehe wie du davon aus, dass sie verrückt werden, indem sie ihre Macht nutzen. Was du vermieden hast. Du warst sogar gewillt, Blut zu husten, um sie nicht einzusetzen. Du würdest dich lieber von einem Schurken erwürgen lassen, als dich mit ihr zu schützen.“

„Ich *habe* Leute verletzt.“

„Als du nicht wusstest, dass du es tun kannst. Als du keine andere Wahl hattest. Wer bin ich, dich dafür zu verurteilen? Hunderte von Leuten sind an einem Tag auf dem Schlachtfeld gestorben wegen einer Entscheidung, die *ich* getroffen habe, und niemand hat jemals vorgeschlagen, mich zu hängen."

Ich stoße mich von dem Schreibtisch ab und trete zu ihr, bleibe jedoch auf halbem Weg zum Sofa stehen, als sie sich anspannt. Meine Hand ballt sich an meiner Seite zur Faust.

„Es tut mir leid", entschuldige ich mich. „Ich habe dir das schon einmal gesagt, doch es scheint nie genug zu sein. Du hast so viel Gefahr auf dich genommen, um das ganze Land zu schützen, und ich habe dich wie eine Schurkin behandelt. Die Götter selbst hatten sich eingemischt und irgendwie dachte ich noch immer, meine Ehre wäre die Sache, die auf dem Spiel steht."

Ivy zieht den Kopf ein. „Ich habe nie erwartet, dass du mir vertraust."

„Aber das tue ich. Darum geht es hier." Ich wage es, noch einen Schritt näher zu treten. „Ich habe es gestern Nacht nicht richtig erklärt. Ich glaube, du bist die einzige Person in diesem Schlamassel, der ich wirklich vertraue. Es ist mein Urteilsvermögen, bei dem ich mir nie sicher war, ob ich mich darauf verlassen kann, und ich habe das an dir ausgelassen. Das ist das wahre Verbrechen, das ich hier begangen habe."

Als ich meine Sicht wieder auf sie fokussiere, wirkt Ivys Miene skeptisch. Ich suche nach den richtigen Worten, um sie davon zu überzeugen, wie ernst ich dieses Geständnis meine.

„Du bist die ehrenhafteste Person, der ich jemals begegnet bin. Mit jeder Tat, die du erledigst, mit jedem Wort, das du sprichst, beweist du das immer wieder. So wie gerade eben. Du hättest mir nicht erzählen müssen, dass deine Magie während der Initiation um sich geschlagen hat, hast es jedoch getan. Du hast Julita Anerkennung gezollt, weil sie dir geholfen hat, deine Magie zu beherrschen. Du hast mir Gnade und Mitgefühl für die schrecklichen Dinge geschenkt, die ich getan habe, obwohl ich keine für dich übrighatte, kurz nachdem du ein stadtweites Desaster verhindert hattest."

„Ich glaube nicht, dass du etwas besonders Schlimmes getan hast. Und es sollte nicht so besonders sein, die Wahrheit zu sagen."

Mein Glucksen kommt rau heraus. „Aber das ist es. Ich glaube, du weißt, dass es das ist. Ivy …"

Ich mache noch einen Schritt, wodurch ich ans Ende des Sofas gelange. Ich weiß nicht, ob sie es tolerieren wird, wenn ich versuche, mich neben sie zu setzen, hasse allerdings das Gefühl, dass ich wie der Unmensch über ihr aufrage, den ich ihr gegenüber so häufig gemimt habe.

Nach einem kurzen Zögern sinke ich in die Hocke, wodurch ich auf Augenhöhe mit ihr bin. Ich halte ihren Blick, selbst als ihr Gesicht verschwimmt.

„Du hast gesagt, dass Casimir und Alek dich mit Signy verglichen haben. Ich glaube nicht, dass sie sich irren, und das nicht nur wegen der romantischen Verwicklungen, in denen ihr miteinander verstrickt seid."

Ivy schnaubt, doch ich fahre fort. „Wenn überhaupt bist du mutiger, als sie es war. Du stellst dich einem Feind, der weniger berechenbar und viel brutaler ist und in dieser Welt mehr Schaden anrichten könnte, als es das Kaiserreich jemals getan hat. Und du tust das allein nur in Begleitung eines Geists, der dir nichts als eine Stimme bieten kann. Wir werden diese Gefahr wegen *dir* aufhalten, ob der Rest des Landes nun erfährt, wer die echte Heldin ist, oder nicht."

Ihre Stimme wird rau. „Ich war nicht allein. Du warst da, ganz gleich, wie sehr du dich in dieser Zeit wie ein Arschloch aufgeführt hast. Alek und Casimir haben geholfen."

„Du bist diejenige, die an der Spitze der ‚Armee' reitet. Du bist diejenige, die die Schläge einsteckt. Ich hätte niemals von einem der Soldaten verlangt, was du tust. Doch du hast dich immer wieder freiwillig gemeldet, obwohl du keinen anderen Grund als selbstlose Großzügigkeit hattest, zu uns zu kommen. Und du behauptest immer noch, du wärst nicht großzügig. Es wäre *mir* eine Ehre, dich als meine Signy zu haben."

Ivy holt zittrig Luft. Ich verharre reglos, warte auf ihre Antwort und wünsche mir, ich könnte ihr Gesicht länger als eine Sekunde lesen.

„Du meinst das wirklich ernst", stellt sie verwundert fest.

Ich kann die trockene Note nicht unterdrücken, die sich in

meine Stimme schleicht. „Ich ziele auch auf Ehrlichkeit ab. Ich … ich erwarte nichts von dir. Du verdienst Leute an deiner Seite, die nie an dir gezweifelt haben. Ich hoffe nur, dass du dich in meiner Gegenwart sicher fühlen kannst. Dass du weißt, dass ich stets nur zu deinem Schutz eilen und dich nicht verletzen werde. Ich weiß nicht, wie viel das wert ist, wenn ich zuvor darin gescheitert bin, so viele zu retten, und das war, als ich wenigstens noch *sehen* konnte, aber …"

Ivy beugt sich vor und berührt meine Wange. „Stopp."

Als ich ihre Finger an meiner Haut spüre, halte ich inne. Ich blinzle und versuche, ihren Befehl zu verstehen. „Was?"

„Bist du zuvor wirklich gescheitert?", fragt sie und eine unerwartet zärtliche Note tritt in ihre Stimme. „Du bist erstarrt, als du ein Teenager warst … wenn wir meine Kindheitsfehler nicht zählen, sollten wir das auch nicht zählen, denke ich. Und wegen der Überraschungstaktik der darischen Soldaten in deiner letzten Schlacht … hättest du die vielen Tote verhindern können, wenn du ihre nächsten Schritte eine Minute im Voraus gesehen hättest?"

Ich denke an den Moment zurück, als sich das Blatt wendete. Der plötzliche Lärm der heraufbeschworenen Explosionen, der plötzliche Richtungswechsel der Kavallerie.

„Ich weiß es nicht", muss ich zugeben. „Es hätte womöglich nicht gereicht, um ihre gesamte Strategie zu erkennen und ihr entgegenzuwirken. Aber das hätte es tun können. Ich gab den Soldaten nie eine echte Chance, die sich auf mich verließen."

Ivys Hände bleiben an meinem Gesicht liegen und die Wärme ihrer Berührung strömt in meine Haut. „Du wärst vielleicht in der Lage gewesen, sie zu retten. Eventuell hättest du die Zeichen gesehen und deine Herangehensweise entsprechend angepasst, woraufhin die darische Armee gewartet hätte, bis sie sich sicher war, dass sie dich überraschen kann. Du hättest deine Gabe vielleicht zu schnell verbraucht und dir wäre etwas Schlimmeres entgangen."

„Ich kann nur nach dem gehen, was passiert ist, und was passiert ist …"

„… war keine Garantie. Es war eine schlimme Situation, die *sie* verursacht haben. Hast du nicht angefangen, mir zu sagen, dass ich mir nicht die Schuld an meinen Problemen mit meiner

Magie geben soll, weil es wegen der Einmischung der Blutzauberer geschieht?"

Ich verziehe das Gesicht. „Das ist anders. Du hast kaum jemanden verletzt. Ich hatte die Aufgabe, auf diese Soldaten aufzupassen."

Ivy schenkt mir ein kleines Lächeln. „Und ich wäre gewillt, viel Geld darauf zu setzen, dass du deine Aufgabe so gut wie möglich erfüllt hast mit den Informationen, die dir zur Verfügung standen. Jedenfalls ist es nicht deine Aufgabe, mich zu beschützen. Es gibt nichts, worin du scheitern kannst."

Ein Knurren kriecht meine Kehle hinauf. „Ich bin sogar darin gescheitert, König Konram daran zu hindern, diese verdammte Forderung an dich zu stellen. Ich weiß, wie sehr du es jedes Mal gehasst hast, ein Leben zu nehmen. Und in dem Moment, in dem du es tust, wird es jeder andere Blutzauberer dort auf deinen Kopf abgesehen haben. Er hätte das nicht von dir verlangen sollen. Er hat eine ganze Armee, die dazu ausgebildet wurde, für ihn zu töten."

Irgendwie nimmt ihr Lächeln noch traurigere Züge an. „Aber keiner von ihnen könnte zu einem Treffen des Ordens der Wildheit gelangen."

Das Knurren bricht aus mir hervor. Ich springe mit einem Anflug von Entschlossenheit auf. „Ich sollte dieser ganzen Sache ein Ende bereiten. Ich sollte durch den Gang zu Torstems Büro marschieren und ihn mit einem Schwert durchbohren."

Ivy nimmt meine Hand. „Und was dann? Seine Komplizen werden die Gelegenheit haben, sich zu zerstreuen und neu zu gruppieren. Der König muss dir einen Prozess machen. Es wird herauskommen, dass ich ihre Gruppe infiltriert habe, und dann werden es alle auf mich abgesehen haben, die auf Rache aus sind. Wie hilft das jemandem?"

Ich atme laut aus, habe jedoch keine Antwort.

Ivy richtet sich entschlossen auf. „Wenn ich es selbst tue, kann ich die Situation wenigstens kontrollieren. Ich kann ihn vermutlich ausschalten, ohne dass die anderen realisieren, dass das Messer mir gehört hat. Und dann wird es vorbei sein."

Sie sagt die letzten vier Worte wie ein Gebet.

Ich schüttle den Kopf. „Und dein Gewissen wird so viel

mehr belasten, weil ich zu beschädigt bin, um dich abzuschirmen.“

Die Qualen meiner jüngsten Träume hallen durch mich – die Träume, in denen ich sie auf der Plattform des Henkers auf der anderen Seite des Platzes sehe und der Henker ihr gerade die Schlinge um den Hals legt. Die Träume, in denen ich renne und brülle, meine Stiefel jedoch in die Pflastersteine sinken wie in Matsch und ich immer noch viel zu weit weg bin, als die Falltür unter ihr aufgeht.

Ivy zerschlägt das Bild mit einem Lachen und steht auf. „Stavros, ich habe dich kämpfen sehen. Wenn es zu einem Kampf kommt, würde ich mich lieber von dir verteidigen lassen als von einem anderen, einschließlich mir. Wenn du zu ‚beschädigt‘ wärst, um eine Bedrohung zu sein, hätte ich keine Angst vor dir gehabt. Aber wir können das jetzt klären.“

Ich bin so abgelenkt davon, dass sie die Vergangenheitsform benutzt hat, als sie ihre Angst erwähnte, dass ich ihre letzte Aussage nicht ganz verarbeiten kann. „Was willst du klären?“

Ehe ich mich versehe, hat die Frau vor mir ein Messer aus ihrem Stiefel gezogen und sich auf mich gestürzt.

Wenn sie meine Emotionen in diesem Moment lesen könnte, wüsste sie, wie wahr alles ist, was ich zu ihr gesagt habe. Mein Herz macht vor Überraschung und ein wenig Beunruhigung einen Satz, doch es kommt nicht annähernd an Panik heran.

Ich weiß tief in meiner Seele, dass sie nicht zur Verräterin wird. Das hier ist kein echter Angriff.

Das bedeutet allerdings nicht, dass sie davor zurückschrecken wird, mich ein wenig zu schneiden, wenn es ihrem Argument dient.

Ivys Messerspitze streift die Seite meiner Hand, kurz bevor ich ihren Schlag abblocke. Ein kurzer Schmerz verrät mir, dass sie die Haut aufgeritzt hat.

Mehr als zwei Jahrzehnte feingeschliffener Kampfinstinkte machen sich bemerkbar. Ich verändere meine Position, weiche ihrem nächsten Schlag aus und suche an ihrer Haltung nach einer Öffnung.

Ich habe meinen Schwertgürtel abgelegt, als ich ins Zimmer

kam, weshalb ich nur mit meinen Händen arbeiten kann, obgleich die Metallprothese eine vernünftige Waffe ist. Ich packe ihr Handgelenk in dem Versuch, sie zu entwaffnen, doch sie huscht gerade rechtzeitig außer Reichweite.

Ihr Messer hält kein einziges Mal in der Bewegung inne. Sie kann mit meiner Größe nicht mithalten, ist jedoch so schnell, dass ich kaum eine Gelegenheit habe, sie zu überwältigen.

Als wir das Sofa umkreisen und uns dem Fenster nähern, sorgt Ivy dafür, dass ich in der Defensive bleibe und nur abwehren und parieren kann. Doch ich habe zuvor schon in schwierigen Schlachten gekämpft.

Ich schlage gerade so hart gegen ihr Schienbein, dass sie aus dem Gleichgewicht geworfen wird, und versuche, sie mit einem Schubs gegen die Schulter umzuwerfen. Ivy stolpert rückwärts und ist jetzt diejenige, die sich zurückzieht.

Ihr Messer prallt von meiner Prothese ab und ich reiße die gebogene Metallschlaufe gerade rechtzeitig herum, um Ivys Hand zu packen. Mit einer Drehung lasse ich ihre Waffe durchs Zimmer segeln.

Ich reiße ihren Arm zu mir und packe ihn mit meiner anderen Hand. Mit einem atemlosen Lachen zappelt Ivy in meinem Griff. Ihr Knie saust zu meinem Magen.

Ohne ihre Klinge hat sie keine Chance. Ich lege meinen anderen Arm um ihren Kopf, um ihn zu schützen, bevor ich uns beide auf den Boden werfe und ihre Glieder mit meinem viel größeren Körper fixiere.

„Das reicht", sage ich. „Was in den Reichen treibst du da?"

Ivy lächelt mich an, ihre Haare liegen über meinem Unterarm und ihr Grinsen ist so strahlend, dass sogar mein verschwommenes Sichtfeld ihre Freude nicht verbergen kann. „Ich treibe gar nichts. Ich habe nur bewiesen, warum ich mir keine Sorgen um deine Fähigkeiten als Beschützer machen muss. Sogar wenn *ich* dich angreife, schaffst du es, mich und dich zu beschützen."

Ich starre auf sie hinab, mein Magen schlägt einen Purzelbaum und ein berauschender Ruck geht durch mich, wie ich ihn noch nie zuvor empfunden habe.

Bei den Göttern, diese Frau ist mehr als unglaublich. Ich habe keine Worte, um sie zu beschreiben.

Sie zu beschreiben, ist allerdings nicht das, was ich jetzt am liebsten mit ihr tun möchte.

Mein Kopf senkt sich, als würde er von einem Magneten angezogen werden. Ivy neigt ihren gerade rechtzeitig nach oben, dass unsere Münder aufeinandertreffen.

Wie kann dies das erste Mal sein, dass ich sie wirklich küsse? Diese Lippen haben meine Aufmerksamkeit so viele Male erregt, die kurzen Blicke auf sie sind jedoch nichts im Vergleich zu ihrer Weichheit an meinem Mund oder dem begierigen Atem, der mit einer berauschenden Hitze über sie weht.

Alles fühlt sich richtig an – der Druck ihres Mundes, die Seidigkeit ihrer Haare, wenn ich mit den Fingern darüber streichle, ihr schlanker Körper unter meinem.

Ich erhebe mich leicht, damit ich den Kuss vertiefen kann, und Ivy befreit ihren Arm. Sie legt ihn in meinen Nacken und schiebt ihre Finger in meine Haare.

Die simple Geste löst eine wahre Funkenflut auf meiner Kopfhaut aus. Fuck, wir haben kaum angefangen, uns zu küssen, und ich bin bereits schmerzhaft hart.

Ich kann nicht mit ihr rammeln wie das Tier, zu dem ich letzte Nacht wurde. Wenn ich das hier vermassle, weiß ich nicht, ob ich noch eine Gelegenheit erhalten werde, ihr zu zeigen, was sie mir bedeutet.

Ich unterbreche den Kuss, um auf sie hinabzuschauen, und zucke mit dem Kopf, als meine Sicht mich im Stich lässt. Ivy begegnet meinem Blick, das Gesicht gerötet und noch immer lächelnd. Sie sieht ausnahmslos zufrieden mit unserer aktuellen Position aus.

Ihre Hand verlässt meine Haare, um über meinen Hals und den Kragen meines Hemdes entlangzufahren. „Wenn ihr alle so festentschlossen seid, eure eigene Signy zu haben, werde ich mein Bestes geben, schätze ich.“

Ein Lachen bricht aus mir hervor zusammen mit einer Woge aus Emotionen, die durch meinen Puls summt und sich am Ansatz meiner Kehle verdichtet.

Ich weiß genau, was ich sagen muss. Was bereits länger wahr

ist, als ich mir eingestehen wollte, und vielleicht hatte ich deswegen so große Angst.

Ein Teil von mir will den Kopf einziehen, damit ich ihre Reaktion nicht sehen muss, das wäre jedoch das Benehmen eines Feiglings. Ich verlagere meine Augen mit einem kleinen Zucken zur Seite, sobald ich spreche, damit ich ihr Gesicht in dem ersten Moment so deutlich wie möglich sehen kann.

„Ich liebe dich."

DREIUNDVIERZIG

Ivy

Ich starre Stavros mit offenem Mund an und kann mich nur noch auf die drei Worte konzentrieren, die in meinen Ohren klingeln. Hat er … hat er gerade wirklich gesagt, was ich glaube?

Während meines erschrockenen Schweigens verändert sich seine Miene und sein Mund spannt sich an. Er bewegt sich, als wollte er sich von mir stemmen, doch ich reiße mich gerade rechtzeitig aus meiner Benommenheit, um die Vorderseite seines Hemds zu packen.

Ich weiß noch immer nicht, wie ich ihm antworten soll, meine Arme bewegen sich jedoch wie von selbst. Sie schlingen sich um seine Schultern und drücken ihn stattdessen näher an mich.

Stavros beugt den Kopf, sodass unsere Stirnen aneinander ruhen. Ich höre ihn schlucken.

Er schafft es, den Ton zu finden, der mich in unseren gemeinsamen Wochen amüsiert und verärgert hat. „Ich habe dich so schockiert, dass es dir die Sprache verschlagen hat. Das ist auch eine Leistung.“

Mein Lachen kommt erstickt heraus. Ich neige den Kopf zur Seite und suche seine Lippen.

Irgendwie fühlt es sich einfacher an, in einem Kuss zu versinken, als zu antworten. Meine Emotionen rumoren noch immer in mir und ein Großteil meines vorherigen Schocks mischt sich mit Verwunderung und Zuneigung.

Kann ich wirklich an seinem Geständnis zweifeln, wenn er sich in Bezug auf alles andere geöffnet hat? Er hat all seine Reue und Schwächen dargelegt, nur um *mich* zu beruhigen.

Nun, sagt Julita sanft. *Ich habe nicht erwartet, dass dieses Gespräch so enden würde, bin jedoch froh, dass ich es sehen durfte. Er hat recht mit allem, was er über dich gesagt hat, Ivy. Und ich glaube, ich habe lang genug Voyeurin gespielt.*

Ihre Präsenz in meinem Hinterkopf schwindet. Stavros' Hitze hüllt mich noch immer ein. Sein Körper lässt meinen klein erscheinen, hält ihn allerdings nicht mehr gefangen.

Er liebt mich.

Ich kann das nicht so recht begreifen, obwohl meine Brust jedes Mal ein schwindelerregendes Flattern durchfährt, wenn ich mich daran erinnere, wie seine Stimme diese Worte aussprach. Ich hätte nie gedacht …

Nun, ich hätte nie gedacht, dass ich ihn die meisten der Dinge sagen hören würde, die er heute Abend erzählt hat.

Mein Herz schmerzt von all den Dingen, die *ich* nicht sage. Es ist allerdings nicht so, als könnte ich die Empfindung bereits erwidern.

Vor weniger als einer Stunde hielt ich es noch für möglich, dass er mich eines Tages zum Henker schleifen würde. Eine Person braucht ein wenig Zeit, um ihr Gleichgewicht zu finden, wenn der Boden umkippt, auf dem sie zu stehen dachte.

Ich habe ihn gewollt … viel länger, als es mir gefallen hat. Ich glaube, ich fing an, mich in jener Nacht nach dem katastrophalen Ball in ihn zu verlieben, als er mir gestand, wie sehr er mein Engagement zu schätzen weiß – und einen Hauch des Kummers offenbarte, den er heute Abend offengelegt hat.

Jede Bewegung seiner Lippen auf meinen ist köstlich. Jeder Zentimeter meines Körpers kribbelt, weil er sich der gewaltigen Gestalt über mir bewusst ist.

Als ich das denke, weicht Stavros zurück. Er richtet sich auf und zieht mich mit sich, sodass wir einander zugewandt dasitzen.

Wir sind allerdings nicht komplett getrennt. Mein Knie ruht an seinem Schenkel. Seine Hand liegt an meinem Kiefer.

Sein Mund biegt sich zu einem schiefen Lächeln. „Ich schätze, der Schock kann nicht so schlimm sein. Du bist nicht schreiend davongerannt.“

Ich begegne seinem blau-braunen Blick und lege meine Hand auf seinen anderen Arm unterhalb seiner Prothese. „Es ist noch nicht ganz zu mir durchgedrungen. Es tut mir leid, dass ich nicht … Meine Gefühle waren bereits vollkommen durcheinander von allem, worüber wir zuvor gesprochen haben …“

„Es ist in Ordnung.“ Stavros streichelt mit dem Daumen über meine Wange. „Ich habe es dir nicht leicht gemacht. Und ich möchte nicht, dass du mich anlügst. Es fühlt sich wie ein Wunder an, dass du gewillt bist, mich zu küssen.“

Weitere Hitze sammelt sich tief in meinem Bauch. Ich würde gerne viel mehr tun, als ihn zu küssen – so viel weiß ich.

Das Wissen beruhigt mich. Wir haben einen Teil dieses Gebiets zuvor abgedeckt. Miteinander zu schlafen, ist nicht ganz so nervenaufreibend wie Liebeserklärungen.

Vielleicht gibt es eine einfache Methode, wie ich uns wieder auf ein Niveau bringen und die Spannung des Moments zerschlagen kann.

Ich rutsche ein wenig nach hinten und wedle sorglos mit der Hand. „Ich glaube, wir können das noch besser. Vorher musst du dich jedoch ausziehen.“

Sein Gesicht nimmt ungläubige Züge an. „Was?“

Ich mache noch eine lässige Geste und deute auf seine ganze muskulöse Gestalt, die ich noch nie richtig bewundern konnte. „Zieh dich aus. Ich will mir anschauen, mit welchen Muskeln du arbeitest.“

In seinen Augen blitzt das begierige Licht auf, das mich zu diesem Mann hingezogen hat, seit ich es zum ersten Mal in seinem Blick aufleuchten sah. Ein verschlagenes Grinsen breitet sich auf seinem Gesicht aus. „Gleiches Recht für alle, hmm?“

Also hat er die Anspielung auf unseren ersten Trainingskampf erkannt, als er noch dachte, ich sei nicht mehr als eine diebische Straßenratte.

Ich zucke mit den Achseln und schenke ihm mein unschuldigstes Lächeln. „Wenigstens habe ich die reine Motivation, die Aussicht bewundern zu wollen, es ist kein Ego involviert."

Stavros lacht schallend. „Rein?" Doch zu meiner Freude steht er auf und greift nach seinem Hemd.

Ich sauge seinen Anblick in mich auf, als er geschickt die Knöpfe mit einer Hand öffnet. Ich schätze, da er die andere an Sabrelle geopfert hat, als er zwölf Jahre alt wurde, hat er eine Menge Übung darin erhalten, alle möglichen Dinge mit einer Hand zu tun. Keine seiner Prothesen ist ihm eine Hilfe bei den Aufgaben, bei denen etwas mehr Fingerspitzengefühl gefragt ist.

Das Dreieck seiner nackten Brust wird mit jedem geöffneten Knopf größer. Dann erreicht er den Saum und schlüpft aus dem Hemd, wodurch sein gesamter muskulöser Oberkörper zusammen mit dem Geschirr enthüllt wird, das seine Prothese an dem Stumpf seines Handgelenks festhält.

Ich lehne mich nach hinten auf meine Hände, während ich ihn mustere. Er reitet zwar nicht mehr in Schlachten, hat jedoch die Figur eines Kriegers bewahrt. Jeder Zentimeter seiner Brust, seines Bauchs und seiner Arme ist zu straffen Muskelerhebungen trainiert worden.

Hier und da zieren Male seine hellbraune Haut, die entweder heller oder rötlicher sind. Ich bin mit dieser Art von Wunden vertraut genug, um erkennen zu können, dass einige Narben von Klingen hinterlassen wurden und mindestens eine Narbe eine Verbrennung war, die anderen müssen jedoch von Waffen sein, denen ich nicht oft begegne.

Oder keinen Waffen. Immerhin war es ein magischer Schlag, der seine Sicht beschädigte.

Inmitten all der Narben heben sich die geschwungenen Linien von Sabrelles Mal am Ansatz seines Brustbeins ab. Die Gottlen, der er sich für ein Leben verpflichtete, aus dem er beinahe komplett ausgeschlossen wurde.

Ich hoffe, Sabrelle hat ihn wegen seiner Verletzung nicht im Stich gelassen. Er hat ihr gut gedient, solange er konnte.

Ich bin so damit beschäftigt, ihn zu betrachten, dass ich eine Minute brauche, um zu bemerken, dass Stavros aufgehört hat, sich auszuziehen. Er beobachtet mich mit einem ebenso eifrigen Blick wie ich ihn.

Ich ziehe eine Augenbraue hoch. „Ich glaube nicht, dass du schon fertig bist. Ich musste mich bis auf die Unterwäsche ausziehen."

„Das musstest du. Nun, wenn es die Dame wünscht …"

Er zieht seine Stiefel aus, ohne zu zögern. Ich glaube, eine leichte Röte kriecht seinen Hals hinauf, als er die Bänder seiner Hose lockert.

Ich hege keinerlei Zweifel daran, dass Stavros viele Frauen unterhalten hat und nicht nur die, von der er einst dachte, er würde sie heiraten. Allerdings vermute ich, dass die wenigsten von ihm verlangt haben, für ihre Unterhaltung eine Show hinzulegen.

Er wird daran gewöhnt sein, dass sie *ihn* mit strategisch enthüllter Haut und koketten Blicken verführten.

Ich sehe keinen Grund dazu, mich kokett zu geben nach allem, was zwischen uns vorgefallen ist. Als er seine Hose fallen lässt, lasse ich meinen Blick über jede Wölbung und jeden Schatten seiner wie gemeißelt wirkenden Beine von den Schenkeln zu den Waden gleiten – und wieder hoch zu einer besonders beeindruckenden Wölbung, die seine Unterhose ausbeult.

Stavros tritt seine Hose beiseite und sein Blick brennt sich in mich. „Bist du zufrieden mit mir, edle Diebin?"

Ich war mir nicht immer sicher, ob mir der Spitzname gefiel. Ihn jetzt in seinem alten sardonischen Ton zu hören, in den Selbstgefälligkeit und Wärme zurückgekehrt sind, hebt allerdings meine Laune und mein Herz flattert erneut.

Ich grinse. „Ich schätze, du wirst genügen."

Mit raschelndem Rock stehe ich auf und schlendere zu ihm. Stavros hält vollkommen still, nur seine Brust hebt und senkt sich.

Ich lege meine Hand auf einen Brustmuskel und lasse meine

Fingerspitzen bis zu seiner Taille wandern. Seine Brust stockt kurz, was mich ermutigt.

Mein Scheitel reicht kaum bis zu seiner Schulter. Das bedeutet jedoch bloß, dass ich die perfekte Größe habe, um einen Kuss auf eine der Narben zu drücken, die seinen Oberkörper übersäen.

Als meine Lippen seine heiße Haut streifen, dringt ein belustigtes, abgehacktes Grollen aus der Lunge des ehemaligen Generals. Er umfasst meine Schulter und lässt seinen Daumen am geschwungenen Ausschnitt meines Kleids entlanggleiten.

Wohin mein Blick auch wandert, ist eine weitere Kerbe oder Linie, die ich aus der Ferne nicht erkennen konnte. Meine Lunge zieht sich bei deren Anblick zusammen.

Ich habe wirklich keine Vorstellung, wie viel dieser Mann in seiner Zeit an der Front von Silanas fortwährenden Grenzkämpfen ertragen hat. Ist er dem Tod noch öfter von der Schippe gesprungen als ich?

Mit einem plötzlichen Gefühl von Dringlichkeit lege ich meine Hand auf die raue Haut seines Gottlenmals und küsse eine andere Narbe. Und noch eine. Und noch eine.

„Was machst du?", fragt Stavros mit einem Krächzen in der Stimme, das er nicht richtig unter Kontrolle bringt.

Ich bewege meine Lippen zur nächsten Narbe und lasse sie beim Sprechen über seine fleckige Haut gleiten. „Ich danke Sabrelle dafür, dass sie sichergestellt hat, dass keine dieser Narben dir ein Ende bereitet haben."

Ein erstickter Laut entwischt ihm, bevor er mein Kinn anhebt und seinen Kopf senkt. Sein Mund kracht auf meinen.

Ich wurde zuvor schon von den anderen drei Männern geküsst, die Julita versammelt hat. Benedikts Kuss war bloß ein kurzer Nervenkitzel, der von seiner anschließenden blasierten Einstellung gedämpft wurde. Aleks Küsse können mich jedoch elektrisieren und Casimir weiß, wie er mich zum Schmelzen bringen kann.

Stavros' Kuss setzt mich in Brand.

Obwohl die Flammen des Verlangens unter meiner Haut tanzen und drohen, mich zu verbrennen, kann ich nicht anders, als mich an ihn zu lehnen und jedes bisschen des sengenden Begehrens aufzusaugen, das wir zwischen uns entzündet haben.

Das ist das einzige Lagerfeuer, das ich verehren will.

Als er an den Schnüren meines Kleides zieht, um es zu lockern, ist kein einziger Protest mehr in mir übrig. Ich lasse das Kleidungsstück fallen und winde mich ebenfalls aus meinem Unterrock zwischen einem süchtig machenden Kuss nach dem anderen.

Ich muss ihn loslassen, damit er mir das Nachthemd ausziehen kann. Er blickt mit dem vertrauten Zucken seines Kopfs auf mich herab und plötzlich bin ich mir meiner Nacktheit extrem bewusst.

Ich werde nicht wie die verwöhnte Adlige aussehen, an die er gewöhnt ist. Es ist egal, wie lange ich unter ihnen lebe, die Entbehrungen meiner Kindheit und die Narben, die ich mir bei Kämpfen anderer Art zugezogen habe, werden immer sichtbar sein.

Stavros streichelt jedoch mit ehrfürchtiger Miene über mein Brustbein. Seine Finger streifen das falsche Gottlenmal und wandern zu meinem Bauchnabel weiter.

Dann hebt er meinen Arm und drückt einen zarten Kuss auf die Narbe, die eine Klinge auf meinem Bizeps hinterlassen hat, der ich nicht schnell genug ausgewichen bin. Er gleitet auch über die breitere Narbe auf meinem Unterarm, wo ich ihn mir an einem Fenstersims aufgekratzt habe, als ich mit dreizehn Jahren vor der Kronenwache floh.

Er streichelt meinen Arm hinauf und streift die schlimmsten Narben auf meinen Schulterblättern, wobei seine Berührungen federleicht sind. Seine Stimme kommt leise und rau heraus. „Dem Einzigen, dem ich dafür danken kann, dass er dich am Leben gehalten hat, bist du. Sabrelle wäre beeindruckt von der Stärke, mit der du alles durchgestanden hast."

Ich kann die Bewunderung und das Begehren in seinem Ton nicht leugnen. Bevor die Emotionen mich überwältigen können, ziehe ich seinen Mund wieder auf meinen.

Mit einer Hand in meinen Haaren und dem festen Druck seines anderen Arms in meinem Kreuz führt Stavros uns beide auf den Boden, wo ich rittlings auf seinem Schoß zum Sitzen komme. Es ist eine gute Position für unsere ungleiche Körpergröße, da ich mir so einen weiteren Kuss stehlen kann, indem ich ein wenig auf die Knie gehe … oder tiefer rutsche, um eine Reibung zu erzeugen, die uns beide zum Stöhnen bringt.

Als ich mich durch unsere Unterwäsche hindurch an ihm reibe, spannt Stavros' Arm sich um mich herum an. Er lässt seine Hand über meine Vorderseite gleiten, umfasst meinen Busen und neigt seine Hüften nach oben, um es mir mit gleicher Münze heimzuzahlen.

„Letzte Nacht war gut, bevor ich es vermasselte", raunt er zwischen zunehmend drängenden Küssen. „Aber das hier ist so viel besser."

Ich mache ein zustimmendes Geräusch, das peinlicherweise wie ein begieriges Wimmern klingt, und erobere wieder seinen Mund. Als seine Zunge zwischen meine Lippen gleitet, wirbelt sein Daumen über meinen Nippel. Ich erschaudere vor Lust, die mich aus jeder Richtung durchströmt.

Eine harte Oberfläche, die kühler als seine Haut ist, streichelt über meine Hüfte. Ich erschrecke kurz, bevor ich erkenne, dass es – natürlich – seine Prothese ist.

Stavros hält inne und blickt auf die hakenförmige Metallschlinge an meinem Bein. „Ich kann sie abnehmen. Ich habe nicht nachgedacht …"

„Nein", wehre ich rasch ab. „Ich … ich mag es."

Röte brennt bei dem Geständnis auf meinen Wangen, aber der Blick, den Stavros mir im Gegenzug zuwirft, vertreibt jede Scham, die ich möglicherweise wegen meines ungewöhnlichen Geschmacks verspürt hätte. Er sieht mich an, als sei ich die einzige Person, die er für den Rest seines Lebens anschauen will.

Plötzlich drückt Furcht mein Herz zusammen. Ich berühre sein Gesicht, als müsste ich uns beide für die Frage wappnen.

„Bist du dir sicher, dass es okay für dich ist, dass ich … auch mit Alek und Casimir zusammen bin?"

Alek hat es von Anfang an vorgeschlagen und ich weiß, dass Casimir aufgeschlossen für romantische Partnerschaften ist, doch Stavros kam mir nie wie die Sorte Mann vor, der gut im

Teilen ist. Denkt er, dass ich mich ab jetzt *nur* ihm hingebe, weil ich diesen Moment mit ihm teile?

Bevor die Angst ihre Krallen tiefer schlagen kann, biegt das verschlagene Grinsen die Lippen des Generals nach oben, das mich früher so wütend gemacht hat. „Ich werde es tolerieren. Denn ein Mann könnte unmöglich genug für unsere neue Signy sein."

Ich mag ihn so. Die Selbstgefälligkeit, die von der Wärme echter Beteuerungen aufgelockert wird, ohne dass die harten Kanten der Abwehr seinen Ton verbittern.

Dies ist der Mann, dem tausende Soldaten mit Freuden in den Tod gefolgt wären, da sie wussten, dass er sie keiner Gefahr aussetzen würde, die er selbst nicht eingehen würde. Da sie wussten, dass ihm ihr Wohlbefinden genauso wichtig war wie geniale Taktiken.

Ich glaube, keiner der Männer und Frauen, die bei der Ausführung seiner Befehle gestorben sind, hätte ihm daran die Schuld gegeben.

Mit den Fingern verpasse ich seiner Wange die leichteste aller Ohrfeigen. „Es scheint der einzige Teil meiner Aufgabe zu sein, von dem ich tatsächlich etwas habe."

Stavros summt und neigt den Kopf näher zu mir, sodass mich sein rauchiger, herber Duft umhüllt. Seine Stimme ist jetzt mehr ein Schnurren als ein Knurren. „Ich sehe es gern, wenn du ein bisschen egoistisch bist. Wenn du verlangst, was du willst, wenn du dir alles nimmst, was du haben kannst. Wenn das bedeutet, dass ich mich dir immer wieder als würdig erweisen muss, damit du nicht beschließt, dass zwei genug ist, werde ich vor dieser Herausforderung nicht zurückschrecken."

Ein lustvoller Schauder rast über mein Rückgrat. Mit den Händen fahre ich über die beeindruckenden Flächen seiner Brust und verschmelze meinen Mund mit seinem.

Mit jedem Aufeinandertreffen unserer Lippen und jeder Liebkosung meines Busens vertieft sich das pochende Verlangen zwischen meinen Beinen. Ich wiege mich an ihm und wimmere in unseren Kuss, als ich seine Härte an meiner Mitte spüre.

Ich tauche mit einer Hand zwischen uns und streichle ihn durch seine Unterhose hindurch.

„Ich will das hier", raune ich in einem Anflug von Dreistigkeit. „In mir."

Ein raues Glucksen entwischt Stavros. „Wer bin ich, dir das zu verwehren, edle Diebin?"

Er zerrt an meiner Unterhose, hakt seine Prothese in deren Bund und ich mache mich zugleich an seinem zu schaffen. Sowie ich mein Höschen weggestrampelt habe, sinke ich auf ihn und lasse zu, dass seine steife Erektion meine Falten ohne störenden Stoff streift.

Ich bin so feucht vor Verlangen, dass wir perfekt zueinander finden. Stavros stöhnt, hält mich jedoch in seinen Armen fest.

„Wir lassen das hier langsam angehen. Ich möchte, dass du dich ausschließlich gut fühlst."

Ich schnaube leise zustimmend. Er ist allerdings genauso groß wie in meinen Erinnerungen an die letzte Nacht. Ich lasse meine Finger über das samtene Fleisch wandern, das darunter so hart wie Stahl ist, und bringe uns in Position, um ihn aufzunehmen.

Als er mich das erste Mal dehnt, stockt uns beiden der Atem, ehe wir ausatmen. Er dringt Stück für Stück, jedoch unablässig in mich und füllt mich mit einem berauschenden Druck, bis es mich sämtliche Selbstbeherrschung kostet, mich nicht komplett auf ihn zu rammen, da ich weiß, dass ich es vermutlich bereuen würde.

Stavros streichelt mit seiner Prothese über meinen Hintern und seine Hand wandert meinen Rücken hoch und runter, wobei er auf meine Narben achtet. Ein Grollen erklingt tief in seiner Brust.

„Das ist richtig. Nimm alles auf. Fuck, Ivy."

In diesen letzten zwei Worten liegt so viel Verlangen, dass ich mich mit einem sehnsüchtigen Wimmern um ihn herum verkrampfe. Es fühlt sich bereits so gut an, dass ich Schwierigkeiten habe, mir vorzustellen, wie es wäre, wenn wir wirklich anfangen, uns zu bewegen.

Schweiß hat sich auf meiner Stirn gesammelt. Ich lehne mich an Stavros' Schulter und schaukle ganz leicht auf und ab. Mit jeder Bewegung nehme ich ihn tiefer auf, bis mein nächstes Ausatmen zu einem Keuchen wird.

„Gut?", fragt er leicht besorgt nach.

„So verdammt gut", murmle ich und beginne, mein Tempo zu beschleunigen.

Stavros bockt mit den Hüften, um mir entgegenzukommen, und als ich zustimmend stöhne, tut er es kraftvoller. Bei jedem Stoß strahlt Wonne durch meinen restlichen Körper.

Ich klammere mich an ihn und bohre meine Fingernägel in seinen Rücken, doch er beschwert sich nicht. Seine Lippen streifen meine Haare, murmeln Worte des Lobs und der Ermutigung und dann einfach nur: „Liebe dich. Liebe dich."

Er rammt sich mit diesen Worten in mich und katapultiert mich zum Höhepunkt. Der Rausch raubt mir den Atem und entreißt meiner Kehle einen erstickten Laut.

Ich lege den Kopf auf die Seite und streife seine Halsbeuge mit den Zähnen, als müsste ich ihn beißen, damit ich nicht davonfliege. Stavros' Hüften rucken nach oben, sein Schwanz taucht im genau richtigen Winkel in mich und ich zersplittere.

Ich spüre, dass er mit mir kommt. Seine Muskeln spannen sich um mich herum an und seine Umarmung wird enger, als er sich genauso fest an mich klammert. Ich segle durch die Woge der Lust und kehre zur Erde zurück, wo ich mich in seine sengende, jedoch zärtliche Umarmung kuschle.

„Mmm." Ich drücke mich noch dichter an ihn und genieße die Stärke, die sein Körper ausstrahlt. „Erinnere mich daran, öfter egoistisch zu sein."

Ein Lachen entwischt Stavros. „Ich wünschte, das könntest du sein. Großer Gott stehe mir bei, ich wünschte, ich könnte dich hier bis ans Ende der Zeit festhalten."

Bis es keine Blutzauberer mehr gibt, wegen denen wir uns Sorgen machen müssen. Bis der König einen anderen Plan ohne mich schmieden muss.

Es ist ein schöner Gedanke, wir wissen allerdings beide, dass es keine derart einfache Lösung gibt.

Ich reibe mit der Nase seinen Kiefer entlang und umarme ihn die kurze Zeit lang, bis ich dort rausgehen und mich dem mörderischen Pfad stellen muss, auf den ich mich begeben habe.

VIERUNDVIERZIG

Ivy

Ich ziehe gerade meine Lederkampfweste an, als sich eine Hand auf meine Schulter legt.

„Ich kann dir damit helfen."

Ich spähe durch meine Wimpern zu Stavros auf, als er die Schlaufen an einer Seite schließt und sich dann der anderen widmet, wobei seine Finger durch mein Shirt hindurch ein Kribbeln auf meiner Haut auslösen. „Ich habe es all die Male zuvor prima allein geschafft, die Weste zu schließen."

Er summt. Es ist ein sanftes Rumpeln, wegen dem meine Nerven noch mehr flattern. „Es gefällt mir, dass du es mir erlaubst." Er senkt den Kopf tiefer, als seine Hand über meine Taille gleitet. „Und dadurch bin ich in der perfekten Position, um das hier zu tun."

Sein Mund erobert meinen, bevor ich irgendetwas sagen kann, doch zu diesem Zeitpunkt habe ich ohnehin kein Interesse mehr am Streiten. Vom vielgerühmten General Stavros umworben zu werden, ist eine unerwartet berauschende Erfahrung.

Und seine Ex-Verlobte hat das hier aufgegeben, weil er nicht in die Schlacht davonritt und versuchte, sich jeden zweiten Tag umbringen zu lassen? Ich weiß nichts anderes von ihr als ihren Status, bin mir jedoch ziemlich sicher, dass sie eine Idiotin ist.

Julita kichert. *Weißt du, ich war mir nicht sicher, ob Stavros besonders talentiert im Küssen sein würde. Ich bin froh, dass ich lang genug geblieben bin, um zu erleben, dass ich mich geirrt habe.*

In ihrer Stimme liegt so viel echte Freude, dass ich mir keine Sorgen mehr mache, dass sie ihre Eifersucht zurückhält. Das neue größte Problem unserer Freundschaft könnte darin bestehen, dass ich entscheiden muss, wie viele Einzelheiten über die intimen Momente ich mit ihr teilen will, bei denen sie sich zurückgezogen hat.

Dieser Gedanke erinnert mich an all die anderen Situationen, in denen Stavros und ich besonnen mit unserer neugefundenen Nähe umgehen müssen.

Ich weiche widerwillig zurück. „Wenn wir diesen Raum verlassen, müssen wir so tun, als sei die Lage zwischen uns nach wie vor ziemlich angespannt. Falls irgendjemand, der mit Torstem in Verbindung steht, realisiert, dass wir doch unter einer Decke stecken ..."

Stavros nickt, bevor ich meine Aussage beenden muss. „Ich freue mich nicht darauf, kann dich jedoch böse anschauen und mit dir schimpfen, wenn es dich vor Schlimmerem bewahrt." Er lässt seine Fingerspitzen in einer letzten Liebkosung meinen Kiefer entlangwandern. „Solange du nicht vergisst, dass alles nur vorgetäuscht ist."

Ich grinse ihn an. „Ich glaube nicht, dass meine Erinnerungen an die letzte Nacht so schnell verblassen werden."

Es gibt jedoch viele andere Erinnerungen, die den bevorstehenden Tag überschatten können. Als wir den Gang betreten und dabei einen großen Abstand zwischen uns einhalten, gleitet mein Blick die Türen entlang zu Ster. Torstems Quartier weiter unten.

Wie lange wird meine Schonfrist andauern, bevor ich Torstems Blut vergießen oder den König verraten muss?

Ich verspüre den plötzlichen Drang, Stavros zurück in sein Quartier zu schubsen, Alek und Casimir ein Signal zu senden und die Zeit, die mir noch bleibt, damit zu verbringen, all die

Freude zu genießen, die ich diesem Leben entringen kann. Ich weiß nicht, wie viel Leben mir noch bleibt, wenn ich erst einmal König Konrams Befehle ausgeführt habe.

Obgleich der König so gesprochen hat, als sei die Aufgabe ein Kinderspiel, lastet das Wissen mit jeder verstreichenden Stunde schwerer auf mir, dass es keine Garantie gibt, dass ich in dem Chaos nach dem Attentat fliehen kann. Torstems Ende wird womöglich auch meines sein.

Ich muss jedoch zugeben, dass ein verlorenes Leben mehr als fair erscheint, wenn der Kontinent dafür vor einem neuen Blutzauberer-Aufstand bewahrt werden kann. Ich kannte die Risiken, als ich diesen Weg betrat.

Also balle ich bloß die Hände an meinen Seiten zu Fäusten und marschiere hinter Stavros zum Trainingsplatz, als würde ich meine Pflichten hassen.

Bei dem Kampfkurs zu helfen, ist nicht so schlimm. Diese Studenten haben oft genug mit mir gekämpft, um mir ein wenig Respekt zu zollen.

Ich werfe mich in den Moment, kreuze Klingen mit den Gegnern, die mir Stavros zuweist, und gebe sarkastische Kommentare von mir, als sei ich eine echte Rebellin. Das ist eine bessere Ablenkung, als allein auf dem Campus Trübsal zu blasen.

Als der ehemalige General mir den Rücken zukehrt, schenkt Olari mir ein verschwörerisches Lächeln.

Weiß er, dass ich ihn bei der Initiationszeremonie ohne Maske gesehen habe? Oder vielleicht erwartet er bloß, dass ich die Informationen zusammensetze, wenn ich mich heute Abend dem Treffen des Käferclubs anschließe.

Trotz der vorgetäuschten Reibungen zwischen Stavros und mir, gebe ich mein Bestes, den Studenten zu helfen. Die meisten haben nichts mit dem Schlamassel zu tun, den ich mir eingebrockt habe.

Ich brauche nicht noch mehr Feinde zusätzlich zu denen, mit denen ich es bereits zu tun habe.

Apropos potenzielle Feinde, dies ist einer der Kurse, bei denen Petra sich der Militärfakultät anschließt. Ich bemühe mich, sie während der Übungen zu meiden, die Stavros vorgibt, doch die entfernte Verwandte der Königsfamilie hat leider eine sehr sture Ader.

Nachdem ich am Ende des Kurses endlich unsere gesamte Ausrüstung zurück in den Lagerraum geschleppt habe, verlasse ich den Raum und entdecke Petra in dem schwach beleuchteten Gang des Gebäudes.

Es ist sonst niemand in der Nähe. Es ist offensichtlich, dass sie auf mich wartet.

Ich überlege, einfach an ihr vorbeizugehen, eine derart offenkundige Ablehnung fühlt sich allerdings unklug an. Also bleibe ich stehen und bedenke sie stattdessen mit meiner besten ausdruckslosen Miene. „Gibt es etwas, was du brauchst?"

Petras dunkler Blick huscht umher, als wäre sie sich möglicher Lauscher genauso bewusst wie ich. Sie tritt näher und senkt ihre Stimme. „Ich wollte mir dir sprechen – nur kurz. Ich werde dich nicht lange aufhalten."

Ich verschränke die Arme vor der Brust und bemühe mich, sie locker zu halten, anstatt abwehrend anzuspannen. „Worüber willst du mit mir sprechen?"

Petra mustert mich einige Sekunden lang und ihr nachdenklicher Blick wirkt unangenehm eifrig. „Ich verstehe, warum du mich zurückgewiesen und gemieden hast, und nehme dir das nicht übel. Ich hätte dich erst gar nicht in so eine unangenehme Situation bringen sollen."

Mein Magen verknotet sich, doch ich ziehe ehrlich verwirrt die Brauen zusammen. „Wovon sprichst du?"

Sie macht eine abweisende Geste. „Das ist nicht der wichtige Teil. Das Wichtige, was ich dir sagen wollte, ist ... Wenn jemand zu viel von dir verlangt, ist es zulässig, das auszuschlagen. Die Leute mit der meisten Macht haben nicht immer recht."

Ein unangenehmes Gefühl durchläuft mich vom Hals bis zum Magen. Sie kann unmöglich wissen – König Konram hätte seine geheimen Attentatspläne doch sicherlich nicht ausgerechnet mit seiner Nichte besprochen, ganz egal, wie entfernt sie mit ihm verwandt ist?

Ich bin mir nicht sicher, ob er es überhaupt der Königin erzählt hat.

Ich kann nicht verhindern, dass meine Stimme leicht steif wird. „Ich verstehe nicht, was du meinst. Ster. Stavros hat nichts besonders Gewaltiges von mir verlangt. Ich mache meine Arbeit gern."

Es ist die Antwort, die sie von jemandem erwarten sollte, dem keine andere schreckliche Aufgabe von einer Person erteilt wurde, die viel mehr Macht hat als mein Arbeitgeber. Die Intensität auf Petras glattem Gesicht ändert sich allerdings nicht.

„Vielleicht weißt du nicht, dass du offen Nein sagen kannst", erwidert sie. „Aber du kannst deine eigenen Methoden wählen, um das gleiche übergeordnete Ziel zu erreichen. Tu es auf deine Art, auf die Art, die sich für dich richtig anfühlt. Das ist alles, was die Götter von uns wollen. Es tut mir leid."

Sie macht auf dem Absatz kehrt und eilt ohne ein weiteres Wort aus dem Lagerhaus. Ihre letzten Worte hallen in meinem Kopf wider.

Irgendwie beunruhigt die Entschuldigung mich mehr als alles andere.

Nun, sagt Julita in zweifelndem Ton. *Worauf in den Reichen hat sie angespielt?*

Ich hebe die Schultern zu einem winzigen Zucken, mein Magen rumort jedoch weiterhin.

Es klang so, als wüsste Petra, worum ich gebeten wurde. Selbst wenn sie es nicht wüsste – würde ihr Vorschlag noch immer gelten?

Götter straft mich, warum sollte ich auf die Meinung eines niederen Mitglieds der Königsfamilie hören? Sie riskiert weder bei den Blutzauberern noch beim König ihren Kragen.

Doch den Rest des Tages nagen Petras Worte an mir.

Ich führe den Befehl des Königs bereits auf ‚meine Art' aus, oder nicht? Ich werde meine Heimlichkeit und mein Messer nutzen – die Werkzeuge, auf die ich mich in der Vergangenheit so oft verlassen habe.

Natürlich hat Petra keine Ahnung, wer ich in der Vergangenheit war. Denkt sie, ihr entfernt verwandter Onkel hätte mir genau gesagt, wie ich Ster. Torstem töten soll, und es gäbe eine andere Mordmethode, die ich vorziehen würde?

Oder meinte sie etwas völlig anderes?

Und was in den Reichen würde der Gott wollen, der mich so lange am Leben gehalten hat? Kosmel schweigt zu diesem Thema leider weiterhin.

Ich muss all diese beunruhigenden Fragen beiseiteschieben, als ich mich auf den Weg zum Zimmer des Entomologieclubs im Quadring mache. Dieses Mal betrete ich den Raum durch die Eingangstür und nicht durch ein Fenster.

Da ich bereits in dem Zimmer war, bin ich auf die Mischung aus waldigen und sauren Gerüchen vorbereitet sowie auf das allgegenwärtige Rascheln der kleinsten Bewohner des Clubzimmers. Dennoch bekomme ich Gänsehaut, als ich es betrete.

Um fair zu sein, liegt das allerdings genauso sehr an den menschlichen Bewohnern.

Olari schaut auf. Er steht in der Nähe einiger Terrarien mit zwei anderen Studenten, die ich von Aleks Skizzen und meinen eigenen Beobachtungen kenne. Er neigt den Kopf zum Gruß.

Mehrere andere Studenten schauen von ihren Plätzen zwischen den Terrarien und Tischen auf, um den Neuankömmling zu mustern. Manche erkenne ich als andere mutmaßliche Verschwörer. Die anderen sind wahrscheinlich unschuldige Mitglieder, die denken, dass es bei dieser Organisation wirklich um ein Interesse am Insektenleben geht.

Und dann ist da natürlich noch unser kühner Anführer, Ster. Torstem.

Der Rechtsprofessor marschiert zu mir und führt mich tiefer in den Raum. „Ivy aus Nikodi. Ich habe gehört, du hättest dein Interesse kundgetan, dich unserer kleinen Geheimverbindung anzuschließen." Er lacht leise, als wäre ‚Geheimverbindung' nicht ein passenderes Wort als Club, um zu beschreiben, was er hier anführt.

Er hat mir genau gesagt, wie ich antworten soll, auch wenn ihm nicht bewusst ist, dass ich weiß, dass er derjenige war, der mir die Anweisungen gegeben hat.

Ich schenke ihm ein dankbares Lächeln. „Ich war schon immer neugierig auf die kleinsten Wesen unserer Welt. Ich habe gehört, Sie hätten mehrere seltene Spezies gesammelt."

„In der Tat! Komm mit, komm mit. Lass mich dir einige zeigen, auf die wir besonders stolz sind."

Er legt seine Hand auf meine Schulter, um mich weiterzuführen. In meinem Hinterkopf erschaudert Julitas Präsenz, so wie ich es gerne tun würde.

Ich heiße es nicht gut, dass König Konram dir befiehlt, eine Mörderin zu werden, schimpft sie, *aber wenn du* jemanden *ermorden musst, kann ich nicht behaupten, dass es mich besonders stört, dass es dieser schleimige Verräter ist.*

Ich kann nicht anders, als ihre Meinung zu teilen.

Ster. Torstem deutet auf ein Paar Käfer mit schillernden Panzern, die ihre Farbe je nach Lichteinfall ändern, eine Motte, die wie die Blätter an dem Zweig in ihrem Terrarium aussieht, und ein Tausendfüßler mit einem rötlichen Panzer, der so dick wie mein Daumen und doppelt so lang ist. Ich mache Ooh und Aah bei ihrem Anblick, während ich mich bei Creaden stumm für die dicke Bauweise der Behälterwände bedanke.

Ich würde nicht behaupten, dass ich nach meinen Jahren auf der Straße besonders empfindlich bin, würde jedoch schreien, wenn das letzte Wesen mit seinen vielen Beinen meinen Arm emporklettern würde.

Torstem stellt mich den anderen anwesenden Clubmitgliedern vor, wobei er sich auf Olaris Trio und die anderen konzentriert, deren Namen ich kenne.

„Ich glaube, du wirst dich für den Anfang unserer Feldgruppe anschließen", verkündet er in einem beiläufig autoritären Ton. „Unsere Gruppe ist zu groß, wenn wir alle gemeinsam auf Ausflüge gehen, weshalb wir uns in Felder und Wälder aufgeteilt haben. Nach der Hälfte des Jahres wechseln wir die Gruppen. Zum Glück für dich machen wir in ein paar Nächten eine Feldexkursion, falls du dich uns anschließen kannst. Sie findet kurz nach Einbruch der Abenddämmerung statt, weshalb es deiner Assistenten-Stelle nicht in die Quere kommen sollte."

In ein paar Nächten?

Kälte rieselt durch meinen Körper, doch ich lächle weiter. „Ich bin mir sicher, ich kann das arrangieren. Ich freue mich auf den Ausflug."

In nur zwei Tagen soll ich diesen Mann töten.

Torstem erwidert mein Lächeln, da er keine Ahnung von meinen wahren Absichten hat. „Wundervoll. Du wirst ein willkommener Neuzugang für unsere Gruppe sein."

Obwohl sich mir der Kopf dreht, soll ich so tun, als hätte ich echtes Interesse an dem Club. Ich schlendere an den Regalreihen entlang und beobachte, wie sich die verschiedenen Insekten durch ihre künstlichen Lebensräume bewegen. Ich kann das Gefühl nicht abschütteln, dass ich in diesem Raum genauso festgehalten werde, wie die winzigen Gefangenen des Käferclubs in ihren Terrarien.

An einem Tisch schütten ein paar der Mitglieder, die vermutlich zur Waldgruppe gehören, Erde auf den Boden eines großen geöffneten Terrariums. Ich gehe zu ihnen. Es könnte schön sein, mit jemandem zu sprechen, der nicht plant, die Zivilisation zu zerstören, so wie wir sie kennen.

„Für wen richtet ihr das hier ein?", erkundige ich mich.

Der Junge klopft die Erde um einen kleinen Metalltrog herum fest, auf dessen Grund kleine Kieselsteine liegen. „Wir hoffen, bei unserem nächsten Ausflug einen Leuchtdid zu fangen. Sie zeigen sich nur während der wenigen Wochen des Frühsommers. Der Club hatte noch nie einen."

„Sie sind schrecklich schnell", erklärt die Frau neben ihm. „Und natürlich wollen wir den nicht verletzten, den wir fangen."

„Ich glaube, wir haben eine gute Chance." Der Kerl streichelt mit den Fingern über die kleine Pflanze auf der anderen Seite des Terrariums. „Leuchtdids essen nur Pilmettablätter und es ist wahnsinnig schwer, diese in Gebäuden wachsen zu lassen. Aber wir haben diese hier zum Wachsen gebracht. Prospira unterstützt unsere Mission anscheinend."

Die Frau lässt ihre Finger in der Geste der Götter über ihre Vorderseite wandern. „Ich glaube, wir sollten das als Zeichen der Zustimmung sehen. Vielleicht nicht dafür, dass wir einen fangen werden, aber zumindest für unser übergeordnetes Ziel."

Das Beben eines schärferen Bewusstseins durchläuft meine Nerven. Diese Worte ähneln etwas, was Petra gesagt hat.

Ich lege den Kopf schief. „Euer übergeordnetes Ziel?"

Die Frau nickt enthusiastisch. „Wir würden gerne ein Paar Leuchtdids fangen, um sie zu studieren und sogar zu züchten. Der wichtigste Teil ist jedoch, sie einfach zu beobachten und ein besseres Verständnis von ihrem Verhalten zu erlangen, auch wenn es nur in ihrer normalen Umgebung geschieht. Ihre Zahlen sind in letzter Zeit stark gesunken. Wir möchten eine Möglichkeit finden, ihrer Population dabei zu helfen, gesund und sicher zu bleiben."

Andere Methoden, um das gleiche Ziel zu erreichen. Ein weiteres Beben rast geradewegs durch meine Mitte. „Das ergibt Sinn. Ich hoffe, ihr schafft das."

Ich schlendere weiter und richte den Blick auf die nächsten Terrarien, meine Gedanken wenden sich jedoch Dingen außerhalb dieses Raums zu.

Das Ziel des Königs ist nicht, dass ich Ster. Torstem ermorde. Das Ziel besteht darin, der Gefahr ein Ende zu setzen, welche die Blutzauberer darstellen. Er denkt bloß, dass der Tod ihres Anführers die wahrscheinlichste Methode ist, um dieses Ergebnis sicherzustellen, und ich bin das Werkzeug, das am einfachsten verfügbar ist.

Was, wenn es etwas gibt, was die Verschwörung zerschlagen könnte, *ohne* dass ich meine Hände mit all dem Blut besudeln muss?

FÜNFUNDVIERZIG

Alek

Als ich zur vereinbarten Zeit durch die Schnur in den Versammlungsraum des Palasts trete und bloß Stavros vorfinde, setzt mein Herz einen Schlag aus. „Ist Ivy nicht …"

„Das Treffen des Käferclubs hat etwas länger gedauert, es geht ihr jedoch gut", antwortet er von seinem Platz am Tisch, bevor ich meine panische Frage beenden muss. „Sie konnte vor dem Treffen nichts essen, weshalb sie schnell zum Speisesaal gegangen ist, um sich etwas zu holen, bevor sie sich uns anschließt."

Die vorübergehende Panik, die mich gepackt hat, lässt nach. Ich gehe zum Tisch, bin allerdings noch zu unruhig, um mich zu setzen.

Stavros' Miene ist grimmig. Es ist schwer, sich zu entspannen, wenn sogar ein ehemaliger General, der einhundert Schlachten überlebt hat, aussieht, als würde ihm die Situation Unbehagen bereiten.

Meine Finger krümmen sich um die Sessellehne. „Hat sie

dir irgendetwas darüber erzählt, was beim Treffen des Entomologieclubs passiert ist?"

Stavros' Mund spannt sich noch stärker an, bevor er antwortet. „Ein wenig. Wie üblich will sie uns den ganzen Bericht geben, wenn wir alle versammelt sind, anstatt sich ständig zu wiederholen."

Er hat offensichtlich keine Lust, mir das Wenige zu verraten, das er weiß, doch nach einer Pause hebt er den Blick und sieht mir in die Augen. „Eine dieser Tonlieferungen, von denen du vermutest, dass sie für die Blutzauberer ist, ging heute Morgen raus."

Mein Herz macht einen enthusiastischen Hüpfer. „Konnte ihr jemand folgen?"

„Die zwei Soldaten, denen der König die Überwachung der Tongrube aufgetragen hat, sind besonders geschickt in heimlichen Missionen. Sie folgten den Arbeitern in großzügigem Abstand und beobachteten die Übergabe an den Käufer. Leider konnten sie dem Käufer nur ungefähr einen Kilometer weit folgen, bevor der Wagen und sein Fahrer verschwanden."

Ich runzle die Stirn. „Verschwanden?"

Stavros seufzt missmutig. „Den Soldaten zufolge ist er einfach innerhalb eines Wimpernschlags außer Sicht verschwunden. Sie sind eine Weile dortgeblieben und haben anschließend die Gegend abgesucht, konnten jedoch keine Spuren des Wagens finden."

Ich stoße mich vom Sessel ab, um am Tisch entlangzutigern. „Wir wissen von Ivys Erzählungen, dass die Blutzauberer jemanden unter sich haben, der sehr geschickt im Umgang mit Tarnmagie ist. Sie können ihre Überquerungen des Starsils und die Lagerfeuer tarnen, an denen sie sich versammeln."

„Ja, wir müssen davon ausgehen, dass Magie involviert war. Daher wissen wir nicht, *wohin* sie den Ton bringen. Allerdings denke ich, dass wir uns relativ sicher sein können, dass die Blutzauberer ihn mitnehmen."

Sein Ton ist so grimmig wie seine Miene. Ich kann mich auch nicht zu einem Lächeln durchringen.

Es ist ein schrecklich kleiner Sieg. Wir brauchen so viel

mehr, wenn wir Ivy von der Aufgabe befreien wollen, die König Konram ihr aufgetragen hat.

Casimir erscheint einen Augenblick später und sieht sich genauso besorgt im Raum um, wie ich das bei meinem Eintreten vermutlich getan habe. Bevor er sich nach Ivy erkundigen kann, erscheint sie mit einem Rauschen ihrer vielschichtigen Röcke in ihrem Schnurkreis.

Auf ihrem Gesicht zeichnet sich eine Mischung aus unguten Vorahnungen und Entschlossenheit ab, woraufhin ein Stich mein Herz durchbohrt, obwohl sich meine Lippen bei ihrem Anblick zu einem Lächeln verziehen. Sie streicht einige lose Haarsträhnen von ihren Wangen und strafft die Schultern.

Doch als ihre Augen meinen begegnen, jagt die Emotion, die in diesen funkelt, einen freudigen Blitz durch meine Nerven. Mit einem antwortenden Lächeln kommt sie geradewegs zu mir, geht auf die Zehenspitzen und presst ihren Mund auf meinen.

Es ist keiner der keuschen Küsse, die wir ausgetauscht haben, seit sie Casimir und mir mitgeteilt hat, dass wir den körperlichen Teil unserer Beziehung reduzieren müssen. Die Hitze des Kusses bringt meinen Puls zum Rasen und Wärme fegt über meine Haut.

Ich zögere nur kurz vor Überraschung, bevor ich ihren Nacken packe und den Kuss so begierig erwidere, wie sie ihn angeboten hat. Ich weiß nicht, was in sie gefahren ist, will jedoch, dass sie weiß, dass ich es genauso will wie sie.

Ivy weicht mit einem sanfteren Lächeln zurück, bei dem mir von Kopf bis Fuß warm wird. „Ich habe einige Dinge mit Julita geklärt. Wir müssen unsere Gefühle nicht mehr zurückhalten.“

Die Erleichterung, die mich bei diesen Worten durchfährt, gilt gleichermaßen Ivy und meiner eigenen Befriedigung. Ich kann mir nicht vorstellen, wie es ist, mit einer Person im Clinch zu liegen, die im eigenen Kopf wohnt.

Ich drücke ihre Schulter. „Ich bin froh, dass ihr zu einer Vereinbarung gelangen konntet.“ Als ich ihr in die Augen spähe, versuche ich, mir vorzustellen, dass mich auch die Frau ansieht, die ich einst kannte. „Danke schön.“

Ivy bricht in Gelächter aus und eine leichte Röte färbt ihre blassen Wangen. „Sie sagt, gern geschehen, solange du dich gut um mich kümmerst."

Mein Gesicht wird noch heißer, meine Lippen zucken jedoch zu einem Grinsen. „Ich denke, das wird kein Problem sein."

Casimir hat unseren Austausch mit seiner üblichen Gelassenheit verfolgt und zeigt keinerlei Anzeichen von Ungeduld oder Eifersucht. Doch sowie Ivy sich zu ihm umdreht, tritt er vor, um ihr entgegenzukommen, und strahlt so begeistert, dass niemand daran zweifeln könnte, wie glücklich er ist, ihre Umarmung anzunehmen.

Es ist eine eigenartige Empfindung, zu beobachten, wie die Frau, in die ich mich verliebt habe, einen anderen Mann küsst. Ein Beben durchläuft meine Magengrube, ein Verlustgefühl, dass ich diesen Moment nicht mit ihr teile. Dennoch durchflutet mich freudige Erregung, als ich sehe, wie sie ihn anstrahlt und jetzt noch glücklicher ist, da sie ihre Zuneigung für uns beide erneut bestätigt hat.

Sie ist eine außergewöhnliche Frau. Ich bin mir nicht sicher, ob ich mich allein wirklich so gründlich um sie ‚kümmern‘ könnte, wie sie es verdient.

Außerdem gibt es keinen anderen als den Kurtisan, dem ich mehr zutrauen würde, dafür zu sorgen, dass es ihr nie an etwas fehlt – jedenfalls möchte ich, dass ihr Leben mit uns besser ist als das, was sie zuvor hatte.

Mein Blick gleitet zu dem anderen Mann am Tisch.

Stavros ist in seinem Sessel geblieben, seine Gesichtszüge haben sich jedoch verändert, als er Ivy mit uns beobachtet hat. Als könnte er den Blick nicht von ihr losreißen … und als sei er sich nicht sicher, ob er das überhaupt will.

Ich weiß nicht, was ich davon halten soll oder von dem leicht skeptischen Lächeln, das Ivy ihm schenkt und das sich entspannt, als er mit einem Glucksen darauf reagiert. Etwas hat sich an ihrer Dynamik verändert. Die Anspannung, die diesen Raum in den letzten Wochen häufig überschattet hat, hat sich gehoben.

Ich werde das als Sieg verbuchen, egal, was zwischen ihnen vorgefallen ist.

Dann setzt Stavros sich aufrecht hin, der ernste Ausdruck kehrt auf sein Gesicht zurück und ich werde wieder in die Realität unserer Situation gezogen. Das hier ist keine freudige Wiedervereinigung – es ist eine Strategiebesprechung, um Ivy wegzuschicken, damit sie ein Attentat verüben kann.

Das glückliche Leuchten, das Ivy überkommen hat, wird ebenfalls gedämpft, doch sie spricht mit der gleichen stählernen Entschlossenheit, die ich sah, als sie den Raum betrat. „Ich soll in zwei Nächten auf einen ‚Käferclub'-Ausflug gehen. Vermutlich ist es in Wahrheit eine Versammlung des Ordens der Wildheit."

Mir stockt der Atem. „Zwei Nächte? Du wurdest *gerade* erst als Mitglied aufgenommen."

Ivy zuckt mit den Achseln. „Vielleicht wollen sie uns Initiierte schnell in ihrer Mitte aufnehmen. Es ist vermutlich zum Besten, da wir zuschlagen wollen, bevor sie eine Gelegenheit hatten, die Königsfamilie anzugreifen."

Casimir legt eine Hand auf ihren Arm. „Haben sie irgendetwas dazu gesagt, was du auf dem ‚Ausflug' tun wirst?"

Sie schüttelt den Kopf. „Ich bezweifle, dass sie auf den echten Grund auch nur hinweisen wollen, solange die anderen Clubmitglieder in der Nähe sind. Allerdings werden mindestens alle Mitglieder dabei sein, die Teil der Verschwörung sind – und ich sollte eine Gelegenheit haben, nah an Ster. Torstem ranzukommen."

Stavros springt auf, als könnte er es nicht ertragen, länger sitzen zu bleiben. „Ich kann den König benachrichtigen und mir eine Ausrede einfallen lassen, um in jener Nacht das Geschwader zu besuchen, das in der Nähe stationiert ist. Dann kann ich sie zu dir führen, wenn du mir das Signal gibst."

Es passiert zu schnell. Ich kann meinen Protest nicht unterdrücken. „Du solltest das nicht tun müssen."

Stavros' dunkler Blick schwingt zu mir. „Keiner von uns denkt, dass sie es tun sollte. Doch wenn sie darauf besteht …"

„Das tue ich nicht", unterbricht Ivy ihn.

Wir starren sie alle drei an. Jetzt habe ich das Gefühl, als wäre mir sämtliche Luft aus der Lunge gestoßen worden.

„Was?", bringe ich hervor und habe Angst, zu hoffen, dass sie meint, was ich denke.

Ivy reckt trotzig das Kinn. „Ich werde ihn töten, wenn ich muss. Doch ich will es vorher auf eine andere Art probieren. Der König *braucht* es nicht, dass Torstem durch meine Hand stirbt, oder? Für ihn ist nur wichtig, dass die Verschwörung gestürzt wird."

Stavros mustert sie mit unverhohlener Verwirrung. „Ich würde sagen, das stimmt. Er schien zu denken, dass Torstems Tod eine notwendige Komponente ist. Hast du einen neuen Plan, um dieses Ziel zu erreichen?"

Sie verzieht das Gesicht. „Ich arbeite noch daran. Ich hatte gehofft, dass ihr drei mir helfen könnt. Wir müssen die Blutzauberer ablenken und ins Chaos stürzen, damit die Soldaten in ihre Mitte platzen und sie festnehmen können. Wenn der König möchte, dass einer seiner Leute anschließend einen Grund findet, Torstem zu ermorden – vielleicht, weil er sich der Verhaftung widersetzt hat – ist es nicht mehr meine Aufgabe."

Ein brutales Licht entzündet sich in Stavros' Augen. „Ich kenne mindestens eine Person, die diese Pflicht nur allzu gern übernehmen würde. Und die König Konram versichern kann, dass du all die wichtigen Teile deiner Mission erfüllt hast, soweit es mich angeht."

Meine Laune hat sich gehoben, das Gewicht der Zweifel versetzt meiner anfänglichen Aufregung jedoch einen Dämpfer. „Wir müssen immer noch das Geschwader zu den Verschwörern bringen, bevor sie realisieren, dass es Probleme gibt, und sich zerstreuen. Ivys Erzählungen zufolge wird es schrecklich schwer werden, sie so stark abzulenken, dass sie eine Warnung ihrer Wachen missachten. Sie richten sich so schnell gegen jeden, von dem sie denken, er wäre nicht auf ihrer Seite ... Alles, was Ivy tut, um die Blutzauberer aus der Bahn zu werfen, könnte sie zur Zielscheibe machen."

Stavros betrachtet Ivy stirnrunzelnd. „Ja, was immer du tust, muss sie so sehr bestürzen, dass sie vergessen auf eine Bedrohung zu reagieren, bis wir dich erreichen können. Das Geschwader, das der Region am nächsten ist, die Casimir identifiziert hat, ist ungefähr einen einstündigen Pferderitt entfernt.“

Ich nicke kläglich. „Ich hasse es, das zu sagen, aber es wäre sicherer für dich, wenn du Torstem erstichst und fliehst. Mir fällt nichts anderes als der Verlust ihres Anführers ein, was sie so stark treffen würde. Den Eifer, den sie gezeigt haben … Sie haben sich ihrer Sache so sehr verschrieben und sind so davon überzeugt, dass sie das einzig Richtige tun, um den Allesgeber zurückzurufen …“

Ivys Kopf zuckt zu mir. „Das ist es!“

Ich blinzle sie an. „Was ist es?“

„Sie sind sich sicher, dass sie recht haben“, erklärt sie und klopft mit der Hand auf die Tischplatte. „Doch trotz all ihrer Macht haben sie nicht recht. Was, wenn ich etwas tun kann, was sie an dem Grund zweifeln lässt, aus dem sie sich versammelt haben? Wenn ich sie gegeneinander wenden kann, indem ich ihnen glauben mache, dass sie in die Irre geführt wurden, dass die Götter wütend auf sie und nicht mit ihrem Handeln einverstanden sind?“

Casimir reibt sich über den Kiefer und richtet nachdenklich den Blick in die Ferne. „Du müsstest vorsichtig vorgehen. Die Götter könnten auch beleidigt sein, weil *du* so tust, als würdest du für sie sprechen.“

Die Idee hat mir jedoch neue Inspiration gegeben. „Es muss ja nicht direkt sprechen sein. Die meisten Leute hören ohnehin keine Stimmen ihrer Gottlen. Sie interpretieren Träume … nun, ich schätze, das ist mitten in einer Versammlung nicht praktikabel … und Zeichen, die ihre Aufmerksamkeit erregen. Wenn du ein bedeutsames Omen erschaffen könntest, das wie Missbilligung aussieht, ohne direkt einen der Gottlen zu imitieren …“

Stavros räuspert sich. „Um ein ‚Zeichen‘ zu machen, das groß genug ist, um die Blutzauberer zu beunruhigen, müsste Ivy vermutlich ihre Magie benutzen.“

Eine unbehagliche Stille legt sich über den Raum. Ivys Mund verzieht sich, während sie Stavros’ Gesicht mustert.

„Du hast recht“, sagt sie nach einem Augenblick. „Also kann ich vielleicht doch keine andere Herangehensweise versuchen.

Ich … ich wäre gewillt, meine Macht zu benutzen, wenn ich die Verschwörer dadurch ins Chaos stürzen kann, aber ich weiß nicht, ob ich sie gut genug kontrollieren kann, um zu vermeiden, dass ich mehr Schaden anrichte, als Gutes tue. Kosmel hat bisher stets die Konsequenzen geleitet, wenn ich sie effektiv benutzt habe, und er hat *mir* seit Tagen keine Zeichen gegeben.“

Die Hoffnungslosigkeit, die sich wieder in ihre Stimme geschlichen hat, durchbohrt meinen Magen.

Ich suche nach etwas, mit dem ich dieser entgegenwirken kann. „Ich konnte ein Gegenmittel für die toxische Wirkung der Crozzemipilze finden. Ich habe bereits alles organisiert und werde das Gegenmittel morgen früh abholen, damit du es rechtzeitig hast. Du wirst deine Reaktionen besser unter Kontrolle haben als zuvor.“

Ivy schenkt mir ein dankbares Lächeln, sieht jedoch nach wie vor niedergeschlagen aus. „Danke. Das wird einen Unterschied machen, vorausgesetzt es funktioniert. Doch selbst wenn ich bei vollem Bewusstsein bin, konnte ich den Rückschlag noch nie leiten, den meine Magie auslöst. Sie scheint das selbst zu entscheiden.“

Außer in den Momenten, in denen sich der Gottlen einmischte, der sie als seine Heldin erwählt zu haben schien.

Ich ziehe die Brauen zusammen. „Du hast gesagt, dass Kosmel dir in letzter Zeit keine Führung angeboten hat. Was genau hat er zuvor zu dir gesagt, wenn er direkt mit dir gesprochen hat – wenn du ihn gebeten hast, deine Magie zu regulieren?“

Ivy hält inne und schürzt beim Nachdenken die Lippen. „Das erste Mal lag ich im Sterben und er sprach, als könnte er die Magie nicht leiten, wenn ich nicht zustimmte. Im Turm sagte er, er würde helfen, solange ich es ihm erlaube. Und das letzte Mal, bei Benedikt … Er sagte im Grunde genommen, dass es mir überlassen ist. Dass ich entscheiden muss, wie ich mit der Situation verfahren will, und er würde mir Rückendeckung geben.“

Ich denke darüber nach und über das, was sie über ihr Aufnahmeritual erzählt hat. „Hast du ihn konkret um Hilfe gebeten, als du neulich nachts Probleme mit deiner Magie hattest?"

Ihre Stirn runzelt sich. „Nichts Spezifisches, schätze ich. Es war eher ein allgemeiner Hilferuf."

„Das ist vielleicht das Problem. Die Götter mischen sich normalerweise nicht so offensichtlich in jemandes Leben ein … und es klingt so, als hätte er dir gesagt, dass du ihm erklären musst, wie er dir helfen soll, und nicht andersherum."

Casimir summt nachdenklich. „Das passt sehr gut zu der Philosophie, von der ich von Priestern und Gläubigen gehört und gelesen habe. Die Götter handeln durch uns, aber nicht für uns."

„Wenn ich also entscheide, was passieren soll, und ihm genau erkläre, was ich brauche", sagt Ivy langsam, „wird er vielleicht auftauchen? Aber ich werde es erst wissen, wenn ich es versuche."

Der Kurtisan schenkt ihr ein schiefes Grinsen. „Deswegen nennt man es Glaube und nicht Gewissheit."

Stavros tritt von einem Fuß auf den anderen. „In einer derart gefährlichen Situation würde ich normalerweise sagen, dass du nur dem vertrauen sollst, was du in den Händen halten kannst. Doch er hat dich schon viele Male unterstützt."

Ivy atmet tief ein und scheint sich zu sammeln. „In Ordnung. Ich muss die endgültige Entscheidung erst treffen, wenn ich dort bin. Ich werde mich so gut wie möglich vorbereiten, kann jedoch noch immer auf das Erstechen zurückgreifen, wenn mir nicht gefällt, wie sich das Ganze entwickelt."

Der ehemalige General neigt den Kopf. „Wir können vielleicht auch arrangieren, dass Vorräte in der Gegend abgelegt werden, sodass deine Magie etwas Konkretes benutzen kann, anstatt alles aus dem Nichts heraufzubeschwören. Falls du eine Idee hast, was für Effekte du erschaffen willst?"

Ivy machte immer den Eindruck, als sei es ihr peinlich, wenn ihr jemand Komplimente für ihr Erscheinungsbild machte, ich kann allerdings ehrlich sagen, dass ich mir nicht vorstellen kann, dass eine andere Person jemals atemberaubender aussah als sie in dem Moment, als das raffinierte, jedoch hoffnungsvolle Licht auf ihrem Gesicht aufleuchtet. Ich kann alles sehen, was sie durchgemacht hat – und all die Kraft, die sie benutzt hat, um sich darüber zu erheben.

Sie befeuchtet ihre Lippen und betrachtet uns. „Die Blutzauberer nutzen gerne Feuer, um zu zerstören, was sie nicht wollen. Was, wenn wir die Flammen gegen sie wenden können?"

SECHSUNDVIERZIG

Ivy

In den Momenten, nachdem ich auf die Innenseite meines Medaillons gedrückt habe, umklammere ich das Schmuckstück fest und warte im warmen Schein des Kronleuchters im Versammlungsraum auf die Ankunft der Männer, die ich gerufen habe. Trotz all der gefühlvollen Worte, die wir bereits ausgetauscht haben, fühle ich mich unerwartet haltlos, wenn ich daran denke, warum ich hier bin.

Ich muss es sagen. Ich werde in wenigen Minuten losziehen und versuchen, eine mörderische, besessene Verschwörung auszuschalten.

Ich weiß nicht, ob ich noch eine Gelegenheit erhalten werde.

Hier, wo mich niemand sehen kann, lasse ich meine Finger nervös an den Falten meines Rocks zupfen. In dem Versuch, meinen Mut auf jede mögliche Art zu stärken, habe ich mein türkisfarbenes Lieblingskleid angezogen. Seine leuchtende Farbe ist jedoch unter meinem Umhang verborgen.

Ich kann eine Adlige werden. Ich kann einem Mann ins Auge fallen.

Ich bin eine ernstzunehmende Größe und werde heute Nacht meine Magie nutzen, wie *ich* es will.

Casimir erscheint als Erster, die dunkelgrünen Augen vor Sorge aufgerissen. Ich halte meine Hand hoch und ergreife seine, bevor er irgendwelche panischen Fragen stellen muss. „Es ist nichts passiert. Ich wollte dich und Alek nur noch einmal sehen, bevor ich gehe."

Ich habe dieses Treffen mit Stavros in seinem Quartier besprochen – er weiß, dass er das Signal ignorieren soll. Er ist bereits aufgebrochen, um sich dem Geschwader anzuschließen, das hoffentlich in wenigen Stunden zu meiner Hilfe eilen wird.

Mehr muss ich Casimir nicht erklären. Die Miene des Kurtisans wird sanfter und eine Mischung aus Zuneigung und Sorge zeichnet sich darauf ab, bei der mein Herz sich noch fester zusammenzieht als zuvor.

Er weiß, dass meine Chancen, zurückzukehren, viel geringer sind als bei den anderen Malen, als ich mit dem Orden der Wildheit losgezogen bin. Vielleicht sind sie sogar nicht existent.

Wer kann sagen, ob wir einander wieder sehen werden?

Alek erscheint einen Augenblick später in seinem Kreis. Seine dunklen Haare stehen über seiner Maske zu Berge und er wirkt ähnlich besorgt. Ich ziehe ihn mit einem beruhigenden Lächeln nah zu mir, von dem ich hoffe, dass es ihm mehr Trost spendet als mir.

„Ich brauchte ein wenig Gesellschaft, kurz bevor ich gehe", erkläre ich.

Das ist allerdings nicht der ganze Grund. Ich brauche jedoch eine Minute, um mich für den Rest zu sammeln.

Alek legt seinen Arm um meine Taille und Casimir hakt sich bei mir unter. Die zwei Männer, die mich als Erste so akzeptiert haben, wie ich bin, hüllen mich in ihre Wärme und ihre unterschiedliche Art von Kraft.

Wenn ich hundertprozentig fair sein wollte, würde ich zuerst mit Casimir und dann Alek sprechen. Er ist derjenige, der mich von Anfang an willkommen geheißen und mein Herz gewonnen hat, als ich Angst hatte, es zu verlieren.

Doch da ich diese Männer mittlerweile gut kenne, wende ich mich als Erstes an den Gelehrten. Casimir hat die

Gewissheit seiner Gabe, die ihm zeigt, wie wichtig er mir ist; er hat die Zuversicht aus jahrelanger Erfahrung im Umgang mit zarten Emotionen.

Dieses Gebiet ist für Alek genauso neu wie für mich.

Ich berühre Aleks Wange und er beugt sich automatisch vor, um mich zu küssen. Der verweilende Druck seines Mundes an meinem schmeckt bittersüß, als hoffe er, die Geste könne mich hier und von allen Gefahren fernhalten. Trotz meiner besten Bemühungen schnürt sich mir die Kehle zu.

Als er schließlich zurückweicht, schimmern in seinen hellbraunen Augen genauso viele Emotionen, wie in mir wirbeln. Ich stelle fest, dass die Worte mühelos in meiner Kehle aufsteigen.

Ich lächle zu ihm auf. „Ich liebe dich.“

Aleks Lippen teilen sich vorübergehend vor Schock. „Was?“

Das zweite Mal ist es noch einfacher. „Ich liebe dich. Ich liebe es, wie schnell dein Verstand arbeitet und mit wie vielen Informationen du ihn füllst. Ich liebe deine Hingabe für jedes Ziel, das du dir setzt.“ Mein Lächeln nimmt verschlagene Züge an. „Ich liebe es, wie sehr du gewisse Bände wudischer Gedichtkunst genießt.“

Ein atemloses Lachen entfährt ihm, bevor er meinen Mund mit einem weiteren Kuss verschließt, der eindringlicher ist als der letzte.

„Ich liebe dich auch“, murmelt er im Anschluss, wobei er mir noch so nah ist, dass sein Atem meinen Mund streift. „Alles an dir, alles, was du in diese Welt bringst. Götter steht mir bei, Ivy, wenn ich mit dir dort rausreiten und an deiner Seite den Blutzauberern entgegentreten könnte ...“

Ich schlucke schwer. „Ich weiß.“

Als ich meinen Blick auf Casimir verlagere, lächelt er so strahlend, dass ich keinerlei Zweifel daran hege, dass ich die richtige Entscheidung getroffen habe. Er sieht so glücklich darüber aus wie Alek, dass ich Alek die Tiefen meiner Zuneigung gestanden habe.

Hoffentlich kann ich ihn noch glücklicher machen.

Trotz all des Selbstvertrauens, das ich gewonnen habe, fühlen sich die Worte immer noch gewaltig auf meiner Zunge an. Ich spanne meinen Griff um seine Hand an. „Ich liebe dich. Ich liebe dein endloses Mitgefühl und dein Engagement dafür, die Freude in der Welt zu vergrößern. Ich liebe die Großzügigkeit, mit der du mich verwöhnt hast, und die Arten, auf die du mir erlaubt hast, dich im Gegenzug ein wenig zu verwöhnen."

Der Kurtisan neigt den Kopf und seine Lippen streifen meine Schläfe und Wange, bevor sie meinen Mund erreichen. Ich kribble am ganzen Körper, noch bevor wir uns richtig küssen.

„Ich liebe dich auch", sagt er und klingt selbst ein wenig rührselig. „Und ich freue mich darauf, deine Freude bei jedem Bad und Ritt und Tanz zu sehen, die wir teilen. Dich kennenzulernen, ist das größte Geschenk, das ich mir jemals hätte wünschen können."

Ich drücke sie beide fester an mich und zwinge die Tränen zurück, die in meinen Augen brennen. Ich muss mich an all das hier erinnern – all das Vertrauen, das sie in mich haben, wie erpicht sie auf meine Rückkehr warten werden – in jedem Moment, den ich dort draußen unter den Feinden verbringe.

Meine Gedanken widmen sich meiner letzten Begegnung mit Stavros: dem feurigen Kuss, den er mir gegeben hat, dem leidenschaftlichen Befehl, zu tun, was nötig ist, um lebend von den Blutzauberern wegzukommen. Sein Versprechen, so schnell dort zu sein und sie für mich zu erschlagen, wie sein Ross ihn tragen kann.

Ich bin zwar noch nicht bereit, die drei Worte bei ihm zu erwidern, schätze allerdings auch sein Vertrauen in mich.

„Du wirst das Gegenmittel nehmen?", fragt Alek.

Ich nicke. „Ich werde eine der Tabletten kauen, die du mir aus dem Pulver gemacht hast, bevor ich gehe, nur um sicher zu sein, und ich habe ein paar weitere in meinem Ärmel für später."

„Gut. Zwei sollten reichen, um einer Tasse von dem Zeug entgegenzuwirken, es wird allerdings nicht schaden, drei zu nehmen."

Casimir greift in seinen Beutel. „Ich habe das hier gekauft, bevor wir wussten, wie bald du gehen würdest. Ich dachte, es wäre das perfekte Wiedersehensgeschenk. Aber da ich dich jetzt in dem Kleid sehe …"

Er zieht einen Anhänger mit einem schimmernden türkisfarbenen Edelstein heraus, der von einer feinen Goldkette baumelt. „Damit du etwas von mir bei dir hast, ganz gleich, wie weit weg du gehen musst."

Jetzt muss ich anfangen, Tränen wegzublinzeln. Ich befestige die Kette um meinen Hals und schiebe den Anhänger unter den Ausschnitt meines Kleides, wo er sicher neben meinem Herzen sein wird. „Danke schön. Die Kette ist wunderschön."

Die Glocke dröhnt durch die Mauern und markiert die achte Stunde. Das ist mein Hinweis, zu gehen.

Offizielle Clubtreffen müssen nicht heimlich mitten in der Nacht abgehalten werden wie verstohlene Initiationsprüfungen.

Ich löse mich widerwillig von meinen Männern. „Ich sollte besser gehen. Ich sehe euch beide morgen."

Lass das ein Versprechen und keine Lüge sein.

Magie bebt durch mein Fleisch, als ich durch den Schnurkreis wieder Stavros' Quartier betrete. Ich nehme mir eine Sekunde, um meine Schenkel abzuklopfen und mich zu vergewissern, dass meine zusätzlichen Messer dieses Mal an Ort und Stelle sind, obgleich es mir davor graut, sie zu benutzen.

Anschließend stecke ich mir eine der drei Gegengiftpillen in den Mund, die Alek mir gegeben hat. Deren bitterer Geschmack überzieht meine Zunge, als ich aus dem Domi eile.

Auf dem Weg zum äußeren Feld treffe ich auf einige der Käferclubmitglieder einschließlich Olari. Wir neun, die heute Nacht losziehen, versammeln uns entlang der Akademiemauern hinter dem Tor, wo zwei Wagen warten.

Dieses Mal reisen wir wie Adlige. Ich schätze, es hat seine Vorteile, auf Anonymität zu verzichten.

Ster. Torstem führt uns scheinbar wahllos zu den Wagen, doch ich lande auf der Rückbank eines Gefährts direkt gegenüber von ihm. Als ich aus dem Fenster auf die Straßen spähe, durch die wir rollen, drängt sich mir die Frage auf, ob der Rechtsprofessor seine neueste Akademierekrutin im Auge behalten wollte.

Bin ich die Einzige von denen, die er auf der Akademie als

Kandidaten in Erwägung zog, die all seine Prüfungen bestanden hat? Ich habe den jungen Mann nicht unter den Käferclubmitgliedern gesehen, der in jener Nacht mitgekommen ist.

Es ist möglich, dass er auf merkwürdige Weise verschwunden ist oder einen vorzeitigen Tod gefunden hat, so wie Benedikt.

Ich blicke zu dem sternengesprenkelten Himmel empor und bete stumm: *Kosmel, falls du noch immer über mich wachst, brauche ich dich heute Nacht bei mir. Ich bin so tief reingesprungen, wie ich kann … aber ich bin mir nicht sicher, ob ich ohne deine Hilfe wieder rauskomme.*

Keine göttliche Stimme hallt durch meinen Kopf. Ich nehme eine Bewegung wahr, die eine Krähe sein könnte, die auf einem Dach landet, doch als ich genauer hinschaue, kann ich nichts mehr erkennen.

Ein Zeichen oder nur Wunschdenken?

Meine Clubkameraden schweigen, bis wir das letzte Stadttor passiert haben. Da uns nur noch Ackerland umgibt und keine Chance besteht, dass ihn jemand hören könnte, sagt Olari: „Wohin gehen wir heute Nacht?"

Ein schmales Lächeln breitet sich auf Ster. Torstems Gesicht aus. „Ich habe etwas Besonderes geplant, was ihr alle zu schätzen wissen werdet, glaube ich. Wir verdienen eine Gelegenheit, die Gaben auszudehnen, die wir uns verdient haben."

Mein Magen macht einen Salto. Was soll das heißen?

Julita bricht ihr unbehagliches Schweigen mit einer sarkastischen Bemerkung. *Ihm wird nicht gefallen, was deine Gabe ihm antun kann.*

Sie klingt allerdings noch immer unruhig.

Soweit ich das anhand der Sterne und der Abzweigungen erkennen kann, sind wir wie erwartet in östlicher und leicht nördlicher Richtung unterwegs. Doch nach ungefähr einer Stunde bleiben die Wagen stehen und wir steigen aus, woraufhin wir einen großen, überdachten Wagen vorfinden.

Die anderen Käferclubmitglieder klettern hinein, ohne zu zögern. Das ist eindeutig die typische Vorgehensweise.

Ich folge ihnen und unterdrücke die Furcht, die in meinem Magen aufgestiegen ist.

Unter dem gespannten Segeltuch brennt eine kleine Laterne, die alles in flackerndes Licht taucht und einen öligen Geruch verströmt. Eingebaute Bänke mit Kissen säumen die Seiten des Wagens. Das ist immer noch bequemer als meine vergangenen Reisen, auch wenn ich das nicht besonders beruhigend finde.

Als der Fahrer die Pferde lostraben lässt, bemerke ich, dass sich der Wagen nach links wendet. Ich glaube, er fährt jetzt nach Südosten. Nach einigen Minuten geht es wieder nach links.

Wir gehen nicht zu dem gleichen Gebiet, in dem in der Vergangenheit Hinweise auf Lagerfeuer gefunden wurde, wie Casimir gehört hat. Werden wir näher zu dem Ort fahren, wo Stavros' Geschwader stationiert ist … oder weiter weg?

Obwohl ich meine Hände unter meinen Umhang gesteckt habe, widerstehe ich dem Drang, sie zu Fäusten zu ballen. Ringsum beginnen die anderen Möchtegernanhänger, mit eifrigen Stimmen zu sprechen, und freudige Erwartung summt durch die Luft.

Sie freuen sich genauso sehr auf diesen Ausflug, wie es mir davor graut.

Ster. Torstem zieht eine kleine Truhe unter der Bank hervor. Er befördert mehrere Phiolen einer grünlichen Flüssigkeit zu Tage, die er an jeden von uns weiterreicht. „Lasst uns unsere festliche Laune heben! Die Götter verdienen es, dass all unsere Emotionen offenbart werden."

Mit einigen Jubelschreien öffnen alle anderen ihre Phiolen. Ich tue es ihnen gleich und schnuppere kurz daran.

Es riecht genauso wie das Zeug, das wir zuvor getrunken haben. Eine kleine Erleichterung.

Da ich Torstems Blick auf mir spüre, trinke ich meinen Trank wie die anderen. Ich riskiere es nicht, etwas in meinen Ärmel zu spucken, während er mich im Blick hat, stecke mir jedoch die anderen zwei Gegengifttabletten in den Mund, indem ich so tue, als würde ich mir den Mund abwischen.

Wie fühlst du dich?, erkundigt Julita sich, als könnte ich ihr jetzt antworten. *Denkst du, das Gegenmittel funktioniert?*

Meine Nerven flattern noch immer, bisher hat mich jedoch kein Schwindelgefühl überkommen. Um mich herum lachen meine Begleiter und schwanken auf ihren Plätzen. Ich zwinge ein Grinsen auf mein Gesicht und kichere, als wäre ich genauso ekstatisch, wann immer der Wagen ruckelt.

Der Wirkung der Droge zu entgehen, war das geringste meiner vielen Probleme. Was ist dieses besondere Etwas, was Torstem geplant hat?

Mitten in dem zunehmenden Lärm zieht jemand einen Sack Tonmasken heraus wie die, die wir während meiner Initiation trugen. Ich schätze, wir Akademie-Besucher wollen uns noch immer vor dem Rest des Ordens der Wildheit tarnen, wo immer die anderen auch herkommen.

Oder vielleicht sehen sie es als Teil ihrer Anbetung, unsere Menschlichkeit mit Tiergestalten zu verschmelzen.

Ich befestige eine Maske über meinem Gesicht und das Gefühl der Tarnung ist eigenartig beruhigend, obwohl ich weiß, dass sich alle hier bereits bewusst sind, wer ich bin. Ein Beben der Energie kitzelt über meine Haut, die Illusionen erscheinen allerdings noch nicht – vermutlich werden sie von anderer Magie ausgelöst, die in der Nähe des Ortes gewirkt wird, an dem der Orden der Wildheit seine Rituale durchführt.

Es dauert nicht lange, bis ich das Gefühl habe, der Wagen würde einen Abhang erklimmen. Wir stoßen gegeneinander und lachen aufgedreht, was ich vortäuschen muss.

Hat Torstem etwas von der Droge getrunken? Ich glaube, er ist möglicherweise ebenfalls vollkommen nüchtern, obwohl er sich dem Gelächter mit einigem Glucksen anschließt.

Als der Wagen schlingert und stehen bleibt, stolpern wir auf eine breite Hügelkuppe. Ein Lagerfeuer lodert bereits auf der Mitte des grasigen Plateaus, wo drei andere abgedeckte Wagen in der Nähe parken.

Eine Gestalt, deren Maske ihr das Aussehen eines Wiesels verleiht, wirft gerade weitere Holzscheite ins Feuer, um die Flammen zu füttern. Mindestens ein Dutzend andere stehen um das Feuer herum, in die Illusionen verschiedener Tiere gehüllt.

Als Ster. Torstem uns dorthin führt, knistert die Hitze über meine Haut zusammen mit dem Beben einer magischen Energie, die uns vermutlich vor fremden Augen verbirgt. Manche der anderen Verschwörer beginnen, mit den Händen nach den Flammen zu greifen, und wirbeln in chaotischen Tänzen über die Kuppe.

„Wir öffnen uns dem Allesgeber!", schreit jemand.

Weitere Rufe erheben sich im Brüllen der Flammen. „Verehrt die Wildheit in unserem Inneren!"

„Denkt daran, woher wir kamen!"

„Ehrt den Geist in unserer Mitte, das wahre Leben, das uns der Große Gott gegeben hat!"

Ich wirble herum und klatsche in die Hände, als sei ich begeistert, hier zu sein, und mustere dabei wiederholt die Dinge in meiner Nähe. Da sind die vier Wagen, obgleich ich bei den Pferden aufpassen muss. Ein paar Leute haben Kisten rausgebracht. In einer befinden sich Weinflaschen und in der anderen ein Haufen Äpfel. Mehrere der Feiernden haben ihre Umhänge oder Jacken fallen lassen, um in der Hitze des Feuers zu baden.

Ich habe kein Gespür dafür, wo die Materialien in Bezug zu unserer unerwarteten Wegänderung liegen, die meine Männer für mich ablegen ließen, doch ich glaube, ich habe alles hier, was ich brauche. Sollte ich Kosmel jetzt bitten, meine Magie zu leiten, oder soll ich warten, bis die Blutzauberer stärker in ihr obskures Ritual vertieft sind?

Meine Magie regt sich in meiner Brust und ich wehre mich instinktiv dagegen.

Was, wenn Kosmel den Kurs nicht gutheißt, den ich genommen habe? Ich weiß nicht einmal, wie viel auf dem Spiel steht, wenn ich meinen Mächten ohne göttliche Führung freien Lauf lasse.

Während ich zögere, winkt Torstem uns zu einem der Wagen und hebt die Stimme. „Wildlinge, wir haben heute Abend einen besonderen Gast! In unserem ganzen Reich gibt es diejenigen, die viel geopfert haben, um unsere Sache zu unterstützen und die Gaben zu verstärken, die man uns gewährt hat. Bitte feiert Ginelle für alles, was sie uns gegeben hat und für ihre tiefe Hingabe für unsere Götter!"

Eine Frau tritt aus dem Wagen zu beiden Seiten flankiert von einer maskierten Gestalt. Oder zumindest nehme ich aufgrund ihres Namens an, dass es sich um eine Frau handelt.

Ein Schleier – hellgrau, anders als die schwarzen, die der Orden zuvor bevorzugt hat – verhüllt sie von Kopf bis Fuß. Doch trotz der Bedeckung kann ich die Zeichen einer Opferkomplizin erkennen, da ich bereits Leute wie sie gesehen habe.

Die Vertiefungen ihres Schädels werden nicht von Haaren ausgefüllt, da ihr Schädel kahlrasiert wurde. Sie hat zweifellos auch ihre Ohren aufgegeben. Der Stoff fällt flach über ihr Gesicht, von dem sie vermutlich ihre Augen und Nase geopfert hat.

Ihr ganzer Körper sieht eigenartig schmal aus, weil beide Arme an den Schultern abgeschnitten wurden wie bei Wendos' Komplizen im Turm. Ihr schwankender Gang deutet darauf hin, dass sie auch mindestens einen Teil ihrer Beine aufgegeben hat.

Und wer weiß, wie viel sie von ihrem Inneren rausgeschnitten haben.

Noch eine, murmelt Julita und erschaudert.

Mein Magen rumort. Die aktuellen Blutzauberer haben versucht, das Verbot zu umgehen, das Weihopfer eines anderen für ihre eigene Macht zu beanspruchen, indem sie ihre Opfer am Leben gelassen haben … doch ich weiß nicht, wie das als Leben betrachtet werden kann, was diesen armen Betrogenen angetan wird.

Torstem zieht sie von Kindesbeinen an heran, indem er Waisenkinder aussucht und vielleicht noch andere verletzliche Jungen und Mädchen. Er erzählt ihnen Geschichten von den großen Plänen, bei denen sie ihm im Namen der Götter helfen können.

Er redet ihnen ein, das größte Opfer, das sie für die Götter und ihr Land erbringen können, ist die Verstümmelung ihres eigenen Körpers in einem Maße, das schon fast an Selbstmord grenzt.

Die verhüllte Frau sinkt unbeholfen auf die Knie und senkt den Kopf. Aufgrund des undeutlichen Flüsterns rings um das Feuer bin ich mir nicht sicher, wie viele meiner Begleiter zuvor einen der Komplizen gesehen haben, die ihre Zauberei unterstützen sollen, derart verhüllt oder nicht.

Torstem deutet auf das dunkle Land. „Dort drüben liegt die Villa eines Grafen. Ein verabscheuungswürdiger Mann, der den Titel nicht verdient. Er treibt im Namen des falschen Königs Steuern ein und ignoriert die Bitten der Bauern, die unter ihm leben. Wir können sie befreien, damit sie ihren eigenen Meister wählen können. Ginelles Geschenk wird unsere Gabe verstärken. Zeigen wir den falschen Anführern dieser Welt, was die Götter von ihrer Arroganz halten!"

Jubelrufe steigen von den Feiernden auf. Ich hebe meine Stimme mit ihren und verkneife mir ein Schnauben wegen der Heuchelei.

Arroganz? Hat Ster. Torstem in letzter Zeit einmal in den Spiegel geschaut?

„Wenn ihr ein Talent habt, das euch erlaubt, etwas zu einem Ziel zu bewegen oder zu projizieren oder zu schicken, schließt euch uns jetzt an", fährt der Rechtsprofessor fort. „Lasst uns unser schicksalhaftes Feuer auf den Grafen regnen und seine Villa in Rauch aufgehen lassen. Eine Gabe für die Götter, die über uns wachen."

Dann bin ich von diesem Akt der Sabotage also befreit. Meine Gabe dient angeblich der Herstellung von Fälschungen, nicht dem Heraufbeschwören von etwas Realem, und eine Flammenillusion ist nicht das, worauf sie es abgesehen haben.

Diese Tatsache hindert meinen Magen allerdings nicht daran, mir in die sprichwörtliche Hose zu rutschen, als mehrere meiner Begleiter noch näher ans Feuer treten.

„Sprecht mir nach", befiehlt Torstem. „Diese göttlichen Worte teilen den Göttern mit, dass wir unsere Gaben zu ihren Gunsten mit Ginelles vereinen wollen. Sprecht sie und stellt euch das Haus der Korruption vor. Nutzt die Macht, die ihr besitzt, um die Flammen darauf zu schleudern."

Er deutet in die Richtung, in die er zuvor gezeigt hat, und beginnt, die gleichen zusammenhanglosen Silben zu sprechen, die ich von Wendos im Turm gehört habe. Julita zuckt in meinem Kopf zusammen.

Die teilnehmenden Wildlinge fallen in den Singsang ein, manche mit dem Selbstbewusstsein der Erfahrung, andere vorsichtig, als sie sich an die Laute anpassen. Das Feuer lodert höher und eine schärfere Hitze wäscht über mich.

Mir stockt das Herz. Was immer ich tun werde, ich sollte es besser bald tun.

Ich tauche eine Hand in meine Tasche, klappe mein Medaillon auf und drücke meinen Daumen auf dessen Mitte.

Das Signal wurde ausgesandt. Jetzt gibt es kein Zurück mehr.

Ich schiebe mich näher zu Torstem, wobei ich mich darauf verlasse, dass das Ritual einen Teil seiner Aufmerksamkeit gefangen nimmt. Ich will ihm so nahe sein, dass ich mich mit einem meiner Messer auf ihn stürzen kann, sollte mein anderer Plan schiefgehen.

Jemand unterbricht seinen Gesang mit einem triumphierenden Schrei. Mein Blick zuckt durch die Dunkelheit – und bleibt an einem flackernden Licht hängen, das sich anscheinend auf einem Dach entzündet hat.

Während mein Herz stottert, erlischt die Flamme. Die Stimmen um mich herum verstärken sich jedoch vor Eifer, als die Blutzauberer den ersten Beweis dafür sehen, dass ihre Anstrengungen funktionieren könnten.

Ein Teich eisiger Schrecken bildet sich in meiner Magengrube und sorgt dafür, dass meine zerrissene Macht gegen meine Rippen hämmert und raus will.

Ich weiß nichts über den Grafen, der über diese Grafschaft herrscht, er wird allerdings nicht der Einzige in diesem Haus sein. Er hat bestimmt eine Familie, vielleicht Kinder – Personal und Diener werden dort leben. Die meisten werden schlafen und sich der Gefahr nicht bewusst sein.

Ich muss *jetzt* handeln.

Ich mache noch einen Schritt in Torstems Richtung, hefte meinen Blick jedoch auf das Feuer. Trotz des Tosens meiner Magie öffne ich mich der göttlichen Berührung, die zuvor zu meiner Hilfe geeilt ist.

Kosmel, führe den Rückschlag meiner Magie von jedem weg, der den Schaden nicht verdient. Während ich das Feuer befehlige, stiehl dort Hitze, wo sie nicht vermisst werden wird. Bitte.

Er antwortet nicht. Doch wie Casimir sagte, geht es hier um Glauben, nicht um Gewissheit.

Das Einzige, dessen ich mir sicher bin, ist, dass ich keine echte Mörderin sein will.

Ich lockere meinen Griff um die Macht in mir und leite sie zu den Flammen. Mit einem Ruck meines Willens schießen sie höher – und stürzen sich auf die versammelten Gestalten.

Die skandierenden Zauberer schreien und flüchten vor den Flammen, die sich gegen sie gewandt haben. Ein kribbelnder Druck bildet sich auf meiner Schulter, als hätte jemand seine Hand dort abgelegt, um mir zu versichern, dass er bei mir ist.

Du tust es!, kräht Julita. *Erteilen wir diesen Schurken eine Lektion.*

Ich bin nicht allein, weder innerlich noch äußerlich.

Doch ich bin auch nicht hier, um die Leute zu ermorden, indem ich sie bei lebendigem Leib verbrennen lasse. Ich will nur Chaos unter den Leuten stiften, die es ermutigt haben – und die Fluchtwagen der Blutzauberer zerstören.

Ich schleudere das Feuer zu dem Wagen, in dem wir hergekommen sind, und lasse es über die abgelegten Kleider im Gras dazwischen lecken. Die Stoffbündel und das Segeltuch des Wagens gehen in Flammen auf.

Ich reiße ihre sengende Hitze zum Wagen selbst und dessen Rädern, halte es jedoch von den Pferden und ihrem panischen Wiehern fern.

Kosmels sarkastische, göttliche Stimme vibriert durch meinen Körper. *Sehr gut, meine eigensinnige Gaunerin. Einige Häuser, die in der benachbarten Provinz Feuer gefangen haben, wurden plötzlich gerettet, damit du die Flammen hierherbringen konntest. Ich bin mir sicher, dass du nichts dagegen hast.*

Ich muss mir ein Lachen verkneifen. Die Macht vibriert durch meine Adern.

Ich kann das hier tun. Ich kann meine eigene wilde Macht beugen, um einem guten Zweck zu dienen.

Sollen die Blutzauberer doch die Ergebnisse *ihrer* Arroganz sehen. Sollen sie darüber nachdenken, warum ihr verehrtes Feuer sich gegen sie gewandt hat.

Ich lenke einen weiteren Flammenstoß zum zweiten Wagen ...

Und sie erlöschen, bevor sie das gewölbte Segeltuch erreichen.

Die Hitze, die durch die Luft knistert, schwindet. Das Feuer am ersten Wagen erstirbt ebenfalls.

Julita keucht. *Was in den Reichen ...?*

Mein Blick huscht über die Hügelkuppe und Verstehen trifft mich wie ein Schlag in die Magengrube.

Etwas wirkt meiner Magie entgegen.

SIEBENUNDVIERZIG

Ivy

„Bleibt ruhig!", ruft Ster. Torstem den versammelten Anhängern in ihren animalischen Verkleidungen mit einem kribbelnden, magischen Rauschen zu, das durch meine Nerven kitzelt.

Die panischen Stimmen verstummen. Das Feuer wird kleiner.

Oh nein, murmelt Julita.

Als ich den Rechtsprofessor anstarre, steigt Aleks Stimme aus meiner Erinnerung auf: „Seine aktenkundige Gabe ist die Fähigkeit, Wut zu dämpfen."

Eine Menge Leute finden Möglichkeiten, die Gaben, mit denen die Gottlen sie gesegnet haben, auf ein breiteres Gebiet anzuwenden als ursprünglich beabsichtigt war. Esmaes Talent im Umgang mit dem Wind war dazu gedacht, ‚Botschaften' zu befördern, ihr gelang es jedoch, ihre Gabe so zu verdrehen, dass sie auch Messer schleudern konnte.

Man könnte die zerstörerischen Flammen eines Feuers definitiv als eine Art von Wut sehen.

Mir ist nie in den Sinn gekommen, dass Torstem mächtig

genug sein könnte, um meine zerrissene Magie abzuwehren. Aber das ist es, was so gefährlich und verrufen ist an meiner Macht und der Art von Magie, auf welche die Blutzauberer zugreifen, oder?

Er nutzt nicht nur seine Gabe, sondern profitiert auch von Ginelles gewaltigem Opfer.

Und er muss sich nicht einmal Gedanken wegen der Konsequenzen machen. Die Opfer wurden bereits erbracht.

Die Mitglieder des Ordens der Wildheit beginnen, staunend und erleichtert zu plappern, und ich realisiere, dass mein Versuch noch schlimmere Konsequenzen der nicht-übernatürlichen Art hat. Torstem ist es gelungen, es so aussehen zu lassen, als hätte seine Autorität das Feuer gekühlt und die Zerstörung verhindert – als würden die Götter ihn mehr unterstützen, als seine Anhänger bereits geglaubt haben.

Fuck.

Meine Hand wandert in einer subtilen Geste zu meiner Seite und legt sich auf das Messer, das unter dem Stoff verborgen ist. Ich habe Stavros bereits ein Signal gegeben – bevor die Soldaten in die Nähe kommen, muss ich die Blutzauberer ins Chaos stürzen, damit sie zu verstört sind, um ihr Ritual zu vertuschen und zu fliehen.

Meine Methode hat nicht funktioniert. Jetzt bleibt mir nichts anderes übrig, als den Mann auf die blutige Weise zu töten, um die der König gebeten hat.

Meine geisterhafte Passagierin ist nicht bereit, aufzugeben. Julita bewegt sich in meinem Hinterkopf. *Gibt es nichts anderes, worum du deine Magie bitten könntest? Er kann nicht die Macht haben,* alles *aufzuhalten.*

Als Torstem seine Anhänger vollkommen selbstsicher wieder näher zum Lagerfeuer winkt, durchströmt mich Bitterkeit. Ich weiß nicht, was ich noch tun kann, was diesen Haufen durcheinanderbringen würde.

Ich bin mir nicht einmal sicher, wie viel Zeit ich noch habe. Mit jeder Minute, die ich zögere, riskiere ich es, den ganzen Plan zu ruinieren.

Wie verrückt ist es, dass dieser Mann seine geheime Verbindung aus Verrätern aufgebaut hat, indem er die Wut auf unsere Herrscher geschürt hat, obwohl er eine Gabe besitzt, die das Gegenteil bewirken soll?

Sowie mir dieser Gedanke durch den Kopf geht, stockt mir der Atem.

Er *hat* seine Anhänger kontrolliert, indem er ihre Wut geschürt hat – mit seinen Worten und seinen Taten, nicht mit seiner Magie. Er hat es gerade getan, indem er sie dazu ermutigt hat, ihren Frust über die unfaire Herrschaft an dem Haus eines Grafen in der Nähe auszulassen.

Allerdings hat er auch die Macht, all diese Wut effektiver aufzulösen, als es Worte oder Taten jemals könnten.

Niemand wäre besser dazu geeignet, der Verschwörung ihre Macht zu nehmen als der Mann, der sie begonnen hat.

Das orangefarbene Licht der Flammen flackert über die Illusion, die Torstems Gesicht bedeckt, wie es bei der Strohfigur des Königs war, die er uns vor einigen Wochen ins Feuer werfen ließ. Nachdem er uns befohlen hatte, einen Mann zu erstechen, der aus Ton heraufbeschworen worden war und wie König Konram aussah.

Die Idee sendet einen schwindelerregenden Rausch durch meine Adern. Das ist es.

Wenn es auf sein Leben oder seine Pläne hinausläuft, wird er ersteres wählen müssen. Was wird ein Plan wert sein, wenn er tot ist?

„Falls die Räder zu beschädigt sind, werden wir uns einfach in die kleineren Wagen drängen", verkündet Torstem, dessen Stimme so gelassen klingt, dass auch der letzte seiner Lakaien seine Furcht ziehen lässt. „Was wir gerade gesehen haben, war zweifellos irgendeine Abwehrmagie des Anwesens des Grafen, die uns daran hindern sollte, die Gerechtigkeit auszuüben, die fällig ist."

Oh, er will Gerechtigkeit, was?

Ich ziehe mich ein paar Schritte zurück, weil ich nicht in seiner Nähe sein will, wenn ich meinen neuen Plan in die Tat umsetze. Einige Herzschläge lang richte ich den Blick zum Himmel für den Fall, dass Kosmel gerade von dort zuschaut.

Bitte, ich brauche noch einmal deine Hilfe. Ich weiß nicht, welche Konsequenzen das nach sich zieht, was ich tun möchte.

Wenn ich ihn verändere, mach, dass das, was immer sich ändert, um meine Magie auszugleichen, weder unserer Sache noch jemandem schadet, der Schutz verdient.

Dieses Mal erhalte ich überhaupt keine Antwort. Aber ich erinnere mich an das Gefühl einer Hand auf meiner Schulter und die Stimme, die durch meine Knochen vibrierte.

Der Gottlen, der mich beansprucht hat, ist hier und arbeitet durch mich.

Nein, er arbeitet *mit* mir. Kosmel hat deutlich gemacht, dass ich das Sagen habe.

Eine eigenartige Wärme erblüht in meiner Brust. Es machte mir Angst, als er sein Mal auf meiner Haut aufleuchten ließ … doch ich bin froh, dass er über mich wacht.

Zum ersten Mal in meinem Leben heiße ich die göttliche Aufmerksamkeit willkommen, die ich mir verdient habe. Kosmel hat mich beansprucht und das bedeutet, dass ich einen Platz in dieser Welt habe, ganz egal, wie viele Risse meine Seele durchziehen.

Ich richte meine Aufmerksamkeit auf Ster. Torstems Gestalt. Ich stelle mir König Konrams Gesicht vor – die tiefliegenden Augen, die eindrucksvolle Nase und das hervorragende Kinn, die dünnen Lippen, die dunkelbraunen Haare oben auf.

Dann schubse ich meine Magie zu dem Rechtsprofessor, um die Illusion zu verändern, die von seiner Maske projiziert wird.

Die gleiche habichtähnliche Visage, die Torstem während meiner Initiation trug, flackert und verwandelt sich in eine Replik des Gesichts des Königs. Mit einem Beben der Energie meiner Seele materialisiert sich eine leuchtende Goldkrone auf seinem Kopf.

Torstem hat natürlich keine Ahnung, was ich ihm angetan habe, da er sich nicht sehen kann. Die wenigen Anhänger, die ihn angeschaut haben, erstarren jedoch mit schockierten Mienen.

Ich warte nicht, bis der Rest es von allein bemerkt. Ich mache noch einen Schritt rückwärts und deute auf den Anführer der Blutzauberer. „Großer Gott steh uns bei … er sieht wie der König aus!"

Blicke rings um das Lagerfeuer schnellen zu Torstem. In

ihrem von Drogen benommenen Zustand brechen die Mitglieder des Ordens der Wildheit in lautes Raunen aus, das gleichermaßen aufgewühlt und verwirrt klingt.

Torstems Hände schnellen zu seinem Gesicht. „Was? Das kann nicht sein."

„Das tut er!", brüllt ein anderer. „König Konram sieht genau so aus … Ich habe ihn erst vor wenigen Wochen beim Sabrellia-Festival aus der Nähe gesehen."

Ein Mädchen in meiner Nähe schwankt hinter ihrer katzenähnlichen Maske. „Wie konnte das geschehen?"

Ich lasse mich hinter einige der anderen Feiernden treiben, damit ich teilweise zwischen ihnen versteckt bin. „Die Götter senden uns anscheinend eine Botschaft. Unser Anführer hat genauso wenig recht, zu herrschen, wie es seiner Meinung nach die Königsfamilie hat! Er hat uns in die Irre geführt und sie warnen uns."

Ein seltsames Lachen erklingt von weiter weg. „Oder vielleicht ist es der König höchstpersönlich! Vielleicht haben die Götter ihn zu uns gebracht, damit wir sofort tun können, was getan werden muss."

Ich schätze, dass diese Interpretation meinen Zwecken genauso dienlich ist wie die, die ich vorgeschlagen habe. Ich hebe erneut meine Stimme, und zwar ohne die kleinsten Schuldgefühle, wenn ich an all die Kinder denke, die Ster. Torstem dazu manipuliert hat, sich für seine Zwecke zu zerstückeln. „Wir müssen ihn vernichten!"

Zustimmendes Grollen erreicht mich von allen Seiten. Die versammelten Verschwörer eilen schwankend zu Torstem, haben jedoch ihr Ziel vor Augen.

Der Rechtsprofessor hält seine Hände hoch und seine Augen, die wie König Konrams aussehen, wandern von einer Seite zur anderen. Er fragt sich vermutlich, wer für diese Magie verantwortlich ist, und überlegt, wie wahrscheinlich es ist, dass er am Leben bleiben kann.

Ich bezweifle, dass er genug Demut besitzt, um in Erwägung zu ziehen, dass die Götter ihm tatsächlich eine göttliche Botschaft schicken.

„Das ist ein Trick", ruft er und projiziert seine Stimme über das Trällern des Feuers und das zunehmend aggressive Murmeln seiner Anhänger. „Unsere Feinde versuchen, euch zu täuschen."

„Unsere Feinde sind nicht *hier*", protestiert der Mann mit der Fuchsmaske vor mir. „Das hier ist ein geheimes Treffen. Es muss ein Zeichen der Götter sein. Wenn nicht, hätten sie uns sicherlich bereits gezeigt, dass es nicht so ist, oder?"

Noch ein Schrei hallt über die Hügelkuppe. „Werft ihn ins Feuer!"

Torstem weicht zurück, doch die Verschwörer kommen von allen Seiten näher. Da das Feuer nur wenige Schritte hinter ihm ist, kann er nirgends hin.

„Schaut ihn an, er versucht, seinem Schicksal zu entfliehen", brülle ich, um auf Nummer sicher zu gehen. „Jetzt ist er kein großer Anführer mehr, was?"

Torstems Blick gleitet in meine Richtung und späht durch das trübe Licht. Hat er meine Stimme erkannt und realisiert, dass die angebliche Ivy aus Nikodi bei dieser Charade ihre Finger im Spiel hatte?

Es spielt keine Rolle. Es gibt keine einfache Flucht für ihn.

Er muss seine Magie auf die Menge anwenden. Sie überzeugen, dass der Anblick des Königs sie nicht wütend machen sollte, dass unser Herrscher eine beruhigende Präsenz haben kann.

Er muss alles bestreiten, was er ihnen in den letzten Jahren glauben gemacht hat.

Die rabenähnliche Gestalt, die Torstem am nächsten ist, packt seinen Arm, doch Torstem reißt ihn weg. Seine Stimme klingt gebrochen. „Ich bin es immer noch. Ihr kennt mich. Ihr habt mir vertraut – vertraut mir jetzt. Das hier ist nicht das, wonach es aussieht."

„Was könnte es sonst sein?", will eine Frau neben ihm wissen. „Du hast das Gesicht des Mannes, der uns alle unter seine verdammte Herrschaft gezwungen hat."

Ein anderer Mann klatscht in die Hände. „Es *ist* der König. Wie immer lügt er, dass sich die Balken biegen!"

Ich riskiere noch einen Schrei. „Die Götter haben uns ein Zeichen gegeben! Wir müssen zeigen, dass wir sie erhört haben."

Ein harscher Jubelschrei erhebt sich. „Werft ihn ins verdammte Feuer!"

Das ist der Moment, in dem Torstem handeln muss. Ich wappne mich für die Ruhe, die gleich über mich und den Rest der Menge schwappen und von der Macht seiner Opferkomplizin verstärkt werden wird.

Ich kann mir die Verwirrung nur ausmalen, die daraufhin folgen wird.

Er kann im Anschluss wieder versuchen, ihren Zorn auf König Konram zu schüren, doch es wird nie das Gleiche sein. Ihre Gewissheit wird immer erschüttert bleiben – sie werden nie wieder so überzeugt sein wie zuvor.

Er wird die Essenz seiner Verschwörung zerstört haben, bevor ich ihm auch nur ein Haar krümmen musste.

Doch als die kleine Gruppe dem Rechtsprofessor und seiner königlichen Illusion immer näher kommt, durchläuft seinen Körper eine eigenartige Veränderung. Seine Schultern spannen sich an und er hebt den Kopf mit einem Ausdruck der Entschlossenheit höher, von dem ich denke, dass er seine Anhänger nur noch stärker erzürnen wird.

Er hebt eine Hand, als wolle er unsere Aufmerksamkeit erregen. „Der König muss sterben. Die Königsfamilie muss fallen. Erlaubt mir, euch weiterhin den Weg zu zeigen."

Dann springt er geradewegs ins Feuer.

Ein Schrei entwischt meiner Kehle, bevor ich ihn aufhalten kann. Ein paar der Anhänger, die ihrem Anführer näher sind, greifen nach ihm und reißen ihre Hände mit Schmerzensschreien zurück, weil sie sich verbrannt haben.

Im Feuer sackt Torstems Gestalt und die Illusion, mit der sie belegt ist, inmitten der Flammen zusammen. Ein gequältes Jammern, das wie ein Zischen klingt, durchdringt das Brüllen der Hitze und sein Körper zuckt. Ich weiß nicht, wie er sich einen Schrei verkneifen kann.

„Der König brennt!", schreit jemand und die Blutzauberer brechen in abgehackte Jubelrufe aus.

Sie wirbeln herum und feiern noch wilder als zuvor. Ein Ellenbogen stößt gegen meine Schulter und ich ducke mich tiefer in die Schatten am Rand des Hügels, während sich Entsetzen um meinen Magen legt.

Wie konnte Torstem das tun? Er hat sich geopfert … damit seine Anhänger den Glauben nicht opfern müssen, den er kultiviert hat?

Denkt er wirklich, dass sie seine Mission fortführen werden, nachdem er tot ist?

Hat *er* ehrlich so tief an seine Sache geglaubt?

Ich stehe zwar nicht unter Drogen, aber mir dreht sich der Kopf. Ich gehe in die Hocke und bohre meine Finger ins Gras in dem Versuch, mich zu beruhigen.

Julitas Stimme dringt zaghaft, jedoch deutlich durch meinen Verstand. *Nun, ich schätze, du hast erreicht, weshalb du ausgezogen bist, auch wenn es nicht ganz das war, was du erwartet hat. Du hast Torstem getötet. Du hast die Befehle des Königs erfüllt.*

Ich atme die rauchige Luft tief ein und mein Magen beginnt, sich zu beruhigen.

Sie hat recht. Ich bin Torstem losgeworden, so wie es der König wollte, allerdings habe ich es auf meine Weise getan. Ich habe sein Blut nicht vergossen. Er hat sein Ende selbst bestimmt.

Ich bin genauso wenig eine Mörderin wie zuvor und das ist das, was am wichtigsten ist.

Als ich beobachte, wie die Verschwörer um das Feuer herum stolpern und tanzen, breitet sich ein kleines Lächeln auf meinen Lippen aus und das erste Flattern der Erleichterung geht durch mich. Sie wissen es noch nicht, aber ihre Herrschaft der Wildheit ist vorbei.

Stavros ist mit einem Geschwader Soldaten auf dem Weg. Sie werden diese führerlose Gruppe Verräter zusammentrommeln und die Verschwörung wird heute Nacht sterben genauso wie Ster. Torstem.

Es beginnt bereits. Ein paar der Feiernden halten inne und schwanken, während sie sich umsehen.

„Wohin ist unser echter Anführer gegangen?", murmelt einer von ihnen. „Hat er uns … einfach verlassen?"

„Er wurde zum König!", kräht eine andere. „Der König ist gestorben!" Dann hält sie inne. „Also ist Ster. Torstem tot …"

Als sich die Verwirrung unter den Versammelnden auszubreiten beginnt, meine ich, einen fernen Ruf zu hören. Er ist zu leise, als dass ihn meine benommenen Begleiter hören können.

Ist das eine von Torstems Wachen, die kommt, um uns vor den herannahenden Soldaten zu warnen?

Ich habe noch eine Aufgabe zu erfüllen, um den Erfolg meiner Mission zu sichern.

Da die Verschwörer so benommen sind, muss ich nicht besonders heimlich vorgehen, bewege mich jedoch so geschickt und leise durch die schwankenden Schatten, wie ich kann. Ein Schnitt mit meinem Lieblingsmesser hier und ein anderer da befreit die ruhelosen Pferde von einem Wagen und dem nächsten. Ein Schlag mit dem Messergriff lässt sie davongaloppieren, da sie ohnehin erpicht darauf sind, den fiesen Flammen zu entkommen, die sie beinahe verkohlt haben.

Gerade als ich den letzten Wagen erreiche, werden die Warnschreie deutlicher. „Die Armee kommt! Sammelt alles ein und geht! Wo ist Ster. Torstem?"

Ich warte nicht, um herauszufinden, wie die Verräter antworten. Mit einem letzten Schnitt meiner Klinge durchtrenne ich die Gurte, welche die letzten Tiere festhalten – und springe vom Wagen auf einen ihrer Rücken.

Ich umklammere die Mähne meines Reittiers und bohre meine Fersen in seine Seiten. Wir galoppieren in die Nacht und überlassen die Verräter ihrem Schicksal.

ACHTUNDVIERZIG

Ivy

Der Klang von Stimmen, die durch eine Tür dringen, weckt mich. Ich rege mich unter der Bettdecke, blinzle und erkenne, dass ich irgendwie in Stavros' Bett gelandet bin.

Ich fand ihn in der Nähe des Hügels, nachdem die Verschwörer verhaftet worden waren, und ritt an seiner Seite nach Florian zurück, doch sowie wir das Trio königlicher Gebäude erreichten, schickte er mich allein zur Akademie mit der strengen Anweisung, zu schlafen. Soweit ich mich erinnern kann, bin ich wie üblich auf dem Sofa eingeschlafen.

Anscheinend hat er mich hierhergetragen, als er endlich zurückgekehrt ist. Vielleicht dachte er, ich könnte ein wenig zusätzlichen Komfort gebrauchen.

Falls er sich das Bett mit mir geteilt hat, dieses Mal keuscher als beim letzten Mal, so ist er bereits aufgestanden. Seine Stimme dringt jetzt durch die Tür.

„Ich will sie nicht aufwecken. Die letzte Nacht hat ihr vermutlich viel abverlangt."

Mit wem spricht er?

Ich klettere aus dem Bett, noch immer in das türkisfarbene Kleid gehüllt, dass ich gestern Nacht nicht mehr ausgezogen habe, weil ich zu erschöpft war, und streiche die Falten auf dem Weg zur Tür so gut wie möglich glatt.

„Ich bin schon wach", verkünde ich sanft, als ich die Tür aufstoße und auf der Schwelle stehen bleibe. „Was macht ihr zwei hier?"

Alek und Casimir, die in Stavros' Nähe stehen, lächeln mich an. Alek lächelt ein wenig verlegen und Casimir mit seiner üblichen Wärme.

Stavros schenkt mir ein schiefes Grinsen. „Ich habe die Nachricht weitergegeben, dass die Mission der letzten Nacht ein Erfolg war, und deine Bewunderer haben es sich in den Kopf gesetzt, vorbeizukommen, um alle Einzelheiten zu erfahren."

Casimir gluckst und kommt zu mir, um einen Arm um meine Schultern zu legen. „Die Verschwörung der Blutzauberer wird aufgelöst. Ster. Torstem ist tot. Es gibt keinen Grund mehr, unsere Verbindung geheim zu halten."

Er klingt so erfreut, doch der Stich des Unbehagens kehrt zurück, der meinen Magen nach meiner Initiation füllte. Es gibt keinen Grund, geheim zu halten, dass wir zusammen sind, nein … aber es gibt auch keinen konkreten Grund mehr für uns, überhaupt zusammenzukommen.

Ich verdränge diesen Gedanken auf einen späteren Moment und erlaube mir, mich in die Umarmung des Kurtisans zu lehnen. Mein Blick kehrt zu Stavros zurück. „Was habt ihr aus den Verschwörern rausgekriegt, die ihr gestern Nacht verhaftet habt?"

Sein Grinsen nimmt schärfere Züge an. „Mehr, als wir gehofft haben. Die Schurken standen noch immer unter dem Einfluss ihrer Lieblingsdroge und einige von ihnen begannen, zu plappern, ohne dass man sie darum bitten musste. Sie erzählten, dass sie Silana befreit hätten, indem sie den König getötet haben. Wir haben Geständnisse ihrer verräterischen Pläne … keine besonders detailreichen, aber das spielt zu diesem Zeitpunkt wohl kaum eine Rolle … zusammen mit einigen recht bizarren Geschichten."

Ein raues Lachen entfährt mir. „Die letzte Nacht … verlief

nicht ganz so, wie ich es erwartet habe. Konnten die Soldaten Ster. Torstems Tod bestätigen?"

Stavros nickt und seine gute Laune schwindet ein wenig, während er mich mustert. „Wir haben das, was von Torstems Leiche noch übrig war, aus den Überresten des Lagerfeuers geholt. Es war nicht mehr viel da. Es haben jedoch einige seiner Anhänger deine Geschichte bestätigt, dass er in die Flammen gesprungen ist, weshalb niemand einen Zweifel daran hegt, dass er es ist und kein Verbrechen vorliegt, das in Bezug auf seinen Tod bestraft werden muss."

Den Göttern sei Dank, seufzt Julita erleichtert.

Eine Woge Erleichterung durchbricht die Anspannung in mir. „Dann ist es vorbei? Was ist mit den anderen Opferkomplizen, mit denen Torstem gearbeitet hat?"

„Es wird einige Zeit dauern, die offenen Fragen zu klären", erwidert Stavros. „Das arme Mädchen beim Lagerfeuer wollte nicht mit uns sprechen, doch nur die Götter wissen, wie traumatisiert sie zu diesem Zeitpunkt ist. Es ist schwer, zu sagen, aber ich glaube nicht, dass sie älter als fünfzehn Jahre ist."

Ich verziehe das Gesicht. „Ihr müsst die anderen finden. Ich weiß nicht, ob sie ein tolles Leben führen können, aber sie sollten wenigstens frei sein."

„Die Kronenwache untersucht bereits alle Aktivitäten und Reisen Torstems. Ein paar seiner Komplizen der letzten Nacht haben uns ebenfalls einige Spuren gegeben, auch wenn sie dichtgemacht haben, als die Wirkung der Droge nachließ. Wir werden den Rest in Ordnung bringen."

Stavros streckt seine Hand aus und drückt meinen Arm. „Du hast das gut gemacht, Ivy. Unglaublich gut. Niemand wird noch mehr von dir verlangen."

Einschließlich des Königs, meint er.

Ich hole tief Luft, da ich mir nicht sicher bin, was ich noch sagen soll.

Alek denkt natürlich genauso weit voraus wie ich. „Ivy kann weiterhin deine Assistentin sein, oder? Es besteht kein Grund, dass sie die Akademie verlassen muss." Er zögert und seine hellen Augen blicken suchend in meine. „Außer du möchtest gehen."

Sie wollen, dass ich *bleibe*? Dass ich weiterhin eine Adlige spiele, als würde ich hierhergehören?

Doch weder Casimir noch Stavros erheben den kleinsten Protest gegen Aleks Idee.

Ich öffne den Mund und schließe ihn wieder, während ich nach Worten suche.

In den Außenbezirken sind all die Leute, denen ich weiterhin helfen wollte. Ich habe meinen Segen in Form von Silbermünzen seit Wochen nicht hinterlegt.

Ist es möglich, dass ich die Hand Kosmels *und* Ivy aus Nikodi, Assistentin von Ster. Stavros, sein könnte? Ich mag zwar den Großteil meiner Akademiekameraden nicht und auch nicht jeden Teil der Arbeit, die Stelle geht jedoch mit einigen recht beeindruckenden Vorteilen einher.

Ein hoffnungsvolles Beben durchläuft meine Brust.

Julita stößt ein Lachen aus, das wie die pure Freude klingt. *Natürlich solltest du bleiben, Ivy. Du kannst weiterhin alle in ihre Schranken verweisen, die es brauchen.*

„Ich glaube, der König beabsichtigt, dich gut für deine Dienste zu belohnen", sagt Stavros. „Du wärst in der Lage, bei Ausflügen in die Außenbezirke der Stadt viele Taschen mit einer Menge Münzen zu füllen."

Er versteht es – er *billigt* es.

Eine noch größere Woge der Erleichterung schwappt über mich. Ich schlucke schwer und sammle mich.

Doch bevor ich sprechen kann, erklingt ein festes Klopfen an der Tür.

Nach Stavros' gerunzelter Stirn zu urteilen, erwartet er niemanden. Er marschiert zur Tür, um sie zu öffnen.

Als er sie aufreißt, verdeckt seine gewaltige Gestalt den Großteil der Tür. Ich erhasche einen kurzen Blick auf atemberaubend blau-grüne Augen und schokoladenbraune Locken, woraufhin sich mein Körper anspannt.

„Ist dies eine Vorladung vom König?", fragt Stavros.

„Nein", antwortet eine vertraute Stimme. „Ich hatte gehofft, mit Ivy aus Nikodi zu sprechen. Ist sie hier?"

Stavros zögert, doch ich trete vor.

Die Wache, die mich auf dem Campus zu verfolgen schien,

steht im Gang, das Gesicht so hübsch wie eh und je, sein Kiefer ist jedoch angespannt und seine Augen größer, als ich sie jemals gesehen habe.

Er sieht beinahe … verängstigt aus.

Mein Herz macht einen Satz, da ich mir plötzlich sicher bin, dass etwas nicht stimmt, obgleich ich keine Ahnung habe was.

Ich eile zur Tür. „Ich bin hier. Was ist los?"

Die Wache sieht mich an und ein schwacher Hoffnungsschimmer legt sich über ihn. „Du bist die Einzige, die mir eingefallen ist, an die ich mich wenden kann. Ich brauche deine Hilfe."

Stavros wirft mir einen verwirrten Blick zu, aber ich bin genauso verwirrt. „Hilfe? Wobei?"

Die Wache drängt sich an Stavros vorbei, der ihn reinlässt, jedoch abwehrend über ihm aufragt. Der andere Mann scheint das nicht zu bemerken, geschweige denn sich daran zu stören.

Seine Aufmerksamkeit gilt allein mir.

„Ich habe einen Teil ihres Einflusses auf mich gebrochen", erklärt er. „Ich habe Fragen gestellt, Befehle angezweifelt … und sie haben entschieden, dass ich keinen Nutzen mehr für sie habe."

Ich starre ihn an. „Von wem sprichst du? Wer hatte Einfluss auf dich?"

„Die, die diesen Körper gemacht haben." Er tippt auf seine Brust. „Sie haben die Gestalt aus Ton gebaut und mich darin eingesperrt. Und jetzt wollen sie mich zerschlagen und zurück in den Zustand versetzen, in dem ich mich zuvor befand. Aber ich will nicht gehen. Ich mag diese Lebensweise."

Hinter mir gibt Alek einen erstickten Laut von sich. „Sie haben dich … aus Ton gemacht?"

Ich starre ihn jetzt mit offenem Mund an, weiß allerdings nicht, wie ich meinen Schock in den Griff kriegen oder meinen Herzschlag verlangsamen soll. „Die Blutzauberer haben dich gemacht. Doch wer … *was* warst du zuvor?"

Die Wache, die in Wahrheit keine Wache ist, tritt von einem Fuß auf den anderen. „Ich habe gesagt, dass ich ‚Rheave' bin. Es kommt einem Namen für mich am nächsten. Menschen nennen uns ‚Daimon'."

Plötzlich verstehe ich und erinnere mich an meine Bitte an die Geistwesen im Turm des Allesgebers. Die Bilder, die sie mir von Flammen und einengender Dunkelheit schickten.

Es hätte gebrannter Ton sein können, der um sie herum geschlossen wurde.

Die Verschwörer haben ihre Taktik gewechselt und kontrollieren die Daimon nun nicht mehr in ihrer geisterhaften Gestalt, sondern stopfen sie in physikalische Körper.

„So haben sie Leben erschaffen", murmelt Alek, als auch er die Puzzlestücke zusammensetzt. „Sie haben es gar nicht erschaffen. Sie haben gestohlen, was bereits da war."

„Kann ich bei dir bleiben?", fragt Rheave und sein Blick huscht über meine Männer, bevor er zu mir zurückkehrt. „Wenn sie mich finden, werden sie diesen Körper zerstören."

Casimir tritt vor und spricht mit beruhigender Stimme. „Du solltest jetzt sicher sein. Der Anführer der Blutzauberer ist tot. Die Armee verhaftet seine …"

„Was?" Der Daimon in Menschengestalt sieht den Kurtisanen an, als wäre ihm ein zweiter Kopf gewachsen. „Nein, das ist er nicht."

Ich schaffe es, meinen Mund so lange zu schließen, dass ich fragen kann: „Woher weißt du das?"

Rheaves Blick schwingt zu mir zurück. Seine Lippen schürzen sich, als würde ihm nicht gefallen, was er gleich sagen wird.

„Er hat gerade alle von uns gerufen, die in der Nähe sind. Wir sollen in den Palast gehen und dort jeden töten, der Melchiorek-Blut besitzt."

ÜBER DEN AUTOR

Eva Chase ist eine Amazon Top 100-Bestsellerautorin für Urban Fantasy und paranormale Liebesromane. Sie ist mit Magie, Chaos und Herzschmerz aufgewachsen und bringt alle drei Elemente in ihre Geschichten ein. Aber keine Angst vor dem gefürchteten Liebesdreieck - Evas Heldinnen müssen sich nie entscheiden. Online findet man sie unter www.evachase.com.